GLI ADELPHI
544

Di Anna Maria Ortese (1914-1998) Adelphi ha pubblicato *L'Iguana* (1986), *In sonno e in veglia* (1987), *Il cardillo addolorato* (1993), *Il mare non bagna Napoli* (1994), *Alonso e i visionari* (1996), *Corpo celeste* (1997), *L'Infanta sepolta* (2000), *Il Monaciello di Napoli* (2001), *La lente scura* (2004), *Angelici dolori* (2006), *Mistero doloroso* (2010), *Da Moby Dick all'Orsa Bianca* (2011) e *Le Piccole Persone* (2016); sono inoltre usciti, nella Nave Argo, due volumi di *Romanzi* in raccolta (2002, 2005). Scritto, secondo la testimonianza dell'autrice, nel 1969, *Il porto di Toledo* apparve nel 1975, fu riproposto nel 1985 con poche ma significative varianti e conobbe nel 1998 una nuova edizione, frutto di un intenso lavoro correttorio.

Anna Maria Ortese

Il porto di Toledo

ADELPHI EDIZIONI

© 1998 ADELPHI EDIZIONI S.P.A. MILANO
WWW.ADELPHI.IT

ISBN 978-88-459-3278-6

Anno | Edizione
2025 2024 2023 2022 | 2 3 4 5 6 7 8

INDICE

Anne, le aggiunte e il mutamento   13

MURA APASE O MARINE
IL PRIMO MONDO

RICORDA RASSA, D'ORGAZ, PAPASA E ALTRE
FIGURE DEI SUOI ANNI MARINI   21

Descrive la sua casa nella città borbonica, e la sua solitudine in detta casa che era situata davanti ai cancelli del porto. Apa e Mamota. Primi interrogativi della mente che sogna   23

Fuga e morte in navigazione di Emanuele Carlo, detto Rassa, e conseguente sommovimento del Tempo Sensibile. Ha inizio l'Era della Desolazione. «Le Journal de l'Île»   38

Nuovi cenni sul barrio di porto e su una edicola raggiante che chiama: El Quiosco. Ritorno di Rassa per ordine del Rey. Primo rendiconto   51

Il Maestro d'Armi, intendendo l'armi come «espressivo». Gioia in Plaza Guzmano. Riprende a scrivere, mentre appaiono e scompaiono Morgan, Papasa, D'Orgaz e altre seconde teste di luce   77

Carica, nella barca del lavoro manuale, nuovi ritmici. Sguardi su un Capitano di luce. Le appare, nella Chiesa del Mare Interrado, il Presente come inganno e il Passato, specie l'America antica, come Nuovo Futuro. Partenza di Lee 98

Quarta e quinta lettera del Maestro d'Armi e breve disputa sulla Espressività come privilegio, oppure salvamento general. Nuove onde del tempo e diversa tristezza. Rendiconto di *Fhela e il Lume doloroso* 110

Effetti del vento dicembrino. Impensato ritorno del vero Rassa all'alba, con altri signori di luce. La *Katrjna*. Uno, col bavero alzato, esce dal portone 138

Breve (e spezzato) su una casa rosa, detta delle Cento Albe, e su un cittadino solitario che chiama il Finlandese. «Apri, Samana,» gridò «*tutte le finestre sull'Ovest!*». Nel silenzio del porto 153

RICORDA LA PRIMAVERA TOLEDANA 165

Riprende la quotidianetà. Ammonimenti e predizioni di Apa. Vede spenta la giovinezza e, intanto, segni di una nuova terra colorano l'aria. Rendiconto del *Barrio* 167

Breve su un'apparizione, rabbia e mormorii davanti ai cancelli del porto. Ancora luce e premonizioni 193

Ripensa Lemano e vede che tutto il mondo ha il suo nome. Dubbi sulla natura di un abbraccio. Nuovo aspetto del porto e attesa di sonno davanti ai cancelli. Un proclama che non comprende 199

Si reca di nuovo, dopo alcune sensazioni di lontananza, alla Casa Rosa, e vi trova un finlandese demente. Lemano, subito apparso, l'accompagna con bontà lungo la Via degli Orti 213

Lieve sonno dell'anima stupita davanti all'azzurrità di Lemano. «Spezza, pilota, l'onda con l'elica». In cinque nuove composizioni lo rievoca lamentandosi 222

Si parla di lutto. Terrore al Café Canceiro e obiezioni di Albe. Quarto rendiconto, dove vede che «tutte le case erano spente» 233

Nuova coloritura del cielo, intonata a uno speciale blu coraggio. Rivede, alla Fortezza, un finlandese fluttuante, minaccioso, orribile, e lo saluta verosimilmente per sempre. Insperata compassione del Cielo, sotto forma di Djotima, la sposa araba. Di alcune salutari considerazioni 254

Conclusivo su un Lemano non meno sibillino, ma più glorioso, e su una certa qualifica di ignorante. Al muretto. «Andiamo, figlia mia, Damasa. Già la notte raffredda Toledo». Dove considera di nuovo il silenzio del porto 272

SECONDI RICORDI DI TOLEDO
SPEZZATI DAL RUMORE
DEL MARE-TEMPO CHE SI AVVICINA

RICORDA ALTRE NOTTI LIBERTÀ TERRORI
E UNA IMMORTALE DOLCEZZA (ESPARTERO) 281

Settembre e lettere. Effetti del vento d'autunno. Breve accenno al suo nuovo stanzino sulle scale e a una visita di Albe 283

Conosce, al Café Canceiro, il Bel Figlio. Conosce poi una tempesta ignota, cioè desiderio di Lemano, e ne prova un mortale spavento. Il tempo, alla fine, si placa 300

Rapida visione di Belman. Il dolore di Jorge e sue confidenze. Di una croce che vede nel cielo stando con Jorge. Quinto rendiconto che intitola: *La Bella Casa* 307

Di una lettera di Belman, seguendo le cui appassionate esortazioni scrive il suo rendiconto più difficile. Rendiconto delle *Oscure attrazioni* 324

Dove si reca, col Bel Figlio, a un appuntamento con la Persona di luce. Dove, in Plaza Tre Agonico, vede arrivare la Bambinetta, o Persona di luce, il di lei padre vacuo e un atroce Lemano che non la saluta 340

Lettere della Bambinetta, del padre vacuo, degli amici. Viole di zucchero e un fischio ai cancelli. Il bacio sulla gamba 358

RICORDA L'INTERMINABILE FLUIRE DELLA VITA.
MORGAN   375

DELLE PRIME ALTERAZIONI DEL SOLE

Prime alterazioni del Sole a seguito di detti avvenimenti. Suppliche alla Croce e un impensato ritorno di Mr. Morgan. Rendiconto su *Un paese della Francia*   377

Ritorna, assai forte, dolore sulla destra gamba. Dove si rivela un lato curioso di Morgan, cioè la sua totale inespressività e bontà. Allusivi Thornton e una rosa. Scrive il suo penultimo rendiconto, dedicato alla *Plume di Jorge*   390

Considera la fugacità del suo tempo e come la luna, al contrario, sembri immortale, per cui decide di iscriversi alla scuola serale. Brevi ritorni di Jorge e Albe García. Di una lettera dimenticata e rosse nubi nel cielo. Conclude con una composizione ritmica dedicata ad alcuni fanciulli di luce   404

Emozione della Natura per una breve comunicazione di Mr. Morgan. Strazi e addii multipli, perfino dal mare. «Prof. Lemano è giù». Beata Belman, e richiami prolungati delle tofe   421

**DEI RIMEDI NELLA NOTTE. SUONA IL VENTO
A ORTANA**

Dei rimedi prospettati nella notte da Jorge, e sue profezie. Chiuso l'ufficietto di Morgan, ritorna a scuola. Nuove insensatezze di Belman, Jorge e la vita medesima. Nascita del mutolino Figuera   435

Brevissimo su una pace, o sosta al dolore, del tutto insperata quanto gradevole, dove sperimenta uno scrivere più inerte, e intanto fa giugno   445

Lemano si rifà vivo con inopportune precisazioni e ricordi di tofe. Decide di allontanarlo definitivamente da sé. Nuvolette su Belman e la casa marine, anche a causa di un messaggio segreto del Finlandese. Partenza in barca per Ortana e ultima composizione ritmica dedicata a «una ch'è in strada» (cioè spera sia per giungere)   449

Decide di nascondere al porto il messaggio di Lemano. Breve colloquio con la Mammina Spagnola. Orrido a Ortana, e caduta in Toledo della Chiesa Spagnola 466

PORTO DESERTO E LUCI SU TOLEDO

«Madre, i vicereami sono pena» (lettere dal cielo bianco) 473

«Capitano, non partire!» dedicato interamente all'ultimo rendiconto e al penultimo dei marine 483

Deserto a Toledo. Apa rinsavisce e vede come il tempo passò; prevede poi un lieto ritorno di tale tempo, e viole per Dasa. Breve apparizione del tramonto Belman e suo dono a Dasa 500

DORME COL MARE

Morte di Belman, e casuale incontro con l'ultimo Espartero, o incarnazione del mare. Gli Uccelli Turchi. Fine di Toledo 517

AGGIUNTA AL RENDICONTO DEL «PORTO SILENZIOSO»:

Conclude sulla modesta verità dei fatti narrati e dà notizie intorno alle Ere Successive, finalmente arrivate 535

SECONDA AGGIUNTA AL RENDICONTO DEL «PORTO SILENZIOSO»:

Perché, ancor giovane, Juana porta i capelli del tutto bianchi 545

ULTIMA:

Con notizie velate da ogni parte dello spazio e del tempo. «Dasa, fu sogno» (D'Orgaz). Festa, nel sogno, in via del Pilar. Solo Lemano non torna più. Solo il mare, ai cancelli, non mormora più 549

Nota 551

ANNE, LE AGGIUNTE E IL MUTAMENTO

Alla fine del Settecento, a Londra, una ragazza di ventitré anni si macchiò di un grave reato, e fu immancabilmente punita. Ce ne parla Benjamin Constant nei suoi *Diari*. Anne viveva in una miseria cieca, infinita. Quella era la sua parte nel mondo. Un giorno, la sua mente, forse indebolita dal buio, cercò la salvezza. Era il denaro. Non lo aveva, s'ingegnò a fabbricarlo. Al processo, non si difese mai. Sapeva di avere offeso irrimediabilmente la Legge che la voleva nel buio, come suo luogo naturale. E non aveva voce per difendersi. Stette sempre zitta. Solamente quando *lo vide* – vide il monumento alla purezza del vivere – gettò un lungo grido, il solo della sua vita. Si addormentò così.

Fin dall'inizio questo libro è stato dedicato a Anne. L'ho scritto con Anne. Anne è stata sempre con me. Fu, dal mondo, derubata della sua piccola vita. Bisognava restituirle qualcosa, una forma di giustizia, anche se lei non rispondeva più alle voci del mondo. Pensai, forse solo sentii, che bisognava starle vicino, portare il suo carico. Come? Un reato – anche per me – *di aggiunta e mutamento* era indispensabile. Il luogo non poteva essere che quello dei libri. Avrei scritto qualcosa a favore di una letteratura come *reato*, reato di aggiunta e mutamento. Cominciò così il mio senso di sfida nei riguardi dei possibili lettori di *Toledo*. Avevo dato il via a una falsa autobiografia, ma questo era il meno. Avevo, soprattutto, impiantato una discussione *sul mutamento e le aggiunte*. (Questa era la parte con Anne). La vecchia natura delle cose non mi andava. Inventai dunque una me stessa che voleva un'aggiunta al mondo, che gridava contro la pianificazione ottimale della vita. Che vedeva, nella normalità, solo menzogna. Che protestava contro il soffocamento del limite, esigeva pura violenza e nuovo orizzonte. La cultura nuova (del mondo) non era nuova. Era una coltivazione di virus. L'immobilità e la soddisfazione erano dovunque. Era un pullulare di luoghi comuni sui vantaggi della vita, e questa vita era ormai un nido di mostri. Non vedevo nessuna colomba arrivare dall'orizzonte come segno che l'alluvione era finita. In questo modo posso spiegare minimamente perché la Dasa di questa storia si occupa tanto della Immortalità di quanti non sono addetti alla Cultura, ne sono fuori. Il dramma di Damasa è infatti l'esclusione dei Viventi – di quanti non si salvano nell'Espressione – dalla Beata Letteratura. Lei, Dasa, li vuole tutti salvi, tra i beati, beati alla Bellezza, la Gioia, e tutte le sue discussioni con l'innaturale Conte D'Orgaz mirano a questo, fin quando la vita non decide il suo incontro con la doppia natura umana, con l'ebbrezza e la perdita. Allora si compie il suo sfinito destino.

Toledo non è dunque una storia vera, non è un'autobiografia, è rivolta e «reato» davanti alla pianificazione umana, alla sola dimensione umana che ci è stata lasciata.

NATURALE E NON NATURALE

Altre volte ho detto cosa penso del puro Naturale. È inganno e pietrificazione dell'uomo. L'uomo senza mutamento di animo e linguaggio non è che contraddizione. La dimensione del *naturale*, in arte, non è che vecchiaia profonda. Il puro Naturale è il Morto. E dentro vi è solo l'Uomo morto.

Così, *Toledo* non è, non vuole essere una storia vera, ma un'«aggiunta» alle cose del mondo. Toledo non è una vera città, anche se immagini del vero ne emergono, né è reale la sua gente. Apa, Damasa, Aurora, gli studentucci che passano col loro linguaggio astratto in queste false memorie, non sono più veri delle strade, i vichi, le rue della città lunatica di cui parlo. Quelle tempeste di luna e quei lamenti del vento sono false tracce. Toledo non esiste, ma la sfida con cui scrissi queste pagine aberranti, stilisticamente atroci (contro il Naturale), rimane. Sfida ai sostenitori di una verità diversa da quella della dannazione e del crimine in cui viene sommerso, dalla Cultura, il reale, che viene dato come Ragione e Bellezza. Ma non è bellezza, è mistificazione. Vi è qualcosa di vero che non sia la condizione dissennata del vivere? No. E *Toledo*, pure ammettendo che vi sono luoghi e momenti dove altre forze operano in modo benefico, avverte che ciò non riguarda tutti i viventi e tutti i momenti. Per la gran parte degli uomini è pioggia e buio, e il potere della *non-ragione* cammina sulle loro teste.

Tuttavia, vi sono cose buone nella dissennatezza, vi è lo sforzo di promuovere un altro vero: il Cielo per Apa, per altri l'Amore come inconoscibile, e le Arti.

Alla fine, non tutto è sogno, credo, qualcosa – la sfida e la fraternità – resta.

E questo è il mio saluto per Anne.
Resta con noi, / Anne Hurdle, resta con noi, non dimenticarci. Ma il tuo Reato dimentica. / Non era tuo, era nostro. Era la Giustizia. / Perché solo la Giustizia è il Reato.

ANNA MARIA ORTESE

marzo 1998

IL PORTO DI TOLEDO
RICORDI DELLA VITA IRREALE

a Anne Hurdle

MURA APASE O MARINE
IL PRIMO MONDO

RICORDA RASSA, D'ORGAZ, PAPASA
E ALTRE FIGURE DEI SUOI ANNI MARINI

*Descrive la sua casa nella città borbonica, e la sua
solitudine in detta casa che era situata davanti
ai cancelli del porto. Apa e Mamota.
Primi interrogativi della mente che sogna*

INCIPIT PAZZESCO

Sono figlia di nessuno. Nel senso che la società, quando io nacqui, non c'era, o non c'era per tutti i figli dell'uomo. E nascendo senza società o bontà io stessa, in certo senso non nacqui nemmeno, tutto ciò che vidi e seppi fu illusorio, come i sogni della notte che all'alba svaniscono, e così fu per quelli che mi stavano intorno. Non importa, così, dove nacqui, e come vissi fino agli anni tredici, età cui risalgono questi scritti e confuse composizioni. So che un certo giorno mi guardai intorno, e vidi che anche il mondo nasceva; nascevano montagne, acque, nuvole, livide figure.

Il luogo dove questo accadeva era la città di un Borbone. Il tempo, quello in cui un Borbone, forse ultimo, giaceva sommerso sotto il piede del giovane secolo attuale. Io nacqui dunque alla vita in questa strettoia: come popolo giallorosso, o figlia di popolo tale, mi trovavo sotto il peso di questo secolo che mi era, per natura, estraneo. Volevo dire la mia parola di popoluccio iberico, ma soffocavo (sotto questo secolo estraneo), e inoltre la lingua mancava, mancavano i mezzi più atti alla lingua: appunto, l'istruzione.

Mi feci coraggio, tuttavia; e di quella lingua raccogliticcia di un popolo dominato da un presente a esso estraneo, e da un futuro più estraneo ancora, mi feci la penna che era possibile farmi: un'asticciola colorata, tremante, villana e, nello stesso tempo, intinta come era nel buio presente, non poco vuota e cupa. Sì, mandava talora dei suoni cupi.

Detto il tempo, e il modo che mi servì a esprimermi, e nel quale mi espressi – un toledano frettoloso, estatico, non forte come io volevo, essendo la mia vera essenza di toledana, sì, ma a ovest, dove si raccoglie il Sole prima di ogni sua sera –, restano alcune cose sui luoghi, e il luogo in particolare.

Questo era una catapecchia, sita al quinto piano di una casa del porto, nella città bassa, detta casa apasa, o marine. Vi si accedeva da scala interminabile. A destra una porta a vetri colorati, gialli e amaranto, menava in un andito buio, da questi vetri un po' rischiarato. Da qui, ancora a destra, la casa finiva, mentre dal fondo si entrava in cucina, e a sinistra, movendo un'altra porticina, che era invece a vetri chiari, si entrava nello studio, o despacho. Questa casa era poi, quando ci entravate, una specie di rettangolo, era una doppia fila di stanze, o minimi vani: sei in tutto. Dalla prima, molto abbandonata, si entrava nella seconda, che era despacho, e da questa nella stanza degli Apo. Qui era un balconcello di ferro nero, stretto e assai fiorito di garofani e gerani principalmente, e affacciava sull'ardente via del Pilar. La stanza subito a destra era la stanza d'Angolo, con due finestre, una sul Pilar (e l'orizzonte), l'altra sulla Rua Ahorcados. Accanto, era la stanza Rossa, stretta e lunga, che serviva da dormire e anche da mangiare, e ancora accanto a questa era la cucina. Abbuiata da un tramezzo, tale cucina, nella parte terminale, dov'era più luce, diventava gabinetto; conteneva poi ceste e tini. La vasca era rappresentata da una tinozza per il bucato. Sotto la finestra era il lavandino, e questa finestra (sulla Rua Ahorcados) dominava a destra il cinereo orizzonte di case lerce e buie, dominato a sua volta dalla Collina, dominata a sua volta dal Castello. E tutto questo paesaggio solo qualche volta lo vidi azzurro, di un intenso azzurro che straziava; per lo più era cinereo, era l'inverno.

Le nuvole, in quel tempo, coprivano quasi eternamente la nostra città infelice, grandi nuvole piene di pioggia e, la notte, bianche di luna.

La casa dove io abitavo, con molta gente della mia età, trasandata e misera, era perciò, per quanto ne ricordo, sempre immersa in queste tristi nuvole.

Dall'ingresso, buio, con una branda in un angolo per la Ce' Montero,[1] una minuscola discendente di tale casata, tutta canuta, orrida, ad Apa assai cara, si guardava diritto, attraverso cucina e gabinetto, sull'atroce Toledo di Collina, Certosa e Castello. Guardando di lato – di faccia al despacho, se le porte erano aperte –, si puntava sul mare: golfo, faro, grigioline montagne, vascelli.

Nella cucina era sempre odore di cavolo e uova. Nella stanza Rossa, vero dormitorio di studenti, dominava odore di mandarino e d'inchiostro; qui, a notte, i giovani della casa studiavano e sbucciavano mandarini meravigliosi. Nella stanza attigua (d'Angolo), al di sopra di ceste e casse abbandonate – pendeva il soffitto qua e là sfondato, e perciò nessuno vi entrava mai – erano raccolti tutti i vari popoli d'America, Comanche, Appalchi, Piedi Neri, ecc., insieme ad altre apparizioni del Continente australe, tutti da me dipinti. Vi era anche un tavolaccio (nessun altro mobile, tranne una brandina, dato che spesso pioveva), e qui io scrivevo.

Gli unici mobili della casa – ma con un che di logoro, di scadente – erano nella stanza degli Apo, e tra questi uno specchio incrinato nel centro da un foro: posto di faccia al balcone, dietro la poltrona di Apa, rifletteva continuamente lo spettacolo del porto mutevole, rifletteva le alberature e i gerani rosa, e talora, quando le nubi diradavano, il cono tronco dell'Acklyns, immenso monte che a volte si scopriva intero, simile a una nuda lavagna viola.

Tornando nello studio, o despacho, vi era qui un altro mobile, cioè una sedia. Vi era una branda, attualmente usata da Juana. Vi era anche una cassa che, sistemata presso

---

1. Nome intero: Celeste Montero.

la finestra, fungeva da tavolo. In seguito, presso la buia finestra che dà sulle scale, io feci il mio angolo. Precedentemente, tra le due porte, della stanza Rossa e degli Apo, era apparso un treppiede, e qui si era installato, tipico uccello del nulla, un bianco berretto di marine.

Che casa, no? E che gente, aggiungerei. Io ricordo un eterno fragore di tuono, e un silenzio cupo. Ero talmente terrorizzata da tutto che mi ero fatta una maschera. Con un sorriso ironico sulla faccia, vivevo, riuscivo a vivere. La notte, o quando ero sola, nelle lunghe ore che gli studenti erano a scuola, avrei potuto toglierla, ma non si toglieva. In casa passavo perciò per una ragazzetta sana e priva di problemi.

Non facevo che disegnare e scrivere, disegnare e scrivere, e smaltivo in ciò il mio terrore.

E perché ero terrorizzata? Da che? Mah! Poter dire. Anzitutto, mi accorgevo di vivere, e intuivo quanto questo vivere fosse tremendo. In secondo luogo, sentivo che in questo vivere vi era del buono, e questo buono era l'età giovanile, e presto mi sarebbe stata tolta. Inoltre, capivo che ciò che veniva avanti (l'avvenire dell'uomo, così come si presentava) non era preferibile alla morte.

Frattanto, come dissi, pioveva sempre, il vento gridava, e in quei momenti io provavo una felicità che, sentivo, bisognava fissare presto in qualche espressione al fine di ritrovarla domani, quando non vi sarebbe stata altra realtà.

Detto il luogo, ancora due parole sugli anni. Io avevo, quando giunsi a Toledo, anni dieci e, quando cominciai a scrivere, tredici. Ero all'aspetto un ragazzetto, e un ragazzetto di nessun rilievo. Gli Apo non si occupavano quasi in nulla di me, e con ciò non potrei dire che non mi avessero cara. Era così per tutti gli studenti: ci amavano, ma nulla di preoccupato, in loro, circa le nostre persone e ciò che ci riservava l'avvenire. Ricordo che un tempo, all'arrivo in questa città dalla nostra vecchia patria, mi avevano mandata a scuola; ma io detestavo stare al chiuso e programmare le mie giornate; mi dispiaceva poi la compagnia, come cosa estranea, non pensavo che a mettere da parte il mio tempo, e perciò cominciai a soffrire di grandi mali di capo; così che, senza domandarsi cosa sarebbe stato di me, facilmente acconsentirono a che me ne restassi a casa.

Da quel giorno, mai più misi piede in una scuola regolare.

Dal tempo del nostro arrivo nella città invernale, o Nuova Toledo, sebbene il suo nome sia altro, e per circa tre anni, cioè dai dieci ai tredici – e quando questi arrivarono mi ero un po' calmata –, io non feci che esplorare, con disperazione, il luogo. Alle spalle della casa, delimitata a sud dalla bella via del Pilar, coi cancelli del porto, ai lati da piccole rue, fra cui la Nieva, la Noche, la Azar, e dietro da una piazzetta malinconica, con la casa gialla della Dogana, non erano che brutture, una estensione infinita di catapecchie che si arrampicavano fino alla Certosa, e fra mezzo a queste, chiese buie, meravigliose, e poi torri, portali giganteschi, mercati di pesce, latrine; davanti non era, compatto e misterioso, che il mare.

Quando uscivo, soprattutto di sera, andavo nella città vecchia, che la pioggia rendeva ancora più tenera e splendente di acque. Di mattina, ma un po' più in là, quando ebbi già tredici anni, correvo invece fino all'orizzonte: nel senso che, attraversata la città vecchia (il Ponte Alsina), ne superavo, a levante, la Collina, e poi, con un giro sempre più largo, che mi svelava strade, monasteri, giardini, scendevo a sud, verso il mare; e di qui, traballando per la stanchezza, me ne tornavo lungo le banchine del porto.

Ho calcolato che riuscivo a percorrere, in quel tempo che i tredici anni venivano, o erano per finire, dai dieci ai venti chilometri ogni mattina; a passo assai svelto, con le braccia appena un po' sollevate ai lati, per bilanciare la corsa. Camminavo lieve lieve, assai rapida, guardando tutto intorno, e respirando con misura.

Era in me una forza di ragazzo, e anche una malinconia eccezionale.

Nulla mutava, intorno a me, tutto, ogni giorno, era uguale, e tuttavia sentivo che presto questo paesaggio e la casa marine e io stessa saremmo mutati, ci saremmo annullati in un assoluto perdimento.

A motivo della miseria della nostra casa, non vi erano, tra le cose dei giovani studenti, che pochi testi scolastici, della nostra prima patria e del vicereame. Non sapevo ancora scrivere, ma leggere sì (avendo fatto le prime due classi), e perciò, leggendo con quella avidità che si può immaginare, non trovando altro che in queste pagine un qualche spiraglio di luce, poco alla volta seppi anch'io, bene o male, scrivere. Pregai gli Apo di volermi comprare un quaderno, regalo che fu più volte, senza difficoltà, rinnovato, e su quei fogli mi andai esercitando. Cominciai con un diario che tenni per due anni, fino alla gioventù vera, e poi ho stracciato o perduto, non so; ma ben presto trovai la più grande soddisfazione possibile nello scrivere i miei pensieri, o sensi, su un ritmo in varie righe alternate di brevi e lunghe, con qualche assonanza interna, che poi andavo ricopiando e correggendo (se mi era possibile). Il mio autore preferito, in seguito, divenne J. Harder, e mi studiai di rassomigliargli, ma allora ancora non lo conoscevo e scrivevo, per così dire, a caso. Ecco la prima di queste espressività, o espressioni ritmate, come mi adattai a chiamarle. In esse non vi è nulla che non si potrebbe dire in righe continuate, o anche in margine a un registro di conti; ma esse, per me, costituiscono, col loro malinconico vuoto, ciò che pochi diruti piloni sono per un ponte, su acque abbandonate. E su quel ponte di nulla io devo ora passare, se voglio ritornare indietro, in quel tempo dove giace la mia Toledo.

Desiderai una sera, vivamente, di morire, o mi parve di desiderarlo. È cosa che accade a giovani e adulti, spesso senza motivazione. È così. L'anima desidera un che di diverso. Scrissi:

Vorrei la luna nella stanza, e fosse
chiara la luna e doloroso aprile
fiatasse da un giardino. Asa in un male
terribile sepolta
di spegnere sognasse dentro il muto
muro della sua stanza il molto e molto
per questa pace suo atroce patire.
Asa morisse! Fosse bianco il cielo
della sera sul letto! Arcani fiori
spaventati guardassero! Più arcane
luci nel cielo con pietà parlassero
di Dasa. Sopravvivi,
figlia, al dolore del tuo nulla, al freddo
della tua faccia. Sopra le sue mani,
respira, Vento, porta un gelsomino,
porta un mazzetto bianco, che lo deve
lasciare a notte sotto il Ponte Alsina.

(Questo *lasciare a notte sotto il Ponte Alsina* non significava proprio niente, ma mi piaceva quel suono di *lasciare* e *Ponte Alsina*. Del resto, anch'io mi sentivo trascinata e lasciata).

Dasa era il mio nome. Volentieri, all'inizio, parlavo di me in terza persona. Questo scritto mi era venuto proprio per caso, sentendo negli intervalli del vento, o di qualche pure esistente gaiezza infantile, una speranza e un'oppressione insieme, speranza di un bene di cui non sapevo nulla, e che però mi pareva contenesse male infinito: né potendo o sapendo scegliere, vedevo modo di salvarsi altro che nel morire. La seconda espressività, o composizione ritmica, era anteriore. Dedicata a una nuvola rossa che apparve una sera sul Monte Acklyns, doveva esprimere gli affetti e il dolore che una ragazza sui tredici anni prova spesso se guarda dalla finestra una nuvola in cui vede rispecchiarsi, con apprensione infinita, la sua stessa realtà.
Era monotona e triste.

La nuvola ricordo che mi guardava a sera
rossa vanendo. Io dissi: Nuvola, così era

per me una volta. Rossa nuvola nella sera
guardavo e non sapevo, credevo quell'aurora
interminata. L'ora venne per me. Che fai,
che aspetti, o solitaria nuvola, in cielo? Un attimo
trascorre, e più non sei di quell'intatto rosa
ch'io seppi, famosa felicità di un solo
attimo, non ricordo quando, in che cielo.
O nuvola, non piangi tu di spavento a entrare
nel vuoto lilla blu, nel nero cielo? Sei
tu così bella, e passi. O nuvola, non piangere,
ti prego, non sciupare ribellandoti questa
necessità: passare.

Non so che altro c'era, e poi:

Ma nuvola, del tuo colore mi ricordo,
della disperazione inaccennata, il rosso
tuo colore ricordo. Io prego che ti basti.
Che ti ricordi prego, creatura sovrumana,
della mia pena strana dissolvendoti, e ancora
nel viola lamentando. Com'era bello il rosso,
e lo perdemmo. È vano l'interrogare. Passa
l'umano, e l'inumano lo segue. Passa
ogni cielo: stregati stanno cieli non veri.

O nuvola mia vera, – dissi – perciò non piangere, ché
un altro cielo deve, un'altra patria esistere.

Quale fosse quest'altra patria, ben distinta dalla reale cui nell'espressivo si era alluso, e a cui qualche volta anch'io senza volerlo pensavo, non saprei. Ma doveva esservi, senza essere la cattolica sicuramente.

A questo proposito, devo dire che vi erano già stati in casa, tra me e l'Apo che più mi somigliava, cioè M. Apa,[1] opportuni chiarimenti.

M. Apa, una donna in nero, dal viso minuto e gentilissimo, era di una tale devozione ai Cieli che, se avessimo vo-

---

1. Modesta Apa il nome intero.

luto fare un paragone di carattere politico, avremmo potuto benissimo dire che ella, in casa nostra, era una spia dell'Altissimo. Ma, poiché tutt'altro che portata a nascondere questa sua qualità, non si poteva dire spia. Era, piuttosto, un agente dell'Altissimo.

La visione che ella aveva di questo Altissimo – vera esistencia, realidad, bontà – era, credo, giusta; ma, poiché questo Altissimo, tramite la Chiesa del Papa, si presentava a noi come terrore e castigo, unicamente terrore e castigo del vivere da Lui stesso ordinato, i miei sentimenti per Lui erano violenti e muti, e presto, aggruppandosi, generarono la sedizione.

Era mio scopo (e come non sarebbe stato?) sperimentare la vita, che pure temevo, e conoscere in tutto e per tutto la sostanza della terra e dei cieli, e l'Altissimo (sempre tramite la Chiesa del Papa) me lo vietava. Come non ribellarsi? M. Apa sosteneva che conseguenza di questa ribellione sarebbe stato l'inferno. Ne sapevo, su questo luogo invisibile, attraverso le descrizioni di Apa e anche della Montero, più di quanto sapessi della Nuova Toledo e di me stessa. Soffersi perciò a lungo timori e terrori indicibili, immaginando e addirittura provando questo orrore della carne bruciata (se fossi morta ora), del viso distrutto dalle fiamme, della privazione, in tale stato, della pioggia e la buona aria, soprattutto delle grandi corse intorno ai colli, e poi delle mie immagini (esempio, la tristezza del giardino e la sua bontà, l'affanno della nuvola porporina), che volevo esprimere. Tale perdita totale, o abisso, che mi aspettava, sarebbe stata la moneta con cui avrei pagato la mia indipendenza morale (questa parola, però, allora ignoravo, dirò dunque di scelta). Non volevo che alcuno mettesse limiti alla mia necessità di sperimentare. Il confessore, che Apa non finiva di consigliarmi, divenne perciò, a poco a poco, per me, il simbolo dell'oppressione e l'abuso medesimo. Così, un giorno, a termine di tali terrori e dubbi e anzi vere agonie dell'anima, che temeva così facendo la propria distruzione, scelsi di andarmene dalla Chiesa, scelsi di non rivelare mai più i miei pensieri ad alcuno. Il Prete, o Confessore, mi era diventato così intollerabile, non solo vedendolo, ma fin nel semplice pensiero, che, ogni qualvolta la nera immagine mi passava davanti, dovevo alzarmi e distrarmi, tale senso di strazio destava in me. Dissi questo a M. Apa, non so quando e non apertamente, perché la vedevo sbiancarsi e morire a un solo accenno. Ella, infatti, pensava che da questa mia rivolta alla Chiesa del Papa ne sarebbe venuta, in morte, una eterna separazione; cosa che anch'io supponevo, ma lo dissi.

Quando decisi ciò, credo appunto intorno ai tredici anni, mi parve di essere diventata adulta, ed ero ancora più spaventata di tutto. Nondimeno continuai, quando se ne presentava l'occasione, a ribadire i miei propositi: che volevo usare, senza protezioni, della vita, e rischiare la eterna se necessario. Affermato questo principio, entrata in questa determinazione, continuai tuttavia (per non so quale contraddizione, o forse fascinazione, oppure infantile familiare abitudine) a recarmi di quando in quando nella Chiesa Spagnola, in Rua Compostela, o Vicolo Spagnolo, con M. Apa che vi andava invece tutte le mattine presto, prendendo la Comunione.

Non me ne pento. Quei riti, all'alba, nella oscurità delle navate di pietra, nelle musiche profonde e simili a singhiozzi e sospiri che provenivano dall'organo, le poche luci più rosse che gialle, il vento e la pioggia che battono sugli alti finestrini non mi escono più di mente. I preti spagnoli avevano poveri visi bianchi, affatto duri. Mi incuriosiva la sagrestia, di cui, dal mio angolo scuro, intravedevo una finestrina ingrigita dall'alba, a livello del vicolo. Sull'altare eravi, in una nicchia azzurrina, una bambola nera, vestita in modo rigido e sfarzoso. Era la Santa Mosera, o anche Mammina Spagnola, un simulacro che si adora ancora oggi tra i Monti Serradi, o Porte dell'Altipiano. I suoi occhi di vetro azzurrastro scintillavano, ella era immota e sembrava tuttavia misteriosamente viva.

Ay!, levantad los ojos
a acuesta celestial eterna esfera

parevano dire le sue labbra, in un sospiro di pietra.

L'ascoltavo anch'io immota, rispettosamente impassibile.

Avendo allontanato da me, insieme alla scuola, anche la Chiesa, non per questo mi ritenevo perduta. In pericolo sì. Io ero come un marine che, dovendo attraversare un mare di cui si sa poco e si teme molto, rifiuta i mezzi usuali, per qualche motivo nevrotico oppure oscuramente saggio, e ne forma di propri. Alla scuola supplii in qualche modo con i libri che erano in casa; alla religione con un'angoscia personale assai forte.

In una piazzetta di questa città – cui si giungeva abbandonando il porto e, dopo la Plaza Guzmano, inerpicandosi per una miserabile gradinata –, in una piazzetta oscura e infame, soggiornava perennemente una giovane infelice chiamata Mamota. Era un mostro: col corpo tutto rattorto da non so che malattia o origine malata, eternamente vestita di nero, il viso grande e cereo illuminato da immensi e dolorosi occhi neri, che scendevano spalancati verso le tempie. Di giorno sostava nella piazzetta, o si rifugiava in una delle due chiese contigue (del Cristo Nuevo e dell'Alma Angustiata), di notte spariva in qualche letamaio. Come questa giovane, nella città, era tutta una moltitudine di aborti che, dotati di infinita miseria, tendevano la mano. La loro vista mi scaldava; nel senso che l'orrore della loro condizione (ripeto, erano moltitudini) mi dava, di questa vita o società vicereale, l'immagine di un inferno, di cui qualcuno o qualcosa erano responsabili. (Allora, anzi, non pensavo troppo *qualcosa*, solo *qualcuno*). Perciò, in un sentimento misterioso e simile appunto a un gran caldo, che provavo vedendo questi infelici, io dico che mi pareva di salvarmi. Non so se li amassi. Ma qualcosa di simile. Avrei voluto aiutarli. Ritrovarmi una regina per spargere al mio passaggio, invece di pezzi di pane rubati in casa, autentiche pietre preziose, diamanti e rubini. Mi fermavo accanto a Mamota e la guardavo. Essa, solo coi suoi occhi pietosi mi parlava. I poveri, lo notai in appresso, non parlano, i veri poveri, dico, non conoscono alcuna espressione, essendo ridotti a una quiete animale.

Sostando accanto a Mamota, cercavo di schiacciarmi in me stessa, come vedevo la natura aveva fatto con lei, per esserle davvero pari. Non parlavo: me ne stavo un po' accanto a lei, come oziando, e vedevo che ciò le dava un senso di calma. Non sopportavo invece che baciasse, come più volte tentò di fare, la mia mano infantile. Allora, come una belva, avrei voluto colpirla, tanto il suo gesto mi sembrava ingiurioso della mia condizione, che era: di obscuridad, o inermità totale, nei suoi confronti. Cominciai a rodermi di non avere alcun modo per frugare con una lampada in questo orrendo terreno nero della Nuova Toledo, e poiché il mio pensiero andava naturalmente a chi avrebbe potuto farlo, e non lo faceva, cioè El Rey e la sua Casa Regnante, mi ritrovai in breve con questi sentimenti: che disprezzavo El Rey e tutta la sua Casa Regnante.

E con ciò non si creda che queste passioni (antiscuola, antichiesa, antirey) durassero a lungo nel mio animo. In quel tempo, come dissi, la speranza della espressività mi dominava, e io credevo veramente che nella compostezza e valore formale fosse la salvezza dal nulla delle cose e del tempo. Mi pareva, insomma, che l'esistenza di Jorge o Góngora (e, più in là, di J. Harder) giustificasse in gran parte il dolore di vivere. In tale equivoco durai molti anni; solo più in là, quando questa storia e, insieme, la storia della Nuova Toledo ebbero termine, io compresi che non vi è espressivo che salvi; e sia uomo o donna, giovane o vecchio, per giungere a quell'altra patria cui ho accennato nel mio incoraggiamento a una nuvola, devono patire l'universale umile patire, rendendosi essenzialmente amici al vivente e sua protezione. Solo da ciò, da questa scelta, potrà nascere domani un nuovo vero espressivo.

In questo paese, invece, e in tutta la sua storia, non si parlava che di questioni e destini litterari. Nella mia storia non vi è, in gran parte, una morale migliore. È che io appartenevo al mio tempo. Ero una creatura infima. Vita di tutti cuori, non ti vidi! Reale signora, perdona!

Una terza paginetta, o composizione ritmata, che scrissi però tempo dopo, e similmente alle altre non vuole avere significato che di testimonianza di un tempo tanto oscuro di mia nullità e pena, rende ancora, credo, lo stato d'animo in cui, dopo la rottura con le pallide autorità del mondo, io mi ritrovai.

Diceva, press'a poco, così:

Alla mia finestra guardo – le nuvole volare e mi rendo conto – di essere una pietra. Sono – di latte le nuvole che passano sulla luna nera, mi dispero – io pensando di essere una pietra. Non era – una volta così. «Ma quando,» grida qualcuno dal mare – «quando non era? Sempre fosti così». – «Prigioniera» rispondo – «non ero».

«Ma chi ti tiene legata, figlia» domanda – qualcuno nell'aria passando, la nera luna. – Io non rispondo, il tempo – pensando che mi divora – e queste nuvole, mai! Eterne, così – come io essere chiedo, vi supplico – dell'Aria potenze serene, vi prego, piangendo – Signori del cielo.

Io fossi natura, aria, io mai mi perdessi.

«Prendetemi, Nuvole, Aria,» grido «uccidetemi».

Volano le Nubi e l'Aria, ignorandomi. La mente – mia silenziosa: «Uccidetemi!» ancora grida.

«Spaccate, Amati, questa pietra».

Io, insomma, sentivo la giovinezza, o prima età, andarsene, portarmi via, in modo inarrestabile, benché insensibile, quieto. Sentivo il tempo come un'emorragia. Le ore battevano pesanti nel mio petto, e ogni istante qualcosa, come le acque di un fiume, staccavano e trascinavano via. E dove, dove via da questa terra?

Avrei voluto mutare, e insieme mai mutare. Capire! Nulla capivo, come se a me intorno tutto parlasse una lingua completa, grandiosa, pura, piena di risposte che mi avrebbero calmata, ma nell'insieme assolutamente sconosciuta, estranea. L'orecchio mio era sempre teso – ma quanto inutilmente! – a queste desiderate risposte.

Scrissi altre paginette del genere, e fra tutte, dedicato a tale pena dello svanire, il seguente Dialogo tra una ragazza e il suo mattino:

RAGAZZA: E adesso sono secoli che tu, mattino, mi prendi la mano, apri le nubi, sono secoli. Ma per quanto ancora, risveglio mio caro, mattino giallo – e modestamente grigio, verrai – a prendermi la mano?
RISPOSTA: Guardami, ho messo – il sole sulle tue mani, figlia. Ti basti.
GRIDO: Non mi basta! Voglio – il sole per una eternità, non voglio – che il sole muoia, mia carissima madre.
DOLENTE RISPOSTA: Eppure un giorno finirà.
GRIDO: Da quanto – vivo? Campane – già terribili sento, nere campane – rincorrersi nel cielo e il sole sta morendo.
RISPOSTA: È accaduto qualcosa.
IO: Corre! Dove va? – (al Sole) – Fermati, Sole, non andare. Voglio – che tu mi stringa. Queste dita si stringono – per lo spavento come zampe di uccello. Non andare fino all'orizzonte, dove tutto termina – resta con me, cosa familiare, luce.

E qui vi era un certo silenzio, e poi qualcuno diceva piano:
«Calmati, figlia».
Perché io non ero calma, dentro, per quanto fuori apparissi lieta e insensibile. E avevo una tale tremenda interrogazione, all'interno, e pensando gli anni in cui tali cose accadevano, mi sentivo un mostro, e diversa, strana, direi pessima persona (mentre, poi seppi, quasi a tutti, in quegli anni, accadeva così).
Queste espressività, e solo queste espressività, mi calmavano. Dicendo la pena, la pena se ne andava. Perciò sentivo lo scrivere come una benedizione. In quegli attimi, e dopo, tutto il mio essere si calmava, tornava sano e allegro, respirava abbondantemente come la terra dopo un'acquata, quando un ponte di luce appare e tutti gli alberi piovono gocciolini smeraldi. Ah, era bello! Non solo la dispera-

zione se ne andava, ma io ero un'altra; e una veloce libertà mi sollevava.

E riguardo a questa libertà tanto amata, tanto cara da apparire pavimento stesso e tetto della vita, e a questo espressivo che dentro tale libertà camminava sollevandone le pareti, spostandone gli aerei muri, sentivo che era in essi qualcosa di fondamentale, di immutabile, quasi non fosse – l'eterno essere a cui tutti ci si conduce – che un esprimersi eterno, un liberamente camminare eterno. E non si potrà da ciò, ora mi chiedo, essere indotti a supporre immortalità per le cose tutte, la cui radice di libertà mai non muta, il cui gemito, come vento delle altitudini, mai si spegne?

Rivedo l'ora e la finestra della stanza d'Angolo, al cui sedile inginocchiata, una sera, scrissi la terz'ultima di queste espressività, invitando gli Amati a uccidermi, e nessuno rispose: le dieci di una sera di marzo che già sul porto era grande pace, in casa tutti dormivano, e immense nubi risplendenti di luce lunare correvano dal mare verso la Rua Ahorcados, trascinando aromi marciti ma buoni.

Vento di Sud-Ovest, vento di pioggia aperta, fresco e molle vento che come nessun altro mi ricorda gli anni quattordici.

Fuga e morte in navigazione di Emanuele Carlo, detto Rassa, e conseguente sommovimento del Tempo Sensibile. Ha inizio l'Era della Desolazione. «Le Journal de l'Île»

In tutto questo racconto dei miei primi anni nella città borbonica, ho tralasciato continuamente di accennare al nome della casata e ad altre cose necessarie: esempio, l'esistenza di un L. Apo, e poi i nomi degli studenti o compagni che dividevano con me le mie stesse giornate. E chi fossero, e quanti. È che, pur riflettendoci, non mi sembra tanto importante. Il mio nome fu qualche volta Dasa, tal altra Damasa, ma io mi sentivo Toledana, cioè cittadina di Toledo, e così assai spesso, nella mia mente, mi chiamai. I miei compagni di tempo, che importa? Veniva prima un L. Apo, ch'è nome illusorio, ed era doganiere. Rassa, uno che si chiamava invece Emanuele Carlo, e fu, sui vascelli, gabbiere. Capitano, o Conte di Luna, fu, di volta in volta, l'appellativo di Albe García, quarto degli studenti. C'era una Infanta, in casa, nome: Juana, di cui non ricordo, di allora, quasi nulla. Vero sconosciuto era poi Frisco, degli studenti il minimo, mentre del maggiore, Lee, siccome partì presto, e mai più tornò (marine anche lui), non posso dir nulla.

Io, malgrado questi pensieri e fatti fuor di natura che accadevano in me, ero tuttavia, sempre, il povero ragazzo (non oso dire ragazza) che era sbarcato qui, nel porto della Nuova Toledo, anni addietro, e da terre ormai troppo lontane per ricordarle. E nella mia qualità di ragazzo avevo, dopotutto, giornate trite e confuse al pari degli altri, e che mi impedivano, nella loro pochezza, la conoscenza degli altri.

Al mattino (ci svegliavamo tutti all'alba), caffelatte. Poi, alle otto, quando il giorno schiariva un poco le tetre nuvole del porto, e la casa era vuota (tutti gli studenti nelle loro aule), qualche attività banale: ritagliare cartoni, disegnare, inchiodare o incollare. Ma spesso, come dissi, ero fuori, e me ne andavo di strada in strada, di colle in colle. Non avevo orari, nessuno me ne aveva imposti, non per liberalità, ma perché non veniva in mente, e così, tornando verso le tre o le quattro del pomeriggio, andavo silenziosamente a gettarmi sulla branda. Ci restavo poco: di nuovo, quando si accosta la notte, me ne uscivo, tornando però prima delle dieci, che si chiudeva il portone e le vie erano troppo silenziose. Si dirà: nient'altro? No, nient'altro.

Ma vi erano giorni che uscire, camminare non mi andava tanto, o perché mi ero stancata troppo il giorno precedente, o per qualche altra ragione banale, o perché nella testa qualcosa ferveva. Allora, anche di mattina, chiusa nella stanza d'Angolo, scrivevo o leggevo, talora umili giornaletti, o disegnavo con matite colorate, del tutto infantilmente, signori e contrade dell'antica America.

Era con me, mio compagno d'incertezze, in quel tempo, essendosi anch'egli rifiutato alla scuola, il giovane Rassa, cioè Emanuele Carlo, di tre anni maggiore di me. Noi, figli di Apa e di Apo, non si può dire che tra noi formassimo una società. I rapporti erano scarsi e rozzi, l'indifferenza general. Di nulla o poco si parlava. Perciò questo Rassa io quasi non lo conoscevo. Tuttavia, un po' si parlava, e vidi a poco a poco che era fedele al Rey, cioè monarchico, e contrario invece al governo del vicereame. Questo governo (di cui era capo Don Pedro), io nemmeno lo distinguevo dalla civilitudine che veniva avanti e tanto mi straziava. Per me erano tutt'uno, voglio dire erano la famosa civilitudine, o invecchiamento dell'uomo, e basta: ma non peggiori del Rey. Rassa, invece, era proprio contrario, come io ero contraria alla Chiesa e al Rey; e sentendo che questo governo veniva avanti, sollevando le moltitudini che già assediavano, vere maree, le terre dell'Est, non vedeva l'ora di scappare dove il Sole tramonta ogni sua sera, cioè Ovest, non volendo essere preso nella nera rete.

Mi dispiaceva, ripeto, che fosse monarchico. Di natura era semplice e rozzo, da far pensare a uno dei Padri della Bibbia. D'aspetto alto e avvenente, come si dice, e rosso da capo a piedi, come passato sul fuoco, con gambe che sembravano trampoli, e un sorriso timido. Era assai mite, e tenero con gli animali e i vecchi, pronto all'aiuto, mentre la sua violenza, se si scatenava per un piccolo sopruso, o ciò che credeva un sopruso, diveniva orrenda. Così, il ricordo più forte che ho di Rassa vivo è un ricordo orrendo; causa: una stupida lite che egli ebbe con Albe e Frisco (l'uno, allora, di quattordici anni, l'altro di nove, mentre Rassa era già di sedici) per una sciocchezza, un pennino creduto rubato, la quale generò un'insolenza (della quale, poi, quanto si pentirono!), e precisamente la qualifica di: ignorante.

Rassa stava con me nella stanza d'Angolo, e finora aveva avuto pazienza; a questa parola la perse, e si gettò contro la porta della stanza degli Apo, dove i due, rifugiatisi, facevano uniti puntello con le magre braccia, e infine la sfondò e oltrepassò, quando essi però erano di nuovo fuggiti, attraverso el despacho, sul pianerottolo, e quindi in terrazza, dove trovarono salvezza nascondendosi in una terrazza attigua.

Lo spirito di vendetta di Rassa, che pure tanto mi somigliava, mi riempì di pallido spavento. Parteggiavo per Albe e Frisco con tutto il mio animo! Tuttavia quando, nello stesso giorno, tramite M. Apa e la Ce' Montero, fu stipulata una sorta di pace (gli studenti ammettevano il loro torto e Rassa il suo: il pennino non era stato rubato), egli, Rassa, umiliato come il mare nei porti, mi fece pena. Lo ricordo davanti alla mia finestra, il berretto nero sugli occhi, piangere, piangere.

Egli si sentiva perduto. Non aveva voluto, o potuto, studiare, essendo di una natura estranea a queste cose. Perciò, avvenire non aveva. Essendo, dopo Lee e Juana, il maggiore, era dunque già vecchio, e una risoluzione si imponeva.

Apo e gli studenti proposero per lui una strada cui certo egli aveva già pensato nel suo oscuro cuore di giovanetto: il mare! La libera marina, però, non governativa (come Apo voleva). Egli, infatti, un bel giorno scappò di casa col suo fagotto e si imbarcò su una carbonera. Stette imbarcato, su una nave e l'altra, tempo vario, con grande desolazione di Apa che lo aveva caro, insieme a Lee, fra tutti (mentre Frisco era caro ad Apo, e per gli altri non vi erano preferenze). Apa, della partenza di Rassa, soffrì molto, e tutta la casa, che amava Apa, soffiuse. Infine Rassa, che intanto si era imbarcato nuovamente su un vascello, questa volta della Real Marina (lui tanto contrario!), il vecchio *Diamant*, non tornò più. Questo il modo (di come lo apprendemmo).

Una sera eravamo a tavola, era il freddo inverno – ricordo ancora la pietanza: ceci –, bussano alla porta. Era un tale con un messaggio giallo. Apo lo apre, incuriosito, ed ecco non torna più al suo posto nella stanza. Siamo tutti nel despacho, e Apo sta lì, col foglietto in mano, e il volto assai bianco. Quel messaggio conteneva condoglianze della Real Marina. Rassa era morto, ed era già stato sepolto nell'isola francese Esperancia, nel cimitero della omonima cittadina. La cerimonia era avvenuta due notti prima.[1]

1. Eppure tale visione, o ricordo, è limitativa. Mi perdoni il Lettore. Mentre la mia mente parla, una seconda mente ricorda cose più sottili. Anzitutto, sembra che da due giorni vi fosse tempesta di vento, e la casa marine, sotto le nubi, tremava, e tutti i vetri tintinnavano continuamente. Poi, che Apa era molto agitata e ciò per il seguente motivo. Era giunto un libro per Lee, la sera prima, e, mancando Lee, Apa lo ha preso e aperto meccanicamente: e qui vide l'immagine di un fanciullo di altri tempi, e condizione a noi superiore (per dire come alcun legame), portato a morte nella nostra Plaza di Mercato. Ed era scritto, sotto: «*Ah, madre mia, quale dolore ti ho dato con la mia fuga e con la mia morte!*», al che Apa piangeva. Altro particolare (della sera del messaggio giallo, perciò successive): tutti, alla vista di Apo, che non era incuriosito, ma cereo, rimasero muti. Il messaggio cadde ai piedi di Apo. Intanto, la lampadina che pendeva da un filo nel despacho, lampadina debolissima, con sopra una larva di insetto, si accese e brillò intensamente, illuminando i volti di tutti come un sole. Apa gridò: «*Parla! Parla!*», ma Apo non rispose. Ella gridò: «*Rassa mio?*» con un che di alterato e di lacerato. Nemmeno allora Apo rispose. Allora, ella – questo ricorda la seconda mente, non altro –, ella, Apa, si pose in ginocchio e disse con voce stranamente lieta e forte: «*Tu, Signore Iddio mio, me lo hai dato, Tu*

41

Non è mia intenzione, qui, dire le grida e i pianti disperati che riempirono da quella sera la casa del Pilar. Fu come se le mura della casa marine di colpo fossero crollate, rivelando non so che tumulto e umiltà d'inferno.[1] So che per molto tempo non si dormì più. Alcuno andò a scuola, né a messa, né alla Dogana. Tutti, compresa l'allegra Dasa, gridavano il nome di Rassa, la notte lo sognavano, deliravano dal desiderio di riaverlo tra le braccia.

Così, il povero Rassa, da sconosciuto e umile che era, l'ultimo della casa, divenne il principe della nostra casa, il più caro, il più bello, il più buono.

Signore, come lo adorammo! Come la nostra vita, pensando la sua fuga e fine, che mai non avrebbe termine, divenne ora più intensa! Come cominciammo, da questo fatto, a conoscerci, a chiamarci per nome, di notte, fra lacrime: Rassa! Albe! Frisco! Lee! Juana! Dasa! o Pater, o Mater! o Apa e Apo adorati! o diletti figli! signori! fratelli!

Quell'inverno – in gennaio era accaduta la cosa – non passava più. Sulla città si abbattevano temporali tremendi e notti percorse da luna, da lampi e altre cose atroci. Tutto era apparizione e visione. Una notte, Apa si svegliò dicendo che il cuore di Rassa era entrato nella stanza volando sulle onde del mare! Ogni mattina le campane del barrio suonavano a morto, interminabilmente. Il sole non sorgeva più. La luce si levava per subito tramontare. Apa era diventata l'ombra di se stessa. Tuttavia, presto tornò a chiedere soccorso al suo Altissimo della Chiesa Spagnola. Tornò quindi più calma, ma non fu mai più la stessa Apa gentile e sorridente di prima. Era strana. Di nulla piangeva. E sempre più stracci, più dolcezza, più parole che affrettavano l'avvento dell'Eterno.

---

me lo hai tolto. Sia fatta la Tua volontà». Dopo di che scoppiò in grida di rivolta. Intanto, la luce si era abbassata fino a somigliare a una tenebra, e furono aperti i vetri della casa, benché la pioggia battesse terribilmente, ed entrarono la pioggia e le tenebre, liberamente. Il resto non ricorda. L'alba arrivò così.

1. Tutto pareva terribilmente innaturale, e da allora, mi pare, vero naturale non tornò più. Ma era mai stato? Nel medesimo tempo, l'*innaturale* si rivelava più reale di tutto, e potevi quasi intendere la ragione delle Chiese.

Si può immaginare in che stato d'animo io rimanessi. Stupore e visioni e sentimenti che non hanno espressione, se il mare desolato, quando senza interruzione flagella i moli, nemmeno può averne. No, io non avevo più espressioni. Ero muta, abbagliata.

Tuttavia, venne la primavera, se primavera può chiamarsi un tenue sole che piove dalle nuvole sui monti e l'acqua plumbea del porto, illuminando i velieri. L'aria si riscaldò. Un giorno, la luce fu piena, sebbene sempre assai luttuosa, e tornò sulle mie mani come nella detta espressività.

Allora, sentendo dentro di me un gran vuoto e insieme affetto per questo mondo di visioni, vedendo Apa starsene soletta al sole, come un'orfana, nella sua stanza, pietà e memoria mi vinsero, e scrissi la seguente espressività, di che nel presentarla, nel suo nudo significato (le parole già usate non ricordo più), chiedo ancora umili scuse al Lettore.

Essa era diversa dalle precedenti, voglio dire che non riguardava Dasa né esprimeva il dolore del tempo fuggiasco. Rievocava Rassa, e la chiamai: *Per uno di Toledo* (*Marinero*).

Diceva, rivolgendosi alla casa marine, ormai di lui vuota e, così sembrava, del tutto immemore, diceva tristemente:

«Buona casa, vedo che non sei mutata – ancora in piedi tu stai, casa. Al mattino il sole già riscalda questa casa, perché viene la primavera e si allungano quindi i grigi giorni. Piena – di luce grigia è la casa, ma di Rassa è vuota. Era assai buono, Rassa, e ricordo che passava – davanti al mare lunghi giorni. – Era buono e lieto,[1] nulla pensava, nulla sapeva; ora è scomparso». «Allora me ne vado» dice il Sole. «No, stai,» rispondo «vedo che mi parli – di lui, che resti come qualcosa del mio Rassa, buon Sole».

---

1. Qui si vede già come la sua immagine andasse alterandosi (mai era stato lieto) nella mia mente; evoluzione che mi portò poi a pensare Rassa sempre più sereno e più piccolo – *immagine*, appunto, e non *reale* in se medesimo –, mentre forse, fuori della mia mente che lo pensava, egli continuava a sopravvivere, in qualche modo incerto – di nuovo reale – e doloroso.

Tutto, a queste parole, era silenzioso, principalmente il sole. Così silenzioso, così estraneo! Allora mi sentivo gridare:

«Rassa, vieni! Rassa, rispondi!».

Mi pareva di sentirlo piangere, ma era un errore. Anch'io avrei voluto piangere, ma ero vuota. Allora, di questo prendevo nota, che vi era pace alta, e nulla sentiva, nulla partecipava. Il mondo era come sempre, e tuttavia Rassa non era più presente nel mondo.

«Vorrei» dicevo perciò «piangere un po' vicino a te, Rassa! Oh, se fosse possibile! Ma com'è lontana, com'è lontana la tua tomba!».

Veramente lontanissima era, in un'isola rossa, tra palme solitarie, dentro un grande smalto azzurro.

Questo dolore, così ripensando tale silenzio compatto, o pace, o impossibilità del mondo, e del medesimo Rassa, si attenuava in alquanto stupore. Poi venivano (nel corso dell'espressivo) note minime. Ricordavo, per esempio, certi passi di notte, nella nostra casa, quando il silenzio sembra definitivo e tutti sembrano dormire. Cauti passi del nostro Rassa che attraversa furtivo el despacho per andare a dormire, oppure è già coricato, e sento io sola, Dasa, il suo calmo respiro.

A questo componimento, che scrissi come si scrive una lettera indicibile, con furia e insieme una calma immobilità dove tremano speranze anche indicibili (i suoi passi), ne aggiunsi, il dì seguente e poi l'altro, due ancora; e di questi, uno evocava le visioni cui ho già accennato, che M. Apa e un po' tutti avevamo di lui, certi, nel nostro cuore, che egli fosse nascosto al sole, ma non ai cieli più misteriosi dell'esistere; l'altro esprimeva compianto reale per quella che, talvolta – in silenzi tali –, sembrava la sua faccia definitiva, del marine Rassa, cioè il nulla o totale niente.

Ricordavo la mattina, anzi alba, che aveva oltrepassato per sempre quella tale porta a vetri gialli e amaranto, salutandoci con la mano, giù per le scale grigie. E questo si diceva: per sempre! (Senti, Dasa, *per sempre!*). Oh, non poteva essere!

«Non torni?» dicevo. «Chi, Rassa,» dicevo così «chi è il bugiardo? So che non è vero! Ogni sera, infatti, tu, diletto mozo, compagnero oscuro, ritorni. Questo accade quando il grigio diventa blu, cioè tramonto di Toledo. Tu, allora, ritorni in Toledo. Dio, come tutto diventa azzurro, come azzurra la tua lunga figura, povero marinero, meno il nero berretto! Tu spunti diritto sulla grande strada, il berretto – nero è calato su un orecchio, come sempre. Ma il tuo viso non è più quello, come se tu fossi intimidito, avessi saputo che più non ti amiamo. Gli occhi – tuoi calmi hanno pianto. Intensamente tu desideri – da noi essere chiamato, fermarti, risalire le scale – e noi facciamo questo, ma tu non ascolti – e perciò ti senti perdutamente estraneo.

«E tu perciò, marinero amato, passi e ripassi sotto questa scatola di fiori, guardi questa scatola illuminata e fiorita – aspettando che la cara Ma' ti chiami, ti chiamino i compagni. A casa desideri ritornare, alla tua casa fiorita. – Con orgoglio tu passi e ripassi aspettando nel tuo cuore ferito – dalla distanza che ti si chiami per nome – vorresti venire su, sederti, perché stanco – aspetti dunque che ti si chiami per nome.

«"Rassa!" questo nome gridiamo, ma tu non rispondi – qualcosa è accaduto, le distanze sono mutate, una velocità disperata ci circonda, malgrado tutto sia calmo – fanciullo mio. – Non possiamo più intenderci.

«Ma proprio per questo fatto, io, Dasa, ora ti amo – con tutte le mie forze, fanciullo mio – ti amo come si amano le ombre, in modo incalcolabile – come le onde del mare, e tutto mi trasporta verso il tuo dolore, fanciullo mio – ché so vorresti sederti qui, sei stanco, sederti alla tavola apparecchiata, stasera stessa, sotto il lume – ma proprio questo lume ti respinge, ti getta indietro nel mare infinito della sera, in cui non hai pace – e io perciò odio questo lume – e lo spezzerò, Rassa mio».

Una terza espressività dedicai ai pochi oggetti di sua proprietà[1] che la Real Marina ci aveva intanto rimandati indietro, chiusi parte in un sacco incatramato, parte in una cas-

---

1. Fra cui un fazzoletto rosso con versi dipinti; una cartolina con barca vuota e certe pietre viola di quei mari.

setta annerita dall'umidità, quasi l'avessero tratta dagli oceani, e sembrava, per troppa tristezza, demente. Ma questa espressività era meno buona, e perciò non la traduco, limitandomi a dire che si sentiva – nelle ultime tre o quattro righe ritmiche – un gran grido, ed era una notte di Natale di non so che tempo, egli tornava, vivo, mai veramente morto, di grande gioia splendente sotto le pure stelle di Natale. E, a questo punto, ben strana cosa, si inseriva, in questa felicità assoluta di Apa e di tutti gli studenti, non so che nuovo vuoto. Si apriva un varco, nella notte, e di là lo sentivamo, nella sua tomba di primavera, piangere e piangere. Ed era cosa che, a sentirla – qui gioia, là desolazione assoluta –, rendeva non so come incerti e incantati.

Non stavo bene, in quel tempo che aveva seguito la fuga (per modo di dire, avendo egli obbedito alle circostanze che lo spingevano a uscire per il mondo) e morte di Rassa: per un nulla, io così sempre impassibile, piangevo, tremavo, o anche, illudendomi di non so cosa, ridevo, e molte furono quindi le lacrime che caddero violentemente sulla mia faccia mentre li scrivevo, questi nuovi righi. Nello stesso tempo mi sentivo mutata, liberata. Sì, il dolore aveva avuto una svolta: era stato indicato, e solo per questo modificato. Non era trascorso, ma era modificato.

Quella specie di impietramento – non so trovare altra parola – in cui ero caduta dalla sera del messaggio, effetto a sua volta di una cupezza più antica, si era come disciolta; i fatti accaduti mi apparivano nella modestia (non per questo meno terribile) dei destini umani, non dico che li accettassi, ma, una volta espressi, erano come onde alla cui furia si è aperto il mare medesimo (mentre prima erano scogli): e il mare era l'espressività, che scioglieva quella furia e la placava, o sembrava placarla, in una sorta di stupore.

Mi parve opportuno svegliarmi dal mio dolore e i vecchi problemi e ricordarmi sempre meglio di Rassa, com'era stato nella vita; nello stesso tempo, ciò mi aiutava a scorgere la gente, l'orfana principalmente, e ad averne compassione.

La mia vita, dunque, non migliorava che in questo: che le onde personali si erano allargate.

Apa mi faceva una gran pena. Le sue visioni si erano addolcite (il cuore di Rassa, infatti, non le si presentò più), ma era ugualmente agitata. Una mattina ci raccontava un sogno – lo aveva visto alla destra di Dio –, una mattina un altro. Improvvisamente, e ciò mentre appariva del tutto gaia e viva, scoppiava a piangere come un bambino. Voleva rivederlo, subito, glielo portassimo, anche consumato dalle maree, ma glielo portassimo.

Si rivolgeva a me come a persona assai potente, responsabile:

«Tu, Dasa mia, che ami la tua Mater, soccorrimi, fa' presto!».

Oh, che avrei dato per aiutarla!

«Stia calma, per intanto,» era tutto ciò che potevo risponderle «mammina».

Il lei, a casa nostra, secondo l'uso toledano e hispanico, rendeva, se possibile, ancora più astratti e come disumani i rapporti.

Rassa, cioè Emanuele Carlo (assai spesso dimentico il vero nome), era stato sepolto sul lato ovest dell'isola caribica, terza delle Barbados, presso le cui coste il vascello si era incantato, e precisamente fuori le mura di Fort, capoluogo dell'isola stessa; e intorno a questa località, che immaginavo remota nel tempo, assai desolata (e così era, seppi dopo), cominciarono ad aggirarsi, a poco a poco, tutti i miei pensieri.

Nella carta che traccia le mie approssimative deduzioni di ieri circa la collocazione di Toledo e della casa marine rispetto ai movimenti del Sole, Esperancia è data come vicinissima, addirittura di fronte e forse a un tiro di fucile dalla nostra morta Toledo e soprattutto dal balcone di Apa. L'Oceano, in mezzo, e l'alto promontorio di Europa, cioè Hiberia, sono dati rispettivamente come, di fronte a un'aiuola, la modesta vasca e il rilievo erboso di un altro giardino.

Che inganno! Quanto incommensurabili erano invece quelle distanze, nudi e stranieri quegli spazi, ostili e malinconici quei territori, e quanta, quanta sarebbe stata, se mai avessimo potuto percorrerla, forse in sogno, la strada che ci separava dalla ormai quieta e dimenticata tomba del marine.

Eppure, a un certo momento, quella tomba, o squallida pietra, non dissimile da alcun'altra di quell'isola, e quello stesso cimitero marino, e quel capoluogo diruto dal tempo come dal vento salso, che già aveva esaltato, una volta, le grida dei bucanieri, si erano veramente avvicinati a Toledo, ai cancelli del porto, e nel breve spazio che ora divideva le due coste – spazio talora turchino e fitto di tondi legni dorati, ora nudo sotto opprimente cielo – cominciavano a muoversi, come detto, i miei pensieri. E non solo i miei.

Ci era giunta da Fort, tempo dopo la sera del messaggio – già la velata primavera incominciava –, tramite un addetto consolare borbonico, tale Desio, o Dessìneo, persona assai compassionevole, una lettera che certo Padre Chabrin, sacerdote oblata, aveva scritto e pubblicato il giorno successivo alle esequie, pietoso saluto della cittadina di Fort al marine Carlo. Ci era giunta sul giornale stesso dove pubblicata, un semplice foglio commerciale intitolato: «Le Journal de l'Île», e il titolo della lettera era: *Hélas!* Avuto questo foglio, o lamento, questo *Hélas!* infinito, accompagnato dalle affettuose parole dell'addetto e da molte fotografie delle esequie, che, come dissi, erano avvenute di notte, e mostravano fiaccole e figure taciturne di neri contro un cielo stellato, M. Apa parve impazzita di gioia. Quel francese non ci era chiaro, ma Lee e il Conte, in grado di tradurlo, ebbero il piacere di vedere il caro volto di Apa trasformarsi per la felicità, da piccolo e amaro che era, aprirsi e ridere come un fior. Rassa, per lei, era nuovamente vivo! Capii come questo ammontarsi di emozioni, quel parlare ancora di lui, con dolore e amore, alterando nella di lei mente la natura della cosa, quasi le davano certezza che si trattasse di male assai lieve, comunque passeggero. In dubbio se ciò fosse bene, sentivo però che l'aiutava a riempire quel vuoto insopportabile che sempre l'avrebbe accompagnata fino alla di lei stessa partenza. Capii che quel vuoto bisognava colmare con parole di luce.

Pensai anche, in quel momento, che se avessi comunicato ad Apa le mie esperienze di memoria e dolore modificato, perché indicato, Apa ne avrebbe avuto giovamento. Fui per leggerle i tre componimenti da poco terminati, ma mi trattenne il timore di abbandonare quanto in ciò mi apparteneva personalmente, cioè la speranza dell'espressivo. Così, sul momento, non ne feci nulla. Ma pensavo sempre a come ciò potrebbe avvenire.

L'incarico di rispondere al Padre Chabrin me lo presi io, con un po' di difficoltà, in quanto non dimenticavo la sua appartenenza alla Chiesa del Papa, ma anche un po' di curiosità. La risposta non si fece attendere, e quale meravigliosa sorpresa! La lettera, la prima composizione non ritmata (e alquanto semplicemente tradotta da Lee) della mia vita, era stata pubblicata sul «Journal de l'Île»!

Tutta la casa del Pilar, non solo il nostro sinistro alloggio, ma anche gli altri locali, fu come desta, di colpo si svegliò. Dovunque la notizia volò, la pubblicazione di un mio componimento sul giornale di commercio caribico fu cosa nota! Apa, per la complessità di tali sentimenti – gioia, perché si parlava non più di uno solo, ma di due dei suoi figli, sorpresa perché uno tornava a vivere, l'altro cominciava ora –, sembrava, lei così forte, svenire.

Era una mattina di tenera luce grigia (credo che un maggio venisse), quando il postino ci portò il giornale. Era forse un sabato. Presto, tornando a casa, gli studenti furono edotti; il foglio passò di mano in mano. Rassa viveva, in quella mia lettera, e anche la scrivente, cioè Toledana.

Sì, fu un gran giorno!

La lettera, non più di quindici righe, appariva a tutti una vera composizione, si vedeva in essa non so che di egregio, e dentro una qualità pure strana che era: di informador (dell'alma) mediante i mezzi, tutto sommato, dell'espressivo o pensato.

Qui, Lettore, oppure tu, Nulla sensibile, Pietà enigmatica, Orecchio che sempre ascolti, puoi forse comprendere come il ragazzo chiamato Dasa, e da sé Toledana, stesse come colpito da una pietra di luce ad ascoltare le voci degli studenti, di Apa e Apo, quel gran mare di lodi dolcissime, oppure che cosa? Internamente tremavo. Oh caro giorno! Oh luce primissima della mia vita! Il mondo che risponde! La pace e la gioia che sembrano possibili! I morti che si risvegliano e franchi vengono a baciarti sulla guancia! Non riesco a dire di più.

Le conseguenze di tale mia prima pubblicazione non finirono qui, si protrassero poi nel tempo – benché senza importanza, con l'ingenuità di volti che vi sorridono ancora prima di allontanarsi definitivamente. Ma è presto parlarne.
Devo, per ora, tornare un attimo indietro, nelle misere strade del nostro quartiere marino, nella Plaza Guzmano, la più lieta di Toledo. E precisamente accanto al Quiosco.
Ritrovo, a questo nome, le piccole strade, ritrovo la pioggia che solleva i tombini, ritrovo il vuoto e il silenzio delle domeniche.

Nuovi cenni sul barrio di porto e su una edicola raggiante che chiama: El Quiosco. Ritorno di Rassa per ordine del Rey. Primo rendiconto

Che ne è di queste strade, di questo vento, di quelle domeniche silenziose, piovose?

Che ne è di questo quartiere di porto, barrio delicato, gloria della desolazione e l'estasi marine? Io non ne so più nulla. Da tempo non torno colà. Ma chi, dei fanciulli che giacciono nella tomba di una carne adulta, di una lingua maturata, è mai veramente tornato indietro? Chi ha potuto? Chi?

Aiutami, cara anima di Apa, Apo, Rassa e gli altri! Spirito umile e violento della mia gente, devoto cuore, ritorna, siimi vicino in quest'opera di ricostruzione del paradiso infantile! Scopri le terre dell'estasi! Levati sul muro derelitto di questi anni! Affacciati ancora, cara anima, sulle rovine di Toledo!

Era qui El Quiosco, cui si giungeva uscendo dal Vicolo Spagnolo, all'aperto nella Plaza Guzmano! Qui, luce grigia stagna sui decenni che sono passati e sui secoli che verranno! Toledo mia si offre nella sua marcescente dolcezza! Qui, non giunge l'avvenire.

Nella carta da me pazientemente, eppure insanamente, elaborata della Nuova Toledo, e che Tu, Spirito del Tempo, osservi certo con lacrime di gioia, El Quiosco, annidato tra vetrine e floreali balconi, si presenta simile in tutto a un cencioso rivestito dei fulgidi colori dell'arcobaleno.

Là, su quei vetrini – otto, forse, o una ventina – colorati ora di rosso e giallo, ora di turchino, erano i giornali che io vedevo confusamente quando al mattino, dopo la Messa con Apa, andavo insieme a lei (era ancora buio) a comprare i mandarini. Là era quel Quiosco che io poi accostai con Frisco più volte, allorché presi l'abitudine di uscire con questo alunno nelle interminabili sere di novembre, o, al contrario, nelle vivaci impetuose mattine di vento freddo che qui caratterizzano febbraio. Là era, fra tutti i giornali del tempo, povere carte piene di voci soddisfatte o inquiete, che ora sono spente, il più grande dei giornali del nostro tempo: la «Literaria Gazeta»; là, invisibile ancora alla mia innocente rozzezza, aspettava Giovanni Conra, Conte D'Orgaz!

Ecco, di questo signore non posso dire nulla che abbia un senso, se prima non spiego che egli era Maestro di tutte le espressività! Egli, che pure non era toledano di nascita o lingua, ma di un paese a nord di Toledo e precedente gli stessi latini, egli che da me era diverso, e superiore in tutto (destino, bellezza, censo e ogni più alta qualità), fu mio amico, fu il mio maestro di lingua popolare, fu l'uomo modesto e valoroso cui devo quel poco di strazio che oggi ho: in quanto l'espressività più non serve, anzi tramontò e, ad aver cara la luce della parola, si muore.

Io devo a Conra, cioè D'Orgaz, come a Rassa, devo a Conra gran parte dell'anima mia. Altre parti sono di Apa, altre del Professor Lemano, di cui dirò avanti, altre di figure varie e dilette, tra cui Albe García: ma la parte più acuminata mi fu data, come una spada, da Conra.

Bellissimo Conra, molto fango cadde di poi sul cielo della tua sottile figura; ma sta' certo che da questo fango, tipico delle Ere Successive, io ti vidi sempre libero.

Disse un giorno Apa, con dolce voce:
«Chi questo Pter, Toledana, che ti scrive?».
Dissi:
«Uno studente della Missione, Mater».

« E perché » disse Apa con dolce voce « ti scrive? Ti ama forse, figlia mia? ».

« Be'... non so » tanto per dire dissi.

Questo Pter – il patronimico non ricordo – mi scriveva da una città della costa di cui capitale è Marsilia, erano già due volte, lettere brevi e contratte, su carta grigia con inchiostro rosso. Per lui, per capirlo, avevo imparato rapidamente un po' di quella lingua.

Portata da un'emozione sorda, e in certo senso nuova, non pensavo ancora a Conra, quei giorni. Del resto, non lo avevo mai incontrato!

Pter, invece, lo avevo incontrato in quelle due lettere. Mi diceva, nella prima, che aveva letto la mia risposta al Padre Chabrin, da cui egli, nativo dell'isola, aveva ricevuto i primi insegnamenti religiosi. Mi diceva, nella seconda, che desiderava incontrarmi; che era triste nel collegio di Aix. Che rivoleva la libertà.

Erano lettere brevi, un po' tristi, con un sapore terribile. Forse la carta, quel colore grigio, quel rosso! Io ero adesso verso i quindici anni. Indossavo giacchettine scure, accollate, smesse dagli studenti, portavo un eterno fazzolettino di cotone nero al collo, per non so che ragione, e in testa un altrettanto eterno berretto di lana verde o nera, spinto indietro sulla fronte; la sera, se uscivo, una più ampia e mostruosa giacchetta. Non solo di bambina non avevo nulla, ma neppure di cristiano. Portavo i capelli, che mai crescevano e che raramente lavavo, nascosti dietro le orecchie. Le calze blu, da studente, e perciò non poco forate, erano fermate al ginocchio da spaghi e comuni cordelle; le scarpe, al contrario, essendo di Juana, avevano il tacco. Ma di queste cose non mi vergognavo, mi sembra anzi che non mi vergognassi mai di niente. La mia faccia, di cui non ricordo altro che era una faccia scura e sana, spesso sorridente, nulla esprimeva di ciò che accadeva dentro. Che era principalmente attrazione e orrore per il divenire comune a tutti i bambini. Mai e poi mai avrei voluto sposarmi! Talvolta, l'inferno e i relativi strazi che mi aspettavano, pei quali spesso ero malinconica, quasi mi rassicuravano, come un non indegno destino. Unica alternativa a tale destino vedevo il mare (e perciò lo amavo dolorosamente).

Là, su quelle acque azzurre, non vi è più un crescere, non vi sono sponsali né supplizi: esse da sole, quelle acque sempre varie, sono paradiso e inferno.

Le due lettere, aperte e lette dapprima con avidità, ora m'intristivano. Sentivo in esse non so che secca della parola. Il dolore di Pter era troppo ingenuo, i suoi desideri troppo limitati (alla libertà dal collegio, appunto), perché li condividessi pienamente. Mi pareva poi di avvertire in Pter nei miei confronti, ecco la cosa grave, non so che intenzioni – dirò in breve, di sposarmi – che mi riempivano gli occhi di lacrime, tanto ingiuriose di quell'illimitato – e forse immortale, chi sa? – divenire che deve essere lasciato ai fanciulli, e a un apasa[1] maggiormente. Non tanto la libertà, quanto la libertà di superare il destino era necessaria a un apasa, e ciò Pter non sentiva (consentendo così a quella cattolicità che non sfugge alle sbarre della natura, e continuamente ne ribadisce gli orrori).

Passando dunque, dopo quel colloquio, davanti al Quiosco cui ho accennato, io feci un gesto automatico, già fatto altre volte, che mi garantiva una fuga immediata da Pter e dalle sue intenzioni, nel tempo strettamente di Rassa e mio, che già le figure di questo mondo si accanivano a mutare.

Tolsi di tasca una monetina di stagno, e la posi sul piattello di stagno medesimo. Con l'altra mano, sfilai dal fascio appena giunto, e bagnato ancora d'inchiostro, delle «Literaria Gazeta» quella che era sopra tutte; e tranquillamente la spiegai.

Vidi subito, in basso, varie colonne mozze, in caratteri grigi e minuti, e, sopra, il titolo che le sovrastava, alto e scuro; ed era questo titolo – guardato un momento senza intendere –, era: *Per uno di Toledo*.

Era una mattina di settembre, forse pioveva tranquillamente dopo qualche temporale delle notti precedenti.

Un raggio di livida luce cadeva sulla Plaza, incrociava le finestrine del Quiosco, e poi arse improvvisamente sul giornale literario.

---

1. *apasa*, in breve, non so che volesse dire, se non, forse (dal nominativo della casa), abitante di case dirute e sole.

Eccomi a guardare quel foglio, stringendolo nelle mie mani come in una nube di disperazione (invece che gioia), ecco apparire sulla faccia scura di Toledana, che si leva e ride, guarda il giornale e ride, la serietà e goffaggine del pianto.

Così io appresi che le cose che scrivevo – genere *Per uno di Toledo*, che alla «Literaria Gazeta» avevo oscuramente inoltrato – si potevano anche stampare, entrando poi in case di luce, case sconosciute, qui a Toledo e altrove.

Fu un'emozione simile, assai presto, a un totale mutamento di me stessa. Poi questo mutamento divenne una specie di spavento (dove andavo!?), e come in sogno, come se questa Toledo fosse *altro*, tornai lentamente a casa.

Che settembre, e quale luminoso autunno, poi, fu quello! Di Pter, spina di una primavera di morte, non ricordai più nulla. Io ero ancora con Rassa, in Rassa, compagna di Rassa.

Apa, quando lo seppe, per la gioia quasi ammalò.

Apo mi regalò alcune monetine.

Gli studenti, Albe e Frisco soprattutto, mi si accostarono, e ricevei strette di mano, vero cordialmente, cosa che mai era accaduta prima.

Il vento del tempo cresceva, portava ora un autunno di tuoni, e non so che singhiozzi nell'aria. E gli eterni mandarini.

Mai più, da quel giorno, El Quiosco tornò quello di prima!

Sempre, intorno a esso, vi fu una luce ardentemente colorata, ora blu, ora bianca, ora porporina, di arcobaleno a cavallo di monti tristi; sempre, guardando El Quiosco, rividi il cielo.

Mi giunse, dopo pochi giorni che ero in questa condizione di stupore, una lettera di Conra, che io immaginavo vecchio e severo: mi ringraziava, con parole esatte e una cortesia squisita, di avergli mandato le righe del *Marinero*. Gli scrivessi ancora. Mandassi, se avevo, dell'altro.

Da questo momento i giorni si misero a passare con un ritmo intenso, presto le settimane volarono, tornò un altro inverno.

Apa, dopo la straordinaria allegrezza di vedere che amavo ancora il suo Rassa, e il nome di Emanuele Carlo, cioè il suo Rassa, era ormai stampato e non perirebbe più, era, dico, caduta in un nuovo stato di prostrazione, pregandoci incessantemente di volerle restituire il corpo di Rassa.

A questo proposito, Apo scrisse al governo del vicereame una lettera direi untuosa (ma era necessario, altrimenti non capivano) e compassionevole, al che ci aspettavamo una risposta che fissasse senz'altro la data del rientro. La risposta venne, ma era del tutto contraria all'aspettativa. Cortesemente, ma in breve, quel funzionario ci informava che non era possibile – stante il costo del viaggio marine – acconsentire a tale richiesta; e allegava una lista delle spese, effettivamente notevoli. E si dispiaceva; ma i marineri – disse – una volta spenti per il vicereame non rientrano; questa la vita, press'a poco disse, del marinero. Perciò, stessimo calmi.

Apa, a sentire ciò, calma non era. Si alzò, da seduta che era nel suo angolo, e prese a camminare su e giù per la stanza, in grande agitazione, singhiozzando, come quella sera del messaggio, e ripetendo: «Il mio Rassa non viene! Il mio Rassa dunque non viene! Lo aspettavo, e non me lo ridanno. E perché non viene?».

E tutti, intorno a lei, si affliggevano.

Mi parve, vedendo questo, che dovesse esservi un rimedio; e ciò perché questo dolore di Apa era tanto crudele, tanto insostenibile dal cuore della giustizia, che per questo solo fatto chiunque, non solo io, Dasa, lo avrebbe rifiutato. Doveva quindi esservi un rimedio.

Mi ricordai a buon punto di ciò che proprio Rassa diceva a proposito del governo, che era nemico, ma El Rey, o Borbone, ancora familiare, e pensando che forse Rassa non aveva del tutto torto (dal suo punto di vista) risolsi di rivolgermi a questa autorità, cioè il Borbone, come a un'autorità familiare, ma con qualche decisione e anzi una non velata fermezza. Presi dunque un foglio di carta grande, lucida, e scrissi al Signore della Real Casa, spiegandogli in poche parole che il vascello dal quale Rassa era piombato giù a capofitto, mentre legava velacci alle nuvole, era suo; che da tempo, per questa disgrazia, il povero marine giaceva umilmente in una pietra regalata dalla municipalité di Fort Esperancia. Che egli, il Borbone, non badasse perciò a spese, e restituisse Rassa agli Apo; e se lo faceva, bene, «*se no,*» dissi «*nessun altro di questa casa, Signore, vorrà mai entrare nei Vostri cannoni*[1] *per farne ferro alla Spagna. Mi creda con ciò, Signore, ecc.*».

Firmai col mio nome di Toledana, cioè Figuera Damasa. Misi in una busta rossa, e il messaggio partì.

Venne, dopo venti giorni, la risposta del Segretario della Real Casa. Rassa poteva ritornare in Toledo. Già erano state date disposizioni. Lo stesso vascello della Real Marina, il *Diamant*, dove il marine aveva versato sua vita, ce lo avrebbe riportato.

Rassa giunse. Tale Natividad (essendo questo, sulla fine di dicembre, il tempo) non mi esce più di mente. Quale radioso giorno! Tutta notte eravamo stati svegli (ma quando, dopo quella lettera, si era più dormito?), ed ecco appressarsi l'alba. Tutti in piedi. Un'aria di festa silenziosa, commossa, che non dico. Si prepara il caffè. Gli studenti si vestono in fretta. M. Apa è già pronta, dalla mezzanotte, col suo vestito delle feste, nero, e il volto di paradiso incorniciato da un velo prezioso. Ha in mano la sua coroncina di perle, nell'altra mano dei fiori freschi e gai.

Di notte ancora, è il 25 dicembre, passano sui vetri della casa le luci ritmiche del porto. Passa il faro, vengono lumi solitari di carbonere. Alla fine, come tante volte,[2] appare un'ombra più alta, punteggiata di qualche luce: è la nave di Rassa, a grandi vele spiegate, il vecchio *Diamant*.

Entra nel porto, assonnata dondolante ombra, attracca alla quarta banchina. Cominciano le operazioni di sbarco.

1. Non del Rey propriamente, ma hispanici.
2. Egli, infatti, era tornato varie volte su quell'ora, quando ragazzo, nella libera marina: era quella l'ora vuota e strana, come sogno, delle carbonere.

Apa, come impazzita, non si stacca più dal balcone, nella oscurità del mattino.

«Rassa mio! Rassa mio!» mormora fuori di sé.

«Calmati, Apa, ora lo vedrai» fa Apo.

«Sì... Sì... Oh, come ringraziare il Signore?».

Fa giorno. Rassa è sbarcato, ma non si vede. Gente sulla banchina. Due marine escono dalla cancellata, attraversano la via del Pilar, entrano nel nostro portone. Eccoli, coi fini colletti azzurri, davanti alla porta.

Splendono come angeli del Signore.

«Rassa?» fa Apa, con le mani aperte, dolce dolce.

«È giù» dicono sottovoce i marine. «L'aspetta, senora».

Scendiamo tutti; Rassa, subito non si vede. C'è buio, ma il cielo è limpido. Alcuni marine nascondono, dietro le loro figure, un carretto di ferro. Arde, sul carretto, una stella. Sotto la stella, il suo aguzzo lume rubino, c'è una grande cassa silenziosa, di ferro. Nella cassa, dicono, è disteso il marine.

Perché non risponde?

Ci avviamo così a nord di Toledo, dove, lungo le colline d'ombra, si apre la città dei marine silenziosi. È lì che Rassa abiterà, d'ora in poi.

Quanto tempo, Dio, dura questo viaggio. E Apa sempre muta, con le manine al cuore, i piccoli occhi brillanti di gioia. Fra poco rivedrà Rassa.

Il cielo, per gran parte, è scuro, ma verso l'Est va rigandosi d'argento.

La Città si presenta, alla fine, tutta piccole vie deserte e case sbarrate. La percorriamo con ansia e curiosità. Che silenzio, per una mattina della Natividad, ma, anche, che pace! Che assurda pace!

Terribile soprattutto è questo fatto, che Rassa non si presenta. È fra noi, con noi, ma non vuole darsi a conoscere. Apa, impaziente, bussa alla cassa di ferro:

«Rassa? Rassa?».

I marine non commentano. Sollevano la cassa, la portano fino alla nuova casa di Rassa, un buco entro il muro. S'infila la cassa nel muro. Solo allora Apa si agita un poco:

«Cuor mio, comprendi? Rassa, senti la tua Ma'? Perché, Rassa mio, non scendi? Non vorrai guardare, Rassa mio, la tua Ma'? Solo un momento... un momento?».

La cassa del marine Carlo entra a poco a poco nel suo luogo stretto, definitivo, sparisce. Un uomo viene con una pietra e ne sbarra l'ingresso. O mia cara Mater, o Apa, per quel momento tu non morrai! Per quel momento che vedesti le tue speranze deluse da quella pietra, e non fiatasti, non ti ribellasti al Signore di tutti i geli, ma solo, attraverso una fessura d'oro che era rimasta, ancora spiavi il tuo Rassa enigmatico, muto, il tuo marine diletto e straniero ormai, tu, Apa mia, non morrai per l'eternità.

Tornammo a casa che erano le dodici, con un freddo, un freddo!

E terribili mandarini volavano nel cielo deserto.

Ma', con una immaginetta che Rassa aveva mandato l'anno avanti, da Sagres, e riproduceva il nevoso *Diamant*, ora piangeva sottovoce, come un buon bambino. Piangeva piangeva lacrime inarrestabili, leggendo le poche righe sul retro della cartolina. Erano dirette ad Apo. Le trascrivo:

Caro Pater,

dopo una movimentata traversata, un po' a vela un po' a motore, raggiungemmo e demmo fondo in una rada spagnola. Siamo a qualche miglio dalla costa: una terra gialla e arida, desolata. Sulla spiaggia vi è un gruppo di fabbricati oblunghi e bianchi; non so che sono; ovunque un aspetto di desolazione. Eppure, questa Terra ha messo nel mio cuore una forte nostalgia: mia Terra natale! Le dico, avrei voluto fuggire per quelle arse montagne, disertare, ma queste non sono infine che fantasie della mente eccitate dal cuore.

più tardi

Siamo a Sagres (punta estrema). Per circa quattordici giorni abbiamo girovagato per questo mare sempre mosso. Si dice che forse riprenderemo martedì il mare, final-

mente l'Oceano! Torneremo presto? Chi sa! Le onde sono più alte, di un forte blu, ma prive di rumore. Il cielo non ha nubi. Nel mio animo c'è attesa e c'è gioia. Non stia in pensiero per me, caro Pater. Le spedisco questa immaginetta del *Diamant*, che starà tanto bene nel despacho. La ringrazio di tutto, caro Pater. Auguro buone e liete feste a tutti. Mi ricordi sempre, La prego, insieme alla carissima Ma'.
Suo devotissimo

Manuele Carlo

AGGIUNTA: State in pace, il tempo mette presto a passare, alla fine si giungerà.

Queste le ultime parole di Rassa, che M. Apa ripeteva ora, stando nascosta nella sua poltrona, in una specie di estatica ebbrezza: «si giungerà, si giungerà».

Comunque, la saggezza e bontà di Rassa si confusero per me, da allora, causa quel gran silenzio che le circondava, con una spietatezza indicibile, che però, forse, un giorno non sarà più spietatezza, sarà la medesima grandezza del vivere universale.

Apa, nella sua sdrucita poltrona, che parla di Rassa, e ora ride e ora piange, che lo rivede in sogno, che lo vede accanto al Signore, che sempre lo spera accanto al Signore, nelle altitudini azzurre dei cieli, dove si rompe inutilmente il mare di tutti i naufragi, Apa diletta cominciava a prendere il mio cuore con un sentimento che allora non conoscevo, se non casualmente, e seppi di poi chiamarsi *pietà*.

Apa mia, perciò dissi, che parte della mia anima mi giunse da te, soave Ma' di dolori! Come io, infelice, senza il tuo dolore, avrei *saputo*?

Madre di dolori, Apa tenera, aspetta anche me, forse, nel tuo paradiso.

E ora una scena comica, dopo di che mi occuperò di più lievi argomenti.

L'anno nuovo, dopo quel Natale di tumulto, era giunto,

e con esso giorni nuovi, di una certa pace, e Apa aveva espresso il desiderio di tornare per un salutino a Rassa nella sua città, accompagnandovi Frisco che quella volta non era venuto (restando a casa perché malato).

Dalla mattina menava un gran vento, il tempo non era buono; i pizzi grigi delle onde, quasi dentro le stanze, si scatenavano. Apa non sentiva il vento, il pensiero lo aveva altrove, non sentiva, anelava a rivedere la triste città del suo Rassa.

In gruppo di cinque, tra studenti e Dasa, seguendo Apa e Apo, ci avviammo, lungo il Vicolo Spagnolo, o Rua Compostela, verso la Plaza Guzmano, dove si aspettava il tram.

Qui, il vento era calato, ma il cielo sempre tetro.

Giunse il tram, di ferro rosso e giallo, ma senza vetri, e tutti ci buttammo a sedere in silenzio sulle lunghe panche schiodate, pensando che presto avremmo riveduto Rassa.

E la scena comica (eppure orrenda) ebbe inizio qui. Ché, giunti, e avviatici lungo il viale principale della città dei marine scomparsi, Apa e Apo, non trovando più il luogo, o non ricordando, cominciarono a inquietarsi. Il vento ruggiva sulla testa di Apa, inchinando fino al suo bianco volto quei terribili alberi neri. Apa, desolatamente, rimproverava Apo di non ricordare il rione segreto dov'era la casa di Rassa, e ciò perché di questo fanciullo più non gli importava. Apo s'infuriò (non vedendo che Apa malata) e gridò brutalmente:

«Allora cercala tu!».

E subito scomparve in un viale adiacente.

Apa, vistasi persa, cominciò a chiamare noi, me e gli studenti, che per amor di Dio ci tenessimo stretti, senza lasciarci, che le fossimo accanto e ritrovassimo la casuccia del nostro Rassa!

Fosse nostra abilità, o altro (gli Angeli del Signore?), certo è che dopo pochi minuti che ci parvero eterni, senza vedere più Apo, né la casa di Rassa, né il cielo, solo i leoni degli alberi e tutti i mari del globo che s'infrangevano lagnandosi nei vialetti, ecco spuntare, solitaria e dolce come un sorriso, la casa di Rassa.

Apa si accostò subito, lietamente, a recitare non so cosa, e io e Juana con lei; ma ecco, mentre Lee se ne sta in disparte, con viso imbronciato, il Conte e Frisco rompere in dirotto pianto e gettarsi l'uno nelle braccia dell'altro, rossi in viso come fiamme, chiedendo perdono a Rassa per quel giorno che lo avevano insultato chiamandolo ignorante, dopo di che Rassa li aveva inseguiti. Eccoli riconoscere che ignorante non vuol dire niente. Eccoli ora davanti a una porta più impenetrabile di quella che Rassa voleva sfondare! Eccoli ora perduti riconoscere che Rassa non è più con loro – si distanziò, svanì! – né essi sono in salvo sulla terrazza azzurra dei cieli. Non vi sono più terrazze né cieli, ma tutto, quaggiù, è furia e infernale dolore.

«Oh Rassa, perdono! Oh Rassa, non lo faremo più! Oh Rassa, fratello di mare, abbi pietà di Albe e Frisco! Siamo qui! Fa un brutto freddo, Rassa caro».

E piangevano piangevano, come mai vidi uomo piangere, quasi un fiume di sangue, uscendo dai loro occhi, colasse nel mare salato della vita, tingendolo e scaldandolo tutto.

«Oh Rassa, Rassa caro!».

E, a sentire queste cose, Apa s'illuminava pietosamente: «Zitti, piano, bimbi miei. Perché piangete, bimbi miei? Rassa non è più qui...».

Quel giorno sentii che anche Apa, nel suo segreto, dove la follia si riposa, aveva capito.

Poco dopo riapparve, da un vialetto laterale, Apo. Appariva pentito. Accese, di nascosto, il sigaro.

Tutti questi avvenimenti, essendo già il secondo anno dalla scomparsa di Rassa, si ammontavano, già erano tristezza consueta, già si avviavano a divenire una comune storia della vita.

Se nella mia vita non ci fosse stato altro, presto io sarei stata persa, o uccidendomi, o trasformandomi in una giovane e bianca toledana, solo desiderosa di nutrimento e sopravvivenza materiale.

Invece, come dissi, nel pozzo interiore vi era un bollore fragile e però continuo, si udivano suoni, marciavano apparizioni, galoppavano speranze indicibili, anche se la loro condanna era implicita nella stessa irruenza; si sentiva il furore del mare.

Io ero come un giovane marine rimasto a terra, per dimenticanza del capitano o superiore castigo. Correvo da una parte... dall'altra. Una speranza – una imbarcazione per riprendere il mare – doveva pur esservi.

Era passato oltre un anno dal giorno 3 di settembre che la «Literaria Gazeta» aveva pubblicato *Per uno di Toledo*, e la mia esperienza si era un po' arricchita e pacificata: il congedo da Pter, la lettera, simile a gioiello, di Conra (cui mai avevo risposto), ed espressività varie che si aggiungevano nel mio quaderno, sempre dirette a Rassa lontano, oppure ai miei vecchi amici di un tempo (esempio, la nuvola porporina). Una vera possibilità di esprimersi, però, ancora non si vedeva. Ero a questo punto, quando ebbi una seconda lettera di D'Orgaz. Si meravigliava del mio silenzio, da quel 3 di settembre. Non avevo cambiato casa? Mi avrebbe trovata, la sua lettera? Mi avrebbe, si chiedeva, trovata al mio vecchio posto di guardia ai cancelli del porto la sua lettera, anzi la sua proposta?

Ché questa lettera, lettera impareggiabile davvero, conteneva infatti una proposta.

Lessi nuovamente la Sua di un anno fa, – scriveva Giovanni D'Orgaz – con la quale accompagnava Suoi primi pensieri, cioè *Marinero*, e sa cosa mi venne in mente, cara Toledana?[1] Forse Le parrà eccessivo; ma ci pensi un poco, vedrà che non ho tutti i torti. Ecco, in breve, cosa mi venne in mente. Pregherei mi mandasse un di Lei rendiconto, scritto apposta per noi, «Literaria Gazeta», o, se vuole, per il Suo vecchio Conra. Ci sia, in tale rendiconto, un addio a disperati tentativi di fuga da Europa, che abbiamo avuto, Toledana, in comune. Anch'io fui ragazzo, ora è poco...

---

1. Così proprio; quasi tale nome io avessi a lui dato; o era nome del tutto comune; chissà: certe piccole cose della vita non sono mai chiare; tutto comprendi, meno il più piccolo.

E seguitava così, riempiendomi di un riso e una forza straordinaria.

Mi pareva di capire, mentre baciavo due volte quella lettera, come il soldato bacia l'ordine scritto dal suo capitano, che lo assegna a una missione d'onore, che cosa egli, Giovanni D'Orgaz, voleva da me, Toledana: che io crescessi!

E benché tale eventualità mi riempisse di terrore, in certo senso io non aspettavo altro.

Perciò, immediatamente decisi di obbedirgli, e il mattino dopo (tutta notte ci avevo riflettuto, per modo di dire, trovandomi piuttosto in una orribile confusione di richiami, luci, suoni, di vero accaduto e vero sognato, che non sapevo come toccare, perché ambedue continuamente a un solo fiato s'infrangevano, e bisognava quindi starne distanti) mi misi al tavolo e scrissi il seguente rendiconto, piuttosto infantile come formale e scolastico nell'intento, dei primi anni passati da Rassa e me in questa casa marine. Tale rendiconto intitolai: *Piel Roja e il fanciullo apasa*, ma sarebbe stato veramente: *Comanche.*

Lo do come scritto, grezzo componimento.

Rendiconto del
PIEL ROJA E IL FANCIULLO APASA (COMANCHE)

Non più di tre anni fa, esistendo ancora il fanciullo Carlo, detto Rassa (un apasa), ed essendo la più bella stanza della casa, quella d'angolo sul porto, priva di mobili e solo arredata con cassoni e brande, io potevo sognare quello che dico, ora assurdo estatico sogno.

Un veliero, dunque, una *Maria Morales*, di quelle che attraccavano un tempo sotto le finestre, caricando barili, con spettacolose rande e fasciame vecchio sì, ma buono. A bordo di questa obbediente casa andavamo il fanciullo e io serenamente navigando, prima sotto la costa più vicina, poi giù verso Smalta, quindi, fatti esperti da alcuni mesi di navigazione, sopra i mari aperti del mondo, quali l'Atlantico, quali l'iridato (nella mente) Mare di Pace. Lui, Rassa, avrebbe capitanato la nave, io, provvista di colori lucenti portati da casa, avrei dipinto i paesaggi e la gente colorata di quei posti, grande mia passione, quella.

«Scusa, ma ci vorrebbe molto a comprarla (la nave)?» insinuavo con interrogante occhiata.

Egli, sereno giovanetto dalla testa rossa e l'occhio azzurrato, metà mozarabo metà acque eterne, fermava a mezzo il braccio levato negli esercizi di segnalazione marittima (avevamo bandierine di tutti i colori) e sorridendo mi guardava:

«Ce ne vuole, sì, ma tutt'è che prendo il libretto,» (padrone di mare, come capitano di piccolo cabotaggio) «faccio un po' di navigazione e poi si vedrà». Tornava quindi ai suoi esercizi, cantando delicatamente, mentre girava la muscolatura ramigna, un brano dell'*Himno de la Libertad,* da noi prediletto:

Libertad, haz que dulce resuene...

Sembreranno comiche cose, erano vere: nostra passione, nostra tenera speranza. Però a me, già da allora, sospirava in cuore l'amarezza di un dileggio non molto velato, a cui da tempo, per parte degli studenti civilissimi che erano in casa, i quali frequentavano scuole superiori, andavamo questo Rassa e io soggetti. Io avevo inoltre la malinconia (minore nel fanciullo apasa) della inattuabilità, così subito, di tali cose; e con questo lo sgomento vago e crescente, ogni giorno più, del dilagare che faceva intorno a noi, gonfia di clamore, la contemporanea civilitudine, la quale premeva ed entrava sia col respiro stesso degli Abitanti, sia con la necessità sfuggente, eppur risoluta, di un avvenire da farsi, sedentario, nella popolazione indigena. Affioravano poi intorno, fin da quegli anni, voci diffuse sull'allontanamento, dalle finestre di casa, di quelle *Marie Morales* così azzurre, e sulla probabile morte del faro rosso, e riempimento delle acque portuali e scomparsa non lontana del barrio di porto coi suoi campanili e pescherie e trasognata miseria. Urgeva dunque che noi due lavorassimo a trovare la occorrente nave e, con bandierine allegre e colori vivaci e propositi belli, prendessimo le vie della fortuna e salvezza, diretti alle Terre di Libertà. Noi non dicevamo però nulla in casa, dove ci avrebbero tristemente ripresi. Era un segreto. Intanto, ignari anch'essi della fine del loro mondo, i gabbiani antichi, fra imbroglio di vele e palpito d'acque e nuvole e vento, con rotte grida, fieramente poetavano.

Una mattina, io dissi:
«Bisognerebbe ornare la stanza, che ne dici?» (al fanciullo apasa).

Egli, con un suo coltello badava a intagliare nel legno una freccia, mi guardò. Io non feci subito il nome, ché trepidavo mi si leggessero in viso gli intimi sentimenti, il mio sogno silenzioso e originale anche: Cavallo Bianco. Non feci dunque questo nome, ma fermando il mento, proposi:
«Che ne diresti di un Piel Roja al naturale, che io dipingessi, attaccandolo poi sopra la branda? Pensa che impressione, entrando».

Ma non la vanità, giustifico, era il mio movente; ché da alcuni mesi, per certa lettura di opuscoli missionari, il «Cruzeiro» principalmente, in cui si deplorava il decadimento della bella nazione americana tanto diletta a noi, io ero rimasta impressionatissima: mangiavo di malavoglia, dormivo soprappensiero, e unica mia soddisfazione era una impetuosa discussione che aprivo giornalmente con gli Abitanti, sulla viltà dei Bianchi e altre esagerazioni. Non mi si dava molto retta, né a me, del resto, importava, ché altre erano le mie ansie continuate, assillanti: si pensi, un libro! Lungo o breve romance – ma ben superiore alle infantiline avventure per studenti – in cui badavo a esporre la tragedia dell'ultimo Roja, un Comanche, superstite unico sulla marea bianca del mondo, vilipeso, inseguito, dalle Guardie Civili assediato. Una cosa importante, ma in senso tutto superiore, s'intende, almeno per il fine cui miravo: la rivolta contro il Bianco oppressivo, la restituzione dell'America ai primitivi abitanti. La sventura – o la disgrazia – era stata però duplice per El Roja: il quale, così tutto ferito e cosparso di sangue, chiamato da me nella York Nuova, dove – stabilito l'ultimo assalto (sei milioni di armati contro un guerriero cadente, ma sorretto dagli Spiriti del Mattino!) –, causa soprattutto la difettosissima conoscenza topografica che io avevo della città, si era definitivamente smarrito. Finito nel fiume o in una foresta adiacente, chissà! Lasciavo allora il litterario tentativo, cadendo nella più alta febbre dell'alma di cui possa ammalarsi apasino. El Roja! El Roja! Tutto il raffinato mondo intorno mi pareva, al confronto, un vegliardo assopito nella poltrona, che non si può immaginare cosa più deprimente. Ne ero oppressa come per nebbia che cali. Come fuggire, dove raggiungerlo, e per quali libere vie del mondo, l'ultimo Roja?

Tutto questo per giustificare, in certo modo, la tanto ardita decisione presa da me: adoperare le matite, e in grande. Non mi restava, infatti, che affidarmi alle matite mie, pur miserabili e inadatte, per ricrearmi vicino il nobile amico. Ma prima volevo ottenere il consenso del fanciullo Carlo, che, espertissimo in materia, avrebbe dovuto dirmi sulla convenienza o no di tale tentativo, in una casa come la nostra, di cristiani e studiosi, probabilmente ostile. Ed egli fu d'accordo, benché riveda ancora il suo curioso sorriso fra le ciglia spesse.

Si cercò allora insieme (io febbrilmente) un foglio da imballaggio alto quasi mezza parete, e, stesolo sul pavimento di quella stanza deserta (non altrimenti si poteva adoperare), inginocchiatami su, mi misi fremendo all'opera, servendomi per modello, che guardavo ogni tanto, di una fotografia, che possedevo, di Piel Roja prima della civilizzazione. A mano a mano che lavoravo, grida di meraviglia mi uscivano dalle labbra, rotte voci di esaltamento, di commozione. Cavallo Bianco compariva a vista d'occhio, come uscendo dal pavimento, con la testa due volte la mia e la bocca serrata e gli occhi anche socchiusi, potentissimi, tutto aureolato di penne alte un metro... e con le braccia anche di un metro incrociate sul petto! Appena terminato di arrossare la grande faccia del Roja, io serrai i pugni per contenere la gioia che mi straripava fin nelle dita convulse, e lo guardavo lo guardavo, esprimendo con avventata foga la mia commozione, la fedeltà che sempre gli avrei portato; e anche il fanciullo Carlo, che non mi aveva lasciata un minuto, passeggiando su e giù nella stanza, col berretto in mano, era stupefatto e, chinato a guardare, rideva di compiacenza.

«Le penne, come le faccio le penne?» gridai.

Lui consigliò, toccandole, varie matite: il verde e il giallo, preferiva. Anche turchine, però, e nere andavano bene, con qualche spruzzatura di sangue.

Giù a rifinire, quindi.

Breve: allorché il Faro si accese, e cominciò a entrare ritmicamente nella stanza dalle vetratine blu, io avevo finito. E, aiutata dal fanciullo Carlo, mi affrettai a innalzare El Roja, con quattro chiodi, sopra la branda personale, al posto di alcune immagini sacre, che reverentemente tolsi (ingiallite assai). Egli fu subito in piedi, e, eretto sul gigantesco torace (si pensi, il doppio di uno normale), ferma la testa, socchiusi gli occhi, ci guardava fieramente, come fosse al palo della tortura, ma incurante di ogni avverso destino.

Dietro un suo braccio panneggiato di giallo, fuggiva l'ultima vastissima luce del tramonto, e la Terra sconfinata si incupiva di fossi. Accendemmo nella stanza una candela e, gonfio il cuore di devota passione, lo guardavamo, lo guardavamo.

Dopo alcuni giorni, però, fors'anche per le celie degli Abitanti, si abbuiò in me non so che sgomento, e poi mi accorsi che ciò veniva dalla intuizione mia di un certo esagerato radiante da quella colorazione tutta primitiva e fanciullesca; come un gelo iniziale (e destinato a crescere) davanti alla proiezione tanto strana e grande di straniero che abitava ora l'animo mio. Appena capita la cosa, pallidissima, avrei subito voluto distruggere il quadro. Madre, che avevo fatto! La colossale ingenuità del Roja, poi, che se ne stava lì tutto assorto in dolorosi pensieri, non sapendo di essere sbagliato, esule in povera casa doganale, mi afferrava l'anima con un tremito oscuro, un sapore di lacrime, ed era pietà grande che della sua sorte mi prendeva. Egli non sapeva, era sbagliato, non poteva serbare quel grandioso portamento e la bella malinconia dello sguardo senza cadere nell'incoerente. Quale pena per me che in tale condizione lo avevo sventatamente, per leggerezza di cuore, posto. Trascorrevo davanti a lui ore intere di fremente analisi, e poi, senza aver trovato rimedio alcuno, andavo via sospirando, per non essere sopraffatta dalla tristezza che lo sguardo del Roja – grave, sdegnoso, dolorante – sapeva darmi. Sentivo di prediligerlo con devozione assoluta, disperazione anzi, ma più tale sentimento cresceva, più la mente indagante, come fuori di me, mi rappresentava quell'idea di ridicolo, di esagerato, della grottesca inverosimiglianza di lui, dell'assurdità della sua presenza in una povera casa del mare, dove l'ombra è sì spessa. Le stesse dimensioni del quadro, il quale invadeva mezza stanza (a sinistra entrando), m'impaurivano ogni volta col presentimento degli ironici sospetti altrui sul mio stato d'animo – per chi guardasse il quadro – abbastanza palese.

«Ma tu» domandai altra volta al fanciullo Carlo, che sempre benevolo m'incoraggiava, «non pensi che è esagerato? Sii schietto...» e tentavo il mio cinico sorrisino.

«Non... Dasa... Come vero...» qui rispose appena l'apasa Carlo; ma lo disse, ripeto, distrattamente, che già, non solo da quel mattino, teneva l'occhio su certe navi sotto il faro – alte navi a motore, a vela,[1] che avrebbero potuto offrirgli quel libretto cui accennai, comune sogno di noi. Lo disse dunque distrattamente.

Subito dopo, per attenuare almeno un poco la strana evidenza che così solo faceva – a entrare nella stanza – El Roja, mi misi a dipingere, su carta da imballaggio, identiche proporzioni della prima, un gruppo di Hazenderos a cavallo, in un cortile illuminato da scialbe lanterne. Erano facce terribili, e uno di essi, certo Melinho, che avevo già conosciuto in Galopín, fu anche capace d'impressionarmi, forse perché chinava la testa verso di me. Io, dipingendo, non lo guardavo molto, appunto per questo, rivolgendo invece bei pensieri di fedeltà al gigantesco Comanche, e anzi spesso devotamente guardandolo. Ma, che dire? Quando Melinho ebbe messo i piedi nelle staffe, assunse un'aria così conturbante e vittoriosa, e mi guardava sempre. Io, come per forza superiore, fui costretta a trattarlo meglio degli altri, particolarmente con una bella sciarpa vermiglia, stretta alla cintola quasi serpente, che egli accolse con soddisfazione. Gli altri, a vedere, piegavano le facce sdegnose e cupe sul petto, guardandomi con rimprovero, cosicché fui costretta a fare sciarpe vermiglie per tutti. In

---

1. Andavano a Liverpool, quelle navi, a Boston, nelle Caroline. Oh come, nel riscrivere queste note, devo fermarmi ad ascoltare il loro strano lamento: «A Boston, Rassa! A Liverpool, apasino! In mari lontani, dove è grande azzurro, Rassino!». Ma riprendo il mio ingenuo rendiconto.

ultimo, El Jefe, pregandomi che gli togliessi il sombrero per potermi salutare, mi invitò a seguirlo, ad andare con loro. Nel cortile aspettava un altro cavallo con fianchi poderosi e sella a colori. Essi andavano per il Messico ancora selvaggio – fin dove termina Messico e inizia Civilitudine – rivoltandosi contro la Civiltà invadente e scura. Perché non li seguivo? «Se venissi!» gridavano arditamente nella loro lingua patria; e alzavano in segno di saluto i loro pupazzeschi e pure splendidi fucili. Io li udivo cantare, già scomparendo, l'amato verso:

Libertad, haz que dulce resuene...

e lacrime di reverente estasi mi correvano il viso.

Dove sono ora tutti questi Héroes, e perché non andai?
Forse perché, dopo il primo momento di lieta meraviglia, io venivo sempre scoprendo in essi quei difetti di costruzione che già mi avevano afflitta in Cavallo Bianco; e allora non potevo ancora intendere la bontà, la anzi necessitante logica: ché, se los Héroes erano sbagliati, anzi inverosimili, questo appunto costituiva il loro pregio massimo: non formando la perfezione tecnica e dei particolari vari che il finire della Héroicità alla quale più di tutto bisogna tendere, essendo il contrario, cioè il meschino, il morire. Tale Héroicità, insomma, mi si rivelava assai cara, sì che, pure esitando davanti alle proposte dei Rivoltanti – cioè seguirli, fuggire! –, io non riuscivo a vincere quel senso di venerazione – anzi mi ci abbandonavo – che tutti, da Cavallo Bianco all'ultimo dei campesino, m'incutevano. Dopo aver discusso vivacemente con me stessa sulla bontà o no di uno o più ritocchi (qua le penne non mi persuadevano, là il Capo aveva un braccio troppo fanciullesco, là i piedi di un cavalcante finivano in stile equino), mi buttavo sulla branda, con ciglia socchiuse, a contemplare tutti, a bearmi delle silenziose canzoni di essi, a fantasticare perfino, debolmente, sulla loro vita personale, sulle giornate che avevano vissuto, su alcune scene in cui l'appassionata nobiltà, o la ferocia di uno di essi, erano particolarmente rifulse.

Insomma, mille cose. Cavallo Bianco era però sempre nella più tenera profondità dei miei sentimenti, forse per la stessa malinconia che di lui mi faceva pietosa; forse, e più inclino a crederlo, per la primitività potentissima che si sprigionava dalla sua persona, trasfigurandone spesso le mende (come solo gli anni fecero in seguito definitivamente). Nella sua fronte abbattuta vi era qualcosa di tacito, di caro, che dire non è possibile; nei suoi occhi socchiusi – con la morte o incombente tramonto – si alzava non so che rossa speranza. «Occidente! Occidente!» egli sembrava dire. «Là, verso il sole, quando la stella si abbassa... fuggi, segui la sua ombra... mai non stancarti, apasina!».

E, d'improvviso, non era più scherzo o gioco nel mio fantasticare: vi era un che di vivo, reale e tremendo nel grido del Comanche. E come sentissi intorno a me incalzare non so che vento, tutta inquieta mi alzavo.

Semplice e puro fantasticare di mente infantile, o – come temo – addensarsi su di essa di cupo reale?

Questi, dunque, gli amici più diletti, e i diletti giorni, e il diletto aspettare. Ma ecco venire tempo – nella vita mia e della stanza d'Angolo – in cui, dietro Cavallo Bianco, dietro Melinho e i Rivoltanti armati, si aggiunse una lunga teoria di barbari, pueblo, in una parola, con donne e fanciulli che pareva domandassero turbatamente conto della forzata prigionia, dell'esilio imposto. Si affacciavano su carte da imballaggio più o meno ragionevoli, e su carte minori, e su fogli, anche, involati ai quaderni degli studiosi, capellature lisce e notturnamente piovose, libere o attorte, strette da nastri rossi, che erano delle squaw che io dipingevo. E venivano avanti alle squaw, procedevano per sentieri di sabbia e di roccia, uomini rossi di ogni regione e lingua dell'Ovest, figli del vento, dell'aria, del fiume, del tuono, delle nubi anche rosse. Procedevano su piccoli cavalli anche rossi, o a piedi, squittendo, volando, preceduti a loro volta dal cane che piange, o la volpe che sogna, o il piccolo puma. E tutta, davanti a loro, bruciava l'aria, sempre però – nell'alto – ridendo come lacca il cielo turchino. Scorgevo anche, fuggendo su quelle mie infelici matite che presto finivano, scene appena abbozzate di pueblos dove mi sarebbe piaciuto, di un subito, entrare, di cortili o plaze o radure o fiumi tumultuanti; di antri spaccati, con una tavolaccia, e su una candela, dove i grandi Ribelli si erano riuniti a giurare. Oh, quanto avrei anch'io voluto giurare! La primavera, poi, spesso copriva tutto quel mondo di una tale fioritura di rosa e di rosso, di verde e turchino! E si udivano, da parte delle squaw e di coloratissimi uccelli, tali canti, che l'anima se ne andava. L'anima di un apasa in quei cieli se ne andava, in terra non scendeva più.

Ero io, a questo punto – sorella di Rassina –, uno spirito che sogna, o una figlia che si diletta semplicemente di scarabocchiare? Chi sa, chi può dire, guardando dietro la fronte dei dieci o dodici anni dolorosi? So che a un certo punto, in quella stanza un tempo deserta, non si entrava più. Non un rettangolino di muro è più libero. Non un luogo dove non seggano minacciosi e cupi estranei. (Ma poi estranei? Non più intimi di ogni altro essere, Abitanti compresi?).

Oh, Comanche! Oh, vita dei Comanche! Vita che non è più!

Ecco ancora altri giorni, nel porto, di tempesta. Allora, a mettere il viso dietro quella porta, si provava una certa scura impressione: vero e non vero, reale o immaginato, nella mente, come sogni, si confondono. Quel vento! Ancora lo ascolto scatenarsi a tutte le imposte che tremano, sibilare entro tutte le fessure; roteare, fischiare, disperarsi sotto tutte le porte mentre l'orizzonte marino si disegna sconvolto e cereo sui vetri in fondo. Intorno, quella grande gente strabiliante, vestita d'azzurro, di giallo, di rosso, afferrata alla criniera dei cavalli, con archi e frecce e fucili polverosi, sembra ancora balzarmi incontro, come uscendo dai cassoni e saltando sui miseri arredi e distrutte ceste:

«Hola, Dasa! Vieni, apasina! Miraci, figlia cenciosa e paurosa! Con noi sàlvati!».

Ma quanti erano adesso questi Héroes, quanti! e come innumeri, languenti, svanenti nella sera simili a nube rossa! Come taciti, a un tratto, e simili alle lunghe nubi rosse della sera nel cielo che s'intenebra soavemente. Con essi me ne andavo, se ne andava anzi la mia mente, che era fatta più grave e muta. E, ormai, della vita civile, europea, diciamo, io non comprendevo più niente e solo uno spasimo silenzioso mi divorava ogni giorno più, aumentando: lasciare questa stanza, evadere lontano, nelle gloriose Terre d'Héroes. E non lo dicevo, ma tutte le mie speranze pallide posavano sempre più sul fanciullo Carlo che, fra gli altri, si era serbato libero da ogni giogo contemporaneo e, seduto davanti al mare, cantava.

E, invece, era proprio allora che questi fatti fanciulleschi, e l'intero mondo inabitato del cuor mio, volgevano alla fine. Una mattina mi avvidi che il fanciullo Carlo non c'era più. Sceso al porto, e imbarcatosi su una di quelle navi sotto il faro, si era diretto velocemente alla volta delle Terre d'Héroes, come sempre aveva pensato, e da lì, anzi, avrebbe trascinato la nave che a noi due premeva, o brigantino, o goletta, o altro.

Io non avevo speranza che in lui. Ma ecco che, venendo, egli sembrava sempre più mite e stupefatto, quasi di là dal mare, arrampicato sulle antenne, vedesse fuggirsi davanti la costa d'oro che s'era sognata insieme, e le rande spiegate e i fiocchi e i coltellacci svolanti della nostra *Maria Morales* portata via dalla tempesta suprema. Ora non rispondeva più: «tutt'è che prendo il libretto», quando gli parlavo dei cari propositi di una volta; ma, toccandosi le mani simili a corde rosse, mi guardava come tornasse da sogno grande, che uno non intende subito le voci. Tale che, a poco a poco, io non osai chiedergli più niente, solo gli rammentavo nelle lettere, pur timidamente, quanto s'era detto fra noi. Lui non voleva più, forse?

Avvenne intanto che, essendosi tutti gli Abitanti della casa fatti grandi e ragionevoli, non vollero più saperne, entrando nella stanza d'Angolo, di trovare quei cassoni e quella gente strana che incuteva una sconveniente soggezione. Fecero portare via le casse, osservarono che branda e tavolo stavano male, discussero sulla opportunità o meno di mobili nuovi; i quali arrivarono, prestissimo, e allora ci fu gran daffare a staccare dai muri la mia barbara popolazione, che si rivoltava impetuosa fra rauche grida (almeno pareva alla mia disperazione di udirle) e canti di guerra, il canto prediletto da noi:

> *Ciudadanos, volad a las armas,*
> *repeled, repeled la opresión.*

Vano istinto dell'anima, e mi furono strappati tutti, portati via, chissà dove, ché il cuore ne sanguinava segreto.

Non dimentico il Comanche! Lo rivedo ancora, mentre scende adagio – tra la muta folla – dal muro; e qui, forse per l'incurvarsi della carta, piegò la grande testa sul petto, particolare che non scordo e mi strinse d'irrefrenabile angoscia, quasi un segno ultimo d'addio fatto intendere solo a me, che tanto gli avevo voluto bene, sempre.

> *Ciudadanos, morir es mejor*

pareva singhiozzassero ora tutti, mentre El Roja usciva dalla stanza con la mano tesa (ma non potevo toccarla!) a indicarmi il rosso, l'infinitamente rosso perduto Occidente.

Caro Cavallo Bianco, non lo vidi mai più.

Dopo alcuni mesi (e qui la storia ha il suo termine), e a me piangeva nel cuore lo sgomento della solitudine, della ormai evidentissima inutilità mia di fronte alla vita pratica, alla avanzante civilitudine, anche il fanciullo apasa, fu risaputo, non tornava più; né infatti, malgrado vivaci speranze, e attese lunghe alle vetrate sul mare, vidi mai il consueto profilo muto scivolare dietro la cancellata, salutando, né le antenne della sua nave rinfrangersi nei vetri della casa. No, mai, mai! A tale notizia, è come se una primavera nuova, infinitamente timorosa, passasse nell'aria cantando canzoni di gioia e fatale oblio dei Passati. No, quella primavera dell'Ovest non tornerà più, né mai più tornerete con essa, fanciulli, voi timidi apasa! Di adulti è questa casa, oggi, o timidi apasa!

(E dove se ne andranno, talora mi domando io che sorsi da loro, che oggi parlo, ombra della loro gaia ombra? Dove vanno i fanciulli, quando l'età detta apasa ha termine? Dove vanno poi i grandi Comanche, feriti Cavalli del Cielo? In che cieli si perdono, insieme ai fanciulli dolorosi?).

Qui, non so cosa; ma tutto si dimentica, muta colore, senso; si dilarga, e vedo, tra maceria e maceria, sorgere un mondo diverso. Più non riconosco l'antico Porto. Ecco il Faro rosso: piange in disparte, chiamando il fanciullo apasa. Velieri cenciosi e bituminosi, che la tempesta non cancellò da questo Porto, si raccolgono – oltre le nuove navi – come intrusi. Non resiste il Faro, e crolla. Invano le finestre si allargano, come grandi occhi. Che pallore, nel cielo! Non si aprono più un varco, tra le semoventi colline del mare, gioiose bandiere. Non fischiano navi, da Boston, da Liverpool! Sembrano, tutti i mari, ghiacciati.

Forse il rendiconto era terminato; ma questo non sapevo, e ancora, per qualche rigo, incertamente, continuai:

E vengono operai, invece, e subito comincia grande lavoro per il rifacimento di questo Porto, per il riempimento delle antiche acque verdi, là una formidabile stazione che nasconda l'azzurro, qua abbattere, rifare, mutare tutto.

Cose necessarie, s'intende, né io ne lamento il fatale progredire, l'ansito gioioso e prepotente. Cose necessarie, umane.

Ma, intanto, come sperarla più, ora, una *Maria Morales* che si faccia strada tra queste acque basse, ingombre di rottami, e carica di bandierine allegre mi porti lontano, come teneramente aspettavo una volta, in lei sola fidando, salvezza innocente, liberazione di sogno?

Strano a dirsi – proprio come in sogno continuavo – e io non posso fare a meno di attenderla. Anzi, certe sere di tranquillità, mi sorprende sui vetri, battito soave, l'ala di questo uccello – veliero o Spirito di veliero –, ma con rumor dolce, appena sensibile, quasi non potesse, per spirituale sua sostanza, chiamare più forte. E io, pregando le reali cose e il lavoro che aspettino un poco, mi trovo a bordo della nave, la quale è vuota, e le sue sartie cantano di felici speranze invocando le Terre d'Héroes. «Aspettateci, Terre grandiose! Luminose! Non allontanatevi, accostatevi, Praterie del Cielo, dove l'Ovest non ha termine! Raccoglieteci, e sia per sempre, nella vostra luce rossa, Terre beate, e voi, Popoli dell'eterno, Appalchi, Comanche! Mandate, messaggeri, i vostri asciutti venti!».

Sorgono i venti occidentali da ogni parte della sera, al richiamo apasa. E la nave corre, vola sulle acque montuose e in un istante è là! E io scendo, e intorno è un vivo tumulto! Mi caracollano intorno, gloriosi, los Héroes che qui vennero, dove la Civilitudine e il Nero Vero non li seguono, che qui cantano, con potenti bocche, gli Inni della pace e la gioia ritrovata, fuggendo dietro essi, fra zampe e cappelli alti, la luce del tramonto senza fine.

S'intende, sogni.

Ma pur buono è questo tornare, anche di alcuni momenti, con libero piacere e a volte lacrime, a quelli che uno amò, Spiriti del Mattino, e Piel Roja e il fanciullo apasa, lo stesso Melinho e tanti altri.

Fine del rendiconto
PIEL ROJA E IL FANCIULLO APASA (COMANCHE)

Scritto questo rendiconto, intorno alla prima settimana di dicembre (la data precisa non ricordo), per altri due giorni lo ricopiai e corressi come meglio potevo, e il terzo giorno, che mi parve terminato, andai a spedirlo nella cassetta rossa del Vicolo Spagnolo, verso la Plaza Guzmano, sulla quale, essendo il tramonto, un bell'arcobaleno spargeva fra le nubi due o tre colori purissimi, rosa e verdino principalmente.

*Il Maestro d'Armi, intendendo l'armi come «espressivo».
Gioia in Plaza Guzmano. Riprende a scrivere,
mentre appaiono e scompaiono Morgan, Papasa,
D'Orgaz e altre seconde teste di luce*

Essendo mia intenzione di alternare a questa storia dei miei anni marini quella più sommaria di espressività e rendiconti vari, che tanta parte ebbero nella mia vita, dalla quale vita fui poi condotta qui, in questo tempo che ora passa, senza più storia né cieli, non mi fermerò che casualmente sulla fattura delle cose scritte, e tutti i loro difettucci formali, che però nascondevano non formali, ma vere e grandi confusioni dell'animo mio, di Toledana, e della povera gente mia e di Toledo insieme. No, ciò che in queste cose io volevo dire, e dissi o non dissi, m'interessa in questo soltanto: che la forma da tali cose presa, tanto strettamente è legata al relativo contenuto da non potersi distinguere l'una dall'altro, senza morte delle due cose insieme. Vale la pena di dire a che punto erano conoscenza e animo dello scrivente (quando si voglia concretamente giudicare) e si darà anche un giusto giudizio sulla forma del suo scritto. Nella mia vita di Toledana, conoscenza non era, né forse poteva essere, e appare, credo, dal citato rendiconto; solo intuizione di una verità: essere il mondo, sui tredici anni, immenso, indi più stretto, e inconsolabile perciò il dolore di chi credette l'immenso sua patria. In una certa gaiezza e languore formale, o anche incertezza disperata di parola, lo scrivente stesso si affannava poi a conoscere tale suo stato di naufrago, atterrito non già dal mare, come potrebbe pensarsi, bensì dalla condizione marina, tutta enigmatica e mutevole, dell'uomo.

Che volevo io, Toledana, allora?

Io, in verità, non bramavo che riconquistare un mondo che mai avevo avuto – nella misura in cui lo pensavo – ma solo intuito. Della fanciullezza, sì presto perduta, vedendone la meraviglia, sperando non fosse perduta, intendevo fare un reame. Perciò adoperavo sì caute e dorate parole: ché in quel reame speravo, non so come, inconsciamente, tornare.

Nella mia vita, allora, vi erano tutti i baratri che si presentano normalmente nella vita degli adolescenti – toledani e dei porti principalmente; vi era soprattutto un nulla grandissimo di avvenire e di presente, come, quasi, di passato; vi era il fatto che io, Toledana, avrei dovuto, lì, subito, o fuggire dalle stanze degli Apo, dai cancelli del porto, oppure morire, e invece, nella mia totale nullità giovanile, mi ostinavo a restarmene aggrappata a un sogno – la fuga con Rassa, un mondo senza dolore, non obbligato a sparire (non anzi, già, ai limiti dell'orizzonte).

Quale poteva essere dunque il significato di questo rendiconto, se non: tentativo di rimpossessarsi, mediante i mezzi mentali del ricordo e della espressività convenzionale, di questo dormiveglia appassionato, del dolente oscuro volto di Rassa, delle rozze navi, della mia non-storia e non-conoscenza abituale, facendone, misteriosamente, una ricerca, sia pur fuggevole, di conoscenza e personale storia?

Spedito il rendiconto, ero inquieta: sentendo di aver scelto, fra tutto ciò che era stata la mia esperienza, la parte più semplice e cara. Non avevo parlato di tutte le altre cose brucianti, avevo, per esempio, dimenticato le due lettere di Pter, il ritorno del *Diamant*, l'attesa di Apa, e il pianto terribile davanti alla pietra. Il perché di queste omissioni, o profonde distrazioni (oppure, al contrario, anticipazioni di fatti che allora appena si delineavano, come taluni mutamenti del porto, o non si potevano ancora prevedere, come l'occupazione della stanza d'Angolo), non capivo, e ancora adesso mi sfugge. Così delle espressioni tutte tenui e di pace mentre io ero in tumulto. Propendo per questa spiegazione: che io non fossi, allora, già adulta come credevo, e ancora lo strazio avesse per me una luce soave; e ammantata, per così dire, di questo soave strazio, io mi avviassi allora veramente lontano dalla mia primitiva condizione, verso una luce straordinaria che si profilava a nord del Monte Acklyns (mentre a occidente caracollavano i prodi compagni del mio breve mattino). Qui, a nord, dietro lo scuro Acklyns, eravi una città di scure nubi e cielo terso, popolosa e solenne città dove, in un punto nascosto, non identificabile in alcuna carta, brillava la «Literaria Gazeta» e, in questa «Gazeta», passeggiava eternamente il Maestro d'Armi, Giovanni Conra.

Perché, poi, Maestro d'Armi?
Perché, Lettore (oppure Nulla ineffabile che fondasti i cieli, e mi ascolti), arma era l'espressività, arma contro il nulla, per la costruzione – occhio per occhio! – di un altro nulla, ma dorato e ardente: questa espressività. E Conra Giovanni, di questa espressività, io sentivo oscuramente maestro.

Egli, inoltre, da quella breve frase dimenticata nella sua lettera: «*Anch'io fui ragazzo, ora è poco...*», mi si rivelava non già vecchio, come per un anno lo avevo creduto, ma sui vent'anni, di poco quindi maggiore di me, e severo.

Mi si rivelava anche della bellezza precisa e segreta dei signori del mio paese, lo vedevo con gli occhi bassi, come il Conte suo omonimo nel gran dipinto toledano, e tutto vestito di ferro, che era, questo ferro – pieno di incisioni colorate –, la sua medesima espressività. O la mia? Lo vedevo morto e fuggente in cieli di cinque o seicento anni altissimi, di là chiamarmi, invitarmi, mediante l'espressività, a riconquistare l'infinito perduto.

Io, senza saperlo, già cominciavo perciò ad amare D'Orgaz, e il mio modo, in quel rendiconto, obbedì all'ansia di attrarlo, e trovare in lui nuovi cieli, necessaria misericordia.

Apa, il 29 dicembre, era stranamente agitata. Siccome si accostava il secondo anniversario della fuga e morte di

Rassa, e un altro anniversario era passato da quattro giorni (del ritorno del vascello), aveva fatto dire due messe, una semplice, perché Apo non le aveva fornito la moneta necessaria, e una cantata, perché Apo si era commosso, nella Chiesa Spagnola. Ma ora messe non se ne sarebbero dette più, e perciò, come un bambino rimasto senza più notizie della madre (o del padre: tale lei considerava Rassa), non potendo, al di fuori di queste messe – così pensava –, comunicare più con Rassa, faceva l'effetto, ancora, di un bimbo cui abbiano picchiato sulle mani. Gli occhi suoi neri e lucenti più di quelli della colomba, nel viso di paradiso, non si volevano alzare. La bocca bianca era suggellata in un fiero e disperato sorriso.

Quando io vedevo Apa in queste condizioni mi sentivo morire, e avrei dato pure una terza e attesissima lettera del Maestro d'Armi, al fine di aiutarla.

Venne su un ragazzo, verso le sette, trascinando una pianta molto alta, dono di Apo ad Apa, e che era rimasta tutta la notte in portineria. Apa pianse. Quanti denari sprecati per una pianta da salotto, quando noi, da ormai quattro giorni, non siamo più in comunicazione con Rassa, causa l'impossibilità di far dire una nuova messa! Tuttavia, subito dopo, si commosse alla sorte della silenziosa creatura che le era stata donata (e che non rispondeva alle sue premure, persa in una taciturna dolcezza) e mi pregò di aiutarla a portare nella stanza d'Angolo; obbedii, e la disponemmo sul davanzale battuto dal vento.

Faceva un gran freddo, erano le otto. Poco dopo Apa, rientrata nella sua stanza, dove erano la sua poltrona e una coperta, nascose qui il capo e cominciò un pianto interminabile, sommesso, chiamando il suo Rassa amato, che nessuno di noi, disse, amava più, tanto che il suo posto a tavola era stato occupato,[1] tanto che non vi erano più voci e apparizioni nell'aria. «Oh Dio, portami dal mio Rassa, toglimi a questa vita senza più la voce del mio Rassa. Questi poverini si abitueranno. Oh, contentami, carissimo Dio del mio Rassa!».

1. Vero, ma solo una volta, e per Apa significava sempre.

Corsi fuori casa. Tremavo. Il vento mi batteva sulla faccia nuda, con la sua nuda forza ventosa. C'era acqua in cielo, acqua nelle strade. Tutto era nero, muto. E così, come perduta, percorsi il Vicolo Spagnolo e mi trovai nella Plaza Guzmano, davanti al mio caro Quiosco. E con una monetina lucente lasciata cadere nel piattello metallico, mi concessi la gioia di ritrovare la casa di D'Orgaz, del mio Maestro d'Armi lontano, casa tutta saloni e quadri, dove un tempo aveva passeggiato Emanuele Carlo.

Entro dunque... no, apro questa «Gazeta» e non vedo subito il mio rendiconto della fanciullezza indiana? Non ritrovo lo scritto comandatomi da D'Orgaz? Era là, intero, in lettere che mi parvero dorate!

Non tornai subito a casa. Lo lessi e rilessi sotto la sferza del vento.

Quale beatitudine, e terribili pensieri.

Via, lontano dal dolore, per sempre, via dal piccolo mare. Il mio destino, su in alto, col Maestro d'Armi, era segnato.

Confesso, tuttavia, che in mezzo a quest'alta e nobile beatitudine, che mai più, o non in questo modo, nella mia vita provai, la gioia più aperta e violenta, simile a una finestra che si spalanchi in mezzo a cieli celesti, era data dal pensiero che potevo riportare ad Apa notizie recentissime e gloriose del suo giovane padre, cioè Manuele Carlo. Quando mi decisi, non corsi affatto. Volai. Caddi anche, credo, e raggiante mi rialzai. Eccomi a casa. Apro di furia la porta. Dentro, fredda e cupa alba. Attraverso el despacho, chiamando:

«Apa, Apa, o Apa! o bellezza carissima!».

«Chi c'è? Chi piange?» fa Apa.

«Io sono, la tua Toledana, e non piango ma rido, bellezza carissima!».

E misi sul grembo di Apa la copia della «Gazeta».

E l'orfana guardava, leggeva, col viso di fiore amaro a poco a poco splendente. Notizie del suo Rassa, nuovamente, malgrado l'impossibilità delle messe, in questa mattina tremenda di pioggia e vento! Il suo Rassa a casa, nuovamente, anzi nel palazzo di D'Orgaz! Immortale! Per sempre!

(Tale appariva tutto, allora, alle nostre inferme deboli menti).

Leggeva e si risollevava. Finché fu in piedi, e stringendo al suo cuore la copia del giornale:

«Oh mio caro Signore!» gridò «mi restituisci il mio Rassa per mezzo di Toledana! Che farò io per Te? Che farò per questo buon signore, il D'Orgaz? Ah, Rassa mio vive, non si addormenterà in eterno!

«E presto verremo tutti nella tua luce, figlio mio!».

Per quanti anni, lustri, decenni, secoli, miriadi di secoli, ere della neve, del vento, della primavera, della malinconia – età della morte e del successivo – siano passati da quel 29 dicembre, esso è sempre qui, nella mia testa inerte, e io rido pensandolo. E credo che anche M. Apa, lontano da qui, nascosta al Sole, rida pensandolo. E forse anche D'Orgaz. Egli vive in campagna, ormai; è stranamente vecchio, severo e, credo, uomo sgradito. Nuvole di vita, polvere nera di stelle si sono accumulate sul capo bianco. Il suo palazzo della «Literaria Gazeta» si è spento. La città in cui la «Gazeta» viveva fu arsa da un lento incendio. Eppure D'Orgaz, lo so, lo sento, sorride; e tutto, ricordando quel 29 dicembre, sorride.

Ebbe inizio quel giorno, tra mandarini e tetro vento, sotto il cielo piovoso che ricopriva il porto e la Collina, la storia della mia devozione a D'Orgaz, mai spenta, anche dopo che questo mondo marino fu finito.

Era devozione come amore, senza termine. In quel tempo che l'animuccia dell'uomo si apre, niente basta a orientarla, e tale niente fissa per sempre, di poi, lo sviluppo dell'anima, lo condiziona. Così fu la giovane Toledana condizionata eternamente, nel suo crescere, dall'invisibile Maestro d'Armi.

Sparve – o si allontanò tranquillamente? – per la seconda volta, e questa definitiva, la barca di Emanuele Carlo, e si delineò al mio orizzonte la nave nera di Conra.

La mia vita continuava uguale, eppure uguale a prima non era più.

Ero forse sui sedici anni, ero una toledana come tante, un po' smunta, taciturna, malata di crescenza nella sua sanezza; ma i pensieri erano diversi. Nasceva, insieme a non so che speranza di avere anch'io qualcosa da fare nel mondo, l'espressività – nasceva la pena senza sosta, il mormorante mare delle immagini interiori.

Pensavo l'invisibile D'Orgaz, come un giorno avevo pensato il nobile Comanche.

In D'Orgaz sentivo non so che patria lontanissima, nella quale riposavo finalmente; oh, assai più remota del mio rosso-giallo Occidente indiano.

Era mia Spagna, erano i calmi secoli dorati trascorsi dagli anni procellosi dei grandi viaggi e conquiste.

Ricominciai a scoprire, sotto tanti avvenimenti e loro passaggio, quel medesimo individuo attonito, e forse atterrito, che aveva confortato le forme rosa dell'aria. Tale individuo era ormai sempre presente in me, e io ne avevo pena. Scrissi, per accontentarlo, i seguenti componimenti ritmici.[1] E cioè: *Fedele cuore, sopra la mia finestra come un sole*, più una paginetta senza titolo dove mi ricordavo di un albero.

Era dedicata, la prima di queste paginette, al suo proprio cuore.

Scrissi:

Mio lieve cuore / ora intendo chi sia tu che mi batti accanto e sei fedele / come il fluire eterno di stagioni, tu mia stagione, battito / di dolci primavere e tristi inverni. Fedele cuore, e dimmi: / cosa succede se mi vuol la terra, s'io più non torno a salutar le amate / Nuvole, il Sole? Fedele cuore, fermo / nel mio petto da sempre: quanto passammo amato tempo insieme! Eri fanciullo, e quindi / cresce-

[1]. Li do senza tradurre (come nei capitoli primi): e ciò perché da tradurre non vi è nulla, il loro valore essendo soltanto allusivo (nel suono di un'epoca morta) e conduttivo perciò della memoria a quel porto dove essa desidera e non può tornare.

sti, e tu sapevi mille cose e il pianto / passato e il futuro ti allietava: fu la tua storia grande, e tu correvi, / tu battevi battevi disperato. Oscuro cuore, e cosa / chiedi? Mi cresce il sonno fra le palpebre, senti, ed è ormai tanto che cresce. / Oh, forse bene / che ti rannicchi e dorma, segreto uccello, nella svelta sera.

L'insistenza un po' triste del tutto mi sia perdonata per l'intenzione che vi era (ed è ancora) di raccontare cosa avvenisse in me. Che si articolò successivamente in altri due componimenti, da cui traggo questo (sempre pensando non so chi, se Rassa o D'Orgaz):

C'era una stella a sera / fedele alla finestra nelle tenebre. Ora non più non la vedo. / Amata stella, e dove naufragasti? Battevi / sopra la mia finestra come un sole; tremando ti chiamavo, / con mesti nomi, e t'ero amica. Dove andasti? Io dove vado / al crescer della notte, in quali tenebre? O virgola di luce, e sei finita: / di te mi coglie pena e della notte mia senza confini. Domani sparirò. Pur mi piaceva / conversare tra lacrime, contando con i passati giorni anche i futuri. Dove andasti, cuor mio? Dove, tra l'orride / strade del cielo fuggi? Assai soave, incorporea, serena, e non credevi / a questo andare. Sulla mia finestra amorosa battevi, interrogando. Ma non so / ma non so dove ci reca questo cammino, e cosa ci spinge, a quale scopo tale fuga; non so dove tu tremi, / ora, mia luce, nell'oscurità.

Da cui si vede come il mio sentimento di animuccia incolta nei confronti di D'Orgaz si andava ora orientando in questo modo: che esso mi accresceva il senso già noto di una notte e un terrore di cose definitive, dandomi, attraverso tale senso, consapevolezza di me. Io crescevo (dopo la tenue luce rossa di Rassa e degli Americani antichi) in tenebra solenne.

E il nome di questa tenebra era: D'Orgaz. Ma pure, in ciò vi era dolcezza.

Talvolta, come riaprendo gli occhi, calcolavo la distanza che era passata tra gli anni in cui la mia nave era ferma nei mari di Rassa, e questi nuovi anni due in cui le acque erano altre. E mi meravigliavo più consapevolmente, come nella paginetta senza titolo:

Sotto il fluire della gente nuova / muore di paura il cuore, sotto il rumore delle armi, / spesso, straniata, l'anima si guarda. Io ripensando vado molte cose / ed epoche che eterne parvero un giorno alla fervente mente / e dolente. Stupisco di tanto camminare e luce e festa di giorni, e che non resti palpito meraviglio. Il mio viver somiglio all'albero che sette primavere / vidi vestirsi, e inverni scolorire indifferentemente, ed allietato / ora di uccelli, e triste ora nel gelo. Eppure non anelo / altro stato. Ché un dolce tremendo flusso mi trasporta via or piangente or beata, ed ora in festa ed ora sotterrata. / Smarritamente gode talora il cuore mio di far ritorno / nelle mattine pallide di festa e di colori e d'echi, / certo che nulla rechi tanta letizia pensierosa a lui / quanto quel dire: io fui, io vissi, io piansi! E riguardare il sole, / meraviglioso dentro gli anni bui.

Espressività tutte dalle quali si può capire come il cuore, simile a un inesperto capitano, stesse rendendosi conto delle distanze già immense che erano passate tra il nostro primo uscire (o entrare) nelle acque di Toledo, quando contavamo pochissimi anni, e ora che attraversavamo i sedici.

E chissà perché, forse a causa di detto componimento, mi torna in mente un certo albero (credo lo stesso dello scritto) nei pressi di Sant'Efremo (capitaneria del porto vecchio), che poi, con l'ingrandirsi del porto, fu tagliato e fatto sparire. Quest'albero, da me sempre guardato con indifferente animo, ora mi si presenta come l'immagine stessa del vivere estatico, che era il mio vivere. Vedo, in quella creatura che non porta alcun nome, la parte immobile e contemplante dell'antica Toledana. Tutto, intorno all'albero, correva, fluiva questa fugace apparizione chiamata vita, meno l'albero, che nel suo berretto verde, colmo di un'attesa di luce, sostava. Un giorno non lo vidi più. Ed ecco che, a distanza di una eternità, riappare. Come, fra breve, riapparirà la pianta che Apo donò ad Apa quel glorioso giorno.

Ho notato che i giorni o settimane o mesi successivi a un grandissimo giorno, di buono, in sé, non mostrano, nel guardarli, più nulla. Come un sole, quell'avvenimento li illumina prima in modo intenso, poi tenue, finché a una sorta di aurora boreale non segue un'alba pallidissima, la quale copre, di quel giorno fatto remoto ormai, perfino il colore del tempo. Ora che quel 29 dicembre, data di uscita della «Literaria Gazeta» col mio rendiconto, si era scostato di alcuni mesi, e tornava una nuova primavera di perla, mi pareva tutto ciò così enormemente lontano, e mi stupiva ancor più il perdersi definitivo, a ogni ora e a ogni istante sempre più perso, di quel 29 dicembre. Tutto questo mi rendeva pallida e come malata. Alla mia cara Apa badavo poco, e così a tutte le figure e fatti della mia vita precedente; un solo pensiero tenendomi, ogni dì più sconfortato: cosa fare affinché il Maestro d'Armi mi desse quella lode che tanto mi aveva ammalata. Per tale lode, sarei volentieri andata a morte. Ma D'Orgaz, a una mia lettera (per la verità di poche parole e rigida come il saluto di un soldato) non rispose.

Fu bene, credo; ne ebbi, infatti, una specie di sosta, e in quella ritrovai il rumore e il volto delle cose intorno, cui fin là non avevo più badato.

Devo dire, a questo punto, che, per la prima volta dacché ero a Toledo, ora che avevo sedici anni e credevo che il meglio della vita fosse passato, Toledo mi si presentava in un suo aspetto di pallida luce rosa. Vidi che tutto aveva questo tenue colore, prima sul grigio – da un fosco grigio che era stato – poi rosa, da certi gialli e verdi smunti che avevano imperato. La Montagna – o Acklyns – divenne di un azzurro violetto, o lavico; il porto celeste cenere; le case riebbero i vecchi colori rosa e giallino che sempre avevano avuto, e io mai notato.

Era, durante quell'inverno, molto piovuto e, quando ricominciò questa luce che ho detto, si vide, in casa nostra, che il soffitto era sfondato in più punti, e fu chiamato l'amministratore affinché cercasse un rimedio.

Quest'uomo venne, e girò con Apo per le stanze, e giunse fino a quella d'Angolo, dove io ero intenta a qualche lavoretto, e mi fece, dalla soglia, un cenno debole di saluto. A quel cenno, e nel vederlo, io vidi anche, o mi parve, un'altra testa che era sulla sua, identica, dalla nuca diritta su cui scivolavano capelli ispidi e rossi, e ciò mi fece una strana impressione, come gli occhi che erano cerulei, vacui e insieme infinitamente tristi.

A tale saluto risposi appena; ma, dopo che egli fu uscito, mi parve, nella stanza, sentire non so che vibrazione armonica, che subito si spense.

Incuriosita da questo fatto, chiesi ad Apo chi fosse quest'uomo (domanda sciocca, sapendo io che amministratore) e il suo nome, che vagamente immaginavo, al che Apo confermò, ancora più vacuamente degli occhi di quest'uomo, che era l'amministratore delegato del nostro casamento (appartenente a compagnia di navigazione sita al secondo piano), e il suo nome: Morgan,[1] e la sua fama, relativamente alla sua qualità più intima, cioè l'amministrativo, non buona.

Facevo le scale a piedi almeno otto volte al giorno, e perciò più volte, passando davanti alla porta a vetri della Alfanie (così si chiamava la compagnia), dove un mostro marino, immenso su cielo giallo, mostrava nel ventre, entro disco rosso, tante piccole navi in cammino, incontrai

1. di Yalta, quando completo. Ma poi seppi che nessuno dei suoi nomi era così, anzi egli non ebbe mai nome alcuno. E qualsiasi nome ebbe fu di comodo. Del resto per tutti i nomi, anche i più onorabili, è così.

87

questo Morgan che usciva o rientrava, ed egli mi guardò nel medesimo modo vacuo e malinconico.

Il mistero che era in questo vuoto e pura malinconia di occhi del delegato, fu per un tempo, non so più se lungo o breve, una sensazione dalla quale non certo avrei voluto liberarmi. Sentivo Morgan della stessa specie di Pter, uomini vacui e morti, con dentro qualche residuo dolce, uomini che possono, come volpi, aggredirvi e uccidervi, leccandosi dopo, semplicemente, il muso.

Scrissi, per questo Morgan, vari componimenti, e tenni oscuri diari; finché una volta, incontrandolo di nuovo per le scale, mi sentii prendere il braccio, ed egli diceva:

«Vorresti tu, Dasa Figuera,» (il nome della casata) «dire al babbo...» e aggiunse non so cosa, guardando di lato coi suoi terribili occhi chiari e vuoti. Tutta l'espressività egli l'aveva abbandonata nel braccio.

«Sicuro... cierto...» così risposi in un balbettio.

E con grande spavento e tristezza scappai su, volando, a rinchiudermi in casa.

Evitai Morgan, da quel tempo, benché lo ripensassi sovente, come un mistero, e distrussi tutte le composizioni che gli avevo dedicato.

In breve, egli, licenziato per non so che ammanco, in cui creduto implicato, non fu più visto al secondo piano della casa, davanti al pesce mostruoso, né in via del Pilar.

Mi fu detto (o lo seppi casualmente, non ricordo) che egli era stato in qualche modo, anni avanti, amico di Rassa, come spesso gli adulti scontenti lo sono degli adolescenti fuori strada, e in qualche modo complice della sua prima fuga. Perciò, a poco a poco, mi abituai a vederlo in una prospettiva anteriore a questa dei mesi che dico, e, sebbene barbara, non del tutto priva di una certa grave familiarità.

Vi era un segreto nella vita, nell'attrazione, non sapevi se dolorosa o gradevole, tra uomini e uomini, oppure tra ragazzi e ragazzi, che io non capivo e mi rendeva non so come titubante quando le scrivevo, queste espressività; come chi, sognando, si senta chiamare da voci alte, che non sa se sono del sogno o della vita reale, come chi stia sbagliando in tutto, direi. E cominciava a far parte, questo segreto, del nuovo colore dell'aria, quel grigio-rosa pallido, quel rosa cenere che aveva da poco sostituito il nero lutto del vicereame. Non so che cosa accadeva! Un fatto è certo: all'inferno, alla Chiesa, agli strazi tremendi che alla fine della vita mi aspettavano in certo senso non pensavo più, stordita da questo nuovo colore e calma dell'aria. Fu un momento d'incertezza che finì, o mi parve, nel modo che segue.

Vi erano, poco lontano dalla casa marine, dove la via del Pilar finiva in un'ampia plaza – delimitata a sud da un grigio castello e una Reggia rossa –, vi erano dei pubblici piccoli Giardini, che questa Reggia circondavano e, insieme alla Reggia, delimitavano la sassosa strada del mar; e vi era in questi Giardini, che Rassa fanciullo e io avevamo talvolta frequentato, non so che pace, e perciò io ancora, dopo che Rassa erasi perduto, vi tornavo sola, qualche mattina, passeggiando qua e là. Specie se avevo ricevuto, cosa rarissima, un qualche biglietto, era qui che me ne venivo a leggerlo. Qui, solo poveri vecchi, un'antica dama, solitari marine. Là, una mattina di mese dolce, forse l'aprile, il giugno, non so, mi ritrovai a guardare una letterina grigia. Era di Pter.

Mia cara Toledana, – diceva in breve – molto afflitto dalla mancanza di vostre notizie, ogni tanto vi ricordo, passando qui, nel collegio, i giorni ultimi dei miei studi (e della mia prigione).
Qui vi è un gran cortile risuonante solo di passi di collegiali, e qui, nel profondo del cuore, si levano le mie preghiere a voi.
Sappiate, Toledana, che sono solo. La mia rosa dell'alma (Antonia Basco) si è fidanzata con un agricoltore bianco, non la troverò a Fort, tornando. La mia gioventù finì qui. Tra giorni, non molti, imbarco, lascio, col Midi, la Fran-

ce. Mi scriverete, Toledana, ancora? Un semplice saluto? O qualche cara promessa?
Vi stringo devotamente la mano. Vostro

Pter

p.s. Altura: 1.80 (col cappello: 1.91). Il mio vero nome è Papasa. E voi come siete, cara Toledana?

A questa lettera che – lo vedo adesso, ma anche allora sentivo – avrebbe potuto mutare interamente mia vita, lettera umanissima, cristiana e tremenda insieme (essendo, dietro la veloce definizione di «agricoltore bianco», la meno rapida e anzi buia comunicazione di essere egli – Pter o Papasa – uomo di misto sangue, un oscuro zambo o mestizo), a questa lettera io pensai, quella mattina, mille calme risposte. E tornai a casa trasognata, desiderosa solo di subito scrivergli e dirgli come io, Toledana, trepidassi ormai al grande e oscuro nome di Papasa.

Ed ecco che, aprendo la porta a vetri colorati, mi vedo venire incontro bianchi visi animati da un'espressione di esaltata segretezza, e volti di studenti e di Apo guardarmi con una finezza insolita; e la timida Mater starsene sulla soglia, appoggiata a un muro, come in lacrime.

Dai loro atteggiamenti, prima ancora che da qualsiasi parola, fui certa, lì subito, come un lampo mi avesse illuminata, di una cosa incredibile, impossibile: era passato, venuto a chiedere di me alla casa marine, Giovanni Conra, Conte D'Orgaz.

Una rosa color di sole, aureolata di aculei verdi, era infissa sulla porta della stanza d'Angolo.

No, Lettore, Nulla carissimo che segui per caso questa storia, mai potrò dirti da quale terrore e riso fui invasa. Se tu sei stato mai fanciullo, e ardentemente preso d'amore per il tuo Maestro d'Armi, lo saprai. Io non aggiungerò nulla, tranne che rimasi senza mente, mentre le orecchie rapidamente si scaldavano. Vidi luce, e che altro? Settemila finestre si spalancarono, là dove non erano state che sette!

Mio primo desiderio, adesso era di fuggire, adesso di trasformarmi in una regina, oppure essere morta. Pensai anche d'imbarcarmi velocemente su qualche nave, e raggiungere a Marsilia lo studente Papasa; o, se Papasa già partito, proseguire con nave, io sola, verso i Caribi. Tutto pensavo, tutto mi era più dolce che mostrarmi al Maestro d'Armi, al gran Conra Giovanni mostrare ciò che effettivamente ero: una Toledana di miseri anni sedici, vestita da marine per metà, per l'altra da giovane cencioso.

Dissi: «muy bene», affettando scherzo, quando mi fu detto che sarebbe, il Maestro d'Armi, tornato l'indomani alle dieci, ma già dentro di me avevo pensato di disertare la casa marine e tutto il giorno, come spesso facevo, starmene nei pressi della Reggia.

Nella rosa, quando la staccai, era appoggiato un biglietto minimo e splendente, pochi centimetri lungo, più che altro strisciolina setacea, nel quale era scritto, con la minuta elegante scrittura a me nota:

Venuti per breve visita, ci auguriamo che Ella, Toledana, possa passare la prossima giornata con noi.

Eravi dunque, con Conra, un altro!

Tutta notte, senza pace rivoltandomi nella branda, io ripensai a Conra e a quest'altro, e a come fuggire, e Papasa mi pareva di vederlo vicino al mio letto, o fuor della finestra, dove il cornicione s'infittiva di piante, farmi segno con viso impenetrabile, come il mio bianco, e tuttavia buono, mormorando:

«Non dimenticare, Toledana, non dimenticare Pter; non perdere, per vita-mondo, antico Papasa, non perdere, per pura sciocchezza, sogno di Papasa».

Mi pareva anche di vedere Rassa, e i miei amici dell'antica America, e lo stesso Morgan, che da tempo erasi allontanato. E tutti mi sussurravano:

«Non dimenticarci: con lui non andare, Dasa!».

Insomma, una notte molto agitata.

Venne l'alba, ed era, credo, l'estate, oppure l'inoltrata primavera. Il tempo buono. Il mare, dapprima grigio, poi rosa. Un'aria calda e secca di fior.

Presi il mio caffelatte, ma senza pane, e, appena su il sole, mi disposi, con l'aiuto di Apa, a dare una grande strigliata a tutta la Toledana. Fu approntato un tino, e ci rimasi dentro dieci minuti buoni. Uscendone, Toledana aveva un che di bianco, di allegro, di nuovo. Anche i capelli, più nuovi. Una maglia marine nera, lunga fino a terra, era appoggiata su una sedia. Fu scorciata, e cucimmo un orlo. Con una forbicina furono dimezzati i capelli. Scarpe di tela bianca e un berretto verde completavano l'abbigliamento. Di me, insomma, nulla rimaneva; l'antica Toledana sostituita meravigliosamente da un adolescente svelto e allegro.

Mi guardai nello specchio dell'armadio di Apa e, a parte tutti i timori dell'anima, molto, se pure non infinitamente, mi rallegrai.

Avevamo portato nel despacho, intorno alla cassetta che fungeva da tavolo, alcune sedie per D'Orgaz e il suo compagno di viaggio.

Alle undici, non già le dieci, come indicato, ecco i loro passi per le scale.

Ti dirò subito, Lector caro, cosa vidi, non voglio che tu conosca la mia spasmodica attesa. D'Orgaz, lo riconobbi subito, benché mai lo avessi visto prima; era grave, snellissimo e scuro come arabo. La sua testa, priva di elmo, nuda testa di giovane sui vent'anni, era nerissima. Il volto di terra, una medaglia. Occhi neri e seri, naso corto, labbra armoniose e pallide.

Tutto, in questo giovane, era antica assoluta perfezione, e un interiore silenzio, e una grazia nata da cose inesorabili. Egli era come la morte quando giunge tra i fior.

Era, accanto a lui, l'altro; e quest'altro era una persona la cui caratteristica potevi dire il contrario di D'Orgaz (e perciò si amavano): una luce, dove lui aveva solo ombra, una speranza, dove in lui era negazione; ma la inesorabilità era identica. Era, questa persona, una donna, e anche il nome dirò subito, come lo seppi in quel giorno funesto: Robin. Era Robin, in breve, una giovane di luce, di una terra e un lusso dal regno assai lontani. In certo senso, abbagliava.

Credo che subito ambedue videro Apa, alle mie spalle, e il visuccio di paradiso. Essi le presero le mani, già sulla soglia, come due Reali Nipponici (cui tanto somigliavano), amabilmente inchinandosi. Dietro Apa – nell'ingresso – era Apo, e quindi Frisco, quel giorno rimasto a casa perché non aveva scuola. Quanto a Juana, come sempre si era nascosta.

La Montero, di cui questa era la stanza – essere, come dissi, tremendo e mesto, eternamente indignato –, si alzò dal suo lettino di ferro gridando: «È questa, Eccellenza, la loro misera casa, guardi, Signor Conte, come sono disgraziati», al che Apo si turbò, Frisco rise, ma Apa celeste sorrideva.

Che gran signori! Come, alla pari dei sublimi della terra, essi ignoravano la polvere, le brutture della casa del povero. Come – splendidamente, regalmente, quasi ammiccando – essi sorridevano alla celeste Apa!

Venne tuttavia il momento, mentre le mani si scioglievano, e Apa volgeva la fronte a punta, vera giada, precedendoli nel despacho, che essi guardarono me, Robin e D'Orgaz mi guardarono con diverso sguardo: freddo e duro Robin, nel suo zaffirino splendore, ambiguo e sottomesso e struggente il Maestro d'Armi.

Seppi, da quello sguardo, che il dolore era nuovamente entrato nella nostra casa, invisibile, diretto a Dasa, ora, e per gran tempo la corrispondente di Papasa tutto scorderebbe, e piangerebbe. Era cominciato strano inferno, perciò assai stanca lasciai che Apa spiegasse a D'Orgaz la mia ignoranza (che io mai avevo detto), e come mi fossi rifiutata di andare a scuola, e perciò avvenire non avessi. E come fossi d'indole superba e indisciplinata, e mai usa a curare la persona, ma quella mattina lo avessi fatto.

«Di solito,» soggiunse guardandomi affettuosamente

«quando abbiamo ospiti, né Toledana né gli studenti vengono presentati. Ma, per una volta, faremo eccezione».

E a questo discorso, per quanto conoscessi Apa, non ero preparata, e ne fui, lì per lì, colpita come da una mazza di ferro. Per questo motivo, tutti i grandi preparativi fatti si rivelarono inefficienti, mi tolsi il berretto e restai davanti a quei signori a capo basso, completamente indurita, assente.

Questo colloquio, tra Apa, D'Orgaz e Robin (Apo era silenzioso e Frisco, dopo qualche sorriso, era tornato di pietra), durò forse un quarto d'ora. Disse poi, Apa, tutto il suo dolore per Rassa non più visibile, ma che era passato, grazie al Cielo, in casa dei D'Orgaz; disse che si raccomandava, se lo vedevano, di portargli il saluto di Ma'. Disse com'era stato che morto, ma poi, dalla pietà di Dio, risvegliato. E aveva, dicendo ciò, un viso non più lieto – come il cielo quando si copre impercettibilmente d'argento, l'estate – benché dolce. Dolce era anche, come morto nella sua dolcezza, il viso, a queste parole, di D'Orgaz.

Anche di me si parlò nuovamente, ma con parole più tenui, lontane.

Disse D'Orgaz, infine, guardandomi:

«Verrebbe, Toledana, con noi, fino alla Montagna dei Morti?» (che era dietro l'Acklyns). «Stasera torniamo».

Che preghiera e rifiuto insieme vi era in quegli occhi del Maestro d'Armi!

Guardai Apa, ed ella era di nuovo assente:

«Vai pure, figlia cara».

«Ecco... verrò» dissi al Maestro d'Armi.

Scomparvi un momento, in camera mia andai a toccare rapidamente la lettera di Papasa.

«Oh Papasa, egli è qui!» dissi in un lamento.

Papasa era, con Manuele Carlo, seduto sul davanzale della finestra. Mi guardò finemente, fischiettando due versi dipinti sul fazzoletto rosso trovato nel sacco di Rassa, e cioè:

Adieu Mariette, adieu Juliette,
le navire s'en va, la journée est finie.

«No, che non parte, no, che non finisce il giorno, non rimarrete soli qui, tu, mio Rassa, tu, Papasa. Mai diventerò vecchia, ve lo giuro, è troppo orrendo, mai uscirò dal vostro collegio, dalle vostre tristi isole!».

Parole che solo di poi, quando tutto fu finito, mi tornarono in mente.

In vettura – una vettura a motore, nera e rapida – D'Orgaz, che la guidava, e Robin erano seduti davanti, io dietro. Devo ritenere che in ciò fosse uno sgarbo, per quanto involontario: ma liberò il mio cuore da una eccessiva tensione, nel senso che mi illudevo, a volte, non vedendo che queste due teste sconosciute, di essere sola.
Si consumò, e volò, una mattina azzurra, procedendo sempre noi verso la Montagna dei Morti, dietro l'Acklyns. Ormai lontani erano il porto, le navi, la misera Toledo. Venivano altri miseri paesi, pueblos dorati, e così passarono.
Cominciarono le ginestre.

In tutto questo tempo, io provavo dolore e incanto così straordinari, che solo la droga cinese, a quanto mi dissero poi persone che ne avevano fatto uso, può darne di simili. Una intensità straordinaria. Il cielo era due volte cielo. L'azzurro due volte azzurro. Il vento tenero, due volte vento tenero. Vennero le ginestre gialle, ed erano due volte ginestre e gialle.
Qualche momento il cielo, al pensiero degli occhi negatori di D'Orgaz, divenne cinereo (mentre sulle campagne era il sole), ed era *due volte* cinereo.

Durante quel viaggio non avvenne quasi nulla; essi scherzavano e ridevano tra loro, come capii, molto amandosi. Era per essi, Toledana, il Nulla e il Terrore. Una volta, tuttavia, D'Orgaz si volse, per dirmi non so cosa, e nel fare questo appoggiò, credo senza saperlo, il gomito destro sul mio ginocchio. Quel ginocchio all'istante si disfece, e io restai senza ginocchio.

Muta, senza più gola, che era appiattita, né occhi; qualcosa, però, percepivo.

Sciocchezze sul mio berretto e l'aspetto *impavido* – non quale si temeva, da apasa – che era, a quanto capivo, il contrario.

Lodi, inoltre, alla casa marine e suoi orrori (la Montero che aveva gridato, la spietatezza sognante di Apa, gli uscioli che si aprivano mostrando sconnesso ammattonato e antidiluviane carcasse di tavoli; i silenzi di Frisco e di Apo), che era menzogna ancora più grave.

Da entrambe le parti, insomma, delusione, inimicizia, indifferenza orribile.

Di ciò io morivo.

E, malgrado tutto questo, mentre così morivo, mi pareva una cosa: che vi era un altro signore in questo squisito signore, un altro D'Orgaz in questo D'Orgaz – come era già stato per Morgan –, e mi osservava: veniva da grandi lontananze, ed era vacuo, struggente, terribile.

Alle due fummo alla Montagna dei Morti, dietro l'Acklyns. Alle due e trenta visitammo il Paese dei Morti, ai piedi (altro versante) dell'Acklyns. Alle tre ricominciò il viaggio di ritorno, che al tramonto finì di nuovo in via del Pilar, davanti ai cancelli del porto, alla casa marine, dove i D'Orgaz mi lasciarono.

Rientrai in casa con un gran sorriso, e raccontai questo e quello. Ma anche sulle mie spalle vi era adesso un'altra testa, vi era la fronte di una seconda Toledana, e questa fissava un cielo che era, a sua volta, un cielo diverso.

Così venne la sera, e fu gran luce di nuvole, navi e voci di studenti.

L'antica Toledana giaceva inerte sotto il suo berretto verde, nella stanza d'Angolo.

Andò un momento, dopo il tramonto, andò la nuova

Toledana, o Damasa, nella sua stanza, e vide che Manuele Carlo e Papasa erano ancora là, in atto di conversare; ma pure apparenze anch'essi, tranquille ombre.

Vide, quella sera stessa, la nuova Toledana, che la bella pianta del 29 dicembre era morta, per incuria di Toledana, o del troppo triste inverno, e tempo dopo scrisse il rendiconto della pianta silenziosa, più espressività varie, che non poco l'aiutarono.

In realtà, quando ricevete una spinta assai forte, quando precipitate (o credete di precipitare) in una voragine, quando il dolore dei mutamenti, o metamorfosi e apprendimenti, si abbatte sul vostro capo quasi falda di montagna oscura, voi per qualche tempo giacete nello stordimento, come morti.

Ma poi, da tale nulla, ecco liberarsi sottile una nuova anima. Spesso è più lieve di una farfalla, ed erra intorno alla prima.

Così io, dopo aver visto D'Orgaz e il suo cuore di tenebra e il riso crudele del suo amore per Robin, me ne rimasi vario tempo senza vita, o tale apparentemente. Ma la mia nuova anima viveva, e già si aggirava su quanto resta del breve passato, già saliva oltre i giovani D'Orgaz, tornando fedele a sue onde e princìpi.

In quel tempo, da maggio, credo, a settembre, vissi e scrissi molto, ma in tono più interiore, senza affanno alcuno. E devo dire che la Natura sembrava aspettare questa mia calma. Mai vidi Apa più tenera e fiduciosa nel suo intimo colloquio con Rassa; mai vidi i giovani studenti crescere e fiorire più rapidamente; mai ebbi così amore e perdono per Morgan, Papasa, D'Orgaz e tutte le seconde teste dell'uomo.

Mai, infine, avvertii come in quel tempo (causa, forse, il vuoto del mare e del mondo) l'acuto dolce-amaro odore dei gerani rosa.

*Carica, nella barca del lavoro manuale, nuovi ritmici.
Sguardi su un Capitano di luce. Le appare, nella Chiesa
del Mare Interrado, il Presente come inganno e il Passato,
specie l'America antica, come Nuovo Futuro.
Partenza di Lee*

Ora si avvicina nuovamente l'inverno, dolce a Toledo, settimo da che giunsi in questo porto, quarto dell'Era di Desolazione iniziata da Rassa. Il male-bene, il terribile male-bene di D'Orgaz è passato. Gli studenti tornano a scuola, Apa alla sua Chiesa Spagnola, Toledana alla sua vita di ragazzo inutile.
Silenzio! Silenzio!
La mattina, io riordino le mie carte ritmiche. Per tre o quattro giorni della settimana faccio questo lavoro; gli altri, vago per la città e i colli intorno, tornandomene la sera grandemente stanca e stordita. La domenica è il mio pane dorato dei ricordi, la consumo silenziosa tra le vie del barrio, la Plaza del Quiosco; talora il molo.
In queste mattine di domenica, già velate dalle procelle di un nuovo inverno, mi ritrovo adesso assai calma, come in taluni tempi della primissima gioventù. L'animo è quello, sebbene la mente arda: fare, fare mille cose, ritrovare la strada che porta al castello di D'Orgaz. Io, là, non entrerò mai. Però, rivoglio quella luce.

Vi è, o Lectore, o Disamado, nell'intenso, talora orribile desiderio di un cuore, una forza che opera sulle stesse masse funeree del mondo. A un desiderio non espresso, ma custodito, alimentato e violentemente perfezionato dal tuo cuore, sempre corrisponderà una risposta, seguirà sempre, inatteso, un arrivo.

In realtà, da quel giorno del mio incontro con D'Orgaz, io, Toledana, non avevo solo ospitato un forte dolore (e sentimenti che ancora non mi riesce di dire), ma, contemporaneamente a ciò, non avevo abbandonato, se non per istanti di nulla, la mia diletta barca del lavoro manuale, della mano che stringe (quanto debolmente, saprai) l'espressività; sempre avevo lavorato a esprimermi, completando in primo luogo diversi ritmici, ciascuno di moltissime righe, i quali compendiavano la storia di Emanuele Carlo (e di cui D'Orgaz aveva già ricevuto copia); indi mettendo a punto più brevi composizioni, delle quali però solo parzialmente ero contenta: alcune insistendo in una specie di superficiale scavo di quella tetra meraviglia che era, per me, l'essere; altre liberandosi in un desiderio irragionevole di novità e fuga. Ad esempio, nel primo caso scrissi:

Cosa voglio non so, perché respiro / e mi ridesto le grigie mattine. Volge nel cuor tranquilla la memoria / dei miei trascorsi tempi e di marine e di luna e di sole alti tramonti, / e di vicende familiari il grido subito spento, o ancora / quasi di vento rimbalzante al sole. Cosa chiedo non so, cosa mai spero, / e chi sono, e chi mise, a qual fine la nuova anima a stare / tra cose tali e lievi. Ma pure un giorno finirà. Stupore / mi prende a rimirar questa vicenda senza gioia né scopo, / quasi in deserto e verde e solitario giardino al sole vibra / tra un'estasi di uccelli ed un fiorire liscio di rose, il gemito del vento.

Oppure:

Molto mi piace starmene seduta / con occhi aperti innanzi al grigio mare e riguardarlo tacita. Ma ancora / di più mi piace scendere alla riva fredda di sassi. Grande è questo mare. / Assai più grande quando lo guardavo ragazzetta, e la notte era vicina / con i suoi canti, le sue storie. Il mare alitava di fronte al sol calante, / con piccole onde nere.

Nel secondo caso, invece, venne la seguente: *Voglio andare lontano*, che trascrivo:

Voglio andare lontano, e tu mi serri, / muto fanciullo, e cosa mi chiedi non intendo, e che sospiri / da tanti anni, da tante mattine sorridenti a primavera. / Perché? Lontano andarmene io devo, sopra le montagne chiare, / fra le nubi, nei vortici dei cieli. E tu non vuoi. Tu piangi / da tanto nel mio petto carcerato, odo la santa voce / che «rimani, rimani» mi ripete. Ma fanciullo, non sai / che io non posso, che ovunque aspetta al varco naturale sonno; / e un'ansia mi porta e mi solleva per te, diletto, a cui / io non voglio che il sonno s'incateni. Meglio sarebbe andare come il vento / lievemente ci porta all'infinita aria, dormire / sotto le stelle lucide fingendo notti di primavera e ritornati / profumi e canti: e in questo sogno, cedere al sonno che impaura. Ma non posso fermarmi, o desolato / fanciullo, invano chiami, invano pensi i prati e le soavi / notti e il vento. Tu verrai lontano.

O tale ultima:

Torna la luna assidua e torna il vago / lucido mare a battere, e l'uccello, oh meraviglia! / torna a saltellare / nella prigione pensile. Sospesa sono di tenerezza, ché già vidi / altre simili cose: e profumare sentivo un cespo rosato al tramonto / sull'acque luminose. E un desiderio voi non trafisse? chiesi / d'altri giorni beati? Ora a me più non basta tale mare / tranquillo, e il calmo sorriso della luna, e il tuttovago / aroma della pianta; a me non basta vivere come il tuttopenne oscuro / uccelletto che voli nido cielo non sa, che il suo dimentica / triste anelito e il canto dei tempi suoi giocondi, in un saltello / un pigolio sommesso, un rimirare esitante dal suo lieve cancello / l'azzurra e tutta tremolante sera. A me ritorna avanti a questo mare / un tremolio di lampade; e paesi tornan soavi e voci / acute e risa e un grave di campane alitare, e un ampio di campagne / subito sfondo triste, uno di lucciole correre, un lieve / tempo che il sangue m'era / apportatore di quieti brividi. Più non festa di cena, ora, non canti, / non nella sera perdersi fra mille danzanti lumi dell'insetto magico: ma una pace che dura / da tanti anni oramai, sempre più cinge, invisibile braccio, la mia vita / e sempre più con le sue labbra gelide chiude la bocca, uccide / e parole e sospiri. O Pace, a questo animo giovanetto l'accostarsi / caro non è. Tu lasciami guardare, lasciami ricordare. Ch'io queste conti tepide gocce simili a perline / e stupisca beata del miracolo; e veda / correre nelle lacrime paesi, quasi in iride bolle, che vietati / furono alla mia vita; e la dolce aria, alberi beva e fiumi / e declinanti verdissimi colli irrorati di luna / che per il mondo s'alzano; e marine piane, che per il mondo / brillano dietro scogli, anche di luna in quest'ora chiarissima rigate. Bevo tanto, oramai, la mia stessa tristezza in due begli occhi / d'uccello, d'animale umile, tanto, che il mio grido, Pace, / anche fuori uscirebbe di tue dita nivee croci alla mia bocca. Di cieli / voglia tanto ho stasera, che il mio solo rifugio è lacrimare. E tu che lenta ti riveli e fletti anche nella pupilla al prigioniero / tuttopenne, tu certo felice tanto per i rivelati / mari del mondo e i colli, desta un brivido dentro le cose, luna spiritale. Che più rossi s'accendano i gerani, che più s'urtino e splendano nel mare / le fuggitive spade; e impallidiscano i monti, e nel suo sonno toccato / pure l'uccello poveretto canti. E prima levi un filo / di note, poi, sospeso un gran pianto versi di trilli, e la compagna chiami / con affettuosi gemiti, che venga a insegnar le strade; / la sua compagna chiami, ella sospiri, presto, che gli riporti gaia il cielo / perduto, che al suo lungo soffocare doni una porta, un'ala / al suo fermo, in cui dorme egli, martirio.

Tutti questi ritmici, i precedenti e altri in numero di forse trecento, insieme a quelli del *Marinero* facevano tremila e trecento righe circa, e quando li guardavo ero contenta. Ora li riguardavo, ora no. Appena, poi, mi parevano un po' decenti, li chiudevo in una busta gialla e andavo a spedire nella cassetta rossa del Vicolo Spagnolo, accanto alla Chiesa Spagnola.

In quel tempo, a proposito di Chiesa Spagnola, e riguardo ai miei vecchi problemi, se starmene o no nella Chiesa, accettare, voglio dire, o meno, i suoi mortali (al cuore) Comandamenti, e la confessione e perdita della libertà (dal male soprattutto), mi sentivo perplessa. Non che potessi accettarli, no, ma vedevo esservi in questa vita un così gran dolore e disordine, un affollarsi tale di epoche e di storie che poi tutte dileguavano e si perdevano senza sosta, simili a onde, e questo perdersi, appunto senza scampo, era così spaventoso, così irragionevole, tanto scoraggiava ogni più lieto pensare, che l'anima stanca talora voleva un porto, credenza qualunque dove sia salva. E, intorno, non era. Per quanto lontano si guardasse, tale porto non era.

Apa mia – mi si perdoni questo disordine in cui passo da un argomento in altro, trascurando talora creature preziose, come appunto Apa mia – si era da qualche tempo, e cioè dopo la visita di D'Orgaz al porto, fatta più calma. Ella aveva ormai accettato che Rassa se ne stesse nei cieli; non con ciò la ragione della terra le era tornata; ma la vedevi, per qualche dono di pianticina o fiore, per la vista di una bestiola, o l'odore di un mandarino o altre sciocchezze, la vedevi di nuovo sorridere e tornare amabile e cara come un tempo. Ora, non insisteva più che io accettassi la confessione cattolica e relativi ordinamenti, ma gradiva molto, quando lei si recava all'alba, per i vichi sassosi, infino alla Chiesa di Spagna, che io la seguissi. Cosa che volentieri. E le emozioni che questa Chiesa, e le rapide e intense funzioni accompagnate da canti terribili suscitavano in me, le ho già dette.

Uscendo da queste funzioni, io spesso, dopo aver riaccompagnato a casa Apa, oppure con lei, me ne andavo verso la città alta, o Reale, di cui cominciavo ad ammirare la bellezza dei palazzi, la Reggia (sul limitare), le nuove plaze, i Giardini. Tra questa città e la nostra, del porto toledano, vi era – benché nessun preciso confine le dividesse, e anzi innumerevoli scalette e scalettine di pietra l'una all'altra, eternamente, come venuzze dorate le congiungessero –, vi era un divario immenso, tale che pareva una invisibile muraglia di sole separasse le due città. E là vi era veramente, in genere, il sole, mentre qui nubi; là, rosee facciate e giardini settecenteschi, mentre da noi tuguri e, battute dalla pioggia e il vento, viscide pescherie. Benché, ripeto, nessun segno, cancellata d'oro, barriera del visibile le separasse nettamente, esse erano separate, tuttavia, da un non so cosa, che avresti potuto chiamare: dolore dell'animo. Là, a destra (per chi guardasse il mare), e poi più oltre, pareva la vita, realmente, una brillante distesa di sogni, di inimmaginati splendori. Lusso, calma e quel silenzio che caratterizza le beatitudini; mentre dalle banchine del porto fino a mezzo monte (ciò che dicesi Alfanie, e quindi la muta Asfalfa principalmente), il paesaggio davvero mutava, ed era, per lo più, verde e bianco di cattive luci lunari, e, per quanto si udisse parlare, il vento e la pioggia erano, di solito, più vociferanti delle anime. Insensibilmente, tra le due città, si delineava, addentrandosi tanto nell'una che l'altra, la Toledo dei primi tempi del Regno, con le gigantesche porte, le muraglie dei Pii Istituti, i monasteri dolorosi, le chiese color piombo affrescate, all'interno, con battaglie, visioni, decapitazioni... E questa Toledo, a monte della Plaza Guzmano e l'interminabile Corso Velázquez (mentre a destra era la Plaza Theotokópulos), sbarrava, per così dire, l'accesso alla Toledo dei Re, ch'era lì, eppure, in non so quale modo, del tutto sigillata, inaccessibile. Era una Toledo di luce! Vedevo passare, da quella parte, vetture stupende, vedevo sfilare principi, Eccellenze, senoras in abito azzurro e bianche piume (i colori del viso mai potrei ridirli!), seguite da cavalieri, paggi, ecc., mentre da questa parte nulla si vedeva, tranne (ma come incorporati nell'ombra) che nani, mendicanti e tonache nere. In certo senso, l'arrivo dei D'Orgaz mi aveva nuovamente reso edotta, ma ora in modo sbalordito, ammirante, dell'esistenza di queste due caste presenti nel Regno: che erano da una parte i lazzarilli (marine e altro), dall'altra i principi, notabili vari, ecc. E questi erano sempre bellissimi e gentili, con un che di nefasto. I preti, tra le due caste, e i soldati regolavano il rapporto.

Ora capitò che scoprissi, nel nostro stesso macilento edificio, una persona, a sua volta capo di una famiglia, che stranamente apparteneva all'altra casta. Era, questi, certo Elia Madras, noto come Thornton (o un nome press'a poco così), il cui aspetto fisico era una gran luce di miele e sole tra le nuvole, e perciò, essendo un capitano del mare, lo chiamai dentro di me: Capitano di luce.

Thornton aveva forse tre volte la mia età di Toledana, e un figlio a lui in tutto simile, di nome Roby, più altri figli, che però io non vedevo. Tutti insieme abitavano il piano sopra l'ufficio di Morgan, cioè terzo, e talvolta, quando di domenica le famiglie del mare si trovavano riunite in casa, usciva anch'egli, col bimbo, sul suo ricco balcone di gerani, usciva vestito di nero-blu, con la pipa, la piccola testa bionda ben pettinata. Talvolta, ridendo, guardava su.

Mi accadde di pensare, guardando questo Thornton, quanta bellezza vi era nel mondo, e che cosa meravigliosa potesse essere lo sguardo, non vacuo e crudele, ma ridente-azzurro, dei capitani di luce. Fantasticai a lungo su ciò. Cominciai a pensare, di tanto in tanto, che fra breve avrei anni diciassette, e potrei unirmi in matrimonio (così si diceva) con un qualche biondino di mare, e con lui trasportarmi in isola o continente sereno. Avrei dimenticato D'Orgaz, e il dolore degli occhi neri.

Così fantasticando, senza nessuna concretezza, come si può vedere, né memoria dei miei precedenti proponimenti, io non facevo che accogliere nel mio essere oscuro di Toledana tutte le richieste dell'avvenire, già accennate nei relativi componimenti, e tuttavia ancora più mi addentravo in una via senza uscita di meravigliosi arcobaleni. In quanto, seppi dopo, signori sposavano signore, biondi bionde, capitani di luce giovanette di luce, e io, Toledana, queste cose non ero.

Comunque, causa il Capitano di luce, e il suo sguardo ridente-azzurro, cominciai ad avere qualche maggiore cura della mia persona. Impensatamente, poi, mi fu fatto un dono: Apo acquistò per me, o fece acquistare da Apa, che è più esatto, un elegante abito da cerimonia, per il caso di qualche messa grande, o se di domenica andavo al molo. E come questi due, Apo e Apa, di vestiti non s'intendevano, fu, ciò che mi donarono, una cosa importabile e straordinaria, e tuttavia io la portai (per quell'anno e oltre), più di una volta, entrando ancor più a far parte, per questo solo fatto, dell'Era della Desolazione (là dove, all'inizio della Gioia, si accende di improbabili fulgori).
Mi proverò a descrivere tale abito.

La parte superiore di tale abito, tutto di fine lana rossa, ardeva a metà del petto di un alto fregio d'oro; così al collo, ai polsi e alla cinturetta. La parte inferiore, ugualmente di lana rossa, era completata da un bordo anch'esso rutilante di ricca luce.
Ora, ecco cosa voglio dire: in tutto quest'oro e questo purpureo, essendo un oro puro e un purpureo di luce, vi era qualcosa che sembrava *gridare* di gioia, e poiché la gioia, nel nostro mondo, non era, quell'abito sembrava adombrare una supplica elevata nel tempio del Signore, *affinché vengano la pace e la gioia* e sia estinto il lutto. In questo senso dico che era da cerimonia, e in questo senso che era straordinario e *gridava*. Gridava come in un tempio; affinché fosse estinto il lutto e cessasse la curiosa afflizione.
Non mi sembrava possibile, ripeto, portarlo. Pure lo indossai e, una mattina di novembre, con un sole brillante nell'aria, mi recai con esso nella Chiesa del Pilar, o del Mare Interrado; poi, nel pomeriggio (dirò più avanti), al molo.

Questa Chiesa, che mai prima d'ora avevo visitato, sorgeva a poca distanza dalla casa marine, sulla via del Pilar, dove questa strada, ora vasta e allegra, ora malinconica, si interrompeva misteriosamente – nel suo corso verso l'Est –, o per meglio dire faceva gomito, dando luogo a una sorta di porticciolo nascosto, un verdastro e putrido specchio d'acqua, denominato *Morto*, o *Interrado* (Mare). E qui, sul limitare, cinta di muri e cancelli verdi, sorgeva appunto, di spalla, la Chiesa omonima, la facciata rivolta al Piccolo Mare. L'ingresso era perciò dal Piccolo Mare. Un ponticello, dal sagrato, attraversando il fosso, la metteva in comunicazione con le nere rue e ruelle del porto.

Per tale posizione era denominata anche *Vascello*: *Vascello* della *Roseda* o del *Mare Interrado*.
Dal Pilar, non la notavi.
Ma scorgevi la sua cupola, di uno stinto rosso, sormontata da crocette dorate di Bisanzio, da grandissima distanza.
All'interno, era tutta quadri dorati e fiori e mura candide; una Vergine dipinta, col Bimbo in braccio, molto ricca e allegra, all'aspetto superba e benevola Capitana, vi era onorata; era detta *La Roseda*, e dava alla Chiesa quel nome: *Roseda* del *Vascello* o del *Mare Interrado*.
Nell'insieme, tale Santuario presentava un che di lieto e popolaresco; come un domestico drago si crogiolava al sole del popolo, masticava erbe. A pensarci, irreale!

Ora, quella mattina, erano forse le nove quando io mi ci recai con Apa e Apo, seguita a breve distanza, o preceduta, dagli altri Figuera, anche nei loro vestiti di festa. Io, col mio vestito di fiamma, le scarpe nuove di vernice nera con fibbia e lunghe calze bianche, il berretto verde spianato, mi sentivo per la prima volta un che d'importante, dell'altra casta, degno, per così dire, di nostra madre Spagna, e anche più alto (sensazione che ai fanciulli, in simili circostanze, è nota). Sediamo sul nostro scanno e comincia la funzione.[1]

1. Relativa a una celebrazione – da tempo annua – di una sconfitta dei Turchi a opera di galee catalane.

Un prete vestito di paramenti smaglianti, due chierichetti, un altare ardente di rose, gigli e altri fiori, più luce di candele, sole azzurro dai finestroni, canti, e un popolo di lazzarilli e marine dimenticati – mentre si prosternano gli adoratori, ondeggiano al sole gli incensieri e fuma l'amaro incenso in questi dorati, pesanti turiboli –, questa la prima visione. Fu dunque non subito, ma solo in un secondo momento, quando mi fui abituata a tanto splendore, che scorsi, dietro l'Altare, fra alcuni marine dispersi, Thornton Madras, vestito da ammiraglio dell'America antica, con la feluca nera, e oro dappertutto e, sul cappello, piume bianche.

In realtà, il Thornton di tutti i giorni era seduto nel primo banco davanti a noi, con la sua signora Geltrude, le cognate e i bimbi, compunto e con la pipa in tasca; ma fu là, dietro l'Altare Maggiore, che io lo vidi, vestito da ammiraglio dell'America antica.

Erano, a lui accanto, altri uomini giovani, tutti con la faccia coperta da una nube e, quando questa si dissipò, riconobbi Rassa, Morgan, Papasa e altri, seguiti a loro volta da una moltitudine di Rojas.

Si levò un gran canto di chiesa, un tedeum, ma dietro, o entro, non so, altissimo su tutto si inerpicava quel canto dell'America antica, non più *Himno de la Libertad,* no, canto ancora più antico e povero e insieme superbamente umano. Io vidi attraverso questo canto, con lacrime, l'America antica. Essa mi parve l'Avvenire. Vidi un ritorno, come dopo tempesta, agli antichi Padri Biblici, alle figurazioni del Cavallo e del Bisonte, però libere figurazioni, non mediate dall'Utile: vidi, insomma, il Paradiso. Al centro, come dissi, era Thornton; più indietro, pallidi per la lunga attesa (cadevano poi sull'abside fasci di metallici raggi, e s'incrociavano spade chiglie lanterne e alberi di trinchetto), in bianche vesti di luce o di spuma, Rassa e gli altri.

Come vidi questa santa immagine, essa si spense; la Messa ebbe termine, si spensero i ceri, e uscimmo con la folla, Apa, Apo e tutti gli altri lungo le rive erbose del Mare Interrado. Ma io non facevo che voltarmi indietro.

La famiglia di Thornton, con Thornton in testa, ci raggiunse, e i miei e Geltrude Thornton e le cognate si misero a conversare d'inezie. Ma io non vedevo più alcuno.

Che è? – mi dicevo più tardi, tornando sola al Mare Interrado, e, più tardi ancora, nel pomeriggio, passeggiando con Apo e Frisco sul molo – che mi è accaduto? che vidi? Cos'è quest'America antica? Questi Padri Biblici, che sono? Queste figure di cavalli, che? Sarà qui, dunque, il mistero della mia situazione? Che sono Toledana, che soffro, che esistono muraglie e Conti D'Orgaz, i quali mi impediscono?... Allora, questi ritmici, che?... questi scritti, cosa?... E la Plaza del Quiosco vorrà dire qualcosa?

A distanza di anni, una vita, vedo in quella mia presentazione al cospetto di Thornton e gli altri, davanti all'altare del Pilar, quasi una indicazione, che allora mi era oscura e vietata, della strada che io dovevo prendere più in là, cioè dopo molta morte, del ritorno al passato. Vidi anzi, benché solo per un attimo fulmineo, che non vi era passato, ma solo inganno di promesse e avvenire; vi era un'unica pienezza dei tempi, che ora avevamo dimenticata, e ci aggiravamo intorno alle sue vecchie mura. Vidi che il progresso non era, né il passato, ma era un unico presente dell'Uomo Biblico che conosce la vela e il cavallo e le enormi distanze, e i sentimenti elementari, e un rapporto eterno con le nubi, la semovente distesa dell'erba, le semoventi catene del mare.

Al pomeriggio, sul molo, ero oppressa: avrei voluto chiarire a me tutto questo. Già lo avevo dimenticato, e solo ora, che tutto è inutile, mi riappare. Ma mi accorgevo di ripensare Rassa e gli altri non più con febbri ed esaltazione, bensì una grave calma.
Venne, nel tardo pomeriggio, un gran temporale. L'indomani, credo 7 novembre, accadde una cosa che non avevamo affatto pensato, ma ci lasciò, devo dire, indifferenti. Anche Lee s'imbarcò, per la prima volta, su una carbo-

nera al comando di Thornton. Questa specie di cassa da morto, rossa e nera, la *New Historia* (della Alfanie), si era appena allontanata nella luce grigia del mezzogiorno piovoso sul porto, davanti agli occhi lieti e febbrili di Apa che la fissava dal balcone, quando ci fu recapitata una lettera. Era di D'Orgaz.

*Quarta e quinta lettera del Maestro d'Armi e breve
disputa sulla Espressività come privilegio, oppure
salvamento general. Nuove onde del tempo e diversa tristezza.
Rendiconto di «Fhela e il Lume doloroso»*

Era, questa, la terza o quarta lettera[1] che io ricevevo dal Maestro d'Armi, e vidi subito, con un fremito, che era anche la più lunga; tre quarti della pagina, circa, erano coperti dalla sua minuta e bellissima scrittura nera. La più parte dei periodi erano lunghi. I periodi brevi, di cinque o sei parole appena, colpivano subito per qualche parola insolita, un *cara* o *diletta*, non rivolta a Dasa (come sussultando, in una frazione d'istante, pensavi), ma a qualche cosa che era pur suo, o voleva esserlo. In breve, la lettera riguardava l'Espressività.

Non la lessi subito, ma solo più tardi, nascosta nella mia branda, sotto una coperta.

Come detto, riguardava l'Espressività, e la prima parte, circa un terzo, di ammirabile concisione, conteneva un giudizio sulle carte ritmiche che io avevo fin là mandato, *Per uno di Toledo* e altre, ed era, tale giudizio, come mi aspettavo, non sulle composizioni in sé, certo manchevoli, ma sulla linfa che cercava di formare una sua astratta carne, o volto, e, pensava D'Orgaz «*possibile che vi riuscirà, non presto naturalmente, Toledana*».

Passava, nella seconda parte, a dirmi che cosa, a parer

1. Volendo considerare anche il biglietto sulla porta.

suo, era l'Espressività, e controllassi perciò anch'io le mie forze e la volontà per vedere se era dissennato o meno imbarcarmi su tale vascello dell'invisibile. Egli, a questo punto, con mia grande sorpresa, uscì in un avvertimento, che sulle prime respinsi, e poi ne fui affascinata. Secondo tale avvertimento, che contrastava con tutto ciò che io avevo pensato finora della Espressività, essa, sebbene ci apparisse solo (chi guardi la Litteratura caso per caso) un tentativo continuo e affannato di esprimere l'immagine che l'uomo si è fatta del mondo, e perciò potesse apparire al profano, o superficiale, un semplice *riflesso* di tale mondo, era, in realtà, *un secondo mondo* o *seconda realtà*, una immensa appropriazione dell'inespresso, del vivente in eterno, da parte di morituri; e ciò, non già al solo fine di *esprimerlo* (questo, un effetto secondario), bensì di costituirsi, tale inespresso finalmente rivelato, come una seconda irreale realtà; non tanto irreale, poi, se vedevamo la realtà vera disfarsi continuamente, al pari di un vapore acqueo, e la realtà irreale dominare l'eterno.

Con ciò, secondo D'Orgaz, ogni volta che mente umana entrava nel mondo della Espressività, lavorava a nient'altro che la costruzione di un nuovo continente, o terra, dove, finché sul mondo vi fosse stata la caducità, i naufraghi avrebbero trovato salvezza, sebbene temporanea. L'umanità, in tale continente, avrebbe trovato pace. Questo continente era il fiore della storia (come somma del vivere), della scienza e delle arti tutte, essendo la Espressività.

Non altro disse, solo aggiungendo che andare verso questa terra era andare in cerca di speranza per l'uomo. Non molti arrivano, anzi pochi. I più si perdono nel vasto azzurro delle acque circondanti la terra, l'azzurro muto dell'*inespresso*. Ci pensassi, dunque! In una seconda lettera, se lo desideravo, egli mi avrebbe detto qualcosa sui mezzi di trasporto verso tale terra: cioè le parole, i periodi, ecc.

L'effetto di tale lettera su me fu, dapprincipio, solo sbalordimento, disagio e, a tratti, violento rifiuto. Poi, rileggendola, per vedere dove la dura lezione forse cedeva il passo a una misteriosa tenerezza, ne provai un senso di sconforto terribile, come vedessi e capissi la prima volta: D'Orgaz aveva ragione! L'Espressività non era riflesso del mondo umano, soltanto; era, dietro la sua apparenza di riflesso, quale a noi si mostrava, un *secondo* mondo, una *seconda* terra: il vero reale; e, davanti a tale mondo reale, il mondo di ogni giorno, giacente nell'inespresso, non era più che un sogno, una veloce ombra.

Così, levando, dopo un'ora e più, gli occhi da questa lettera, io provavo in me disperazione ed esaltazione. Ecco perché la vita mi appariva tremenda: non perché fossi giovane e misera, ma perché di ogni cosa io avvertivo da sempre la fugacità, l'irreale. E a questa fugacità e irreale non era rimedio. E mi parve, considerando ciò, il destino dell'uomo assai orrendo.

Ebbi, una volta ancora, e più profondamente, compassione delle ombre che tutti eravamo, e mi dissi – perdona, Lettore – ma *dove* atterreranno, allora, tutti coloro che non hanno l'espressività, cioè Apa, Rassa, ecc.? Che sarà di essi una volta usciti da questa terra e sue brillanti tumultuanti apparenze? Mi rifiutavo di pensare che per Apa e Manuele Carlo e altri, solo perché non vi era l'Espressività, non vi sarebbe l'eterno. Io, questo eterno, desideravo come la vera vita, e mi pareva (in una tempesta di pensieri e contraddizioni) che pure avrebbero, i due mondi, potuto reggersi insieme, in non so che dimensione: quello della Espressività e quello del Silenzio (ch'era il mondo umano). E che il destino delle Apa e degli altri taciturni non sarebbe lo scomparire, in ogni caso. Che nulla, neanche la più piccola nube, disparirebbe, altro che alla vista del guardante. Che tutto, anzi, già viveva eternamente, benché fuori del giorno, lontano dai nostri occhi.

Di poi, ripensandoci, mi parve sì questa vita tutta irreale, come aveva detto D'Orgaz, ma non irreale l'anima dell'uomo e dei viventi tutti; e perciò la Espressività scritta *solo* una testimonianza dell'uomo; ma, oltre e sopra questa Espressività *come Testimonianza*, vive una Espressività Totale, o Continente dell'Essere, i cui periodi, le cui pagine e la stessa interpunzione risultano formati dalla infinità di tutto quanto è vivente, e suoi moti e azioni, che perciò non muore se non allo sguardo di altri sguardi fuggenti – in realtà resta, in luogo ignoto, come resta il mare che salutiamo approdando, l'astro che vediamo scomparire all'alba, ecc. Solo ciò, io pensavo, aveva più realtà e immortalità di tutto: l'essere e il pensare o sentire muto: mentre l'Espressività che si documenta, tanto cara a noi, cioè D'Orgaz e Toledana, era solo un momento dell'Espressività universale.

Sì – pensai – tutto si esprime, anche se non in documento; l'uccello canta, e perciò si esprime. La vela si apre, e perciò si esprime. Apa invoca il suo Rassa, e perciò si esprime. E, una volta espresso, tutto ciò non potrà mai più morire. Vi è una *realtà*, di cui fanno parte Apa, la vela, l'uccello. Tale realtà è già cosa espressa, in quanto manifestata, è quindi realtà indistruttibile; la sua materia essendo unicamente l'invisibile pensiero, quando vedi questa materia o mondo, vedi questo vivente pensiero: che perciò, come i pensieri, muta e si distanzia, ma non si perde, e sempre altri pensieri produce. Dunque realtà, come cosa pensata, è moto di pensiero, Apa è un pensiero, Rassa un pensiero, D'Orgaz un pensiero che a sua volta pensa.

Ciò combinava con la mia visione dei Padri Biblici, cioè Antica America, e dei Cavalli. Sentivo che la vita era opera di una mente sublime, in cui tutto, esprimendosi, era nell'atto stesso immutabile, eterno. La Espressività scritta, quindi, solo una visione limitata che noi avevamo di tale *immutabile* o *eterno*.

Insomma, io volevo salva la vita, era chiaro, non in una immagine, un simbolo, ma nella sua concretudine stessa. Nessun attimo o respiro si doveva perdere.

Questa mia ostinazione, espressa in modo tanto confuso, mi accompagnò da allora per sempre, tormentandomi, in quanto le ragioni a sostegno del contrario erano molto deboli. Ma io volevo salva tutta la vita, senza che se ne perdesse un capello. Volevo salvo l'essere intero, dalle nubi agli abissi marini; l'Espressività scritta concepivo come una parte dell'essere intero, parte che non si può salvare da sola, ma deve salvarsi con l'essere tutto.

Nondimeno, la mia risposta a D'Orgaz fu rozza e muta. Scrissi, prima di arrivare alla risposta giusta, o che mi parve tale, almeno dieci lettere, disperandomi a causa di virgole e apostrofi, che non sapevo dove collocare. Alla fine risposi che (rispondendo alla sua interrogazione), tutto sommato, me la sentivo e vedevo la possibilità, nel mio animo, di continuare in questa strada dell'Espressivo, sebbene i nostri pareri, sulla natura di esso, non fossero uguali, e la Espressività litteraria non fosse, per me, *tutta* la espressività, ma solo una parte, forse infinitesimale, della Espressività di Uno, attraverso cui non solo scrittori e artisti sommi (come J. Harder, Góngora e Jorge), ma tutte le anime viventi di Spagna e altrove erano già immortalità, già continente, passato e futuro insieme. E la Espressività parziale, quindi, solo un miraggio, un canto che doveva accompagnarle nel loro esodo dal contingente all'Eterno, dal mare rovinoso alle terre dell'estasi.

Insomma, non badavo alle sue ragioni.

Lo pregavo dopo, e in questo ero rozza e muta, di dirmi soltanto i mezzi quali erano. Certo grammatica, sintassi e così via, ma anche altre stregonerie. Firmavo rispettosamente, e tuttavia straziata. Infatti, nella lettera di cui ho dato il contenuto, non vi era il pur minimo accenno al mio dolore di Toledana, a ciò che avevo nella mente, ecc., riguardo al Maestro d'Armi e i suoi occhi struggenti e neri.

La sera io avevo spedito la lettera, l'indomani del giorno appresso mi venne la rapida e precipitosa risposta.

Non un cenno di assenso, o critica delle mie teorie o credenze, solo un foglio, vergato con la solita scrittura fitta precisa incantevole, contenente una somma di consigli discreti e tuttavia energici sui famosi «mezzi» e modo di usarli. Era un discorso sulla parola, che io veramente bevvi, come assetata. D'Orgaz pensava, della parola, cose che io ricordai poi sempre, tuttavia non applicandole quasi mai, tanto mi apparivano sublimi. In breve, considerando la somma di tutte le parole come una somma di indicazioni per cose visibili o meno, cioè concrete o teoriche, tangibili o solo pensate, asseriva che prima qualità dell'escrivante è avere la più grande somma di cose da dire, e ciò si verifica appunto in temperamenti avidi e conoscitivi insieme. Dopo, apprendere il nome di ogni cosa, sia concreta che teorica, sia oggetto che elemento intellettivo. Venuti al momento della espressività, regolare il pensiero di modo che il massimo delle cose sia detto col minimo di parole, cioè si tenda a una sintesi; non solo, ma le parole, nel discorso, spesso mutare di posto, obbedendo a questa legge: che spesso dire pane è nulla, e, se uno vuole esprimere il concetto di pane, può anche adoperare parola che non sia *pane*, ma quella idea che di tale pane uno si è formato: nutrimento, energia, sapore, ecc. Insomma, sebbene sia necessarissimo conoscere, prima di scrivere, il nome rispettivo di tutte le cose che si devono scrivere, dopo tale conoscenza la collocazione potrà seguire altre leggi. Lo scrivere, così, non si porrà come pura elencazione o lista di fatti, come eco, muta cronaca, ma, oltre ciò, anche come «invenzione». Tale invenzione, regolata da leggi di equilibrio perfetto, come e più che in natura, o di come ci appare in natura.

Accennò infine, trascurando tutta la questione delle virgole e apostrofi, al posto che, in qualsiasi discorso, hanno *i salti, i silenzi, le mutazioni* fantastiche della materia stessa, non già al fine di ignorare una cosa, o fuggire da essa, o cambiarla, ma di renderla, nella sua verità celeste, più ampia.

In altri termini, egli avvertiva che, le cose essendo fatte di vuoti, anche le parole sono fatte di vuoti, e così i discorsi. E, per citare un esempio comprensibile a tutti, la Bibbia medesima è la storia di un vuoto (la conoscenza), che viene riempito da una cosa ancora più inconsistente, sebbene sonora: un gran sogno, una predizione, un annuncio. Non si chiederà alla parola, quindi, di ritrarre la lettera del mondo, ma di cercarne lo spirito che opera; e nell'opera personale, tradurlo. Ribadì così il concetto già esposto: dell'opera (lo scrivere) apparentemente come *riflesso*; in realtà *risposta*, e *aggiunta*. L'intero creato, un giorno, sarà solo *risposta* e, per così dire, *aggiunta*: in realtà, sarà un Nuovo Creato.

Tutte cose, queste, che fin là io avevo quasi o nulla pensato, sentendo l'Espressivo, più che altro, come denuncia o lamento dell'esistente (del prigioniero); ma ora, sebbene non potessi dire, causa la mia debole mente, di capire intere, però valutavo, e mi rendevano piena di una strana gioia: vedere come sia sperabile, almeno nello scrivere, l'essere libero ed elevare proteste alle mura; come poi D'Orgaz fosse su quelle mura, benché già remoto, e la sua ombra, nei giorni del futuro, mi aiuterebbe sempre. E adesso mi era caro quanto non posso dire. Perché quella lingua – per esprimere quanto mi era caro –, nel mondo di ciò che siamo, non esiste.

Della sintassi parlò solo un momento, dicendo che era una convenzione: ognuno si forma la sua, ecc. Così degli apostrofi e virgole.

Chiese, per finire, notizie di Apa, che, disse, gli era parsa degna dei cieli della misericordia, e finì: « *con vivo affetto, Suo D'Orgaz* », parole che mi resero muta.

A questa lettera non risposi subito, lasciai passare vari giorni. Temevo, causa il tumulto e la gioia, non so che errore, una mancanza di quel riguardo, o doloroso rigore, che nel mio rapporto col Maestro d'Armi avevo a cuore più di tutto. Alla fine, dopo una settimana, mi limitai a dirgli in poche righe che avevo ricevuto la sua seconda lettera (rispettivamente a questo periodo), come e più della prima importante; che lo ringraziavo, e però le risposte scritte mi parevano, a questo punto, poco adeguate, e mi proponevo perciò di mandargli presto, in sostituzione, qualche nuovo scritto, dove si vedesse, speravo, un risultato dei suoi insegnamenti.

(Tale risultato, poi, non si vide, ma non me ne lamento, essendo un progresso cosa rarissima a questa scuola dell'Espressivo, per così dire piena solo del vento della vita che entra nelle aule deserte, stracciando i fogli mal riempiti e rincorrendo e innalzandone alcuni solo per gioco).

Ora, a questo punto, cominciava di nuovo il dicembre, e io caddi, dopo tanto fervore, in una diversa tristezza, una quiete piena di lacrime, che già avevo sperimentato, dove vedevo come tutto se ne passava, passava, simile alle onde di un mare aperto da cui non scorgi più, già da vari giorni, le rive.

Nella mia natura stava in agguato, sempre, una forza che mi soffocava, stavano degli smarrimenti, delle assenze, sorgevano degli ottundimenti che mi annullavano. Da un momento all'altro ero la miseria e l'idiozia medesima. E poi altre miserie, come luci negli occhi, mali di capo. Aggiungi una mutevolezza eterna. Io, insomma, ero a tanti strati, ora ragazzo serio e attivo, ora fanciullina piangente, ora animale strambo, ora adulto freddo ed esperto; e ora di questi strati prevaleva l'uno, ora l'altro. E poiché tutto ciò risvegliava echi infiniti (e uno spavento quasi perenne), non avevo mai pace. Allora, per salvarmi,[1] non vi era nulla, salvo il guardare gli altri, la pietà degli altri.

Questi altri, oltre Apa e i suoi figli, erano spesso anche creature del mondo oggettivo, vegetale o animale, oppure veri e propri oggetti (dell'inanimato), una casa, un muro, un fanale, che, per non so quale stranezza, dopo un po' che li avevo guardati, si animavano, mi parlavano e io gli rispondevo, e insomma si stabiliva fra noi una intimità tutta familiare e piacevole.

---

1. quando raggiunto il grado più triste.

Potevo vedere, dalla finestra a ponente della mia stanza, e da quella della stanza Rossa che dava anche essa sulla Rua Ahorcados, molte cose, e ne ho già accennato. Queste cose, in certi momenti, mi parevano tutta la mia vita, e poiché non vi erano molti avvenimenti, nella mia vita, facilmente le ingrandivo, le esaltavo. Con una specie di cannocchiale dell'animo (che è l'attenzione combinata con una folle distrazione e dolore insieme) le ingrandivo e accostavo; e vedevo che le sorprese, ogni volta, erano pressoché infinite.

A un lume, una lucecita che si accendeva ogni sera oltre la rua, ai margini della Collina, dove l'antica Toledo, cioè quella povera, si estende umilmente a raggiera, io cominciai quei giorni a pensare, credo proprio per diminuire la gravità delle parole di D'Orgaz e mie. Vi erano altri lumi, intorno alle acque del porto, e tutti, ecco, ora si animavano. Vi era, come accennai, un resto della grande pianta straniera che era apparsa quel 29 dicembre. Vi era una voce di campana, credo della Chiesa di Sant'Efremo, che suonava sempre affannata. Insomma, questo mondo affatato, infantile, allegro, senza problemi (così mi pareva), che coesisteva con l'altro un po' malato, d'improvviso si muoveva a chiamarmi con riso strano, mi offriva in aiuto sua mano. La possibilità di rievocarlo, fissarlo per qualche tempo, e insieme mettere alla prova (oppure, dimenticarli?) alcuni dei più interessanti insegnamenti di D'Orgaz, mi attrasse. Inoltre, in quel tempo che si accostava il quarto inverno dai fatti del vascello di Rassa, la mia vita era proprio povera e muta. Nessuno mi badava e, partito anche Lee, le mattine trascorrevano in grande calma.

Mi misi dunque al tavolo, e in un po' di giorni scrissi la storia che segue. Era intitolata, in un primo tempo: *Sorge la luna*, perché questa la immagine finale. Poi, fu *Fhela e il Lume doloroso*; ed era, a ben pensarci, un tentativo di fissare la mia fedeltà (già detta a D'Orgaz) al cielo delle oscure e tuttavia lucenti forme del mondo, le forme del mondo senza storia.

Il Lettore cui non interessasse la salti pure; ma sappia che io, Toledana, l'ebbi cara e, anche in mezzo a molte informalità e rozzezze, qualcosa volli dire in questa fantasia scolastica, che lega i tempi già accennati ai venienti e solo sognati.

Ecco dunque la storia di questo Vetro, anzi, Fanale doloroso, che era sito, come vidi poi, dove il Corso des Gracias, a limite tra la Città Reale e la Toledo Hispanica, finisce, e cominciano i giardini e le mura dell'Istituto degli Orfani, cioè Inclusa. Ma, a guardare dalla finestra sulla Rua Ahorcados, era vicinissimo; quasi sulla terrazza dirimpetto.

Rendiconto di
FHELA E IL LUME DOLOROSO

I

La prima sera che io conobbi – con questa torre – il mio Lume, fu di grande meraviglia.

In principio mi trovavo in fondo alla stanza dei Forti Venti, di cui si dicevano paurose novelle, ma ora essi mancavano. Tanto lontana dinanzi a me si apriva la finestra, e nel centro di questa passavano nuvole d'oro, che un momento si specchiavano nei vetri, e poi via, ne venivano altre meno chiare. Non vi era ancora, sul davanzale, la mia pianta, né vi passava la dolente Senora, né correvano Lumi: era, nel vano, gran quiete grigio-azzurra, e quelle nuvole morbide, ma sempre più spente. In me non vi era nulla, quando fu la gioia. Mi ero infatti quasi addormentata, quando apparve la Luna. Essa salì un attimo sulla linea celeste della Montagna e scioglieva rapidamente in mare i bei capelli. A tale apparizione, struggente dolcezza invase la stanza buia, e le pareti si gonfiavano verso la luce; al di fuori, l'acqua si lamentava, sciogliendo anch'essa i capelli biondi sugli scalini. Alzata a metà sul mio letto, guardavo meravigliata queste cose, e la Luna, le migliaia d'occhi che si voltavano qua e là per vederla meglio. Ma non era passato un attimo quando essa (la Luna) rallentò pallida la sua gran corsa e si sdraiò sul Cielo, levando la fronte quasi per pianto. «Non guardatemi» disse. Obbedii anch'io, e – mistero! – una quantità straboccevole di Lumi era apparsa dietro i primi: lungo la Montagna e quaggiù.

Costoro non badavano alla Luna, ma a me, senza batter

ciglio, fermissimi. Tremavo lievemente, per incanto e voglia di chiudere viso tra braccia; ma intanto, anche per senso di correttezza, non potevo.

Dissi a un tratto: «Non guardate così forte, per favore», ma queste parole rimasero in me, mentre essi sempre mi guardavano, sentivo i loro occhi.

Mi parve, dopo un certo tempo, di potermi muovere senza sgarbo: andai all'altra finestra, che fa angolo con questa: era chiusa, essendovi stata, proprio nei giorni in cui io venivo sui mari, una demoniaca apparizione dei Venti, con danze e canti.

Dietro i vetri, mi vidi però guardata da altri Lumi poveri, ognuno affacciato al suo balcone, forse per prendere aria, e sopra vi erano grandi tetti neri e dirupi e mostruosi cenni di terrazze con lenzuola che alzavano un momento le braccia contro di me, quindi fuggivano. Più sopra di questi era la Collina buia, coi suoi alberi anche bui e alcuni Lumi sperduti. Ne vidi cinque seduti in crocchio, che mi fissavano non avendo altro da fare, forse parlavano di me. Ero turbatissima: guardai più su il calmo profilo della Collina, nella serenità scura del cielo, e molti giovani pini si rincorrevano con grazia su questo dorso, avendo ricami azzurri tra i capelli. (Anche in seguito corsero sempre, innocentemente).

Un po' tranquillata da quella loro danza, quasi sorridevo, quando di nuovo mi turbai. Sul pendio estremo della Collina, dove cominciano case, biondo e grandetto sul cielo verde della sera, mi scrutava un Lume. Era, costui, un po' più limpido degli altri, non dolente d'aspetto, ma pensieroso, simile (tale immagine mi si affacciava dopo) a uno che ha piena coscienza di sua pochezza e labilità, ma inutile dirlo. Quella malinconia mi scompone le labbra per reverenza, e il sapermi guardata anche. Sul momento, giro l'occhio verso l'abisso lunare, a sinistra, allo scopo di non vedere costui; poi lo riporto, ché la magia di questo sguardo è somma, né vi si resiste.

Che ha? Che vuole? Mi guarda sempre con una dolcezza tranquilla e sconfinata, come io fossi la sua salvezza, il suo punto fermo nel tempo; come egli sappia, e tuttavia non curi, l'amaro ridicolo di una sua pretesa, l'impossibilità di essere, nel suo inferiore stato, pensato da me. Non dirò altro. Io mi metto una mano sul viso, sento il pianto dell'acqua, la curiosità sterminata dei Lumi correnti a sinistra su loro barche – al fine di vedermi –, scorgo, tra le dita semiaperte e lo specchietto di una lacrima, costui che, tranquillo e serenissimo, poggiando il mento sul tetto, spalanca sopra me l'occhio suo, sempre mi guarda.

Non so ridire quale sbigottita notte passassi. Venuta in questa torre per trascorrervi la vita, credevo rimanervi finalmente in solitudine, e invece sono in mezzo a un mondo: e chi mi guarda, chi mi sorveglia, chi mi ama. Soprattutto questo – l'intravista amicizia – mi tiene sveglia, con sottile riso sulle labbra (rispetto al mio umiliarmi), e tuttavia giovanile vivacità nel cuore.

Verso la mezzanotte comincio a sentire *tra-tra*, come qualcuno voglia forzare la finestra, graffiando prima sui vetri, e intanto rida. Tuffai la testa sotto la coperta, e allibita chiudevo gli occhi: era il Vento. Costui mi aveva fatto sempre paura e allegrezza, non so dir meglio, quasi di rubatore. Stavolta, però, avvertivo nel suo ridere non so che vago tono di scherno, che nello stato in cui ero mi faceva battere il cuore; e mi sforzavo, udendolo, di figurarmi lontano quel Lume, e tutte le cose accennate un curioso sogno. Chi lo conosceva, costui? Oppure: l'avrei salutato quel tanto che bastava, ma poi no, no, non volevo interessarmi, egli era povero straniero. Lottavo con non so quale tenerezza e dolorosa fedeltà salitami in cuore per esso. Il Vento rise ancora un poco, poi andò via. Io non potevo dormire, malgrado l'alta notte, guardavo i Lumi che passeggiavano nella oscurità col cappello giallo calato sugli occhi. Dovevo guardarlo, quel pensieroso? Dove mi trovavo? I Lumi continuavano a passeggiare compostamente sui vetri.

Avevo preso un po' di sonno, pur tra sospiri, quando sento un forte *dan*, e poi un impeto nell'aria, quasi di persona che cada; e subito mi riempie l'orecchio una voce chiara e clamorosa, che pare sia di campana, invece è di persona. Ripete *dan*, e mi racconta una infinità di cose lontanissime e arcane, con un motivo centrale d'incitamento.

A me trema il cuore, par di sentire codesta voce sul petto, e che una donna grande e velata mi sia venuta accanto, e dolorando si confidi a me; e poi mi dica di dormire. *Dan* – ella parla sempre con questa parola. Dopo un poco mi sveglio e mi volto, affinché ella pianga sul mio cuore. Ma non c'era nessuno, oddio, e cos'era? La grande Donna mi pare sia scivolata dalla finestra sul mare, e di là se ne vada cantando. Allora capisco (ma solo l'indomani dovevo esserne certa) che è la Campana di questo paese, venuta fin qui, appositamente per me, per raccontarmi i suoi dolori, il fatale destino suo. O altro ancora? Pareva, su me, non so che pianto... quasi per me tremasse, fosse agitata, vedesse non so che male (mentre io, invece, più che salva).

Penso: ella verrà sempre – non so come. Questo pensiero, che la grande Donna arrivi da me, ogni alba, con simile tenerezza e vivacità parlando, non mi fa riprendere sonno. Mi ricordo poi del piccolo amico, lo sguardo suo. Che farà, ora? Vorrei alzarmi, correre alla finestra, fargli cordiale cenno; ma il pensiero molesto di una mia anormalità, non so che dolente dubbio (che gli altri mi vedano, forse), mi fa desistere; mi abbandono a carezzare con dilatati occhi e timore i suoi pensieri, la sua malinconia, tutti i secoli che ha trascorso senza conoscermi, che cosa pensa ora di me.

La mattina dopo corsi alla prima finestra (sul Colle), con volontà di salutare lui, pur sobriamente, e quelli della Collina e case; ma, con gli altri, anche il mio pensieroso era impallidito nella gran luce dell'aurora. Immobile, gli dissi con lo sguardo quanto avessi pensato a lui; né mi movevo, per tema di mostrare sgarbo. Egli pareva dilatasse di meraviglia mista a pianto, ma poi mi consigliò di andare all'altra finestra (perché credeva venissero Lumi).

Trovai qui grande pianta straniera, di nome Fhela,[1] alta come me e tutta tremante in quella luce d'aurora, ma non le badai. Non più la interminata fila di Lumi della sera avanti, ma il mare era come spento. Un Lume solo era rimasto, così mi parve, e si staccava proprio in quel momento dagli scalini, a bordo di una barca. Gli sorrisi, mi ricambiò

---

1. Era indicato su biglietto.

con cenno del capo, arrossendo. Doveva andare all'altro lato delle Case Rosse, di lì a poco tornava.

Questa familiarità, ma più il rossore di lui, mi ombrarono, e lo seguivo con l'occhio dicendo che andasse pure. Passando innanzi a un veliero, questi chinò un momento un suo bompresso (forse per moto dell'acqua), salutando il Lume di Barca, il quale dietro d'esso veliero sparve. Altri vennero avanti. Guardai costoro: tre erano vegliardi, uno giovanetto e dipinto, dietro di essi ce ne erano tanti altri addormentati nella luce rosa del mare, le antenne abbassate entro reti di sonno e d'oro. Sui tre anziani stavano sdraiati, in crocchio o sparsi, vari Lumi d'oro e sangue, i quali, subito che mi videro, lasciarono da parte alcune narrazioni piratesche, e levarono fieramente il capo. Si alzò, dietro loro, un bellissimo Lume di fuoco, che non avevo visto prima, perché girevole, e anche questo mi guardava: fisso fisso, e franco. Mi riprese turbamento, giravo con sforzo il capo a cercare il mio pensieroso che a quell'altra finestra, poggiando il viso su povero tetto, impalliddiva. Il timore che indovinavo in lui a mio riguardo mi commoveva, sì che, pure attirata dai vaganti sguardi sul mare, badavo a teneramente rassicurarlo. Egli mi credette subito, e si spense.

Decisa a solo bearmi dell'aria mattutina, guardavo il mare e mi ponevo una mano sul cuore, a reprimere i battiti che il novello sentimento mi dava. Ciò che più mi piaceva, in questo amico, era lo sguardo sereno e, nella sua sobrietà, appassionato, la testa d'oro, l'atteggiamento composto. Anche questi mi piacevano, ma colui sempre più di tutti, dicevo tra me.

Intanto tornava il Lume di Barca, dicendo «per favore», con gli occhi bassi, e gli altri velieri si scostavano. A vederlo, mi venne ora spontaneo divertimento, forse per quella sua modestia che non gli faceva guardare alcuno nel volto, e spingeva in fuga la sua barca. Avevo respinto subito l'idea che egli pensasse a me (avendomi vista nella torre) in quanto tutt'altro che elegantina, e perciò non potevo spiegarmi quel suo commosso fuggire.

Il Lume Rosso lo squadrò, mentre gli passava accanto, e poi guardò me come per riderne insieme. Ancora una volta quello sguardo mi fece male: egli doveva essere lontano più di un chilometro, ma era così vivo e rosso e grande che mi pareva stesse sul davanzale. Vidi in seguito, nei giorni cattivi, come piccole Donne sorgessero dal mare ad abbracciarlo con dolorosi volti, ed egli tutte le respingesse con ridente sprezzo. Non cattivo, ma una brutalità lieta che mi faceva trasalire e, pur piacendomi, apprezzare sempre meglio quel mio caro così soletto e pensoso. Ora mi accorsi che di questo mi prendeva un tenue male (forse per il contrasto), quasi fosse non tanto un misero Lume, una lampada, ma un genio, un alato signore; altro o altri non volevo pensare, richiamavo solo, nella mente, il fedele sguardo. Il Lume Rosso dové capire, perché non mi guardò più, ma discorreva nella gran luce crescente coi Lumi Corsari arrampicati sui velieri. Mentre stavo così meditando (oppure fantasticando?), mi parve si parlasse di foreste, foreste rosse! Passò un brivido, nella mia Pianta, ma null'altro, ed ella era sempre quietissima e malinconica, come indifferente. Anch'io rabbrividii, e guardavo questa silenziosa. Alcuni Lumi si spensero dicendo che le foreste *erano belle*! Altri brillarono più forte, e si spensero dicendo lo stesso. Si sentì nell'aria un *dan*, ma remoto, e tutti si voltavano da quella parte, credendo fosse la nostra Senora, ma la Dolente non si vedeva. Dopo un poco, invece, si vide il Sole, e io mi ritirai nella torre.

Ora, quali giorni seguirono! Li ripenso, ripenso quella sera che io rividi, con gli altri, il mio Lume, e come a mano a mano il doloroso ridere della mia coscienza si spegnesse nella più estatica comprensione. Se non fosse stato per gli altri, ero raggiante.

Appena la finestra sulla Collina divenne verde, io me ne andai a quel davanzale e, inginocchiata sul sedile-cassetta, aspettavo che comparisse il pensieroso: ero curiosa di lui, della sua umiltà e disperazione, ero curiosa di me. La natura – o Umanità –, il quadro più squallido e sconvolto che mai artista abbia appeso alle pareti dell'Aria, era ad attenderlo: sempre quella Collina spenta, quei dirupi di case, quei panni impiccati. Ma quando il Diletto apparve d'un tratto dietro la gronda nera, come avesse corso, e mi guardò sorridendo, il più alto degli incanti mi prese l'anima, e non potevo più muovermi, quasi paralisi. «Che hai?» ripeteva. Io anche stavo a guardarlo, con le braccia incrociate sul davanzale, ancora paurosa della mia ironia, ma già fremendo di gioia e sforzandomi affinché di quell'umano sentimento non trapelasse nulla sul mio viso: l'idea di ferirlo nell'intimo con qualche errata espressione mi spaventava. Egli era beato, mi fissava con serenità ed estremo affetto, ma come conscio (per certa sua fermezza mesta) del mio segreto umore, o comunque *diversità*.

Questa sua consapevolezza, appunto, mi attirava a lui, e ammalinconiva. In principio mi teneva umano tremito della mia situazione, ma più egli mi guardava, più venivo calmandomi. Mi faceva bene non vi fosse altro Lume, nemmeno dal mare. Dolce sera. La seconda (tutto il giorno avevo lacrimato e riso, pur tra sospiri, sulla personale anima), potei parlare, gli dissi (ma non udivo la mia voce) che cosa vi era intorno a me: Lumi, barche, una pianta; e ricordo come egli brillasse doloroso nel chiaro volto, mi domandasse sorridendo se non preferissi, a un amico tanto modesto, costoro. Risposi appassionatamente: «No, no, come puoi pensarlo?».

«Non vi è un Lume Rosso?» mi domandò mestamente.

Risposi che vi era, egli non disse altro, sebbene ne lo pregassi.

Aveva un modo così doloroso e semplice di tacersi, che ne sorrisi tra lacrime. Ma queste io cominciai da allora a versarle spesso, dopo ciascuno di questi colloqui. Mi è penoso esprimermi, ma non importa.

Dopo alcuni giorni, dunque, egli era mio, e la sua testa bionda mi era fitta nel cuore, proprio a destra della porticina di Ironia. Lo amavo con strazio per due ragioni: una, quasi inutile dirla, la meraviglia e la gioia che mi dava il vederlo crescere in sensibilità; l'altra... che non mi era caro lui solo, anche se – proprio a quel modo – nessun altro mi era caro.

Io avevo ben capito come egli godesse della mia amicizia fino al delirio più mesto (benché nativo rigore gli impedisse di mostrarlo o comunque di abbandonarsi a letizia); avevo capito come egli non sperasse che in me, pur tacendolo, e nessuna considerazione della mia umanità avrebbe potuto perciò staccarmi da lui, quando anche fosse stato ridere atroce. Ma qui non si trattava di difetto, bensì di eccesso. Io non potevo infatti venire da questo amato senza che alle mie spalle sonasse ridere di Vento e corressero su navicelle Lumi, beffando per disperata smania di essere amati anche loro, e crescere ai miei occhi. Ora, come lo potevo? Eppure m'inquietavano fino al pianto. Cercavo di non farne partecipe il Diletto, al cui dolore non avrei resistito, ma era difficile, forse egli stesso si sarebbe avveduto dell'ambiguo contegno loro, se non pure della mia inquietezza. I bei Corsari, infatti, non si facevano riguardo, erano in gran parte predoni di razza, e ridevano e ballavano sul mare facendo segni. All'alba, tutti pallidi, entravano nel porto color di rosa e andavano a rintanarsi qua e là, guardando alla mia finestra e interrogando la bella Fhela, che era tutta chiusa in se stessa, e non badava. Allora, io riudivo il musicale grido della Senora, qua e là sulle acque rosa, ma questo non mi salvava, ero ansiosa dei Corsari, di ciò che narravano delle foreste rosse. Malinconici giorni! Ma chi più di tutti (a tale proposito) mi turbava era – col Lume di Barca – il Lume Rosso. Avevo compreso come il primo si confidasse al secondo, presso cui si accucciava a dormire, essendo sua attuale smania rubarmi (passava di corsa con occhi bassi e gran voce di remi); e avevo inteso come fosse diventata amara occupazione del Rosso deridermi per la mia intimità col piccolo solitario del Colle. Una volta, mentre voleva farmi paura, con sarcastiche osservazioni sulla vanità di ogni affetto, apparve una donna, con capelli bianchi, e lo stringeva ai piedi, ché tacesse. Si rituffò, apparve più lontano, tra due case-barche, e stendeva le braccia luminose. Sentivo come dal mare mi si compatisse, ma non potevano farci nulla. Pareva a lui, al Lume Rosso, addirittura pazzesco che io mi fossi invaghita di quest'umile Vetro (tale era per lui) e stessi, probabile, per sposarlo. E io... come dirgli la mia sete degli altri? Non potevo spiegargli come tali altri, specie i più erratici, mi turbassero appunto per loro barbara essenza; come vederne uno entrare a sera, su vecchissima barca o veliero nero, mi desse brividi; come una inquietezza strana mi tenesse ferma ai grandi racconti di foreste rosse, di soli perduti entro lagune di veleno... Sarebbe stato un tradire immediato quel mio piccolo amico, una impossibilità di presentarmi a lui nella verde sera, con un sorriso. Inoltre, il suo primo male di gioia non potevo dimenticarlo.

E soffrivo. E, intanto, solo venendo a lui potevo aver pace. Quel religioso senso dell'assurdità primitiva, cioè Ironia, mi rampollava dentro, ed egli ne usciva rinnovato e adorabile senza saperlo. Vederlo dubitare, con quella sua infantile gravità, di me, mi spezzava nell'anima impeti di meraviglia, quasi lacrime. Come, come dimenticarlo? Rinunziarvi?

Più lo vedevo inquieto o dolorosamente incerto sulla mia fedeltà umana, più una vera passione, tessuta di malinconia per la impossibilità a essere io devota, s'impadroniva del mio animo. A volte, anche in pieno giorno, quando il suo viso non si vedeva, mi prendeva desiderio di trovarmi su quella sua strada, ed egli, soletto e dorato, mi era vicino, potevo incantarmi con lacrime in quella sua luce. E gli ripetevo tali affettuose follie. Rideva con mesto riso, con più intenso raggiare del volto. Né mi rispondeva:

«Tu, non vorresti?».

II

Mi parve, a poco a poco, che nessuno dal mare chiamasse più (non so se fosse dolorosa illusione), e gioivo. Intanto la mia Pianta, giovane Fhela, aveva messo un fiore, tutto rosa con stami d'oro, il quale prometteva di andare nel rosso. Mai avevo visto una cosa tanto bella, e la guardavo sempre; anche dal mare se n'erano avveduti, Lumi Corsari, Lume Rosso e altri, meno quello di Barca che, solo, aveva fatto più frequente il suo passaggio. Quella sera che trovai il fiore, corsi a dirlo al Diletto, ed egli cominciò ad interessarsi, benché con la solita gravità, a questa silenziosa.

Credo che ella fosse venuta da grandi lontananze, ma nulla in lei lasciava intendere consolazione che da questo fatto le venisse. Si pensi a una gran serenità composta lungo tutto il giorno, e che, a mano a mano si accosta la sera, muta in tremito. Se la guardavo di lontano, cioè dal fondo della stanza, se ne stava tutta grande e ricca contro il muro della finestra, e si vedeva l'acqua correre tra le foglie e passare Lumi Rossi. Era come gonfia di luce, e malinconica: una maturità stupenda, una trepidazione di non so che attesa. Se mi accostavo, la sentivo impercettibilmente comporsi e respirare male, come per ansia di non mostrarsi, non dire. Beveva luce. Dopo alcune sere di quel bel tempo verdino, io cominciai a passare ore e ore vicino a lei, senza parlarle, come non vedendola, e guardavo, attraverso quell'altra finestra, il mio amico. Avevo pace. Veniva una nuvola d'oro, oppure un'altra anche d'oro, e sfiorava le foglie di Fhela, che arrossivano, o il mio viso. Poi venivano altre nuvole sempre più grandi, sì che ci pareva navigare nella luce, beati momenti. Non mi era stato difficile intuire lo stato di lei, quella sua facilità al pianto allorché passava un fiato errabondo, quel qualcosa di meraviglioso che sempre doveva essere davanti al suo pensiero, e la faceva tacita e arcana. Una sera che il cielo era tutto gremito di nuvole d'oro sdraiate in festevole conversazione (stringendosi al petto i bei mantelli verdi e rovesciando lentissimamente la chioma), io venni vicino a Fhela, e appoggiai alle sue foglie (per ridere!) la testa. Sentii un rametto sul mento, una foglia nel collo, e Fhela si ritirava in se stessa impercettibilmente. Mi prese turbamento segreto, perché l'odore che sentivo qui era acre e dolce e, tra le foglie, passavano sussulti, accenni di una parola grande e inaudita. Mi scostai, Fhela tremò muta e vidi il mio amico di fronte farmi cenno tristemente abbassandosi, a rimproverarmi tale durezza. Ma non parlava.

Riposi ancora una volta, stordita, il capo tra quelle foglie, e udivo sempre con sgomento l'arcana parola. Arrivò intanto un Lume dal mare, ne venne un altro, poi tanti, e ci guardavano alzandosi in piedi sulle barche. La Luna aveva messo un dito nell'acqua, e provava se era fredda prima di scendere. «Vediamo vediamo vediamo» dicevano tutti con febbre. Alcune Barche si voltavano a guardare.

Il mio bianco Lume non si mosse, vidi che impercettibilmente chinava il capo a guardarmi: mi strinse il cuore e, nella gran sera bionda, stretta alla mia Pianta, ero veramente felice.

Giunta a questo punto, avrei detto che il rendiconto era terminato, e per qualche giorno non lo guardai. Inoltre, rivelava a me stessa cose che non credevo essenziali, o erano ancora da capire. Mi venne insieme una gran tristezza: come se tutto ciò che era al mondo non fosse da capire, e nemmeno essenziale. È ciò che produce tanti escrivani scontenti (come io poi fui): questo parlare per parlare, quando l'animo è vuoto. Una specie di malvagità, nel parlare con l'animo vuoto, mi portava. Ma Dio sa se avrei voluto essere più ricca e cara al descrittorio! Perciò, accettai tale stato di malinconia e intolleranza del cuore, e il terzo giorno ripresi nel modo che segue.

Come dunque poteva giungere la Tempesta e io dimenticare, sia pur per poche ore, costui? tanto che egli capisse, con strazio sommo, la sua povertà? Ma ora si oda come questa Tempesta giunse, e ne fossi disperata, ma poi, per soave visita di Donna, riuscissi a salvarmi, riprendessi, quietata ormai, la vita con il Diletto.

Gli avevo detto: «Domani vengo prima» (al Lume Doloroso), e mi ero avviata a salutare i Corsari all'altra finestra, essendo notte alta e ora di riposare. Ero appena ai vetri, quando fu udito un gemito violento, un balzo, poi nulla. Era stato il Vento! Passarono subito dopo, di corsa, alcune Barche con Lumi, e si rideva forte. Da vario tempo non avevo più udito quel sordo balzo, quel sinistro ridere; e con sbigottita avidità aspettavo si ripetesse. Ma non fu più udito. Comparve il Lume Rosso e, come dal largo, raccontò che c'erano cumuli, e pareva allegrissimo e spalancava quel suo unico occhio di fuoco. I Lumi Corsari non facevano che salire e scendere su per le griselle e il sartiame dei velieri, spiando l'orizzonte. Parevano impazziti dalla febbre, accennavano ai Venti, chissà quanti erano e quale forza. Dopo un certo tempo di confusione, in cui il Lume di Barca si era accostato al Lume Rosso, a lui confidando le segrete pene, il Lume Rosso si accorse come io fossi alla finestra della torre, e cominciò a guardarmi fisso fisso, selvaggiamente ironico; e anche quello di Barca mi spiava, mettendo nel cupo sorriso tutta la piena dell'animo suo.

«Perché mi guardate?» diss'io al Rosso.

«Vedrai, vedrai» rispose sbattendo follemente il suo occhio.

Lunghe onde nere venivano a sbattere sugli scalini, cercando montare, non riuscivano, tornavano indietro con la schiuma alle labbra. Qua e là il mare si riempiva di donne.[1]

Quella notte, tuttavia, non giunse ancora niente, e il mio spavento si cullava in illusioni di pace, nonostante qualcosa di buio mi passeggiasse sul cuore. Ma chi doveva giungere... o che cosa?

Triste notte! L'indomani la bimba del rendiconto era di nuovo seduta presso la finestra di Ponente, in colloquio col remoto Vetro dell'anima sua, quando...

alcune nuvole, tutte scapigliate, grandi come colline, giunsero appunto dalla Collina, e senza nemmeno specchiarsi nei vetri bui, avvertirono che era l'ora, e arrivavano i Venti! Sul mare fu, a questa notizia, un apparire subitaneo di cavallini bianchi, sì che i Lumi balzavano in sella e galoppavano di tutto fiato nella Darsena; la Luna, uscita dalle lenzuola, e trascinandosi queste appresso, correva rosea in quell'argento, cercando scampo tra le nuvole, e uscendo d'una per entrare in altra: una cosa paurosa. Apparivano dietro le nubi, ora, grandi Montagne Verdi!

Io vedevo i miei Lumi Corsari arrampicarsi fino alla sommità dei velieri per vedere la tempesta, e dondolare il capo per ebbrezza; e velieri anziani staccarsi e mormorare tra loro e inchinarsi, tale era il piacere della furia; e falde di neve, forse gabbiani, andare qua e là nel buio cercando con evidente tremito i Lumi, per posarsi su Barche; anzi il mare, in quella gran tenebra, era pieno di Lumi Rossi e gabbiani bianchi. Entrarono in fretta un veliero nero e altissimo, e poi un altro con una sola vela quadra, di un rosso-viola, alta fino al cielo, e una ventina di Lumi appollaiati

---

1. Spettri, in lingua del mare.

sulla sommità. Mentre passavano urli nell'aria, un altro si voltava a dire: «niente paura, raccomando!», ma i cavallini bianchi gli saltavano addosso, gli davano spinte. Quando c'era un Lume in sella, questi si scappellava inchinandosi. Gli urli, nell'aria, aumentavano, e non sapevo che fosse. Costretta a chiudere tutt'e due le finestre, lasciai aperti gli sportelli della torre, affinché Fhela e il mio Lume non tremassero, al non vedermi, non avessero spavento.

Ma, a badarci, né l'uno né l'altra ne mostravano, o si dominavano. Il mio sventurato amico mi guardava sempre sereno, posando il volto sulla gronda; la mia Silenziosa non mi guardava. Si era gonfiata lievemente e, protesa sull'abisso violastro, passandole tra i capelli l'affannosa Luna, pareva assorta. Era la seconda volta che la vedevo commossa, dopo quella sera che le nuvole passavano passavano, ma di una commozione senza nome e, pur nella sua compostezza, percorsa da brividi: pareva arrivata al sommo di sua maturità, e aspettare non so che miracolo; a guardarla, si era anzi sicuri che dovesse erompere in lei un miracolo, ed ella farsi foresta, e canti di uccelli accendersi in lei. Io volevo aprire la finestra, e toccarla, dire: «aspettiamo insieme». Ma non potevo. Stavo dietro i vetri e a poco a poco mi prendeva dolorosa ansia, e fastidio dell'amico mio, che mi era alle spalle, e fissava. Perché mi fissava? Io volevo i miei Corsari, volevo vedere come erano i Venti! Non potrei assicurare che non entrasse in questa febbre lo sguardo fiero del Lume Rosso, quasi una suggestione di lui per farmi cedere all'umile e torbida volontà del suo confidente, ma sentivo che la mia febbre si accendeva anche per questa silenziosa traboccante di bellezza, per quello che Fhela – senza parlare –, nel suo segreto sognare, vedeva. I Venti! I Venti! Questa sete mi cresceva rapidamente dal fondo della paura, e già pensavo di chiudere lo sportello sulla Collina (malgrado atroci rimproveri e minacce che tra me mi rivolgevo), quando questi precipitarono a un tratto, bianchicci e alti, con aperte mascelle e foglie nei capelli, e la stanza della mia torre cominciò a ondeggiare, presa nelle braccia fortissime. Andava su e giù, quasi battello, e le finestre facevano spaurita violenza per aprirsi, sfuggire alla padronanza giocosa di costoro, anzi mi chiamavano, che aprissi. Obbedii folle, non chiedevo che questo, essi *caddero*[1] dunque nella mia stanza, si rincorsero, entrarono e uscirono in un istante solo, cantando furiosi di *foreste foreste foreste rosse*! La stanza era piena di mantelli verdi! Io stavo presso la mia Pianta, serrandomi i polsi, anzi spezzandoli, ma poi fui subito in mezzo a loro, e vedevo il Lume Rosso raggiare di felicità e, respingendo molte delle *donne* uscite dal mare nero, voltarsi a chiamare i bei Corsari, che era il momento. Partivo!

«Sì sì sì» fischiavano brezze e alisei, tramontane turbini e tifoni, strappandosi i mantelli d'acqua e di foglie e rovesciando le gole d'aria, livide, porporine.

Tra le braccia di questi gentili, che erano altissimi e correvano, io potei allora con infinito gaudio e stupore capire l'allusione del Lume Rosso: vidi subito, oltre il davanzale, una pianura rossa senza fine, con foreste anche rosse; avvicinandomi, gli alberi levavano le braccia sul cielo verde, le erbe si distendevano per terra, lunghissime, cantando, o, lestamente alzate, correvano in popolo fino all'orizzonte; *nuvole rosse* inciampavano tra le fronde, erano tirate giù con grandi risa, ne rimanevano stupefatti lembi nell'aria. A quel gran canto primitivo si univa la voce del mare, che veniva a posare con dolcezza la sua testa bianca e le braccia anche bianche in seno alla terra, e con fanciullesca beatitudine cantava.

Fin dal primo momento, però, io volevo chiamare qualcuno, strapparmi alla presa di questi gentili, turbini e forze dell'Aria, alla loro insostenibile gioia, dicevo: «Vedete il mio Lume, mi chiama, lasciatemi al mio Lume». Infatti, questi – ed era il mio affanno – ogni volta che passavo davanti a lui mi fissava poggiando il viso sui vetri, come per dolore senza conforto e disperato affetto che di me lo prendesse. Quello sguardo tranquillo e profondo mi uccideva. Dopo non molto, la foresta rossa disparve, e anche la terra e le nuvole di porpora, e rividi il mare qual era, scurissimo e piangente. Chiusi gli occhi per stanchezza estrema, lasciando che i Venti mi passassero sul viso le loro fresche mani, mi gridassero nell'orecchio umane parole di tempesta, che

1. Per dire: da cieli altissimi.

132

poi finivano in risa. Si misero intorno a me e, spiccando salti grandi, cantarono solenni canzoni barbare: tanto erano belle che a me, pure assonnata, pareva sentire ogni tanto sul viso un fascio rosso di fronde (qual era nei loro canti), e tornavo a serrarmi i polsi, essendo dolcezza spaventosa. «Tornate domani,» dicevo mentre essi se ne andavano fischiando «vi prego». Ebbi pace. Fu come tornassi da lacrimante sonno, e non riconoscevo niente della furia. Sui vetri tornavano i Lumi a intere popolazioni, posava la mia Pianta sempre più gonfia. Un bell'arcobaleno di tre colori, blu bianco e verdino, se ne andava a cavalcioni sul mare nero, chissà dove. Si sentiva *dan* per l'aria, e pianto d'acqua sugli scalini.

Venne la notte. Una notte senza pace, perché, avendo deliberato di partire, non potevo tuttavia pensare al Diletto cui dovevo dire addio, e non chiedere perdono, come sarebbe stata mia interna sete. Che gli rimaneva, a costui? A chi più si confidava? Egli sarebbe morto, senza di me. Intanto, era necessario che io partissi, mi trovassi per la sera là, tra le nuvole migranti, assai lungi dalle mie finestre. Mi ricordavo sì i colloqui, e le soavi amicizie che avevo stretto, ma era gran febbre, ripeto, e dovevo partire.

Più di una volta, questo pensando, mi sollevai e vidi i Lumi chiamarmi. Non erano più i bei Corsari, no, ma tutto un popolo meditativo che si curvava sull'acqua dicendo: «Vieni, Dasa,» (era il mio nome) «vieni, vieni».

Anche il Lume Rosso si ergeva per guardare dentro, poi si buttava disteso nell'acqua e, tremando come una riga di sangue, «vieni, vieni, vien, Dassina!» ripeteva, ma con tanta forza che io raddoppiai le mie lacrime. Mentre erano tutti curvi, passava e ripassava di volata il Lume di Barca, con la testa bassa e sbattendo i remi nell'acqua, volendo farmi capire che era il momento, ed egli voleva portarmi lontano, dove non più torri e calma, e lo perdonassi del furioso operare: era per salvarmi. Sì sì, sarei andata. Ma come avveniva questo? Volsi il viso al muro, colma di strazio.

Da molte ore era così... il viso al muro, senza più combattere, e solo fermando l'anima sui terrori e gli affetti e la disperazione, quando sento la stanza riempirsi di gloriosi gemiti, e gran fruscio nell'aria, come di dama che ora giunge e sceglie il suo posto. Non apersi gli occhi; intesi subito trattarsi della Dolente Senora della prima notte, che più non era venuta, che viene ora. Ella, ora, grida, grida armoniosamente, e si curva con solenne ritmo su me, indovino nell'ombra gli stupendi occhi dilatati. Si curva e canta. Poi si fa indietro, scotendo i capelli di lutto, levando le braccia. Passa qualche momento, ed ella, ecco, le richiude su me.

Allora comincio a sentir male, ché questa Dolente è insostenibile, canta parole di meraviglia e tenerezza sovrane, come mi compatisse, come volesse guarirmi, come io fossi molto malata e bisogna che ella mi stringa forte affinché Morte non mi carichi nella sua piccola barca.

«No no, perché, che vuoi, bella Senora... che?»: tali erano le mie domande affannose, che ella soffocò sul suo petto, giacché mi stringeva e cullava da struggermi, vera Notte del mondo. Tra queste braccia, è come vedessi subito il mio amico del Colle, che tanto ha sofferto per me, e appassionato desiderio mi prende di lui, guardarlo in viso, dirgli che sono pentita, che mai più lascerò la mia finestra e i delicati colloqui, mi abbandonerò alla gioia delle tempeste. Suprema febbre mi assilla, invece: fuggire dalle braccia della Dolente, gettarmi a quel davanzale sulla Collina. La gioia che prevedo in questo sventurato mi fa delirare.

«Lasciatemi, Senora,» le dicevo «fate che io vada, altrimenti morrà».

Lei a questo non credeva.

Poi, tenendomi un braccio intorno al collo, mi accompagnò a quella finestra. Trovammo la Luna sulla Collina, reclinata e invecchiata per lo strazio in cui aveva scorto il Diletto; costui era fermo come sempre, ma con la sua bella testa d'oro piegata in avanti, né mi vedeva.

«Amico, mio amico,» io chiamavo violentemente «perdono, non parto più. Rialzi la sua bella testa in segno di perdono. Se non può perdonarmi, se morrà, muoio sicuramente anch'io». E lacrimavo.

Passarono due tre minuti, non più, e Testa di Luce (così chiamavo a volte il mio amico doloroso) sollevò la fronte convessa. Ridire quel momento mi sarebbe tortura. So che dopo alcuni attimi mi gettai con distese braccia sul davanzale, posai su di esse il viso, e la testa dorata del Diletto mi era vicina, ero salva, non vi erano per me altri terrori.

E tornarono le belle sere di una volta, ma infinitamente più calme, con gran sipario sulla mia mesta follia dei Venti, e su tutti i Lumi, e su tutti gli stranieri. Non stavo più che a questa finestra sul Colle, di questa sola beandomi, col mio piccolo amico che arriva di corsa e mi sorride e m'interroga e sì dolorosamente mi ama. Indovinavo sì, dietro di me, una gran luce rosata (a quell'altra finestra), con appassionati volti inchiodati sulla tavola del mare. Indovinavo sì le Nuvole passanti nell'alto, le donne ai piedi del Lume, i soffi di vento, i bei Briganti che mi guardavano, ma più non m'importava di essi, ero tornata serenissima, più non volevo muovermi. Mi bastava starmene qui, con questo piccolo amato. Ogni ironia mi era caduta, a suo riguardo, e solo spiavo in lui se ne avesse per me, ché mi avrebbe paralizzata. Ma, anche se ne aveva, egli non la mostrava, possedendo quella superiore ironia della misericordia. Io lo ringraziavo sempre. Ero felice.

Una cosa sola mi rattristò, fu la morte della Silenziosa.

Veramente, ella non era proprio morta, ma io non la vedevo più, ecco tutto. Mi ero decisa, un crepuscolo come tanti, a tornare a quei vetri sul mare, dove tante luci erano passate, e la cercavo. «Perdonate,» (ai Lumi, con occhi bassi) «dov'è la mia bella Fhela, dov'è?». Il mio Diletto stava di fronte, anche lui incuriosito. Cercando, scopersi nella terra un esile dito annerito, che indicava una sua piccola foglia gialla, più su, e mi accorsi di un composto tremito che passava in quei resti, volontà di non essere guardati. Io, invece, li guardavo cordialmente, e mi curvai anche a sfiorarli con la fronte, perché ricordassero il bel tempo finito. Nel mio cuore invocavo anche i Venti meravigliosi dell'Ovest su loro, affinché respirassero e gioissero ancora.

Mi ricordo che un poco tremavo, chiamando coloro. Non vennero. Il mio amico e io si domandava a questa cara e agli altri cosa fosse stato, quale bufera. E rabbrividimmo pensando la nostra.

«Non c'è stato niente» disse la Luna.

Ella si era seduta sulla Montagna col volto in fiamme e si guardava di profilo nel mare. Era una bellissima sera grigia, ma nessun suono. Due o tre Lumi passeggiavano in barca con la testa fra le mani.

Fine del rendiconto di
FHELA E IL LUME DOLOROSO

Era questa storia, come l'eventuale Lettore avrà notato, più lunga ed elaborata, per non dire ingarbugliata, della precedente, e aggiungerò: non solo sforzata, ma anche complessa e simbolica in modo che non avrei voluto. Partita dall'idea di rendere allegria e mistero di luci che a sera vedevo saltellare entro le due finestre, e anche rievocare la pace del mondo senza pensiero (o che tale credevo fosse), avevo visto questo mondo illusorio partirsi in due, restando alla superficie tutto lieto e caro, mentre nella parte inferiore passavano soffi tristi. Avevo poi percepito, più che nel precedente scritto, quegli indefiniti lamenti che trascorrono nel cielo dell'essere; e tutto, volessi o non volessi, si affrettava a suggerirmi, della bellezza delle cose, e infine della malinconia che tutte le pervade, motivazioni diverse, quasi riflessi o risultati di una realtà che non vediamo ancora, come un continente disperso e difficilmente rintracciabile, che però rattrista e vela le pure acque dell'oceano.

Non era, per tutte queste ragioni, uno scritto che mi convincesse. Anche perché, in tal modo, obbedendo cioè da una parte alla norma del descrittorio, dall'altra alla necessità di osservare le oscure richieste dell'immaginario, la composizione si era spezzata, e non vedevo nello scritto la quiete formale che avevo sperato.

Decisi di mandarlo ugualmente.[1]
(Da rimediare, comunque, non c'era, in questo modo il rendiconto si era formato e vedevo del resto che tutto lo scrivere si formava: come forme dell'aria solo apparente-

1. alla «Literaria».

mente, e per alcuni istanti, serene e gioiose: dietro soffiava sempre un gran vento e spingevano nubi più dolorose).

Molti tormenti, devo dire, davanti alla costruzione di periodi, collocazione di virgole, apostrofi, ecc., ma poi gioia. Fu mio tempo più adulto, più ansioso. Durò giorni vari, forse dieci. Ad altro non potevo pensare. Quando finito, sorgono dubbi, pace, poi dubbi ancora. Finalmente, Dasa è quietata in un sentimento del tempo che passa e muta sua suscettibilità. Di colpo – avanza, o Ricordo! –, di colpo, a questo punto, è dovunque il vento invernale, e tutto solleva e spazza per i vicoli tuonanti del porto, e Dasa rabbrividendo corre a comprare grande busta gialla, vi pone, come messaggio in bottiglia, il suo rendiconto, e ancora – una fredda sera di vento secco intorno alla Chiesa Spagnola – corre a imbucare alla cassetta rossa, come altre volte (rammenta).
Sembrava, tale chiesa, volesse levarsi gemendo nell'aria!

Non più arcobaleni verdi-rosa, nell'aria, mentre tornavo; ma, proveniente credo dal mare, un fischio direi sotterraneo, fra quelle livide bandiere, e un tumulto, nel porto, che non era solo il tumulto improvviso dell'aria.

Mi fermai all'angolo del Vico Azar, e al mio rendiconto più non pensavo.

Effetti del vento dicembrino. Impensato ritorno del vero Rassa all'alba, con altri signori di luce. La «Katrjna». Uno, col bavero alzato, esce dal portone

Ogni tanto, in Toledo, il vento si levava come si levò quella sera, e durava tre giorni, e per tre giorni nulla ricordavi, rintronato da quel fragore, solo udivi campane sott'acqua e vedevi un lividore da cui uscivano – come da nubi strappate – pezzi di marina blu-nera, con infinite bandiere verdi, che la furia rendeva pallide e lacere.

Così soffiò il vento da quella sera, e durò fino alla successiva, portandosi via dalla mente di Dasa ogni qualsivoglia pensiero.

No, al rendiconto più non pensavo!

Il terzo giorno, questo vento così terribile si era un po' calmato, il mare restava verde, ma non così agitato, e brillava un po' di sole; e tuttavia vedevo che quello stordimento che mi aveva fermata all'angolo del Vico Azar, restava, non così la gioia. Una malinconia confusa era seguita al distacco o partenza della storia. Come mai lo scrivere fosse stato, e il Maestro d'Armi, e tutta la mia vita con essi. Avevo conosciuto più volte questi mutamenti e cadute o perdite totali di ogni memoria o interesse del senso dell'esistere, ma questa volta mi pareva che ciò fosse in modo pacato e irreversibile, senza alcuna speranza di ritorno. Lascio al Lettore d'immaginare ciò che provassi.

Per me, era come se la storia di Dasa fosse qui finita, e non vi sarebbe più la vecchia Dasa con cui conversare.

Eravamo, credo, al 10 o 12 dicembre, e fino al 24, giorno in cui mi pervenne la sesta lettera di D'Orgaz, ne passarono dunque altri dieci o dodici, che mi parvero stranamente vuoti, eterni, e il doppio di dodici o di ventiquattro; e ciò non perché D'Orgaz non mi scriveva, o io temessi che il mio scritto non gli andasse – di ciò, come detto, non m'importava –, ma per quella nuova aria che era entrata in me, col vento dell'inverno, ogni cosa, con i fioriti balconi e gli stessi pensieri dell'Eterno, cancellando.

Ero mutata, ancora una volta ero mutata, e d'una malinconia non simile a nessuna precedente, in quanto non D'Orgaz o Papasa o altri erano più nella mia mente, ma solo la dimessa straziante faccia del reale.

Ricordo di quei giorni, come li vedessi la prima volta, non so che sferzante pioggia continua, e un mare grigio, e in casa un odore così forte di caffè tostato, che vi sembrava morire! E che odore, ancora, di navi in arrivo, che *uhh! uhhh!* prolungato ora di vento, ora di petrolere! La primavera, l'estate di lacrime dei miei sedici anni infelicissimi se n'erano andate come se ne va una riva. Sparite! Dileguate! Qui, di nuovo l'alto mare dell'essere, con Apo e Apa e studenti che ora quasi per la prima volta vedevo.

Mi accorsi che uno di essi, certo Albe García, già citato come Capitano o Conte di Luna, per non so che aria di serenità e solitudine insieme, il meno bello e sano dei giovani Figuera, talora, alzando il brutto volto sorridente dalle sue carte, con amicizia mi guardava.
Questo giovane uomo, di poco maggiore di Toledana, essendo nato l'anno (o due) al di lei precedente, e perciò terz'ultimo degli studenti, già studiava per capitano di pe-

trolere, e presto sarebbe andato anche lui, con Madras e altri capitani di luce, nel buio mondo degli oceani, su rosse petrolere.

Buon ragazzo, era, e vedevo che con me desiderava parlare, ma io lo evitavo, veramente incapace di dire che a chicchessia, Frisco tranne, il cui cinico sorriso mi ha tranquillata.

Frisco e Albe García, ora rimasti soli, essendo Lee, come dissi, partito, la sera insieme studiavano, e insieme, dopo cena, si coricavano nella rossa stanzetta che dà sulla Collina. E io, talora, passando quando è già la notte innanzi alla tenda di cotone, per raggiungere la stanza d'Angolo, li sentivo dormire, e mi dicevo che presto anche Albe sarebbe dileguato, e poi chi, chi sarebbe rimasto nella stanza sulla Collina? Anche con terrore vedevo come andavo diventando alta, e le calze al ginocchio diventavano brevi, e così le misere giacche, e come tutti, tutti erano scomparsi – questi Rassa Pter Morgan Lee – e lo stesso D'Orgaz, a furia di silenzi, era impallidito, indietreggiato.

Un altro giorno, essendosi levato nuovamente, nella casa e fuori, quel gran vento impetuoso della sera che avevo spedito il rendiconto, e vedendo sul mio capo un cielo nitidissimo, nel quale le bandiere si sbranavano, riprovai quel medesimo sentimento d'incertezza – estraneità e stupore insieme – di chi si sente trascinare in luogo e condizione diversa, e volendo (non altro mi era possibile) registrare almeno questo istante di nulla (quasi io fossi non meno onda delle altre che si rincorrevano scure dietro i cancelli), scrissi il seguente componimento ritmato. Della sua inespressività, e anzi angolosa nullità, non mette conto parlare. Lo do, pietra della mente, quale nella mente l'ho ritrovato.

O tempesta marina! Urli del vento / che furibondo lacera il mio cielo, e questa casa misera percorre, / spaventa, investe. Malinconia delle ingiallite stanze, / che non sanno ricevere tempeste, quasi da un sonno deste, / che di sepolcro le odorava già. Si può vivere ancora, urlo del vento? O

Barca, non tremare, sii felice se l'onda / come un cavallo enorme ti sostiene e ti scaglia. Rivedo il bel veliero / della mia fanciullezza: un po' di sole sul bordo affaccendato, e la tremenda / pace di un sogno. In sogno stanno uomini / preoccupati, con le gambe brune, i berrettini rossi. Uno si arrampica / sulla ondeggiante casa, uno scompare, tra le nubi, uno grida. Ululi strani / da una barca e dall'altra sulla immane forza del mare che ribolle e smuore / e s'alza e grida. Il sole, in questo porto, fa somigliare il mare / a un campo di morti biancheggiante, e le barche a sereni / castelli dove non può entrar la vita. Vogliono entrare! Vogliono toccare / le sante porte, e mai riusciranno: ondeggian come sogni / le barche sopra il mare.

Dove, come si vede, non solo l'angoscia non avevo detto, ma ne ero stata rallegrata; e questa sensazione – presentarsi talvolta, all'anima, lo spettacolo del mondo come cosa già sognata, e l'anima, tra lietezza di essere nascosta al fluire, e terrore di non più fluire, incantarsi –, questa sensazione, piuttosto che esprimere la rivolta a tale stato, ne dava una sorta di vagheggiamento.

Successivamente, uno o due giorni dopo, mi venne un'onda di disperazione a causa di tanto Irreale, e questo mio eterno stare davanti alla linea grigia dell'acqua, da tre anni entro l'Era della Desolazione, e da sette ormai entro quella della imprecisata attesa marina, mi parve esatta condizione di orrore. E senza pensare di fare cosa valida o meno (dal punto di vista dell'Espressivo), perché di queste questioni a volte non mi ricordavo, scrissi la seguente composizione ritmata (tanto muta che vorrei chiamare Incomposizione). Era dedicata a sua propria Malinconia.

Malinconia! mia stella! Le insensate / mani mi poggi sopra il viso, e chiami da quelle rive dove va l'umano / perdutamente. Da quei boschi, da quelle onde, dall'aria / libera e immensa a questa mi chiami stanza dove le pareti / stillano, in mezzo all'umido, Memoria. Ma più non voglio, più non voglio io stare / vinta dalle tue favole, sorella / umile e cara, ad aspettar la sera. Viaggiare / io voglio, e molto; e immergermi nei rivi turchini e lisci che fremendo al Mare / tornano; al Mare / solo voglio dormire, o mia diletta.

Intendendo per *mare* il già citato essere di nubi e figure che nell'animo più non si dovevano scostare, come onde, ma come onde accostarsi, e trascinarmi se possibile entro una vita, o realtà, di cui sentivo traccia nel vento e in ogni cosa, come dei marosi vi è ancora qualche fioco rombo nella deserta conchiglia.
Desideravo essere reale! reale a qualsiasi costo! reale o morire! Ma sia l'una cosa che l'altra si presentavano ugualmente, misteriosamente impossibili.
Da ciò, appunto, questa stupita malinconia.

Per due giorni, dopo questi poveri ritmati, non scrissi altro, se non umili quanto indifferenti notazioni di diario: dove le cronache della casa marine, sempre piena delle preghiere di Apa, degli arrivi e partenze delle navi, e infine di certi giornalini trovati o non trovati (da Frisco, di avventure), si alternavano a quei deboli e spesso già forti pensieri sul tempo che trascorre, su vita che ora abbraccia ora estrania, sulla Espressività impossibile, e annotavo ora l'apparire della luna – luna improvvisa tra nuvole sul mare nero –, ora il tenue risvegliarsi del vento, ora il suono della campana che chiama Apa al suo dolore, ora la mia febbre di ragazzetto, ecc.

Eravamo giunti, frattanto, a una data che, sempre, qualsiasi stato d'animo, fosse lieto o insano, aveva mutato, e negli ultimi quattro anni, poi, dentro la forza di avvenimenti memorabili (l'ultimo saluto di Rassa, il ritorno di Rassa, e questo anno assolutamente senza più Rassa), si faceva scalo sempre stordente alla più avvilita ed esaltata delle navigazioni; tale data era la Natividad, e qui ritrovai del tutto, o mi parve, la Dasa infelice e pur lieta che ero stata.

Ma prima devo riferire di un fatto, o incidente, benché minimo, assai triste, che, ove non fossimo stati in prossimità di quella data, avrebbe capovolto di nuovo mia serenità, e anzi temo mi avrebbe lasciato di quei giorni un ricordo non del tutto lucente.

Era sabato, credo il 20 o 21 dicembre, ed essendo l'indomani, domenica, giorno di uscita della «Gazeta», io tutta notte passai agitata, pensando che forse il rendiconto è stato pubblicato e stamane, al Quiosco, lo vedrò stampato. Perciò, ripeto, dormii assai poco, e infine la mattina alle otto, mentre pioveva fortemente fortemente, mi recai alla Plaza del Quiosco, e presi con mano tremante la «Gazeta», e l'apersi. E vidi che il rendiconto non c'era.

Nulla di strano, ma le mani, mentre tornavo verso i cancelli del porto, mancavano, per dire come fredde, vuote. L'animo era piegato! Ritornava quel senso di nulla della sera di vento, ma attraversato da pietosi presentimenti; mi pareva di sapere che là, nella città lontana, qualcosa era accaduto, a D'Orgaz o alla «Gazeta», o alla Espressività medesima. Qualcosa di tremendo che, di colpo, riportava la mia vita indietro, a una grigia rena. Ma non sapevo che cosa. Dio, fa' che io stia sognando! – pregavo.

Viene la vigilia della Natividad. Lee tornò, e con lui Madras. Notai, in quella occasione, come davvero nell'animo di Apa qualcosa era rovesciato, fondamentalmente mutato, in quanto il ritorno di questo Lee prediletto non la scosse in nulla, anzi affatto. Si recò più tardi (Lee era giunto all'alba, all'alba la sua *New Historia* aveva punteggiato di qualche debole luce le acque grigie del porto) a compiacersi con la Signora di luce, Geltrude Thornton, della venuta del marito; e lì, sulla porta (Apa non entrava mai in nessuna casa, schermendosi gentilmente, come se ciò le fosse proibito), apprese questo sogno che la Signora di luce aveva avuto la notte, e che io dico qui di seguito, senza commento.

Era parso la notte, alla Signora di luce, sentire un forte suono di campanello; e come stava in attesa viva del marito, Thornton, era (così le pareva) subito andata alla porta. Ed ecco, non Thornton in persona, come logicamente si aspettava, ma due sconosciuti che precedevano un bel giovane vestito da marine; e questi, fattosi avanti, con viso sereno e tuttavia ansioso, chiese:

«Abita qui la Signora di luce?».

«Sì,» disse la Signora di luce «sono io».

«Sono il figlio di Apa Figuera,» disse il marine «sono Manuele Carlo, Signora di luce; e conoscendo la di lei amicizia per la povera madre mia, Apa Figuera, La prego volerle consegnare questo mio ricordo».

La Signora di luce, con occhi spalancati nella notte, sulla porta, ascoltava.

Ora, con rapidità e lentezza insieme, come se due condizioni del tempo in lui si alternassero, il marine, preso dal cuore, che si vedeva pulsare ritmicamente, ora rosso, ora buio, sotto il cappotto, un logoro portafoglio, ne trasse alcuni fiori bianchi, forse mughetti, dicendo:

«Ad Apa li consegni, Signora di luce, alla Figuera del cuore di un marine. Stettero sul mio viso di marine per ventiquattro ore dopo la mia medesima morte, dopo di che mi furono tolti».

E con queste parole, come uno straniero forzatamente silenzioso, tornò via, nel senso che ora i due accompagnatori marine avevano acceso una lanterna e scendevano le scale, e Manuele Carlo, diritto piangendo, li seguiva.

«E rientrai in casa» disse sconvolta la Signora di luce.

Apa, con questo sogno, tornò su, e per due giorni sempre ne parlava, il viso fortemente incantato, e perciò badava poco a Lee che era tornato. «E che vorrà dire?» ripeteva. «Dunque, il figlio mio pensò alla sua Apa? C'è un dono per me? E così caro? Per Natale vogliono ricordarsi di me?».

Quale commozione, Lettore, dominava il pallido volto di Apa!

Non dissi che ella, da ormai qualche anno, si era fatta anche più minuta, come stretta in sé, e pareva insomma un'altra Apa, più interiore, e assai poco parlava o disturbava o interveniva nelle cose del mondo; sempre vivendo in sé, di memorie beate.

Ora, l'alba successiva al giorno di Natale, che noi passammo in quiete grandissima, con Lee rannuvolato, non so perché, viene portato un biglietto dalla portiera che lo ha ricevuto da un minuto. E un marine è giù, dice, in via del Pilar, che pazientemente aspetta.

M. Apa, fuori di sé, pensando sia il suo Rassa, si precipita al balcone, ma è buio, non si vedono che orli rosati di nuvole intorno a macchie d'oro, che sarebbero il cielo ancora di Natale, e, in quanto a udire, non c'è che il silenzio. Ma, per le scale, già salgono passi e, in breve, alla porta sta un alto marine, fosco in volto e serio, il quale si presenta: non è Manuele Carlo, ma il suo Istruttore di vascello, e sempre, in questi anni, a noi ha pensato, desideroso vedere Apa e portarle un piccolo dono. E lo ha in mano, cereo involtino, e davanti ad Apa che dice: «Rassa mio!», lo apre, e ci sono dentro fiori scuriti dal tempo, secchi fiori di un'isola; e delicatamente il marine li pone nelle mani di Apa:

«Li presi dal *suo* viso, Signora Figuera».

«Dal viso del figlio mio?».

«Sì, Signora Figuera, dal viso del suo Emanuele Carlo, mai dalla Marina dimenticato».

L'Istruttore, J. Allen, fu fatto entrare nel despacho, e, seduto su una cassa, con tutti i Figuera intorno, per due ore si trattenne, cioè fino alla dorata nebulosa mattina, parlando di Manuele Carlo, e del tempo con lui trascorso sul vascello, e come mai questo vascello (il noto *Diamant*), dopo la disgrazia, avesse smesso di navigare, ma il mare non era più così bello. E disse come era semplice e giusto il marine Carlo, e attivo molto; mai un momento di ozio. E sempre obbediente, e però anche malinconico, come obbedisse a una forza, e lontano se ne andasse intanto l'animo suo (disponendosi ad andare là dove non si vorrebbe andare).

E descrisse quella sosta davanti ai monti della Carbonera, e come credé veramente che Rassa avesse desiderato fuggire, e poi si fosse piegato al dovere filiale (ché Apo aveva voluto per lui la Real Marina, e Rassa accettato ciò da Apo, in quanto lo amava: il che sentendo, Apo si smarriva). Descrisse la navigazione, assai buona, fino alle Antilliane, malgrado il mare fosse scuro, e quindi alle Caribiche; e poi la beltà dell'isola, Esperancia chiamata, e le biondine dai capelli ricci che seguivano in volo la nave; quindi la partenza e, a una lega da Fort, la caduta (c'era vento grande). E come il vecchio *Diamant* tornò indietro, in un pianto di tutta l'isola. Ci parlò della veglia, e poi delle esequie solenni, la notte, quando il vento si fu calmato, sotto le ritornanti purissime stelle dell'isola.

«Che gran giorno (sebbene la notte poi buia)» disse Allen «per il suo povero marine, Signora Apa».

(Qui, nel despacho, un muro s'indorava debolmente).

«Ma,» concludeva «quando ripartiti, noi sentimmo che Manuele Carlo non era più lì. Egli aveva continuato il suo viaggio».

«Per il Cielo» disse Apa.

«Sì, per il Cielo, Signora Apa!».

J. Allen, l'Istruttore, prese con noi caffè e vecchi biscotti, e intanto si era levato di nuovo un grigio giorno, e quando egli andò via (annunciando che fra giorni giungerà in porto la *Katrjna*, nave di Finlandia, dove egli, Rassa, era pure stato imbarcato, e l'accogliessimo come un di lui saluto), quando J. Allen andò via, era pieno giorno.

Ma era tal quale un giorno del passato!

Ora, questi quattro o cinque giorni che passarono dal sogno della Signora di luce, e poi dalla visita di Allen col dono, fino all'arrivo della *Katrjna*, alba del 28, furono per noi tutti, e anche per me, molto più che alcuni giorni. Misero distanze abissali tra questo fine dicembre, terzo dell'Era di Desolazione iniziata da Rassa, e tutti i dicembre che erano fin là sopravvenuti e sarebbero sopravvenuti. E io, nella confusione e levità di quei giorni, non una volta mi ricordai di D'Orgaz e del rendiconto a lui inviato. Quel dolore e quella paura che qualcosa sia avvenuto, era, in questa levità e gioia, dimenticato.

Ed ecco, la mattina del 28, poco dopo che Apa è rientrata dalla chiesa, giungere in porto la *Katrjna*. Di più bello, al mondo, non avevamo visto nulla: alta, silenziosa, tutta una città di vele diritte, minute, spiegate, di scale leggere, dorate, di reti come piume dorate, e anche la polena, i balconi e il fronte del palazzo, dorati! Lo scafo mi parve di un cupo azzurro. Un che di azzurro, come una trasparenza, o effetto di nastri e stendardi bianchi e azzurri, illuminava l'intera costruzione. A bordo, sul cassero anche dorato, si vedevano passeggiare uomini stranieri in nero, non più alti, causa la distanza, di un dito, e dorati come la luce.

Era, quel 28 mattina, un giorno di strana luce nuova, nel porto di Toledo: a banchi, dal mare, l'oro del primo sole veniva, come fantasma sottomarino, attraverso la nebbia. Mai vi era stata nebbia, in Toledo. E questa mattina vi era, andava e veniva, e dentro questa nebbia, la luce. La *Katrjna*, perciò, ora vedevamo, ora spariva, ma, quando appariva, sembrava non uscire dal mare, ma dal cielo. Ed era allegra molto, ma anche ispirava dubbio. Commozione, sicuro. Finché, verso le undici, il sole non uscì completamente dalla nebbia, benedicendo la nave e l'intero porto di Toledo. Era come un'ostia, lassù, tale sole, e di forza tale che ci ponemmo le dita sugli occhi. Non durò più di un minuto, lentamente svanì. Ma era, in quel sole, apparso il viso velato di Manuele Carlo, e due mani tese verso Apa, che dalla gioia non viveva più.

147

Perciò, durante il giorno, fino alle sei della sera, fu, causa la *Katrjna*, silenzio molto.

Viene di nuovo la sera. Sta per rincasare Apo. Ma giunge con lui, o un momento prima, non ricordo bene, la vecchia portiera della casa marine: c'è confusione: due lettere! Ha ben due lettere per i Figuera!

Era, una di queste due lettere, aperta già nel despacho, per Apa, del Signor Allen, dice che mai la dimenticherà, mai smetterà di pregare, insieme alla fidanzata Blaise, per il caro Rassa e la buona Apa. Voleva dirle altre cose, in quella sua visita, ma non poté, essendo poco avvezzo alla espressione. Ma egli, Allen, ama Apa e i suoi figli, e stia calma: il tempo, simile al mare, finalmente passerà, e rivedremo terra e gli amati congiunti.

Apa, a queste parole, rompe in dirotto pianto, ma dolcissimo, ripetendo:

«Sì, passerà, passerà, ci rivedremo tutti!».

Ascoltavo come fulminata, e perciò non badai subito all'altra lettera, che era per me, e quando l'apersi non mi resi subito conto del senso delle brevi parole.

Era di D'Orgaz, e diceva press'a poco così:

Toledana mia cara,

il tempo passa e muta inavvertitamente le cose. In breve, da un luogo ci troviamo in altro, come ogni semplice marine. Non prenda dunque la cosa in modo grave: ma il Suo Maestro d'Armi, come mi fece una volta, se non erro, l'onore di chiamarmi, tale non è più, per lo meno non sulla «Gazeta», da cui prende, con quest'ultimo numero, congedo.

Ben volentieri avrei pubblicato, se là fossi rimasto, il Suo rendiconto, ma ora è cosa possibile solo ad altri, se Lei vorrà.

Dunque addio, cara Toledana, e mi ricordi! Suo

D'Orgaz Giovanni (Conra)

Prima risi, davanti a questa lettera, pensando fosse uno scherzo (ma era in me, tuttavia, un sentimento terribile), poi scoppiai in lacrime amare, che subito, corsa alla finestra, chiesi al vento marino di asciugare. Cosa che fece.

In me, un vuoto tremendo, e non più suoni, né voci, né il caro Maestro d'Armi, né la Plaza del Quiosco.
Sentivo (forse falso) che la mia gioventù – gli anni marini – era definitivamente terminata.

Di quel giorno ho un ricordo così violento e insieme velato, da non potersi paragonare ad alcun altro.
Da una parte vi era in me non so che commozione e indifferenza di figlia di Apa e sorella di Rassa, vedendo davanti a noi la *Katrjna*, e notando come quest'anno, o seguito di anni, finiva adesso in un largo saluto di navi; dall'altra, il dolore per il Maestro d'Armi non più al suo luogo, per la «Gazeta» vuota, per la Plaza del Quiosco perduta al semplice vento di mare, nel fetore dei vichi e rue scuramente popolati, senza più arcobaleni sulle Scalette di Santo Ignacio, mi struggeva. E che avrei più aspettato? Che fatto? Dove mi sarei recata? Che sarà di me, senza la Plaza del Quiosco?
Infine, sentivo un tale dolore per questa vita perduta, di cui ormai, come nelle onde la scia, presto non sarebbe rimasta traccia, e andavo pensando a quando la mia vita era piena di furore e sogni, come a un'epoca d'oro. Pensavo anche, confusamente, e questa era una vera follia, che non vi sarebbero più stati Padri Biblici, né America, né bisonti: là, nelle terre dell'Ovest, mediante l'Espressività, mai sarei arrivata.

Come sempre, in momenti veramente orrendi, di terrore assoluto, cercai un tenue rifugio nel quotidiano. Stessa sera, verso le sette, essendo Lee andato da Thornton, e gli altri studenti per conto loro, e Apa addormitata, mi recai con Frisco al Piccolo Mare, o Mare Interrato, dove sostai a lungo nella pioggia. Infine, Frisco si allontanò per andare da un suo amico e di Albe (tale Roncisvalle) a studiare, e io me ne tornai in via del Pilar, che già annottava.

Mentre entravo nel portone, un giovane dal paltò chiaro, di cui intravidi solo il bavero alzato sui capelli dorati, e pensai fosse uno dei tanti capitani in borghese della zona, forse uno della *Katrjna*, ne usciva. La portiera, dal suo chioschetto colorato, mi fece cenno. Eravi, per me, un giornale e un biglietto.

Il giornale, quando lo apersi, era la «Literaria» del precedente anno, col rendiconto del Comanche, e una data segnata a matita rossa, con una forte scrittura, direi un pugno: quella del 29 dicembre a me immortale. La lettera, che andai a leggere fuori del portone, in via del Pilar già buia e fangosa, alla luce vaga delle navi, era della stessa mano, brevissima, e diceva:

Toledana tristissima,

amico del Suo tempo (e di D'Orgaz), oggi, giorno di chiusura della nostra «Gazeta», passata in mano di uomini che riteniamo estranei e ostili amato divenire, oggi, giorno di pena, sento Lei e il Suo Manuele Carlo e il Perduto Americano molto vicini.

La prego, non mi dimentichi, sebbene mai mi abbia considerato.[1] Venga domani, ore sei oppure cinque, venga su, da vera Toledana, al seguente recapito: A. Lemano, Prof. Aggiuntivo Storia Nautica, Porta o Ponte dell'Antiquario. Là, mia sorella, che fu già maestra di Lee alla scuola dei mari (ricorda? via Dassia), ed io, Reyn A., La attenderemo per dirLe nostra gioia di vederci e forse, in questo tempo d'inverno e chiuse nubi, ancora sperare. Suo

A. Lemano

Questa lettera, che io lessi e rilessi senza veramente capirla, con lo stesso affascinato interesse che tiene fissi gli

[1]. Proprio così: non «conosciuto», come sarebbe stato pensabile.

150

occhi del marine misero su una perla o rubino trovati sulla spiaggia, in mezzo al fragore e gli sputi di un naufragio, mi sollevava e poi lasciava ricadere in un mare di emozioni, tutte silenziose, bizzarre, dolci.

Già, questo A. Lemano, intravisto di spalla sulla via piovosa, mi aveva portato, con la sua sola lettera, un che di bianco e splendente in quel cupo giorno. Dico con la sua sola lettera. Mi accorgevo che essa, come già mi era capitato quel giorno con D'Orgaz, e poi con altri, era *doppia*: era *due* volte una lettera, e *due volte era una lettera bianca*; e due volte, o duemila, le parole in essa incise rombavano come fa il tuono fra le nubi, o sorridevano blande come fa il sole tra le nubi che vanno diradandosi.

Dunque, nulla era veramente crollato! La terra, gli uomini, ancora duravano! Vi era un amico di D'Orgaz! A questo amico, Toledana era cara. Vivi, per questo amico, erano i pensieri e i fantasmi del tempo di gioventù della perduta Toledana. Forse, non era al tutto perduta, Toledana!

E poi, questo messaggio contenente una indicazione tanto precisa della minaccia che io, Toledana, sentivo nell'aria: di un mondo contrario al mare e all'America dei Padri, di un tempo contrario a tutto, dove (questo sentimento fu fulmineo) la Espressività sarebbe perduta o per intero mutata, e gli uomini avrebbero visto mutate le loro patrie, questo messaggio giungeva a me francamente aspettato, quasi da me partito, o dolorosamente pensato.

Qualcuno, qualcosa aveva spinto D'Orgaz via dalla nave della Espressività, cioè storia, gettandolo nelle acque senza storia. Altra storia si avvicinava. Altra storia che era contro noi, toledani o meno, e il farsi delle anime.

Sentii l'Irreale cercarmi, come di notte si sente il grido del vento, e ne fui rischiarata e oscurata a un tempo.

L'indomani, sera indicata, ore cinque, salutata mia Apa, mi avviai con Frisco verso la casa dei fratelli Lemano, nella Toledo Ovest, ove si affollano Scuole e Musei (e poi lentamente diradano). Ma, giunta davanti alla casa, che era antica e rosa, Frisco mi lascia, per appuntamento con Albe a casa vecchio Roncy. Verrà a prendermi, dice, all'uscita (cosa che invece non farà).

Lo rivedo mentre si allontana, pallido ragazzetto, fischiettando, chiuso nel suo tabarro, verso la Plaza Ovest, già intitolata al Quinto Carlo.

*Breve (e spezzato) su una casa rosa, detta
delle Cento Albe, e su un cittadino solitario
che chiama il Finlandese. «Apri, Samana,» gridò
«tutte le finestre sull'Ovest!». Nel silenzio del porto*

Vi è un che di strano, nel senso di una fissità di alcuni oggetti, sia materiali che immateriali, fissità in un tempo e condizione eterna, entro la vasta misura delle cose che invece mutano.

Questo strano, o fissità, solo raramente riguarda le figure (per esempio, Rassa alla finestra, o mentre aggiusta una freccia, Apa con le manine giunte in un fervore di gioia, oppure la Toledana ritta davanti al Quiosco, nella Plaza Guzmano), ma più che altro le cose: la Chiesa Spagnola, del Pilar – il Mare Interrado –, la desolata strada del Pilar, certe ore, senza contare la relativa catapecchia e il canto spezzato del vento sotto le porte. Ah, queste cose *stanno*! Queste cose mai non sono morte, e così le grandi carcasse dei vascelli una volta viventi, non so dove, e un anno naufragati; queste cose, per la mente scossa, mai sono mutate! E ora, a queste cose (compresa la pioggia, e le cineree nubi e il pallido sole di quegli anni, e l'intera muta Toledo), devo aggiungere un angolo della Casa dei Lemano, quale mi si presentò quella sera, ore sei, dopo che Frisco se ne fu andato oscuramente all'appuntamento con Roncy.

Questa casa – il cui carattere peculiare, sul momento, sembrava starsi in una sorta di irrealtà, giustificata ampiamente dalla spessa rifrazione dei raggi solari che in quel punto avvolgevano Toledo in una specie di nebbia, e la facevano quasi oscillare – si presentava assai semplicemente come un alto angolo di muro, o facciata, le cui strutture retrostanti fossero mai state, nei due colori: rosa carico e rosa più pallido con striature verdi; ed era muro senza finestre (tranne, verso ovest, per due folli imposte), confinante per un verso con un basso giardino, per l'altro con un ponte spezzato, o strada incavata, sotto la quale era un negozietto abbandonato, già d'antiquario. E questo posto era detto perciò: Porta, o Ponte, delle Cento Albe,[1] ma più che altro: dell'Antiquario.

Il cielo, sopra questa casa, quando vi arrivai, era delle tinte più delicate e deliranti che mai si siano viste in Toledo.

Erano striature verdi, rosee, con trafori sanguigni, con merlettature cineree, con impronte di fiori confuse (che davano l'idea di un violaceo), sul quale fondo insano, per non dire farneticante, si stagliavano, come fuggendo, le alte cupole di alcune chiese e le croci dei pii istituti e i colli smunti della Toledo Ovest.

Era poi, questa casa, sita nella zona più nobile e insieme derelitta della città, dove la Toledo aragonica, cominciando dai suoi Musei e luoghi di studio, si smembrava, confinando coi campi da una parte, e con l'alfaniana più oltre, e non la vidi in realtà che due volte – le altre essendo io troppo mutata per osservarla –, ma sempre la ricorderò come: la Casa dei Lemano! E non so se gli avvenimenti, di poi, l'annientassero completamente bruciando, come fu di altre. Quella sera essa era là: gigantesco angelo immobile, o anche uccello legato, le ali spezzate, gli artigli conficcati nel proprio petto, o solitudine, o devastazione rosa dei cieli.

Stringevo in mano la mia lettera, e mi guardavo intorno: ora cercando ancora, automaticamente, il giovane Frisco, ora sorpresa dalla novità del luogo, dove non ero mai capi-

[1]. Per alcune torri spezzate, sorte qui in altre circostanze.

tata (qui sembrano prati, burroni); ora disperatamente pensando il Maestro d'Armi, ora nulla: se non che devo due monete a Frisco, per un giornale: se ne sarà ricordato?

Mi feci cuore, finalmente, ed entrai nell'atrio.

(Pascolava tutta sola, verso il giardino, una piccola capra).

I Lemano abitavano al primo piano, un appartamento cui si accedeva da un breve andito senza finestre.

Suonai – toccando appena il bottone staccato – e un attimo dopo A. Lemano in persona venne ad aprire.

Egli aveva un viso che – vedi, Lettore, quanto è strana la terra – non ho più incontrato di poi, da quando questa storia finì, per lunghi anni trenta e mesi quattro, e solo ieri sera, mentre rincasavo raffreddata e annoiata, ho rivisto un attimo.

Passò un tale, nella centrale Avenue Langen, e portava in alto, sopra la piccola testa di un buio dorato, un'altra piccola testa di un buio dorato, e tale seconda testa, me ne accorsi solo un istante dopo, violentemente girandomi, era quella vivace e dorata del Professore oceanico.

Ma, girandomi, parlo di ieri sera, in Avenue Langen, tale seconda testa era scomparsa, e in suo luogo solo la nuca inchinata di un cittadino solitario.

«Lemana!» (o «Samana», non ricordo bene) gridò il Prof. A. Lemano, guardandomi come se non fosse me che aspettava, come la porta abbia aperto a caso, e con queste parole che dico, gridate fortemente, direi sgarbatamente, a qualcuno che era certo in una stanza interna, mi annunciava: «Apri, Samana,» gridò «*tutte le finestre sull'Ovest!*».

Sì, io non sbaglio, sentii gridare proprio così, e mentre una gaia voce di donna rispondeva: «*fatto*», sentii il Prof. Lemano dirmi con voce dura, poco dolce, come imbronciata, in mezzo alla quale apparivano però strane levità: «Le mostriamo a tutti, sono assai belle».

Sì dicendo, mi pose una mano sul braccio, cioè non la pose, l'accostò perpendicolarmente (a forse trenta centimetri), ma la corrente, o pugno chiuso, che era in quella sua mano, abbreviò la distanza.

Entrai così nella stanza alla destra di A. Lemano, entrai nell'oro morto, ma fiumoso, di due finestre, dalle quali rividi il Ponte, il negozio d'antiquariato e le torri del luogo detto Cento Albe, più altre case che naufragavano nella luce e l'ombra di quel secolo.

Vidi anche, ma assai confusamente, per cui non so se vidi questa stanza o altre stanze di questa città e del tempo ora andato, vidi le porticine, gli stinti passaggi da ombra in luce, fra muri di carte, e come era arredata: con un divanuccio rigido e stento contro una parete fiorata, con quadri, qualche consolle e intere vetrine di libri guasti dal tempo. C'era poi anche un tavolo quadro, presso la finestra più illuminata, e un tavolo ovale, con merletti, presso l'altra; due poltrone, anche con merletti. E Samana-Lemana, maestra al Nautico, conversava in quest'angolo con due donne di età avanzata, forse decrepita, bianche centenarie ammucchiate, più che sedute, sul divanetto. Poco dopo, altra centenaria, bianca e ricciolina, assai orrenda e vaga in azzurra gonna, spinse, col piede calzato da un'enorme pantofola, la porta tra due vetrine, e apparve recando tra le mani un vasto vassoio da tè.

Io, ora, mi trovavo dunque seduta al tavolo quadro, presso la finestra che riceve più luce, col Prof. Lemano, seduta educatamente con la mia lettera in mano (che autorizzava la visita), e pensando non so che. Il Professore, dopo avere aperto la lettera («e che sarebbe?» disse poi, lasciandola ricadere con un sorriso), ora parlava, con voce altra, diversa dalla prima, cioè infilando nella prima – come dissi dura e roca – una voce leggera, dal suono tenero e gradevole (che è dir nulla). E io ascoltavo questa voce, pensando com'è strano ciò che dianzi ho visto, e anche ora, occhio alla immensità serotina di Toledo, vedevo.

Era alto, questo Lemano, assai alto, e stretto, sottile molto, per un toledano; ma toledano non era, me lo disse subito. Era di un paese dei monti, Ayana o un nome così. Era alto, e che più? Nulla, salvo una cosa che allora non sapevo che fosse, ma mi struggeva: cioè una interiore eleganza e durezza viva. Di viso non sapevo se fosse piacevole o meno; bello o no: tutte le sue ossa si mostravano grandi e sottili sotto una pelle chiara. La bocca era molto grande, con denti scuri e forti. Il naso breve e forte. Gli occhi erano di un grigio calmo, ornati da alte sopracciglia chiare. Lisci e dorati i capelli. Le orecchie, rosse, erano a sventola.

Ma su questo Lemano, che era forse uomo comune, senza importanza, destinato allo sparire,[1] si agitava, come dietro un molo domenicale, qualcosa di scuro, vivente, caldo e freddo insieme, completamente inafferrabile e indifferente, nemico anzi, al comune vivere, quasi egli fosse non proprio un uomo (solo all'aspetto), ma un elemento terribile del vivere, e precisamente: il disumano del vivere.

(Ma forse io sogno! Forse, causa la stanchezza del cammino, il gran tempo passato, altre cose vedo. So che ero preoccupata, e non poco. Egli, poi, ecco lo strano, questa preoccupazione, sebbene con bontà, divideva. Lo vedevo guardarmi, ogni tanto, come uno in cappotta breve, venuto dal mare, si ferma a riconoscere un morto, si curva a fissare, mentre passa, uno della propria nave. Lo sentivo gridare, in mezzo al vento: «Toledana, *mi sente*? Figuera, *io sono giunto*! Mi ascolti!». In realtà parlava d'altro. Riprendo il breve rendiconto).

Il suo viso – di lì a poco giunsi a questa conclusione – era quello stesso che io avevo visto a Roncy, una volta, o altri studenti: grave e magro, freddo e semplice; la figura an-

1. Secondo la teoria di D'Orgaz.

che, sebbene più leggera; ma dentro quegli occhi vi erano cose che io non avevo visto in alcuno, tranne, forse, negli occhi vacui di Morgan, o nel riso di Thornton: quel grandioso richiamo. Ma molto silenzioso, dico, come in sordina, dopotutto, sicché lo ascoltavo e non lo ascoltavo; ma, quando non lo ascoltavo, era cosa ancora più dolce.

Passò così tempo vario. Vorrei, ma non posso ricordare, se un'ora o mezza.[1]

«Toledana,» egli mi disse a un tratto, e chi parlava, chi diceva teneramente queste parole subito non capii, tanto il volto che mi stava davanti era adesso mutato, tanto lieto ridente amorevole, infinitamente diverso dal volto grave e autorevole di prima, «Toledana,» (chiamandomi con un nome che solo a D'Orgaz è noto, quindi strano) «di averla cercata, ora che la guardo, sono contento. Forse la credevo più alta e agguerrita, mentre noto che non sta in piedi. Ma che importa... che importa poi questo? Tutti fummo albatros,» ridendo disse «e solo da poco ne uscimmo. Lei non sa camminare né pensare né vedere né sentire; io, da questo viso imbronciato, lo vedo... Ma, ripeto, che importa? Oh, ascolti, ascolti un momento il suo Lemano, professore di storia e marini borbottamenti. E sa che le dice questo suo nuovo amico? Ascolti, su, Toledana...».

«Ascolto, no?» obiettai risentita.

«No, lontana piuttosto... Ma ecco,» vivacemente dice «il motivo del desiderio di D'Orgaz e mio – di vederla – era in questo: che lei, Damasa Figuera, o Toledana, di famiglia marine, e anni marini, vissuta in ombra marine, ma non più di noi, sa? E noi disperati tutti, e lei non ancora. E cos'è questo mare, in cui lei vive, e ha visto, desideriamo, sì, di sapere, e in questo mare che era comune, non solo di lei, Damasina, tornare, morire...».

E sì dicendo mi prese la mano, e la portò al suo volto, senza però toccarlo. Dopo di che mi par di ricordare –

1. Luogo della spezzatura, nella memoria vera e propria.

mentre egli non aveva lasciato ancora mia mano – il seguente tutto distorto, e lontano dalla ragione, dialogo:

«Che?» dissi tremando (cosa che doveva essergli cara, tanto acutamente mi guardava) «che» proseguo a caso «sarà questo mare, se non la terra dei Padri Biblici, in cui siamo immersi tutti?».

«Ma questa terra è minacciata» calmo fa.

«Non dai Biblici!».

«Sì, proprio loro».

«No, non loro» gridai, mentre le signore si voltavano.

«Bene, lasciamo andare questa disputa: stasera non voglio, con lei, Damasina, questionare» con sforzato sorriso, facendosi calmo e insieme assai grave (ma recondito, vero fantasma o battello ghiacciato), A. Lemano disse. «La guardo ed ecco... mi creda... io sento di viaggiare».

«Venne lei a portare il biglietto, no?» dissi dopo un momento, a galla di queste intraducibili scosse.

«Sì, io venni». (Solenne): «Mi vide?».

«Sì, arrivavo a casa in quell'istante».

«E perché non mi ha chiamato?» rise «non capì che ero io, Lemano degli Oceani?».

«Sì, la presi infatti per uno della *Katrjna*, nave finlandese».

Egli, infatti, sembrava proprio, tranne che per gli occhi di ferro, un marine finlandese, così alto era, e bianco.

«Bene... bene... benissimo» e cose del genere (che ora di nuovo si attenuano), banalità simili brontolava, ma con (a me) ancora più enigmatico riso, tanto – come persona che vi conosce e apprezza, per cosa che non ricordate vi ha cara – guardava. «Ma ora, Toledana, non dobbiamo più perderci...».

«Se lei vuole... crede... sarà così...» contenta dissi.

«Lei verrà ancora a trovarmi» disse. «Parleremo! Con D'Orgaz» (molto serio) «pensiamo ora novità grandi. D'Orgaz e qualcun altro. Lei, con noi, verrà avanti».

«A che fine?» oscurandomi a quel nome caro, oscurandomi ancor più di tutto, e di come il tempo mutava.

«Al fine di ritrovare le terre dei Padri!» non così contento, ma con grazia disse: «Le vere, ché queste che lei sogna, Damasa, sono altre!».

Questo discorso, com'era incominciato, finì, ed entrò poi il nostro parlare – mentre mi ero completamente rasserenata, non vedendo in questo A. Lemano altro che un amico sincero, e in certo senso mi svegliavo – in cose svariatissime, ma sempre riguardanti la nostra condizione di toledani, importati o no, borbonici o meno, che Lemano non giudicava, come ancora non conoscendomi, ma – sentii – lo affliggeva. Dice improvvisamente:

«Di ciò» (il borbonico) «lei qualcosa ha capito, no?».

«Come no!» (senza capire) dissi.

«Bene, allora non altro...» (*occorre*, penso) «ma speriamo».

«Che finisca, no?».

«Sì... orrendo, veramente orrendo» passandosi una mano sul volto – un lampo –, inchinando quel volto che ora mi pare estraneo mare, bianco mare, muso della Natura, languido dice.

Io vidi che vi era in lui un che di logico, sensato e ferrato, ma solo sulla battigia. Dietro erano musi e onde e questo splendere e correre continuo. Veniva di là quel vento di pioggia, non freddo.

Si spegneva intanto la sera! Si svuotava l'aria del suo torpore. Ciò che era stato, fuochi eccelsi e tempeste di porpora e mari violacei, cedeva il posto a sottili nubi, ponti di tenebra, a mari morti e traballanti biancori.

Venne qualcuno – solo una mano bianca, di chi ignoro – e accese sul tavolo una rossastra lampada, globo di seta blu, pagoda che può stare in un pugno, e di nuovo, causa questa luce blu, era in me qualcosa di strano.

«Questo tempo si spegnerà,» penso «già passata è questa sera. Un giorno, qui... altri...» – chi, non sapevo. E non so come, nel borbonico (ma qui non connettevo, ero altra), trovavo un che di caro...

Vidi che mi guardava, adulto e fanciullo insieme. Con un sorriso:

«Non per ora...» muto dice.

«Ah, non per ora?» supplichevole dico.

Dopo un po' (sempre mi guardava):

«Venga, che usciamo».

E mi prende la mano.

Ora, questo momento preciso, che la serata finisce, e A. Lemano mi prende la mano, e poi usciamo, io l'ho ricordato poi sempre come e più di ogni altro momento di quella serata amatissima, curiosissima. Forse il vento e il vuoto e la nera aria che ci batté in faccia, lì sulla soglia: ma in un momento ebbi la nozione di come ciò fosse già accaduto, e intanto accadesse, e per l'eterno accadrebbe ancora (come gli astri se viaggiano e le correnti del Golfo se gemono e i sollevamenti del suolo e i nascondimenti e rivelamenti lunari – tutto già stabilito, immenso, vago e preciso nella Mente a monte delle cose), e gioia e terrore grandissimo mi abitarono. E lo vedevo come era, nel suo secondo essere, come Spirito, e Innocente, Uccello già stanco o figlio remoto dell'Aria. Qui venuto, da me, per missione quale... Solo ciò resta dubbio. Vidi la sua bontà di cuore – la logica ferrata, che ho già contro – e insieme l'immensa bontà marine. Come la vidi, essa tornò nel buio, e io pensai di me, che l'avevo pensata, cose penosissime (cui ho già accennato).

Frisco, sul portone, non c'era, ancora da Roncisvalle. Molte luci erano accese lontano, ma la campagna, tra il Ponte e le prime case, appariva morta.

«Così, ci conoscemmo» fa, sempre con lo stesso precedente sorriso, ma in tal caso mi manca il fiato: ha un che del mondo.

E poiché io muta:

«Bene. Realtà sempre piccola, con un che di morto, no?» asciutto dice.

Questo mi fa tremare e, anche a causa dei sassi (la strada è infame), non rispondo.

Così, in incipiente tremito, in doloroso mutismo, consumo quei pochi minuti.

Poi (non ripeto che il fatto, considerevole o vacuo, dissennato o meno):

«Dimenticherà il suo Lemano» abbastanza mondano fa.

E poiché alcuno risponde:

«Non d'accordo, no?» e di nuovo mi prende la mano.

Ciò che io sentivo è che non lo avrei più veduto – presto sarebbe sparito, questo uccello del mare, e la sera nella Casa Rosa avrei solo ricordato. Io non pensavo che a questo.

«Verrei fino alla di lei casa,» mi disse Lemano quando ebbimo lasciato quella tumultuosa strada di sassi, e giunti ai Musei e scuole dei poveri «ma farei tardi. Ho i miei allievi di storia degli oceani».

«Sì, vada,» diss'io «sì, vada...».

«Senta, Figuera, Toledana carissima» disse curvandosi appena per vedermi bene nel viso.

«Che?» diss'io, Toledana, senza respiro.

«Altra volta... dirò... molto frequente dirò, che mai passato sera così da carcerato guardando luce lontana. O Dasa Figuera dei miei vecchi pensieri, ascolti...».

«Che...» diss'io «pensieri?».

«Miei... su di lei... dolore navi... passaggio marine... stasera... questo vento piovoso; penserò tutta notte navi, gloria marine...» disse. E aggiunse: «Su... fra un mese di nuovo verrà, o io a casa di lei...».

«Sulla via marina?».

«Sulla via marina o su qualche torre spagnola, con D'Orgaz, noi tre come uccelli profeta staremo» con beffa amorevole, con dolcezza dice. «Mi sente, Dasa Figuera?».

«Sì... questo sente... molto, Dasa Figuera» con grandissimo sforzo io dissi.

«Bene... quindi... Bene».

E come egli se ne andò, volgendosi, come questo A. Lemano tornò indietro, si allontanò per una plaza che non conoscevo, e poco dopo venne la notte, e io mi persi nell'oro e rovine e torri putride di Toledo, non dirò che altra volta, probabilmente. Intanto erano le nove, e poco dopo io respiravo di nuovo l'aria salata, la buona aria di pioggia del mio barrio di porto.

A casa, attraversando la stanza Rossa, nella casa già spenta, Lee non vedevo, o il suo letto presso la finestra, essendo il maggiore dei marine già ripartito. Albe dormiva, si svegliò, mormorò qualcosa. Frisco, la testa sul giornaletto che mi aveva comprato (Banditi Cinesi), respirava serenamente.

Juana, in cucina, si lavava i capelli. Apa l'aiutava. Apo era al balcone, incollerito con Apa, mi dissero.

Come la piccola casa mi sembrava estranea, ora, e tutto finito e insieme esaltato il mio tempo marino, morto e risorto. Con quali illuminazioni.

Mi ritirai nella mia stanza, e mi coricai. Ma poi tornai a levarmi su, ed era piena notte, e il porto giaceva splendente e silenzioso nel suo sonno. Una luna come un gioiello bianco attraversava le nubi, cercando le foglie secche e marcite della mia pianta. Un vento ora salso e freddo, ora marcito e caldo, riempì la stanza d'Angolo.

«O Lemano, o Lemano!» (questo fu sempre, per me, il solo nome del Finlandese) pregai.

Stavo lì, in piedi, silenziosamente, aspettando una qualche apparizione di nubi, o risposta degli astri, o tenera voce di Rassa, D'Orgaz e altri perduti. Ma nulla rispondeva.

RICORDA LA PRIMAVERA TOLEDANA

Riprende la quotidianetà. Ammonimenti e predizioni di Apa. Vede spenta la giovinezza e, intanto, segni di una nuova terra colorano l'aria. Rendiconto del «Barrio»

Stranamente, a periodi di visioni e avvenimenti speciali, comunque circonfusi di un alone di pallida luce, seguono sempre, ho notato, stagnanti secche, sbiancamenti, una quotidianetà fioca e priva di luce. Il cuore, viziato dagli impeti e il calore delle apparizioni, si guarda intorno attonito, smarrito. Nulla! Non vi è più nulla! Sente il freddo della terra, del corpo fisico, riode il *tic-tac* metallico dell'orologio in cucina.

Tali, in certo senso, furono per me i primi giorni successivi a quel 29 dicembre, anzi sera, secondo 29 dicembre eterno della mia vita: non vi era più nulla.

Vidi, al Quiosco, la «Gazeta», nuovo numero di vita, ma ora che D'Orgaz non era lì, né sarebbe più stato, non la comprai. Vidi, verso il 5 o 6 di quel gennaio che era seguito, ripartire la *Katrjna*, e il porto parve di nuovo morto, muto. Verso il 10, se non sbaglio, non piovve più e ricominciò la solita stagione tetra ventosa asciutta che caratterizza, in Toledo, la prima parte dell'anno. Non avevo più notizie di D'Orgaz, e scomparso era il tremendo volto trasparente di A. Lemano, la sua voce roca e vaga. No, Lemano non vi era più. Rividi perciò la quotidianetà, e in tale mare mi trascinai a piccole tappe. Ogni giorno era per me semplicemente impossibile vivere, eppure vivevo. Ecco in che cosa era impossibile (eppure vivevo!): che D'Orgaz e Rassa e quanto era stato mia vita non era più. Vedevo Apa assai calma, mai parlare di Rassa, mai di nulla. Albe correre pensoso a scuola. Apo annuvolarsi, ora per Lee ora per non so che. Almeno, se Frisco avesse con me, quella sera, veduto A. Lemano e le torri spagnole delle Cento Albe! Ma no, egli, sebbene venuto con me, quelle torri e Lemano non aveva veduto, né quindi con lui se ne poteva parlare.

Venne, verso il 20, una lettera di D'Orgaz, portandomi indietro il rendiconto dei Lumi. Se piansi! E le parole che egli mi scriveva in proposito, ecco non mi sorridevano più, avevano un che di stanco.

Mi dava istruzioni su come scrivere ancora. Della sua vita, di come ora scorreva, non una parola, quasi non fosse, ad alcuno, necessario, ed egli sapesse bene!

Così la nostra intesa si chiudeva.

Verso la metà di gennaio, il 15 o il 16, quindi qualche giorno prima di questa lettera di D'Orgaz – lettera del tutto conclusiva e per me tremenda, vero addio del passato, per cui stavo abbastanza male –, Apa, ritornando la data, non sai se più triste o cara, della scomparsa di Rassa, era, fin dal mattino, molto agitata, passeggiava e quasi correva per la casa, e io, assenti gli altri, non sapevo come calmarla.

Si ferma a un tratto – udivi il vento dappertutto, quella mattina – e dice:

«Dunque, tu, Toledana, bimba diletta e sorella di Rassa tanto amato e degno, tu non scrivi più del tuo Rassa? E cos'è che farai allora, nella vita? Ah, non sento più parlare il buon D'Orgaz; il mio cuore è triste».

«Apa mia,» dissi «D'Orgaz riposa».

«E come! perché riposa» gridò Apa mia, alzando la voce sul vento «quando il mondo ha bisogno? quando i naufraghi hanno bisogno d'essere calmati col canto?».

Ero turbata.

«Chi,» dissi «Apa mia, è naufrago? Solo pochi naufraghi» (e dentro me sono in lacrime) «... chiamano».

«No, tanti, tanti, tutte le terre sono naufraghe... e per esse canti, cielo, soccorsi, mia Toledana, molto urgenti... credi... si domandano».

«Sì,» dissi «Apa... sì».

«Ti vidi,» ella proseguì, intanto che il vento più calmo, e come pietra mi guardava «ti vidi qualche volta, Toledana cara, bimbetta, startene di malumore guardando il mare, e sai cosa pensai?».

«No, di' pure, Apa cara...».

«Pensai che tu... lontano da qui... aspettassi, come tutti gli altri, di andare... in terre di luce!» gridò.

Era vero, e senza fiato ascoltai.

«Non andartene in terre di luce!» mutando volto – tremando – gridò «non andartene, finché qui... il tuo Rassa... tornare... È possibile, ai morti, credi, tornare» sempre più tremando osservava «e dove andrebbe il tuo Rassa, il fratello diletto, se un lume, a questa casa, non brillasse più, se quest'attesa cessasse? A lei, Dasa, supplico... chiedo!».

Sì dicendo, o sragionando, si alzava (anch'io, piuttosto attonita, in piedi) – e passeggiò alquanto su e giù per la stanza, volgendo ogni tanto, a me, un viso sovrumano, piccolo e pallido, schiarito da sovrumani pensieri.

Questo non mi andava. Che io spenta, forse? pensai. Che fallii... o morii? Che, tutto questo?...[1]

«Ho visto,» disse fermandosi, quasi ai miei pensieri voltandosi, con un che di vendicativo e di caro «ho visto, Toledana, ciò che avrai. L'ho visto nelle nubi, lassù».

«Che hai visto, Apa?» tremando interrogai.

«Che tutto questo cadrà, e il tuo cuore cadrà, e questa casa cadrà, e Toledo cadrà entro nuvole di fumo! Il tempo cadrà, stanotte l'ho visto: ma il mare non cadrà mai. Resta dunque fedele al mare, da dove si alzano le scale del cielo, bimba mia».

Apa, spesso parlava così, parole senza senso, rotte da dolcezza e male grandissimo; ma mai aveva farneticato sul mio avvenire, né visto ciò che mi aspettava, che era privarmi del mio destino. L'ira, guardandola, mi sopraffece, e mi era cara, e insieme non mi era più cara.

«Non guardi, Apa, al mio avvenire! Non dica, Apa, quale sarà il mio domani!» mi trovai a gridare.

1. può significare?

E vi fu un lungo istante di terrore, e Apa, ora, tutta mutata, singhiozzava, ed era ancora l'orfana in nero.

«Mai più,» disse dopo un poco «mai più, Damasina! Sì, hai ragione, va' dove vuoi, emigra in terre di luce. Qui, col mio Rassa, resterò in attesa del Signore di tutti i cieli. Va', Damasina mia!».

Ho riferito questo dialogo per dire come nulla, infine, fosse del tutto calmo, veramente calmo, nella casa marine, anche adesso che l'Era della Desolazione era in fine, che avevo, dopo lunga navigazione, intravisto terra, una terra di cui mi erano giunti splendori e odori, e subito l'avevo perduta.

A. Lemano, professore degli Oceani, era apparso! Avevo visto terra e subito era tornato il mare ondoso e naufragoso.

Avevo visto una terra di luce e subito era sparita!

Alla lettera di D'Orgaz, io, come sempre, non subito risposi. Un po' perché intendevo calmare i battiti del cuore, un po' per nuova (e pensavo definitiva) indifferenza, dovuta anzitutto alla sua nuova indifferenza.

Ma questo sentimento mi lacerava: che io non lo pensassi più, che egli non fosse più nella Plaza del Quiosco. Che non lo ritroverei più, ogni settimana, nel suo palazzo di parole argentate, ed erano ormai tre anni!

Perciò, il giorno 22 o 23 gennaio, non vi è data, scrissi la seguente variazione o aggiunta (a una paginetta che non ho riportata), ed era intitolata: *Morire non mi vedessi*. Eccola:

La fanciullezza è spenta. Non bisogna / pianger per ciò. Sereni lumi, da questa stanza vi guardavo, / voi nuvole guardavo, e la beata pianta straniera. / La fanciullezza è spenta. Ti guardavo mischiando alle tue foglie / i capelli miei brevi; mi sfioravano il collo i tuoi capelli / verdi; bevevo il tuo fioco respiro, / figlia della foresta. Impallidito il mio viso sul cuore / tuo verde, i battiti ne contavo stupita.

A te la notte / scopriva il sangue, e strani sogni come grido di vento e sole. E non dicevi / che a me, senza parola, questo, selvaggia vita. Tutto giaceva quelle notti, solo / nostro sangue rompeva la quiete del mondo; il romorio / di un mare, era, che rotoli alla riva interminatamente; o la fervente / danza del vento tra le foglie: antico, giovin, quieto, estatico respiro. / Tutto taceva il mondo. Era infinita gioia. Dormivo. Cosa / è accaduto? Diverso, orribile è il rumore / che mi circonda, altra la luce, e tu, figlia della foresta, sei perduta. / Morta, sei morta, come dispogliata in un attimo, e i tuoi sogni bruciati, / nera sei stesa nella terra nera.

Che apparentemente era rivolta a Fhela, in realtà alla Dasa che sopravviveva.

Ma non accettai a lungo tale spegnersi, no! In me era tumulto (per orrore), era insubordinazione costante alla regola che vuole Dasa spenta, perciò eccomi ancora, dapprima incerta, indi speditamente, far seguito a quello spirito di accettazione, che aveva provocato i due ritmici, con la seguente variazione vera e propria a quel primo *Morire non mi vedessi*. Avevo scritto: *Essere luna*, o *Quella figlia del nulla*. Come anni non fossero passati, cancellai e scrissi:

Essere luna. O il mare / che si dibatte e rotola alla riva, con immenso rumore; e strane barbe / avvolge alla sua faccia, e par che levi in esse il suo dolore. Esser la spiaggia / fredda che i passi sente del mare sopra il petto, e il tuono / della sua voce la colpisce e il pianto l'acceca, e corre / nel cielo che si spegne, entro la luce morente corre, e par che pace n'abbia. Esser vorrei tutto quanto delira, / tutto quanto sommosso è dal dolore, quanto scoppia d'ira, / quanto s'agita brama infuria accende e pazzo piange. La mia compagna verde a ritrovare / verrei nella tempesta, dentro la gialla rena, / sotto la mota nera, io saprei risvegliarla, / se io fossi la tempesta, se io fossi il vento selvaggio / che corre sui cavalli del mare.

Come a periodi di immaginazione o agitazione ne seguono sempre, vicinissimi, altri più sommessi, di semplice imitazione o commento di tali stati, pari a quei delfini che saltano dietro le navi, ma tristi delfini, non già lieti e gai come i naturali (essendo quelle navi del sogno già passate), così io, verso la terza parte del primo mese dell'anno, nuovamente mi ero trovata in prossimità dell'espressione; e così ancora, giorni appresso, scemata la furia, e venuto un sentimento più meravigliato, scrissi questa cosa sul tempo (che era imitazione e forse riepilogo della precedente). Scrissi:

La fanciullezza mia passa piangendo / e la rincorre il tempo. Ai vetri posa ella, ansimando, e chiama / mattini e gente che è passata ormai; guarda gli astri: «Felici / voi,» grida «che sospesi quasi ad un tralcio lampade, non preme / cura nessuna, sulle porte estreme!». La fanciullezza mia dorme, e la veglia / il tempo sul cuscino, e mentre lei sorride / al giovanetto primo, e questi ride inchinato, le parla, / inventa il tempo invidioso l'ora della mattina, e: «Alzati,» / grida «lavora!». Spesso la fanciullezza mia, / guardando / tra le fatiche al Sole che sale rosso e rapido dal mare, / e la gente, e lontane al romorio del mondo cittadine / infinite, figura il tempo stato, e quello / futuro, e: «Sole! Sole!» grida «salvami, ormai, / dalla rovina arcana che trascina tutti. Salvami. Ancora, / io sono in tempo, io posso riguardare senza pensiero l'albero che a maggio / tutto s'inverda e odora». Ella, curva così, lacrime piange / terribilmente, e oblia tutto, nel dolor suo, tempo e doveri e speranze e addii. E una mano sente, una stordente / mano sul capo: «Sei venuto, Sole!» grida «ti sento». Ma solo è il Tempo, che arrivato sfiora / la testa a lei con bei diti d'argento.

E qui era, veramente, più che desolazione, disperazione, che è diverso, in quanto nella prima l'anima si estende, nella seconda precipita, dopo tentato di innalzarsi; nella prima è specchio all'eterno, nella seconda all'attimo. E perciò questa composizione, a parte che era imitativa e priva di suono proprio, non mi piacque. Vi vedevo non so che orribile verità, che terra. No, non mi piacque.

Il 25, finalmente, trovai l'animo di rispondere a D'Orgaz (che mi aveva dato da tempo il suo recapito familiare), e gli scrissi una lettera, mi pare, del tipo che sempre mi ero proposto: cioè fredda, calma, priva del benché minimo sentimento personale. Deploravo la scomparsa della vecchia «Literaria» (e qui ruppi in lacrime che egli non poteva vedere, e che presto asciugai), lo ringraziavo sinceramente dei suoi consigli, che mi ripromettevo, se ancora avessi scritto, di considerare.

Non gli parlai di Lemano. Qualcosa, in me, rendeva del tutto impossibile fare quel nome.

Come quella sera avesse contenuto qualche cosa di cui gli sarebbe spiaciuto, o fosse solo fantasticata, e in sostanza: poco reale.

Al pomeriggio, dopo aver mangiato un mandarino, andai a imbucare.

Ahimè, non scelsi, questa volta, la vecchia cassetta rossa accanto alla Chiesa Spagnola. Là non volevo più tornare. Un sentimento imprecisabile, di cui non provavo certo imbarazzo, ma forse sorriso – lo ignoro –, un'ansia del cuore, mi portava, dopo circa un mese, verso la vecchia Toledo Ovest, nei pressi del Ponte delle Cento Albe, della Casa Rosa e silenziosa dei fratelli Lemano.

Perché vi andavo? Non sapevo!

Era nell'aria, quel pomeriggio, un sapore nuovo, che dopo individuai come il sapore della primavera nel retroterra! Io non conoscevo che la piovosa primavera di mare! Il ridestarsi delle pietre, le erbe, le rose, le viole della spaventosa città borbonica, tutte queste cose io le ignoravo, e ora mi accorgevo che spaventose non erano, forse – solo – avevano del doloroso.

Vedevo una luce fuggire d'ogni parte, sentivo un fiato di erbe e di rose uscire dalle chiese. Le nuvole erano di rosa, come quella fatata sera di dicembre. Ma Lemano non s'incontrava.

Ora io capivo, o credevo di capire, quanto il giovane professore degli Oceani mi fosse caro! Che vita da lui venisse! Come quei grigi occhi di ferro, pesanti, teneri, acuti, quella voce appena roca, la sua esile statura altissima e il pugno di ferro del Finlandese (tale restava nella memoria, e tutto con lui restava, benché puro svanente fenomeno dell'aria) avessero per me sostituito tutto – non sapevo per quanto ancora –, ogni altra figura cara.

Non con la forza, no! Con la dolcezza struggente del giorno che il gomito del Maestro d'Armi si posò sul mio ginocchio, e quel ginocchio si disfece. Sì, ora tutto in me, improvvisamente, a contatto con questa luce di A. Lemano, che veniva dal ricordo di A. Lemano, si disfece, e camminavo muta.

Lo rivedrò mai?, mi dicevo. Ti rivedrò mai, A. Lemano?

E senza sapere precisamente cosa questo mio nuovo sentire fosse, me ne sentivo rimescolare da capo a piedi. E brividi infelici attraversavano, pensandolo, l'oscurità del mio essere.

Non vidi naturalmente, in quella passeggiata, il fratello di Samana, ma tutto me ne parlava. Tutto, quassù, era più dolce e come gaio, tutto, anche il vento che ogni tanto si levava sul mio capo, aveva un che di brusco e sfasato; aveva quel che di tenero e incantato, e anche non vero, o fantomatico e non conoscibile (che però vi conosce), di bontà, per così dire, pronta... e qui la mia intuizione di un A. Lemano svaniva e ritrovavo quella sensazione di sogno, e anche terrore, della sera che lo avevo incontrato, quando parve non attendermi affatto, e poi alcuno più di lui mi osservava, e quanto benevolmente! E ciò che disse di sciocco, quanto lo apprezzavo! O di sprezzante, come mi sforzavo di comprenderlo! Sì, ecco, era come il mare, Lemano, una bontà e forza che non comprendi. Come il mare mi appariva, se non lo fissavo, trasparente e azzurro, tenero, rassicurante, buono. Come il mare, in successivi momenti, mormorante, strano, nervoso! e ancora, in successivi momenti (io forse sognavo?), del tutto estraneo e raggelante, torbido e cantante: senza ragione! Come mare oltre il mare, come ignoto, o cuore di cosa ignota, come fantasma delle vele e le dritte. Chi amava? Da dove venuto? Chi, realmente, nel suo cuore? Quale la sua vera vita? Vita reale?

Rivedevo quella sera, soprattutto quando ce ne andammo, e come mi ignorava o sembrava ignorarmi e poi il contrario! L'animo, pensando tali misteri (che ai fatti di D'Orgaz assai poco somigliavano: tutto, qui, era notte e bontà, e non so che d'immorale), se ne andava, l'anima di una Toledana, per questi pensieri tanto diversi, non c'era più; cercava il suo essere primo, e non vedeva più.

L'indomani, era grande quiete in casa. Il cielo era basso, ma non cupo, era calmo a strisce qua e là dorate. Era l'inverno, ancora, eppure già estate. Un tempo assai triste, che poi più volte si è ripresentato e sempre ha riempito di inerte mestizia tutto ciò che è creato. Sentivo uno svanire totale, si presentava un trasmutare arcano. Oh, che avrei dato per avere accanto, a restituirmi fiato, il fratello di Samana. Il suo ricordo era vita, e ora questa vita – ne avevo cognizione con tutto il mio essere – da me si era staccata. Tremando per questa cognizione (che la vita si era distaccata), scrissi il seguente tutto addormentato e smarrito componimento, che come sempre prego l'eventuale Lettore, o Eterno, di scusare.
Scrissi:

A questa che s'addorme anima mia / e in sonno trema molto, poesia / s'accosta spesso con suo dolce fare. / «Su, rammenta rammenta / come ti rise prima!». Si fa attenta / l'anima – che era prona – a quel parlare. E lei seguita: «Come / t'apparve prima, con la faccia chiara, su, rammenta rammenta / quegli occhi vivi, e ti sedeva accanto». «Oh poesia, e mi guardava tanto... / e questo disse... e quello...». «E tu quel mare guardavi della sera / roseo» seguita «e udivi singhiozzando cantare / i benevoli uccelli». «Oh poesia,» le grido «e c'eri in quelli, / tu, beati momenti?». Pensosa ella si china, / ché mi vuol far dormire se i lamenti / io beati non freno. / «Te lo ricordo, ma più mai riviene!» ammonisce la santa. / Odo e non odo. Sviene per la letizia l'anima / e nei cieli perduti canta.

Scritta questa paginetta, e dopo averla ripiegata, non provai assolutamente più nulla, come un'altra Dasa l'avesse scritta, non io... L'animo, però, restava piegato, e così il volto. Pensavo: se fosse vero... che egli così dolce... che egli non indifferente o nemico e tutto mondano! E perché, poi, che potrebbe importarmi questo mutamento? Andiamo, pensiamo ad altro! E sempre a lui pensavo.

Decisi alla fine: non solo non scriverò più cose del genere (invece altre due ne scrissi), ma questa stessa allontanerò dai miei occhi, affinché più non ritorni, e quel triste e caro che è nel mio ricordo possa dirsi svanito, e nel seguente modo (per rendere difficile il riguardarla).
Presi una busta di cartone. Dentro vi misi, per prima cosa, la famosa lettera del 28 dicembre, poi il giornale ripiegato, quindi, in un rotolino a parte, questo foglietto sull'anima addormentata. Avvolsi la busta in un po' di carta incatramata, che ricucii tutto intorno, affinché gli studenti, di cui sempre sospettavo (ora so, a torto), non avessero a trovarla tra il telo e il guanciale della mia branda. Là la riposi! E mi pareva, ogni momento che la pensavo, che fosse là, in quel pacchetto incatramato, non so che tesoro azzurro, che scintillio di smalti, che celeste luce di fondali marini. E che tutto ciò fosse vivo e mandasse, ad accostarsi, una luce inquieta.

Non ho certo dimenticato, ma solo a bella posta rimandato, il momento d'istruire in queste paginette chi le leggesse, o il medesimo Tempo, sulle ragioni per cui Lee, tornando dal suo viaggio con Madras, così già da qualche tempo appariva rannuvolato... e Apo, per riflesso, con lui.

Ed ecco le dirò cominciando da un fatto: che il 30, cioè penultimo di gennaio, giunse qui una lettera di gente sconosciuta, lettera molto timida e rozza... che parlava di Lee. In breve, Lee si era fidanzato con una giovane di luce, in Arabia (un'Arabia di Francia), e le aveva promesso di presto condurla qui. Sarebbe venuta a noi, attraverso il mare, in maggio o giù di lì, e avrebbe, insieme a Lee, occupato un angolo di questa casa marine (non si diceva quale). Suo nome era: Djotima Caramanlj, e, in casa, la chiamavano Cora.

Scrivevano la lettera i medesimi fratelli di Cora, gli studenti Rabbi e Jussuf, e alla fine Cora stessa aggiungeva due righe timide, che erano presso due segni matematici, o croci cristiane, del padre e la madre dei giovanetti, che certo ignoravano lo scrivere.

Era, tale lettera, in un franco-hispanico misto di arabo antico, e perciò alcuno la capì interamente, solo apprendemmo che, appunto, Cora stava per entrare nella casa marine e ne restammo non scontenti, ma pensierosi.

Una lucida immaginetta di Cora, unita alla lettera, presentava poi Cora sulla porta di scuola, in vesti da araba, che a scuola anche usava, e tutta ridente e gloriosa, con libri di studentessa sotto braccio. Sullo sfondo, ma ciò poco importava, alcune vecchie islamiche, accucciate sopra un rosso tappeto, vendevano pane. Mostrava press'a poco la mia età.

Fu trovata, da tutti, molto elegante e d'aspetto innocente e benevolo; ma sempre rimaneva strano il fatto che fosse diretta alla di noi casa, e questo per una ragione: che lo spazio era manchevole.[1]

«E quando penserebbe sposarsi, questo Lee, con la presente Cora?» Juana qui dice, aggrottando le sopracciglia.

«È scritto: in giugno... o luglio... roba così...» Albe rispose con un curioso sorriso.

Frisco impassibile.

«Ah, ne sono contenta... molto contenta...» nulla riflettendo Apa fa.

1. Forse anche per altre, chissà.

Apo passeggiava fumando.

«Che hai, Apo del mio cuore?» disse Apa gentilmente. «Non sei contento... tu, no, lo vedo...».

«È che,» Apo incerto «non so dove... Lee condurrà poi sua sposa... e come... qui... se del tempo... mi domando... alloggeranno».

«Il Signore a questo provvederà» Apa serena, dopo averlo ascoltato senza capire, rispose.

Essendo, come dissi, il 30 gennaio, mancavano a quel giugno-luglio sei mesi circa, e mi parvero tanti, nel senso che l'anima, oppressa da quel grandissimo mutamento che si annunciava (una nuova famiglia nella casa, e dove mai avrebbe alloggiato? forse nella mia stanza?) e dalla indifferenza di Apa e rassegnazione, forse, di Apo, trovava in questo tempo che si frapponeva fra l'attuale pace e il detto mutamento non so che debole respiro.

E infine, pensavo, probabile anche che Lee non si fosse – dopo un po', ripensandoci – veramente sposato; o, anche se sposato, forse non verrà, preferendo starsene in Arabia, in casa più comoda (venendo a trovarci solo di tanto in tanto).

Per Lee, né io, Damasa, né gli studenti, provavamo mai alcun trepido sentimento (esempio, Rassa o Apa). E così per Juana. Il motivo non è chiaro.

Disse Albe, più tardi, alzando il capo dal tavolo dove studiava, presso la finestra sulla Ahorcados (in casa in quel momento eravamo soli):

«Vorrebbe Damasa – eventualmente se inoccupata – cuocere un caff?».

Tale era il modo spiritoso, di Albe e altri, in questa età amara, per esprimere amichevole animo, e insieme tenere cose e persone – chissà – piuttosto distanti.

«Noto» ugualmente ironico, anzi paleolitico, prontamente dissi.

E andai nell'attigua cucina, o cambusa familiare, in quell'ora insolitamente deserta, la bevanda a preparare.

Ed ecco che, tornando con la tazza verso il tavolo, guardo Albe García, già Conte di Luna, e mi pare notarlo la prima volta.

Sua bruttezza somma, comunque notevole, da oggi non è più, diventata altra, o cosa in via di divenire; il volto, finora grosso capriccio di linee, che lo rendeva bizzarro, come una terra metà illuminata dal sole, metà dalla luna, per metà scabra e brulla, per l'altra d'argento polito, da oggi è schiarito, spianato, setificato, pacificato, allungato. La fronte appena bombata si stirava ed elevava; i rossi capelli, più chiari. I verde-azzurri occhi, un tempo velati, sono qui acqua chiara. Nel volto ancora doloroso, due grandi pieghe, ai lati del naso, si ritiravano, e nasceva un sorriso affettuoso arguto. Insomma, metà una triste adolescenza, metà una radiosa età giovanile. Ero meravigliata.

«Mi guardi, vedo... Be', qualcosa da dire? Succede...» gradevolmente disse.

«Che?...» dissi.

Finisce il suo caff.

«Be', non ti ho mai parlato. Ora sento necessario... Qui, siediti».

Pensai subito, vera insensata, che di Lemano egli mi voleva parlare e, poiché questo nome era mia dolcezza e terrore, non volendo con alcuno dividerlo, temendo tali aloni si spegnessero, rifiutai debolmente.

«Ti ascolterò – ma di cosa... mi vuoi parlare? – qui in piedi».

«Bene...» egli con bontà, guardando altrove «bene... parlerò un po' a caso, più facile. Ecco: la nave nostra, Damasina, è da molto in mare, e abbiamo patito, lo sai; e ora già vedo terre per cui... tu non sarai felice... mi pare. Ecco, ascolta, Damasa cara...».

«Di Cora tu certo parli,» io dissi vedendo buio «non d'altro...».

Sommesso, assai calmo:

«Non d'altro... Di Cora, o Djotima... sì».
E sentii che aveva visto il mio tormento e si era distaccato.

Parlammo dunque di Cora, per qualche minuto; sentii che il discorso non era quello, ma anche. Disse che non mi preoccupassi. Era al penultimo anno di corso per capitano degli oceani. L'anno seguente, e ultimo, anche lui imbarcato. Prenderà denaro molto. Provvederà alla casa marine.

«Perché tu...» dissi tremando «e non Apo?».

«Così... più naturale così» disse.

Da tempo, io ricordai, Apo era cupo; parlava d'imbarcarsi anche lui, lasciare Toledo. E siccome Apa non voleva seguire lui per nuovi oceani (a causa di Rassa), ripete che da solo ripartirà. Apa, come nulla fosse. Dopo di ciò, in collera, Apo ha passato una notte sveglio, seduto a terra nel despacho, come ragazzo, e all'alba, indispettito, appicca fuoco a una tenda (presso il berretto di apasa). Questo, già da qualche mese. È stanco di parlare di Rassa, vuole nuove terre, novità, scudi. Ora mi torna in mente. E come un freddo scende nella mente adombrata.

«È giovane, Apo, malgrado tutto...» dice Albe a scusarlo.

«Sì» dico. E pensieri pensieri volavano intorno alla mia testa subitamente gridando.

Pensavo: niente Apo, dunque, niente più vivere – ma debolmente.

Seguiva ciò, Albe, credo, benché muto, con un sorriso. Dopo di che, delicatamente:

«D'Orgaz non ti scrisse più, poi, Damasina...».

«No,» incerta «non... credo».

«Peccato... Buon uomo... il Maestro d'Armi... E tu... il suo mestiere...».

«Espressività, vuoi dire?».

«Sì... presto imparare» con foga dice. «*Qualsiasi* mestiere... anche questo... *dovresti*».

«Per vivere?» dissi.

«Di ciò – non subito – non preoccuparti. Ma un domani, sì».

«Senti... nelle terre dei Padri io vado. Capisci? *Biblici*: capisci?».

«Che?» disse saltando quasi, e oscurandosi. «*Biblici* cosa?».

E, in piedi, batte la mano sul tavolo.

«A-me-ri-ca voglio dire».

Si afflosciò come una vela zuppa.

«Sì... sì...» gaiamente agitato – di nuvolaglie, di sole – guardandomi disse. «America. *Capisco*».

Ma il discorso (incredibile, lacero alquanto e confuso) era altro, era proprio quello, all'inizio intravisto. Lo toccò due giorni dopo, primi di febbraio, che ugualmente eravamo soli in casa. Da poco, un minuto circa, io avevo ricevuto una lettera e, sopraggiungendo Albe, la infilai svelta in una scarpa.

«Ricevesti una lettera?» dice dopo un po', calmo.

«Sì» alquanto disperatamente.

«Fa' vedere».

«No» dico.

«Di Samana, no?» e un sorriso debole, di confidente, gli animò la faccia sgradevole di diciottenne.

«Credo» faccio sinceramente.

«Là, nella scarpa, si sciupa. Prendila fuori» disse.

La tolsi, e la misi sul tavolo, guardando con freddezza ostile il suo viso.

«Be'... ecco... era per sapere, non altro» disse con un vago riso. «Sai che questa Samana fu mia maestra al Nautico... e di Lee pure... Ebbe molto coraggio, in qualche occasione. Con un altro Lemano, di lei minore, convive... in modesta casa... l'hai vista?».

«Be'... sì».

«Questo fratello... non ha altri. Credo per lui molto tenera... vede lucente destino».

«Padrona!» gridai.

«Di ciò, tuttavia, non parleremo più».

«Sarà meglio» dissi.

Era, la lettera, proprio di Samana; breve, due righe con un saluto. Diceva di essere in attesa di A. Lemano. Preoccupata (non molto, però) suoi viaggi; stare fermo non può; sempre tra Ayana e una città che (disse) di molta luce, libertà, gioia *agonica* (così mi parve leggere, allibita, nella lettera. E perché, qui mi domandai, questo Lemano tanto va e viene?). «E spero,» concludeva Samana tranquilla «spero altra volta, Damasa, rivederla, ché la prima fu negato».

Sibillino, dopotutto.

Era, quando lessi queste righe, già sera, e Albe già uscito. Tornò poco dopo, nella casa buia e sola. Dietro la porta a vetri colorati lo vidi; era con un'ombra.

«Damasa!» chiamò «forse uscita?».

Venni avanti.

«Ecco la Damasina, Oi»[1] disse Albe all'ombra.

E a me:

«Roncisvalle Oi, Dasa... tu certo ricordi. Siamo venuti a studiare un poco». Mite: «Tu permetti?».

Io guardai appena questo Roncisvalle, figlio di un cavaliere: sui diciotto o diciassette anni, esile, pallidissimo, di gradevoli linee mute, bei denti; egli muto, inespressivo e insieme dolente, s'inchinò appena. Albe, con piccola ruga sulla fronte, mi osservava.

Poco dopo uscii.

Pensavo, come un pesce nella rete, pensavo quanto l'acqua marina non fosse ormai più libera, quanto tutto intorno altre terre si accostassero, che io temevo come fine.

Me ne andai di nuovo verso il Mare Interrato.

Passeggiai e piansi.

Ritornando sulla via di casa, ricordai quella sera che, rientrando appunto da uguale passeggiata, vidi Lemano fuggire. E quanto mi pareva meravigliosa sera.

Ecco, tale non era più. Non solo Lemano non era più in Toledo, ma Dio sa fra quali nubi livide dei tramonti: ma giungevano sue nuove, come avvertimenti. E si accostava

1. Nome sillabico, ma vero, della sua propria casata.

182

Cora, e la casa marine si disfaceva; e Albe era preoccupato per me, essendo al corrente della disperata distanza di un Lemano; e questa Samana, come reticente e triste nella sua sorridente durezza. Da che mai mi mettevano in guardia tutti? Che guardia, triste cuore?

Decisi, lì per lì, che la sera medesima avrei mutato rotta. E alle stelle di Albe che illuminavano queste solitudini mai più avrei badato; avrei mutato rotta. Non uno solo dei fratelli Lemano, o terre di luce, mi avrebbe ritrovata. Sarei ritornata alla solitaria Espressività, dirigendo il mio animo e i giorni verso ciò che mi aveva additato D'Orgaz.

Sì pensando e decidendo, tremavo. Vedevo Cora, e fra sei mesi tutta la nostra vita riempirsi di estraneo e di clamori selvaggi. Breve era ormai il tempo che avrei passato su questa barca, nel porto di Toledo.

L'indomani era un giorno freddo e muto. Il vento si era voltato. Una grande aria triste veniva dal largo.

Tutta notte avevo pensato, malgrado mi disperassero, le parole di Albe, e più le pensavo, e più mi parevano sagge. Ritornare alla Espressività, presto, prima che sia tardi. Prima che la nave di Cora si accosti alla scura barca degli Apo, riprendere i remi, cioè il mestiere, o quanto presto speravo tale. Non c'era altro.

Mi misi al tavolo, perciò, e scrissi il seguente rendiconto delle *Vie del barrio* o del *Barrio*. Riguardava le circostanti casupole, e un tempo che era il medesimo di ora, ma come visto da distanze colossali. Eccolo.

Rendiconto del
BARRIO

Quel tempo là era l'adolescenza; e forse tale turbamento mi veniva dal trovarmi piuttosto senza scopo tra questi larghi orizzonti marini, e cieli gialli e navi, e poi tra tali vicende di persone e non mie, di un tumulto alla base costantemente monotono.

Apa si era assuefatta ormai alle vie del barrio, e le amava; ma indifferente quasi alle sventure della gente, e dicendo mirabilia di Monte Serrat.

Era una vita calma. Un nostro marine maggiore andava intanto anche lui sui mari, tornandone certe sere di tempesta con grande pesce da arrostirsi, portato dalle Isole di Pietra, che qui era grande festa. Vi erano poi altri mirabili avvenimenti, come in luglio la festa della Roseda, o Regina, al Mare Interrado, e in settembre quella dell'adolescente nera – Mosera chiamata.

In queste chiese, era allora da vedersi tutta la gente del barrio, specie al Mare Interrado: e marine locali e stranieri, e ragazze strane, di poca luce, e bellissime (per fastosi orecchini e collane) mogli di capitani; e piloti antichi e giovani, fra cui Madras; quindi tutti i lazzarilli e la gentucola del luogo, fra cui una vecchietta piccina e bionda, la Ibarri, portiera alla casa marine, e sue antiche vecchie parenti. Qui, dunque, luminarie e archi di trionfo, e poi, al pomeriggio, grande gita della Reyna, che veniva posta in barca con azzurra vela (fremendo innanzi ai cancelli il popolo e il sole), e seguita dal popolo fedelissimo, tra strette rue e ruelle, portata all'imbarco. Dal nostro balcone, e così da tutti gli altri pavesati a festa, con coperte di porpora e fiori, con garofani e verdi lanterne, e perfino dalle terrazze zeppe di devoti, si vedeva ogni cosa; e il quadro scintillante nella barca che usciva da uno di questi vichi, e i preti, i ragazzi, le spose – el pueblo, in una parola, sgargiante e doloroso, gli occhi arditi e i canti malinconici –, in testa la banda, che precedeva e seguiva lentamente la carrozza marina.

Nell'ora del tramonto, procedeva questo serpe d'incanto, tutto anelli d'oro e lingue di fiamma, verso il molo, dove avveniva l'imbarco. Ma anche sotto il nostro balcone montava la gente, e tutta l'acqua era agitata, e si udivano risa e vociare confuso. Avanzava intanto la Reyna verso la bocca del porto, sotto il faro già acceso, e tutta la selva dei rimorchiatori gettava fischi continui, acutissimi, simili pianto o allarme, e altresì fischiavano le navi enormi che erano venute dai paesi civili.

La santa flotta vagava mesta e scintillante di ceri rosei sul mare, tutta fiori e stendardi multicolori e canti nella chiarezza lunare; e da laggiù tale scena era certo purissima, vedendosi tutto il nostro barrio pezzente e interminato splendere di cupole rosse o bianche sul cielo d'oro, e torri campanarie con le bocche aperte, e i balconi delle case portuali pendere fioriti d'erba e di donne. Lentamente lentamente la bella Roseda, col suo Fanciullo in braccio che sul petto della Madre chinava vergognoso il capo, e seguita dal popolo fedelissimo che si rifletteva nelle acque coi ceri azzurri e le vesti rosse e gialle, arrivava all'altra banchina, laggiù, di fronte al Vascello, e scendeva tra gridio subito di campane e brusio immenso di folla – nella imminente sera.

Grande, allora, il flusso di popolo che mormorando rincasava, e tutta la via del Pilar ne era inondata per altra ora, e si vedevano avanzare nella folla – ora più festante, meno ordinata – la piccola Ibarri, zoppicando e dondolandosi, Loriana – altra serenissima vecchietta che con lei convive – e altre e altre miserine compagne sue.

La festa, invece, della Mosera, o figlia del Monte Serrat, diletta al cuore di Apa, era più calma e come vietata, nel senso che tutto era fatto per obliarla. Questa giovane, o Bimba di Pietra, come spesso appariva, confinata in un oscuro vico, in chiesa misteriosa di livida alba, servita da cerei monaci venuti di Spagna, pareva straziata da non so cosa. Forse il vestito sacro e rigido (ma, a volte, di scuro cotone e garofani), forse la festa della bella vicina, sua coetanea. Quando era il suo turno, nel tempo che l'anno finisce e le piogge si avvicinano (stagione di fuochi e castagne, di mele rosa e gelide), nessuna letizia straordinaria appariva sul bel volto, ed ella guardava tutti con grandi occhi lucenti. Pareva cercare il suo nome, ma la mente più non sa. Quelle sere si camminava male per le vie del barrio, essendo tutto buio, e solo qualche stretta casa obliqua guardando dalle nubi con un suo occhio d'oro. Inciampavi. C'erano, nell'ombra, banchi di frutta, con una lanterna, si incontravano spesso marine, a gruppi, che cantavano, al che Apa trasaliva dolorosamente. Poi, ecco la chiesa semibuia, le litanie di morte, la sagrestia col monaco nero che passeggia su e giù sotto il lume azzurro della finestra; ecco ancora, là in alto (non ci sono per lei fughe, passeggiate sul mare, cori malinconici), la Vergine Mosera, tacita e tristissima, entro l'abside lunata e ghiacciata.

Tre garofani ha sul vestito nero; tre stelle, di metallo abbrunato, sulla fronte. Le scarpe sono di un oro già sbiadito. I capelli le pendono come pioggia su una guancia scolorata.

Meraviglia pensare che sia là, meraviglia capire che ancora aspetta, o altri credano che aspetti! Tutta la vita per la giovane Mosera era – guardando quei capelli sapevi – già passata!

Alle dieci, comunque, il triste barrio era spento, e bisognava aspettare, per una nuova festa, l'anno seguente.

Non so cosa avessi, ma in quel tempo io non ero dunque felice, e giravo di qua e di là, le sere, mentre per le stanze della nostra casa entrava il cielo verde, quietissimo, entrava la visione mutevole delle barche. Gli studenti suonavano a un piccolo piano su ruote, non so qui come entrato, arie selvagge, e io me ne venivo a quella finestra sulla rua, e osservavo la Collina; indi la terrazza di fronte, scalcinata e orribile, dove tre ragazzi egizi, con le teste oblunghe, eseguivano muti esercizi ginnici. Vi erano altri ragazzi, in quel casamento, ma nessuno più strano di loro. La loro madre era nera, grande, possente; il padre, al contrario, un idoletto cinese. Accendevano fuochi, là in alto, e al buio, o al lume stellare pranzavano, e silenziosamente guardavano, e spesso, a me, se li guardavo, con amicizia sorridevano. Ah, mi parevano lontani – sebbene pochi metri distanti – questi Egizi! Ma una sera, chiamati da Apa (a cui la madre sorrise), vennero a casa a prendersi una piantina, e io potevo vederli da vicino, udire le loro voci sottili, piene di flusso, soavi.

Ma tutto questo era strano, credo, e io mi feci, poco dopo, un amico normalissimo, grazioso su tutti, Marius. Volgeva il terzo anno della mia venuta in questo porto, e la sua conoscenza mi distrasse da più tremanti pensieri. Aveva cinque anni, o sette, Marius, di famiglia miserissima. La madre, Abal Scjara, moglie di un soldato, e tale soldato era morto, e Abal, quindi, disperata, non solo per la miseria (già vecchia e curva in appena ventisei anni), ma anche per la pazzia allegra di questo fanciullo, che trascinava in chiassi e grida sfrenate gli altri quattro più anonimi figli di

Scjara. Correva qua e là, Marius, senza mai trovare pace, avido, era chiaro, di spazi immensi; non se ne andava, come Dasa, per le infinite scalette della città, non silenziosamente attraversava gli spazi, sibbene, per l'infima area della casa (due stanze in tutto, e la cucina una caverna), come uccello stranito, arrabbiato, sbatteva, volava.

Ma molto allegro, dico – in apparenza almeno –, e gridando forte.

Una sera, non so se l'inverno o l'estate – l'avanzata primavera, forse –, avevo visto la sua testa rasata rompere fra il fogliame e i garofani gialli del divisorio (sul contiguo balcone) e gli occhi più amichevoli e luminosi del mondo ridere guardandomi:

« Da-sa! » disse.

E io lo salutai. Guardavo le navi colossali sul cielo verde, e le acque verdi e lucenti, e il nostro piccolo albero arcano e verde, sulla banchina, e intorno grande festa di lumi alle case attigue, ché era una bella sera, e tutti fuori, fra poco anche la luna. E la luna venne, gli splendette sulle ginocchia nude, sulla fronte gialla, nelle pupille d'oro che seguitavano a fissarmi («Dasa!», e dove ha udito il mio nome?), piene di allegria. Allora, un po' risi, e Marius pure, e afferratosi con le mani ai ferri mi parlava lieto delle cose che vedevamo e delle sue meravigliose infantilità.

Si sarà veduto intanto come la mia vita oscillasse tra l'incanto e la tristezza, tra i cieli e la squallida gente. Ed ecco, in quel tempo ormai lontano, che parlai con Marius, mi parve che prevalesse il cielo, e non so come avevo dimenticato i miei turbamenti. A stare infatti sul balcone, non potevo badare ai miei curiosi pensieri e all'albero che inverda o sfiora, bensì ero distratta dalla voce di questo Marius, dall'allegria immensa e le lacrime e i gridi e il fresco cantare di lui, unitamente alle risa e il parlare dei suoi fratelli. Marius, quando giunge la sera, anzi notte, anche se notte di vento, dormire non vuole mai, non chiudersi in casa (tremenda è la casa!), ma se ne sta tutto rincantucciato in questo angolino di garofani e gerani rosa, se ne sta nascosto, col cuore in gola: sperando vedermi, parlare... Si fa profonda la notte, e grandi stelle tutt'intorno, e ancora il piccolo Scjara desidera parlare: in sua lingua che io non

187

capisco. Dunque, ciascuno nella sua, io confortandolo, egli rivoltandosi ogni momento contro i fratelli che vogliono prendergli il posto, e contro la madre lacera che, il lume in mano, appare a chiamarlo.

«Non! non!» egli grida qui, abbassando la testa, e tirandosi indietro, e alzando la manina aperta «non, Scjara,» (da ridere) «non ha sonno, Marius, non!».

Oppure (con lacrime):

«Vattene, Abal!».

Si piegava la madre, col lume:

«Zitto, figlio mio».

«Da-sa, *Adio*» Marius quindi, con gran sospiro, e piegando la testa sul braccio grigio di Abal, trasportato via da Abal (là, nella casa dai muri vuoti, così alti, così scarsamente illuminata), mi faceva cenno con la mano, già mezzo incantato, spariva.

Era già andata via la famiglia estranea – in luogo infimo, seppi – da alcuni giorni, quando giunse nel nostro casamento, non più medesimo piano (qui, per vario tempo, più alcuno), ma nell'atrio, presso la Ibarri, altra persona, certa civile e ilare Dama: volendo distanziare – tale Dama – tutti questi luoghi antichissimi e la povera gente, altro scopo non conseguì, invece, che di farmeli – dopo temporaneo turbamento – più amare; sì che io ero guarita del mio scontento, non più desiderosa di mutamenti.

Era, la Dama, certa Almansa, già artista di canto: dopo peripezie varie, invecchiata, cosa che tristemente taceva, aveva dovuto abbandonare l'arte. Non più sale e liete adunanze, per lei, né fortune, in quanto tutto dilapidato. Perciò con la Ibarri, sua remota parente, costretta a convivere (là, nell'unica stanza!). Si può immaginare il suo animo! Però – e questa era strana esperienza – vedevo che lieta abbastanza, come nel cuore dell'uomo regni su tutto: la circostanza!

Su una lunga sedia sedeva Almansa, lieta e gialla, sempre bevendo cioccolata o caffè, ciascuno fermando – che passava – e su ogni cosa, di ogni fatto tessendo una trama che sorprenda, che turbi, che guasti. Così descrisse a lungo, alla gente che passa, gli splendori – e teatri, palazzi d'argento, cafeterie scintillanti (e su, tante nuvole chiare) e l'aria di giardino – di altra città, così che a poco a poco vide ciascuno, con orrore, quanto era triste il nostro barrio. A tutti parlò di duchi, principi e dame varie, acciocché ognuno tremasse guardando il proprio vestiario; e descrisse trecce bionde e cappelli fioriti, di modo che ciascuno evitasse, negli specchi macchiati, quanto di sé conosceva. In breve, vide che qui erano ladri, falsari, gente rotta e convulsa; gente, poi, molto inelegante, brutta. E non uno si salvava! E il peggio di tutto era questo: che la cosa era vera, Almansa solo appena la cosa colorava. Era di fango il nostro barrio! Ed era disperata Toledo.

Fu un brutto tempo, sì, per me che ascoltavo Almansa – mentre a me parlava o ad altri si rivolgeva, però sogguardandomi; fu un tempo grave. Nel mio cuore, sentivo la terra disfatta, la terra triste di Toledo, e non desideravo che: andarmene!

«Hanno letto, lor Signori,» disse un giorno, rivolgendosi a due tre ignoti, fra cui Damasa, con ghigno affabile, «hanno letto, sicuramente...».

(Qui dice: *Assommar*, titolo, certo, deteriorato).

«Come no?» disse uno col cappello sugli occhi (uomo piccolo e giallo, che poi sparì).

Io, invece, non avevo letto.

«*Ebbene*, vi sono dei vermi simili, quaggiù».

Si vide poi che scopo di Almansa era (non subito, ma fra qualche anno) prendere il posto di Doria Ibarri. Ma ciò non accadde, né importa il perché.

Queste sono storie di miseri, non è bene narrarle, e la stessa Almansa fa pena pensarla – che vive dicendo il male – e intanto sua vita se ne va, e che vide, di reale, povera Almansa?

No, non era il bello e il vero, qui, ma pure era qualcosa di simile, e accadeva nel dolore; quando accadeva dolore, tornava negli esseri un che di grande, di vivido, come nel Rey!

Almansa, un giorno, viene arrestata! Oh, che lacrime sul suo volto, che ricordi del passato, e come sul suo volto impoverito vi era oggi qualcosa del Rey! Così desidero ricordarla!

La Ibarri, altra volta, fu picchiata da un fanciullo, presa con pietre in un occhio, e l'occhio quasi le mancò: ma questo fu nulla di fronte al fatto che tale fanciullo (certo Gérard) era stato da lei allevato, era la sua anima.

Anche per altri vi furono eventi gravi, ma (talora) anche eventi lieti, e tutti ugualmente passavano, e non lasciavano traccia nella gente che seppe, ma solo nel cuore di chi li visse.

Vorrei ricordare qui il mio Marius!

Nella casa nuova, però ugualmente poco illuminata, dove sono andati, c'è umido molto, piove nelle stanze e niente balcone. Marius, in tre giorni si ammala, e in trenta diviene molto gonfio, causa il cuore, salvo nel volto. Nero e gonfio. Siede nel suo letto (non può coricarsi) guardando la lampada, e sempre, quando non guarda la lampada, fissa la porta. Ma mai alcuno, col mondo fiorito, entra di là. Finché molto stanco, apre più volte la bocca, il mio Marius.

Così, non rivedrò più il mio Marius. Pazienza.

Il rendiconto sembrava, ma non era terminato. Soprattutto per quel pietoso e tutto scolastico finale, quel brutale *pazienza*. No, non era così che avevo appreso la morte del mio vicino di casa. Mi era dispiaciuto, non andarlo a trovare. Avevo provato una confusione nel mio cuore. E vi era là come una porta chiusa, adesso, o una piccola pietra che non mi faceva respirare, dove – io sola sapevo – era scritto in caratteri infantili, nel buio: *Marius!*

Ma questo non sapevo dire!

Presi un altro foglietto, e scrissi (così banale era ancora il mio animo, o, chissà, inesperta la mano di Dasa), scrissi:

Ora, tutto è passato; le cose, là, si quietarono, né so perché ne riparlo. Almansa scomparve, scomparvero i piccoli egizi, come non stati; altri vennero, e accesero fuochi, e ripartirono, chissà (più non li osservavo), e comunque era adesso grande pace. Non solo nelle vie del barrio, anche nell'animo di chi scrive. Perché io stessa, fatto strano, adesso ero calma, stavo con gioia e calma, io, Damasa, a osservare tutto quanto mi era intorno di mistero e bellezza del vivere. Superata quella pericolosa età infantilina, in cui tutto inquieta (e si pensi questo cielo giallino), ogni cosa mi appariva naturale e lieta, da mirarsi in silenzio.

E ormai, viene sempre e muta la gente, sia intorno a me sia sul balcone accosto, o alle case prossime; ma non più io me ne accoro, come prima, quando temevo che tutto il vivere sia passato. (Che vorrà dire poi, passato?).

Quindi, ancora per le vie del barrio, quando è l'inverno, e entro nelle chiese, o mi spingo sui moli; mi piace sfiorare nei vicoli le fiammate splendide dove i poveri senza tramonto seggono ignari. La piccola Ibarri, ch'io guardo ora curiosamente, mi parla spesso della vita e del nostro mistero; delle bellezze e cose nascoste che sono oltre le colline e nel cielo.

Ma zitti, e non vi badiamo.

L'albero fiorisce sempre, le chiese si rinnovano di marine e di capitani, le due Vergini esistono tuttora, una allegra, una triste, e si succedono le stagioni, e l'occhio azzurro e rotto della Ibarri ride sotto l'arcata luna sul mare.

Compaiono nuovi fanciullini, a maggio, sugli accesi balconi.

Fine del rendiconto
IL BARRIO

Questo rendiconto, vero dolore della mia vita (e la ragione non solo formale), scritto il 2 mattina, il giorno stesso spedii. Non mi piaceva, lo avevo scritto senza alcuna emozione né gioia, né so perché lo avevo scritto. E, ciononostante, lo inviai a D'Orgaz. Un po' per abitudine, un po' perché quel nome caro da tempo erasi allontanato: stranamente, non ne avevo più terrore né amore.

Una risposta[1] non giunse mai; ma indirettamente, e con rinnovata emozione, dico come, tornando così a quei giorni lontani, di Plaza del Quiosco, ne ebbi notizia. E da chi mai – data la sua lontananza – avrei creduto informato.

---

1. per meglio dire: un giudizio.

*Breve su un'apparizione, rabbia e mormorii davanti
ai cancelli del porto. Ancora luce e premonizioni*

Lemano più volte, in tutto questo tempo, era tornato alla mia memoria, destandovi strane sensazioni, simili a quelle di colui che tutta notte, e anzi per secoli, curvo sul remo, non ha fatto che battere i denti, e improvvisamente gli appare in sogno un chiarore, e vede montagne azzurre circondate di fiori! Io così ripensavo, annullandomi, la sua voce roca e quei pesanti occhi di ferro, la mano leggera sul mio braccio. Ma, ripeto, dopo il dialogo con Albe e la lettera di Samana, tutto ciò era volato via, ed era ricominciato il freddo vento, e l'onda lunga, morta, e quella – nel rumore del mare – mia cupa desolazione. Cora si avvicinava, tutto finiva. Ecco i miei pensieri.

Vidi, un giorno, Albe piangere, cioè con occhi rossi piegare il viso sul quaderno, e, interrogandolo, seppi che Cora e Lee avevano questionato (da una lettera araba), non solo, ma intuii e poi seppi meglio, in seguito, che per amore di una dal fiocco rosso Albe era triste da tempo. Era, questo, il motivo dei suoi strani sorrisi, delle sue fughe con Roncisvalle. A Lemano, mi parve, e a ciò che il Professore aggiuntivo aveva fatto balenare agli occhi di Damasa, mai, probabilmente, egli aveva pensato.

Tornata dunque (con grande pena per Albe) padrona del mio segreto, o credendomi tale – come poi, in definitiva, fu veramente –, io con dolcezza al Finlandese ero tornata a pensare, chiedendomi spesso: che sarà mai questa terra che appare e scompare? questa bellezza? questa forza che scioglie le ginocchia vedendo una mai veduta persona?

Ed ero tornata ancora verso la Porta delle Cento Albe, confesso, però di lontano, con Frisco taciturno e serio in cerca di giornali.

Essendo ormai la metà circa di febbraio, in queste terre e colline intorno al porto su cui si stendeva Toledo, l'aria si era fatta più ventosa; pioveva e non pioveva, il vento spesso caldo portava un sentore di fiori notturni. Le chiese erano aperte. Toledani e toledane si preparavano alla Settimana Santa, che non era distante.

Una sera, verso le nove, tornavo appunto da una tale passeggiata nel retroterra verso la Porta (però mai accostata) delle Cento Albe. Era buio, e di nuovo pioveva, ma radamente, come stesse per spiovere del tutto. Frisco era andato avanti, e subito era sparito nel portone. Io, Toledana, ero tornata indietro, fino ai Tabacchi, negozietto cupo e male illuminato da una lucernina, sull'angolo della Rua Azar, a comprare fiammiferi; e insomma tutta la strada era buia e morta, e ritornando verso il portone, pensavo come smemorata questa strada buia e morta, e cose lontane, come la «Literaria Gazeta», ma vagamente, quando vedo presso la porta della casa, appoggiata alla porta della casa, le mani in tasca, fumando, un'ombra assai nota: in breve, Lemano in persona.

Capita a volte, nell'esistere, che due momenti di una stessa immagine si sovrappongano, e l'uno si innesti poi nell'altro con la rapidità di un sogno. Così, vedere Lemano fu nulla. Egli, già non era più là, ma alle mie spalle; e ponendomi una mano, delicatamente, sul braccio, spegnendo la pipa, col suo fare burbero, quasi un mese e mezzo non fosse passato:

«Dunque, Damasina... eccomi. E vorrei parlarle».

Che rispondere? A chi sarebbe stato possibile, con una

tale violenza nel cuore, e ginocchia che si disfano, e una lanterna abbagliante sul viso? Che era, si vide poi, del fanale di via del Pilar, presso la banchina. E a quel lume, lucidi nella pioggia, lucidi di lacrime incredibili mi apparvero gli occhi del fratello di Samana, e anche incredibili. E la sua voce un tenue tuono, già dolce:

«Che... di che cosa? Dove?» cose del genere dissi. E «Dovrei rientrare» volevo soggiungere, ma questo – nel terrore che il Finlandese scompaia – non dissi.

«Qui... da queste parti... passeggiamo un momento... L'aria è buona...» così disse.

«Piove da ore, ma adesso meno» dissi.

«Sì, quasi non piove più» disse il fratello di Samana.

Nel dire ciò, egli parve tagliarmi la strada (tornavamo verso i Tabacchi) e nel fare ciò la sua persona, gambe interminabili, braccia come fiumi, spalle come rocce, e un viso simile al sole d'inverno tra le nubi, e una mano come un remo, sbarrarono la mia via, impedendomi sia d'indietreggiare che di avanzare, di sprofondare, come di volare via. Sentii anche l'odore di lana e pioggia del suo paltò. Insomma, Damasa era perduta, per la frazione di un attimo di secondo, lungo, del resto, diecimila anni luce, dentro la grandezza caldo freddo ventosa, con odore di biondo, di pioggia, di fumo, di un A. Lemano.

Sarei potuta morire, ma risorsi, guardando in faccia, orribilmente, la luce di un fanale.

Nel fare che, incontrai di nuovo i suoi occhi grigi.

«Eh?» disse. «Che?... mi scusi!» semplicemente disse. E con quegli occhi di ferro e bontà andava, come un astro, illuminando il paese chiamato Damasina.

Tutto ciò non durò che un millesimo di secondo. Dopo di che io mi trovai fredda addossata al muro marcescente della casa dei marine, e Lemano, a due passi, aveva ripreso la pipa, m'illuminava di un cerino. Me, e una carta.

«Qui,» disse guardandomi con occhi che dicevano tutt'altro, dicevano: *Toledana, sono io,* in un gran grido «qui,» disse «è una lettera di Conra Giovanni, ricevuta stamane».

«Di chi?» dissi.

«Di D'Orgaz...» A. Lemano disse. «Non ricorda?».

«Sì, benissimo... che ricordo».

«Qui dunque» egli disse. E di nuovo, per la frazione di un attimo, si fermò, spegnendo e allontanando di nuovo la pipa, e con l'altro braccio, o con tutt'e due, non so, mi chiuse dentro un cerchio insostenibile, e mentre io guardavo il suo braccio, e il lume, morendo a quel freddo, in quel bagliore, seguitò freddo: «ecco cosa dice» spingendo indietro il cappello.

Si parlava, in quella lettera, del mio rendiconto del *Barrio* uscito, sembrava, sulla nuova «Gazeta», diretta ora da un tale Bento, ma di più non seppi, per quella sera.

«Tutto qui» egli accartocciando il foglio e riponendolo nella tasca. «Ma» soggiunse di malumore «lei non mi bada».

Al che nemmeno risposi.

«Bene» Lemano disse. «Bel risultato! Riaccenderò la mia pipa!» e con un riso mi guardava.

Mai visto straniero più folle e lieto, finlandese più alato!

Ma di domandarmi che fosse tutto questo – tenebra, bontà, luce, il fanale, le sue mani, la spalla a me presso – non ebbi tempo, che così il Finlandese esplose:

«Potrà buttarlo via quel suo rendiconto, potrà. Di buono non vi è nulla. Stamane lo vidi e mi chiesi: dov'è Damasa? È un rendiconto da nulla. Il perché glielo dirò io, Damasa».

«Sì, dica perché» chiesi distrattamente.

«Che lei, vede, Damasina, non è sveglia, ma dorme, in questo gran sognare. Da troppo tempo in sonno, con apparenze di vita. Male! Scrivere più non potrà se non viva. Oh,» disse «non sa lei, Damasa, come può essere dolce questo vivere».

«Dolce come?» io dissi.

«Dolce... così... come quest'aria di notte, appena bagnata di mare» disse allungando la mano a sentire la pioggia. «Come quest'aria di notte, sente, no?».

«Sì, che sento» dissi.

Una nave, nel porto, fece: *tuuuuu*.

« Le navi partono » A. Lemano disse.

Si staccò da me, come un fanciullo, corse a guardare dietro i cancelli. Tornando, mi gettò in volto i suoi occhi di ferro, bontà, riso.

« Amici? » disse.

« Sì, amici » come astratta mormorai.

« Per sempre? ».

Le labbra mi tremavano, ché si ridestava in me l'offesa, come una frusta.

« Per sempre, voglio » egli così disse. E poiché io scotevo il capo: « Mai, Damasa, mai, chiederanno a Damasa questo, altri Lemano » disse. « Non importerà ai nuovi Lemano di Damasa » con tristezza disse.

Questa frase io non raccolsi, come persona che passa di meraviglia in meraviglia, sentendo in fondo a questa, e tutte l'altre già udite, la sua violenza – o vita? –, non so che di simbolo, e dopo un po' dissi, quasi per riattaccarmi a una verità, tutto sommato, meno inconcepibile:

« Di qui, Lemano, passava Pter, un tempo ».

« Chi, poi, questo Pter? » egli disse accigliandosi.

« Amico di Rassa » fantasticai. E un po' così era.

Mi guardò come sbalordito.

« A Damasa, un po' caro... no? ».

« Sì... un'ombra... un po' caro, sì » dissi stremata.

« Bene... ne scriva. Presto ne scriva, lungo rendiconto... ». Qui cambiando tono: « Cosa fa tutto il giorno... dica ».

« Non so ».

« E oggi... al Mare Morto, no? ».

Dissi improvvisamente, come egli avesse saputo già tutto:

« Lee si sposa... in casa, fra presto, Cora... Albe finito, così Frisco. Lei, Lemano, » (e abbassai il capo) « se vede D'Orgaz... Saluti... per me saluti il caro Conra, che mi stimava ».

« E io no? » disse.

E si piegò ancora contro di me, ma senza accostarsi; e sentii che come in un furore voleva abbracciarmi, e temeva... forse le navi, non so. Voltandosi a guardare la strada, le banchine, disse con voce morta: « Bel posto... bel posto... ma presto dovrà finire ».

Frasi come questa, e altre, io non mi domandavo che fossero o volessero dire. Guardavo il ferro affettuoso dei suoi occhi. Mai nulla di simile... visto così da vicino, e alto, su me, un significato tanto recondito buono terribile.

Poco dopo egli, facendosi di nuovo astratto, freddo, violento, come quella sera che gridò: «Apri, Samana, *tutte le finestre sull'Ovest!*», mi chiese scusa se stato brusco e duro, pel mio bene, disse, e ora costretto a lasciarmi – e guardava di nuovo lontano, come vedesse là su quelle alte aste di ferro non so che sogno, e verso la vecchia Toledo un tempo di dolore – e con collera, forse spenta, perché qualcosa io non avevo capito:

«A presto» disse «ci vedremo. Le scriverò, Damasa. Rivedrà il suo Lemano, una di queste sere».

Come mai nulla fosse detto tra noi, partì.

Eccolo allontanarsi verso la Plaza Theotokópulos, già dei Saraceni, fischiettando indolentemente.

E pioveva ancora; e quando sparì, all'angolo, tutto era di nuovo pioggia, quiete, sonno, splendore silentissimo.

*Ripensa Lemano e vede che tutto il mondo ha il suo nome.
Dubbi sulla natura di un abbraccio. Nuovo aspetto
del porto e attesa di sonno davanti ai cancelli.
Un proclama che non comprende*

L'indomani, svegliandomi, la mente non mi aiutò a ritrovare di un sol colpo, come sempre avveniva, gli straordinari avvenimenti del giorno avanti. Il tempo era mutato. Durante la notte, quell'aperta aria, le nubi, la ventosità erano cessate, sostituite da una calma fredda, un colore smorto di cenere. Ripensai Lemano, lì per lì, come cosa riguardante altri.

Poi, di momento in momento, sentii riaffiorare in me tutte le sensazioni salmastre, calde, urgenti della sera prima, quella sua violenza e bontà che non era possibile raffrontare con cosa o esperienza alcuna, e mi mancò il respiro; insieme a una gioia senza pari, tutto l'animo mio era malinconico, e mi domandavo: chi è? che voleva? che era? che è stato?

Mi tirai su, e il giorno non mi pareva più quello, né la casa, né le solitarie figure. Dovevo combattere con uno stordimento, una dolcezza tale, un tale disfarsi! Tutto ciò aveva ombrato la mente.

Alle dieci, mi rimisi al tavolo. Tentai di lavorare, pensare. Non un rigo veniva. Sempre la mente ombrata pensava: *Lemano*. E questo nome, come un muro di luce, impediva la eterna vista del mare.

Nei giorni che seguirono, sempre, da quel mattino, tutt'altro che buoni, ma smorti, calmi e cupi, con un che di monotono, mai potei lavorare. Me ne uscivo, verso le dieci, e rifacevo il giro delle colline intorno a Toledo, trovando in questa distesa di orti e chiese che abbracciavano la città un che di mai visto, allucinante, lercio, tristissimo; al di là, sempre più alto e calmo, si scopriva il mare, ed esso (ecco la novità) al mio cuore non diceva più nulla. Nel mio cuore non vi erano più che distese curiose di retroterra, paesi di caldo e di fiori, e ogni cosa odorava di pelle, di cuoio, di lana bagnata, ogni cosa aveva le mani e gli occhi di ferro di A. Lemano. In questa stretta sempre più forte di tutto, io non avevo respiro.

Che ciò avesse dei precedenti, che a tanti tale fatto fosse noto, che fosse cosa comune agli esseri mortali, non mi veniva in mente. Io soffrivo, e respiravo, e dicevo dentro di me, con estasi orribile: Lemano! E ciò era tutto.

Come dolce, nel ricordo, il suo viso, e come affamato il suo sorriso, e come simile al tuono fra nubi d'argento la sua voce, e una voragine grigia, piena di fiori gialli, i suoi occhi!

Ormai, io ero capovolta. Le cose vedevo rovesciate. La terra su cui camminavo si chiamava: Lemano. Il cielo grigio: Lemano! Le sperse case come nubi: Lemano! Le vele, l'orizzonte, il vento, la pioggia, il veloce sole tra la pioggia, la mansueta luna che vi guarda con i suoi occhi di pietra, tutto aveva un solo nome: Lemano!

Mi rifacevo in quelle passeggiate, variandolo, il racconto di tutte le sue parole. Ogni parola era avvolta in luce d'argento, oppure d'oro, oppure rossa, bianca, sempre preziosissima. A proposito delle sue parole, era come se egli, quella seconda volta, mi avesse lasciato tra le mani, prima di partire, un forziere: e dentro vi era una confusione di luci splendide. Erano tutte le parole di Lemano.

Ma che dire, poi, dei suoi atti, anche i più tenui e veloci: quel suo corpo sembrava ne emanasse un altro; il primo era impassibile, il secondo mi abbracciava. Vi era, in lui, un corpo elettrico, invisibile, misterioso, possente come mille correnti d'aria, e questo corpo perennemente mi abbracciava.

Sì, era questo abbraccio, pensavo, eterno abbraccio in cui ero chiusa, da tanti giorni ormai, la cosa che mi faceva soffocare, morire.

Verso il settimo giorno, queste sensazioni, e la presenza del suo corpo d'aria, immenso, magnetico, quella oppressione delle sue voci, accenti, mormorii, ire, la cui tenerezza e penetrazione mi facevano morire, scemarono, e io rividi le cose come prima, o forse non così, ma che tali, pareva, ritornavano.

Non perciò smisi le mie passeggiate, le fughe giornaliere da casa, ma esse, aiutando il sole, ch'era riapparito, sebbene debole, divennero più tranquille. E riudivo adesso, in mezzo all'odore forte dell'erba e delle rose che cingevano la misera Toledo, le campane di questa città, che annunziavano la festa della Resurrezione, terza della Cristianità.

Pensai, una di queste mattine, e poi a casa la scrissi a penna, la seguente composizione ritmica:

>Divinità, non posso
>ai tuoi templi venire,
>ora che torna aprile e ogni sagra
>per i colli s'avvia, danzano uccelli
>del tuo onore pensosi.
>Io sono d'altra religione. Il dio
>che vidi, era un fanciullo
>grande, che ascosi
>teneva dentro gli occhi i bei misteri.
>Giocava a me davanti. Io lo guardavo.
>Tutto questo l'altare. Ma che riso,
>oh che bel riso candido,
>che dolci, graziosi

> moti del labbro e subito fissarmi
> per arrestarmi, di spavento, il cuore.
> Divinità, non era
> cinto di luce, ma la dava. I grandi
> moti del cuore mio, pauroso incanto,
> ridir non posso, ché ne tremo ancora
> a rammentarli. E come un dio spariva
> sorridendo. Non credo,
> Divinità, ci sia sacro tormento
> del mio maggiore, fervida preghiera!
> Divinità, non vengo
> con le folle pei bei colli sereni:
> mi piace questa carezzar ferita
> mirabile, parlare
> solitaria, con gli occhi ove è sparito.

Insomma, l'emozione soprannaturale mi sembrava ritrovasse le vie di una espressività, certo inadeguata, che però, almeno temporaneamente, mi quietava.

Dico temporaneamente per questo: che sebbene, dopo svariati giorni, la violenza di quell'episodio fosse andata scemando, non però spariva del tutto, e sempre, al fondo di tutte le mie occupazioni o atti o parole, io ritrovavo quel triste interrogativo: che sarà questo? che vorrà dire: Lemano? perché questo abbraccio non è tenero, dolce, ma si mostra in tutte le apparenze di una collera grandissima? e perché questa collera m'intenerisce? Davvero, a tutto ciò, io, Toledana, non sapevo che rispondere. Queste cose che ora vedevo e sentivo erano indicibili, minacciose, tristi, non paragonabili ad alcuna: erano dolore, alto e grigio come nubi, erano sospiro.

Non mostrando più A. Lemano segno della sua presenza, tornando, come ho detto, tutte normali, benché infelici, le forme delle cose e dell'aria, io andai riacquistando una certa calma, nella quale una pena sottile e un sottile disprezzo di me riprendevano il posto di quegli incanti.

Turbata, andavo poi rammentandomi del sarcasmo del Finlandese circa lo scritto intitolato *Barrio*, nel quale egli aveva visto una mia disfatta, e il suo disprezzo, la sua inimicizia (tanto contrari a quelle sue prime parole del cuore del 29 dicembre) acuivano in me il senso doloroso di un perdimento, di una disgrazia da cui ora mi ridestassi senza rassegnazione, e mi dicevo: vedi un po', Toledana, vedi, Figuera Damasa, a che cosa sei giunta, in che acque di nulla ora navighi, contemplando questo Lemano. Vedi quanto, in verità, ti è nemico, come è odio in lui, verso tutto ciò che fai!

A queste parole, che qualcuno diceva in me, non io, piangevo interiormente, e ciò perché capivo che tale odio (reale) di A. Lemano per lo scritto cui mi riferisco, era buono; egli, Lemano, in me vedeva una persona che ha preso una via di male, che è entrata in un recinto credendo sia lo spazio libero, e da tale chiuso luogo desiderava con tutte le forze portarmi via. Ma, ecco la domanda, come potrei più vivere, io Damasa, ancora respirare la grande aria, ove mi fosse stata sottratta questa solitudine, questo triste recinto, ciò che Lemano chiamava errore?

Verso la fine del mese, come sempre capita quando una situazione stagnante rischia di sommergervi, e tale era il mio, ormai, sentimento di sospetto nei confronti del Professore aggiuntivo (e insieme disperata accettazione del suo obiettare), mi giunse una lettera che mille volte benedii, tanto la sua vista mi fu cara, di Giovanni Conra, il diletto Maestro d'Armi.

Egli, scusandosi per prima cosa di aver dato il mio indirizzo a Lemano, perché ne era stato pregato e inoltre, a parer suo, il Professor Lemano era persona onorabile che, in qualche caso avrebbe potuto essermi utile (data la sua qualità, disse, di esperto in meraviglie e terrori nautici), mi mise al corrente, però brevemente, di ciò che era avvenuto alla «Literaria» dopo quel 29 dicembre. Il responsabile a lui seguito (che non nominò), persona al suo compito del tutto indifferente, per cui egli aveva temuto che la «Gazeta» potesse dirsi finita, era stato, all'ultimo momento, sostituito da G. Bento, scrupoloso e amabile dirigente, di cui potevo fidarmi. E qui, rallegrandosi della mia iniziativa di mandargli il rendiconto, mandato da lui a sua volta alla «Nuova Gazeta» che, come certo avevo visto, lo ha pubblicato, D'Orgaz espresse l'augurio che d'ora in poi manderei alla «Gazeta» altri scritti, e chiese se così volevo fare col rendiconto di *Fhela e il Lume doloroso*.

Sebbene queste parole fossero bellissime e buone, come del resto D'Orgaz stesso, io presto vi sentii dietro qualcosa che mi fece triste: come una fretta ben celata di abbandonare tutto ciò che era stato a lui caro – Damasa stessa –, di ritirarsi, di chiudersi lontano da tutti: quasi un nuovo tempo venisse per lui e altri, che amaro potrà dirsi. Quasi egli non avesse più speranza di nulla.

E le sue parole di stima per Bento e il silenzio sotto cui passò il rendiconto del *Barrio*, insieme al cortese suggerimento di inviare alla «Gazeta», a noi tanto estranea, il rendiconto di *Fhela*, mi apersero nel cuore un vuoto, nella ragione una triste certezza: che egli si era ormai, da noi tutti, anche da Damasa, anche dalla Plaza del Quiosco, definitivamente allontanato. Forse ritirato a vita privata, o a sogni puerili di mare, o a una cinica e pietosa attesa di eventi. Chissà. Mi aperse un vuoto nel cuore, specie, la chiusa: «e abbia caro il lavoro su tutto, se mai mi volle bene, Toledana carissima. Un giorno, forse, ci ritroveremo. Saluta Damasa (con Apa), il devoto Conra».

Proprio così. Conra. Non Maestro d'Armi, o D'Orgaz, ma Conra: come un comune giovanetto, tenero di cuore.

Ero ormai un po' più sensibile a mutamenti e sfumature, anche impercettibili, nei modi e gli accenti di quanti a me erano cari. E perciò, dopo avermi rapita, la lettera di D'Orgaz solennemente, come dissi, m'intristì. E ripensando tutte quelle parole, il breve accenno a Lemano (quasi in realtà egli, D'Orgaz, non lo stimasse affatto) e a Bento, vi trovavo una specie di avarizia, di dolore geloso, di sguardo triste e non generoso, ma pieno di lacrime, avverso a tutto ciò che rapidamente lo sostituiva: Bento, nelle armi, il Finlandese nel mio cuore. E tutto ciò, ripeto, mi fece rabbia, e pietà, e mi dissi: così è il cuore del mondo! e dalla pietà venne che più amai D'Orgaz, mentre finiva, e più Lemano mentre sorgeva! E mi sembravano, ambedue, simili a terre che si allontanano, o compaiono, e ci passano vicino e sfumano e altre ne compaiono.

In tale stato d'animo non volli scrivere a D'Orgaz subito, lo feci alcuni giorni dopo, con secca circospezione e rispettosa cognizione di ciò che egli era in realtà: una terra diletta che se ne andava.
Tenesse il rendiconto di *Fhela*,[1] in mio ricordo. Il cielo lo consoli in tutto, insieme alla sua Robin. Sempre, attraverso l'aria, gli anni, gli giungerà il grazie e il muto sentimento di Toledana per quanto egli, D'Orgaz, le ha appreso (ricordava, no? tutti i nostri gran discorsi sulla Espressività); che il mare sia con lui, inoltre, nella sua – così speravo – solo temporanea solitudine.
Di A. Lemano non parlai, me lo impedivano una segreta compassione delle cose, e la luce stessa di quella testa del Finlandese, e l'orrore delle confusioni che io avevo provato. Dopotutto, il non sapere nulla, assolutamente nulla, della natura di ciascuna cosa.

A tale lettera, D'Orgaz mai più rispose. Né io ne ebbi notizie, a lungo, né le cercai. Ma lo pensavo spesso, in modo disperato, ignaro, al punto che una mattina mi parve non essere, nella vita mia e dei nostri mari, altri che lui, e scrissi la breve, perduta al cuore, composizione:

       Dunque, il male è passato?
       Dunque, non più nel cuore

---

1. Pensavo rimandarlo, ma ciò non feci mai, per non so quale dimenticanza, o forse nodo dell'anima.

> ritroverò la barbara dolcezza
> di un suo sguardo, l'angoscia
> di un suo sguardo, l'incanto
> che mi faceva bianca trasalire
> d'una parola, fosse anche di scherno?
> e quell'amato inferno
> è scolorito? e viene
> la pace? Oh, desolati
> giorni! Non voglio, io, pace,
> io non voglio destarmi e ritrovare
> solo l'orme del male. Ancora voglio
> (s'io posso, e piango) il disperato ansare
> della tortura, il grido
> mio disperato, e il docile guardare
> ai passi del mio torturatore.
> Ricchezza trafugata,
> che mi beavi, come sei lontana!
> E che resta alla mia
> giornata eterna, senza male, piana?

Dopo questi fatti, che eravamo già alla fine di febbraio, e Lemano mai più era ricomparso, io mi trovai a notare che da qualche tempo le mie abitudini erano mutate; non solo il corso dei pensieri, non solo la grande corrente del cuore, non più fredda, larga, tetra e pregna di tutti i sentori d'abisso, ma tutto era mutato. E vedevo ormai Rassa, Morgan, Papasa, Madras e altre figure, come molto lontane, vagamente colorate, quali stampe incise nel fianco o stendardi issati sulla nave di D'Orgaz; e tale nave s'inabissava, o calava tacitamente dietro l'orizzonte; e altre navi, più moderne alla vista, con più discreti colori, riempivano il porto. E presi conoscenza dei mutamenti e le sostituzioni perenni del mondo, e di come terre che avete creduto a lungo ferme, tali non siano, e un certo giorno scompaiano; aspetti del mondo mutino, e altri ne vengano avanti, sempre più nitidi, come entro una lente più chiara. E non diminuiva perciò, ma solo approfondiva, il mondo.

Uno dei luoghi che inaspettatamente mi erano divenuti più cari, una volta perduta l'abitudine di recarmi in Plaza del Quiosco, una, anzi, delle mie nuove abitudini, era (senza che me ne fossi avveduta) diventata questa: di sostare ogni sera – quando rincasavo con Frisco, o da sola – presso la porta della casa dei marine, cioè mia, davanti alla cancellata del porto.

Prima ancora che sapessi perché, questa abitudine fu cara al mio cuore, quasi la scia di un avvenimento grandissimo, di cui in tal modo riapparivano i segni, le immagini, che io avevo vissuto; e questo avvenimento era la duplice comparsa di Lemano: la prima, in cui lo vidi fuggire dopo avermi lasciato il biglietto, la seconda in cui era (ah, luminoso dolore) lì davanti ai cancelli e mi aspettava.

Io non lo vedevo più, ma qualcosa di lui era qui, e non mi lasciava.

Con una scusa per Frisco, se era con me, rimanevo sola; o, se venuta qui da sola, verso le nove – con altra scusa, scesa dabbasso –, sostavo appoggiata al portone, riandando segretamente a tutti i momenti di quella felicità che mi pareva lontanissima, perduta o forse mai stata. E si mischiavano, alla nervosa e potente figura nautica, eternamente, come un sottofondo, sempre più brillanti, oppure fioche, se fiochi erano i miei pensieri, le luci del porto.

Non ho mai descritto tale luogo, se non dall'alto. Ma quale maestosa potenza, tristezza, era nella sua panoramica dalla strada. A sinistra, in un immenso arco che correva fin sotto il Monte Acklyns, e si perdeva nelle luci remote della costa, il mare era tenebre. A metà proprio del vasto specchio d'acqua del porto, vedevi lungo le banchine sorgere, rade al suolo, le sagome delle costruzioni marine, di giorno rosse e graziose, la sera semplicemente basse, umide e piatte come lumache. A destra, oltre la nuova Stazione del Mare, un edificio grigio e triste, stato costruito da poco, brillava ritmicamente l'occhio ossessivo del faro di Toledo.

Veniva dalle molte navi aggruppate nel porto, di giorno colorate, la notte prive di colori, di suoni, solo con fioche luci tra le alberature, i fumaioli, le antenne, le varie sovrastrutture, i pesanti scafi, non so che senso di sonno e insieme di vita remota, di promessa e di agguato.

Anime non v'erano, o dormivano.

Considerai una sera quanto tempo era passato da quando, venuta in Toledo ancora ragazzetta, fissavo con incosciente desiderio, con una specie di fanciullaggine dolorosa, quel grande e ora muto specchio d'acqua. E come gradatamente – insensibilmente – ai colori delicati delle vecchie prore nautiche, si erano sostituiti il silenzio, il ferro e le scintillanti luci delle moderne motonavi, petroliere – ora, talvolta, le vedevo con la *i* –, ecc., e l'insieme di tutto ciò, malgrado fosse vita, era pur sempre sorprendente silenzio. Come non vi fosse più, in tutto ciò, lontananza, libertà amata, fanciullezza, ma solo una misteriosa consapevolezza, dalla quale, però, io restavo esclusa.

Che accadeva oltre quei mari, nel mondo? Che erano queste navi? giunte da dove? con chi? Dov'erano più i semplici marine diletti ad Apa, dove i Pter Thornton Allen, tutti quei diletti Uccelli di mare tanto familiari a Dasa? Dove mi trovavo, ora? E che era questo segreto ronzio di voci, questo ammiccare nelle tenebre di ombre nuove, magre... questi passi che si avvicinano? che?

In un primo momento, il cuore mi era balzato pensando: Lemano, o un qualche suo amico che con lui si avvicinasse. Quindi, subito edotta che ciò era stata una precipitosa fantasticheria, riconobbi – in colui che veniva avanti – un giovane che conoscevo e a questi si accompagnava una figura più discreta e silente, con gli occhiali.

Il primo di questi giovani era Cyprisso da Cadmo, nipote di un'Alma da Cadmo, con sede al terzo piano della Rua Ahorcados, di fronte alle due finestre dell'Angolo e della stanza Rossa. Agli studenti era noto. Suo padre, nelle carceri o sotterranei toledani, era morto. Orfano era Cyprisso, e senza bellezza né speranza, solo certi suoi studi. Lo vedevo adesso accostarmisi, e alzare quella sua testa che spesso, affacciandomi al vicolo, ho scorto alla finestra di faccia, ma assai più in basso, china sui libri, con pochi capelli, enorme nuda penosa – veramente orribile – testa.

Era accanto a Cyprisso, come dissi, un ragazzo in tutto simile a un prete, forse per l'abito nero, abbottonato con bottoni d'argento, e un candido solino. Questi, alla luce dei fanali, aveva bei denti, e sorrideva.

Incerta se starmene ancora lì, a guardare le luci del porto, o rientrare, e però tentata dal vedere come ambedue sembravano, tra timidi e pieni di speranza, volermi pregare che li aspettassi, e insomma accostarsi a me, li aspettai. Ma con ostilità e tristezza, sempre nel cuore avendo il professore degli Oceani, e temendo che da altri potesse, su quel tratto di strada, essere sostituita la sua immagine. E se egli – fra l'altro – in quell'attimo medesimo fosse comparso?

Si accostarono, i due, e mi salutarono appena abbassando il capo. Ed erano fermi proprio come se per me venuti. Cosa che, infatti, era.

Disse Cyprisso:

«Congiunta di Albe, no? Toledana... o come ti chiami... Figuera...».

«Sì... ecco» dissi.

«Bene. Ecco Misa» (Cyprisso). «E noi ti volevamo parlare».

«Di che?» dissi; e sempre spiavo fuggevolmente i lati della strada.

«Misa, tu parli» Cyprisso disse.

«Figlio di Misano,»[1] così Misa disse «il mio nome è un abbreviativo. Damasa, o Figuera, scusa l'ora tarda e la strada, ma noi ti conosciamo».

«Dalla finestra» Cyprisso per chiarire. «Lui» indicando Misa «con me studia. A volte guardiamo».

1. Provveditore agli studi toledani.

«Ginnasiali?».

«No, per maestro» Misa disse. «Mentre poi lui» indicando Cyprisso «è alle Commerciali. Ma ecco cosa, Damasa».

Mi sorprendeva dolorosamente sentirmi chiamare così, come solo Lemano mi aveva chiamata, e non avrei voluto, ma così era.

Subito Misa, prendendo dalla sua tasca interna una carta (cosa che mi ricordò ancora, con pena, la seconda sera di Lemano), e tutto confuso, abbassando il capo, togliendosi gli occhiali, riponendoli, ancora rimettendoli, cominciò a leggermi qualcosa. Che era, dapprima, un lungo elenco di nomi, credo toledani, che erano, pareva, di gente che approvava non so che iniziativa di Misa; e poi era un breve proclama di Misa stesso, un ordine del giorno o qualcosa di simile, ai liberi toledani, artisti, navigatori, avvocati, studenti, ecc.

«Ti riteniamo poeta,» Misa disse «comprendi, Damasa? E se vuoi iscriverti...».

Assorta li guardavo.

«Non capisci il nostro proclama?» Cyprisso con dolcezza (molta dolcezza) disse.

«No». E guardavo sempre la strada.

«Bene, bene. Allora devi scusarci, Figuera».

«Tu guardi in qua e in là, tu non sai...» Misa disse con gli occhi quasi pieni di lacrime «che, nel mondo, non sai... Damasa... accade».

«Che?» dissi.

«Approveresti nostro proclama».

«Ma che accade?» quasi gridai.

Essi si guardarono.

«Bene,» disse dopo un po' Cyprisso «di ciò che ti abbiamo detto non parlare... Ecco tutto... Non credi... non sai, perciò, non parlare. Ma un giorno, Figuera, tu ci cercherai».

«Questo non so» superbamente dissi.

Mi fecero allora due o tre osservazioni, tutte negative e fredde, sul mio rendiconto del *Barrio*, che avevano visto. E che il rendiconto del *Roja* più serio.

Che io mi ero arenata, dissero, e non vedevo più la strada. Le stesse parole di Lemano, lì, in quel punto.

«Salutami la tua Mater» Cyprisso, come congedo, disse.

Così, scostatisi da me, proprio come Lemano nella sua pazzia, quella sera – ma costoro con calma e direi indifferenza grandissima – parlottavano. Ciò a due metri da me. Poi, con un sorriso, Cyprisso, volgendosi:

«Bel tempo per le navi... se navi ne partono più» disse.

Tutto ciò come in un sogno. Dicendo: «Bel tempo per le navi... se navi ne partono più» si allontanarono, e a lungo io rimasi a fantasticare cosa volesse dire quel «se ne partono più», e se il ragazzo l'aveva effettivamente pronunciato. Molte cose della mia vita si andavano rivelando così intense, a momenti, e ornate di cupole e cuspidi e bandiere e croci e nuvole di fuoco, con su dipinte facce amate, che io provavo a volte una sensazione di sconforto, di confusione. Mi pareva, a volte, che tutto fosse da me inventato, dalla mia mente che mai toccava terra, mai sentiva, se non in rare occasioni, il rumore preciso e violento della reale vita, il passo delle reali cose, i duri suoni.

Parlando io con Albe, il dì appresso, in un momento che il povero studente appariva sereno (gli avevano recapitato non so che graziosa lettera), della cosa, ma con giri di parole, perché volevo tenermi alla raccomandazione dei due giovani, di non parlare, parlando io delle preoccupazioni che erano nel mondo, Albe, con infinita bontà, mi disse:

«Tu non spaventarti troppo, Damasa, se vedi talvolta, effettivamente, chiudersi il mondo. Alla fine, un giorno, si riaprirà».

«E» tremando dissi «riappariranno le terre celesti? Vedremo i Padri Biblici?».

«Sì, purché ci manteniamo fedeli al lavoro, rivedremo le terre celesti, i cieli si riapriranno, rivedremo i Padri Nostri» egli con un dolce sorriso rispose.

L'indomani, primo marzo, una giornata piena di luce, di freschi colori, in quanto durante la notte s'era levato un forte vento di libeccio che aveva spazzato tutte le nubi dell'aria, fu straordinaria, come se tutto quanto era accaduto negli ultimi tempi, quasi per un diverso libeccio generato dagli avvenimenti, sparisse, e gioia, gloria, celeste commozione raggiungessero dovunque, gridando, le linee eteree dell'orizzonte.

Giunse al mattino, con la posta delle nove, una lettera di Cora, diretta con amore grandissimo ad Apa e gli studenti, particolarmente Damasa; giunse, due ore dopo, un biglietto dieci volte più biglietto e più bianco di tutte le bianche lettere che venivano distribuite nel mondo. Era di Lemano, per me.

*Si reca di nuovo, dopo alcune sensazioni di lontananza,
alla Casa Rosa, e vi trova un finlandese demente.
Lemano, subito apparso, l'accompagna
con bontà lungo la Via degli Orti*

Dirò prima, sebbene mi sia difficile, anche nel ricordo, superare la fretta, dello scritto di Cora. Avendo temuto a lungo che Lee volesse rimandare a tempo indefinito le nozze, era giunta, per disperazione, a un punto difficilmente comprensibile di rifiuto della vita, non si nutriva più né viveva più. In quel tempo, quanto e poi quanto ci aveva pensato – amici di Lee a cui chiedere tenerezza, aiuto. Ed ecco che Lee era tornato, con nuove promesse, nel porto arabo (difatti, da molto mancava, la sua nave era in navigazione), per cui lei, Cora, adesso voleva dirci il suo amore per noi e come tutto, da Lee, sapesse di noi, e ci ammirasse, così diceva, e *riverisse* come suoi veri fratelli. Dal che arguimmo che essa – Cora – rispettava i già nominati Rabby e Jussuf come suoi superiori, secondo il costume arabo. Diceva tante altre cose, di Apa, da lei amata sempre attraverso le parole di Lee, diceva di Apo, di Frisco, ecc., né si dimenticava di Rassa, che tanto avrebbe voluto conoscere, in vita, e per cui ogni sera pregava. Cose che, a sentire, Apa era in pianto.

Le nozze confermava imminenti, in agosto o luglio. Stessimo calmi: presto sarebbe giunta con bei regali.

Fu stabilito, in quel momento stesso, mentre si passava la lettera di mano in mano, che a Djotima, o Cora, sarebbe stata assegnata la mia stanza indiana, dove io alloggiavo ora con Juana. Juana sarebbe passata nella stanza degli Apo, attuale luogo di Frisco; Frisco, con Apo e García, nella stanza Rossa, e io, Dasa, in despacho, con la mia brandina.

Ciò avrebbe messo una nube sulla mia gioia, se, in quel mattino, la speranza di vedere Cora, con la sua nube rossa di sposa, non si fosse impensatamente accostata al mio cuore. È che ero stanca, stanca di questo eterno volare lungi dal giorno, in giorni che mi straziavano. Cora, finalmente, era terra. Sentii di amarla, e perdere la mia stanza per lei, la mia antica stanza d'Angolo, almeno pel momento non mi dispiacque.

Del resto, si progettava presto, per gli sposi, una nuova casa; e questo, della mia stanza, era solo un accomodamento di poco.

Due ore dopo, come dissi, giunge portata da un marine, ch'è venuto in cerca di Albe, e altri non è se non Roncisvalle Oi, stamane arrivato, e salito a vedere Albe (trovò la posta in guardiola), giunge la lettera di Lemano.

Essendo il tempo, come s'è detto, buono, e nuvole rosa nell'aria celestina, in prossimità della primavera, me ne andai a leggerla ai Giardini della Reggia, dove talvolta mi rifugiavo, e dove quella mattina scorsi il triste biglietto di Pter. E quanti ricordi affollavano il mio cuore accostandomi a quella panchina dove anni indietro, tanto più lieve, mi ero fermata!

E qui, di colpo, vidi ch'ero divenuta più grande, adulta quasi, sebbene ancora di diciassette anni, e leggevo, o mi parve leggere, una lettera di Papasa *ad altra persona*. E mi dicevo: perché... non a me, Dasa? Io sono dunque, per lui, passata?, e aprendo la vera lettera, che avrebbe dovuto farmi tremare, non ero più tanto interessata.

Ed ecco cosa mi diceva Lemano, riapparendo quasi dal nulla, in quella dolce aria di marzo, ore dodici, come se fosse proprio alle mie spalle, mai allontanato; diceva:

Spero con tutto il mio animo, Damasa cara, non abbia dimenticato il suo A. Lemano, che stette fuori, e ora di nuovo è in Toledo, e vuole rivederla. E sa quando, Damasa, se il suo umore non è contrario (e la fedeltà anche, di che dubito)? Stasera stessa. Sarò al vecchio recapito (di Samana Lemano), e là attenderò sul far della sera, come in quella primissima cara volta. Leggeremo, discuteremo. Programmi grandi! E una cosa. Sarò giudiziosissimo. No, mai più, Figuera, il suo Lemano Le farà del male!

Come piansi, come poi risi (dentro di me, s'intende, ma un po' anche esternamente). No, non c'era una chiusa, solo questa firma, questo nome grande, a me splendido, bianco come diecimila cieli.
E come mi aveva fatto male? quando? Era forse male, il suo bene? Voleva dire che non voleva più bene, Lemano, alla sua Figuera? No, questo non voleva, tutto il contrario.
Dunque uno scherzo: oh Dio, cieli amatissimi!

Dai Giardini non tornai a casa, almeno non subito. Me ne andai, piano piano, al Piccolo Mare, o Mare Interrato; e questo e quello guardavo, senza nulla vedere. Lemano amatissimo!

Davanti al tempio della Roseda, ecco, nel sole, ora passa un'ombra: è un prete con un cero; la chiesa è buia, ed ecco s'illumina. Vedo, nel Coro, starsi seduti – con l'Ammiraglio Thornton, Rassa e tutti i marine scomparsi – i grandi Padri Biblici. Riodo la forza del mare, e tutto ciò che ora vivo mi appare sogno, di chi non so.
Così a lungo rimasi staccata, assorta, dimentica, figura di questa terra eppure di un'altra, vedendomi passare da-

vanti un futuro simile al passato, vedendo sparire e riapparire, come un sole ventoso, A. Lemano.

Questi pensieri, e immagini, e grande debolezza e tremore, io ritrovai sul tardi, allorché, dopo un giorno confuso, rividi, alzando il capo, la Porta delle Cento Albe, e poi rimisi il piede sulla soglia della casa del Finlandese, e, dopo aver suonato, vidi il Finlandese stesso venire alla porta, con un viso che mi dette freddo, tanto grave, splendido, ostile.

«Venga, Figuera, venga» disse precedendomi. E come superficialmente innervosito: «Samana, purtroppo, è andata per visite. Ma venga – che ha? – non tarderà molto» disse.

Ora, già entrando nella casa buia, o quasi, dove il sole morente, entro una sparsa lanugine sulle balze di Toledo, mi richiamava alla mente la prima volta che ero stata qui, già guardando questo sole io avvertii due cose: non solo che la natura di Lemano era quella, imperscrutabile, del sole medesimo, ma che vi era in lui, vi era già stato altre volte, e solo ora lo ricordavo, un che di temibile, una dolcezza per nulla rassicurante, uno sguardo grigio da cui tutta la bontà può sparire, per lasciar luogo a fredde determinazioni. O era una delle mie tante confusioni? Oppure egli si difendeva così dal dolore di conoscermi lontana da ciò che desiderava io fossi, e che capiva *soltanto* vedendomi? Che io fossi a lui necessaria, mentre era sera, o dormiva, o vagava lontano da me, in modo terribile necessaria, lo sentivo come verità che acceca. Che però, in me, qualcosa lo riempisse di rabbia, di desolazione, anche sentivo reale. E come non sapevo che cosa, mi prendeva un sentimento chiuso, di dolore, che più lo rendeva contrario.

Mi accorsi poi di altre due cose, e questo nel breve tempo che egli mise a farmi strada e raggiungere le finestre, che spalancò: esservi nella sua figura, oltre una forza disumana (forza di mille venti, che scoteva e rendeva muti), anche la capacità di dominare tale forza, e mutarla, solo che egli lo stimasse necessario.

Infatti, in un momento, da che eravamo entrati, già era mutato e chi mi invitò a prendere posto presso il tavolo quadro, era ancora il Lemano azzurro e amorevole che qualche volta avevo intravisto. Come anche in me, ai suoi occhi, qualcosa fosse inaspettatamente mutato, e vedesse egli in me tutto ciò che si aspettava, non solo, ma davanti a cui era, o tornava in un istante, il più incantato, tenero, straordinario degli amici.

Mi dispiaceva, e piaceva a un tempo, che Samana non fosse con noi. Di ciò che l'uomo è, o significa, io, in realtà, non sapevo che l'apparente, l'automatico. Di ciò che una donna è, uguale, e sempre per sentito dire. In certo qual modo, di ciò che può passare tra un essere e un altro essere, io non sapevo nulla che non fosse morta informazione. Solo sapevo questo: che vi era a volte, tra due esseri – non necessariamente umani o animali ma anche cose, elementi –, una forza estenuante, incomprensibile. Da tempo A. Lemano mi sembrava questo. Mi aveva visto. Che volesse, per lui, dire questo, non capivo. Se volesse distruggermi, uccidermi, o offrirmi fiori, non capivo. Ma nulla, al mondo, mi era da tempo più caro di questa emozione: che sentivo egli voleva afferrarmi, ridurmi schiuma, come fa lo scoglio con l'onda. Cancellarmi.

Vi era nello stesso tempo, in lui, ora che mi guardava, non so che luce di aprile. Così pesanti erano i suoi occhi, che i miei abbassai. E di nuovo quella sensazione: di una pietra che si disfa, una fine.

«Bene... Chi sarà mai, lei, Damasina, che debba farmi passare per uno sciocco,» egli disse «nel senso – non si preoccupi – che la guardo e non ho più nulla da dire? Già da tre volte la incontro, e tutte le volte è come bere, bere un grosso bicchiere di luce. Bevo, e non ho bevuto un bel nulla. Chi è lei, Figuerina, e che vuol dirmi, se non ho ben capito? Sentiamo».

Che potevo rispondere? Nulla.

«Sentiamo, su» disse.

E come ancora io non rispondevo, si alzò, con uno sguardo grave, terribile, triste come una lapide e andò alla porta, come avendo sentito qualcuno arrivare. Non era alcuno. Ed egli, di là guardandomi, abbandonato il capo contro la porta che era rischiarata dal lume fosco del sole, mi parve tremare e supplicare muto come un crocifisso di legno, o una croce perduta su una pietra.

«Che sarà?» disse ancora, come a se stesso.

E poi, rapidamente, come nulla avesse finora pensato, nulla fosse vero, entrò in una stanza accanto e ne tornò con un po' di libri, che gettò sul tavolo, guardandomi di sbieco, e dicendo:

«Di leggere le va, almeno? Ecco, tenga questo».

Spinse dalla mia parte alcuni libri, e lui stesso, come ignorandomi, s'immerse nella lettura.

Poco dopo entrò, preceduta solo da un piccolo rumore di chiavi, Samana Lemano, con due allievi privati, o anche giovani amici, uno dei quali, non lo dimenticherò mai, per il senso di freddo, era Misa.

Due emozioni, e ambedue sconvolgenti, tali da procurarmi un tremito, ma anche nuovo sereno, io provai in un attimo: una, era una specie di sollievo ridente, commosso e insieme pietoso che io avvertivo nei riguardi del giovane Lemano, dalla cui forza mi sentivo liberata, e insieme timore che tale forza non mi si avventasse più con la intensità pura di prima; l'altra, era inspiegabile vergogna di me, di lui, di fronte a Samana e a Misa, sebbene fossimo lì, gelidi e sereni, davanti a un fascio di libri.

Mi vergognavo poi, privatamente, davanti a Misa, di cui ricordavo quella sera il triste sguardo. Ecco, di certo ha capito ora chi attendevo, inconsciamente desolata, quella sera.

Ma Misa, avvicinandosi, disse:

«Ciao, Figuera» dandomi con semplicità la sua fredda mano.

«Vi conoscete?» subito Lemano.

«Be'... sì... No, Figuera?» Misa disse.

«Mi rallegro» fa Lemano, guardandomi come sorpreso.

Con la sua voce cantante, Samana accompagnò gli studenti nella stanza accanto (suo studio) e Lemano e io rimanemmo qui, intenti apparentemente a leggere.

Io mi sentivo morire, guardavo le pagine, le voltavo, non vedevo niente. Solo il cielo che andava spegnendosi sulle case di Toledo.

«Oh, guardi qui... mi sente, Damasa?» esce a dire a un tratto, allegro, Lemano «queste illustrazioni sembrano proprio per lei» (mostrandomi vignette svenevoli, di prati). «Quasi quasi glielo regalo».

E, prendendo il libro, venne a sedersi al mio fianco. Già era molto. Ma poi, aperto il libro, lo spinse scortesemente verso di me. Era alla mia sinistra. Il braccio destro girò intorno alla mia spalla, e strinse tutta me stessa, violentemente, silenzioso, al suo fianco. La sua testa, chinandosi sul libro, passò come un'onda sotto le mie labbra.

«Ebbene... io...» disse. «Ora mi sente, Damasa?» disse. E poco dopo, ancora più chinandosi, come colpito da una pugnalata di qualche altro finlandese nascosto:

«Dasa... lei non vede, non sente!» disse.

Altro non ricordo; se non che, rialzandosi improvvisamente: «Ecco, bisognerà parlarle... è giunto il momento» disse.

E come anch'io mi ero alzata, prendendo il mio cappotto nero, la faccia di neve, anche lui, con faccia di neve, gridò all'altra stanza:

«Esco, Samana, e tu non aspettarmi, tu e il tuo Misa e i giorni senza senso!».

Parole dette con voce altissima e squilibrata, non certamente vera, almeno nella seconda parte, ma così ricordo, che mi riempirono di una debolezza ancora più alta.

Non so cosa Samana rispondesse. Subito uscimmo.

Il sole se n'era andato, ma non la sua luce scura sulla massa scura e febbricitante delle case di Toledo, su per le sue nubi piccole, rosate.

219

Era un altro tempo, non più ieri sera, 29 dicembre, un tempo di caduta spietata.

Tutta la città era caduta; giaceva in basso, nera, sotto le scure colline, e già, come miseri occhi, si aprivano le sue luci.

Di là era il mare, le navi; di qua una fenditura lunghissima, serpeggiante tra le case oblique, cadenti, sotto le nuvole non altissime, d'oro antico: forse il Corso Velázquez, o des Gracias. Altissimi, invece, erano alcuni fori, tra quelle nuvole, e rivelavano un oro più fosco. Là, sopra quelle nuvole, immobile assolutamente, era il cielo, di un indaco-grigio.

Lemano, una volta fuori, camminava solo, come non mi conoscesse.

Prendemmo, io sempre in silenzio, e il Finlandese svagato e muto, una strada verso Ovest; e questa, da una plaza già centro, la bella Camoens, conduceva, di nuovo lasciando il centro, viaggiando lungo l'interminabile Orto Botanico, conduceva al luogo di riposo dei toledani.

Strada che era anche detta «degli Orti», essendo questo Orto Botanico, ogni tanto, intersecato da vuota strada, e la strada vera e propria ricominciando subito dopo – ricolma di tramonti e interminabile.

Qui, nella sera che da rosa ora andava diventando di un cupo verde, si vedevano, sul destro lato (unico dove sia un marciapiede), botteghe di morti, cioè di statuine per i sepolcri toledani.

Lemano, camminandomi accanto, si fermava a guardare.

Di me, come dimentico.

«Bene, senta queste cose, Damasa» disse dopo un po', cercandomi; e di colpo, attirandomi di nuovo al suo cuore, disse con le labbra sui miei capelli (mentre io la testa tenevo in giù, perduta):

> *Non, non!... Debout! Dans l'ère successive!*
> *Brisez, mon corps, cette forme pensive!*
> *Buvez, mon sein, la naissance du vent!*
> *Une fraîcheur, de la mer exhalée,*
> *Me rend mon âme... Ô puissance salée!*
> *Courons à l'onde en rejaillir vivant!*

La musica di questi versi mi era chiara, ma null'altro.

«Come mai conosceva Misa» mi domandò dopo un poco, con voce del tutto diversa, priva del minimo interesse.

«Vicino di casa» faccio distrattamente.

Mi accadeva che non appena il Finlandese si allontanava, io sentissi freddo; e quando si accostava, tormento. E insomma, era stare con disperazione in ogni senso.

«Lei, Damasa,» mi disse a un tratto gravemente, fermandosi a guardarmi nella luce della luna che ormai sorgeva, e gli illuminava il mare già scuro degli occhi «lei, Damasa – riconfermo – non sa e non vede. E non sa dove è passata, oggi... dove, col suo Lemano, è stata... non sa... credo».

«Suo... che pensare... questo... vero... sinceramente» balbettai.

«Vero! sempre! vero! eternamente!» il Finlandese gridò. «Ma ora torni a casa, Damasina, presto! Non le mancheranno mie notizie. Torni laggiù, al suo mare! Non l'ha offesa, no, Lemano?».

«No, no...» piangendo e ridendo dissi.

Ed egli a me, grave, fissandomi, con una bontà già più gentile, guardandomi come da distanza grande:

«Starò solo... Un poco. Vada, su, creatura di Dio».

Rimase indietro, ombra altissima, diritta, perplessità e triste grandezza insieme, a guardarmi mentre mi allontanavo.

Lieve sonno dell'anima stupita davanti all'azzurrità di Lemano. «Spezza, pilota, l'onda con l'elica». In cinque nuove composizioni lo rievoca lamentandosi

Ora, da questa sera, anzi giorno cinereo livido purissimo, al tempo – devo dire così, dilatandosi ogni giorno in cui Lemano non era, dilatandosi al modo che il campo di un anno si dilata fino alla misura di un secolo –, da tale giorno a quello che io rividi Lemano, passò molto, e questo molto ebbe la smemoratezza di una malattia. Non grave, apparentemente, fatta solo di una nausea lieve e sonno interiore dell'anima antica di Toledana, e come un perdimento di tutta la sua vita precedente. Dico che, in certo senso, tale tempo precedente non m'interessava più. Davanti a me si apriva ora una distesa fortemente azzurra e in eterno sommovimento, di cui non si scorgeva nessun termine, dalla quale ero circondata, per quanto lontano guardassi, d'ogni parte: era A. Lemano.

Io viaggiavo, e non sapevo altro.

Ero colpita da questo tuono delle onde, da questa freschezza, e non sentivo altro.

Quella uniformità gaia e grandiosa, piena di svolte, di antri, di luci, di code radiose che si sollevano e si attorcono; di centomila braccia che si alzano e ricadono; di un mormorio, un canto, una gioia e insieme una funebre dolcezza di cosa che ricopre miriadi di secoli e splendide caravelle e intere inabissate flotte; che ricopre Rassa e tutti i miti giovani della terra e le loro Mater, questa immensità di luce che rulla, sulla quale non vi è più altro che non sia beatitudine, esaltazione, grazia e grido, erano diventate tutto il mio orizzonte.

Temevo di rivedere Lemano, e che tale esaltazione e sonno insieme, infinità e libertà del sognare potessero, davanti a un sempre possibile mutarsi del reale – se egli era reale –, svanire.

Insieme a ciò, non desideravo altro che questo: rivederlo.

Ma egli, nascosto dietro le nubi leggere dell'oceano vitale, egli era il sole – invisibile da questa parte del mondo – rutilante nei suoi abissi turchini.

Passarono due mesi, o qualcosa del genere, senza che nulla accadesse.

Devo dire che, a galla di questa ebbrezza, io ancora mi movevo? È certo, ma poco ne ho ricordo.

Ecco una delle cose che, invece, ricordo.

Di lì a pochi giorni (da quella sera), sfogliando certe carte marine di Albe, scritte in francese, trovai la parola *brisez*, press'a poco in questa frase: «spezza, pilota, l'onda con l'elica», e di colpo mi ricordai non una sola parola, ma tutta la strofa che A. Lemano aveva pronunciato; e quasi in quella strofa fosse racchiusa la chiave, da me avidamente cercata, delle collere e l'oscurarsi repentino del Finlandese, di tanto in tanto – e questo in mezzo alla più piatta bonaccia, al punto di rendermi simile a una spiaggia eternamente invasa dai marosi –, corsi a riscriverla, e poi febbrilmente la tradussi, e ne ebbi, con qualche opacità, la traduzione, e forse illuminazione, di quella eterna collera marina.

Una frase, fra tutte, mi attraeva e spaventava, come una minaccia:

Dans l'ère successive!

come se là Lemano mirasse, là volesse correre e io glielo impedissi, e perciò mi odiasse. Quel:

Non, non!... Debout!

e rivedevo quella sera torbida, la Casa Rosa, Toledo che si scuriva nel sole marcio, e poi la passeggiata lungo la Via degli Orti, la luna, e quel suo repentino: *Non, non!...* che lo soccorse. A lungo quel *Non, non!... Debout!* mi stravolse. Era lì, e non altrove, il segreto di ciò che rendeva tristi tutti gli incontri col Finlandese.

Qualcosa egli vedeva in me, che non era l'*ère successive*, dove egli desiderava entrare.

Queste e altre ipotesi, supposizioni, fantasticherie toccavano la mente fino a smarrirla, in quel mio tempo di nulla che andò, credo, dal primo giorno di marzo fino alla metà del maggio veniente.

Ora faceva caldo, il cielo direi scomparso in una fumosità bianca. Anche il porto sembrava, tranne per qualche macchia azzurra o nera, di scafo assonnato, una dura pietra dormiente.

Seppi da Albe, il solo a conoscere qualcosa di questi miei nuovi amici Lemano, che ora i Lemano avevano mutato casa, non erano più in quella specie di bastione, o torretta, Porta delle Cento Albe, rosea casa, muro di luce indimenticabile, dove egli aveva gridato: « Apri, Samana, *tutte le finestre sull'Ovest!* » al mio apparire, senza neppure guardarmi. Ciò mi rattristò. I luoghi dove qualcosa era avvenuto di memorabile, esempio la Plaza del Quiosco, il Piccolo Mare, la strada del Pilar, angolo Azar, davanti al portone della casa dei marine, questi luoghi accadeva, dopo certi fatti, che non mi lasciassero più; la memoria delle cose li legava al mio animo come grandi angeli a guardia di una tomba fiorita. Perciò, nei miei giri del mattino intorno a Toledo, io avevo ora allungato gli itinerari, spostandoli a quella strada o Ponte amato, Porta delle Cento Albe o Casa Rosa dei Lemano, dove mi fermavo salutando ciò che era stato. Adesso, più alcuno. Le persiane sbilenche erano state spalancate, i vetri erano serrati. Poi anche i vetri furono aperti. Dei muratori, in quelle piccole stanze, lavoravano a sbiancare tutto.

La nuova casa dei Lemano (sempre da quanto mi veniva riferito da Albe) era situata nel luogo assolutamente opposto della città, dove una volta aveva abitato il mio Lume doloroso, cioè proprio sopra e dietro (in prospettiva dalla finestra) l'Inclusa, o Casa de la Orfanitad; ma in un punto, di quella strada, sebbene vecchio, nobile e direi elegante, dove, sul limitare della Toledo segreta di rue strette, di orti, di terrose scalette, si apriva come rosa la Toledo mirabile dei notabili e principi, in una plaza che era detta del Monte Olivar (non molto distante dalla Tre Agonico).

Qui giungevo, o poco distante, nelle mie grandiose passeggiate, o fughe, e cercavo, tra i muri fioriti, nel suono leggero dei pianoforti, la nota figura, l'abbagliante linea verticale del Finlandese, i suoi occhi pesanti. Ma ben mi guardavo, anche nella mia necessità di osservarlo, dal mettermi su quella che ritenevo potesse essere la sua via, e dunque nella tremenda eventualità che suoi occhi potessero incontrarmi. No, questo non doveva accadere. La luce solare, del resto, benché sempre mutevole, e spesso precipitante in colori di notte, disperdeva e tradiva immagini e passi di Toledana come di chiunque, che tutti ugualmente risonavano là, in quella pace, come passi di foglie secche, corsette di foglie secche, trascinate non sai dove dall'invisibile vento.

In certo senso, passando a trecento metri da quella casa, io m'inchinavo e oscuravo, e saliva dalle mie scarpe, perfino, non so che infantile suono di pianto.

Pensavo, durante quelle passeggiate, parole al mio animo nuove, identificavo situazioni troppo fuori dalla norma per non tormentarmi, riguardavo, senza speranza di soluzione, tutti i problemi o fenomeni che mi si presentavano.

Scrissi, in quel periodo, tutto quanto mi rimane di tale

sonno: cinque o sei monotone composizioni ritmiche, che voglio riportare, in quanto, come nessun'altra parola di oggi, capaci di rievocare quanto allora sentivo.

La prima si riferiva a un fenomeno che io notavo ora dentro il maggior fenomeno che era questo gran pensare, e, insomma, rivedere Lemano: che, appena lo ricordavo, spariva; e, se non ricordato, riappariva, guardandomi con un sorriso che forse non aveva nella realtà, e una bontà che mi faceva star male.

Scrissi:

> Quando ti cerco più incantata, fuggi
> dalla mia mente; ma se mai ti scordo
> rapido appari
> con il tuo viso chiaro e mi sorridi
> scherzoso, e gli occhi vivi
> figgi nei miei: con dolci graziosi
> moti il tuo viso bianco si commuove
> di mie parole al suono.
> Trasalendo ti guardo
> e mi lamento; ma non odi il forte
> mio lamento, o illusiva
> di lui figura!
> Dove vivi? In che cieli?
> Quando? Come ti celi,
> che presto agli occhi miei nulla rimane,
> se non la terra grande e il singhiozzare
> timido dentro il sonno pensieroso?
> Io quanto mi riposo,
> vedendoti, Lemano! Oh, come pace
> riporti in petto.
> Cuore, che spesso laboriose furie
> rompono, stretto
> chiede – al tuo riso candido – morire.

Una seconda composizione riguardava il suo sonno, e come questo mi spaventava, quasi un più misterioso e definitivo eclissarsi di lui dentro le ombre che vorticavano al fondo delle sue rapide e lucenti presentazioni.

Scrissi:

> M'innebria il sonno tuo. Quando riposi,
> più mi vince spavento, in fantasia,
> giovanetto. Reclino
> il chiaro viso, ascosi
> i sorridenti sguardi tra le palpebre,
> da tua figura, ai giochi
> svelti compagna, sale
> non so che luce. Un dio
> sorridente tu sei! Vegliare il tuo
> sonno! lampada stare
> a guardarti! Ma questo,
> questo sarebbe oblio
> del paradiso tutto e dell'inferno
> che nella mente alterno.
> Oh, giovanetto! E forse
> tu giochi, che m'appari
> sì quieto in vista, docile, e dilegui,
> nube, scompari?
> Quale il tuo cielo? E vero
> sei tu? non un fantasma
> di questa mente timida? E che dio
> ti contende, ti porta
> così tenero in sonno nella corta
> ora mia, poi t'invola?
> Infernale bel gioco
> non è questo? E tu pensi
> – ma tu esisti? – una cosa
> simile? Oh, credo
> ch'io son sola malata.
> Un bosco penso, e spedermi nell'oro
> di quelle ondose fronde: ma per tutto,
> per tutto trovo
> il tuo giovane volto illuminato
> fra l'erbe, ignaro
> del mio passo, incantato
> fra le stupite lacrime, Signore.

Una terza rievocava invece le mie veloci passeggiate intorno a Toledo, di cui ho riferito, e la sensazione d'ombra precipitosa, obliqua, e anche trasognata desolazione (per non averlo mai trovato), che io ne riportavo tornando.
Scrissi:

> Questa mia stanza dove l'ombra posa,
> spesso mi vede in volto pensierosa,
> né sa per quale cosa, e atteggiamento
> prende d'amore, e quasi si protende.
> Cos'hai? Cos'hai?
> Non sanno queste mura e la serena
> mia finestra non sa che di lontano
> io vengo, e vidi splendere
> coi suoi tetti dorati la città;
> non sanno che tra nuvole, siccome
> povero uccello, fui,
> e guardavo raggiante ai cieli, i bui
> dimenticando luoghi, anni. Guardavo
> nella corsa i giardini
> splendere e il mar sereno,
> dove la luna tra gli aranci viene;
> guardavo le città lungi, straniere:
> e al lume di sole e luna e vento
> nel maggio ardente, bella figuravo
> mia vita ed il contento
> al giovanetto presso. E ora scesa,
> scesa sono fremendo,
> con pianto, ai luoghi bui.
> Colui non c'è, serena,
> camera mia! Ché splendi
> finestra? E tu che fai,
> cielo lontano? Presto
> viene la notte, e luna
> tornerà sopra i tetti e i dirupati
> colli d'arancio, e il mare.
> Io strazierò le mani. Or via, tacete,
> lasciate alle segrete
> sue cure il petto, dove s'ombra il pianto.

Ma ciò che più mi colpiva, in quel mese, e anzi mesi dell'avanzata primavera toledana, era ormai sempre quel senso di calore bianco, che nasconde le linee e forme azzurre del paradiso dianzi intraveduto e passato – ah, presentimento della terra, luce che il cuore, guardando, di dolore manca, non accettandola. Era, come sempre, il dolore costante delle mie passeggiate:

> Sento già in cuor l'estate
> e pensierosa piango. Di che cosa
> bene non so, ma langue
> tutta quanta Natura.
> Vado sopra l'altura e guardo il mare:
> posa bianco. Le vie
> percorro, e vedo perdersi lontane
> come in pensier noioso.
> La gente è antica. Oso
> domandare: ma dove
> siete, foreste verdi, sopra il cielo
> scintillante, sereno?
> Fiumicelli indorati
> dal primo sole, dove,
> in che nebbie balzate? a che paesi
> uscite lievi? Gioia
> d'appena nate nuvole d'aprile,
> a che luogo gentile
> vi rifugiate? Io sono
> sì stanca, e addolorata,
> che press'a poco è morte.
> Non ritrovo quel forte
> battito in cuore,
> non ritrovo l'ardore e la speranza
> delle angosciose mie belle giornate.
> A. Lemano è passato!
> Se ne andò col suo bel passo leggero
> di giovanetto, e un riso
> sul labbro; il viso
> come la morte pallido e l'aurora
> vivace, sparve.
> Non sono alla foresta

incantevole, prima; non m'aggiro
nella potente festa
di luci e di colori e incanti e ardenti
soffi di vento. Sono
sola. L'estate
torna, l'universale
sopra la terra tutta stende un velo
abbagliante. Dolore,
mai più t'avrò? Incantata,
alla tua mano piangere
il bel pianto, non mai mi sarà dato?

Ma una sensazione che su tutte mi era cara, nel suo struggimento, un certo apparire repentino di A. Lemano, la sera, quando imbruniva, e anche prima, allorché il cielo del porto e della opposta Collina si aureolava di virgole di luce rosata, mi dettò la composizione, tra queste cinque, a me più necessaria. E nella inutilità infinita degli attuali giorni, trovo un bene nel ricordarla, quasi alcuno da essa potesse esserne offeso, né Lemano, né l'eterno ormai vuoto fluire delle cose. Questa:

Una sera dipinta
tutta di rosa – come questa viene –
io ti vorrei chiamare dolcemente,
giovanetto che m'hai
incatenato gravemente il cuore,
e muoio, ma non posso
chiamarti e dirti male.
Te vorrei, come tante
volte ho chiamato, sconsolatamente
dall'ombra della mia stanza chiamare,
traverso – per miracolo leggiadro –
ai rosei monti, al cielo
d'uccelli – rallegrato – impensieriti.
Chiamarti piano piano,
la faccia sulla mano e senza alcuna
speranza; e non so come
entusiasmarmi poi,

e piangere e poi ridere
come talor succede;
e ricordarti estatica levando
il viso, quelle sere.
E improvviso mi saresti avanti
nell'armoniosa sera,
ombra arguta, leggera:
vedrei quel bianco viso
che mi tormenta il cuore;
gli occhi vedrei, che un sole
contengono, ridenti; e crederei
quasi d'essere a morte,
come non so: ché i bei sguardi mi danno
quel gelo e quel piacere
timoroso, di chi morte si tiene
fra le sue braccia. Chineresti il viso
commosso, e le pupille
leveresti alle mie, sì pensieroso,
che romperei in gran pianto.
Quanto gridato ti direi; ma ascoso
il viso, e da riposo
lungi, siccome
debole bimbo che ha sofferto tanto.
Oh, piangere assai dolce quella sera
che tu fossi venuto
attraverso il gran cielo, perduto
compagno, per miracolo leggiadro.
Penso così. E mi pare
il cielo insopportabile a guardare
tra le felici lacrime; e gli uccelli
interrogo, di quelli
miei sogni vuoti. Quando?...
Egli dov'è? Non viene?
Pensier non vi trattiene
delle dolci agonie? ché, solitaria
io sono forse, nel rossor dell'aria?

Queste composizioni, unite alle precedenti forse una quindicina, andavano formando intanto, senza che io me ne avvedessi, una specie di giornale dell'animo, senza contare che già nell'atto di scriverle, imperfette e infelici come erano, si verificava in me un fenomeno: che l'ansia mia si calmava, e quell'affanno tremendo che gravava su me, e anche se era caro, mi sfiniva, quella memoria senza scampo del fratello di Samana andava perdendosi e come svuotandosi miracolosamente della sua terribilità. E non è che mi piacesse, ma mi riposava. Inoltre, ripeto, quella terribilità, non forse di Lemano, ma della forza che era tra noi, si allontanava lasciando, come un cielo di tempesta, riapparire pallidi varchi azzurri.

*Si parla di lutto. Terrore al Café Canceiro e obiezioni
di Albe. Quarto rendiconto, dove vede
che «tutte le case erano spente»*

Mi accostavo spesso, quelle sere – quando non ero trattenuta da umili lavorucci, o distratta da improvvise sortite con Frisco nella Toledo dei Quioschi; quando le luci delle povere lampadine già si accendevano in una stanza e nell'altra –, mi accostavo spesso allo studente Albe García, già Conte di Luna, l'unico della casa, insieme a Frisco, che io frequentassi.

Albe, da tempo, per un fatto già detto – in breve, che si era preso di dolore per una certa Pinita, di cui in giro si parlava, abitante il piano sopra Cyprisso, e con trecce legate da un fiocco rosso, una che lo guardava a lungo, e poi si era allontanata –, Albe, dico, era fuori della sua abituale forma spiritosa e padrona di sé. Nulla cosa, intorno, più vedeva o guardava. Si alzava di scatto, talora, con occhi ardenti; o lo vedevi passeggiare a lungo per la stanza Rossa, che non aveva più tanti letti, recitando stranieri versi, da riportare, diceva, il domani in classe, ma suppongo avessero funzione di lenimento al suo male.

Una sera, dunque, vedendolo così strano, e pensando si tormentasse tuttora per Pinita, mentre così passeggia mi accostai, e confusamente dico:

«Ma che hai... se posso... scusa... sapere... Conte caro...»

(ché il suo nome, come riferito, era appunto: Albe García, Conte di Luna e de la Cerra Nevada: così, per ridere).

Disse, del tutto impensabilmente, come fosse altro dal fanciullo che io pensavo, disse secco, senza ascoltarmi:

« È che, Toledana, il nemico si accosta ».

« E... » dissi « nemico... quale? ».

Mi guardò, come uscendo da sogno grande, o fiamme, come già Rassa un tempo, venendo dal mare, e del tutto freddo rispose:

« Dall'Ovest verrà, Toledana ».

« Dove sono i Padri » io dissi.

« Appunto: i Padri ».

« Biblici, no? » precisai.

Egli, a queste parole, mi guardò con ira, poi dolce, e come disperato, disse:

« Di quali Padri tu parli, Damasa... Zitta, su, che non vi sono più Padri, e bisognerà fare a meno, d'ora in avanti, dei Padri... ».

E come io lo guardavo inerte, rattrappita, soggiunse:

« Vedrai!... Te ne accorgerai!... ».

« No! Tu menti! » io gridai.

« Forse » egli disse dopo un po', guardandomi e ritornando calmo (e smise di passeggiare). « Tu fai parte della scuola di Misa... vedo ».

« Quale scuola... spiegati... » pregai.

« Bene... so tutto, di Misa. E anche Da Cadmo! Dove vogliono andare, bambinucci! Libertà non è più, mettilo bene in mente, Damasa, né mare; siamo presi tutti, nella rete tutti. Mai più mare, mai più libero mare, solo pietra, intendi? Presi tutti! Non lo rivedremo più, nostro mare! ».

E dicendo ciò, improvvisamente gridava, come colpito da un nemico nascosto, e corre per la stanza, e può sembrare anche un fanciullo che scherza; e poi si ferma, mano sulla fronte, e come vergognandosi, mitemente dice:

« Questo, di Albe, meglio, Damasa, non ricordare... capisci? Prego: *non ricordare!* ».

« Sì... non ricorderò » dico.

Di ciò, a lungo, infatti, non mi ricordai; e solo ora mi torna in mente. Non è mancare alla promessa (quel tempo fuggì, e Albe, ora, scuserebbe); ne ho riferito solo per annotare come nel mio sonno, o lunga navigazione sulle acque dell'Oceano Lemano, affiorassero ora, di tanto in tanto, particolari che non erano più oceanici, o di natura salatina, e dicevano terra, una melma, una paura brulla. Forse terre di mostri giganteschi, tartarughe o altro.

Vi era sempre gran pace, intorno, ma pareva a volte che la superficie del mare fosse illividita, come vivesse non lontano da noi, muto, un tifone grandissimo, indeciso se manifestarsi, o attendere ancora.

Mi ero messa, verso la fine di maggio, a un certo rendiconto (che poi distrussi), e ne avevo finito un altro, quando di nuovo venne a cercarmi Misano.

Mi lasciò, giù, un biglietto; e quando lo ebbi subito mi recai al posto detto, che era il portone della casa di Cyprisso, attiguo alla casa marine, ma dopo la Rua Ahorcados, e lì trovai lo studente con Cyprisso, e insieme ci spostammo poi lentamente, per meglio parlare, fino a una casa sull'angolo del Pilar (dove la Plaza Theotokópulos), di faccia alle banchine. E qui era un caffeuccio nero e lercio, con la porta aperta, nel cui vetro si rifletteva una nave; e in fondo, su uno specchio, altre navi su giallo cielo. E si chiamava Canceiro. E non vi era alcuno, tranne un cameriere, essendo già la sera.

Disse Cyprisso, per prima cosa:

«Ti vedo bene, Damasa».

«Per favore... non vorrei così... chiamata» dolorosamente risposi.

«Bene, Figuera».

Egli tacque.

«Figuera,» disse allora Misa, mentre io lo guardavo ostile e anche allarmata, ben sapendo come egli mi avesse vista, quella sera, dai Lemano, e dunque la mia verità conosceva (perciò, anzi, non avevo del tutto volentieri risposto all'invito) «Figuera, il motivo per cui... chiamata, è ancora quello di certa sera... rammenterai, credo... che tu eri rincasata con Frisco, cioè stavi guardando da sola le navi. Tu, allora, insensatamente ti opponesti... Ma ecco, ancora io insisto: "Non è bene, Figuera, per te ignorare il lutto!..."».

Oh, a questa parola, come il cuore si levò e gridò, simile al toro nell'arena, e Misa era l'uomo in rosso che lo accecava, Misa con questa novità che Lemano è spento – senti, e spezzati, oceano, incendiati e inginocchiati, cielo funereo.
«È che... che cosa... non capisco... lutto... chi...» dissi stringendo forsennatamente in una mano le ginocchia, e poi tirandomi indietro, vento che mi strappa da costoro, verso la porta «che lutto» dicevo «no...».
«Calmati, Damasa».
«Sta' calmo tu, Misa, con questi racconti!» gridai piangendo.

Si guardarono, i due, ma con amore che specchiava me, e sorriso spaventato, indulgente, mentre poi Misa disse:
«Lemano, bene».
«In lutto chi, allora...» io dissi.

Ci portarono un caffè verde, e lo bevemmo, e ora io, per quel «Lemano, bene», di tenerezza piangevo, e passarono almeno tre o quattro momenti in cui il tempo, fermatosi, ascoltò la bellissima voce di Misa – solo ora tale qualità apprendevo – dirmi dei fratelli Lemano: che Samana bene, sempre insegna alla scuola degli Oceani, cioè nautica, classe B. Altro Lemano, a lei diletto, Reyn A., minore di anni dieci, perché lui ventisette appena – senza madre, orfani, Samana lo crebbe –, vola col suo cuore fragoroso verso certa capitale lontana. Ma poi, in treno, o segrete carrozze, di nuovo qui. «E ti sarai accorta,» dice Misa «egli fugge da questo nostro paese, non tuo, Toledana, non solo da Toledo ma anche dalle terre a nord del Monte Acklyns; verso altre patrie, fugge, dove non sia il borbonico. E *poco di lieto* ciascuno vede in Lemano, *pericoloso sempre*».

Io piangevo.

Dissi che avevo avuto angoscia grande sentendo quella parola: lutto – essa era scritta in modo indelebile nella mia mente – e in modo fraterno essi dissero di aver compreso, né più si parlò, improvvisamente, di Lemano, ma certo tutto essi avevano compreso di Lemano e me e il nostro spaventoso rapporto.

«Dunque, Damasa,» dice Misa «ecco: in lutto appare il mondo, *è*; in lutto sono il mare e il cielo che tu vedi normali, felici ancora, Figuera, e questo perché non Lemano soltanto, ma speranza, per il mondo, è perduta».

«Già era» dissi.

«Civilitudine, vuoi dire?».

«Sì, queste case che crescono» indicai le torri della stazione portuale.

«Questo ancora nulla, o poco, Figuera. Dunque... ecco cosa... (che spero): vorrai venire con noi?».

«Figurativamente» Cyprisso disse.

«A cosa?».

«Nostra Opposizione» Misa disse.

«La santa Opposizione che scende dal cielo!» Cyprisso.

«Dalle nubi» ancora Misa disse.

«Apre la Montagna» fa Cyprisso.

«Sveglia i morti del mare» Misa disse.

«*Garofano di fuoco, grida all'orecchio del mare*» appena inchinandosi, lieto della citazione, Cyprisso.

«Ebbene, un giorno verrò. Non ora!» ridendo dissi.

Tornò, in giacca manicomiale, a righe traverse come orizzonti, un uomo, e portava altre due tazze con bevanda verde e una minerale per Cyprisso.

«Speriamo tu ci trovi, allora» Misa disse.

Si piegarono un po' a parlare l'uno all'orecchio dell'altro. Poi, Cyprisso:

«Misa dice, Toledana, che possiamo informarti di una

persona – della città, notevole... – che vederti... ecco... vorrebbe».

«Né io voglio, pensate!» dissi allegramente.

«Non uomo: donna...» e ancora Cyprisso si curvò all'orecchio di Misa.

«Non il nome, non ora» Misa disse.

Questa persona, mi disse poi, era come il vento, era color di rosa, e il suo nome simile alle mille luci del cielo quando il sole si leva (tanto da ricordare Góngora: *Caído se le ha un clavel / hoy a la Aurora del seno*, sorridendo dissero). Ora, un amico di questa persona – molto fine – era Jorge Adano... conoscevo? Un tempo, di Albe parlato, a casa di Roncisvalle.

«Sì... Roncisvalle conosco» dissi.

«Amico di Albe... insieme andavano al Nautico. Poi... una dai capelli in treccia incantava sia Roncisvalle che Albe. Per fedeltà all'amico l'uno all'altro tace sospiro...».

Capivo e avevo pietà di Albe, rivedevo il marine che portò la lettera.

«Va sulle navi, Roncisvalle, perduto al mondo. Adano, tutto ignorando, accetta treccia legata in rosso... dono di mare; perciò, nel barrio di porto, Pinita non dà luce più...».

Piccolo era il mondo, nelle luci del caffeuccio.

«E Adano, che vuole da me?» in un sospiro dissi.

«Adano, nulla. Molto silenzioso...».

«Amico della persona che dite... Pinita, no?».

«Amante di altra. Scusaci, Damasa, per nostra lingua. Di altro, parlare, s'intendeva...».

Era, in questa conversazione, riaffiorato tutto; molti piccoli anelli che tenevano legata, da nube a nube, la nostra storia, si rivelavano: erano una cosa sola le nubi del cielo. Che di Albe vero amico, Roncisvalle, soffrendo per una treccia, lascia gli studi! Albe non perciò accetta Pinita, e Pinita va con Adano. Ma inutile tutto: per un Adano Jorge, amico a sua volta d'ignota color dell'alba, questa treccia è delusa, non brilla più. Più non torna, Pinita, alla sua finestra del barrio. Né Misa né Cyprisso né Jorge, tanto meno Albe, la vedono sorgere più.

«Non ama – questo Jorge, o Adano – la vostra preziosa ignota?» con ironia dissi.

«No, Damasa. Ella, d'amore, sa tutto. E per uno diverso da tutti vorrebbe il morire».

Così ci lasciammo. La sera, Albe mi disse:
«Non frequentare, Toledana, gli *Uccelli*» (tale era il nome degli aderenti a quella società, o anche *Carlisti*). Ma era nei suoi occhi un rancore che mai più, da allora, ho veduto, nei suoi buoni occhi di studente, per gli amici della compagna di Adano.

«Mi hai vista... che?».

«Sì, passando con Frisco ti vidi. *Sembravano* un tramonto».

Per nome Lemano, essendo una Lemano stata sua insegnante (e proprio Lemano Samana), e donna ardita, silente, coraggiosa, l'afflitto, per amore, Conte di Luna serbava reverente cuore. E altra sera disse:

«Vedi, Damasa: alcuni uomini hanno idee; altri uomini, nulla. Ma alcuni, di questi nulla, hanno animo, come vera barca la vela, e questo più conta. I Lemano, forse, di sangue così...».

E di ciò, dopo questo, non parlammo più.

Il domani, 29 maggio, riapparve Lee, glorioso, con un dono di Cora per tutti.

Il giorno delle nozze si avvicinava.

Tre giorni più tardi, rividi, meravigliosamente, cioè in luce grandissima, l'amico di D'Orgaz.

Ma prima, un grande fatto era accaduto; che poi dette a tutta la mia quarta visione del Finlandese un impulso orribile.

Avvicinandomi, il giorno successivo al ritorno di Lee, alla Plaza del Quiosco, che io ormai non vedevo da ben due mesi, e acquistando furtivamente una copia della «Gazeta», ora diretta da G. Bento, ecco vi trovai:

«Rendiconto di una sera di festa: ossia: *Tutte le case erano spente*, di una ignota allieva di D'Orgaz».

Un corsivetto, che distaccava il complesso titolo dal rendiconto medesimo, aggiungeva testualmente: «*Di una allieva di D'Orgaz, la principiante Figuera Damasa, pubblichiamo volentieri il seguente amabile rendiconto*».

Già quell' *amabile* mi colpì, come improvvisamente, passando davanti a uno specchio, una seconda testa, assai piccina e malinconica, non so, sulla propria spalla; oppure, altra ipotesi, la stracciata tendina di un salotto che vi fa smorfie – mentre passate col cuore gonfio –, ammicca. Tutto lo scritto poi, non appena lo scorsi, mi mandò schiaffi al viso, e leggendolo e rileggendolo, lì per strada, non provavo, per quanto mi sforzassi di prendere la cosa in modo allegro, che ragioni di sorpresa e disagio.

Lo avevo immaginato e inviato io alla «Gazeta»; ma ora mi sembrava d'altri, tanto impensatamente lontano da ciò che intendevo spiegare: come quella sera di festa che vidi il Finlandese, Toledo fu prima accesa e poi spenta; e il dolore, quindi, della seconda volta. Ma eccolo, e Dio sa quanto (ancor più di quella mattina che lo rividi) esso è ora lontano da me, e mi sorprende. Ma come di rena è fatto il fondo del mare, e fluttuanti forme senza peso né consistenza alcuna lo attraversano, così di simili giochi e inganni formali, veri natanti dell'animo, che tutto irridono e infine alterano, può essere fatta la lunga strada dell'Espressività, o del breve vivere medesimo.

Lo do, nella sua infantilità già impietrata, già irraggiungibile dal rimorso – esempio di un'età tra le più impietose, ma anche bizzarramente liete.

Rendiconto di
TUTTE LE CASE ERANO SPENTE (IL MAGO)

Il primo incontro,[1] quello che per forza di commozione sembrerà tale, è sempre il più triste. Quei due occhi che girano per la casa e brillano dietro una porta; quel viso benedetto e indifferente che splende ovunque; quel colore del suo vestito, il suono di quella voce, oh di quante sùbite apparenti morti non sono causa! Pallori, rapimenti, battiti violentissimi del cuore, e poi suoi primi discorsi, lacrime. Il povero ragazzo, allegro fin là, o appena turbato da qualche ventilata malinconia, subito sommersa nei giochi chiassosi coi compagni, d'un tratto non si riconosce più: e incantato guarda le strade, oblioso porge il profilo acerbo agli sfondi ariosi delle finestre. Quanto poco prima lo attirava di giochi violentissimi ed esagerato chiasso, gli sembra ora salire dal giardino come un gridio vario e sgraziato di uccelli. Egli è tanto triste. All'oscuro piange.

Appunto in quel momento smanioso e ineffabile, in cui nulla più ci conosce, e tutti gli astri girano inversamente nel cielo, sorge, nei tipi più avventurosi e mesti, l'istinto, il desiderio pazzo del canto: certi canti preistorici, in cui si riverserà tutto quel tumulto caro, creduto eterno, solitario, unico, destinato alla sola creatura privilegiata dagli Dei che lo ospita.

Sul finire di tale età, ricordo che anch'io, ragazzetta senza significato né valore alcuno (non frequentavo scuole, vivevo in una casa su un fiume), ero caduta in uno di tali stati, per la verità volontariamente esagerato e accresciuto con la fantasia, matta per tali meravigliose Impressioni. E nell'angolo più lontano della casa, fingendo lavorare onorevolmente, scrivevo di questi versi dell'Età della Pietra, pesanti e cupi. Colui che – talora – per queste stanze passeggiava, anch'egli insignificante e trasognata persona, nulla sospettava, intanto, delle appassionatissime parole e sospiri che dalla mia testa assurda – testa di fanciullo, e fanciullo isolato – prendevano il via.

Soavi tempi! Ma avveniva spesso che costui – l'Ammirato! – sparisse, e allora, nel caldo e sonnolento crepuscolo

1. Del povero ragazzo.

estivo, nella casa sul Fiume, un male mi ingombrava l'anima: come non solo il presentimento della finale dipartita di lui, ma pure il timore di un che di sciocco che emanasse da tale voluta – ripeto, voluta – sofferenza.

Una umiliazione per dovermi quasi in tutto fingere l'affetto, la lieta emozione, posando, sulla persona più muta e indifferente del mondo, tesoro d'immaginativa che abitualmente offresi a giovanetti.

Avvilita, mentre le Voci della Realtà mi chiamavano, che uscissi a passeggio per le cittadine vie, mi portavo le dita sugli occhi, molto nascosta piangevo.

Superato presto il doloroso stato, rimanevo, col conforto di quei pochi versi, in una immobilità che supponevo fatalmente posteriore alle meravigliose Impressioni! E nulla mi interessava più, e dicevo: «Starò sempre in pace». Ma allora, quasi avvertendolo la prima volta, mi accorgevo del cuore. Costui andava dicendomi voler tante cose, e io zitta; «un giovanetto cui annodare la cravatta», e io zitta; «perché lui è sbadato, non se la sa appuntare» proseguiva egli con dolcezza. Mi importava assai, a me, della cravatta, dopo quanto avevo sofferto!

Ed ecco una bellissima sera di primavera. Era d'aprile, e mi trovai non so come in casa amichevole, col cielo rosso sulle finestre ombrate di merletti, e un vocio di quindici o venti signore, e un suono vario di pianoforte e violini, con singhiozzi di Chopin e soavi lieder. Fu allora che vidi il giovanetto in persona, sotto forma di uno studente chiamato Chibele, dottissimo, e già noto sui giornali per acute critiche d'arte. Tanto dietro il mio capo che il suo, fuggivano molte sale scure e lucide di tramonto, sparse indistintamente di quadretti incorniciati d'oro, mentre sul pavimento fiorivano vermigli tappeti. Fra la sua poltrona e la mia (di damasco un po' logoro), gran confusione di tavolini di pietra, e qui Dame e Damigelle lietissime che sorbivano il tè, facendo un vocio da uccelliera. La mia rozza treccia, sulla spalla destra, mi disse di fare attenzione. Ero frastornata, e girandomi vidi che Chibele mi guardava. La gran confusione, che ho detto, non impediva a Chibele di fissarmi ostinatamente, per due occhi chiari, con quella bella ansietà del professore che ha scorto, in una festa, certo suo giovane allievo indisciplinato.

Maledetti miei versi, mi dicevo, forse qualche trista eco gli è giunta.

Egli pareva infatti tutto dimentico della gaia folla, e assorto e sorridente solo entro un suo segreto ragionamento. Era esile, splendente, vestito di scuro, altissimo; era pallido come un cero e, appunto, come un cero, ornato in cima di una luce a punta, una fiamma di capelli rosa aurora. A un tratto, come seguendo una risoluzione meditata già da qualche momento, si alzò, venne accanto a me, e sprofondò in una poltroncina di seta viola. Devo dire a questo punto che il cuore (che io avevo portato alla festa) s'era addormentato da poco nella sua culla a braccio, ma io avevo una paura matta che si svegliasse.

«Le piace?» senza troppa educazione, ma neppure animosità, disse.

«Che?» dissi.

«Questa musica».

«Molto» (io semplicemente).

«Ho sentito che scrive versi, un amico (inutile il nome) m'informò» aggiunse dopo qualche momento, e trasse di tasca del tabacco e una pipa, tutto sorridente. «Ma qui, *Misa*,» (era il mio nome) «non capiscono niente».

Tremai (lo confesso) a sentir parlare di queste ben tristi occupazioni giovanili – occupazioni o colpe è lo stesso – e il capo girai. Ma dopo un poco Chibele si slanciò con tale rapimento sul soggetto classico, e con tale eloquenza mirava negli occhi, a svegliare la troppo fanciulla attenzione, che io ero tutta trascinata, pari alla foglia che va sul fiume, lontano.

Rivedevo, come uno stato triste e non vero, il tempo della mia prima Impressione! L'affetto provato mi faceva vergognare. No, Dio! La bellezza, la vita, la dignità erano solo nel *tentativo* di quei versi che poi avevo scritto, sia pur sassosi. Ero incantata dalla rivelazione, e poi dal modo garbatissimo dello studente nel farla; e dopo qualche esitazione glielo dissi:

«Lei parla incantevolmente».

«E vede,» proseguì Chibele, come non raccogliendo,

ma con un sorriso vanitoso sul labbro «e vede, *si capisce a poco a poco*. Noi abbiamo un grido, nell'anima, delle passioni, dei sospiri; e insensibilmente siamo portati a esprimerli. Ora, cosa facciamo con tale operazione? Quel che, in termine musicale, si chiama *trasporto*. La vita, *caos*, diventa *forma*. Ed è questa l'unica realtà degna di essere guardata».

Ero tutta turbata, anche perché sentivo Dark, o Oscuro (nome del fanciullo), muoversi, con quei suoi dolci sbadigli di quando si desta.

«Ma poi, uno non soffre?» chiesi appassionatamente.

«Certo che soffre... Prenda un biscotto...». E me lo porse. Aveva tanto garbo! Talmente il suo pallido viso era velato dai bei pensieri che, a volte, mi distraevo tutta. Intanto, s'era svegliato il cuore, e domandava: «che è?», tutto meravigliato.

«Mi ascolti; stia attenta».

Riprese a parlare. Socchiudeva, parlando, i begli occhi chiari, velati da un lampo ironico, e piegava il collo esile, con mossa graziosa di fanciullo. Essendosi poi allentata la sua cravatta, io pensavo involontariamente quei desideri di Oscuro, e costui subito: «sì, sì» con impeto. Ma zitti. Non sempre, però Chibele mi guardava, quasi a volte fosse rapito dalle sue stesse parole lontano. «Per favore, del tè, Misa». Questo costituiva tutto il suo ritorno nel reale. E io, affascinata, mi precipitavo a obbedirgli, con tutto il mio essere altro non speravo che obbedirgli.

Quando lo Studente finì, io, certo, non ero del tutto convinta circa le onorevoli sue dottrine, ma più stordita che altro. Unica gioia, anzi gaudio, campeggiava in me l'averlo visto, sentito parlare.

«Non sa nulla, sa, Misa?» diss'egli poi alzandosi con un sorriso. «Ma se ho tempo, non dubiti che le insegnerò».

Nulla c'era in lui del rimprovero del professore, piuttosto una divertita amorevolezza, un'ansia orgogliosa di rifarmi, di guarirmi con la sua esperienza dalle fanciullaggini antiche che in me si palesavano, a causa dell'ignoranza principalmente.

Io ero entusiasta.

«Addio» dissi guardando, senza davvero colpa, con lieta esitazione, la sua cravatta allentata.

Sempre rammenterò quella che era una sera pressoché estiva, il rossore del cielo e la gaiezza che sprigionavasi dalle case. Io, da quella del giovanetto ammirevole, presi per la Via Centrale, o Des Gracias, elegante, misera, popolatissima (se non altro da uccelli), che spaccava in due quella città fluviale, per dirigermi a casa. Così almeno intendevo. Perché non credo che vi andassi, a casa.

Come si può, infatti, pensare alle poche mura domestiche, ai mobili soliti, ai volti soliti, allorché nel cielo passano eserciti angelici, e volti meravigliosi sotto i caschi d'oro si girano colmi d'invidia e d'affanno, e il nostro piccolo Oscuro vaneggia, dice di sentirsi male?

«Che hai?» gli chiedevo piano, in quella gran folla.

«Non so».

«Ma bene o male?».

«Tutt'e due. Muoio».

«Sta' zitto, che non ci senta Chibele, cuor mio. E poi *anche l'altra volta morivi*» aggiungevo pensosamente ironica. Taceva.

Credevo che ansasse, ma a un tratto gridava:

«Eccolo, eccolo! L'ho visto là!».

Non mi udiva più. Come un fanciullo che la madre ha baciato in fronte, la mattina di Pasqua, mi sfuggiva, cantava.

Come descriverò quella cara e straordinaria passeggiata?

Grandi nuvole passavano sul mio capo, vestite di seta rosa, con collane e monili d'oro, e volteggiavano, dicevano di andare a una festa. Tutte le case, lungo i due lati della strada, erano animate da lanternine cinesi, a mille colori: appese ai balconi, alle finestre, alle verande, spandevano una gaia luce viola e rosa; e nelle case ancor buie si cenava più affrettatamente del solito, anche per recarsi a una festa vicina. E dov'era? Udivo i gridi scherzosi delle fanciulle che, pettinandosi davanti a uno specchio inclinato, con bei pettini d'oro, ricordavano a un tratto il prossimo avvenimento, e questo le induceva a muovere per le sale qualche precoce passo di danza.

Non vidi un povero, caso straordinario! Quei pochi stavano sulle scalee delle chiese, tutti indorati come santi tra i portali, e benignamente giungevano le mani sui mantelli splendenti. Non vidi dame disdegnose, uomini torbidi, vecchi accigliati. Tutti erano benevoli, cordiali, giovani, semplici, affettuosi. Tutti mi volevano bene... e io gliene volevo. Oh, felicità!

E che fu allorquando, stringendo la mano di Oscuro, sfociai con la folla sulla plaza? Memorabile spettacolo! Sulla folla variopinta, nuvolosa, immensa, che si rincorreva come un fiume fatto di più fiumi – per tutti i sensi, sovrapponendosi, incrociandosi, brillando in mille colori –, splendeva il cielo più azzurro e chiaro del mondo, e in questo cielo nasceva minuscola, delicata, la luna più rosea che sognassi mai. Mandava sì puri sottilissimi raggi intorno, che la folla ne era rapita, e molti cantavano. Alberi, come scogli in un movimentato mare, emergevano in quel chiarore, verdi, colmi, soddisfatti e pensosi di lor maturità; e tra queste cavernucole leggiadre delle fronde, irradiate da aghi di luna, un duemila tremila uccelli eseguivano al violino pezzi di Grieg, mettendo trilli così prolungati, e con tale soavità oscurandosi nelle pause, che invogliavano al pianto, ma lieto.

«Sì sì sì» dicevano mentre io passavo.

«Sì sì sì» rispondeva il mio fanciullo, affacciandosi inebriato alle finestrine degli occhi.

Immemore, lasciavo che guardasse.

Si può pensare in che ansia io fossi ormai di rivedere il giovanetto mago, e con lui lungo tempo, nella celeste dimora, conversare; e non tanto per sete della sua dottrina, quanto della sua voce, la luce dei suoi occhi; e potergli dare, in cambio di tali amichevoli benignità, un biscotto, un nulla.

Io, la notte non dormivo più; e, s'intende, principalmente a causa di Dark (nome, già detto, di Oscuro), che non lasciavami in pace, sempre a parlare di lui: e che lo vedeva in questa e quell'altra positura, mentre parla, o cammina, e quando a un tratto sorride, e io tremo; e quando volge il capo, e io mi abbuio. E quando si alza, e mi par di cadere.

Questo, che era?

In verità, noi, Misa e Oscuro, non ne sapevamo nulla, e spesso un mio tentativo di ragionamento veniva annullato da un grido improvviso del fanciullo, su quanto egli era piacevole, come guardava. Mentre io dicevo: «E certo tu provasti altre volte di tali tumulti, e non sta bene così facilmente ricadervi», colui mi interrompeva con puerilità sconcertanti, o impazienti gridi:

«Quando lo vediamo?».

«Non so... Ti dicevo...».

«Hai visto la cravatta come ce l'ha? Allentata! Ah, quanto è bello tutto questo in un giovanetto studioso!».

«Smettila. Comunque... guardarlo così insistentemente, mettendo me nell'imbarazzo, non credo sia atto...».

«Vorrei tirargli un capello».

Finalmente giunse l'atteso richiamo di lui. Diceva volerci vedere quella sera nella sua casa, dovendo parlarci di moltissime e gravissime cose, scoperte da poco in alcuni suoi trattati, e che in certo senso compendiavano la prima lezione. Passai una giornata ansiosissima. Dopo la gioia, Dark si era lievemente addormito, e io potevo rimirarlo. Povero esserino! Un poco, nel sonno, parlava, anzi sparlava, chiamando l'amico suo con stranissimi gridi, e risate, e lamenti piani. Alla fine si svegliò del tutto, ma era torbido, diceva con certi pianti avere suoi presentimenti.

«Di che?».

«Egli non capirà mai, Misa!».

«Né la cosa occorre» dissi severamente. «Noi dobbiamo, e tu lo sai, studiare sul serio».

Ed ecco il secondo tramonto sulla città festante, e io che mi avviavo alla diletta casa, dicendo al fanciullo: «Dormi, dormi».

Bussai alla porta.

Egli stesso aperse, tutto irradiato dal sole che scendeva sulle colline di Occidente, e col suo lieto sorriso mi salutò, fece entrare nella sala della prima volta. Aveva sempre la cravatta allentata.

«Non c'è nessuno, le fa nulla, Misa?» disse.

«No, perché?».

(Risposta sbagliata, credo, perché non rispose). Dopo essersi allontanato per qualche momento, ritornò, bellissimo e pallido, sotto un libro di circa dieci chili, rilegato in pergamena nera e, sul fronte, scritto in bei caratteri d'oro: *Vita*. Altri due libri verdi e dorati si portava sotto il braccio. Altri erano sul tavolo, in tre colonne ordinate.

«Qui è tutta la teoria che già le esposi» cominciò Chibele, posando sul tavolo i nuovi libri. Presa una sedia lucente, la trascinò accanto alla mia, e vi si sprofondò. Dopo un poco, intanto, il cuore, o fanciullo, era riapparso, tutto spaventato.

«Mi ascolta, Misa?» qui lo Studente.

«Sì, certo».

Molti uccelli borghesi, voglio dire in grigio, con un ciuffo rosso o bianco che imitava un cappello, passeggiavano spiando dietro i vetri, e ridevano, allorché egli, tutto piegato sulle carte, e col suo puro sorriso sulle labbra, cominciò a spiegarmi da quali leggi è sorretto il nostro pianeta, e come gira, che era la prima cosa che io dovessi sapere. Indi parlò della Vita, divisa in due scompartimenti: mobile e immobile, vissuta e scritta. La seconda solo e veramente nobile, l'altra di inferiore qualità e destinata alla sparizione.

«Mi porga un esempio» reclamò sorridendo e schiudendo a caso un libro. Vidi una bella tavola con almeno dieci uccelli colorati su un ramo, che s'inchinavano, e avrei voluto toccarla, ma egli, maliziosamente guardandomi, mi sottrasse il libro.

«Un esempio?».

«Sì».

Mi sovvenivo vagamente di qualche nozione. Ma, in verità, non avevo capito finora una parola, tutta trascinata dal fanciullo, che ora mi mostrava la sua cravatta allentata, ora i suoi capelli lucidi e fini sull'orecchio pallido, e diceva: «Glieli tiro? glieli tiro?» tutto ansioso. («No, sta' zitto». E rimasi immobile).

«È indietro, Misa. Mi avvedo che è indietro» disse Chibele. «Ma seguitiamo ugualmente».

Sfogliò, curvo, animoso, tre o quattro volumi, e io vedevo passare le più belle figure di torri giardini e fiumi, e non osavo richiedergliele; sfogliando, sorrideva.

A un tratto, tormentata da Oscuro (che mi pentivo amaramente di avere portato, o per qualche altra meschina ragione), io non ressi più, e gridai, molto stupidamente: «Zitto, zitto, ora!».

Avrei voluto sparire, appena ne fui cosciente, tanto la mia voce suonava importuna in quel luogo. Del sentimento che l'animava non parlo neppure, tanto sciocco e stridente. E aspettai che il soffitto crollasse. Ma:

«Non faccia così, Misa» molto semplicemente lo Studente rispose. E guardandomi in una certa maniera (un po' come io fossi altra, e anche lui altro, forse persone, forse *luoghi* diversi): «La prego, studiamo ancora un poco» e sorrise con bontà.

(Lo guardavo senza fiato).

Poi, di seguito, continuava:

«In questi due volumi, *diletta* Misa,» (così disse: *diletta* – io sentendomi mancare) «è comprovata la stessa teoria di cui già parlammo – ricorda? – la volta scorsa, sulla futilità dei contenuti, o vita. Può» (prendendo il volume) «sostenerlo un poco?».

Dissi di sì, ed egli me lo pose sulle ginocchia, e io tremavo non solo per l'incanto e la responsabilità, ma anche perché egli si era avvicinato, e io sentivo la sua spalla vicino alla mia, e un suo capello sulla mia fronte. C'era da morire.

Il mio fanciullo s'era rincantucciato alla mia sinistra, presso il braccio, e di nuovo gridava.

«Sta' zitto» io tutta impaurita «che mi fai vergognare. Allora, signore,» (in tono cordiale, entusiasta) «io ripasserò *tutto*».

«Non mi chiami signore, Misa» egli disse.

E, mentre stavo per rispondergli qualcosa, mi guardò con sì affettuosi occhi velati di ironia, che dimenticai la lezione all'istante. Sfogliai alcun tempo intensamente, senza però vedere nulla.

Una persona che prima non c'era, passò allora nella stanza accanto, che era buia, gridando:

«Dilettissima ignorante, Misa del cuore! mi senti?».

«Mi senti?» disse Chibele, dandomi del tu.

La stanza andava facendosi scura. Il fanciullo non sentivo più.

«Chi grida, nella stanza accanto?» gridò, dopo un poco, lo Studente. «Chi è il villano?...» e io non osavo dirgli che eravamo noi due, Misa e il fanciullo.

Si rischiarò la stanza, al sorriso benevolo dello Studente (che aveva udito la spiegazione); e gli Uccelli ancora correvano ma, da rosee e verdine, le nuvole andavano prendendo ora uno stanco colore di ruggine, e poi erano grigie, come se la festa non ci fosse più. Tristi.

«Credo che lei sia stanca» disse Chibele, rientrando dalla stanza accanto. «Venga che usciamo, signorina».

Non mi piaceva, e insieme era cosa grave e dolce, quel «signorina».

Posando i libri sul tavolo, io pensavo tutte le sere che avevo pianto vagheggiando la sua cravatta; vederla lì, al suo collo, che avrei potuto, alzandomi in punta di piedi, annodargliela, mentre i suoi occhi teneramente mi guardassero, mi pareva sogno. Io ero un poco stanca, sì.

Quando fummo fuori, di fronte ai colli smorti e cupi, io non sentivo però, cosa strana, il mio fanciullo. Una gravezza mesta pendeva nell'aria, e le nuvole, tutte vestite a bruno, passavano di fretta tra le stelline sedute in alto. Le strade erano deserte, non una sola ombra. Io, che avevo? Io, perché ero così mesta? Non so più se fosse il maggio o il febbraio.

Egli procedeva qualche passo distante da me, alto, col bavero alzato, e sempre quel sorriso arcano fra gli occhi socchiusi. Immerse le mani nelle tasche, pareva tuttavia avesse freddo. Un vento leggero soffiava graziosamente lamentandosi tra gli alberi, che annoiati torcevano il volto, volendo guardarci.

«Dove andiamo di qua?» io dissi.

Accennò vagamente. Nemmeno egli sapeva. Era, dirò, una strada lunga, e ornata qua e là da nicchie con giovanetti marmorei, pallidi, in atto pensoso, portava a certi cipressetti. Ma questo come in un sogno. Vi fosse almeno la luna, e non c'era. *Tutte le case erano spente.*

A un tratto il vento m'inseguì, dandomi noia, e io piegai il viso.

«Sa da che cosa è prodotto il vento?» domandò Chibele

con benevolenza; e me lo spiegò. Era ormai, chi parlava, un altro Chibele, uno sconosciuto alto, freddo, forte, e io ne ero turbata, non riconoscendo più Chibele. Dovevamo essere, lo sconosciuto e io, ambedue un po' pallidi per il freddo, ma non ci dispiaceva. Dello sconosciuto non vedevo più il viso, ora, sebbene udissi la voce. Ecco, egli finì (lo sconosciuto) di parlare del vento, e disse qualche altra dolce cosa. E si voltava, e allora io mi resi conto: niente più Chibele! Ma uno dimentico di tutto, e lontano, e assorto in un'ora remota.

Oscuro si lamentava.

Adano, questo ora il nome dello studente sconosciuto, o marittimo di navi lontane, non so, pareva dunque *dimentico di tutto*, fuorché un suo vago pensiero intorno alle leggi del mondo, l'esistenza delle stelle, la primavera e altre cose magiche. Gli uscivano così dalle labbra suoni simili al vento, quando tace o s'alza o muore o prega.

Costeggiavamo intanto, io e Adano, le nicchie dei giovanetti bianchi, che giunsero le mani e si guardarono tra loro, inginocchiandosi; e costeggiammo poi un lungo muro bianco, deserto, sopra il quale si alternavano rapidamente contro il cielo grigio piccolissime lucidissime stelle azzurre, e nuvole sfocate, immense. Dove portava questa strada? E perché, considerando il suo orizzonte velato da qualche ramo d'albero, io soffrivo? E che faceva Oscuro? dove era egli? S'era addormentato?

Vedevo la *sua* cravatta a palline farmi di tanto in tanto un cenno, desolata ricadere; e pensavo che non potevo, no, annodargliela graziosamente, come era stato a lungo mio desiderio. Questa opportunità passava, e io non potevo più annodargliela. Ad altri il gioioso incarico.

«Lei ha freddo» disse Adano dopo un poco.

Risposi tristemente di no, ma volle lo stesso offrirmi la sua mano, quale buon fratello al suo minor compagno, e tenere la mia. Era molto calda e grande, e solo allora il fanciullo si svegliò.

«Che è?» disse.

«La sua mano».

Mise un grido di dolcezza, e ricadde.

Era sempre notte.

«Signore,» proseguii «Lei a che cosa pensa? Io ho molta paura».

«Di che?».

«Adesso sono qua,» dissi «con Lei; ma domani è un'altra cosa. Uno continuamente cambia, allora? Ieri c'era la luna, e stasera non c'è».

«In realtà, forse comincia a capire quel mio primo pensiero. Brava davvero».

«Grazie, signore».

«Stasera noi siamo qua, e domani là. Ecco il gran privilegio dell'Arte, che resta su quanto...». (Io, pure attentissima, stavo per scoppiare in singhiozzi, svegliavo il fanciullo).

«Va... va via?» chiese il fanciullo.

«Vedi la sua ombra. Sta ancora con noi».

«Grazie, mio Dio».

Fu quella la seconda e ultima sera, mi pare. Dopo non lo vidi più.

Spesso, il fanciullo e io ce ne stiamo come ai tempi della prima giovinezza, nel buio angolo; e io, all'ultimo chiarore delle nuvole passanti sui vetri, tento decifrare certi libri delle Leggi, che da allora, quasi per coerenza fantastica, mi sono procurata. Il mio fanciullo sta molto in pace, e anzi frequente mi chiede uccelli colorati, e le belle figure. Egli sta molto in pace, ma bisogna diffidarne. Ecco qualche domanda di lui:

«Misa, che dici, fuori le vie sono accese?».

«Credo».

«Misa?».

«Sì?».

«Che dici, fuori gli uccelli cantano?».

«Be'... sì».

«E, Misa... carina... Adano spiega ad altri i libri con gli uccelli?».

Non so che rispondere.

«Tu non gliel'hai aggiustata, la cravatta,» grida improvviso tra lacrime «tu non glielo hai tirato un capello, come io ti consigliavo. Tu...» e vinto dal dolore si nasconde.

Solitaria, cerco sui libri delle Leggi, tra immaginarie tracce di uccelli, il ricordo delle strane sere in cui le sue mani erano vicine, i suoi occhi splendevano teneri, e tutti gli Angeli del Cielo, correndo sulla città festante, parlavano invidiosi di me.

Fine del rendiconto
TUTTE LE CASE ERANO SPENTE (IL MAGO)

Due particolari, in questo rendiconto, la cui conseguenza meno dolorosa sull'animo mio era una paurosa perplessità (che espressività era mai questa? dove, qui, la scura terra e il mare desolato? Non era sogno, questo?), mi colpivano particolarmente, e il freddo Lettore li troverà forse puerili, e proprio per questo mi colpivano: uno, la banale, e quasi volontaria, sostituzione dei nomi dei protagonisti (il Finlandese e Damasa) con nomi raccolti, direi, da terra, con impulsività orribile, nomi che avevo sentito per caso e quindi rapito vergognosamente, come *Adano* e *Misa*, nel che già vedevo non so che allontanarsi della verità delle mie care emozioni; l'altro, che scoprivo come quelle famose emozioni, care per dire – crudeli, inumane, colpevoli –, che formavano tutto il male-bene del mio rapporto col Finlandese, già qui dentro prendevano una coloritura diversa, certo più tenue, e l'orrore se n'era andato. Scritto o non scritto, espresso o inespresso, tornavano i termini del mio dolore. Forse perché tutto ciò era stato stampato. Ah, perché lo avevo fatto! Ora, ben presto, Lemano saprebbe, i due studenti saprebbero, Samana saprebbe, tutta la Toledo borbonica sarebbe al corrente dell'animo mio. Non mi chiedevo che D'Orgaz. Al Conte più non pensavo. Di me che sarebbe – pensavo – così improvvisamente impoverita, destituita della mia privatezza, perduta al mondo notturno per una infantile debolezza – ché altro non era, se non infantile debolezza, il sentimento che mi aveva permesso di separarmi dal mio rendiconto. Ecco, era finita!

Questo accadeva il giorno 30 maggio, essendo mercoledì. Due giorni dopo, trovai sul vetro della portineria, tornando dal molo, un biglietto di A. Lemano.

Nuova coloritura del cielo, intonata a uno speciale blu coraggio. Rivede, alla Fortezza, un finlandese fluttuante, minaccioso, orribile, e lo saluta verosimilmente per sempre. Insperata compassione del Cielo, sotto forma di Djotima, la sposa araba. Di alcune salutari considerazioni

Della mia cara Apa non ho più parlato, e mi scuso se lo faccio solo ora: segno non già che stesse bene (ella, ormai, non posa più che raro, su questa terra), ma che, simile in questo a una povera isola scura, da me e dai miei anni di ragazzo si era allontanata; ma mi vedeva, mi scorgeva sempre; talvolta scoprivo i suoi piccoli occhi di marine ardente su me, come a scrutarmi: quasi io stessa fossi, a lei, terra o mare che si allontanava! E quella mattina, prima che si tornasse a casa dalla Chiesa Spagnola, e che io, poi, di ritorno dal molo, vedessi la lettera sul vetro, ecco dirmi dolce, guardando il cielo:

«Notasti, Damasa, qualcosa di nuovo, oggi, nel cielo?».

«Nulla, Mater!» dissi alzando gli occhi, dall'abisso di pietra al remoto crocifisso della Torre Spagnola.

«Be'...» disse «molto azzurro... vedi».

«Sì, azzurro...» io tenuamente.

Che Apa vedesse il cielo di nuovo celeste, anzi quasi per la prima volta celeste, mi spaventava: in quanto grigio o d'ogni altro colore era il nostro cielo, fin nero o bianco o rosato, ma celeste quasi mai. E vidi che appunto, quella mattina, era celeste.

«Sì, vero» dissi dopo un poco. «È di chiaro colore il cielo».

«Di blu coraggio» Apa mia disse.

«Perché *coraggio*,» dissi dopo un poco «se il cielo, Apa, è del suo colore verissimo?».

A ciò non rispose, e io notai che era dolore il cielo azzurrissimo. E ricordandomi, di lì a un momento, che aveva detto «coraggio», sospirai, in quanto era vero: sterminato coraggio occorreva a sostenere, sull'occhio, cielo azzurrissimo. Estraneo molto! E quanto cupa, sotto tale coltre, Toledo.

Trovai, poco dopo, la lettera. E siccome il silenzio che mi colpì, da quel punto che trovai la lettera (essendo Apa rimasta indietro, e io corsa avanti), si unì in me, per sempre, a quella singolare coloritura del cielo, ecco che da allora silenzio e celeste splendore del cielo, quando si dice azzurro cielo, sono per me una cosa; e il loro nome, non – come si potrebbe attendere da chi trascorse gioventù in mari grigi, sotto cieli di pioggia –, non, dunque, il nome di questo azzurro e silenziosa ebbrezza era beatitudine, era gioia, ma era dolore e solo dolore. Con una sfumatura, forse, di meraviglia.

Durò, tale celeste, due giorni incredibili, anzi quasi tre. E due volte, in questo tempo, io vidi Lemano. E fu, tutt'e due le volte, cosa mortale e, alla mente, in eterno dolente.

Come passasse l'intera giornata non so, ma escludo vi fossero colori, tranne quell'orribile celeste. La sera, invece, ingrigì, impallidì, e seguì una notte con poche stelle e offuscata luna, a causa della calura; ma verso l'alba, essendo caduto un improvviso piovasco, rasserenò impensatamente, e al mattino era ancora più dolorosamente azzurro.

Alle otto io uscii di casa, diretta alla Collina.

Ho dimenticato di dire che nel biglietto non vi erano frasi espressive, vi era poco o nulla, se un «venga, Figuera, per cortesia, domattina al mio ufficio, ore nove, raccomando puntualità. Saluti, Lemano» sia, per una mente perduta, qualcosa più di nulla.

Tale biglietto io lo avevo contemplato più volte, inchinandomi o portandolo alla fronte, come a voler interrogare la piccola sfinge sul cartoncino, l'enigma di un enigma.

Sempre, sulla fronte, si era avvertita la pressione di una mano di ghiaccio.

Supponevo non che egli volesse uccidermi, ma qualcosa del genere. Tutto il suo odio per me si era rivelato in quella laconicità, e presto mi sarebbe piombato sul capo. Io lo avevo deluso. Aveva letto il rendiconto, riconosciuto Damasa, ed era rimasto deluso. Forse in molti, amici del Finlandese, avevano riso, ed egli mi aveva difesa, o, al contrario, finto di non conoscermi. «Damasa? Non credo, né conosco questo nome. Sì, lessi di una Figuera... Samana me ne parlò, allievi del Nautico i suoi... gentarella, senza importanza... ragazzi...». Tali battute mi straziavano.

«Chi è, si può sapere, Damasa, questo Adano? E questo Misa, non era con lei, quella sera?» forse avrebbe detto; e sventagliandomi il giornale sotto gli occhi: «Che pietà, cara Damasa! No, D'Orgaz dice... allibito... non è così che si scrive, sa, Damasa!».

Ah, perché vi andavo?

Perché obbedivo all'invito di Lemano, perché non tornavo a casa?

Non lo avrei veduto più mai. Meglio.

Tutto sarebbe stato come mai stato: il mare, Lemano, i suoi occhi potenti, la mano come un pugno. Mai più, mai, avrei dovuto conoscere l'orrore del suo diniego, il suo allontanamento senza scampo dalla Casa Rosa dei Lemano verso le infinità dell'orizzonte, del nulla ch'è l'azzurro orizzonte.

Mancavano, all'ora fissata, ben quarantacinque minuti, e perciò me la presi comoda, inerpicandomi per una strada tutta diversa da quella diretta, che era una lunga scala nel corpo della Collina. No, io, dalla Casa Rosa dei Lemano, dove giunsi alle otto e minuti trenta, presi, per ritardare, una via lunghissima che, a ridosso di Toledo, s'inerpicava fino alla Collina, dove, cinta di bosco, sta la Fortezza. E là pareva esservi la croce sulla quale sarebbe stata innalzata la mia follia! Là brillava, di puro ferro e fuoco, oppure diamanti e pietre rubine, questa croce, stagliandosi sulla muta Collina che per tanti anni io avevo visto ergersi sul cielo di Ponente, dalla finestra sulla Ahorcados. E non era, come la vidi allora dalla finestra, una povera brulla collina; era un paesaggio alto, forse duecento metri, un luogo di boschi, strade quiete, ville e rioni con bei palazzi e vetrine di bar, e odore di caffè, insegne smaglianti e tramviarie vetture rosse; e questo, soprattutto, era diverso: la lucentezza e il silenzio, su tutti questi colori e vita, del nuovo azzurro di Toledo, di quel manto di raso purissimo, mai veduto in tutti gli anni dell'Era di Desolazione, e ora qui, abbagliante, possente, presente: come un cancello di smalto che dividesse la mia vita di fanciulla da quella di donna, dal tremendo domani.

Non avrei voluto camminare, eppure camminavo. E lo rivedevo. E, strano, invece del suo volto enigmatico, duro, corso da remote violenze, io vedevo solo il volto amico con cui egli mi era già apparso rare volte, mansueto, ridente. E sempre più rallentavo il passo, presa dall'orrore di ciò che sarebbe stata la realtà. E coglievo, nelle mie orecchie, suoni sterminati di campane in pianto che dicevano: «Damasa è spenta! Pietà per Damasa! Damasa è spenta perché il suo A. Lemano è passato. Pietà per Damasa!», quando, levato il capo, gli occhi su un agente o guardia carceraria – che staccatasi dal portale del Castello mi era venuta incontro –, vidi, a lui dietro, sorridente, un'altra guardia e, poco dopo, quest'ultima – quasi il suo sorriso non fosse stato che un segnale indicante l'improvviso mutamento, l'addensarsi e cambiarsi delle stagioni dell'anima – m'introdusse, attraverso un lungo corridoio, in un chiaro e severo ufficio, di tipo militare. E qui, dietro un tavolo, mi aspettava A. Lemano.

Come mi vide, sorrise.
Subito dopo la guardia uscì.

C'era un silenzio, là dentro, un tale silenzio, Signore! E come al silenzio, da ormai una cinquantina di ore, si accompagnava la coloritura del nuovo cielo, cioè azzurro, io sentii addosso un dolore azzurro, un dolore così luttuoso, che credetti fosse vicino il più secolare degli inverni. Ma, come dissi, A. Lemano sorrideva, e questo mi ridette vita, in quanto sentivo tale sorriso assai ambiguo, quanto un più vivo dolore; e abbassando il capo, con tutto il mio essere a me stessa dissi:

«Sì, è giusto. Io offesi il silenzio dovuto al suo cuore, dandone immaginarie e inconcludenti versioni, ed egli ora mi dirà ciò ch'è giusto sentire: che per l'eterno si allontanerà dalla mia vita. Ma tu, Damasa, ti prego, sii ugualmente dura. Che egli non sappia cosa riprende. Parla pure di uno scherzo».

«Lo farò» dissi.

A questo punto, A. Lemano si era allontanato dal suo tavolo, come preso da folle curiosità per qualche notizia che gli dovevano portare, e accostato alla finestra che guardava sul parco. E attendeva così, di spalla, orribilmente rattrappito, così che io, con una voce che mi sforzai di rendere piacevole, dissi:

«Qualcuno aspetta... che deve arrivare, Lemano?».

«Sì... proprio» disse.

«Mi sbrigherò, allora» così insensatamente io dissi, dimenticando che solo il Finlandese, in questo caso, dovevasi sbrigare, essendo venuto da lui l'invito, direi di ufficio.

«Come vuole,» disse, soggiungendo: «ma non c'è fretta» e tornando, molto distrattamente, verso il tavolo.

Mi aveva fatto cenno, in questo frattempo, di volermi sedere, se mi andava, e io ne avevo approfittato, non reggendo per il freddo e il silenzio pieno di addii, veramente orribile. E mentirei se dicessi che tali addii vedevo stampati solo sulla sua giovane fronte, e non già in me, nel sentimento di persona da poco che mi pareva di scoprire nel nuovo A. Lemano, e soprattutto nell'orrendo nitore o biancore assoluto, come di neve, della stanza, nel suo silenzio carcerario, che era quello delle guardie e dei corridoi e del luogo tutto. Come mi pareva già cosa di secoli lontani il parco assolato, fuori! e la mia ascesa dal porto, cosa remota! E non che, intanto, non lo guardassi, ma, benché senza veramente guardarlo, lo vedevo, nella sua realtà magnetica, e stupivo di un fatto: che quell'interiore A. Lemano delle tempeste non mi pareva nemico, forse, anzi, più amico di ieri; solo che anch'egli, da qualche cosa che dire non osava, agghiacciato. Perciò, prendendo coraggio, dissi a lui, l'uomo che era alle spalle del giovane Lemano:

«In lutto, non è vero?».

Mi guardò, sobbalzando, e poi subito (si era seduto dove già quando io entrata):

«Sì, davvero».

«Per il cielo, no?».

«Per il cielo. Molto azzurro» ammise.

Lo guardavo.

«L'ho fatta chiamare...» disse dopo un momento «perché...».

Qui s'interruppe, e di colpo, allungandomi, al di sopra del tavolo, la mano, ch'io vidi ampia e nervosa, colore di una secca rosa, afferrò la mia, la tirò a sé dicendo:

«Oh, come tutto si allontana... Come tutto...» e l'altra mano, la destra, quasi a queste sue enigmatiche parole corresse in di lui soccorso, si gettò sulla fronte e, nascondendola, mentre ancora l'altra mano più stringeva con violenza la mia: «Come tutto se ne va, gran Dio».

Queste parole, gli sguardi dolorosi, la mano che rapisce la mia, come una fune, un ormeggio, mi resero silenziosa ancor più, quasi tutte le mie previsioni si avverassero, ma con questo di diverso, come nella vita: che il senso era un altro. Non da me il Finlandese sembrava allontanarsi, quanto io da lui: non aveva letto il rendiconto, nulla sapeva di Misa e Adano, non ciò lo gelava, ma qualcosa d'altro, qualcosa d'altro.

Al che, con insperata sollecitudine (in quella mia calma mortale), spiegai:

«Questione d'azzurro».

«Sì, d'azzurro... e di nulla... molto penoso» rispose con una laconicità asciutta e fredda, di cui dovevo in appresso ricordarmi. Parole, oltretutto, abbastanza insensate, per non lasciarmi di nuovo muta.

Nei successivi momenti, egli, fattosi improvvisamente calmo e sereno, scomparso alle sue spalle quel nuovo A. Lemano così orribilmente debole, sibillino e prossimo alle lacrime, riempì la fredda stanza di una luce obliqua, radente, che era quella delle nostre sere lontane (tre appena) davanti allo splendore silenzioso del porto. Voglio dire che sorrise. Si tirò su con le spalle. Lasciando la mia mano, mi guardò tuttavia come se mai l'avesse lasciata, come tutta intera avesse attirato Damasa al suo petto; così che un tremito s'impadronì del mio mento, afferrò anche il labbro inferiore, e perduta abbassai la testa. Non era questione, nel suo nuovo furore, di Damasa, non Damasa era perduta al suo cuore, ma qualcosa che io ignoravo lo allontanava. Mai e poi mai sarebbe stato il suo cuore perduto a Damasa.

«Venga che usciamo» disse dopo un poco.

Le medesime parole dell'altra volta.

Era, in fondo a un corridoio parallelo al primo (da cui avevamo raggiunto la stanza di A. Lemano), un grande cortile nitidissimo, sul quale l'azzurro davvero intenso e quasi bruno, nella sua intensità, della Collina gettava, più che luce, un'ombra misteriosa.

Egli camminava, assai calmo, a me accanto, camminava come non una parola sibillina fosse stata detta, e un cuore spezzato da presentimenti e una mente appesantita da ricordi o visioni, ma come nulla, *semplicemente*, fosse stato. Ed erano forse le dieci e mezzo di una mattina di giugno, singolarmente calda e pura, e sembrava che in qualsiasi senso andassimo non vedremmo più alcuno né nulla.

Ed ecco invece un altro ufficietto graziosissimo, e qui era Samana!

Imprevedibile Samana! Sorridente e grave, in rosso abito alla moda, sorride al fratello, guarda me ammiccando, e ascolta ciò che A. Lemano le dice: «Ti affido, Samana, *la mano destra di un finlandese*, detta Figuera. Damasa Figuera, intendi?».

«Sì, intesi» fa Samana.

«Abbila cara per un momento. Il tempo» disse «*che l'attesa passi e si perda, e il cielo guarisca del suo male immediato*».

Contemporaneamente a queste parole struggenti, forsennate, non accettabili dal pensiero logico (in quanto io sola, per esempio, ero a conoscenza della sua qualità di finlandese), ne disse altre, simili a un torrente, a me tutte incomprensibili e rovinose e altre Samana, calma, ne rispose; ma io, assorta, queste non intesi. E mi domandavo a che fosse dovuto lo spavento, e la prostrazione, e l'ira assai chiusa di A. Lemano, e perché egli mi mandava via senza essersi spiegato; che cosa, che lui avrebbe incontrato fra poco in quelle stanze, avrebbe potuto spezzarmi.

Queste tutte erano le cose che la mia mente ascoltava sbalordita, nella seconda realtà o secondo corpo delle cose; perché, in realtà, o nella prima realtà, scusandosi, egli accennò solo, seccamente, al fatto che il Professor Polano, direttore delle carceri annesse alla Fortezza, *lo aveva chiamato*, e, sbrigata la cosa, egli, Lemano, sarebbe subito ritornato. (Dunque, fra un istante).

Perché poi là, nelle Carceri, a fare cosa, invece che a scuola, anche questo del tutto celato alla naturale logica.

La presenza di Samana non alleggerì i miei terrori, né svuotò la mia mente, né liberò il mio animo da quei terribili cieli. Intesi Samana spiegarmi in modo sufficientemente banale (se questo era l'intento!) che lì, al Castello, o Fortezza, lasciata la Scuola Nautica, è adesso il suo posto; da due mesi, «da che cambiammo casa, ricorda?», come se io potessi più ricordare! e che da una settimana Lemano era di nuovo «a casa», con lei; e in questo castello, reparto storico, per ricerche d'ufficio, anche lui. Nient'altro!

Cara Samana, terribile Lemano, ambedue cari e terribili fratelli, quanto il loro aspetto era simile a quei paesi o bianche case che intravedete nel sole, una mattina, percorrendo spiagge sterminate! E che dentro non celano nulla, se non l'orrore e i canti ingenui e sommessi del mare!

Soggiunse ancora, Samana, con me intrattenendosi, che A. Lemano appare «non poco preoccupato», da qualche tempo.

«Sì, alla fine anch'egli divide le idee di Misa» disse facendomi trasalire. «È un tempo che nulla sta più fermo,» soggiunse toccando con lieve mano la mia fronte gelata «e perciò quanto si propone più di tutto, a una mente che trema, non può essere che la pazienza».

«Misa crede... facile pazienza?» dissi.

«Sì, anche Da Cadmo... Quasi religione... per loro» Samana disse. «Meno, ecco, per il mio gioiello» e, volgendosi a guardare dietro le mie spalle, sorrideva a Lemano che era tornato.

Volevo dire «di già...», o qualcosa del genere, ma il sorriso che era sulle sue labbra, sorriso pieno di lenta rabbia, furia, misera minaccia, mi fece abbassare il capo.

Dio, quante volte, di poi, rividi quel sorriso: freddo, estinto, come già avevo creduto nel mio sogno al Café Canceiro! E quanto volli risvegliarmi, e non era e non fu possibile! E come, ricordando quanto prima, mi si aperse come melagrana il cuore, e desiderai quei minuti non fossero mai passati, desiderai aver capito prima! Che era tempo di allontanarmi, che non batteva più per Damasa il cuore del giovane straniero, del Professore oceanico. Perduto, sparito! Ancora s'appoggiava alla porta, come quel giorno, e ancora, in quel suo sguardo mi si raccomandava! Ma con quale diverso significato!

«Non sono più il medesimo... Anch'io fuggito! Per sempre! Anch'io sconfitto» gridò. «E con questo, Damasa, io sono infinitamente perduto al tuo porto. Non mi rivedrai. Va', dunque, cuor mio, va'».

«No! Non ancora!» mi sentii gridare interiormente.

«Sì! Voglio! Va'!».

Nel cielo sereno il cannone tuonava, una, due volte, oppure erano le navi?

Una guardia si affacciò alla porta, dicendo: «È l'ora, Senor Lemano!» indicando il suo orologio; aveva un elmo e una piuma, al che Lemano, più gentilmente:

«Gliel'avevo detto, no?».

Mi risvegliai.

«*Sì, obbedirò, padrone mio, mio padrone di mare, fuciliere e anima mia!*».

Tutto ciò senza suono alcuno, né intelligenza.

Non furono scambiate, dopo di ciò, che poche parole. Dentro di me, onde altissime, e sangue di balena arpionata; là, il pallore del marine già assorto.

«*Va' dunque, anima mia*» egli disse dopo un poco.

«Damasa è buona, va...» Samana disse. «Capirà poi» al fratello disse. E che cosa? E stava per parlare.

«No, tu non dirle nulla... *tu no*!» gridò il segreto Lemano correndo avanti.

E tornò indietro, al posto di prima, come nulla potesse soggiungere, di tutto scorgesse la mortale inutilità.

«Reyn... le scriverà ancora» fa Samana accompagnandomi.

E io nulla vedo se non, ormai sola nel parco, quel volto stregato, la furiosa corda che già stringe la gola della gioia, l'alza in livide attese.

Era questa la seconda volta che io conoscevo l'orrore di parole ascoltate ma non capite, che recidono il filo del cuore. Già D'Orgaz! Ma che, davanti al fratello di Samana, era D'Orgaz? Che, il Maestro d'Armi, davanti al suo umile alfiere? Chi o che cosa poteva cancellare la caduta di un Lemano? Quale altro Lemano? Potevano forse esservi altri Lemano? Non sono, i Lemano, mari unici?

Quindi, la discesa di Damasa dal paese o rione delle Carceri Toledane fu, quel giorno, pericolosa; e per poco io non precipitai per oltre duecento (o duemila) metri, di scala in scala, fino a perdermi nella nauseabonda tavola del mare. Che nauseante mare, sì, e cielo e aranci e limoni nauseanti, e barrio di porto nauseante, e nauseanti scafi di petrolere, e tutto nauseante, finché non rivediamo – io e l'ombra di Damasa – l'ombra dei vichi, e troviamo la scala sassosa, e la vecchia porta aperta, e Albe che ci aspetta su quella porta (oh, i bei colori!), da Frisco sorvegliata:

«Fa' silenzio, Damasa cara... Qui, stamattina, mentre tu mancavi, giunse in visita Cora col padre. Ma Lee è fuggito... Sposarla più non vuole. Ebbe lettera, da amico... Ora Cora, avendo capito, piange... Fa' silenzio, Damasa cara».

Guardando appena, attraverso la porta a vetri, nella stanza del berretto bianco, o despacho, guardando nella successiva stanza degli Apo, queste stanze guardando col mio unico occhio libero da tenebre, scorsi un fascio di raggi dorati, sparsi di miriadi di colorate perline, e in quel fascio, come in un cono fatato, starsi china una testa di donna, la cui peculiarità stava in un colore roseo di salute e bellezza, in un aspetto generale di gioia, modificato appena, come da una pennellata invisibile, da una altrettanto indicibile espressione di smarrimento e di ansia. E come queste espressioni – salute bellezza gioia, e quindi inoltrato smarrimento, affanno e pena – potessero coesistere, allora non comprendevo, né comprendo ora. Coesistevano. Radioso, sebbene sempre nei limiti di una nobile modestia, era l'aspetto della straniera: dal capo, su cui ordinati e lisci capelli castani, divisi nel mezzo, sparivano dietro le spalle, in una treccia; dal viso beatamente simile a una grande e umida rosa; dagli occhi grandi e luminosi fino alla persona vestita, nella prima parte, di verde e, nella seconda, di rosa, il tutto diluito nel serico splendore di un manto color avorio. Radiosa, esuberante, solenne e ingenua Cora! Eppure, che sorpresa disfatta, che giovanilità in lutto, che grazia intenta a un estremo addio. Sedeva, e sorridendo si lamentava, la giovane Caramanlj Djotima, ma in modo non più vistoso e turbolento di un colombo adagiato per morire.

Accanto a lei era il padre, uomo vecchio e alto, il quale, appena io entrata, ma non credo per ciò, credo invece perché un suo sommesso e furioso discorso non poteva attendersi risposta, appena io entrata, dico, calzò ancora meglio sul capo, affinché con esso si identificasse, un suo alto berretto purpureo con nappa turchina, e subito in piedi, elegante, indifferente, magnifico, s'inchinò ad Apa, seduta accanto alla di lui figlia; e biascicando non so che parole cortesi e disperate, alzatosi venne via. E mi passò quindi accanto, senza vedermi.

Dopo di che, seguita da Albe e Frisco, Damasa entrava nella stanzetta.

Ora, accadeva in me una cosa, e durò tutto il giorno: che io vedevo la fidanzata di Lee senza in realtà vederla, le parlavo senza parlarle, la capivo senza domandarle. Ella mi era chiara come nei sogni. Creatura infelice. Ma Damasa non meno, e perciò ecco colloqui come nei treni, e cortesie delicate, come quelle che non vedranno un nuovo giorno.

L'anima di Damasa, insomma, era e rimase tutto quel tempo sulla Collina; ma era, su quella visione della Collina (Fortezza e Castello), sovrapposto tale nuovo elemento, e non si poteva non notarlo. Ma come trasparente, e quanto – e come eternamente – si alzava dietro di esso l'orrore, addio e ultimo paradiso, della Collina vista al mattino, del Carcere Militare.

Disse a Djotima (senza vedermi) Apa:
«Damasa, bimba mia».
«Piacere» disse Djotima, con indifferenza, mansueta. E ad Apa:
«Io già la amavo, madre mia».
«E tu ancora le vorrai bene, Djotima, a lei e tutti gli studenti; come lei e gli studenti ameranno Djotima. In quanto, bimba mia, questa casa, lo sai, è ora la tua propria casa. Tornerà, vedrai, il tuo marine».
«Già da una intera mattina di freddo celeste io sogno, lo vede, madre cara, il mio caro marine, ma non è tornato».
«Tornerà, Djotima».

In disparte, Albe e Frisco mi narrarono come Lee, vedendo dalla strada marine – dove appostato – arrivare, col padre Musi, Djotima, subito era fuggito, nascondendosi per le vie del barrio, credevano; o forse al molo, o in qualche antica costruzione.

Le due navi – questo seppi – erano venute insieme sul mare: da Biserta l'una, da Smalta quella[1] del marine; insieme fecero udire la tofa lamentosa nel porto. Insieme, senza sapere, gli sposi futuri sbarcarono; giunsero nei pressi della casa dei marine. E qui, Lee, intravisti i due manti degli arabi, di colpo, come torna indietro la spuma alla vista degli scogli, fantasticando fuggì; e tornò poco dopo lasciando segretissimo biglietto per Albe: intrattenessero, consolando, Djotima, calmassero il padre suo fino all'ora che la nave loro, stasera, riparte. Lui starà nascosto. Solo a notte, forse, si rivedrà.

Vidi il biglietto graffiato, scritto in modo precipitoso, però con lacrime: da ragazzo che non accoglie ancora, in sé, l'uomo pietoso, che uomo non sa diventare, non pensa, o teme inglorioso. Gli aveva, secondo lui, Djotima mentito: era chiaro da una lettera di marine, da poco ricevuta. Sposarla non vuole più.

E in che cosa consisterà questa menzogna? Illuminandomi Albe (su cose che seppe da Lee quando dormono insieme), apprendo che a scuola, in Biserta, Djotima, talvolta, guardò altri fanciulli, uno specialmente di nome Jascia, e sembra che anche lui la guardava.

Inoltre, secondo Lee, Djotima, che vediamo tanto umile e mite qui, in costume arabo, ha lingua puntuta, ama e difende il diritto di una studentessa al vestire elegante, alle feste di musica, ai cittadini concerti, ai balli fra studentucci. Veramente orribile, no? Albe, dicendo le colpe, affettuosamente rideva.

«Mi piace, vedi, questa poveretta, Damasa. Non solo bella, e di pace; ma buona, mite. Ama, come la gioventù, vita. E che male c'è?».

---

1. Era nave postale.

A me, quelle sue parole: «Già da una intera mattina di freddo celeste io sogno, lo vede, madre cara» erano entrate nel cuore come una vespa in un orecchio, ronzavano con cupo dolore; vi sentivo non so che di crudelmente amico! Perciò, non potei che augurarmi che Lee ci ripensasse, durante la giornata riapparisse, consolando con gran sorrisi Djotima.

Si aiutò Djotima, che era affranta, a stendersi sul letto di Apa. Apa rimase a vegliarla. Djotima, però, non dormì affatto. Parlarono insieme, educatamente, una di Lee, l'altra di Rassa, di Manuele Carlo e di Lee, informandosi scambievolmente. Apa non piangeva. Djotima era in pianto. Era, verosimilmente, il fraseggio tutto quieto e sognante di un passero.

Ora, nella mente o cuor mio, non so, mentre me ne ero tornata nell'altra stanza, ma seguita dagli studenti (Apo, con Juana, era intento a preparare il pranzo), si formava non solo una sorta di riconoscimento della misericordia dei Cieli, nell'aver trovato in casa, a difendere la mia privatezza, Djotima, l'immenso e trasognato dolore di Djotima, ma pure, mentre avevo compassione della ginnasiale, non so che presentimento che tutto finirebbe, per il suo dolore, lietamente. E per la prima volta da che il Professore aggiuntivo era entrato nella mia vita marine, mi appariva una verità, o confusa ragione, del dolore che era tra noi, e pensavo, insomma, questo. Vi è, pensavo, nella dolcezza dell'uomo, un qualcosa che egli intende realizzare; in quelle nuvole meravigliose, una legge; dietro quella luce di tramonto, quella, di libeccio, violenza tenera, improvvisa; dietro quei rapimenti, quel sonno, una cosa impietosa, cruda. Ciò è lo status, l'ordine in cui ogni animo deve realizzarsi, divenire, è la socialità, o storico divenire. Vi è, dietro Lemano, una storia, per certo, non di acque, ma di terrestre divenire. Egli, uomo d'acqua, sta per accostarsi alla terra. Egli, come Lee, fugge. E di colpo, quella mattina veramente confusa, orribile, mi è chiara, come la verità delle carceri, dei patiboli, ecc.: non tanto da me – sempre inerte, muta – Lemano fugge, ma da qualcosa. Era, questo odiato qualcosa, ciò che lo divideva dalle ore della beatitudine.

Come aveva gridato quel tramonto:

Non, non!... Debout! Dans l'ère successive!

Ciò perché tanto io – in modo però poco notevole – come altra cosa, a lui notissima, lo sforzavamo ad allontanarsi da ciò che egli voleva *diventare.*

Questa percezione mi atterrì, e di conseguenza, con me stessa, divenni cupa e ostile. Ignoravo cosa, in me, forzasse quel mare a non più battere il capo contro la diga, ma ciò non toglieva che io limitassi – o anch'io – la natura di quel mare. Nello stesso tempo, egli era limitato più orribilmente, o più esternamente, da altra cosa, o terra, che io non vedevo.

Pietà di Lemano, cuor mio. Non canterai più, non griderai più, non toccherai, col tuo viso, la sua giacca, non giacerai chiuso nel suo secondo braccio di fuoco. Non correrai più, non griderai più. Ed egli correrà lontano, cuor mio.

Con grandi e rare lacrime che la gente del Pilar attribuì alla mia compassione per la ginnasiale, io piansi su Lemano perduto e su me che, aiutandolo, mi perdevo; su questi marine che intendono essere liberi, per restare marine un momento ancora, un attimo splendido, Dio degli Oceani! Sì, morendo, perché era ormai A. Lemano la mia nuova natura, e da me si scostava, io mi auguravo che lungi da questo porto, dove Dasa più non esiste, egli, per l'eterno, possa splendere ancora.

Contemporaneamente, non mi abbandonavano tutte le espressioni di fulmine, la violenza dei suoi sguardi teneri, il tuono o libeccino caldo delle sue parole, tutti quei: «Vero! vero! sempre! eternamente! vero! » che egli aveva gridato, e i suoi abbracci d'aria, inesprimibili.

E guardavo Djotima giacersi come un agnello ferito, lamentandosi e sorridendo; e dell'avermi aiutata a intendere, le ero disperatamente riconoscente. Essa, forse, ritornerà qui. Sostituirà per sempre, nuvola evanescente, il sole di Damasa, il cui nome è: Lemano!

Le ore, da che ero rientrata a casa, presentavano a ogni attimo un mutamento di velocità; adesso erano lampi, adesso secoli; ora rallentavano, e io vedevo intera la mia vita e di tutti; ora galoppavano, e tale vita era una nube grigia. Ma dopo colazione, con Djotima e Musi (che era tornato) seduti spalla a spalla alla nostra modesta tavola, e non so che pesce fritto le cui nuvole dorate avevano velato la casa, e frutta con zucchero, e l'antico bruciato caffè, tali ore ripresero normale ritmo, il quale poi si aperse in luce di moderata ma ravvivante speranza allorché fu recapitato ad Albe, in segreto, da Frisco, un secondo biglietto del marine fuggito, cioè Lee, il quale conteneva queste spezzate, dalla tenerezza e paura, parole:

A Djotima date, per carità, ristoro di tutto. Nel caffè molto zucchero (ché lo ama così) e liquori niente. Il vostro Lee disperato.

AGGIUNTA: Forse, alla partenza della nave mi rivedrete, o saprete comunque che sono lì: sventolerò la mia sciarpa aranciata.

Lee infelicissimo

Albe era, a tale lettura, un raggio di luce. La lettera non mostrò; ma disse che aveva concreti motivi di speranza sul pentimento di Lee. Partissero pure gli ospiti – disse – senza cercarlo. Riapparirebbe.

Come mutò, il povero Musi! Come si raddrizzava, simile a una fresca rosa, la ginnasiale! Come, inteneriti, Apa e Apo si guardavano, e sempre nuovi piatti di pesce dorato erano recati da Juana, che subito spariva! E poi venne il sole, essendo le due pomeridiane, nella stanza Rossa sulla Collina, e illuminò le due misere ma già gaie famiglie. E non so che smemoratezza di sogno colse tutti. E la stessa Damasa, ma per un attimo solo. In quell'attimo vide, Damasa, tutto il tempo che era passato in Toledo, e la sua fanciullezza già passata, udì campane, e, per le scale, il passo furtivo del Finlandese:

«Dov'è la mia Damasa, l'anima mia! Chiamatela!» gridava.

Lo spinsero via altre spalle, altre voci, ma sempre la sua voce di tuono si lamentava:

«Dov'è la mia Damasa, che non conosco altro limite al cuor mio?».

(Vero astorico, pietoso vuoto, nella mente che registrava veloce).

Ed ecco la sera, poi la lucente notte. L'azzurro di lutto si è addormentato. Nel porto, pace e rossa seta di gerani.

Si prendono le giacche, le borse. Al porto, tutti gli studenti ad accompagnare la fidanzata araba.

«Va', torna presto, Djotima, bimba mia. Col nostro Rassa, tutti ti aspettiamo» mormora Apa dolcissima abbracciandola sulla scala.

Apo, a sua volta, abbraccia piangendo Musi.

Juana resta a casa a riordinare.

Scendiamo le scale in una confusione di manti, di valigie, di fiori. Tutte le porte si aprono e subito richiudono. Eccoci sulle piatte e sconfinate banchine del porto. Qui, già brillano tormentose – verdi e rossi occhi di gatti marini – le luci delle navi. Djotima ha asciugato le sue lacrime; ma inutilmente, ché altre ne seguono. Guarda intorno, umilmente: lo rivedrà mai?

Eccoli imbarcati, Musi e Djotima: sventolano, tristi, i loro fazzoletti.

La tofa si lamenta: *tuuuuuu!* Si stacca, la nave, dalla banchina.

Quanto tempo, Dio, mise a staccarsi da questo suolo, e come, di lassù, doveva apparire, a Cora Caramanlj, terribile e piena di addii la notte. Non si era visto, accecato dalla paura, Lee.

A casa, invece, era un suo biglietto: lo perdonassimo, passava la notte a bordo, ripartiva l'indomani, anche lui, per Biserta.

Era, con questo, un altro biglietto, che nella confusione passò inosservato, insieme al terrore del destinatario:

La aspetto, domani, davanti alla nostra vecchia casa. Alle sei in punto.
Non manchi, cuor mio. Suo
           Lemano incantato

Conclusivo su un Lemano non meno sibillino, ma più glorioso, e su una certa qualifica di ignorante. Al muretto. «Andiamo, figlia mia, Damasa. Già la notte raffredda Toledo». Dove considera di nuovo il silenzio del porto

Quando lo vidi, l'indomani, tutta la lunghezza bruciante del giorno che era passato e della notte che era seguita, notte febbrile e insieme assai stanca, e di un nuovo giorno muto, turchino, di una estate dove non mi riconoscevo, tale lunghezza passò, e lo guardai come si guarda il nulla. Egli era infatti il mio nulla, cioè morte, al fondo di insopportabile gioia.

Si staccò dal portone della Casa Rosa, ora da tempo disabitata, e mi venne incontro.

Era, dietro lui, un cielo molto rosa.

Si sentiva il cinguettio di uccelli dell'estate.

Molti alberi presero fuoco.

Così era tutto – rosa e fuoco – e in questo rosa toledano egli mi sorrise.

Mentre mi sorrise, camminava verso di me, ma direi in modo immoto, come vela che avanza obliqua, semplicemente. E non c'era che la sua velocità, e tutto questo rosa.

Eravamo, poco dopo, seduti in un caffè di rione popolare, l'Asfalfa, però (così mi sembrava) di altra città, non più la nostra triste Toledo, ed egli mi diceva:

«Vuole che le dica *la verità*, Toledana, vuole che gliela dica?» porgendomi la tazza che aveva già zuccherato.

«C'è tempo, no?» io dissi guardandolo di sbieco.
Anch'egli mi guardò di sbieco, con un suo occhio ornato di rosso. E avrei detto mi osservasse come non più conoscendomi, come in luogo di Damasa sedesse lì povera straniera. Così, rapinosamente, il suo interno da un istante all'altro mutava. Ora, una sfrontata freddezza gli suggerì:
«Paura... credo... suppongo... No?» gettando poi, con impeto, la sua tazza a terra.
Accorre il cameriere, osservando muto il disastro.
«Ecco» Lemano fa, togliendo di tasca dorate monete. «Andiamocene» fa.

Io, allibita. Dal gesto, l'orrore di quella furia; la cara pace perduta.

Camminiamo, poco dopo, per strade e strade, egli muto, io uguale; veri estranei.

Credo che fossero passate, in tale silenzio, due ore, perché si alzavano, adesso, quelle luci che precedono il tramonto, l'estate: montagne rosse, verso l'Ovest, si spalancavano, e usciva da ogni montagna, ritto e splendente, un A. Lemano. E così, vedendolo lontano, verso il Ponente, e mille cose strazianti evocando – quando non era stato, e quando non sarebbe più (questo momento) –, completamente avevo dimenticato la sua presenza, quando sentii ridere, e Lemano mi era a lato:
«Passato?».
«Che?» dissi.
«Dolore, no? Contro Lemano, no?».
«Questo... essere... non possibile...» mormoravo.
«Perché no? Che sarà mai *Lemano*?».
Ricercavo il Ponente.
«Che guarda, là?» disse, così proprio «mi dia sua mano».
«Perché?» dissi.
«Pace, no?».

Come l'ebbe, la mia mano destra, ecco egli la torce, quasi rapisce sotto il suo braccio all'altezza del petto ardente. Come era dall'altra parte della persona, anche il braccio rapito intorno al suo corpo stringe. Egli mi sembra, come al mattino di dolore, nemico.

«Stringa, no? Che fa?» grida.

Come avesse detto: «vira a babordo!», un semplice violento ordine.

«Ha capito? Ha capito?».

«Non so».

«Io muoio, e lei *non sa*, lei *non sa!*» disse diventando abbagliante, tanta la furia, e prendendo quel mio braccio e scostandolo con ira dalla propria persona; e poiché restavo immobile:

«Dio, gran Dio!» fa.

Questo, fu vero terrore. Come egli, in un solo momento, rivelasse questa spaventosa necessità che io avevo di lui, ed egli di me (come sarebbe un uccidersi vicendevolmente), e il modo io non capissi; fu vero terrore che solo da un morire, ne ero certa, mio morire, a lui verrebbe vita, pace; e come poteva poi, se io morta, a lui venire pace? E cos'era questo morire, per un Lemano? Necessario, a lui, perché?

Insomma, inobliabile tempesta.

«Ignorante!» egli grida a un tratto.

Mai una parola ascoltata e non raccolta, dopo punse tanto. Non la scuola mancata, no, ma qualcosa di più profondo: la vita. Non ero stata a scuola di vita. Non potevo essere promossa, a nulla. Ignorante.

Di porpora, e poi di ghiaccio, il mio viso. E, per giunta, docilità spaventosa. Staccare piedi, impossibile. Muovere mani a preghiera, anche. Girare viso dal Ponente di fuoco al Nord dove brilla il suo viso bianco, impresa strepitosa. In ginocchio, umile Toledana, col tuo mare e i tuoi sonni quieti, in ginocchio!

Era sparito, lontano, perduto per sempre, eppure vicinissimo. Ora, in pace inconcepibile, siede davanti a me su un muretto. Indifferente, lontano. Prende una pietra, e via, la getta lontano.

«Bel cielo, no?».

«Sì».

«E, dica: fatto male, Toledana?».

Era lontano il tempo che diceva «Damasa, Damasina» o, in sonno, «cuor mio». Rude *Toledana*, da compagni. Carissimo amor mio. E pensando questa parola dentro di me mi abbandonai.

«Su, Damasina».

Dopo di ciò, appoggiata alle sue ginocchia, vennero tante parole. Non una era meno dolce del miele e meno triste di questo cielo che si oscurava. Ricorreva la parola *cuor mio*, ma desolata, come disperasse, ormai, che la mia voce si stringesse alla sua. Mille mani entrarono nei miei capelli, circondarono la nuca. E: «Senti nulla, cuor mio? senti quello che non posso, non posso dirti?».

Adesso il «no», sebbene tra lacrime, era impossibile.

Così, seduto su quel muro, la mia testa disordinata sulle sue gambe, egli con voce rotta parlò. Mille volte lo perdonassi. Domani, Lemano torna via, nella Città di luce. Come un delinquente ha sperato portarsi via non so che di una certa creatura di Dio. Ora vede, gli è chiaro, benedice Iddio di questa ignoranza grandissima. «Mi senti, cuor mio? Quando ritorno, se torno, forse vorrò...».

«E che vorrà... che... io potrò?» supplichevole dissi.

Ora, già notte verde livida rosa sulle mura di Toledo, e non un'anima, solo nubi che si spegnevano. E vidi il suo viso, e mai più lo dimenticherò. Vidi il viso dell'altissimo, fatto umano, stremato, umile. E come conoscendomi, assai più che io conoscessi me, suo umile orgoglio, mi guardava; e con tutto ciò che era nei suoi occhi di piombo tenero, s'ingrandì su me – è la parola giusta –, s'innalzò e poi curvò come un cielo grigio, purissimo:

«Questo io so...» disse. «Io solo so, Damasa, cosa esige, da Damasa, Lemano».

Per ridere, dissi:

«E Damasa, no?».

«A Damasa molto, domani, Lemano...» fu la pronta risposta.

Scese dal muretto, a questo punto, e mi sentii sollevare e issare al posto che era stato del Finlandese. Sentii le sue braccia di nuovo circondarmi, la bella testa dorata piegarsi, sparire sulla mia spalla. Poi, più nulla.

In un attimo è buio (sebbene la medesima ora, istante successivo), ed ecco egli dice con voce fredda:

«Andiamo, figlia mia, Damasa. Già la notte raffredda Toledo».

E così, ancora, per le vie interminabili della città, quali scoscese, quali cupe dietro orti, quali a rozzi gradini, fino al porto silente, e non gli avevo detto nulla. Non sapevo che cosa aveva voluto da me, né io da lui, cosa ci eravamo dati, e cosa no, solo che le sue mani nei miei capelli non se ne andranno, solo che stremata. Fredda e stremata, pensando cose indicibili (pensando: *Non lo vedrò più!*).

Ai cancelli:

«Contenta, Damasina?».

«Di che?».

«Del suo Lemano» disse.

«Sì... sempre... sì... francamente...» tremando dissi.

Egli mi tolse dai capelli non so cosa, e poi, con le dita, indugiava sul mio orecchio, e:

«Senta, Damasa...» disse.

«Che?» dissi.

«Questo: ricordi... ricordi... nessuno come Lemano... mai... bene così, mai. Guardi suo Lemano,» disse «quando a nord...».

«Stella del Nord, no?» dissi.

«Sì, stella. Sempre! Stella fissa! Stella di *tutte le notti*! Fino alla fine! Fino alla fine!» gridò. «Brillerà!».

E quando queste parole, che erano un tuono, si allontanarono, ecco, a Damasa vicino egli non era più. Sola era Damasa su questo pezzetto di marciapiede davanti alle grandi navi morte. Egli se ne andava col suo bavero alzato, nel silenzio del porto.

SECONDI RICORDI DI TOLEDO
SPEZZATI DAL RUMORE
DEL MARE-TEMPO CHE SI AVVICINA

**RICORDA ALTRE NOTTI LIBERTÀ TERRORI
E UNA IMMORTALE DOLCEZZA (ESPARTERO)**

*Settembre e lettere. Effetti del vento d'autunno.
Breve accenno al suo nuovo stanzino sulle scale
e a una visita di Albe*

Nuova Toledo, 6 Settembre di Poca Luce

Stimata Figuera e triste dirimpettaia,

ieri sera, spero non si arrabbi, La vedemmo, Misa e io, alzando il capo da questo tavolo (dove ora Le scrivo), La vedemmo dietro i vetri della sua vecchia stanza d'Angolo. Ciò non capiterà più, perché non certo noi La spiammo, può credere. Ma intanto capitò, perché eravamo qui a studiare, Misa e io, e dar fondo, inoltre, a nostro programma. E che sentimento, Figuera, provammo per Lei. Da tanto, dalla sera al Café Canceiro, non La vedevamo, e ora La vedemmo; e ci parve, perdoni, come dietro la sua testa se ne alzasse un'altra, di molto più scura e seria, che intenta pareva (pareva soltanto, noti!) a riguardare la Collina (che da questa stanza non si vede) e le Carceri. Ci fece pena, creda. L'altra testa, invece, sembrava più piccola del solito, e intenta a mille suoni della di Lei casa. Ah, Figuera cara, se comprendiamo! Ecco – ci dicemmo – vedi, Misa caro (e Misa: vedi, Cyprisso, osserva), non impunemente un luogo di fanciulli è invaso da vita familiare. Non bisogna, Cyprisso caro, Misa stimato, invadere i luoghi cari ai fanciulli.

Lei, Figuera stimata, ancora di diciassette anni, molto fanciulla, in sostanza, non poteva affrontare disordine nuove cose (tanto per dire: ospite interessante ma araba. E nemmeno toledana, in breve). Lei, Figuera, della Sua stanza, fino a un mese addietro padrona, tutto poteva, diremmo, sopportare: ma senza stanza come vivrà, Figuera? E lo sapemmo, non si sorprenda. Le notizie viaggiano! Del resto, la vedemmo, a questa medesima finestra, la nuova signora Figuera, già Caramanlj: e dolce molto, infelice anche lei. Ma mai più vedemmo, fino a iersera, la nostra Figuera. E che sarà di lei, ci dicemmo. Dove dormirà e scriverà, ora? Cose che attendiamo, francamente, da un Suo biglietto, di apprendere.

E un'altra cosa, Figuera cara, non da questo argomento distante: riprenda le Sue passeggiatine lungo i cancelli, incontriamoci! Ah, Lei sembrava una statua, una di queste sere, una poverina, ferma a considerare le morte banchine! AccostarLa non osammo. Venga Lei, cara, a noi incontro, ci scriva. Vediamoci.

Cyprisso

AGGIUNTA: Se deciderà in tal senso, e per subito, si copra bene: ecco, è già arrivato un sordo novembre, sebbene l'estate non possa dirsi terminata, e piove, e com'è scoraggiante la vita!

Ma addio!

Nuova Toledo, 9 del mese stesso

Toledana cara,

nessuna risposta, ma che fa? Può darsi sia furore contro noi umili studenti... o piuttosto pietosa indifferenza? Non vogliamo indagare. Ma ora breve notizia, che spero Le farà piacere: vedemmo su vecchia «Gazeta» Suo terzo rendicontino, e leggemmo attentamente. Progresso, pare. Tuttavia, non oserei qui discutere contrario. Noto, pertanto, soprattutto questo: concentrato molto; come reale duramente scontato, già inutile. Insieme: mi preoccupo. Nostro tempo atroce chiede forse comprensione, pieno intendimento sue minacce; in Lei, no. Questo, unico punto non estraneo perplessità. Per il resto: bene.

Albe lieto, speriamo. Vedemmo Frisco: non più bambino, ora. Alma, zia di Cyprisso, e suo tutore, pensa non bene tanti mutamenti anche per giovane Frisco. E sta bene la Sua dilettissima Apa, Toledana? E Apo così? Da quanto, bambina, le nostre due povere case, un tempo divise da due metri di cielo, appaiono lontane. E questa pioggia!... vere pianure di pensieri...

Ascolti ora, Figuera stimata: perfezionammo, e non di poco, i lineamenti della nostra S.A.R. (Segreta Associazione Realisti), e basta ora un rendicontino per entrarvi. Lei ne ha quattro o tre! D'accordo? Ci farà quest'onore?

Già contiamo una cinquantina di firme, e si unì a noi, ora è poco, quel Jorge di cui Le parlammo. E qui, un poco da ridere. Il suo nome, di questo Jorge, come Lei sa, Adano: cioè patronimico. Sa dunque quanto rimase stupito nel ritrovarlo in accennato rendicontino? Una comprensibile confusione, o Lei fece apposta per ridere? Comunque, stanno le cose così: che ora Jorge vuole conoscere autore, e chiede a... (la persona o luce rosa di cui parlammo), che anche. Ma qui, nuovi misteri. Cuore di Jorge, o personcina di luce, non lieta in questo tempo. Forse divisa da Jorge. Capisci perché?

Jorge, l'interessato, bel figlio. Figuera, lo vedrai! Non di questo tempo; secco, asciutto. E sì buon sorriso! Triste un po', come dissi, ora che persona di luce distante. (*Caído se le ha un clavel / hoy a la Aurora del seno*, può dire con afflitto cuore). Ah, Figuera, come mutevole tale vita!

Distinti saluti, Figuerina. Tuo

Cyprisso

AGGIUNTA: Da Misa, cordiale stretta di mano.

A queste lettere-parole, che riferisco distrattamente, stordita da non so che rumore del mare (chi legge comprenderà), non risposta. Non dico che non mi erano care, ma ormai da tre mesi Damasa è muta. A nulla, dopotutto, la vinta Damasa più pensa.

Venne, il sesto giorno, cioè quindici di quel settembre tanto silenzioso, che un po' di sole rianima il plumbeo porto, una terza lettera, e questa quanto l'ebbi cara! come, rivedendo la scrittura elegante di Samana, così simile a quella del suo fratello finlandese, il cuore di Damasa si aprì! Ma invano.

Nuova Toledo, 13 Settembre di Poca Luce

Damasa Figuera, mai veramente dimenticata, solo da faccende di questo ufficio – o vita – nascosta alla mente di Samana, mi ascolta? È tanto che Ella manca, con persona a me troppo cara, da questa illustre prigione di un Aragona! Ora, senta: la vita, qui, ripresa molto lenta, dopo partenza cuor mio, *cioè chi Lei sa*, intende. E se qualche volta potessi *spiegarLe*! come e quanto ciò mi sarebbe caro! Quell'inquieto giorno, e apparizioni e mutamenti che tormentarono la sua testa infelice, consegnarono anche a me lungo senso di colpevolezza.

Vi è nella vita, Figuera, un che di laconico e di indicibile (direi *comandato*), che sforza al pianto, la rivolta. Ma dire, come possibile? Forse, chissà, tutto molto semplice, se si volesse; ma non con tutti: *è pertinente*.

Di conseguenza, forse, non spiegherò niente; ma se Lei soltanto volesse, Figuerina, al Museo Marino raggiungermi (che è attiguo alle Carceri, perciò a Lei dolce), molto bene per me sarebbe. Su, venga – sempre se possibile! Sua

Samana

Ricevuta questa lettera, con sentimenti che non dirò, oscillando tra l'indifferenza e non so che tremendo sospetto di risveglio, e ritorno, poi, a sensazioni assai note (della sera al porto, che non volevo ridestare), decisi di non farne niente. Ma tutto il giorno ci pensai. E l'indomani, ore nove, eccomi di nuovo al bosco che circonda il Castello.

Il luogo, in poco più di tre mesi, era mutato. Voglio dire che si era non so se ristretto o scostato impercettibilmente, ma non a un occhio avido di ritrovamenti. Era tutto più scuro e chiaro di un tempo, nel senso che le luci di settembre dividevano il paesaggio in colori, o meglio ombre e luci, assai nette: gli alberi mi apparvero non verdi, ma completamente neri o bruciati, e così fosca l'erba dei prati; mentre il Museo e le Carceri stupendamente bianchi.

Il cielo, in alto, era il medesimo di purissimo azzurro, crudele e freddo, della mia visita precedente, e lo trovai così doloroso che dovetti abbassare gli occhi.

Per il resto, non faceva più caldo, ma tirava una fresca arietta di recenti piogge, e si avvertiva certo, malgrado l'azzurro prodigioso del cielo, pura maiolica cinese, il cammino inesorabile-rovinoso del tempo.

Samana era ad attendermi sulla soglia della casa, vestita di rosso con un che di azzurro, e mi vide appena che mosse alcuni passi verso di me (era calzata anche finemente di azzurro) e gentilmente mi abbracciò.

Era il Finlandese medesimo, e non era. Faticai a tenermi ferma sulle gambe.

Ella, volgendo appena il bel volto deciso (naso medesimo di Lemano, teneri occhi di piombo, e una bocca pallida e ferma, solo le orecchie erano diverse, non così sventolanti, e la statura non così temeraria, anzi modesta), mi accompagnò all'interno della casa, prima in una sala vastissima e triste, poi nel suo ufficio, e qui era un affettuoso biancore. E conversando di mille cose e nessuna, mi offerse di prendere posto accanto al suo tavolo.

Ora, mentre Samana, intenta ai suoi doveri di ospite, e così conversando amabilmente, mi intratteneva senza proprio impegnarmi, la mia mente se ne andava con la temuta violenza lontano, a quei mesi addietro; e tutto con pena riconosceva, e tutto interrogava. Dov'era Lemano, se mai davvero lo vidi; fu vero?

«Mia cara, mia buona Damasa, la vedo preoccupata» cominciò la maggiore Lemano, sempre con quei suoi occhi di piombo, appena arrossati, teneramente fissandomi; e come io nulla rispondevo: «Sempre» continua fissandomi, e calma «io ho veduto nella sua gioventù, come in quella di *altre anime*, un che di allarmato; e talvolta vorrei sapere le ragioni di tale allarme. Ma chi, poi,» quasi tra sé continuò «le crederebbe verità? chi, dico, non possedendo intuizione? E la posseggo io, Samana? Perciò mi domando se aiutare... chi... o che cosa... talvolta si possa. Non credo, se anche si vorrebbe... solo tenera amicizia, forse... per quanto assai labile».

«Sì, così è» dissi piangendo.

«E la ginnasiale, come va?» ella disse dopo un poco, cautamente – e piangere mi vedeva, e mi fissava tutt'altro che disorientata, forse abbagliata, sì, e cercando e non trovando soluzioni a dolore eterno, che forse riconosce, ella stessa rammenta. «Va bene?».

«Djotima?» dissi.

«Djotima, sì».

«Da chi... saputo...» io, ma senza sorpresa.

Rise.

«Da Reyn,» gentilmente disse, abbreviando il nome; e subito, premurandosi sorvolare tal nome, al quale, di recente, io udivo alternarsi grida di campane e marine tofe tremende «da Misa anche» più teneramente soggiunse.

«Misano?» dissi.

«Che da Cyprisso... tutto... saputo... Buone anime!» disse.

«Sì» dissi.

Parlai a questo punto (sollecitata in ciò, suppongo, dal suo silenzio amorevole, eppure già vago inquisitorio attento), parlai della ginnasiale, avendo cura, però, di sdrammatizzare; e ciò, un po' per fierezza, un po' per pietoso sentimento. Sì, nella stanza di Rassa e Dasa, un tempo indiana, ora c'è alcova di sposi, e Dasa in altra stanza. E tutto ciò un po' inutile, in quanto Lee, appena sposato (a Biserta), fugge a Cadice, poi più oltre. Non tornerà, dice (da

lettera solenne). Cora non ama più. E Cora, intanto, aspetta un figlio.
«Strano, quindi...» Samana discretamente osservò.
«Sì, probabile».
«E difficoltà anche, posso supporre».
«Discrete».
«Cora, intanto, molto dispersa... attonita...».
«Sì, veramente. Ma poco lamenta».
«Buona figlia, Cora».
«Sì... se buono... che intendere».
«Direi: stupore».
«Allora sì, certo. Buona certamente».
Altro vasto silenzio.
Avvertivo, in tale silenzio vasto e puro, non so che distante giudizio, di passaggio, sulla casa apasa, o marine, sulla effettiva situazione di Damasa, sul fatto che, di concreto, Damasa non ha più nulla; nemmeno luogo dove posare il capo, riflettere.
«Quanto?...» disse dopo un po'.
«Cosa?».
«Di lei età, Damasa».
«Diciassette... ancora».
«Già grande, dunque».
«Be'... sì».
«E programmi?».
«Cosa?».
«Idee, su vita... come sistemerà, cara...».

Mi annebbiai, mi distrussi! Era l'interrogativo, il male. Dove sarei andata, ormai, che tutto mutato, e Apo e Apa irriconoscibili, in sogno dimentichi, e muti gli studenti, deserto nostro mare?

«Cara Dasa» la nota voce calma, grave.
«Sì, ecco...».
Esitando mi guardava.
«Mestiere ne ha... lo scrivere... certo...».
«Questo, *mestiere*?» con sorriso dico. «*Vero?*... Lei crede?».

«Sì... forse... sebbene di poco».

«Di poco... sì...» dissi.

«Reyn diceva, però,» Samana con franchezza disse «lei potrebbe, intanto, piccola pubblicazione stampare. Non altri rendiconti, Damasa, scrisse?».

«Sì, due; forse quattro... cinque...» (intendendo: prossimi).

«In tutto, otto probabilmente...» illuminandosi disse. «Perciò, proviamo mettere insieme primi e altri...».

«E con ciò?» dissi.

«Con ciò – *dopo* – Damasa avrà documento... direi lasciapassare. Da Toledo fuggirà... in altre sedi... come Lemano!».

Ah, io non mi sbagliavo! Vi era qualcosa, vi era una fine polvere, un filtrare sottile di avvertimenti, in tale discorso; vi era un franco, quasi brutale conoscimento della mia situazione di toledana sulla via dell'Ovest, ma da qualcosa smarrita, fermata; e questo qualcosa è incivilitudine, ignoranza, inadeguatezza alla vita, gli averi, il medesimo minimo essere. Vi era un dirmi assai rapido «costruisci qualcosa, e fuggi, Damasa». Vi era anche, in quella disperata, radente allusione a Lemano, vi era trasporto del cuore, incitamento taciuto e puro; cosa che dire non si deve, ma accenna: che là, dove lui era, crescendo, divenendo adulta, raggiungerlo, forse, avrei potuto. Là, dove orrore esaltante della vita, sua altezza, anzi segreto strepitoso – sempre appena intuito –, precipitare, finire. Là, un giorno, divenuta consapevole e svelta, potrò con gli altri allinearmi sulle vie dell'Ovest, vie di radente luce.

(Sì, era così).

Avrei, forse, avuto Lemano, là; e sempre al suo fianco perduta, nella sua giacca contro il viso perduta, e poi naufragio. Naufragio di tutto.

«Via, si calmi!».

«Questo terrore, non bene» dopo un poco Samana aggiunge.

«È che io...».

«A D'Orgaz potrebbe mandare. Suo amico, no?».
Come, quel nome, brillò lontano, estinto!
«Sì, ma ora un po' stanco, credo».
«A lui mandi, o a Bento, se vuole. Tutti leggiamo "Nuova Gazeta", sa?».

Svanivo, morivo. Negli occhi tenero-crucciati (medesimi di un altro), leggevo: «Vidi, Damasa, le sue *Case spente*... E non vorrei che spente. Nemmeno Lemano... spente».
Lacere fantasticherie!
Andò a un altro tavolo a prendere certe lettere. Ne tolse una, che riconobbi come una presenza:
«Guardi» fa.
Lessi parole così:

Città di luce, September

Samana cara,

tutto a posto, maledetto per sempre in questa terra anormale. Perché, Samana cara, come sarà normale una che non è patria? Penso come ammazzato la mia Toledo, e il Carcere bianchissimo, e il prato che fu nero nel sole. Dio mi restituisca il mio lutto, credi, è la mia preghiera.

Qui, sistemato bene: pensione, studio. Vita morigerata, anzi da vero certosino, per quanto odio conventi.

Samana di luce, madrina del cuore e mia forza disumana, perciò: calma! A me non pensare frequente.

E, sentimi, un saluto a tutto: la cella dei miei arresti e, se la vedrai, la casa al Ponte dell'Antiquario... Là rimase il cuore di Lemano.

Che sarà mai questa vita senza patria, Samana mia? Un lutto, credi. E così vivo, si vivrà. Senza cuore.

E *quella gente* salutami, con pietà e benevolenza: ma irremovibile. Troppo caro ho il mio lutto.

Tuo allievo, madre.

Reyn. A.

E, senti, salutami altre cose, la primavera, le navi. Di là si vedono, no? Le banchine mute.

«Chiaro, no?» disse Samana.

Non era chiaro nulla, e tuttavia così chiaro, incombente.

«Guardi, di nuovo piove» disse dopo un po' Samana, accostandosi come lui, quel giorno, alla finestra profonda nel muro bianco.

Una nuvola passeggera, ma non pioveva. Poi, dietro, riapparve il sole: un debole sorriso a lutto.

Io ricominciai così, in questo modo, a rivivere la mia vita, sebbene orribilmente mutata, a riprendere il filo insanguinato e spezzato della lontananza.

Tre mesi erano passati, simili ad anni. Dalle letterine, forse, fu detto. E tutto muto, e quanto. E ora si rianimava.

Solo ostacolo, non l'assenza spietata, ma la spietata presenza. Intendo: mia stanza occupata! Sempre, di là, la ginnasiale rosea al suo pianto. Io, Dasa, al despacho, con un letto di fortuna sotto finestretta grigia, e fosca; nervosissima.

«Non te la prendere, cara Dasa» dico talvolta.

«Non te la prendere» Albe dice.

È stato brutto, i primi tempi! Otto giorni dopo la sua fuga, Lee con Djotima tornò, non il povero Musi. Sposati! Regolarmente. Ma rotto per sempre suo amore felice. Non sopporta costrizioni, Lee. Sposata e dimenticata Cora, dunque, nella casa dei marine, e per i marine non più tempo, spazio, visioni, dilazioni, sogni, ma un ordine muto: affrettarsi. Divenire adulti. Partire.

Denari non abbiamo. Vita scarseggia.

Apa alle sue preghiere, dolcissima, rientrando conforta Cora. Piange sul letto deserto, Cora, e nulla attende. Viene Apo recando uno zabaione. Cora ci chiama per assaggiare: vuol dividere tutto.

«Senti tu, Albe! Senti tu, Frisco. Coraggio, Damasa: un cucchiaio solo».

«Non mi piace» dico.

In realtà, umiliata nostra situazione.

Ma ho pena di Cora, e affetto, dispettoso affetto anche.

«Oh, se tu tornassi via,» a volte mi sento dire «se mi restituissi la mia bella stanza. Di qua vedevo le luci, il mare, era la mia stanza, Djotima!».

E qualcosa – non Djotima che abbassa il capo dolente – mi risponde in fretta:

«Non Djotima, o Damasa, ti tolse la tua stanza, ma la vita, la vita che cresce e portò via il tuo Lemano, ricordi?».

Ora, alla mia cupa stanzetta del berretto bianco, mi sono un po' abituata. Nessuno l'attraversa, rispettano il mio riposo, la mia privatezza. Non vedo più il mare, ma le scale soltanto. E quante volte m'illudo di un passo!

Ma qui non venne mai, mai apparirà, il Finlandese!

Da un foglio a quadretti (diario), sopravvissuto al suo tempo:

Settembre, 18 di molto vento

Oggi, due giorni dopo la visita al Colle, mi riprendo.

Tutto così in pace. Cora, con Apa, fuori da stamane; in turno Ospedale del Regio Cristo, torneranno sul tardi. Con Cora, anche gli studenti mancano, e la forte Juana. Solo la Ce', nel suo ingressino (sento battere gli aghi della maglia), e, intorno alla casa, il vento.

Piove e c'è sole! E che presenze allucinate, in me.

Nient'altro, se guardo il foglietto. Ma come fischia la memoria! come prosegue, il *diario*, in me!

Zitta, esco dalla stanzina cupa, torno nella vecchia stanza indiana.

Il cuore mi si stringe, cercando invano la branda, le casse, i disegni, le antiche finestre e Rassa e quanto fu.

Più nulla, qui.

Solo, abbagliate tendine.

Mi sembra, nel vento, sentire sua voce di tuono, mi appoggio tremando al muro, mi sembra che i capelli da soli si sollevino, sento la sua giacca.

Oh Dio d'amore, Dio d'amore, quando verrà?
E questo vento!
Rientro, allibita, nella mia cella sulle scale.
Prendo una carta e quasi col suo pugno, scrivo:

> Se m'avesse toccata
> un giorno con le sue labbra ridenti,
> e se mi fosse il cielo
> lampeggiando tra sue braccia apparito,
> e fosse in quella ruinato insieme
> l'universo stellato;
> se m'avesse capita,
> e io lui, siccome al mondo soli
> astri, non forse
> saresti stato, mio cuore, felice
> come l'inverno stesso e il lamentare
> spesso ti fanno. Buono
> l'essere soli e il dio
> ripensare. Non bello
> è il paradiso sì che l'inquieto
> limbo non lo sorpassi. Lacrimare
> graziosamente al sole,
> dirgli tante parole
> graziose che non sente;
> fingere le contente
> sue voci, e delirare
> di meraviglia; poi destarsi, e male
> sentir per l'ossa; rigirare gli occhi
> tormentati alla folla,
> e riportarli ai luoghi superati;
> e conversar con lui, vederlo andare,
> poi lieto salutare,
> come non mai potrebbe, in fantasia,
> pure è la dolce cosa.
> Cerco la via più spoglia, e incurante
> di ogni fatto severo,
> mi abbandono col mio vario pensiero
> a quel cielo inquietante.

Osservo un po' il foglio, rileggo con cipiglio amoroso. Quanto tempo passò da questa pratica delle composizioni ritmiche, e ora sembra difficile scrivere alcunché. Che ho detto, qui? Dissi forse ciò che ho in cuore da tre mesi, e alla vista di Samana, alla sua pietà, tanto simile alla pietà di Lemano, si è riacceso? Dissi questo vederlo senza vederlo, suo essere, senza essere, mio particolare – desiderando suo abbraccio – infinito lamento? Dissi questo, forse? No! E, dopo una stravolta esitazione: «Allora subito dirò... proverò».

E in secondo foglietto, sempre con sua mano carissima, voglio dire sentendomi sua cosa, sua mano, spalla, gamba, occhio lacerato, tempesta di caldo e freddo, cioè Reyn A. Lemano, aggiunsi:

> Lamentarmi non vale. Ogni parola
> mia pensosa mi lascia, e uno scontento
> vario nel petto sento.
> Corre il triste pensiero
> a lui soltanto, al vero
> bianco compagno mio presso singhiozza
> quasi con voce mozza. Se abbassare
> io dovessi i ginocchi
> sopra la terra, lo farei: placare
> però vorrei il dolore.
> Mai dolore più dolce. E che egli m'oda
> spavento mi trattiene,
> e che non m'oda più tormento insieme.
> Sì gentilmente muove,
> sì vivamente il grazioso capo,
> e sospira e mi parla
> ogni momento e ascolta, in fantasia,
> poi che tutta la mia
> anima tiene incanto alto, stupore.
> Dormo piangente, e viene
> a consolarmi. Levo
> la mattina lo sguardo avanti al sole,
> e lui accanto ritrovo,
> e sempre parla silenzioso. Dio
> più non conosco, fuori

> del suo lieto fantasma. Egli mi uccide
> piacevolmente quando sorge, ride
> sì gentilmente, spare,
> riappare e mi domanda
> cosa mi offende.

Scrissi altre cose; poi, indifferente:

> Lemano mio. Figura
> spaventosa che il cuore
> volle crearmi a fianco: io m'addoloro
> sì vanamente, io piango
> sì vanamente, sempre. E finto m'odi,
> ché lieto ad altre rive forse vai.
> Penso la giovinezza tutta quanta
> all'onor tuo fra bei pianti immolata:
> oh, inutilmente! Presto
> sarai mutato.
> Ti sento
> fra gli estranei venire,
> pallido ardente e dirmi
> teneramente non so che, quale odo,
> talora, un vento.
> Oh, vanamente! Presto
> sarò svegliata.

A lungo rimasi a guardare questa composizione, non trovandola né bella né buona, tutt'altro, anzi sentendomi, riguardo a questo o quel brano, piuttosto perplessa, disincantata. Ma l'espressività ritornava. Non più così lontano il momento in cui pativo e credevo possibile superare, nella parola, il patimento.

Ah, era qui vicina, espressività cara. Ma come mortificata, umile davanti a vita; e vita – e non me, Toledana – guardava.

Mentirei, tuttavia, se non aggiungessi che trassi da questo modesto ritorno ai miei esercizi una non lieve consolazione. L'espressività di nuovo si appressava in me, e mi pareva – come donna che ti prende per mano – invitarmi con mansuetudine grande a voler superare il ponte che mi aveva allontanata da me medesima. Per tenerezza piansi.

Sì, tutto, o se non tutto *quasi* tutto, infinite fondamentali cose nella mia vita erano mutate, o stavano per mutare, forse impietosamente, ma la espressività mi assisteva ancora, poteva farsi mia ancora.

Grazie, mite D'Orgaz, antico Signore.

Dall'ospedale, tornando Cora con Apa, e subito dopo riapparendo, con mantelli di pioggia, Albe e Frisco, seppi che, grazie alla Nostra Senora del Mare Interrado e alla piccola Mosera, tutto bene, solo Cora un po' stanca. Non basta zabaione, occorre pace del cuore e amore dei nuovi fratelli.

Albe, sentendo questo, mi guardava gentilmente, e dopo, rimasti soli nel mio stanzino, si accosta e dice:

«Damasa del cuore, come va?».

«Così...» dissi.

«Scritto ancora?».

«Be', un po'» dissi.

«Senti, Figuerina,» (così, talvolta, col nostro patronimico, Albe con affetto mi chiamava) «io, da tempo, per te sono preoccupato...».

«No» dissi, temendo con tutta l'anima, sparendo perciò nelle spalle, il nome impossibile.

Con bontà, come comprendendo, abbassando il capo, rassicurandomi:

«Che soffri lo vedo... in questo stanzino».

«Tu fantastichi» faccio debolmente.

«Dasa, non credo. Troppo ingiusto tutto,» prosegue «e io lo vedo. Ma anche Cora non bene... e qui estranea, senza il marine Lee: perciò, vedi, ci faremo forza». E dopo una pausa:

«Presto, anch'io sopra nave» dice «porterò pane, cioè manderò buoni vaglia, e così, aiutandoci il mare...». S'interrompeva fioco, come ciò non credesse affatto, come tutto lo smentisca; quindi, a voce più bassa, e insieme più esaltata, tremando: «Perché noi vivremo, Dasa, credi, *noi vivremo ancora! noi ne usciremo!* Chiedi perciò, cara, sforzo al tuo coraggio... o mestiere, se credi».

«*Come*, Albe?... spiega».

«Scrivi ancora. Presto pubblica».

«Questo... non so... ma vedremo» con pietà, con stentato sorriso dissi.

E questo dialogo essendosi arenato, egli concluse dopo un po', serio, sibillino:

«Tutti ci lasciamo, vedi, Damasa; *io noto, io so*. Ma se il lavoro non lasciamo (tutti noi che ci lasciamo), noi non ci perderemo, no, mai, *definitivamente*! E un giorno, *il nostro paradiso ritroveremo!*».

E illuminandosi tutto, passeggia un poco per la stanzetta, guardandomi come uno che pensa, vede terre, vede, oltre l'onda acuta, cose rassicuranti; indi, come se avesse parlato solo a se medesimo – non più vedendomi –, altamente trasognato lascia la stanza.

Io, dalla mia nuova stanzetta che era, come dissi all'inizio, precedente quella di Apa e Apo – dove ora Juana dormiva –, vedevo talvolta attraverso la porticina aperta, e poi oltre il successivo balcone di luce e gerani rosa sulla via del Pilar, ancora la marina quieta vedevo, e talvolta gabbiani e opere portuali, antenne e bandiere – tutto lucentissimo ma minimo, come, direi, da me staccato. E sentivo, la notte, parlare Apa con Manuele Carlo. Ma là, più non entravo. Mio mondo era questo stanzino sulle scale.

Altro mio paradiso, oltre questo, era tornata la finestra della stanza Rossa (attigua al despacho, e precedente la stanza indiana), sulla Rua Ahorcados; e da qui, da codesta finestruccia sbilenca, quando ero sola in casa, o quasi, perché Apa e Cora riposavano e gli altri erano via, mi riaffacciavo appunto sulla rua, guardavo, oltre la Dogana, la Collina. E qui riflettevo, o piuttosto consideravo, ricordavo, mi chiedevo: e ciò che era avvenuto, le partenze, la fine dell'estate mia diciassettesima, la perdita di tante strazianti abitudini, rivedevo come in un quadro.

Qui, un giorno, dopo aver scritto le due accennate composizioni, liberando un primo strato di notte rossa, mi trovai a riconsiderare, più fredda, il mistero di Lemano, quanto aveva detto di lui Samana, e quanto io udito.

E quell'allusione al lutto, in cui eravamo pari, mi colpì, ma compresi che oltre essere lutto per Dasa, era lutto per i luoghi dove non poteva tornare, cioè Toledo, essendone impedito da difficoltà arcane. E riflettei alle parole *carcere, cella dei miei arresti, patria*, poi *quella gente*, della lettera. Non capivo assolutamente se non questo, come già da tempo: essere il Finlandese impedito di tornare liberamente a Toledo da fatti e problemi vari, che erano personali e «storici».

Personale senza ben sapere che fosse, intuivo: si era promesso a qualcosa, una società, gente, cuori, e adesso ne fuggiva. *Storico*, era più buio.

Confrontavo nostra vita con altre di libri, e mi pareva capire essere qui, in Toledo e in tutto il territorio borbonico, da anni infiniti, forse settecento anni, o più, forse millenni, come un perdimento dell'uomo e sua preziosa individualità, suo domani soprattutto.

Quel:

Non, non!... Debout! Dans l'ère successive!

Dunque, questo presente tempo, nient'altro che maschera di tumulto; non altro, nostro mare di pace, che pericolo! Non vi era, oltre il calmo orizzonte, che derisione di nemici.

Vi era pericolo. Vi era qualcosa di vitale, prezioso, che se ne andava. Una condizione finiva.

Quale?

Conosce, al Café Canceiro, il Bel Figlio. Conosce poi una tempesta ignota, cioè desiderio di Lemano, e ne prova un mortale spavento. Il tempo, alla fine, si placa

Mi ero piegata, quel momento, sul vetro, ed ecco, due piani più giù, nella casa gialla di fronte, in buia finestra dietro vetro, rivedo due teste un po' amate, cioè Cyprisso e Misano, e mi ricordo loro saluto, lettere.
Mi ritraggo, ma già essi mi hanno vista, sorridono.
Anch'io sorrido, un po' falso, cioè seccata: bene, andrò.

Due ore dopo ero al Café Canceiro, Plaza Theotokópulos, e con noi – oltre Misa, Dasa e Da Cadmo –, sedeva uno sconosciuto dalla faccia strana, di saraceno, tanto cotto nella pelle, con occhietti acuti, una banda di capelli lisci e scuri sulla guancia affilata, lungo come *l.* Era Adano Jorge, amico della Persona di luce; e scotendo la testa, al mio apparire, quasi vedesse un bimbo che brancola, e sorridendo amorevolmente, aveva chinato la elegante testa a sinistra (come poi lo vidi sempre, quasi perplesso, mentre invece era giovane uomo sicurissimo). E, ripeto, sorrideva.

«Dunque,» disse Adano poi, fissandomi per scherzo (dopo alcuni convenevoli) «ecco l'idolo di Aurora. Conosce, Damasa, Aurora Belman? Gliene hanno, questi fanciulli, parlato?».

«Aurora? No» dissi.

Mentre queste parole rispondevo, l'antico Canceiro si era illuminato. Vidi, essendo le sei di una sera di settembre, tra rosa e giallo livido, divenire verdi gli specchi, e poi indorarsi come polene.

«Bel diamante» Adano disse.

«Chi?» dissi.

«Be', la Belman, cara Figuera».

Rimaneva il mistero di quell'*idolo*.

«Cosa,» dissi dopo un po' «senor Jorge...».

«Eh, no, *Jorge*: piuttosto *Adano*. Tale mi sento» egli fa con un sorriso ambiguissimo.

Mi alzai appena, ritenendo incerta la mia posizione fra essi, dato che mostravano e non nascondevano di sapere la tristezza mia; poi, guardandosi con pietà Cyprisso e Misa, e abbassando gli occhi il Bel Figlio, detto Jorge, mi sforzai a un sorriso frivolo.

«E questa Belman... perché,» chiesi «come... io... *idolo*?».

«Sue storie» disse grave.

«Storie, come?» allarmata domandai.

«Scritti... fosche leggende. Andiamo, Figuera, mia Damasina. Spiegazioni, come sa, inutili».

«Gelosa, Aurora, di Adano» Misa, mondanamente, spiegò.

«Fu errore, creda» come fiamma io dissi.

«Oh, ben credo! Lo so» Jorge disse.

Si parlò, qui (io vagamente inequilibrata), di cose studentesche e più su, come gazete literarie. Si parlò delle cose toledane e borboniche. Don Pedro sembrava, al nostro Jorge, intollerabile. Di nuovo, dopo Rassa, sentivo con foga tal nome. Poi, di pioggia venimmo a parlare, e come vola settembre, e le rondini se ne vanno, se ne vanno i toledani migliori oltre il mare e il Monte Acklyns. Presto, anche lui, Jorge, partirà.

Come ascoltavo incuriosita, guardandolo, vidi che Jorge mi guardava; e di dispiacere e spavento trasalii, essendo uno sguardo assai simile – sebbene meno grave, nel suo sorriso – allo sguardo di un A. Lemano.

«Bene, Figuerina,» egli disse a un tratto «Aurora conoscerà. Quando?».

«Non so. Domani, probabile».

«Gracias. Io, ora, devo andare» e, preso un suo berretto rosso con visiera verde, dalla panca si alzò. E mi si era accostato (mentre i due seduti) e caramente mi guardava.

«Bene... ecco... non so... molto stupido, Misa, non è vero, questo berrettaccio? Per piacere a mia luce» calzandolo disse.

E a me, grave:

«Lieto, Figuera. Adios, cara».

Egli, l'indomani, non si fece vivo, né con lui gli studenti, tanto che presto mi dimenticai di questa signora Belman di cui ero curiosa, in certo senso (era figlia di un'Eccellenza, o notabile o principe, non so). Ma che m'importava!

Pochi dì appresso questo ritrovamento al caffè, e avendolo anzi affatto dimenticato, e trovandomi di nuovo sola in casa, per ulteriore viaggio di Cora e Apa all'Ospedale del Regio Cristo, provai di nuovo (forse erano le quattro di un giorno lieto-triste, cioè con sole fuggevole e passi di vento nel silenzio grande, forse erano le sei), provai di nuovo quel senso di fame deserta, che adesso era la particolarità più atroce del mio rapporto con l'assente Lemano. Una tale fame di questi, che lì per lì mi sentii mancare.

Altre volte l'avevo avvertita, benché al più fosse incanto e sogno. Ecco, mi pareva vacillare come un'onda altissima, che non può rovesciarsi sulle altre, pure ardendone (di riposo). Crollavo senza crollare. Senza morire morivo. Senza respirare respiravo e senza aprire bocca bevevo. Ma, pura aria, Lemano, pur sorridendomi, non mi toccava.

Io ardevo di gettarmi nelle sue braccia, come la bestia ferita nel mare, e là dentro sparire. Ma il mio territorio d'acqua, non era. Nulla, se non l'assenza, esisteva.

Davvero orrendo momento.

Boccheggiai, e mi dissi:

«Un attimo, Figuera! vediamo!» e chiusi gli occhi, e mi appoggiai a una parete che precipitava, ma, riaprendo gli occhi, io sola esistevo, e Lemano non era.

Mi venne, Dio, un tal senso di notte, di vuoto, di spavento di me medesima, e la nostra piccola antica casa e Toledo intera, che come il pesce caduto nella rete mi avventai contro la finestra, la porta! E le apersi, e udii il vento passare. E come richiusi, né il vento era, né più niente.

Allora, mi ricordai quel gran grido di A. Lemano, quel forte lamento:

«Io muoio, e *lei non sa, lei non sa*, gran Dio!» (così al muretto).

Uscii, quasi subito, e mi precipitai oltre la Plaza Theotokópulos e i Reali Giardinetti, fino all'aperta e solitaria via del mare.

Ora, essendo forse le sei, il cielo erasi annuvolato. Nette e potenti verticali nuvole venivano dal Monte Acklyns, cioè l'Est, e increspando e dipingendo di nero il mare si precipitavano verso l'Ovest ancora molto pallido, fra le case e gli orti di Santo Espriu, a cingere la Fortezza, così come tutto l'animo mio avrebbe voluto cingerla, ma così non era.

Trovandomi ai Giardinetti, non un momento ricordai gli anni della mia infanzia tardiva, e le lettere qui aperte, di Papasa, e la sorpresa, di poi, di D'Orgaz e Robin che erano a casa. No, io non ricordavo niente, né Rassa, né le scritture, solo questa fame. E di dolore piangevo, e gridavo anch'io qualcosa, aggiungendo nella mente (al Dio degli apasa): «Salvami».

Nel mio sguardo intorbidito, il mare si presentava, qui, di traverso, immensa tavola obliqua. Faceva freddo. A riva, erano basse piccole schiume. Lontano, prima nero, poi oro.

Poco alla volta mi calmai.

Eccomi, ora, in una strada più larga, sempre lungo il mare, e dato il maltempo, deserta. E qui mi parve di vederlo, venire a me due o tre volte, con impeto, entro una luce verde di acque, e due tre volte come quest'acqua sfasciarsi lungo e contro la scogliera, poi risollevarsi, ricostituirsi e avventarsi. E sempre con quel volto gentile, di cui desideravo saziarmi, e quel sorriso ora stanco, ora amorevole, ora terribile.[1]

Tornai a casa, sul tardi, e subito mi coricai. Non volevo si vedesse il mio viso, in casa, parendomi tutto scorticato dal mare.

L'indomani, stessa ora, essendo ancora sola nella casa dei marine, riprovai lo stesso desiderio, e così due o tre volte in successive sere. Ed era di forza tanto tremenda che mi pareva morire.
La quarta volta, esso, proprio come una mareggiata, mostrava una certa stanchezza e ne ringraziai Dio.

Il giorno dopo, poi, non essendosi più ripresentato, mi ritenni salva, e ne detti notizia, credo del tutto scolastica e marginale, nella composizione che do, similmente alle altre, tal quale la scrissi. Era: *Spavento*.

> Fui sulla strada che non era sera,
> giorno non era. Torbida
> era quell'ora e piena di spavento,
> che se ti passa il vento
> dentro i capelli, ti rivolgi e credi
> udire fuggitivi passi. Il cielo
> smoriva cupo, il mare

1. E qui sentivo veramente (sebbene poi dimenticato) che vi è nell'uomo qualcosa che non è suo, ed egli – l'uomo – è semplice schermo, o via, percorsa da tali Immensi, diretti non sai dove, gridando non sai cosa. E tali forze, poi, ordinano la Musica, le altre Arti – e anche la Poesia e la Pietà – e resistono alle Guerre; finché tale schermo si consuma, e le vie già umane tornano deserte, le Arti tacciono, e la voce tormentosa della Guerra – o del vento – torna a riempire le solitudini senza vita dell'anima.

s'anneriva. E non suono
era, di un'onda, ai viscidi scalini.
Vidi una vela andarsene. Una spada
gialla scendere a lei, rompersi fioca
in viola. Ed io tremavo
estatica, volgendo alla Collina
i miei rapidi passi. Questa, simile
a un paniere di lucciole gigante
sotto il verdino cielo scolorante,
tutta fiammava. Spesso,
a terra volti gli occhi, inebriata,
il mistero guardavo
dell'ora e del silenzio. Un'alba è certo,
dicevo, un'alba, e fuor del sogno io vado,
fanciullina, per vie di sconosciuta
città straniera, sconosciuta io stessa
a me, e ignoto
beatamente il tempo e l'avvenire.
Pensavo. E il lume errante
sulla marina incerta ecco passava
alla mia altezza, come un lume d'angelo
venuto da non so dove. Una riva
certo barbara, un lembo,
nella notte di povera foresta,
dov'egli, addormentato
sempre, o soletto, fra di sé cantava.
Angelo. E che vorrebbe? Ed estasiata
io rallentavo il passo docilmente,
come fanciullo che non sa più il male.
Quindi, ferma aspettai.
Passò la luce timida rivolta
alla collina di Ponente, e vuoto
fu tutto il mare.
Allora, te rividi, ed esclamai
donandomi. Mi stavi
esile presso, con l'incerto viso
soddisfatto, e il tuono
labile della voce, e la tua mano
sfiorava il braccio mio. Dicevi: attenta!
Sorridevi alla mia faccia contenta.

Prima risi. Poi, alzando
gli occhi più, e meglio, ai tuoi, ché desiderio
dolcissimo premeva
l'anima, e non trovandoli, gridai
selvaggiamente, come questo cuore
di fanciullo (non sai?) grida. La tua
voce! il tuo santo
camminare! il tuo splendido sorriso
che ci fa sospirare!
Tutto questo lontano
era già nella sera.
Fosti lontano. Solo udiva il mare
muto, infinito, il correre;
solo la fioca spada
di viola ne parlava
– con pensierosi cenni, tutta china –
alla spenta Collina.

Eravamo, ormai, alla terza decade di settembre, ed era il mare, dopo la mareggiata, di molto calmato, e così il cielo. Ma era sempre più fresco, e finite ormai le belle giornate si andava verso un ottobre incerto.

Non so dire come, da un momento all'altro, dopo quella esperienza tanto orrenda (ch'io credevo malattia, e forse mentale o del sangue, chissà), che mi aveva portata a fuggire lungo il mare, tali giornate si erano fatte più stanche e direi normali, se mai parola così rassicurante potesse attribuirsi a qualcuno o qualcosa che fosse in rapporto con la casa marine.

Rapida visione di Belman. Il dolore di Jorge e sue confidenze. Di una croce che vede nel cielo stando con Jorge. Quinto rendiconto che intitola: «La Bella Casa»

Avvicinandosi l'autunno, io adesso, come vedessi davanti a me rifluire i trascorsi anni, sperimentavo, benché ogni visione di marine e finlandesi potesse dirsi cessata, una nuova amara giovinezza, la quale, curiosamente, viveva di questa particolarità: che tutti gli odori delle acque marine e celesti, impregnanti la terra, i legni, le case toledane, ritornavano oggi verso di me, portandomi, come usano le mareggiate, rottami degli anni dispersi. Ogni giorno era pieno di visite silenziose e inebrianti. No, io non vedevo più la gioventù delle navi, delle *Marie Morales*, delle chiese e dei mari morti, però l'avvertivo nell'aria, come presenza purissima.

Me ne andai più volte, quei giorni, alla Plaza Guzmano, e senza più accostarmi al Quiosco, lo contemplai. Andai al Mare Interrado. Entrai nelle due chiese, ora con Frisco (sempre più taciturno), ora sola, e salutai la Roseda e la Piccola Virgo Hispanica. Risalii anche nella vecchia città, mi spinsi verso la Porta (o il Ponte) delle Cento Albe. Ritrovai un giorno, con non poche difficoltà, quel muretto dove il Finlandese mi aveva tenuta sulle sue gambe. E ogni volta era un ammutolire, uno svenire quieto, freddo. Cos'è mai, gran Dio, mi dicevo, questo sangue o anima o notti, cos'è questa Toledo?

Un giorno, risalendo le Scalette di Santo Ignacio, che dalla Plaza Guzmano portano al Cristo Nuevo (dove avevo ritrovato, pietosamente inferma, la Mamota dei miei anni tredici), ho la rapida visione di una carrozza che va verso detta chiesa e plaza, di una bella gente e un lieto ridere rosa, e mi fermo, e già la carrozza è volata. Ma, accanto a me, quieto, sta Jorge. Vestito poveramente, col suo rosso copricapo e visiera verde, e viso scurissimo.

Io pensavo altro, pensavo Lemano, un istante, in quest'ombra, lo avevo creduto. Perciò, muta.

«Così,» fa Jorge con repentina gioia «ci vediamo, Damasa».

E poiché io ancora muta:

«Senta, l'ho vista altre volte... seguita, sì...»; e ridendo: «Chi era, in quella carrozza, non sa...».

Subito, il cuore perduto pensò: Lemano, ma un istante solo; essendosi lo studente fatto più grave, come chi sa il dolore delle assenze.

«La Belman, no?» dico cortesemente.

E poi, colsi quella sua parola: *seguita*... Perché?

«Al mare, un giorno... Cioè sera. Volava. Che aveva?».

Ancora guardavo l'arco in cima ai gradini, tra due muri obliqui, dove la carrozza era sparita.

«Senta... qui no... andiamo» fa Jorge. «Ecco, prenderemo un caffè».

Entriamo in un localuccio freddo, profondo, povero, e così la bevanda. Ma, sugli specchi appannati, nuvole rosse di tramonto – cioè, solo l'orlo, il centro verde o nero – passavano. E bel vento. Male non si stava.

Era la prima volta, dopo tanto patire, che io me ne stavo con una buona anima, in certa pace di sera ventosa e limpida, essendo Lemano lontano, e il mio cuore in oscura quiete. Lo studente, vicino a me, attento mi guardava, e poi sospira:

«Difficile vita, Damasa mia».

In breve, venne a raccontarmi, con una franchezza che lì per lì non stimai necessaria, ma di cui appresi dopo tutta la bontà, del suo stato di disgrazia presso la Persona di luce (dianzi, nella carrozza, passata). Rifece la storia udita quel giorno, come in un balbettio, da Misa e Cyprisso: che prima, egli, Jorge, era con una dal fiocchetto rosso, cioè Pinita, il sogno di Roncisvalle e Albe (dei quali, proprio da Pinita, aveva sentito parlare). Non ebbe quella volta, ammise ridendo, scrupoli, nel senso che non lo toccò il dolore dei due amici, e presto, poi, Pinita piantava. Ed ecco che ora paga! La Persona di luce, in breve Belman, dopo sei mesi di gioia erasi staccata. Ma egli non la odiava – sempre ridendo disse –, no, affatto, anzi più l'ammirava.

Ah, io non sapevo, disse – «Figuera, figlia, lei forse non sa» –, quanto degna d'amore e stimabilissima, tutto sommato, Belman. E che il suo apparire – ancora assai lieto, ma come in fondo volesse piangere – era vera luce d'aurora. Parlò ancora, e acutamente, della Belman, dicendola regina di cuori, di fiori, di luce, come poche altre, e con negli occhi una luce *inobliabile, figlia!* E tale creatura, sottolineava, che pure viveva in un palazzo bellissimo, oltre le mura d'ombra di Toledo, dove la Città dei Re odorava di rose e di gelsomino, tale creatura era pazza di me, Figuera, o, meglio dire, delle mie cose curiosa assai, ed esaltata, tanto da parlare sempre di me.

«E come non m'incontra?» distrattamente io dissi.

A questo, subito non rispose; e mi accorsi che con più tenerezza mi guardava, ma come padre, direi, più che nuovo amico; e presto disse:

«Tu, Figuerina, soffri assai».

«No,» dissi «perché?».

«Be',» disse sorridendo «lo so, lascia stare».

Essendo ormai ancor più diminuito il verde-rosso lago del cielo, cioè notte sopraggiunta, mi pregò di passeggiare un poco con lui. Ed ecco che uscimmo, e pur tenendo, quasi per gioco, la mia mano (cosa che non volevo, ma non sapevo come dirlo), vidi che era ripiombato in un dolore grandissimo, mite e feroce insieme, ricevendo e sopportando ondate, dal cielo, della sua Belman, ondate tanto simili alle mie, di Lemano, che mi parve, per un po', essere Jorge medesimo.

E mi accadeva di provare per lui, cioè questo Bel Figlio, un sentimento mai conosciuto finora, se non per Albe – di pura fraternità, tremito di ammirato e triste affetto, sicurezza e timore insieme non per la mia storia, ma sua. Ed era la prima volta davvero, e mi fu quindi assai caro.

«Ecco,» diss'egli mentre scendiamo attraverso Toledo già scura, dalla Plaza Dragonio alle vie sinuose del porto, «ecco, già la notte raffredda la luce» (parole, ricordai con stupore, quasi identiche a quelle di Lemano) «e teniamoci perciò insieme, figlia».

«Che luce, Jorge?» io dissi (dispiacendomi chiamarlo con l'altro nome, che usavo nei rendiconti per il Finlandese).

«Vedrai, vedrai» egli con tristezza dice.

Poco dopo, eravamo nella Plaza del Quiosco, molto animata di tram e luci, e qui io mi fermai, temendo egli volesse seguirmi nelle vie segrete della mia vita con Lemano, cioè nel Vicolo Spagnolo e poi le Rue Azar e Ahorcados, che era proibito da non so che; e qui, addossato a un palazzo simile a un dorato galeone, con festoni e balconi rotondi e finestre lunate, sito appunto all'inizio del Vicolo Spagnolo, vidi che non ci pensava, e dolce sembrava, assai triste, come uno perduto in non so che visioni di Belman.

«Vedi nulla, lassù, figlia?» dopo un momento dice.
«No, Jorge, niente vedo» dico.
«Guarda più attenta».
«Precisamente dove?» dico.

La luna, muovendosi tra le ormai scure nubi di pioggia, illuminava, entro dette nubi, muraglie scoscese, grandissime. E là, poco dopo, fosse l'influenza di Jorge, o altro, vidi

passare un tumulto, come di eserciti che combattono presso una torre. E cadevano e morivano senza lamento. Poi scomparvero di colpo, e in loro luogo una croce di sangue, altissima, con rose al posto dei chiodi. Sopra ancora, al posto dell'I.N.R.I., era scritto:
«In nome di Belman! In nome di Aurora Belman!».
In caratteri di luce.

(Due spiriti, davanti a tale croce, vennero poi con un calice, dalle nubi in volo, e s'inginocchiarono quasi distesi. Lontano, sullo sfondo, in un varco azzurro, apparvero due isole. Poi fu notte silentissima).

Risi, tanto pensai fosse, questo, mio sogno.

«Vedesti nulla, figlia?».
«No, Jorge» sinceramente dissi.
«Io vidi che di ciò muoio. Ma attento, attento,» gridò riscotendosi da quella repentina visione «attento chi innalzò quella croce! *Perirò* con lui, figlia».

Parola, l'accennata, detta con totale odio, ma anche malata.

Ero tanto avvezza al parlare stretto, telegrafico, simbolico e direi rovesciato nei suoi significati, inconcludente per la intensità dei movimenti interiori; talmente nostro linguaggio, di Lemano e gli altri e mio ancora, traboccava spezzandosi sotto tali ondate, che croci stupori «*perirò*» nomi di fuoco, odio e minacce non rimasero più di un istante nella mia mente. Ecco, qui ancora si fermava con me il Finlandese; qui la sua energia malinconica mi abbracciava, qui...
Ricordi, ricordi! Brucianti, benché di mare, alti come ondate, che tutto l'attuale silenzio sommergono.

Jorge, come mai stato, se n'era andato.

Camminavo ora, adagio, nelle mie strade solitarie.

Ecco il Vicolo degli Spagnoli, ecco la Plaza di Dogana, e la taciturna spenta bottega della Rua Azar, ecco le luci morte del mare.

Ricordai i primi incontri; dietro la sua elegante figura dai baveri alzati, scorsi D'Orgaz e, più lontano ancora, Madras, Rassa, Papasa, il misero Morgan. Su, non mi aspettava più la mia stanza indiana, piangeva, dov'era stata la mia pianta, la giovane Cora.

Dovrò andarmene... partire!, pensai tra me.

E ancora mi domandavo, disperatamente: dove? come?

L'indomani, 31 ottobre, trovai sulla «Gazeta», che avevo comprato per non so quale curiosità – triste ansia di tornare indietro, tornare agli antichi giorni –, il seguente rendiconto, scritto da tempo, ma già partecipe di questo selvaggio splendore e mistero, e desiderio di pace, che ora mi circondava.

Non era granché, ma rileggendolo ne fui un po' emozionata. Riviveva in esso la mia antica fedeltà a D'Orgaz, ritornava, per quanto discutibile, e come infebbrata, l'Espressività, o via all'Espressività, che era mia unica terra.

Lo trascrivo senza nulla mutare, così come lo vidi, né soprattutto dilungarmi in critiche a una scrittura che andava partecipando sempre più, anziché di una interiore logica, di una dissennata e crescente necessità di fissare, se possibile, le sopraggiungenti visioni.

Eccolo.

Rendiconto di
LA BELLA CASA

Sul termine dei miei quotidiani vagabondaggi per le vie della città straniera, mi arrestavo spesso in una località strana e isolata e selvaggia, cui si giungeva a un tratto, superato un ponte. Un fiumicello dalle acque calme, di un turchino cupo a larghi e irrequieti anelli neri, scendeva molleggiando e mormorando tra le sponde di mirto. Sul leggero pendio di quelle rive nereggiava snello qualche cipresso. In fondo, dove il fiume faceva gomito, spiccavano sul cielo di un azzurro raro, quasi tra verde e nero, i merli candidi di una strana casa. Su questa pendeva, anello immacolato, acceso, intoccabile, quasi sanguinante e tristo, una luna al suo primo quarto.

Chi abitava lì? che gente? quale la loro vita?

Spinta da una curiosità non priva di malinconico affanno, io m'inoltravo frequente, specie sul finire delle belle sere di maggio, verso quella casa. Calcavo l'erba doppia delle sponde, miravo la mia ombra trasvolare leggera sul fiume, tra le acque e le canne mormoranti: avida figgevo l'occhio avanti, a spiare il segreto di quella casa. Ma sempre le apparenze della più serena e agghiacciante solitudine ritraevano mesti indietro i miei passi. E la città enorme, Via Lattea di quella valle, fulminata di lumi e di veicoli, mi richiamava col gemito affiochito delle campane. Salutando quella riva io tornavo, con disperazione, indietro.

Ma una sera (non so come ciò accadesse) io non tornai più indietro. Ah, era stata veramente curiosa e angosciosa la giornata di quella sera! Durante tutto il corso soffocante delle sue ore, nella mia casa al settimo piano di Via dei Mercanti, io, distesa bocconi sul letto, avevo finto (o piuttosto tentato) di dormire. Una oppressione terribile, come una vampa muta, mi aveva dapprincipio divorato il sangue e affrettato spaventosamente i battiti già cupi del cuore. Io, riascoltando in me, con una limpidità sovrana, l'affanno di una adolescenza prigioniera e vogliosa, la superbia scatenata di una giovinezza allucinata e sofferta, io mi sarei fatta fuoco per distruggere il Creato, cioè le benedette opere del Signore. Poi, oscuramente pentita, non più questo volevo: ma raggiungere non so che rive, navigare non so che mari (e ridevo), conoscere e adorare non so che impetuosa, sanguigna, demoniaca gente. Oh, sofferenza! E non potevo, no, ché nella Via dei Mercanti, degli odiosamente calmi e ottimisti e panciuti Mercanti, fasciati di sete e di ori, era la mia casa, e proibito mi era, da occulte convenzioni, non tornarvi la sera. Molto, dunque, io avevo sofferto, stringendo i pugni con furore mesto di belva, mentre le unghie si conficcavano nel dolente palmo. Tutto ciò per trattenere un indegno lamento, e, in qualche modo, sorridere a una mia potenza.

Ed ecco, dunque, giungere la sera, che mi porterebbe fuori. Indossando un mantello nero, che io possedevo; agganciandomi sotto la gola, con tremanti dita, il colletto, io vedevo in cielo raggiare tutta rossa la luna, nel cielo limpidamente turchino.

«Forse abita qualcuno in quella casa?» io domandai abilmente a una donna che, ravvolto il capo in uno scialle verde, pareva fuggisse tra gli alberi.

«Non vi abita nessuno» mi disse ella con voce leggera. Poi, osservandomi con curiosità: «Il suo nome è "La Bella Casa"» mi assicurò.

«Le sono molto grata, mammina» e in silenzio mi dileguai.

Ora, ferita largamente, profondamente, dalla bellezza della sera, dal ricordo recente delle mie angosce (estenuante grazia di esistere mentre già stretta da morte), null'altro desideravo che salire, correre, distrarmi, obliare, incantata e terribile spalancare gli occhi su un altro esistere. Cercare uno Spirito di pace e di gioia, e in suo onore consumarmi. Nulla davvero poteva più richiamarmi nella triste Via dei Mercanti.

Correvo. E bagnandomi spesso i piedi, giacché sdrucciolavo per la molle sponda, e con ansia affissando lo sguardo in avanti, giunsi su un prato grande, di un verde quasi nero, stellato da milioni di margherite bianche. Nel mezzo di esso si ergeva, nero, un pino di altezza straordinaria, dalla testa a fungo. Sentii allora il lamento di un usignolo, che subito tacque. E la luna splendé più forte, anzi lacrimava a rosse e pendule gocce di sangue, sul flusso mormorante del fiume.

«Vi è qualcuno?» gridai allora con voce esitante, alzando l'occhio alla curiosa Casa. Poi, giunta davanti alla porta, che era di ferro – la parte superiore ogivale, la inferiore stretta e chiodata –, osservai che pendeva dalla serratura – quasi avvivata da una somma amorosa angoscia –, pendeva essiccata una rosa color della rosa. Io la guardavo con curiosità intensa, ed ella, intenerita, piegava sempre più smorta. Da *chi* donata? Perché là? A ricordo di che? Ah, mite Casa spirituale!

L'Usignolo, lontano, mise di nuovo un gemito, non più di due o tre note limpidissime, attraverso le quali scorgevi il nulla, e si perse nel brillio dorato dell'onda. La luna, venuta avanti, e fattasi bianca, non lacrimava più; ma quasi curvata con sentimento d'amore sul gentile prato, ne rivelava le riposte curve e i vialetti remoti, e la calma paradisiaca, immota, ghiacciata di alcuni cespugli. Su quegli arbusti brillavano adesso (non era inganno) milioni, miliardi di piccolissime luci – minimi aghi, o frammenti di cristallo.

Ed ecco la porta scivolare indietro, con rumor fioco, quasi aperta da mano di donna. Ma non vi era nessuno. Entrai di fretta in una sala semibuia, altissima, lucente, con le pareti candide e il soffitto dipinto di fiori. In cornici pregevoli erano qui appesi alle pareti quadri piccoli e grandi, eccellenti per fattura, innanzi ai quali cominciai a fermarmi commossa. Raffiguravano essi, facevano rivivere, ricordavano in aspetti pieni di mesta pace, una quantità di cara gente del mio nome. C'era una vecchia piccola e in nero, sorridente presso vuota finestra. Pallidi giovanetti, in giardino, seduti sotto un arancio che brillava d'oro, con stivali e rossi camiciotti marini, levavano in segno di saluto il loro rotondo berretto. Non so quale delicata Apa, dai piccoli occhi scurissimi, vestita di viola, passeggiava poi per la terrazza, fra milioni di rose rosa. Dietro le sue esili spalle, montagne di circa diecimila metri di altezza precipitavano poi in valli fiorite di asfodeli principalmente. Vidi piccoli e mesti maestri della prima età; alunni che erano morti da tempo, o – più crudele, raffinata sventura – erano divenuti uomini. Aspetti soavi e deserti di case amate. E piansi.

Passai di corsa nelle altre sale, tutte con una finestra azzurra e vuota, che erano in fila, e vedevo sempre queste miti raffigurazioni, che mi richiamavano incantatamente a tempi spariti. Ivi era anche, con le creature del giorno, quella della notte, cioè il vagheggiato Amico.

Vidi questo Essere amato sempre, sotto diversi aspetti. Prima, era un allegro principe olandese, altero e fulgente di fregi e nappine d'oro, che mi salutava con la sua sciabola, bellezza e grazia davanti alla quale lacrimai. Poi era uno studente di Santiago, appostato nell'ombra di un angiporto, un allucinato che, prima, si era consumato di gioioso amore per la luna di maggio. Indi era un giovanetto alemanno, fulgente pei corti e biondi capelli, e le pupille feroci e celesti. Io passavo davanti a questi con le mani gelide incrociate sul petto. Sogni di un'età remota. Amabili spettri. Finzioni dolorose. Uomini erano essi, in fondo, e non per essi, non per essi bruciava l'anima mia, anelava immolarsi. In ogni alta finestra delle sette sale buie, si allungava ora una striscia turchina di cielo, fiammante di pelargoni che su quei davanzali fiorivano immoti. Poi si accesero stelle bianche di neve, e alcuna era anche verde, alcuna di un rosa antico.

L'Usignolo, nascosto nel pino, sgranava ora, mesto e rapido, un rosario di ricordi.

Io non uscii più da quella Casa, quale gioia! Io non potevo più lamentarmi di nulla, io ero felice. Non avevo mai freddo, mai fame, mai stanchezza: ma un bel letto candido e caldo, ma una tavola che si preparava da sola, con pochi cibi meravigliosamente soavi e nutrienti. Nessuna occupazione mi era prescritta, se non il volger degli occhi intorno, il fantasticare, il sospirare. Qui, non era più voce del mondo, tristezza e squallore, pena delle mortali vie; non tormento di umani, non esigenze sociali, non rimproveri di religione. Oh, il mio sangue si era fatto intenso e puro come un vino, la mia anima chiara e ardente come gli spiriti di quello. Io ero pari agli dèi, perché, in pace e salvata dalla Lotta, partecipavo nello stesso tempo di tutti i piaceri della Vita. E ciò durerebbe *eterno*!

Non veneravo Iddio, in quei luoghi, il bianco Iddio-Padre, vestito di verde, con la barba d'argento fluente sul petto, qual è raffigurato nelle pie tavole, descritto nei Sacri Testi. Non Iddio veneravo, ma immersa ero in colloqui di tenero e perfetto amore con lo Spirito della Gioia e del Silenzio, che io sentivo aveva per me, per la mia salvezza, ideato e voluto la Bella Casa.

Questo Spirito, come lo amavo! Io, perché il vizio delle immagini, comune ai terrestri, mi seguiva anche qui, lo avevo immaginato simile a uomo, ma con ali di uccello soave e sgargiante; e alto era, sottile, e il mantello fino agli occhi brucianti. E svelto nel gesto, meraviglioso nel cortese inchinarsi.

«Spirito!» gridavo con impeto «io t'amo».

Era, questa preghiera, la mia prediletta occupazione.

Vi era una porta, in questa Casa, oh, una porta strana! di bronzo infiorata di rose e piccole viole scure, aride, e cinta di scuro fogliame, davanti alla quale io spesso, attonita, mi fermavo.

Era in fondo all'ultima sala.

Io avevo bussato parecchie volte, ma nessuno aveva aperto.

Avevo io paura? No.

Ma una sera di maggio, che l'aria era tanto soave quanto può esserlo in un sogno sentimentale, e mentre passeggiavo in quest'ultima sala, che per il silenzio di millenaria tomba era la mia preferita (m'inebriavo di remoti sentori), questa porta si schiuse da sola, senza più rumore di un fiato, lasciando cadere qualche secca foglia di rosa.

Apparve un'Aria![1]

Era a forma d'uomo.

Oh, io non avevo mai veduto creatura più sinceramente amabile e affabile di questa, e per le sue forme e il sorriso. Alto era, snello, giovane, bellissimo. I suoi occhi erano d'oro, la fronte bianca come il marmo, i capelli di fuoco dorato, le guance di rosa. Il suo alto corpo spariva in un artigianale camice bianco.

Dopo un attimo di perplessità, lo riconobbi, gridai:

«Asa! Qui?».

Egli, Asa (tale il suo nome), era padre di Apa, era un appassionato artista di marmi (in anni ora persi), e di lui avevo sentito parlare per un fanciullo e quindi congiunto di Apa, Niso, anch'egli un po' oro e rosso, morto una mattina a colazione, e il perché è nascosto. D'allora, Asa, chiuso il suo studio di marmi, sempre è sulla strada polverosa del villaggio, mentre passa una carrozza tutta d'oro che porta via il suo fanciullo gridante. Scompare, la carrozza,

---

1. Intendo una figura d'Aria, una faccia soltanto di Nulla, una delle innumerevoli Forme che popolano il cielo, e mai noi vediamo, ma non meno reali della fauna e flora del Pianeta, semplicemente: composte d'aria!

nel cimitero del villaggio, e Asa è là, che scuote i cancelli d'argento del cimitero, e chiama singhiozzando il suo Niso. E solo la polvere, al grido, si presenta volteggiando, la bianca polvere del villaggio. E lo studio di marmi, da quel tempo, non si apre più.

Non credevo che fosse – questo Asa – vivente!
Né mai avrei supposto che vivesse là.

Egli, Asa, non mi conosceva, ma quanto, quanto io lo avevo chiamato nei giorni del dolore; come a lui soltanto avevo confidato l'anima mia ribollente di odi mostruosi, di ardori pazzi, nauseata dalle sue stesse dolcezze; tetra e sognante, puerile e torva di volta in volta!

Ora, egli mi sorrise e chiamò!

Volando gli venni presso, caddi in ginocchio, presi la sua santa mano, me la posi sulla fronte.

«Mistero bellissimo di questa Casa,» io dissi «che mi tiene incantata! Sempre qui rimarrò, credi? E da dove vieni tu? Spiegami, Asa...».

Pareva contento di me, ma come assorto in una musica lontana, che lui solo ode, e a me non può giungere.

«Figlia,» disse poi «non *contendere*!» – parole strane, queste, no? – e col dito sul labbro sorridente mi pregava di raggiungerlo.

Era già più in là.

Alzatami, e fremendo, mi inoltrai con lui nella segreta sala, quella che doveva contenere la spiegazione di *tutto*. Era sala immensa, e inondata di luce bianca in cui emergevano – fortunosi scogli – dei marmi; e a questi, con un'abbondanza che aveva del fantastico, con una confidenza che partecipava del più devoto amore, si abbandonavano, intrecciavano, rincorrevano confusamente (non ignare di una spiritosa malinconica grazia, rifulgente più che altro nei nodi) lunghe, lunghissime trecce di rose essiccate, che nella gran luce inviavano raggi argentei. Oh, era bello! Cavalli, a grandezza quasi naturale, galoppavano focosi su immobili piedistalli, montati da giovanetti nudi e scarni, illuminata la fronte da un riso. Candidi gruppi di fanciulline abbracciate, appena tristi per la perdita del padre, cantavano un po' estatiche, offrendo immaginarie ghirlande alla luna. Interni di case vi erano, dove la madre vegliava contenta il sonno dell'ultimo nato, e i colombi, tubando, rotavano sul pavimento sconnesso. Vidi mari e monti segnati in rilievo sul marmo. Qualche fanciullina pensosa, curva la treccia su un testo miniato. Monaci con una candela, l'indagatore e crudele sguardo acuminato fra le ciglia rade. Castelli e rupi e barche e vele d'oro dondolanti sul mare, oscillanti al moto incessante del mare.

Folle colorate sciamavano dalle soleggiate chiese campestri. Giovanette, per i fiorati sentieri, discorrevano, e sui cari segreti illuminavano rapite un sorriso. Oh, la varia, la infinita, la verissima gente!

Asa, camminando, mi spiegava a uno a uno, col gesto felice e sereno, i pezzi migliori, intorno ai quali, nei bei tempi, erano convenuti in accesi colloqui gli amici; e poi caldamente, se pure con ironico tono, mi parlava della Bellezza. Come sincera patria, disse, degli Asa, e tutti coloro che naufraghi, parole che incerta ascoltai. Egli, Asa, non so se avesse visto le mie guance accese di gioia, gli occhi folli, le labbra beate. A un tratto, tornai a inginocchiarmi, né volevo più rialzarmi. Sedette, Asa, su uno sgabello, e sorridente mi guardò. Avanti a noi si apriva, nel vuoto azzurro della vetrata, una sera altissima.

« Dunque, che hai, *cuore*? » disse.

« Oh, Asa! » io risposi « non so, ma veramente la felicità mi soffoca, credi! se anche così leggera e pura, così sognante e remota, quale ai fanciulli, in sogno, viene dai beati Angeli portata. Tu sei qui, sereno, favoloso amico; una casa mi accoglie, dove nemmeno il vento reca la mortale tristezza dei porti. Qui, non giunge campana. Solo l'Usignolo canta. Oh, veramente perfetta, almeno quest'ora ».

Parve che gli piacesse.

« Ma tu non sai, » egli disse dopo un poco, non più sorridendo, o in modo curioso « da dove io vengo non sai... ».

« Tu vieni certo dal mondo dei Beati! » io dissi.

« E che pensi tu dei Beati? » egli a sua volta mi disse. « Cosa per te, figlia, l'essere Beati? ».

« Io, di ciò, non so nulla... ma da te, Asa... » umilmente risposi (intendendo: apprendere).

Egli disse allora (ripetendosi):

«Che sai tu, Dasa, dell'essere Beato? Se non di una condizione assai lontana, forse *dall'altra parte* dell'intero creato, dove *altro* il tempo, *altri* i fiori?».

«Non raggiungibile... credi?» con angoscia dico.

«*Pensando*» egli dice.

Qui, a questo punto, qualcosa mutava, ma soprattutto l'interrogante. Nel senso che io ora avevo certezza di sapere – *il centro della condizione* – ed era in me pianto, antica consapevolezza, e la triste indifferenza di quando seguo Apa alla Messa hispanica. Questa incertezza è sempre, è pavimento dell'oltre!

«E di Niso, Asa,» dunque faccio (con infantile freddezza) «non avesti notizie, poi? La carrozza non raggiungesti mai, mai?».

«No, mai... Quale carrozza?» egli con gentilezza dice.

(Qui, cominciai a sentire un tuono di carrozza).

Scoppio in pianto, ed egli:

«Vieni, che usciamo» dice.

Ero come i fanciulli che hanno pianto, ma ora, in compagnia consolatoria, amica, attendono ricevere spiegazioni, caro dono. (Sentivo poi che nella Casa di pace non rientrerò più). Tale dono sarebbe stato non più l'apprendere (anzi cosa tremenda, superiore), ma una tenue dimenticanza. Il ritornare agli usuali pensieri e, poco alla volta, anzi, *non più apprendere.*

Infatti, da poco ero fuori, e già dimentica di tutto. Già di nuovo lieta, e a nulla riflettevo, se non che questo mondo è bellezza, e tale bellezza – del tutto sigillata – è l'orrore medesimo, intendendo per orrore il senza limite e senza speranza, ed è bene quindi non apprendere.

L'ombra, però, di ciò che appresi, *che vidi*, rimase, ed essa rende così velata, ora, la faccia della terra.

Vidi di qua, sulla destra, un piccolo Monte Acklyns, ma come in disegno infantile. Sulla sinistra, invece, restavano il prato e il fiume. Sul fiume, passavano ombre, si udivano voci accorate, ma volti non si vedevano (Apa? pensai, Frisco?). La luna non era apparita. La terra dormiva con l'abbandono di una pietra, rischiarata appena da un lume nascosto.

Qui il dolore di prima, ma molto più intimo, come di recente abbandono, di cosa familiare, tornava.

« Dasa, perché triste? » io a me domandavo.

E sentii Asa dire, con voce a me gravemente nota, cara, per cui mi voltai:

« *Un tempo*, Dasa, io ti amai ».

« Non dirmi questo... non ancora! » gridai come adulta.

« E tu... è pur bene sapere, cuor mio, Dasa, che la luna tramonta, il mondo tramonta, e ad altri i prodigi... ad altri la gioia ».

Così mutano le condizioni degli uomini! Così da un emisfero siete in altro, da vento, siete aria o solo pietra, e altro il colore, il nome, il volto.

Con pietà prosegue:

« Che farai stasera, cuor mio? ».

Freddo totale, di morte, avendo tutto capito: che già sveglia, su questa terra, sebbene non del tutto, e l'uomo d'aria più non è – né il passato giacente nel secolo scorso –, ma solo il presente, e in esso la mia storia marina, l'oscura storia e malvagità marina.

Al porto, al porto! – dentro me risposi – alle mie banchine solitarie! Sfuggirò, su navi di colore, quest'angoscia marina.

« Non odiarmi, » egli al mio silenzio rispose « cuor mio ».

E con queste parole, guardandomi appena, come tutto di me sapesse, e tutto amasse, ma impossibile: « Io tornerò! Tornerò! Credi! Quando tutto sarà spento, tu mi rivedrai, credi! ».

Quindi si allontana.

Lo vedevo – ancora – ma più non potevo raggiungerlo! Come va in fretta, in fretta, straniero ai porti della terra, cittadino tra i Beati. E dove? Che sarà mai, Beato?

Resto lì, senza muovermi, come pietra, fissando a me davanti Passato e Futuro. Che sarà questo tempo?

Il Presente, mi dico.

Sentii la tofa delle navi, e s'ingrandì subitamente il Monte Acklyns, e il paesaggio misterioso e la Bella Casa non erano più.

Fine del rendiconto intitolato
LA BELLA CASA

In realtà, a conclusione di questo rendiconto, eravi stato altro finale, non poco accademico, avrebbe detto D'Orgaz, e lo cito a dimostrare come di nulla, da qualche tempo, era più sicura la mia mente, e andava lacerando, per inquietezza, tutte le forme usuali; scopo: far luogo ad altre più sibilline, e che lascino trasparire non tanto la logica, il quadro noto, quanto il dolente sistema nervoso. Era, il finale da me poi abbandonato, questo (da: «Pensando» *egli dice*):

Ero tutta ansiosa di apprendere il mistero. Ma, camminando, me ne dimenticai. Eravamo usciti, dalla Casa, sul prato, sul prato grande cintato dal fiumicello turchino, adornato e limitato là dai boschetti del mirto. La luna non era apparita. La terra dormiva con l'abbandono di un fanciullo, rischiarata appena da un lume nascosto.

«È maggio» disse il giovane Asa, tenendo nella sua la mia mano. «Un tempo amai».

Egli sorrideva sempre, passeggiando, ma spesso chinava la pupilla raggiante sul prato, dove allora luceva una piccola perla. Io avevo freddo. Un freddo meraviglioso di sgomento, ebbrezza, spavento, adorazione, perché fissavo gli occhi aperti sul Passato e il Futuro.

L'Usignolo ricordò e pianse sull'alto pino.

Ormai vedevo città, sotto l'imminente chiaro della luna ivi fuggita. Veicoli sfrecciare. Strade simili ad aggruppamenti stellari incrociarsi, frammentarsi, fuggire abbaglianti. Mari, monti. Nelle case, le donne piacevoli, gli uomini pensosi, i fanciulli contenti e ignari. Ma tutto ciò non mi apparteneva più.

L'Usignolo, ora, finiva.

Dopo un poco, il fiume crebbe, muggendo, rise, accennò. Sparve.

Mancavano, come si vede, tutti quei «Dasa» e «cuore» e sibillini interrogativi e «altro» e «altrove», che ormai io andavo nettamente preferendo alla infantile ordinaria realtà, che giudicavo vuota superficie, dei primi rendiconti.

Sì, avvertivo lentamente questo: che la Realtà è a tanti

strati, secondo l'occhio. L'occhio mio ripudiava sempre più ciò che all'occhio popolare è *reale*. Reale, in certo senso, andavo immedesimando con quanto, seppure contrario al Borbonico, resta vero Borbonico.

Il comandato, l'acquietante, il conclusivo, il facile.

Di una lettera di Belman, seguendo le cui appassionate esortazioni scrive il suo rendiconto più difficile. Rendiconto delle « Oscure attrazioni »

Due giorni dopo la pubblicazione di tale rendiconto, essendo il martedì sera (la « Gazeta » usciva la mattina di ogni domenica), trovai in portineria, affisso sul vetro, di traverso, lungo e lussuoso biglietto.

Tremando lo apersi.

Eccone il testo, letto (subito dopo aver capito non essere del perduto A. Lemano) lungo le scale crostose e male illuminate che portano all'ultimo piano:

Da A. Belman a D. Figuera
Nuova Toledo, Plaza de Carlo

Sono, Damasa, la Sua Belman,

di me avrà sentito parlare. Io, di Lei, nel mio cuore infinitamente.

Mi dica, Damasa, che mi ha un po' cara.

Sapesse come perduta nell'immenso di queste nubi verticali fingenti torri, come giacente nel mio oro, e questo, privo del più piccolo senso, o giustificazione! Non che gli orpelli, falsi o veri, non siano consolatori, ma la mente atterrita e avida già vede lontano, oltre il loro splendido varco, o Porta delle Trasmigrazioni. E che sarà di noi, rondinella, allorché giaceremo silenziosi? Ma non voglio, non voglio pensare. Brucio di fame (o fuoco) immensa. Perciò, non rimorso per Jorge (eppure tanto caro! sì, rimorso).

Figuerina, muto uccello (in quanto, io so, Ella non esprime che simboli, il resto tiene per sé, assai egoisticamente), Lei ebbe, probabile, giorni fa, di sera, un presentimento; e fu giusto, in quanto nel tramonto, sopra le Scale di Santo Ignacio, ero proprio io, Belman, che in carrozza passavo. E, vedendoLa, presto Jorge, che era al mio fianco, balzò giù, scese dicendo: «Quanta compassione mi fa, amore, quella Figuera».

Francamente, con voi restare... avrei... sì, francamente, molto voluto. Non osai. Ridendo fuggo, cioè al carrozziere dico: «vola, nonnino». E volò, il vecchietto, e tu perduta al richiamo dei miei occhi, bambina.

Senti, cara, vieni un po' su da me, con Adano (Jorge) e gli altri. Cyprisso un po' buffo, Misa, vero censore: ti adorano, e io così, come essi. Tu sta' con noi un po', Figuerina: raccontaci cosa vedesti. Oppure nulla (perdona mia indiscretezza). No, non dirci nulla.

Figuera, mi scriverai? Ci tengo, bada. È una promessa fatta in sogno, da te a me. Ti incontrai, pensa, ora è un mese, dopo che, rientrata alle due di notte col noioso diletto Jorge, mi ero addormentata, e come grande sentivo intorno alla mia casa la silente Toledo. Bene! In una di queste vie vidi un passero alto un metro e tanto, con l'ala destra ammalata; in terra striscia. E mi dice:

«Quanto dolore, Signora di luce».

Lasciamo andare il complemento (caro, credo, alla mia Figuera). «Perché?» dico.

«Per intensità sangue nuvole verticali» dice.

«Cosa?» ridendo dico.

«Sì, nuvole verticali che vengono dal mare, su Fortezze arrivano, bagnano Ponti dell'Antiquario o Alsina, Casa Rosa, Porta delle Mille Albe (o press'a poco)».

Dopo di che, tu diletta, passero mio, scomparisti.

Io, di contentezza e anche cruda pena, Damasa, m'illuminavo.

Io, Damasa, come la gioventù che va al patibolo del tempo, ti amai parte mia scura, cosa azzoppata nella notte, uccello verticale.

Ti vedrò, carissima?

E leggi Góngora, mi raccomando, ma pure il nostro Manrique. Vedrai, ti perfezionerai.

E ora, una confidenza.

Nulla di buono, in me, se t'interessa. Tedio gente per bene. Amo compagnia pessima, maleducata! Oh, compatiscimi. Resta, il mio sogno, qualcosa d'infame, di disonesto molto. Come vedi, perciò, Jorge perduto. Aiutalo, mente mia. Ti amo.

A. Belman

P.S. Tuo rendicontino di nuvole, e inesistente quietissima casa, reticente cosa. No, *non così* devi. Parla franco, adopera tuo sangue, scrivi con la fame e la sete, dai timori lontana. Mai timori, amor mio (pavimento terribile è già vita, giorno. Saperlo dobbiamo).

Dico subito che di questa lettera non capii nulla, se non una cosa: che mi opprimeva, questa Belman, né intendevo conoscerla.

Molto tediata, entro in casa, e trovo novità. Lee tornato, buono. Casa in lieta agitazione. La ginnasiale, cioè Cora, completamente estatica: tutti a tavola, nella stanza Rossa, mangiano pesce, bevono, odo care voci rotte. Ascolto un po', quindi, attraverso la stanza di Apa, raggiungo il balcone.

Quanto luminoso, splendido, silenzioso il porto. Ma più mai, a me dico, entrerò nella stanza d'Angolo; nessuno, della mia presenza e il dolore sa, nessuno mi aspetta, provvede nessuno.

Che sarà, Dio, questa vita?

Mi venne, mentre guardavo le navi, un pensiero. Sarei tornata, il dì appresso, alle Carceri, da Samana. Era ormai, la congiunta di A. Lemano, mia unica certezza, sebbene di crepuscolo, coi suoi occhi pesanti, grigi, teneramente arrossati. Sì, da lei andrò. Domani...

Ricordavo l'incertezza di quando mi apparve, che le gambe tremarono, vedendo in lei l'alto A. Lemano. Caddi, o precipitai, in un pozzo di sensazioni affamate, già note, tornando la paura di quel giorno. Sì, dentro di me pensavo (ma all'ultimo strato), dice bene questa Belman, *esprimere l'orribile*. Pensai subito un titolo, ma non sapevo che vi sarebbe dietro. Era: *Oscure attrazioni*. Scriverò, dissi a me stessa, un rendiconto delle oscure attrazioni. Ritmo-compianto, non basta. Dirò, senza moderazione, il terribile, chiarirò, senza timore, l'estatico. Vediamo: suo viso bianco, occhi come acque chiuse, fame... Dirò prato in nero e bianco spettrale... Rievocherò la fame di settembre.

Mentre così dicevo, la luna apparve tra nubi rotte, abbaglianti, filanti, di sparsa nebbiettina, apparve bianca sul nero, e sentivo che l'anno se ne andava.

Dei passi suonano nella strada, solitari.

Oh, ascolta, mio Lemano!

Vennero, dopo questa sera, alcuni giorni di un azzurro molto forte, puro cobalto, credo, quasi nero, e ugualmente silenzioso come quei giorni di lutto. Io ero tormentata da un fatto: che desideravo starmene sola, riprendere colloqui con esistente, rivedere Espressività, ed era impossibile. La casa invasa; dovunque voci, risate, una triste promiscuità.

Pensai di tornare, come già fissato, in visita da Samana, ma poi seppi che in quei giorni non era a Toledo, essendosi ammalato ad Ayana, sui monti, il padre suo e di A. Lemano. Ne feci quindi a meno.

Il terzo giorno, stancandomi assai questa ansia della Espressività, me ne andai sulle scale che portavano in terrazza, e lì, al buio, in appena un filo di luce (essendo la porticina logorata dalle intemperie), scrissi il seguente rendiconto.

Rendiconto delle
OSCURE ATTRAZIONI

Lasciai la macchinetta con la carta bollata ancora sotto il rullo (lavoro per un notaio), e andai a gettarmi prona sul pagliericcio di crine, lungo la parete immensa. A occhi chiusi, *sentivo* questa parete immensa, fatta ancor più fredda dal tramonto di primavera, che dietro le stecche sanguigne della persiana, in fondo, splendeva per alberi, giardini, terrazze e vie popolari.

Chiamai: «Adano! Adano!».

Questi non era il fidanzato di me, era soltanto un amico di luce, l'unico, cui avevo portato straordinaria tenerezza, e poi era scomparso. Io lo avevo chiamato così, per circa sei mesi, a volte dopo settimane di vaga dimenticanza. Mi veniva alle labbra come un'avemaria, certe sere.

Egli non apparve. Credevo, con l'orecchio teso, la faccia nel guanciale, l'occhio semichiuso, vederlo a un tratto lì avanti, e casomai curvo, e con una mano che *si avvicinasse ai miei capelli*. Egli è molto alto, sottile, bianco, sorridente. Gli avrei, alzandomi brusca a metà, afferrata quella mano «sospesa», e portata alla guancia, e forse pianto. Egli si sarebbe seduto sulla sponda, dicendo: «Ma ha sofferto?», e io: «Tutt'altro!», con desolazione. Da dove entrato, poi, se la porta era chiusa, ben chiusa? E perché veniva da me, dopo tanto, se fuori le vie popolari, bagnate di un intenso oro, erano così belle? Mah! Intanto, egli era entrato davvero.

Passò del tempo. Un'ora, forse. Sia la stanchezza della macchina, che si risolve in un senso di peso alle spalle, sia l'atmosfera della mia enorme stanza, carica di grigiore e di muffa, io caddi in un dormiveglia. Avevo calcolato (alzandomi alle venti) terminare il lavoro più agevolmente in un'oretta. Tranquilla da questo lato, l'idea del sonno mi seduceva, e per certi lunghi minuti credetti di essere addormentata davvero. Ma, chissà come, pure immersa la testa in quella specie di onda aspra del pagliericcio, che di solito smorza suoni e memorie, riaprivo gli occhi di continuo. Non li fissavo, no, sulla parete gialla; ma tristi *cadevano in me*. A un tratto mi parve di spalancarli, e che la persiana si fosse aperta tutta serena sull'Occidente, tanta fu la luce che mi entrò nella mente. E chi l'aveva aperta? Non indagai (supponevo debolmente una mano bianca di straniero, il quale era passato di là), e caddi col pensiero su un certo oscuro prato fuori della città, il più bel prato del mondo. Posto sulla Collina, verde, rigoglioso, elegante, tutto, qua e là, purpureo e rosa di oleandri. Ci ero salita a passeggiare gioiosamente durante l'inverno, quando la mia anima era in eterni colloqui con Adano. Ecco che vi ritornavo. Vidi i pini del grande viale venirmi incontro, aprirsi poi a ventaglio sulla radura tonda e dorata, e vidi biancheggiare, a questa in fondo, la Casa. Mi ero avvicinata alla Casa, ripromettendomi di entrare, quando egli ne uscì improvvisamente, e indossava un soprabito chiaro e, sui capelli anche lisci e chiari, un nero cappello, quale nella prima apparizione, sulla nuca abbassato. Ebbi un trasalimento orribile, in cui il cuore arrestò (così mi parve) i suoi battiti. Egli, pure fermandosi, si era tutto avvampato, e poi bianco era diventato, bianco come un fazzoletto.

Divisa tra l'incanto e l'ira non lo guardai.

«Come sta, signorina?».

(Così, non Figuera, e neppure Damasa. Puro estraneo).

Ascolto infelice l'estranea denominazione.

«Ora, bene».

Signore, da quanto non lo vedevo! e come avevo potuto vivere senza la leggera voce, il suo viso esangue, i suoi occhi lieti-amorevoli accanto, su me?

«Ha fretta?» domandò.

Aspettavo proprio questa domanda.

«No» (con un fervore di cui ben mi avvedevo, e di cui sinceramente temevo, anzi, provavo angoscia). «No. Forse viene con me?».

«Sì, magari... Sarò tanto contento di poterle spiegare. Le racconterò mille cose, vedrà, per cui son dovuto stare lontano. Mille volte pensavo di scriverle, mi creda... Sinceramente, insomma, la pensavo».

Camminavo, dopo un po', senza nulla guardare, per un viale assolato, ed egli (Adano) mi veniva accanto, sollecito, tenero, inquieto; mi veniva molto accanto. Fu mia colpa? A un tratto mi colse desiderio violento e mortale di una sua stretta, in cui potessi i begli occhi bere, annientata più nulla udire. Egli mi parlò, e io non risposi.

«Che ha, *Misa*?» (invece dei noti nomi) incalzava ansioso, affiancandomi con audacia, e fissandomi ironicamente (così sembrava).

Io non volevo mentire, e avevo terrore egli potesse una così grande dedizione leggere in me. Non risposi e, martoriata dalla sua vicinanza, affrettai il passo verso una panchina color latte, cioè marmo, per metà emersa dalla sabbia, puro giallo, dove mi sedetti con lui.

Questo mio amico è un autentico tratto di mare, se non l'infinito mare, come forse non ho abbastanza dimostrato. Vederlo, udirlo, è *la gioia*! Egli possiede certa grazia e purezza nel piegare il viso bianco su una spalla, certa ironia e calore nel fissare ed esclamare, certa bontà e anzi misericordia gioconda nell'accompagnarsi a una ragazzetta dei porti, che l'anima si è naturalmente ammalata. Ammalata! Confusa! Non vi era, forse, prima di lui, detto Adano, idea di straniero, celeste visitatore, marine incantato che sognare sarebbe follia, e abbracciare, o solo tentarlo (benché spinti da immensa fame), vero sacrilegio.

Egli non poteva essere il fidanzato di me (Dasa o Misa che fossi) – era vago e, per sua natura, instancabilmente portato alla gioia, le migrazioni, la luce, i molteplici incontri con creature di luce –, ecco perché io volevo tenergli tutto quanto celato. Ma, stando per forza triste di avvenimenti a lui vicina, egli finirebbe forse con l'accorgersi. Di ciò, ero un po' straziata.

Disse, piegandosi sul mio viso immobile:

«Dolore?».

«No, signore» correttamente (per distanziarlo) risposi.

«Bene. Bene così» allegro dice.

«Sì, signore».

«È una bella giornata, questa» proseguì con un sorriso deliziosamente scaltro. «Sempre, fanciullo, fantasticai di mattine tali, con grandi vascelli pavesati a festa, e muovere così sull'oceano azzurro e immortale. E lei?».

«Io?».

«Sì. D'immortale, cosa?».

Parole, queste, che non erano del sogno, ma dell'anima mia, o coscienza, vigile nel luogo reale. Che d'immortale – penso – io? Che di vivo, necessario, vero, buono, che porti a chiarezza e bontà? Nulla! E tremando (nell'elemento reale), dall'Adano del sogno mi distanziai. Riodo poi, nel vuoto dolore, sua forte voce:

«Lei, *Misa*,» dice «avvenire poco, no?».

«Sì, sì, francamente» con desolazione dissi.

«Allora venga, che usciamo».

Irrealtà, confusione altissime. Scene simili erano del sogno, certo, perché solo qui accade che tutto va e viene, e tutto, una volta detto, è di nuovo poco chiaro, e sei in salvo e poi meno, anzi perso completamente. Vedevo un luogo, e quindi era *altro*! Ero Damasa, e quindi un fanciullo estraneo. Confusa, sommamente, benché il marine mi fosse accanto, dimenticavo di nuovo Adano.

Al paese (dove eravamo) non pensavo.

L'orrore di questa vita lontana da Adano, dal mare che era Adano, e ciò dopo i sogni potenti della fanciullezza, mi annebbiava. Lontano era Adano, lontano da questa *era successiva*, vero luogo della scena. Mai più lo ritroveremo! Lontano dal nuovo torbido mare! Tuttavia (non faccio che ricordare quanto accadeva), egli era ancora qua, il cuor mio. Anzi (mi accorsi oscuramente), si accostava a me, poi (mi avvidi con spavento e delizia) allungava un braccio sopra la mia spalla, e abbassava. Impercettibilmente rapida lo evitai (Adano). Non so perché facessi così. Intanto, era tornato il sole. Per lo spazio di un attimo, si adagiò la luce ai miei piedi, e li andava avvolgendo gagliardamente di baci e dorate fasce calde. Un grande oleandro era sorto davanti a noi, scarlatto e bianco, e petali mostrava a terra. Uno o due caddero sulla scarpa bianca di Adano. Tra lacrime, e graziosamente esclamando, mi chinai, ma ciò non era che una scusa per toccare il suo piede. Difatti lo urtai e afferrai, sentendo con *estasi* la *forma* e il *caldo* sotto la tela.

«Che fa, *Misa*! Mi ha toccato il piede!» egli disse, ma direi piuttosto indifferente.

«Sì... vero... sbagliato» risposi. «Volevo... vidi a terra il sole».

«Non sbagli più» come assente dice.
Poi, più mutamente:
«Figlia portuale!» dice. (O «creatura», forse, non mi viene in mente).
«Sì» dico.

L'uno e l'altro (essendo io ancora Misa) qui muti, constatando che il sole era sparito e riapparsa la colorita verticale notte.

Qui Adano (la notte è tremenda), con la scusa di osservare la notte, mi venne accosto, e con la giustificazione (questa più onesta) che non vi era più posto (in questa notte), in quanto il mondo stesso fuggiva, ed eravamo senza un mondo, mi precipitò addosso, sì che (per me) spazio non restava, e unì le sue dita (per trovare spazio), durante uno spazio-tempo completamente annullato, alle mie. Quale buona cosa! Mi disfeci, non ero. Egli mi cercava. Invisibile, io (morendo) lo guardavo.

«Dov'è! Si accosti, per favore!» cambiando tutto, brutalmente dice.

E poi, solo:

«Ha capito, no?» disse.

Avevo capito, forse. E una gravezza mortale mi giunse al cuore, e sentii le ginocchia vuote, la gola pulsante, la testa orribilmente oppressa. Con grande sforzo mi alzai e trascinai in un angolo della panchina. Dopo di che, la testa mi cadde sulle ginocchia, e non pensai più nulla.

Avevo sempre supposto, quando, in qualche sogno, mi ritrovavo a questo punto, che, dopo l'oscurità, un nuovo e veramente arcano dolore seguisse, impossibile a definirsi. Ma nulla di tutto questo. Quando mi svegliai, nulla, nemmeno dopo qualche momento, mi angosciava, se non una certa assenza. In piedi davanti a me, pallido, annoiato, coi suoi capelli lisci intorno alla tempia, il Finlandese (Adano) mi guardava. L'occhio era lungo, tenero, dissennato, e con quest'occhio mi fissava. Egli aveva la straordinaria nitidezza delle figure che appaiono la prima volta.

«Che ha?» disse.

«Nulla» dissi piano.

«E invece lo sa».

«No, non so».
«Ora via, Toledana, sia schietta. Per me deve morire».
(Perché, poi, Toledana?).
La notte era calata senza che me ne fossi avveduta. Non notte toledana, ma di prima della Creazione, oppure quando questa Creazione era perduta. Eravamo già nell'avvenire vuoto. La notte, però, per eterna che fosse, non m'interessava. Solo la sua violenza mi interessava.

Andammo via. Uscimmo dal Parco (ogni momento, dove i viottoli s'incassavano e torcevano neri, permettendo il passaggio *a una sola persona,* io pallida precipitavo avanti, per evitare che le nostre ombre si attraversassero) e giungemmo presto su un terrapieno di quasi dieci metri di diametro, e alto forse tremila, senza un filo d'erba, spettrale bruciato, segnante il vertice di quella montagna lunga novanta chilometri circa, plumbea nel colore, e *completamente disabitata*, che era il luogo dove io avrei dovuto morire. L'aria era fredda. Tenendoci sempre sul versante ovest, godevamo (per così dire, giacché una opprimente gravezza ci ammalinconiva) di uno spettacolo tra misterioso e meraviglioso. Giù, oltre un parapetto basso, a tremila metri di profondità, si apriva una regione arida e sconfinata in una maniera terribile, e sparsa in fondo di città dirute e piatte, e fasciata all'orizzonte da un nastro cinerino e completamente immobile – il mare, ma solidificato. Il sole, di colore bruno (o circondato di alone bruno, non so), immerso a metà, e come tenuto fermo da una sottilissima curiosità o angoscia, metteva ancora un guizzo debole e sulfureo in quelle povere acque di pietra.

«Perché andiamo di qua?» dissi.

«Non so. Lei non voleva morire?» disse.

«Non ora... E poi... Cos'è questo morire?» dopo un po' dissi.

«Andiamo... che lo sa».

«No... non lo so».

«Bene... essere attraversati» disse. «Guardi: non essendoci che un posto, e dovendo io, se più forte, prendere quel posto, ecco la persona che occupava quel posto disfarsi. Così, il sole attraversa una perpendicolare ombra. Ma,» disse guardandomi «non tema, è dolore dolcissimo».

«Si raggiungerà così» dissi tremando «l'Era Successiva».
«Così, figlia» disse.
E di nuovo mi guardava.
E di nuovo le forze mi mancarono.
«Proviamo» dopo un po' disse.
«Sì... certo» morendo dissi.
«Aspettiamo un po'... c'è la luna» guardandomi da capo a piedi disse.

Bastò quel momento a distanziarci di nuovo, nella memoria. Egli era il Finlandese lontano, di cui ho rispetto, da cui attendo lettere, e nulla conosco. Così io, Misa, per lui.

Allontanandoci ancora di più, non nello spazio, bensì nella memoria, vidi che egli aveva in viso un che di triste. Guardai dove guardava, e non vidi più la valle, ma un mare nero che occupava la terra, un mare di piombo. Gli uccelli erano silenziosi. Nuvole di fumo salivano da conici vulcani. Si aperse, nel cielo, un varco, e rivedemmo una croce: ma non vi era scritto: «Belman», né vi era un cuore, solo era scritto: «Era Successiva».

«Oh, mi attraversi, Lemano, prima della morte dell'Universo! Mi attraversi, cuor mio!» mi trovai a gridare, senza però che dalla mia gola uscisse né un fiato né un suono.

«Sì, lo farò» egli disse prendendomi una mano. E mi guardò tutta, come un paese, e incominciava, come la luna, a passare.

Mai avevo saputo ebbrezza simile.

«Morta!» gridai.

«No, viva, del tutto, fino alla fine, completamente, diletta mia» disse attraversandomi.

(Vidi in cielo la luna essere presa da un'ombra, ciò guardando, notando l'analogia, senza fiato lacrimavo).

Poiché: «*prego*» io qui mormoravo (non so dove rifugiandomi):

«Zitta. Mi lasci passare... se grida... Ah, è assai dolce qui».

Dentro di me parlava, con parole che non posso ripetere, celesti. Ma dico che, dopo, la morte stessa è possibile, senza pena alcuna. Anzi, giustizia. Anzi, necessaria.

Finì di stare in tale paese (Dasa, in realtà) con la sua testa amata ed ecco, Dasa non era più, solo era lui, ridente e alto, con tutto ciò che di Dasa si era portato, come pezzi di spiaggia, dopo la irata tempesta, il mare.

Fine del rendiconto intitolato
LE OSCURE ATTRAZIONI

Da questo sogno (che tale era, su ciò non avevo illusioni, torbido sogno senza più azzurrità né aloni di luce, solo spietatezza di fame) uscii estenuata, allibita. Comprendevo poi che è tutto un attraversamento, un appropriarsi, un uccidere, un inventare e involare segreti (al solo scopo di sfamarsi) questo vivere. E, tra le cose più arcane e inebrianti, forse la più desiderata è questo appropriamento l'uno dell'altro, il sostare dell'uno, il più forte, nell'altro che non può opporsi, e là, dentro a lui, fonderlo, amarlo. E questo amarlo è un nutrirsi di lui, o baciarlo. Capivo che una cosa è sentire dolci voci, fresco vento e risa che vi rapiscono; altra cosa l'aprirsi a ospitarne la bontà. Allora sì, in quella sosta, voi veramente lo abbracciate; in quella sosta, ospitandolo, avete sua vita.

Ma era, tale comprensione, cosa che incupiva,[1] anche, e in certo senso toglieva senno e vita medesima.

Quindi, nel pomeriggio del giorno stesso, giorno assai strano, come malato, con vaga coscienza di delitto, volendo evadere da tale mai conosciuto, finora, e oscuro turbamento, mi provai a mutare il finale del rendiconto, come quelle mie emozioni stranissime, quel mio senso di colpa, derivassero da un errore, un abbaglio, un eccesso di tono, che, appunto, mutando il finale, avrei potuto allontanare. Tornai perciò in terrazza, o in cima alla scala che va in terrazza, verso sera, con un nuovo foglio e la macchina, e al

---

1. Si poteva infatti avvertire, in questo evento beato, e ciò era quanto, in realtà, inebriava e incupiva, una perdita repentina di immortalità; come questa sia contenuta unicamente nel dolore e il castigo, e perduto il dolore e il castigo, attraverso questo bacio l'anima debba morirne, a meno di non essere subito dopo colpita e isolata, raggiunta da un nuovo castigo e disfatta, affinché l'immortalità che era morta – nella libertà e gioia – nel nuovo strazio risorga, e il viaggio dell'anima verso l'ignoto si rifaccia, nonché legittimo, possibile.

punto: «*Perché andiamo di qua?*» *dissi*, ricominciai con le seguenti (e anche per me deludenti) parole:

«Non so; forse vuole tornare a casa?» chiese.
«Affatto,» protestai vivacemente, spaventata all'immagine del mio ben triste stanzone, col pagliericcio, la macchinetta e non so che altro fantasma relegatorio «affatto, signore. Starei sempre con lei, anzi».
Sorrise, e si tolse il fiore di bocca.
«Ma lei non ha fretta?» seguitai prendendogli, con disinvoltura, quel fiore (che prima non c'era), una rosa color rosa.
«Affatto. Nessuno mi aspetta. Dissi di essere in viaggio. Poi, è così piacevole questa libertà e freschezza a chi vive sempre nel mondo».
«Lei sa ballare?».
«Sì».
Procedevo sull'orlo del sentiero. Uno che si fosse, in preda a intensi pensieri, affacciato e, per sbaglio, precipitato, sarebbe stato rinvenuto in orribili pezzi, in frammenti minuti, solo il domani, da pietosi contadini di passaggio. Ciò è ridicolo, ma perché non dirlo ugualmente? Provai il mesto desiderio di giacere lì in fondo. Il solo pensiero che egli si fosse, per molte, infinite sere, dedicato tutto a giovani fanciulle di luce, e questa fosse anzi la sua prediletta inclinazione, mi faceva disperare.

Il sole, con dentro scritto, in luogo dell'I.N.R.I., R.E.Y.N., precipitò. Guardai distrattamente il mare, subito cupo, guardai le città colossali, dove qualche lume già brillava, anzi erano processioni di lumi, poi dissi brusca:
«Vorrei farle una domanda, Adano».
«Dica».
«Prima, però, mi consegni quel fiore» (lo aveva di nuovo tra le dita, lo osservava). Ridendo me lo porse.
«Ecco: la sua fidanzata non la sgriderebbe sentendo che io le parlo?».
Sentì egli la scaltrezza morbida dell'insinuazione? Non credo. Io, per mio conto, avvertii l'orrore di un linguaggio tanto formale, e di una parola, «fidanzata», sommamente gelida (come proclamatoria del cuore). Sentivo inoltre

non so che orrore di questa rosa, che tutto ciò, assai espressivamente – con la sua grazia e il lusso –, compendiava.

«A che cosa pensa!» esclamò turbato, oscuro, strappandomi irosamente un nuovo fiore (l'altro giaceva a terra, morto). E guardò, col viso fattosi niveo e gli occhi scintillanti, la luna che veniva da ovest, e correva anzi come su navicella, di una bianchezza e luce che abbagliavano.

«Quando si sposerà?» proseguii selvaggia.

«*Già sposato!*» gridò a questo punto qualcuno.

E si spalancarono – *piangendo* – *tutte le finestre sull'Ovest*, e vidi che il mondo giaceva spezzato.

Questo era il rendiconto più difficile che avessi mai tentato. La prima conclusione, cioè la visione dell'attraversamento, mi atterriva, ma non potrei dire che la seconda mi sembrasse più concludente e di pace, meno – insieme – malata e stordente. Tutt'e due mi inquietavano, sollevando in me dubbi immensi. (Ah, in un modo o nell'altro si doveva morire). Non so se più forti la seconda, o la prima. Questa, forse, meno reale, e insieme tremenda.

In realtà, pur così lontana dal tempo di D'Orgaz, le lezioni del Maestro d'Armi sulla Espressività, le sue infinite esortazioni alla levità e reticenza, alla libera sommarietà del dire come basi fondamentali (del narratorio) non erano giunte invano alla mente di Damasa; la quale si chiedeva ora, spaventata, perché sentimenti ed eventi già tanto noti e sperimentati (una Damasa pensa a un *finlandese* espatriato, e sogna di trovarsi con lui in un giardino dove sono già stati, presso la Fortezza) dovessero caricarsi ed esplodere in modo tanto ebbro; e sensazioni fulminanti prendere il luogo di un ordinato o, al più, mesto e incantato discorrere.

Ah, ordine non era più, in me. Pianità e regolarità di sensi, nemmeno. Damasa è ormai tutto un mare che bolle, che fuma. E mi chiesi disperata se tale Espressività non era ormai lungi, come sogno del passato, da me.

In tale stato d'animo, l'indomani ricevetti, non so più se

con piacere o trasalimento, un secondo biglietto di Belman, così concepito:

> Da A. Belman a D. Figuera
> Nuova Toledo, Plaza de Carlo

La offesi, ben sento, Figuera cara. Fui indiscreta. Per pietà ponga fine tormento delicato. Giuro, Figuera, che mai domandai a dio alcuno di volermi sottrarre al dolore, a male qualsiasi; ma ora, certezza di essermi abbassata e perduta davanti a Damasa troppo dura per me. Mi scriva, cara, un biglietto, prestissimo; che lo riceva nel pomeriggio stesso. Dica che mi vuole bene; esprima almeno qualche affettuosa considerazione.
Sua

> Belman

Dio Signore, Principe dei Cieli, cosa furono queste parole per me. Benedizione, risveglio. Rivedevo, dopo la mia notte con A. Lemano, orribile sebbene solo immaginata notte, il volto meraviglioso dell'umano. Qui, non ira di febbri, fuoco, tumulto di vulcani, rovesciamento e convulsione di mari su mari, al fine di appropriamento (di unificazione, cancellazione del mare minore), ma solo il timido e chiaro canto dell'uccello chiamato Belman, e non so che speranza, mediante esso, di rivedere l'antico Lemano.

Era bel giorno sereno, non freddo, pieno di nuvole d'oro che si aprivano sul porto, lasciando di là piovere aperti raggi, nel fondo dei quali intravedevi il mondo, con le sue colorate barche.
Presi il mio rendiconto (altro dono non avevo) con i due finali e, chiuso in busta rossa, andai a portarlo al recapito che Aurora mi aveva dato: Plaza de Carlo, Palacio o Casa dei Valdes (dietro i Giardini de Carlo).
Nella busta, avevo messo un biglietto.
Ricordandomi di Luis de Góngora, che la stessa Belman mi aveva raccomandato, e di una sua letrilla (citata dal te-

nero Jorge), che comincia *Caído se le ha un clavel,* risposi riportando, oltre questo verso, i tre successivi, e cioè:

> *Caído se le ha un clavel*
> *hoy a la Aurora del seno;*
> *¡qué glorioso que está el heno,*
> *porque ha caído sobre él!*

Solo con ciò, e non con altre terrestri parole, potevo rispondere a colei che consideravo cuore e luce di Jorge, onore di Toledo, rosa della grazia hispanica.

Per qualche motivo che mi sfugge, Belman non dette cenno di averli ricevuti,[1] se non più tardi, e con quale straziata profondità. Ma ora siamo ancora in Toledo, ai nostri ultimi giorni di tenera giovinezza.

---

1. Parlò del rendiconto, non mai della strofa amabile.

Dove si reca, col Bel Figlio, a un appuntamento con la Persona di luce. Dove, in Plaza Tre Agonico, vede arrivare la Bambinetta, o Persona di luce, il di lei padre vacuo e un atroce Lemano che non la saluta

Vi era nel nostro paese, desolata Toledo, quegli anni, specie all'approssimarsi degli inverni, non so che repentino mutamento nell'aria; e da ottobre (così oggi sembrava) passare era facilissimo, causa qualche po' di libeccio che era soffiato dalle falde del Monte Acklyns, a una stagione prima perlata, come di aprile, poi simile a una fine conclusione di marzo, piena di nervosa luce, di sole. Allora, Toledana ritornava ai suoi anni tredici, che erano, posso assicurarlo, cosa buonissima.

Di colpo, erano spariti i Lemano, i vascelli, gli universi infranti, le cupe allucinazioni nei varchi delle nubi scoscese; tutto era pace e un lieto conversare.

Così, vuote e gaie, passarono per me quelle ore e i giorni immediatamente successivi alla lettura del biglietto di A. Belman, e alla consegna del mio (con la gongoriana risposta).

Dell'unito mio orribile rendiconto delle *Oscure attrazioni*, specie nei due finali, e soprattutto il finale dell'appropriamento, con quella verità lancinante del bene massimo inteso come accoglimento nel proprio profondo di un A. Lemano, senza che nulla s'interponga fra la sua sosta (in tale profondo) e le deliranti parole che là dentro (sostando) vi dice, nemmeno il ricordo. Veramente come sogno.

E una volta comunicato al foglio, oppure ad altro vivente, non più la minima perplessità, sospetto di aver rappresentato cosa meno che ordinaria, anzi necessaria, buona.

Ero allegrissima, specie il primo momento che venni via da Plaza de Carlo, dove mai ero stata. Quanto allegra, elegante. All'appartamento di Aurora, che era il più alto, forse alla sua stanza, faceva cornice una terrazza lunga e adorna da ogni lato di freschi fiori: gigli e garofani viola principalmente. Sotto: musica, cafeterie colorate, sonori tram, quindi una scalinata. E chi sa cosa si vedeva, di velate colline nell'oro delle nubi, là in alto!

Voltandomi, quando già ero al termine della scalinata, ebbi una specie di visiva confusione, una delle presentazioni o sovrapposizioni di immagini non presenti, ma anzi lontane, cui ero inconsapevolmente abituata (e, per qualche disordine della mia posizione rispetto a esse, si presentavano a me davanti anche quando il sole era alto) e perciò non vi facevo più caso. Mi parve, sulla plaza, in cima alla scalinata (ora abbandonata), fra oleandri e limoni, vedere A. Lemano. Egli era rannuvolato e guardava in alto, alla terrazza, come aspettando qualcuno. Il suo volto, in quel momento (di mia allucinazione o farneticativo, per meglio dire), non era affatto amabile, ma duro e insieme sciupato, come da poco egli fosse stato offeso o derubato.

«Bene... scriverò anche questo, un giorno: come il mio pensiero lo vide qui, essendo egli in tutto... qui sulla scalinata, marine amato».

Tale pensiero, mentre rincasavo (ché ora lo vedo dappertutto), velò un poco la mia allegria, che però tornò intera, irresistibile, quando, davanti casa, m'incontrai con l'amico perduto di A. Belman, il Bel Figlio, cioè Jorge.

Egli, in quel momento, mi parve di una grazia unica. Mi proverò a descrivere: la svelta figura di un giallo oliva, il viso finissimo, appena grigio,[1] e, su quel viso, il cruccio di bambino che piega la bocca agli angoli, e poi, negli occhi scuri (più che altro obliqui spiritosi trattini), l'allegria di un santo o un bambino che rivede l'amico suo. L'antico triangolare berretto, rosso e verde e in giro campanellini, stringe nelle mani tanto veloci, incantate.

Dietro di lui, non so perché, mi sembra vedere profilarsi un altro – come ombra che guardi curiosa e attenda, o soldato che vigili.

«Ah, ti aspettavo, Figuerina» disse.

E subito, presami a braccio, così come usano gli amici di luce, si piegò a dirmi che aveva un'ambasciata per me, da Belman.

«Ora... veduta?» chiesi.

«Sì, ora... è pochi minuti».

Era lui, dunque, che avevo visto, scambiandolo per il marine. Risi di gioia.

«Belman agitatissima,» dice «nei tuoi confronti, Figuera. E che ti ha scritto un biglietto, vero? – lunghissimo – e teme tu non bene, tu sdegnata... Figuerina».

«Sì... vero... ma ora proprio portai la risposta» felice dico. «Con in più un regalino».

«Sì?».

Non dissi quale.

«Senti, Figuera, stasera Belman occupata... credo con nuovi amici... circolo bene, ristrettissimo. Noi non andremo. Ma più tardi, dico verso ore dieci... incontrarci da me... molto possibile. Tu, nulla contrario, Figuera?».

«Be'... sì...» dico. «Tardi... orario».

Sembra disattento:

---

[1] Nella *Morte* del Conte il quarto da sinistra, che parla col Monaco Nero.

«Comprendo benissimo».

«Però... uscire di nuovo... più tardi, potrei... Diciamo ore undici... Dormono, ora tale, gli Apo carissimi... dorme ogni Figuera... Mia porta, poi, diretta su scale, e nulla lume».

«Questo bene» più attento dice. «Scendi dunque alle banchine, Figuera... Me vedrai là. Con Belman, poi, Misa e Cyprisso a casa verrai... *Duchesca*,[1] povero pantano, ma insomma...».

E sembra, di contentezza, barca saltante.

(Tutto, più tardi, alla sera, come promesso, benché difficoltà di sortire infastidisce. Ma che luce bellissima, qui, stasera, e come vivo nella mente – come nuovo, quasi tornato dai primi tempi – Lemano! Quindi riprendo, da: «barca saltante» e «contentezza»).

«Jorge,» dissi vedendo suo fine viso stretto e nero (anzi, di verde chiaro) esprimere pace di bene quasi vicino «che accade a Belman... di nuovo... dimmi, che hai...».

«Accade» illuminandosi disse «che in fine sua mattana. Si lasciò con Willy» (era il nome del sostituto) «finalmente, e ora con me, da due giorni, molto strana... *cara*, capisci Damasina?».

Pensai allora che lui, questo Willy, fosse l'ombra intravista sulla scala, dolorosa nello spettro solare, ma non dissi; né che avevo temuto allucinazione, confondendo assoluto sconosciuto con persona a me cara.

Tornando (nelle vecchie stanze), Albe mi aspettava.

«Lettera, Damasa, per te». Ridendo soggiunse: «Vera Samana». (Credo dalla busta).

Era sul mio letto.

Testo:

Così, tutto finito, compiuto, Figuera. Ottimo padre, colonna di vita, da cui venimmo il minore e io, sparito definiti-

---

1. Luogo toledano, oscuro molto.

vamente. *Non pensare*, potrà dirsi il rimedio? Cose che non pensiamo smettono di esistere, credi? Però, nel sangue, stagna nuovo gelo.

Avvertii R.A.; non venne. Ora, anche per lui nuova vita, svolta nel massiccio dolore (che è vita, quando non fortunata esaltazione). A volte, vorrei vederti, credi. Vieni a trovarmi. Né domani, né seguente giorno; diciamo nuova settimana, causa forti impegni.

Venendo, di mattina. Parleremo... diremo. Forse di niente. Io ti studio, credi, Damasina; vedo tua svolta, comprendo nuovi problemi. Che vorrei: risolti.

Questa vita, Damasina, non è nulla di certo: ma fare, credo, occorre. Ingannare vuoto, esprimere convinzioni... Non importa se tutto nuvola. Con stima

Samana

«Sì, non importa... non importa!». E poi: «No, importa, moltissimo! Vita si costruirà» mi trovai a gridare. «Dev'essere vera, questa vita! Si farà reale. Cesseranno le apparenze!».

Apa mia, da tempo, direi, mi aveva abbandonata, e così la barca della casa non era più mia. Altri luoghi, abitudini, incontri; per altri, che non sono più Rassa, il pianto. Altre vie tracciavano i miei piedi silenziosi, lontana era la Chiesa Spagnola. Non più D'Orgaz, voci, né di «Gazeta» parlare! Anzi, un chiudersi, un trasecolare remoto quasi a un passato del tutto estraneo alla stessa Apa mia; che, quella sera, o crepuscolo calmo, trovandoci sole nella stanza del Balcone (tutti erano usciti, Cora col suo marine, Juana con Frisco, Albe, dopo avermi dato la lettera, non so dove), mi disse:

«Tornata, Dasa mia?».

«Be', sì» dissi (prendendola a scherzo). «Anche Lei, no? tornata... Apa mia».

(Intendevo: dagli Abissi di Dio).

«Se il Signore permette, così è» disse piuttosto semplice.

«Cora, adesso benissimo, direi» (tanto per parlare).

«Alquanto».

«Con suo marine, pace».

«Sì».

Si asciugò il sinistro occhio col dorso della piccola mano appannata dal tempo; quindi:

«Nascerà nuovo Figuera, tra cinque...» disse.

«Già sapevo» rispondo. «A questo, pensato».

«Ma tu, bimba mia, al resto non pensato» disse.

«Che sarebbe?... Quale?».

«Che vitto non basta, come chiarissimo... Per due nuovi figli non basta, se Apo non lavora. E Apo irrequietissimo...». Scoppiò in rapido pianto. «Non sai, bimba diletta, non vedi... ma ecco, Apo già dette le sue dimissioni. Alla Dogana non va più; dove, assente da Dogana va, ignoro. Tutti, in queste stanze, ignorano questo. Che Apo non più lavora, passeggia».

«Sapesti questo?» discreta io bisbiglio.

«Sì, che eternamente ora passeggia... Seppi questo. Assai frivolo, adesso, come ragazzo. Non lo rimprovero» concluse mesta.

«Né io» pensierosa faccio.

Non era così. Tento ugualmente, dopo un poco, di ridere, ma avverto non so che freddo nella mia mente.

Apa era assorta.

«Dasa mia,» curiosamente fissandomi fa (anzi, direi, con aria misteriosa) «scrivi, ti prego, al tuo D'Orgaz. Dio lo ispira... fa attento. Scrivi che... aiuto».

«Apa... quale?».

«Non so... chiaro; tu vedi... soccorso».

Abbassai il capo:

«Apa, che dice! D'Orgaz... alto signore... Morto a questo mondo!» afflitta dico.

«Perciò, quindi...» esitava.

«Non darà aiuto che strano. Indicazioni cielo, poi basta».

«Al Rey, dunque, scrivi».

«Già scrissi, Apa, Lei sa... Mi spiegai... Ma ora El Rey non più a posto, dicono».

«Bene, bimba mia» Apa disse. «Ma qui, ora, si scioglieranno legami, funi, ormeggi, capisci?... come per tempesta. Fuggiranno, vedrai, gli ultimi marine».

Ero in ginocchio; baciando sua mano:
«Apa, non pensare!».
Con che occhio prezioso, lucente, mi guardava:
«Scrivi, dunque, alla tua Samana».
Trasalii, senza dire. Come sapeva nome? Chi detto? Poi, intuizione; da poche parole, capii, o credetti; e anche, che lettera fosse stata aperta. Sbagliavo!
«Albe disse» prosegue «che molto Samana ti ha cara... lo seppe da non so chi. Scrivile dunque, parlale... assai presto... se puoi».
«Sì, lo farò... sì... lo farò!» dissi abbattendomi nel mio cuore.

Questo colloquio, però, presto sparve dal mio animo, che era come erba nuova, e forte, violenta, su cui non passi, non pioggia si arrestano, se non per un istante – che nulla sopporta.
Tuttavia, ci ripensai. Esso, come nube, stagnava ora sulla mia nuova gioia, l'ingenuo miglioramento dell'animo. Ecco, nuvole spingevano da est fredde coloriture, il libeccio si alzava, partire bisognava, affrettarsi.
E dove, cuor mio?

Stessa sera, ore dieci, ecco le nuvole che si aprono come muri bianchi sul turchino scuro del cielo, lasciando intravedere il passo della luna. Questa, come una vela, solcava rapidamente i laghi neri. Brillavano piovosi lumi. Jorge era là, davanti al marciapiede, passeggiava... Per un momento, anche adesso, credetti intravedere Lemano.

«Non se ne fa nulla, figlia» fa. E dopo un attimo, incupito: «Ah, eccoti».
Strano, sinceramente.
Aveva nel viso nuove lacrime. Gli occhi brillavano foschi come bestiole inseguite. Mi spiegò che Belman gli aveva fatto pervenire un biglietto: era previsto un rientro tardi,

«*cosa scocciantissima, figlio mio. La tua Belman*». Sì, era scritto così: egli aveva in mano il biglietto.

E ora, che fare?

«Pensai: ci vedremo con Misa e Cyprisso. Poco fa gli parlai. Misa era disposto. Avvertirebbe Cyprisso. Ah, eccolo» disse.

Cyprisso, infatti, venendo dalla casa accanto, si avvicinava.

«Salve» disse.

«E Misa?» Jorge fa.

«Belman, all'ultimo momento, lo chiamò. Parteciperà serata su al Piccolo Monte, Dom Olivares.[1] Molte scuse» disse.

Come talvolta, entrati in una stanza scura, completamente notturna per totale assenza di finestre e lumi, vi è dato però scorgere – causa presenza di un qualche oggetto lumescente, un bottone, forse, che avete indosso – non so che fili e veli leggeri sospesi tra un muro e l'altro (e che sembrano fissarvi), così io vidi muti sguardi non direi di dolore quanto stupore incantato, cupo, passare dagli occhi del Bel Figlio a quelli del curvo Da Cadmo. Erano tristi. Un cenno, e subito si divisero (direi con sorriso).

«Non piangere, Jorge» aveva detto tacitamente Cyprisso.

«Sì, non piango, hai ragione. Ma tutto in me è muto, ora» aveva risposto nella mente, con quel cenno, il Bel Figlio.

Decisero di camminare lentamente, sperando, all'ultimo momento, incontrare Belman (questo non dissero chiaro, ma era visibile).

«Dove si va?» Cyprisso.

Jorge:

«Avresti tu un'idea,» (a me) «figlia?».

«Non so» dissi. «Forse» (intuivo pensiero Jorge) «alla Plaza de Carlo... C'è un caffè».

«Questo... benissimo... proprio...» subito Jorge disse.

Ma poi, mentre ci avviavamo, con uno di quei mutamenti, o disfarsi del cuore, e oscurarsi dell'Universo, tanto a me

---

1. Località in altura, tra la Plaza Dragonio e il Castello.

noti, a precipizio mutò. Leggevo nella sua testa, vista di dietro, marchio di paura. Non voleva incontrare Belman di notte, suo ritorno festa. No.

Cosicché vagammo. Non restava altro.

E ora mi ricordo, come fosse ieri, che Toledo, già muta nel sonno, salvo misere silenziose bancarelle adorne di un lume su cascate di frutta, e insegne di albergucci e di bar dove sostano marine, si era fatta simile a una coltre di pezza bruna, senza tagli fra casa e casa, non la minima indicazione del rione, del luogo. E stagnava al di sopra di questa massa immensa, confusa, che talora potevi pensare di dormiente, talora di un lago morto, talora di un bosco che maturasse nel sonno i suoi semi, stagnava un cielo scuro e opaco, con opache stelline, che poi si spensero. Anche la luna era velata.

Da tutte le parti si udivano, però calmissimi, passi enormi. Sembravano di militari o sentinelle: ma sconosciute.

Jorge, come vide che più non parlavo, mi si fece da un lato, scrutandomi tristemente, mentre Cyprisso camminava a noi davanti, del tutto tranquillo, canticchiando queste parole sulle nubi:

Le nubi del cielo dovranno sparir!

E ripeteva sempre:

col mondo i tuoi sogni infelici partir!

nel senso, a quanto sembrava da qualche precedente parola, che non solo le nubi, ma il cielo e l'eterno scenario del mondo un giorno si dissolveranno come mai stati.

Mai avevo sentito Cyprisso esprimersi così.

«Perché, figlio, canti questo?» Jorge disse.

«Così». Ma subito smise.

«Ecco caffè» Jorge disse. «Questo, senza luce, muto. Buono» disse. E capii che lo *ricordava*.

Era, infatti, non lontano dalle Scalette di Santo Ignacio, dianzi lasciate, vecchio caffè rosso e muto, poco illuminato, con sedie davanti ai vetri.

Come tutti gli amanti, Jorge non tornava volentieri che nei vecchi posti. Così entrammo là.

Ordinò qualcosa, ma dopo qualche minuto, eccolo nervoso.

«No, qui non va. Camminiamo» disse.

E, subito pagato, di nuovo uscimmo.

D'improvviso s'era fatta notte, notte tale (non scura, ma del tutto silente, morta) da sembrare l'alba. Le case, nella parte superiore, rosseggiavano come tagli di coltelli, e così i rami degli alberi nei giardini acquattati ai loro piedi. Si vedeva un castello che non conoscevo, grave, cinquecentesco, e Jorge, poi, ridendo mi disse: «Casa delle Cento Albe, non vedi?».

Non risposi.

Avevo la sensazione, da qualche momento, che non fossimo più in Toledo, né questi amici fossero miei. Non che non li vedessi: ma si sprigionava da questa città come uno spettro diversissimo, a me nulla noto, di città, luogo del mondo, sito che non conoscevo, e da questi due, cioè Cyprisso e il Bel Figlio, *due ombre*, quasi dei loro fratelli più giovani, remoti. E mi parevano tali ombre – questo l'orribile – altissime. Come sterminata era la dolorosa Toledo.

L'ombra di Jorge entrava, con la fine testa, vera lancia, in una nuvola bianca; diè contro il castello, che aveva una porta, e la porta diè un rombo.

Cyprisso, invece, era una montagna, un calvo orso.

La lancia e l'orso non mi vedevano.

Subito, mentre la fronte mi si oscurava, divengo muta. Dove sono entrata? Questo che è? Udii ancora passi, per vie segrete, e vidi archibugi. Poi, tutto si schiarì. Eravamo (nella notte reale) in una plaza chiamata Dragonio, o anche, per una vicina cappella nobiliare, Tre Agonico; molto gradevole. E qui brillava un nuovo caffè.

«Senti, Cyprisso,» Jorge fa «a che ora l'ultima?...» (intendeva: funicolare, il cui ingresso è là, ultima corsa della notte, che riporterà Belman dal Piccolo Monte).

«Ore due» rispose.

«Be', aspettiamo qua».

Dal che capii che Jorge di nuovo non si rassegna, vuole, prima dell'alba, vedere Belman: portata da chissà chi. Poi riguadagnerà l'Alfanie, prima del sole, le notti senza giorno della *Duchesca*. (Da qualche mese è finito là).

Ci sedemmo.

Ora, passò del tempo, come se ciascuno fosse solo o invisibile agli altri. Dapprincipio, io mi sforzavo di ripensare quanto accaduto: la prima lettera di Belman, le *Oscure attrazioni*, coi due finali, recentemente consegnato alla medesima Belman (chiamata, nel pensiero, luce di Jorge, e onore di Toledo, e anche: vita diletta, e guida della gioventù amabile – con secentesca banalità), e il lieto guardare, quindi, la Plaza de Carlo, e, una volta in basso, la scalinata; poi l'ombra crucciata della visione; poi il colloquio con Albe, la lettera di Samana (con lieto riso di Albe) e il veramente preoccupato e doloroso raccomandarsi di Apa. Ma, strano, in tutto ciò non era sostanza. Ciò che mi appariva incombente, questa sera, estremamente vero nella sua lividità, era il paesaggio bruno di Toledo, col Piccolo Dom, l'oscuro cielo e le ombre dei miei compagni alte fino alle rosse nubi; non so quale tremenda novità ora scorgo in loro: di compagni sconosciuti, in epoca sconosciuta. Come già fossimo al di là dei muri del presente! E tendo l'orecchio, e ancora ascolto (e capisco che non mi vedono, altro tempo è questo, dove io più non seggo in alcun caffè, ore una di notte).

«Vedi, Jorge,» Cyprisso fa «io di questa Belman ti avevo parlato, come era temibile la povera luce. Tu l'hai voluto. Il dolor tuo con le tue mani ti cercasti».

«Ammetto» Jorge fa. «E con questo? Non preferiremmo l'esistere al *non*? Dimmi».

«Perché tu credi *non esistere* se non bionde con fiocco rosso, fratellino».

«Be', forse. Ma perché, ora, questo tetro parlare di Belman?».

«Non, *parlare*: *evocare*, figlio».

«E questa povera figlia,» Jorge fa «non credi tu, Cyprisso, anche orrenda situazione?».

«Quale figlia?».

Guardano al mio posto.

«Già,» conclude «andò via... sparì... Tanto tempo fa».

Ero lì, e non mi vedevano! Sentii rumore di spade, poi il tuono di una carrozza, pei vichi. E ancora calma, immensa calma.

«Come tutto è calmo» Jorge fa.

«Sì, bastante...» Cyprisso con tristezza.

«Mi si spezza il cuore, vedi, Cyprisso, pensando che mai più torneremo là, a quelle inebriate sere. Ma cosa, in realtà, la Belman ti disse? dico quella sera? Perché Misa non venne? Sospettavi, forse? Sii schietto».

«No! Con Misa? Belman mai... Ella, il marine, già conosceva».

«Intendi il *Danese*?».

«Sì».

(Parlavano dell'ombra che somigliava al fratello di Samana, vista nel pomeriggio. Era chiaro).

«Tu,» ancora Jorge disse «tu, Cyprisso mio caro, nobile Da Cadmo, che pensi che era l'amare?».

Aspettavo, col cuore sospeso, la tragica parola «attraversamenti», ma lo studente era muto, e allora Jorge così disse (come parlando da solo, grave e caro), disse:

«Presentimento».

«Erano dunque presentimento le rose, era presentimento il moto del mare?».
«Massì» Jorge tutto assorto disse.
«E di che, figlio mio?».
«Mah!» Jorge disse.

Avrei detto, dal silenzio del Bel Figlio, che non più presente, che non sia più. Poi, torbida, assai vicina, la voce dell'altro:
«E *ora* soffri molto, figlio mio?».
«Sì, questa terra mi pesa. Ben cinquemila metri!» Jorge ridendo disse.
«Io, vedi, già vecchio... altrimenti potrei...».
«Lascia... non pensare» Jorge disse.

Di tutto questo anagrammato, sigillato, incatenato, ribaltato discorso, veramente senza logica alcuna – vera conversazione della notte –, solo la parola *presentimento* mi afferrava, mi aveva conquistata! Con luce tale! Di riso! Di vera pazzia! Come illuminazione da luna o folgore solitaria.
Dunque, non *attraversamenti* (o non del tutto). *Attraversamenti*, solo come modo. In sostanza, fulmine, conoscimento, apprendimento. E dissi: «Dunque vedo!».

Uscii, di colpo, dal tunnel crepuscolare. Jorge, in normali proporzioni, bello e svelto, mi stava vicino, così col suo viso acuto, d'uccello, tanto vicino, che provai un lieto smarrimento.
«Cosa hai detto, figlia?».
«Disse: "Dunque vedo!"» fa il buon Cyprisso.
«Così dissi?» e ridevo.
«Sì, tu chiacchieri, chiacchieri, nella tua mente» Jorge disse. «Pensi continuamente rendiconti».
Ma qualcosa, nel suo viso acuto, mi diceva che egli velava così la propria commozione di tenerezza e scherzo. E Cyprisso anche. Le loro seconde nature, i corpi elettrici giganteschi, abbandonavano, solo in quell'istante, Toledo.

E adesso, accadde quanto ricordo, ancora, a distanza di tempo, come nuova visione, come, questa sì, incredibile lacerante visione, per cui non resta, all'anima, tempo di gridare. Che già passò. E il baratro appare coperto, fiorito; e chiusa, nel cuore che si rattrappì, la memoria.

Nuovi passi si avvicinavano, e un ridere grande svelto, al che Jorge si fa bianco, si alza, stringendo con le mani l'orlo ferreo del tavolo; e Cyprisso, impallidito, lascia andare il cucchiaio.

Quattro persone si avvicinavano senza fretta, e altre due erano più dietro. Erano, le prime, con Misa, in nero petto e lenti d'argento, queste: *una* bambinetta bionda, ma molto alta, *un* signore grasso, in nero, e quindi A. Lemano in persona.

Mi sforzo di dire le cose nell'ordine in cui le vidi o accaddero, svolgendosi tutto, da quel momento, in modo molto più caotico del colloquio riferito dianzi, coi suoi balenamenti di futuro.

Lemano, io non potevo guardarlo tanto la sua vista era forte, scura, colma di distacco, straniera. So che non subito mi vide (parlava col signore in nero), ma dopo un momento, e allora, simile a folgore, il suo sguardo che accarezza e ingiuria mi attraversò.

Sentii anche: che le mie gambe se ne andavano, e il cielo precipitava con le sue nubi rossastre, terribile, sul piccolo caffè.

Le voci di quei passeggeri (alle loro spalle la funicolare, il Piccolo Dom) erano chiare:
«Dunque, le dicevo, Belman...».

Era, secca come il tuono, la voce del Finlandese, rivolta al notabile grasso, in nero, padre, chiaramente, della bambinetta.

Questa, con un gran grido lieto, di uccello, si accostò.

La vidi subito, di spalla, mentre prendeva fra le sue braccia, quasi per scherzo, commossa, il capo di Jorge. Jorge, di gioia singhiozzava, rideva. Girò poi il capo, e la visitatrice anche. Vidi così quest'anima del Bel Figlio, la famosa Aurora. Un nulla, mi parve, una passeretta che becca, una infanta oppure scolara.

Una treccia bionda, ma con scuro rame, è attorta intorno alla nuca, risale la testa lunga e stretta: orna, con due bottoni dorati, le piccole orecchie. Il naso è un po' lungo, finissimo. Gli occhi, più caldi e ridenti del sole, sono come specchietti di sorpresa, di gioia. Così lungo tutto: l'esile collo, la nuca, le lunghe gambe, traforate di bianco, la pura fronte; con un che di malato. Veste di rosa, con un prezioso sciallett bianco. Assai buona, ingenua persona.

Questo ciò che vidi, subito; e appena giunto, passato.

Voltandosi al padre, ella disse:
«Ecco Jorge, babbo mio».
Cyprisso, in piedi con Jorge, s'inchinava.
La Bambinetta mi osserva, sorpresa, guarda Jorge.
«Damasa, che tanto sospiravi d'incontrare» Jorge fa.
«Bene... benissimo» con un sorriso indescrivibile, di bontà, la Bambinetta.
E guardò ancora Jorge, con l'aria di chi invia un sospiro, un segreto bacio, poi me, come non comprendendo, e ancora suo padre.

A me parve malata, demente, o forse troppo ingenua persona, troppo ingenua per afferrare questa vita, sebbe-

ne Jorge a lei prono, e così altri oscuri giovani. Una fanciulletta delle classi alte, mai incontrata, dell'aristocrazia di Toledo: buona e vacua.
Pensai con disperazione il mio rendiconto.

In quell'attimo, Lemano si accomiatò, come mai mi avesse vista, come io per lui fossi morta, mai stata. E ciò che seguì da quell'attimo, è solo nero tormento.

La notte si era rischiarata, i suoi passi si allontanavano, presto non si udirono più.

Mi sforzerò di dire come e quanti eravamo, ora, seduti al vecchio tavolo, davanti al vetro.
Sei, con i due Belman, la figlia e il padre. (I due, che erano rimasti più indietro, sparirono con Lemano).
«Papà, che scocciantissimi!» fa la Belman.
«Te lo dissi. Non venire, non venire. E tu ostinata!».
Aurora diè un colpo di tosse, simile a un vizio, e sorrise furtivamente a Jorge. Poi mi guarda:
«Figuera, no?» con grazia, e tuttavia fredda.
«Vi ho presentate...» (che era tutt'altro) si affretta Jorge.
Io mi domandavo se per caso fosse un'altra: ma la morte per gioia del Bel Figlio mi illuminava. Proprio lei, la Signora di luce, Rosa di Toledo, freschezza del cuore degli amici, autrice della lettera disperata. E come questo era possibile?

«Tu, Figuera» ella disse dopo un momento. E, sotto il tavolo, sfiorò con la punta del piede il mio piede.
Come fosse sola, sorrise.
In quel sorriso, io vidi che ella era due distinte persone: una Belman fredda, frivola, vacua, e un'altra, cuore di luce. E vedevo che una delle due era per morire; non sapevo quale. (E chi mi aveva urtata).

Parlò Belman Jacuino Batista dei Palacio Valdes (questo, da quanto capisco, l'indicativo primario del notabile) per primo. Disse essere stato ragazzo anche lui. «Anni fa,» disse «possibile trenta, vidi notti simili, *ornate di alba nel loro silenzio*».

«Jacuino,» fa Aurora con sfacciato spirito «e finiscila!».

Ancora, col suo occhio immortale, mi guardò, come a dirmi che Jacuino non tanto a lei padre, piuttosto molto piccolo figlio, e nulla, o quasi nulla, comprende. Senza vere opinioni, vacuo, triste. Aurora Belman, suo idolo. E in lei si specchia, si illumina. Sua autorità non discute; benedice umilmente, anzi approva, ogni amico del figlio. Questa, vidi, lacera verità. Questa, dal suo occhio (dorata nocciola di gioia), passò, pallida comunicazione a Figuera, da Belman.

«Senti, ebbi la tua lettera» dopo un po' dice.

A questo punto, tornai a disperarmi, non udivo più.

Se n'era andato. Ma prima era giunto. E perché era giunto? Perché, poi, con loro? E all'insaputa di Samana? Sulle scale, era lui. Non mi vide. Corrucciato, triste. Perché?

Mi venne in mente banale, improvvisa, verosimile spiegazione del mistero. Questa. Egli, coi Belman, cioè Jacuino, aveva forse grosso debito. Oppure affare. Ma quale... Qui non proseguo, annullata. Poi, ecco, ricordo quanto appreso indirettamente (e poi sempre dimenticato): che Jacuino è uomo molto importante, ornamento dell'avvocatura di Toledo, gloria del Foro locale, stimato, per molte minime ragioni (forse per sua fondamentale nullità, forse per sua amabilità), da persone assai alte. Ecco: Reyn A. ha una causa, un processo, qualche tormento, bega. Venne lì, al mattino, in Plaza de Carlo. Jacuino, forse, non volle riceverlo. Lo incontrò allora, la sera, al ricevimento (Circolo).

Nulla, come seppi in appresso (ma molto lentamente), era più lontano da verità di tutto questo, e insieme più vicino. Ché Lemano a Jacuino aveva chiesto parere, ma non,

non per sé. Ciò, tuttavia, era legato a questioni di fughe (anche sue), di rientri, di inaspettati soggiorni (o forzati) – a Toledo – di cittadini a Toledo, o al Borbonico, invisi. Non proprio personale, quindi, ma anche. Verissimo, invece, altro: che è stato parere (di Belman) *contrario*, anche per scarsa simpatia tra i due di Toledo e Ayana. E ora era finita così, con questo incontro, o inutile strascico di antipatie non vincibili. Ma quale orrore, nella frivolezza e direi normalità di tale incontro, ne era nato! Che egli mi era riapparso due volte, nel giorno, come non conoscendomi, causa l'ira. Che l'animo mio era naufragato. Che sapevo chiaro mai più verrebbe, mi vedrebbe. Che era, il giudizio di questa gente, sul cuor mio, deleterio. Intuivo poi disprezzo e signorile distacco di Jacuino, disprezzo e benevola indifferenza della figlioletta.

Finlandese, marine amato, e come tutto, io, tua fedele, ho sprecato, gettando sulla terra dove questi passano il tuo lento sorriso, la voce di tuono, il ricordo impossibile e delicato.

Di colpo mi alzo.
Con un cenno saluto.
« Ti accompagno » subito Misa.
« No, lascia, Misa... Io, piuttosto » fa Cyprisso.
Non posso respingerlo, egli con me viene.

Non parliamo. Io, sulla porta di casa, forse è l'alba:
« Prego, Cyprisso, prego di un favore » con occhi di lacrime dico.
« Sì, già capisco. Io vado » egli dice.
Umilmente, con indifferente sorriso, si allontana.
Resto sola: ancora il porto, ma è l'alba. Una luce diafana sale da Oriente, fa impallidire gli scafi; le lanterne ancora brillano, ma non così accese.
Dove sei, marine? Oh, tu fossi qui, fosse Toledo eterna, eterna la notte, mai queste aurore, compagnie, avvisi, trasalimenti.
Ma nulla, come già tempo addietro, quando egli sparì, nulla rispondeva.

Lettere della Bambinetta, del padre vacuo, degli amici.
Viole di zucchero e un fischio ai cancelli.
Il bacio sulla gamba

L'indomani, dopo notte indicibile, io avevo già deciso, nel cuor mio, che farei. Dimenticherei di colpo tutti questi mesi, le aurore, gli uccelli, i trasalimenti. Belman mi restituirà rendiconto. Strapperò, subito dopo, *Oscure attrazioni*. Strapperò, insieme, miei legami notturni con povera Belman.

«E dopo, che farai, Damasa?» una voce timida mi chiedeva.

«Io, dopo,» rispondevo «andrò a trovare di nuovo saggia sorella. Chiederò parere».

«No,» anzi rispondevo «là non andrò più. Parlerò, piuttosto, con Albe. Parleremo, con lui, di D'Orgaz e Bento».

«Vada, Damasa, lontano da qui» mi pareva udire la voce ambigua e insieme retta, tenera e terribilmente allusiva, di Samana. Ripensando i begli occhi di piombo, circondati da un filo di sangue o rossore illuminato, risentivo lo straziante timore di Lemano, la fame, i bei giorni.

«Andrò dove Lemano non sarà» dissi fra me.

E tutto, dentro di me, era ansia e cognizione di tradimento: non delle persone, bensì di liquida vita che naufraga, splendendo, al di là delle rive dell'antica Toledo, dove anche Rassa e Papasa e le fiere teste piel-rojas, tutto alla fine miseramente si perde, confonde.

Da A. Belman a D. Figuera
Toledo, Giorno di ambita pena!

Figuera carissima,

due giorni mi ci vollero (forse è pochissimo) per riprendermi da dolore che certo tu sai. Come, Toledana dei miei rimorsi, avere aspettato mesi un tale avvenimento, cioè nostro incontro; mille volte immaginato come stato sarebbe, inchinandomi estasiandomi – perdona mia muta debolezza –, e quindi esso avviene in tono sì frivolo. Per fortuna, bella notte, no, vero? Opaca come incubo, e sì lucida intimamente, con preludi baleni avvenire. Fui malata, Damasa mia, subito dopo, e cosa crederesti? Niente più di un po' di tosse, esternamente, ma nel cuore pensavo: la vidi e sciupai tutto! Di me ha disprezzo, certo. E come non sarebbe normale? Tu, figlia, vivi da tempo (io so, capisco, i tuoi amici parlano) nei tempi dell'Espressivo, sotto quelle cupole vaghi, come apprendista di luce ti affanni, e io qui, inutile! Non seppi che sorrisi, servi, e la amante malattia. Non dico compiangimi, ma strappa, ti prego, da te, il tuo bel manto verde, strappane un poco, Damasa, e coprimi. Lo meriterò, credi. Di tutto farò per meritarlo.

Ora, senti, certezza mia: qualcosa per te, o nostro rapporto, nella mia miseria e stoltezza, feci anch'io, perciò perdonami, anche se poca cosa.

Io, dunque, questo Lemano che da noi venne, cioè da Jacuino (e fu, tra parentesi, scortesissimo), sapevo chi era, avendomelo, all'ultimo momento, detto il tuo Misa. E subito feci un proponimento: che ti volevo giovare. Sai come, Damasa mia? Passandogli il tuo rendiconto, in un momento segreto. Cosa che feci. Apprendi in qual modo.

Egli, alle quattro circa del pomeriggio, come sai molto luminoso, era da noi. Mi incaricò, Jacuino, di riceverlo (era, Lemano, con due amici). Subito fui sulla porta, insieme alla cameriera, e dissi di favorire. Poi, avvisandomi Jacuino, cioè il padre, che un poco li facessi aspettare, tornai nel salotto con carte e giornali, che disposi sul tavolino: e lì proprio era, come dimenticato, il tuo rendiconto, in busta rossa con su scritto: «*per nobile Lemano*».

Dopo sparii, né egli mi rivide che la sera al Circolo. Ti confesso, rimasi male. Con mio padre, l'umile Jacuino, non si era inteso. Lo sentii gridare (già siamo al Dom): «Ciò è equivoco!» con voce senza pari. Mi chiesi in quell'attimo se non vi è follia in questo Universo (come da tempo già temo), essendo le anime più grevi (intendo aspre molto) più aureolate di luce. Ma perdona, perdona questo vile giudizio, Damasa. No. Io a voi mi umilio. A te mi riferisco. Ammetto che egli sia circonfuso di luce. Solo che – vedi – suo disprezzo era troppo. Perché non s'intese col padre, ferirlo! Come fa, questo! Poi – scusa – suo linguaggio, toni, gridi, torbidità infine, tutto richiama gerghi marini, nautici villani, pastori di onde, abominio liquido! Come vedi, senza cautela ti parlo. (Ma se a te odioso – prego – dimentica!).

Dunque il padre, umile Jacuino, non si accordò. Quando ti vedemmo, solo per non so quale rinvenimento di rimorso, o misericordia – in lui bizzarra, dal cuore non proveniente, ma forse capriccio – il tuo Lemano ci parlava. Ma il rendiconto gli era noto. Vedrai, certo, i suoi effetti.

Io lo trovai cosa (ora di ciò parliamo) buonissima, nel senso che superava la nozione comune dell'oggettivo, e mirava a disegnare, tramite non-senso (come nell'Universo già accade), mire ed eventi tutt'altro che *naturali*, nella struttura colorata presenti, e infine decadimento e morte senza risveglio del *naturale* o del *puro reale* – così ritenuto! – nettamente inesistenti, su questo converrai. Solo, purtroppo, dubito ora (e di ciò, credi, sono malata) che egli possa afferrare. No, Damasa! Devi essere forte! Qui vi sono anime divise in due precisi scomparti: che, ingenue, suppongono esistenza dato reale, e, crocifisse, sanno che reale non è. Per nuovo reale lavorano. Queste a me care, e tu, per modo che hai... che forse comprendi, angelo mio.

Di questi nomi non meravigliarti, che io dono agli amici, Figuera. Altro veramente non ho. Altro (possibile) non credo. Mi supponi innocente: non è. Mai stata, anzi. In ciò sono morta definitivamente, ti prego, credimi. Non innocente, né generosa, né buona. Onestà, a me, ignota, e del tutto, *tutto*, comprendi? Ma rinascere vorrei. Oh, se fosse! Se tu, in tuo paradiso, ricordati, Figuera... a me accanto volessi!

(S'intende che scrivo per gioco, intrattenimento).

Ora, Figuera, cade il tramonto del secondo giorno. Jacuino mi portò viole. Sono, tali violette, sui piedi: senza sapore, purtroppo (e buie), come tua Belman.
Ricordati. Benché impossibile, ti amo, Figuera.
E tu pure – dall'altra parte del sole, o la notte – salutami.

Belman

Da Misa Misano a Damasa Figuera
(stesso Giorno di vana pena)

Figuera, signorina![1]

Fui incaricato dalla nobile, a Lei nota persona, figlia del misero eppure autorevole Jacuino, della seguente allegata comunicazione:

Indisposizione Belman del tutto scomparsa, e presentemente allegrissima, malgrado resto debolezza. Venne medico, ordinò – rallegrandosi salute – divertimento, montagna. Dove, presto, Aurora andrà.

Aurora, benché ristabilita, e con motivi fondati sicurezza, felicità, salute, appare un po' triste; di ciò sembra causa (così mi disse) suo tormento nei riguardi di Lei, Figuera. Non porti – così mi disse – ricordo di sua nullità; prenda suo poco bene. Dimentichi, se fastidio, notte opaca in Plaza Tre Agonico.

Crede (Aurora) Senor Lemano partito, ma spera Le scriverà. Prega poi Fondatore dell'Universo (altra sua ingenuità: io, Misa, credo l'Universo semplicemente: risultato totale scala reazioni chimiche) volerLe concedere costruzioni incantevolissime.

Profitto della opportunità per inviarLe deferente saluto.

---

1. Questa e altre lettere non così proprio, ma tali la mente perduta le accosta.

p.s. Jorge (ora a colloquio con Belman) sembra incaricato portarLe piccolo dono. Io uscii dalla stanza, Bel Figlio entrava.
Cordialità.

Misano

Da Jacuino all'amica della sua signora e gloria (cioè Aurora); da Jacuino, cosiddetto Padre Vacuo, alla giovane Figuera:

Signorina,

prego (in ginocchio nello spirito mio): non mandi lettere troppo buone alla mia Bambina. La bontà la soffoca! Tale è la sua fame di questo elemento (cioè Bontà-Amore) che, udendone il nome, sviene. Sia perciò buona. Cioè laconica, allegra molto, nel risponderle stasera stessa. Come spero farà.
Qui, aggiungo umile viola. Starà bene, dice mia luce, al colletto.
Grazie. Distintamente
Suo vacuo estimatore di nulla oggetto

Jacuino Belman

In quest'ultima lettera, che trovai in portineria verso le sette, insieme alle due già riportate, non era difficile riconoscere il rigonfio segno di qualche lacrima.
Dunque, la Bambinetta di luce, cioè Belman, era stata malata! E ciò, in seguito alla umidità di quella notte. Solo ora si riprendeva! O era ancora malata? Tutto, in lei, e nelle suppliche degli uomini a lei intorno, faceva pensare a una salute fragile, come io avevo capito, e in tutti, poi, compresa Belman, si avvertiva – dietro il tono intenerito, elegante, che doveva attutire nel discorso non so che dolore –, si avvertiva non so che avanzata demenza. O non, forse, bellezza di un distrutto cuore?
Io rimasi fredda, lo confesso. Tutto ciò, improvvisamente, era così lontano dal grezzo respiro della mia educazio-

ne di Toledana, dalla tristezza muta dei porti. Era troppo El Rey, era disfatto, languente.

Provavo – pensando Belman – un senso di terrore.

Aveva consegnato il mio rendiconto a Lemano! Mi aveva, con ciò, perduta per sempre alla memoria del Finlandese. Lo aveva fatto, aveva costruito un intrigo, e di ciò non si doleva, non si tormentava! Era poca cosa! Tutto aveva alterato, ribaltato, destituito, privato di libertà e di dolore. E di tanto mi faceva dono!

La sua doppia natura – che da una parte mi esalta, dall'altra frastorna –, ecco il terrore! E questa mia cupa ammirazione, intanto, per una Belman, sensazione che vi siano, dietro il suo capo, altissimi cieli, che ella sia nel vero: cioè, non – l'universo – cosa dove andremo, ma da cui veniamo: e davanti il nulla. E tutto – se ti guardi intorno –, tutto, invece, fuga, irresponsabilità, crimine.

Di Lemano, da qualche momento, non m'importava più.

Lavorava in me, fra l'altro (dopo questa lettera), una nuova sensazione: essere egli veramente svanito, lontano, un altro! E ciò che di lui avevo sentito, pensato, delirio. Rimaneva questa vita grama. Senza Lemano, che via si portava con sé, nella sua brutalità, gli anni marini e le speranze ardenti dell'Espressività, tutto ciò che si era, insomma, formato, di mio, intorno al corpo invisibile di lui.

A tale certezza, un pianto sgorgò dal mio cuore: che egli era passato, e con lui la mia giovinezza, e niente più era! E scotevo la testa, come volendo svegliarmi, dicendo in me, con dolore: Perché, Belman? Perché tu mi facesti questo? Perché sciupasti? Perché apristi i miei occhi fissi all'interno di me medesima? Quale il tuo scopo, povera Belman?

Poi capivo che per quell'anima (e così molte altre), cresciuta al di là delle mura spirituali di Toledo, delle mura d'oro che separavano la Toledo di tenebre dalla Toledo emblematica dei viceré, la vita era così: un ozio, un perdimento, un sorridere e distruggere continuo, serbandosi incantevoli, gai. Che esse – mi pareva capire – erano poi già distrutte, avendo in ogni cielo volato, da mille e più anni, e tutto, per esse, malgrado la radiosità delle membra e musicale patrimonio dei vari Jorge e Góngora, tutto, da tempo, era definitivamente consumato, annerito. E ripetevo senza più convinzione, lamento strano: perché, Belman, perché?

La sensazione, poi – non so di dove venuta, così talora appaiono orologi di sangue, o si disegnano patiboli in tranquille stanze d'albergo, dove un assassino fuggito si crede salvo –, la sensazione che tale Belman volesse a me unirsi, anzi ai miei segreti, e per ancora vivere consumarli – sensazione che non era lontana dalla realtà, ma non in questo puerile modo –, mi fece sbarrare gli occhi. Dicevo: anch'io morrò così, dunque.

Di questi sentimenti ho vergogna anche ora, nel rievocarli medesimo. Ma la mia durezza sostanziale, e freddezza tetra, riguardo agli estranei – vere stelle, talora, come Belman – non ho voluto nascondere. Seppi presto, poi, che il tempo era venuto perché non fossi più me medesima, perché mi aprissi non più solo a soavità fanciullesche, a tremanti attese di unificazione (dei mari e monti del cuore), al fluire sotto la luna dei mari lemanici, ma anche allo straniero, il diverso, il povero diverso che io sempre avevo escluso – o limitato a Mamota – ed era pure questa Belman: alla comprensione, come diceva l'incantata luce di Jorge, di un universo più fluido. Ma allora tremavo. E vidi che mi tornavano in mente le parole della mia seconda composizione ritmica (Anno primo, avanti l'Era della Desolazione):

> ... passa
> ogni cielo. Stregati
> stanno cieli non veri.

«Oh Realtà, oh Realtà! Torna, terra mia!» mi trovai a gridare.

Ma come passano le cose, come mutano gli orrori, come il tremendo, poco dopo, diviene abitabile, ed è già terra tua, solo più mesta!

Rientrando a casa, sulle dieci (avevo portato in Plaza de Carlo un freddo biglietto), davanti al portone era Jorge. Inquieto, trasparentissimo. Dietro di lui, fermo a guardare le banchine, Cyprisso.

Jorge:

«Come va, figlia?».

«Mica male. Alterno» dissi.

Lì per lì non comprese. Quindi:

«Sì, giustissimo. Anch'io su e giù. E – senti – scrivesti a mia luce?».

«Di tramonto, no?».

«Esatto... esattissimo».

Cyprisso si accostò.

«Vedemmo il tuo rendiconto, Figuera. Belman lo mostrò. Primo finale io preferisco».

Ero muta, triste.

«Ti mandò, Belman, questi dolci» fece Jorge mettendomi tra le mani, vergognoso, un pacchetto. «Confezionati in casa. *Insensata*, dice. Cosa insensata, ma per pietà gradiscila. Io approvo».

Erano, quando aprimmo il pacchetto, viole di zucchero, di un turchino tenue. Io le fissavo indifferente.

«Ci vedremo presto. Tutti, no?» il Bel Figlio disse.

«No, Jorge».

«Perché?».

Come insisteva (in lui umiliazione, tremenda debolezza dagli occhi per lacrime lucenti), ebbi pena; parlai di cose che pesano: Apo a casa, lasciò la Dogana, Apa non più quieta. Lee e ginnasiale che aspettano un figlio. Lavorare occorre. Lasciare silenzioso porto, amata quiete.

«E... dove?» disse.

Poco da rispondere.

«E... senti... trovare lavoro qui... se accade... andrebbe?».

Questo non sapevo.

«Stretto, alloggio... Troppo... Io, poi, lavoro che... (ammettendo)... come apprendere? quale?».

«Senti, ti tormenti... non voglio. Pace sia in te, cara!» con passione l'amico della luce disse. Soggiunse balbettando: «Io... alloggio... che... molto grande... capisci».

Sorridendo, per tormento, Cyprisso aggiunge:

«Parlare potrei... con amico... per tuo lavoro serale... A macchina, sai battere?».

«Questo... certo».

«Bene... vedremo... Carte – per società murarie, laterizi, intendo... copie – faresti bene. Quindi, gruzzoletto».

«E ora,» fa Jorge piangendo nel suo sorriso (che non mi lasciava) «vogliamo bere. Gradirai, figlia, spero, squisito caffè».

Andammo perciò al Canceiro, in Plaza Theotokópulos, e qui, quando ci separammo, era notte meno fonda, era quiete e grigio. La poca luce lunare se n'era andata. Di nuovo, il porto dormiva.

Qui, da poco ero entrata, e appena chiuso il portello, mi giunge all'orecchio tenue fischio, direi di uccello.

Ma non – sulle banchine, a quest'ora – passeranno uccelli! Né saranno passanti, in quanto fischio modulato, breve, viene da fermo, non si sposta.

Riapro il portello, guardo.

Lemano è là.

Corrucciato, così alto da raggiungere punte cancelli, eppure stanco, con livido buon sorriso.

«Eccola qui. Udì mio fischio, signorina».

Come era tutto sgradevole, orrendo.

Questa percezione, soprattutto, che di lui, ora, più non m'importa! Che egli mi ha dimenticata, e io anche! Che viene qui per abitudine. Che l'altra notte mi ferì. Che ora sa mio animo, e ne gode. Crede me umiliata. Che sbaglio, folle errore.

Fischiò ancora, dopo avermi guardata in volto, di sbieco, quindi, secco:
«Ora, perdoni».
«Di che?» (io fredda).
«Di notte, altra notte in Plaza Tre Agonico. Molto arrabbiato».
«Davvero? Perché?».
«Di tutto. Ha freddo?».
«No, perché?».
«Senta, lei trema» disse prendendomi con forza e tirandomi verso la sua giacca, o lieve soprabito. «Non credo si vergognerà starmi qui... Perché trema? Perché si veste con così poco?» (avevo una sola maglia antica, marine) beffardo dice.
«Lasci... La prego».
«A lei, non conviene».
«Conviene sì» con rabbia dissi, e tornai dove prima ero.
Se ne stette lì, a guardarmi, stralunato, un morto, gli occhi aperti, teneri, che guardano morti, il cappello sulla nuca.

Ora, io dentro di me pensavo: va' via! Per sempre! Definitivamente! È questa l'ultima visione di un Lemano, o anni marini. E mi auguravo rapida morte.
Passa un marine, fischiando, e subito il fratello di Samana:
«Bene, rispetterò sua rabbia. Ma discorso urge».
Subito non risposi.
«Mi sente?».
«Be'... sì, la sento».
«Non possiamo urlare».
«No, chiaro» dissi.
«Allora qui... prego. Accanto a Lemano».
Mi accostai.
«Non mi sarei accostato io, sa» disse freddamente.

Che orgoglio, e smisurato dolore negli occhi miseri.
«Dunque, questo discorso?» dico.
«Farò...» e mi prende la mano sinistra, infila nella sua medesima tasca. Trema, appena, altero, scurissimo, e anche a me lieve tremito viene.

«Cara anima,» dopo un po' mi dice «ecco queste fredde notti ricominciano e i nostri incontri sono più radi. Ma sempre, lassù, all'estero, io la pensai».
«E si divertiva?».
Con voce buia:
«No, non mi divertivo».
«Mi renda mia mano».
«Se la riprenda... provi».
Come in una tagliola.
Di colpo, le sue spalle sono vicinissime, così i suoi occhi! Un attimo solo, e stacca da sé, senza disprezzo, la mano, si chiude nel suo silenzio, torna a guardare il porto.
«Figlia cara!».
«Sì?».
«Creatura, mi ascolti».
«Sono qui» in un bisbiglio dico.
«Bene. Mi ascolti». Era girato. «Devo dirle una cosa».
«Che?».
«Di cuore, Damasina».
Non capivo.
«Con tutta l'anima, mio tesoro».
«Che... cosa?».
Ecco passi, ecco ancora un altro marine. Si allontana.

«Figlia, lei sa e non sa. Ebbi il suo rendiconto».
«Non io...» dico con voce fioca.
«Non importa chi. Comunque proprio lei...».
«Cosa?».
«Penso verità. E, mi rallegro, molto vicina».
Non risposi.
«Intende perciò, io credo, mia collera... risentimento».
«Non *verità*? Non il vero proprio?» dico.

«No; *non tutto*. Per quanto...». Poi:
«Paese sì, paese no» tenero dice.
«Paese no?...» tremando dico.
Si gira, mi viene accanto, con un sorriso debole. Le mani erano di poco calore, quasi fredde.
«Morda» dice.
Presi, vagamente, la sua mano con la bocca.
«Buono» dice.
Come mi guardava, Dio tremendo: come morente e da me, da quel morso, gli venisse vita. Ora, gola chiusa, io. Lui, immenso, mi guarda mordere.
«Dolce, no, vita?».
Lasciai la mano.
«E non pianga».
Passi, nella notte del Pilar, si allontanarono.

Mi teneva a sé, con un braccio. Con l'altro, ora, prese di tasca la pipa, i fiammiferi. Come la mano gli tremava, io presi i fiammiferi; accesi.

A quella luce mi baciò.

Mi parve una cosa brutta (sinceramente), perché era una sensazione non di caldo, ma freddo. In più, sentivo la guancia fredda. Il cappello era caduto.
«Senta, Damasina».
«Sì».
«Un favore. Domani alle tre l'aspetto».
«Dove?».
«Casa delle Cento Albe. Ho ripreso una stanza lì».
Mi asciugai la bocca.
«Schifo?» (con un sorriso debole).
«No, amore». Dissi proprio così.
«Allora, un altro. Non guardare».
Si piegò, mi baciò sopra il ginocchio, dove la calza terminava.
«Basta» dico dopo un po'.

«Non tremare, figlia cara...» ma si rialza. «Bianca,» dice dopo un po' «come la luna... cara».

Il nostro discorso era, in quel bacio, morto. La mia gola (sua non so) non aveva umidità, arida.

«Conosci questo?» dopo un po' dice.
«No, cosa» io. «No».
«*Giralda*» disse. E poi:

> *Giralda, madre di artisti*
> *stampo di conio torero,*
> *di' dunque al tuo giraldillo*
> *che indossi un abito nero.*

Risentivo di nuovo il suo bacio sopra la gamba, dove la calza finiva e cominciava un po' il mio essere. Sensazione senza pari, mortale; vista di neve. Notte e tremendo giorno insieme!

Come sentendo, come tutto in me vedendo, senza lasciarmi – al suo fianco – egli prosegue:

> *Nera gualdrappa ricopre*
> *dei cavalli il manto nero;*
> *neri sono i finimenti*
> *e il lor pennacchio è nero.*
>
> *Veston di nero i cocchieri*
> *e la frusta ha un fiocco nero.*

«Perché nero?» io dissi (morendo).
«Così».
Scese, con la mano sinistra, sul punto che aveva dianzi baciato.

> *Veston di nero i cocchieri*
> *e la frusta ha un fiocco nero.*

«Ma perché io soffro così, o Lemano, caro, mio? perché?» disperatamente dissi.
«Saprai domani».

Spense la pipa, si allontanò di nuovo da me.

«Non sei sposato?» chiesi lì per lì, lucidamente, ma senza alcun interesse.

«Sì» senza alcun interesse rispose.

Guardava le banchine. Come era un po' piovuto, fuggivano lucide.

Non si voltò, dopo quella domanda, come se pensasse. Non gli dissi nulla, altro che riprendendo la sua mano, il suo braccio, stringendoli di nuovo a me.

Mi pareva capire questa vita: disordine, tumulto, il nulla, il tutto. Il maggior bene lo sa però la mia gamba, dove la sua bocca ha toccato. Si discioglierà, credo. Oppure è già in fuoco. Glielo dissi. «Così sarà domani?» dissi.

«Sì, per tutto, tutto... dolcezza» disse.

«Dolcezza anche nel piede?».

«Per tutto... per tutto...» disse.

E vidi che mi vedeva.

«Giraldillo» ridendo dissi.

«E senti ancora una cosa» disse.

Ma non volle procedere.

Poiché lo pregai:

«Niente, cuor mio, niente... Ecco, volevo dirti... quella gente non frequentare».

«No... quello che chiedi...» come insensata dissi «per me, sai... vero... verità» balbettai.

«Spero».

Ora, piovigginava. Si udivano voci lontane. Non l'alba, ma quasi.

«Avrai freddo. Rincasa».

«A domani».

«No... attendi. Ancora un momento».

La mia gamba tremò, ma non era per lei. Mi prese il viso tra le fredde mani:

«Senti un po'».

«Sento».

Tiravano otto cavalli
la carrozza di Espartero.

A queste parole, non so capire perché, piansi.
«Chi era questo Espartero?».
«Mah, non so...» la mano stanca sulla mia gamba.
«Era triste?».
«Sì, credo; bucherellato. E per sempre».
Poiché abbassavo il capo:
«Ma tu non sarai triste, no... tu vita molto, mia Damasa!» e mi baciò, e subito ridendo – contro il suo petto il mio capo perduto a ogni senso:

> Ragazzina dell'Asfalfa;
> elegante giovincello;
> nere fusciacche alla vita
> e un nastro sul cappello.

«Va'! va'!» subito poi gridò. «Ragazzina dell'Asfalfa, va'. Riposa e sogna il tuo domani, cuor mio!».

Gridò così, mentre io mi accostavo al portone, «Ragazzina dell'Asfalfa!», con un tono indescrivibile, privo della più tenue paura, come l'irruente mare sulla diga, che per qualche tempo non potei respirare né ricordare.

Quando mi riebbi (e si riebbe la mia gamba, e il cuore dove aveva cantato cose sì dolci e tristi, che per l'eternità a una semplice creatura dei porti basterebbero), vidi che egli non c'era più, e l'alba imbiancava gli scafi.

MURARIA

Belman, lo stesso mese (io non la rividi), partì per certi monti a nord di Toledo.
Cyprisso cambiò casa, e perciò lo rividi solo casualmente.
Jorge, molto preso tra una visita e l'altra a casa del nobile Jacuino, sembrava non vedermi assolutamente più.
Non tornai mai più in Plaza Tre Agonico.
Poche settimane dopo le cose narrate, mi impiegai in

un ufficietto sulle Scale di Santo Ignacio: copiavo carte murarie.

E il fatto più notevole (che però, stranamente, non mi colpì come avrebbe dovuto) l'ho lasciato per ultimo.

Recandomi l'indomani, ore tre, come convenuto, alla Casa Rosa, non la trovai più. Nel senso che, per qualche motivo, tutte le finestre «*sull'Ovest*» erano state murate, e anche la grande porta murata; e del resto, mi dissero gli operai, ancora e per tutto disabitata: i pavimenti avevano ceduto, e la casupola di nuovo venduta. Forse sarà deposito di legnami.

Di ciò io non piansi, ripeto. La mia mente era sprofondata lontano, e sempre e solo pensavo quei cari versi, specialmente:

>*nere fusciacche alla vita*
>*e un nastro sul cappello.*

Con molta calma.
Com'è, del resto, dell'interminabile fluire della vita.

**RICORDA L'INTERMINABILE FLUIRE
DELLA VITA. MORGAN**

DELLE PRIME ALTERAZIONI DEL SOLE

Prime alterazioni del Sole a seguito di detti avvenimenti. Suppliche alla Croce e un impensato ritorno di Mr. Morgan. Rendiconto su « Un paese della Francia »

Nelle note varie ai rendiconti della Toledana, che appaiono riportati in questa parte delle sue memorie, mi sembra necessario dar subito conto di un fenomeno che caratterizzò quel periodo in cui furono pensati e, in certo senso, li circondò di un nuovo alone grigio. Era, questo alone, presente anche intorno al Sole già da tempo, ma ora, nell'anno successivo al bacio sulla gamba, alla scomparsa, subito dopo, di Lemano come della Casa Rosa, si precisò. Non so in quanti lo vedessero. Io lo vedevo. Era largo due volte il Sole medesimo, di un grigio ora più pallido, ora lilla e, velando la luce che cadeva su questa città e colli e Fortezza e opere portuali, così velava tali cose.

Nelle chiese, come ai giorni di Rassa, si piangeva e pregava. Tutto era lutto.

Venne una primavera estenuante, calda e dolce, ma non perciò la città era meno in lutto.

Vi era calma, e insieme un senso di perdimento, di distruzione e supplica ai Cieli, in cui l'anima navigava.

Dovunque (e ciò, in certo senso, si spiega col fatto che la Settimana Santa, quell'anno, fu interminabile) si elevavano preghiere alla Croce, acciocché volesse salvare i viventi. Angeli, poi, e Arcangeli fino alla Sesta e Settima Dominazione volavano nel cielo, portando fino alle nubi una fascia bianca dov'era scritto, in lettere dorate: «Pietà per Lemano».

Una sera, nella Chiesa Spagnola – dove ora me ne venivo di tanto in tanto, come un pezzo di spuma gettata dal vento va a strisciare in un anfratto oltre la spiaggia –, una sera, M. Apa, facendo eco ai buoni Padri, supplicava:

«Ave Maria, ora pro nobis».

I Padri risposero:

«De profundis clamavi ad Te, Domine».

«Per Lemano, Domine, oremus» intonarono altre voci. Proseguendo:

«Per Damasa, Domine, oremus».

«Per Albe, Rassa, la universale gioventù, Signore, o Altissimo, miserere».

Alcune si rivolgevano alla Virgo Hispanica:

«Mater Domine, intercedi».

E un coro alterno, senza speranza, rispondeva da non so dove:

«Per noi prega».

Stavo lì, appunto una di quelle sere, quando vidi, nemmeno levando il capo, ma riflessa in un vetro colorato, spuntare dietro di me la faccia antica, gli occhi freddi e vacui e tuttavia pietosi di persona che era stata nella prima parte della mia vita, cioè il disonesto e placido Morgan.

Non me ne meravigliai. Egli, così spesso, da quando ci eravamo accordati, e io lavoravo per lui, veniva dove io ero.

Così è questa vita, che ciò che avete ripudiato vi aiuta, ciò che avete disprezzato ritorna sotto forma di quotidianetà, di pane.

Al pomeriggio, ogni giorno, già da dicembre, io lavoravo per Morgan.

In che modo Cyprisso, che me ne ha indicato una volta il nome, fosse in rapporto con lui, lo conoscesse, e da quanto, questo non so né importa; del resto, in certo senso, anche Cyprisso s'è allontanato da tempo dalla mia vita, e nel vico la sua testa pesante e malinconica di orfano più non si affaccia.

In suo luogo – e in luogo dello stesso Apo – Morgan si è presentato: calmo spettro familiare.

Non mi piaceva – non mi era mai andato – in nulla, ma dico che, in modo poco consapevole, adesso mi era un po' caro.

Dunque, lavoravo per lui, come adulta lavoravo, prendendo pochi denari, e il lavoro era: copie a macchina di elenchi opere murarie, copie in triplice copia, facili e interminabili, e le parole che incontravi in queste copie, e mandavi a memoria continuamente, erano: laterizi (embrici, mattoni, tegole) e le loro misure in centimetri, e costo in monete lucenti, e ciò non era molto diverso da quando, fanciullo, disegnavi la nave e parti della nave. Solo che non vi era più quell'azzurro e freschezza; ma il mondo si avanzava come pietra, come una elevazione di pietra. In questo lavoro, poi, non potevi sbagliare; essendo lo stile murario poco esigente, comunque, se sbagliavi, non accadeva niente, prendevi un altro foglio e ricominciavi l'elenco interminabile.

I denari, poi, di questo lavoro, passavo ad Apa, per il pane, e all'Apo che adesso era in casa, sempre più vacuo, scontento, inutile, e in tal modo mi illudevo poter protrarre il mio vivere in Toledo, nella casa marine, tamponarne i buchi, respingere l'acqua della penuria.

Ecco, ora, altre brevi notizie.

Lee di nuovo scomparso, si diceva nella natia Spagna.

La ginnasiale, senza pace, cuce per il futuro Figuera, e lamenta la scomparsa non tanto di Lee, quanto del nuovo congiunto, e suo amico, Albe.

Albe è in mare. Naviga silenzioso. Ogni mese, viene da lui denaro necessario a sostituire quello di Apo e di Lee.

Frisco, come in febbre, cresce; ora, alto come Albe, è il solo marine di questa casa. Penultimo anno nautico; presto, anche lui sua nave.

Il lutto di questa città si accende di nuovi nomi e timori. A tanta pace e silenzio di acque subentra ora, nel porto, non so qual fremito nuovo. Così, dopo un inverno che fu lunghissimo, tornano al cornicione della casa i colombi. Ma sono, in questo caso, di forte ferro. Sono colombi di ferro. Sono navi di ferro. Grigio molto. Come grigio è l'alone del Sole.

In quell'anno, trovandomi ormai in una condizione nuova, la condizione di chi, in un deserto, rievoca e attende e teme, io feci, di Djotima, o Cora, una conoscenza nuova.
Ella mi apparve un giorno, improvvisamente, in una luce che finora non avevo notato, grigia come le navi e l'alone del Sole, ma molto forte. Con forte voce mi disse:
«Io, Damasa, di te sapevo... non credere che in questo tempo non ti abbia vista. Di te sapevo. Il mio dolore per Lee, e questo figlio, anche, che attendo, mi aperse gli occhi. Ora dirò con Albe: di te mi preoccupo, figlia. Mi dolgo di essere qui venuta a rapirti l'ultimo tempo della tua pace, e nello stesso momento mi domando: in che modo darti aiuto? Oh, potessi darti aiuto!».
«Di nulla» io fredda.
Ma questa, adesso, la mia essenza, condizionata dal terrore che la mia seconda natura, o universo, mi fosse strappata. Comprese, Cora, e nulla aggiunse. Ma dopo questa domanda e risposta, il nostro rapporto non era più ostile, vuoto.

Quel medesimo giorno, una lettera di Bento (sostituto, si ricorderà, del Maestro d'Armi nelle sale della «Literaria»), al quale io avevo affidato in precedente lettera due rendicontini, mi comunicava che sarebbero presto usciti sulla «Gazeta», uno dopo l'altro, e perciò stessi di buon animo, stessi lieta. Questa bontà mi sorprese, in quanto sempre laconicamente io gli avevo scritto, ed egli risposto, e nulla egli sapeva della situazione dello scrivente; e almanaccai perciò a lungo su ciò che volesse dire. Curiosità che fu presto soddisfatta, quando, poco appresso, ricevetti lettera da città estera, o quasi, comunque ottocento miglia distante dal porto del vicereame, oltre le nubi del Monte Acklyns, e diceva (firmava il proprietario della Stamperia), diceva:

Nuova Spagna, Primavera dei Mille Presentimenti
Aprile, il 10

Figuera Damasa,

da Bento, Suo amico, e da altri che non dirò, perché si raccomandò forte che il nome volessi tacere (era diretto alla Città di luce, ora è molto tempo), ebbi la raccomandazione di voler stampare in modo unitario i Suoi rendicontini, e volentieri lo farò, sebbene non porteranno denaro e passeranno assai muti. Ma testimonieranno, dico, delle ultime luci di questo tempo spagnolo, o secolo notturno, prima dell'Era Successiva che si fa strada. Solo, ecco, non sono bastanti a pagine cento e più, quante urgono. Perciò chiedo altri tre o quattro. In fretta, prego. Quindi attendo.

P.S. Aggiungerò che a me, personalmente, non dispiacciono. Ma Lei, Figuera Damasa, vive in oscurità grande. In avvenire comprenderà. Qui, già molto tumulto, e Lei tutto ignora, sola nei suoi segreti camminamenti.

Distintamente, Suo

Editor

Questa lettera mi lasciò, in apparenza, molto calma. Tuttavia, due cose cambiarono per un momento la condizione del cielo (cioè dell'animo mio), aprendo di colpo, sebbene per un attimo, l'alone che circondava da tempo il disco del Sole; ed erano, queste due cose: *seconda*, la novità che presto vedrei in bel volume (io, povera scolara svogliata) i vecchi rendiconti, il mio casuale e amato scrivere, cosa da far respirare un cuore sì a lungo oppresso dalla sua inutilità; *prima* cosa, poi, quella allusione a persona che era passata dalla Nuova Spagna mentre diretta alla Città di luce. Non avessi ricordato la lettera che mi mostrò Samana l'autunno avanti, non avrei intuito. Di cupe speranze respirai, e poi le riportai dentro di me, come buona aria, e poi di nuovo respirai. Oh Signore Dio!

Il nome del Finlandese, o fratello di Samana, non osavo fare! Neppure un attimo, benché così chiaro dietro le righe, Toledana osò pronunciarlo. Non si dice di una notte che egli ha gridato i versi dell'*Espartero*: ma un gran brivido, o segno di croce, scese sulla persona infelice, e urtò nella gamba, dove era il segno. E per qualche tempo non pensai né sentii più nulla.

Mi ero abituata da un bel po' a ricacciare dentro di me, non appena si presentavano, i vari sentimenti del passato (li muravo costantemente). Così li superai questa volta, dedicandomi a fatto pratico. Che fu: la stessa sera, dopo il lavoro, e poi la successiva mattina, mettere insieme i pochi rendicontini occorrenti, che l'uomo della Stamperia mi ha chiesto – fra cui *Fhela*, *Le case* e altri sogni del Finlandese –,[1] e allo Stampatore inviarli. E nel fare ciò posso dirmi del tutto contenta, ma di una contentezza esterna, fredda.

La domenica seguente, e poi l'altra ancora, che cominciava una nuova Settimana Santa (quell'anno ve ne furono tre di seguito), ebbi la sorpresa di trovare sulla «Gazeta» di Bento il mio ultimo rendiconto (successivo alle *Oscure attrazioni*), che ho intitolato: *In un paese della Francia*. Eccolo:

Rendiconto di
IN UN PAESE DELLA FRANCIA

La nostra casa era situata in un paese grigio della Francia, su quelle rive della Bretania eternamente scivolate dal-

1. Alcuni, di poi, eliminati.

la spuma del mare, che a tanta leggenda e canto di marine hanno dato origine. Ed era una casa bassa e solitaria, a un sol piano, guarnita, alle otto finestrine limpidissime, di tendine gialle. Al viandante, che sul crepuscolo di una giornata invernale, passando a due miglia di là, sulla carrozzabile, avesse alzato gli occhi, si sarebbe acutamente rallegrato l'animo, alla vista di quelle finestrine leggiadre, che tanta pace promettevano.

Vivevo là da due anni, con un mio amico.

Tuttavia questo, e cioè la bella dimora e la pace, sarebbe stata poca cosa alla mia gioia se, per una disposizione tutta speciale di circostanze, questo mio amico non avesse avuto, d'un tratto, più alcuna ragione di scendere nel mondo, e non avesse deciso di rimanere costantemente con me. Il suo nome non lo ricordavo, almeno non ora, so che mi era stato caro, rievocandomi uno assai calmo e serio, laggiù, sulla terra, che dopo molte apparizioni era scomparso.

D'altra parte, questa nuova solitudine, tanto rara, estrema, cementava, per così dire, la nostra amicizia, rendendo talvolta questo signore in tutto simile all'ombra già nota – e perduta, come dissi, in modo definitivo.

Aggiungo che nessuno (fosse anche fratello, madre, o vecchio servo e amico) che gli aveva sorriso nella precedente vita veniva ora a turbarlo, e quindi – per la imprecisione quasi di sogno in cui le nostre trascorse giornate erano ormai avvolte, per la dimora lontana, oscurata anche da amare leggende, dove ci trovavamo –, nessuno in realtà osava ricordare, o semplicemente ricordò mai, il nostro recapito. Là, insomma, non suonava lamento che non fosse del mare.

Oh, il mare! Perennemente tinto di verde, percorso da spume candidissime e svelte, simili a inebriate danzatrici, estendeva il suo orizzonte con una continuità e leggero splendore (al tutto deserto di ferree sagome, o bandiere) davvero terribili. Certe notti, desti, lo udivamo. Stavamo nel nostro salottino di legno e seta verde, simile a cabina di nave, ed egli era sdraiato comodamente nella sua poltrona anche di seta verde e legno africano. Indossava un abito verde chiaro, che s'intonava benissimo al suo volto, che era un po' nascosto. Io, invece, non ero seduta, ma inginocchiata ai suoi piedi, e appoggiavo affabilmente la guancia sul suo ginocchio. Tale atteggiamento di piccolo levriere appassionato gli piaceva molto, e io perciò volentieri ne usavo.

E intanto si conversava. Ma di sì poche cose! Come se da dire, in realtà, non ci fosse nulla del tutto.

«Morgan, ode lei il mare?».

«Sì, certo».

«Anch'io».

«Hai tu paura del mare, Figuera?».

Come si sarà notato, io lo chiamavo, per ora, Morgan, nome (nella vita) del mio principale, o datore di liste murarie. In realtà, sentivo che vi era confusione, che vi era, in questo vecchio Morgan, un nome più riverito.

Alla sua insistenza:

«Un po', certamente».

Una sera egli mi disse:

«Il mare si accosta, Figuera. Ma io sono con te. Te lo dico affinché tu non tema».

«Quale mare, Mr. Morgan?».

«Be', il mare della vita».

Malgrado questi presentimenti, e benché io attendessi un po' intimorita, quella sera non accadde niente, né mai. Non si accostava, insomma, il mare della vita.

Questo rendiconto, per la verità, non ha alcuna importanza di nodo centrale, trama, nessuna novità di avvenimenti, e me ne dispiace. Io vi espongo soltanto quell'eterno (e rapido, intanto) tratto della mia vita che il Signore della vita in persona mi concesse per compensarmi – dirò così, sebbene penso a volte tutt'altro, penso fosse castigo – o aiutarmi, dopo che la carrozza di Espartero si fu allontanata. Quando riandavo a ciò che avevo sofferto in quel tempo – allorché udii la carrozza bardata di nero andarsene, ed Espartero gridare: «Sogna il tuo domani, cuor mio!», andarsene pei vichi silenziosi –, prendevo questo tempo, o sogno, come un premio, un rosario consolatorio; e non era. Vi era, in realtà, in questo mio nuovo amico, detto per comodità Morgan, un che dell'antico Espartero.

Così tenero, atroce.

A Espartero (sebbene sicura io non fossi, per ora, della

sua identità) io potevo adesso stare vicina. Non un essere qualunque si pensi, ma Espartero stesso, direi in luce: egli vivo e vero, con il suo corpo elettrico interminabile e la faccia bianca, che mi guarda appena piegandosi, gli occhi infinitamente buoni, di grigio ferro o mare invernale, dove la sua conoscenza del vero dorme e veglia, osservandomi. Io, il vero non sapevo. Espartero, sì (o Morgan?).

Mi diceva a volte, in modo breve e quanto mai doloroso: «Ti fa male la gamba... ancora?».

«No... francamente. No... è passato».

«Bene... Però non credo» sogguardandomi, e come rannuvolato, aggiungeva.

Avevamo noi quattro dipinte stanzette: due per dormire (giacché mi piaceva tanto questa distinzione, tra il suddito fedele, quale io ero, e il Rey), una per gli studi di lui, e una per accoglierci nelle sere calme e le notti pensierose. E in ogni luogo era visibile l'importanza del mio diletto Espartero, trovandosi, tra lampade poltrone tappeti tavoli e scaffali, molto di quanto piaceva a lui, e nulla o quasi trovandosi di me – se non qualche sasso marino. Meravigliato ed eccitato, al principio della nostra amicizia, egli aveva protestato contro il mio fare, volendo regalarmi tappeti e lampade di ben delicata fattura e colori. Ma nulla assolutamente io avevo voluto, e nella camera più spoglia della casa, quella del fanciullo, avevo fatto stendere invece un rettangolo di stuoia gialla, di quelle tanto in uso presso gli Arabi, col nome: Reyn A. ricamato in grande, nei due colori verde e nero. Questo nome di straniero, per chissà quali morte circostanze, mi era assai caro.

Non vi era altro, nella stanzetta, se non la riproduzione di uno scafo marino dalle vele squarciate e vecchie. Con la testa su questo scafo, tra vela e vela, talvolta dormivo; per la verità, più immaginavo di dormire di quanto, in realtà, dormissi: sempre aperta la porta della mente ai discorsi sonnolenti del mare.

Talvolta, se egli nemmeno prendeva sonno, nella sua ricca stanza, Espartero veniva da me. Nel silenzio finissimo, e quasi grave della dimora, sentivo bussare; ed esultante:

«Venga, venga, Morgan!» (o Espartero) dicevo.

Con una lucernetta in mano, una fiammolina spiritosa e liscia come una foglia di antica rosa, e che illuminava di poco la sua bocca sorridente e gli occhi di piombo, seri, curvandosi a superare l'usciolo, egli, Reyn A. personalmente, entrava. Egli veniva a sedersi sulla mia stuoia, e mi osservava.

Fingevo di non avvedermene.

«Ancora male?» dopo un po' diceva.

«Per niente».

«Bene».

Invece, la gamba mi doleva.

«Tu – lei, scusi, mente» mi disse una volta. «Tutta la gamba le fa male. Mai è davvero guarita».

E per la prima volta lo vidi piangere.

«Non pianga, figlio caro».

«Piango per questa vita. Come la vidi l'amai. Ma era tardi. Sempre, cuor mio, noi fuggiamo. E da che? Che sarà mai questa vita?».

Ormai lo avevo riconosciuto, come in sogno ci eravamo riconosciuti. Fu cosa tanto dolce, ma la ricordo, benché dolce, senza dolore.

Posò la mano sulla mia gamba, un po' sopra il ginocchio, e il dolore era cessato. La tenne là ogni notte, e il dolore era meno.

Una notte, alla fine, stette con me, intero.

Il dolore era completamente cessato, e subentrata una chiarità di alba.

Come era questo stare con me di Espartero?
Mah!

La sua faccia sulla mia, così la bocca gambe spalla, e su noi la sua giacca.

Quando si levava, aveva il viso bianco e terribile, senza vita e fede, dell'avvenire.

«Male ancora?».

«No, Espartero».

«Non chiamarmi più così,» disse una volta «chiamami cuore».

«Sì, cuor mio».

«Heart, Sturm, Crime, Entsetzen, Trauer!» disse un'altra volta.

Senza capire:
«Sì, cuore».

«E chi era questo Morgan?» chiese distrattamente un'altra volta.

«Mah... non so».
«E il Bel Figlio, quindi».
«Mi era caro, ti giuro».
«A me, no».
Volevo fare un altro nome, non osavo mai.
Veniva giorno. Ed egli ancora:
«Fa' vedere la gamba».

E qui, ormai, era un cerchio di ferro, e si vedevano avanzare, su questo tondo di ferro, sottili navi di ferro; e un sole velato, assai piccolo, era sul fondo.

«Morremo... Tutti... Non tornerà più la luna sul porto!» egli gridò un giorno. «Oh, cuor mio, morremo!» e si copriva la fronte con la destra mano.

Allora riconobbi dietro Espartero (che era stato Morgan), riconobbi il cuor mio, cioè Reyn A. Lemano.

Ecco la nostra vita come era. Niente, in realtà, di meno che normale. Un giorno, usciamo dalla bella casa per recarci a Extremo, villaggio alquanto vicino (dovendo fare delle spese), ma il villaggio, una volta giunti, non c'era.

Non era più, dovrei dire.

Passava, contro il biancore bluastro della marina, una elegante carrozza nera, e dapprincipio non ne udivamo il rumore, confuso al segreto e alterato risuono marino. Poi lo udimmo, molto regolare, e vedemmo le ruote rosse, il mantice nero.

«Oh, chi sarà lì dentro?» chiese Espartero.
«Forse Jorge» dissi.
«No, Belman... se ben vedo».
Era, infatti, Aurora Belman, con accanto Jacuino. Avvicinandosi disse:
«Com'era dolce, Espartero, vivere».
«Sì... forse» Espartero stancamente disse.
Ella mi guardò.

«Dasa... di me ti ricordi ancora?» disse.

«Sì, credo».

«Allora, nel tempo che verrà, ricordami» così disse. E sparì la carrozza nera inoltrandosi nel mare.

«Non mi piace quella gente... non voglio che tu la frequenti, cuor mio» Espartero disse. «Ti sei accorta come Belman guardava la tua gamba, figlia mia?».

«No» dissi.

«Ebbene, non mostrargliela mai. Non dirle che io ti ho ferita... è un segreto tra noi» freddamente, e senza aggiungere altro, Espartero disse.

In quel tempo, io tornai più volte, in sogno, a Toledo, e non la riconoscevo. Mi ricordo che ero partita nel pomeriggio, sola, di nascosto al mio amico, e dopo cinquemila anni giunta qui, e Toledo non era più. Solo un mare di cenere, e la Collina, e un angelo grandissimo davanti a poche pietre (resto della Fortezza), che vedendomi disse:

«Non piangere. Il sole non è più qui».

Discesi in centro e, come dissi, la città più non era, ma una radura sparsa di pietre, molto estesa, con alcuni alberi anneriti, e dagli alberi pendevano frutti di veleno. Vi erano uccelli che volavano stancamente qua e là, e riconobbi nelle loro facce (perché avevano faccine bellissime) fisionomie nobili e note. Essi beccavano, beccavano nella rena, senza nulla beccare.

Udii poi suonare campane e mi svegliai.

Ero nella mia casa marine, tutte le porte mancavano, dovunque era mesta luce, e né Apa e nessun altro degli abitanti esisteva più.

Dio, quanti giorni restai ad attendere passi cari.

Finché vennero, preceduti da una lettera (d'amore), e di nuovo mi ritrovai nella nostra casa della Francia e riudii i lamenti del mare.

Quando tutti i nostri affannati racconti di gioia e le voci del ritrovamento si furono quietati, egli mi disse:

«Vedesti cosa capita, cuore, a ritornare sulla via precedente?».

«Sì, vidi. Ma come farò, caro, a vivere qui, sapendo che essi *furono*?».

«Eppure si potrà» con pietà egli disse.

E, piegato sulla mia gamba, tolse dal foro una delle navi di ferro che continuamente apparivano, e in un muto furore la gettò via:

«Non finiranno mai, mai di apparire!» così disse.

In quanto a me, guardavo la mia gamba con terrore.

Eppure guarì, dopo un anno era tornata completamente liscia, e in luogo delle navi vi era un prato verdissimo, dove Reyn A. riposava.

Inesauribile era il nostro tempo, ora che io ero guarita e felice.

Fine del rendiconto intitolato
IN UN PAESE DELLA FRANCIA

Riletto questo rendiconto (che non mi parve completo, mi parve anzi debole e febbrile, ma non potevo più rimediarvi), provai un senso di stordimento, di inquietudine: per i sogni che erano in questo sogno, non lieti, e la eccessiva presenza, in questo sognare, di Lemano.

E come per miracolo, dimenticandomi a un tratto di Espartero, e ciò ch'era stato quella sera, e le notti precedenti, dimenticando tutte le verticali nuvole e apparizioni su Toledo, caddi in uno stato d'animo calmo e sfiatato, cui la luttuosa primavera che dissi recava sapore di primavere antiche, gradevolmente stupite, intatte.

*Ritorna, assai forte, dolore sulla destra gamba.
Dove si rivela un lato curioso di Morgan,
cioè la sua totale inespressività e bontà. Allusivi
Thornton e una rosa. Scrive il suo penultimo rendiconto,
dedicato alla «Plume di Jorge»*

Come era un giorno che Morgan era partito e il suo sostituto di me non si occupava, là, nella mia stanzuccia sopra Santo Ignacio, verso il tramonto, scrissi su un foglio destinato agli elenchi murari, con cieco cuore scrissi:

> Primavera ben presto
> sarà fra noi; le sere
> s'allungheranno tiepide e una grande
> luce vedrai
> nelle finestre limpide fiammare.
> Barche andranno nel lieve scintillio
> dei remi sopra l'acqua
> morbide; e qua cantare
> sentirai, nella piazza alta i fanciulli
> grideranno. Stupore
> ti prenderà, mio cuore.
> Io starò sopra questo
> tenero davanzale, e lenta arcana
> mi tornerà memoria
> d'altre sere, e la storia
> grande vedrò, smarrita come il mare.
> Questa la primavera? E i miei capelli
> già lievemente splendono al soave
> tocco del tempo, e il viso

già i segni porta, mesti, di bufera.
Presto la luna splenderà frattanto
sopra l'onde serene,
rivelando le barche e una strada
dorata in mezzo del celeste mare.
E tu più forte udrai
al ballo i passi delle giovanette,
dentro le buie camere da festa
travolte, e più gridare
con i fanciulli sentirai le rondini.
Tu starai sola in casa, e la memoria
ti assalirà, dipinta di stupore,
d'altre sere beate.
Che tempo fu? Che strano
paradiso mai quello?
Ricorderai tu, lenta,
mentre la festa aumenta e nelle case
scopre la luna il viso alle fanciulle,
i suoi labili accenti,
gli occhi che ti miravano contenti.
Strana bene è la vita,
reprimendo i lamenti,
e mirando la gran festa, dirai.
E un po' sarai turbata, quella sera
che già s'accosta, della primavera.

Se era così! Del tutto! Completamente! E come dissi queste parole, riconobbi che quanto stato era vero, più del presente, e solo i miei rendiconti, e il lutto di questa primavera, e la Francia con quella sua casa solitaria, solo ciò era cosa vana. Solo il dolore era vero. Solo il dolore giaceva sulla mia gamba!

Il dì appresso questo fatto, vidi che Morgan, essendo tornato, mi guardava in modo curioso, lento e come pensando, il medesimo modo con cui mi aveva guardata quando ero bambina, sulle scale.

Accadde, il giorno dopo, che venendo un nuovo tramonto su Toledo, e non così luttuoso, ma commosso, rosato come gli antichi, il sostituto di Morgan se n'era andato a casa. Ed egli rimase solo con me. E per un po' chiacchierammo. Dopo di che mi chiese se mi sarebbe piaciuto stare con lui. Cosa che feci.

Di questo fatto, come di tanti altri essenziali, io non portai ricordo, o segno alcuno. Si svolsero come in sonno. Accadeva che i sogni, per me, mandassero gran rumore, e la vita nessuno. Come cosa assai meschina.

Stetti con Morgan, quella settimana, due volte, e più ancora nel mese successivo, finché silenziosamente com'era cominciata, quest'abitudine finì.

Morgan era, malgrado se ne possa pensare il contrario, un brav'uomo, come le persone nella risacca della vita, disoneste per un qualche motivo amaro. Vedevo che, mentre lavoravo, mi guardava sempre, subito, al mio sguardo, abbassando o girando gli occhi. Né era in lui, capivo, nessun ricordo speciale di me, ma come un interrogativo, cui non dette mai alcuna espressione.

Credo che nei nostri rapporti non vi fu nulla di profondo, solo un che di casuale e temporaneo, quasi i silenzi che si verificano nel pieno del tifone; ed egli non mi desiderava, né io; neppure mi ricordava, dopo quegli atti; era, insomma, il sempre freddo e umile Morgan, dal cuore e la mente lontani, fissi a luoghi o cose impossibili.

Come un parente, in quel tempo, ebbe cura di me; successivamente, ma non ricordo bene quando, essendo di nuovo in bancarotta, mi raccomandò a una sua amica, Esther Ro, del tutto simile a lui, la quale mi affidò un lavoro che svolsi a casa. Perciò, per me, con la sua partenza, non mutò nulla. In seguito, mai più lo rividi in Toledo, e continuai a vivere nel mio universo del porto silenzioso, come nulla fosse.

Qualcosa però, in me, dopo questo fatto, o serie di poveri fatti, era mutato, nel senso che le campane che io avevo udito, all'inizio della buona stagione, riempire il cielo di Toledo, erano sparite. Nelle chiese si pregava sempre, ma con minore esaltazione.

A una tale caduta del mio ricordo di A. Lemano, o se vogliamo caduta mia nei sentieri da poco della vita, era succeduta, per qualche giorno, una indifferenza e pace completa, in cui ebbi e lessi diverse lettere di casa e mie personali, e a tutte risposi (una era di Albe, «*alla mia Figuerina intoccabile*», al che sorrisi) con prontezza e facilità, diversamente che nei vecchi tempi.

Tuttavia, dopo un'altra volta che mi ero trovata con Morgan, forse a causa delle campane, ch'erano ricominciate a scorrere nel cielo luttuoso (eravamo alla seconda Settimana Santa, o giù di lì), fui ripresa da un dolore così feroce della mia vita assente, che mi parve di non reggervi più. E chiesto un permesso a Morgan, tornai a casa prima che l'ufficio chiudesse, cioè verso le sei, ma, prima, passai per la Chiesa Spagnola e andai a inginocchiarmi davanti all'altare della Mosera.

Qui, vidi una Madonna che, stranamente, non era la Bambina Nera dei Pirenei, col suo fanciullo come un fantoccio, sopradescritto, ma, cosa di cui mi meravigliai, era la giovane placida del Mare Interrato, nelle sue vesti sontuose, giallo dorate, con gigli e rose sul petto, ed era circondata da capitani, fra cui Thornton, dallo sguardo fisso.
In mano, la destra mano, stringeva una rosa.
«Thornton,» disse rivolgendosi all'ufficiale, che inchinò il capo «devo dirle grazie, sebbene lei sia tutt'altro che

un buon cristiano. E un'altra cosa: si saprà, qualche giorno prima, dell'arrivo dei Padri?».

«Molto possibile, Mammina» Thornton disse.

«Quali Padri?» io dissi.

Nessuno rispose, ma, sul fondo della nicchia, si disegnarono due antiche navi, e io seppi che erano dei Padri Biblici.

Di gioia piansi.

«Oh, prendetemi,» dicevo mentre le navi, Thornton e la Vergine placida e ogni cosa scompariva, nel cielo dorato s'innalzava e sfumava «oh, portatemi con voi! È troppo dura questa età, antichi marine. Prima che il mare si veli, che il cielo si arrotoli e il sole mostri la sua faccia defunta, portatemi con voi!» così gridai.

E sentii un gran grido di festa:

«Noi verremo, figlia, Damasa cara, sorella di Rassa, prima che il mare sia distrutto. Noi ti porteremo, con la tua Apa, nei porti del cielo, figlia cara».

Ero in uno stato d'animo tale che passavo dal silenzio più freddo al più supplichevole chiamare; ora i cieli si aprivano sorridendo, ora incenerendo si chiudevano. Udivo i passi precipitosi di A. Lemano. Mi svegliavo, ed egli non era!

Tornata a casa, molte lacrime avevano inaridito la mia faccia, e credevo che durerei in silenzio fino a domani. Invece, di colpo, mentre gli Apo, la ginnasiale e i due studenti rimasti consumavano la loro cena, andai nel despacho, e scrissi questo nuovo rendicontino, che fu, in certo senso, l'ultimo dei rendiconti scritti in onore di A. Lemano.

Lo do, in segno di gradito ritorno ai cieli, prima del capitolo veniente.

Rendiconto di
LA PLUME DI JORGE oppure: ALLE SETTE DEVO MORIRE

Finalmente io, Exclusa (nome che mi era stato dato recentemente), ero per morire, in un sereno tramonto di non so che stagione, probabilmente quella degli uccelli migranti. Ero distesa in un piccolo letto, calmissima e sorridente come non mi accadeva più dagli anni della puerizia. Ciò, perché dovevo morire. Fra poco (si pensi!) io sarei fuori delle stagioni e gli incantamenti, fuori del tempo e dei rivolgimenti del mare. Fra poco sarei su un grande, molto grande, intenso di luce arcobaleno, cavalcante coi suoi tre colori le pianure del cielo. Camminerei pensosa, cantando fra labbra, e già celesti ufficiali, divini uccelli, apparirebbero sul ponte: quali seduti sulle spallette, in crocchio; quali in fila avanzando e con scherzosi e tranquilli occhi studiandomi e tra di loro parlando. Molto curiosa cosa! Le città rosee erano in basso, sparse sulla pianura verde, e ivi, in attesa della Luna, i poveri giovani e le loro fanciulle si consumavano di gioia!

Con tutta l'anima li compativo. Io, invece, ero per morire.

Si dirà: in che paese accadeva questo? Oh, molto lontano paese, tanto che dei miei congiunti non si aveva novella (forse imbandivano ora la lieta cena), né d'amici più, molto vaghi amici, si aveva novella. Il buon Signore Iddio Padre, il suo Angelo delle tenebre (la Signora dai denti abbaglianti) mi avevano, oppressi da somma pietà, trasportata in sonno a questo straniero paese, in questa quieta casa, dove, mi si era promesso, morrei.

Il paese lo avevo visto poco. Era un paese di mare, tutta spiaggia bianca, con poche chiese d'oro, e campane anche d'oro. L'interno delle chiese, sapevo, era «turchino», dipinto di colombi mirabili, dalle penne verdi e dorate, gli occhi rossi, che su rama, agili e grandi, rotando soavi, discorrevano d'amore. Non vi era altra cosa sul paese, se si eccettua la Luna, tutte le sere; una Luna limpidissima e piatta, di oro puro, che pioveva tutt'intorno un meraviglioso e giocondo lume. Vi era poi il mare, veramente libero, allegro, selvaggio, che della minima cosa rideva e sempre domandava di me. Non vi era mai barca, sul mare, essendo il nostro paese o isola perfettamente sconosciuto sulle carte nautiche, non segnalato in alcuna rotta, non ricordato da nessuno anche vecchissimo pilota: dimenticato era dagli uomini.

Ora, vedevo dalla mia finestra, stando coricata, questo mare. Giallo, era, diritto, luminoso, silenzioso, terribile. Pareva che pensasse, o giocasse. Subito dietro di lui, anzi no, a lontananze favolose, il cielo era anche tale, dipinto tutto d'oro, e di una limpidità e convessità enorme, di specchio. Non vi passava uccello, non vi smoriva nuvola. Immobili raggi cadevano diritti sul mare, formando nella caduta, sul cielo, abili disegni di foreste, di città, di porti, di gente sola e arcana, di tacite popolazioni festive: cose tutte che io miravo incantata, in quell'assopimento, in quei risvegli, in quella leggerezza incredibile, che formava la caratteristica, ora, del mio terrestre stato.

Miravo il mare, e così mi sorprese il Crepuscolo. Cioè, non forse il Crepuscolo, ma un'ondata più grave e silenziosa di oro, di quell'oro che invadeva l'aria. E adesso voglio descrivere la mia camera, come era, la mia ultima e purissima camera. Bianca di calce, nuda, non grande, con una finestra di tipo inglese – quadrata – con tersi cristalli e maniglie di smalto e d'argento. Vi era poi, in questa camera fatata, il mio lettino, modesto e bianco, molto leggero. In terra, unica nota di colore, brillava un tappetino celeste, di un celeste incantevole, *lavato*, simile a quel cielo di maggio che ci vide camminare, sognando, verso la Fortezza (me e il cuor mio). E io spesso, in momenti di suprema follia, mi gettavo verso una sponda del letto, guardavo in basso, a distanze incalcolabili (dato che il pavimento era annullato), questo azzurro quadratino.

Che cosa vedevo, mio Dio! La giovinetta estatica e folle, vedevo, che distesa sulla sua branda ride e parla sola, facendo mille cenni graziosi al suo invisibile caro. Vedevo poi ella con lui, ch'era giovanetto di stupenda grazia, incantata starsi in bella e nitida stanza di Fortezza. Egli inchinava la testa dorata, sorrideva, le alzava talora in viso un vivace sguardo. Ella, divisa tra fierezza naturale e celeste docilità, guardarlo e ridere e balbettare alcuna cosa che piaceva al suo amico. Eccitato, questi si alzava, passeggiava su e giù, con sorrisi, per la bianca sala. Indi, un *Essere Scuro* sopraggiungeva cauto e, silenzioso lavoratore, prendeva a ricaricare un grande orologio nero; e il giovane faceva allora mesto cenno alla visitatrice di partire. Si davano la mano, ed egli l'accompagnava fino alla porta, chino e rosso nel volto. Ella diceva «addio», con apparente gioia, e piangendo, rapida scendeva le scale vertiginose. Egli, rimasto solo, fumava – fantasticava, andava alla finestra sul cortile. Come grande, obliquo, illuminato di sinistra luce solare, ora, il cortile. Qualcosa stava per mutare. Il sole era verde. Viola era il cortile.

(Mutato così! Perché? Cosa?... tanto repentinamente? Ah, cortile!).

Poi, di colpo, non vi era più nulla, su quel tappetino, se non, forse, dopo una tremante pausa, le mani di lei che si aprivano, gli occhi di lui, lontani, che si avvicinavano, oscurati di tenerezza, piombo puro. Poi, buio; e rimanevano dita, raggi, più nulla.

Ma che importava ciò se Adano – perché era lui, il mio nobile Adano – viveva ormai lontanissimo, immemore completamente, e mai più, dei lontani giorni, si ricorderebbe?

Io non vidi venire i Dottori, quella sera. Erano dieci, vestiti di bianco, con una croce azzurra e larga sul petto, severi, quieti, con gravi luminosità in fondo agli occhi neri. Non li vidi venire. Perché? Del resto, volendo dire la verità, ciò mi faceva piacere, e così non attesi i Dottori. Dovevo morire, per tornare alla questione importante, verso le sette; e adesso erano appena le sei, in quel paese puro e straniero, in quell'isola.

Mio dovere sarebbe stato, intanto, abbandonarmi già compiutamente all'arcana fantasticheria sui luoghi santi che fra poco visiterei, prepararmi graziose e inchinevoli frasi per l'Onnipotente Sereno Signore e per i suoi ben dipinti Ufficiali che, fra poco, miei soli amici, io dovrei intrattenere cordiale in bei conversari di pace e di gioia. Invece l'inquieta Anima, fatta straordinariamente acuta dall'aria e dall'ora, quasi presentendo non so che angoscia, altrove volava e ragionava e versava lacrime di fuoco. Non dirò dove, ciò era molto indistinto.

Miracolosamente, intanto, si era accesa una lampada nella camera, si era accesa a capo del letto, e spandeva intorno una luce rosea. Fissando questo cono radioso, che si profilava quasi cupo contro la splendidezza tersa dell'orizzonte, io rivedevo, ma come di scorcio, ricordavo linee e aspetti di cose, là nell'antico mondo, cose care che avevano considerato la festa dei miei colloqui con Adano, l'incanto delle sue mutazioni e trasfigurazioni, e celesti promesse nella notte, cosa di cui ora morivo! Ecco, perciò, una mestizia irreale, una inquietezza struggente, prendere il luogo di quel felice stupore, tristemente agitarmi. Infine, una folle angoscia mi sopraffece. E io *non volli, non volli morire.*

Momento spaventoso. Sudavo freddo e mi ero – alzandomi a mezzo sul letto – presa la testa fra le mani, quando lo spavento si moltiplicò orribilmente. Sentii *molti, molti* passi leggeri nel corridoio; e argute voci colme di reverenza; indi un picchiare leggero, sentii, sul bianchissimo uscio.

Io non risposi.

Molti giovani – saranno stati una decina – scivolarono in folla nella stanza. Tutti avevano la faccia avida e buona del primo Adano (cioè Jorge). Sul momento, abbassai atterrita la testa, poi, mite li osservai. Erano di alta e sottile, forse troppo sottile, statura; i visi scuri e magri, di scura cera; sulla fronte, lisci e scuri capelli. Mani lisce, ugualmente di cera, eleganti, dolenti. Vestito ciascuno di una corta batina e calzari multicolori alla gamba. La batina è nera; il cappello a piume colorate; ma talora un cappuccio tremendo completa la batina, oppure il cappello non ha piume; è una sola visiera verde.

(*Ah, immensa visiera! Ah, ricordi di plaze e canceiri verdi!*).

Io misi un profondo sospiro di paura.

Stolta e triste mia paura! E come non mi avvedevo dell'impaccio, la confusione quasi ilare di quei giovani mascherati al timore del mio viso? Sbigottiti, nove si aggrupparono in silenzio presso la finestra, fingendo ammirare il panorama, e anzi accennando armoniosamente (benché tristemente) con la mimica delle mani dorate. Ma il decimo, che si era fermato in mezzo alla stanza, guardandomi tra tenero e malinconico, mi venne invece accanto, dopo un'esitazione sedé ai piedi del letto, tirandosi, con aria d'altri tempi, il berrettaccio sul viso, e:

«Dasa,» disse «perché, cara, questi tempi tristi?».

E poiché io zitta:

«Non morrai, Dasa, stasera?» (invece di Exclusa), egli disse posando sulla mia la sua mano.

«Sì... perché?» io, confusamente.

«Ché io, vedi, solissimo...».

«Vedrò Belman, spero...» seguendo un mio pensiero, dopo un po' dissi.

«No... questo no...» egli disse. «Non la vedrai più mai».

E a queste parole, si misero a suonare improvvisamente immense campane, e dicevano:

«Non è per il paradiso, Jorge, la tua cara».

Al che Jorge, piangendo, si alzò e uscì.

Venne un momento di oscurità assai grande, in cui le persone che erano nella stanza apparivano completamente mutate, sostituite. Erano, adesso, ben dieci Morgan di Yalta. E il primo, molto più bello del reale effettivo, il più grave di tutti, sebbene con occhi sempre vacui, era splendidamente (come del resto gli altri) vestito da capitano marine, e recava in mano una lanterna. Ed era quest'abito – alla luce della lanterna – color purpureo, e decorato di alghe marine. (Vidi poi che solo recentemente lo avevano estratto dagli abissi, e a metà vi sprofondava, come corroso tramonto del Settecento). Levò, a illuminarmi, la lanterna.

«Chi sarebbe... cara... questa Belman?» (incurante di personale morte, anzi indifferente) mi disse.

«Ciò che io non sono» tremando dissi.

«Be'...» rispose «poco male, pochissimo, anzi».

E aveva oscurato la lanterna, e vidi che sul suo volto rosseggiava un tramonto lontano.

«Verrai con me, in paradiso, stasera, sorella di Rassa?» placido disse.

«Be', sì...».

«Allora preparati. Il porto è dovunque».

Il suo viso si allontanava, e presto non lo vidi più.

Si ripeté, identica, la scena di prima. Ma ora, in luogo di dieci Jorge in batina e poi di dieci Morgan scarlatti, vi erano dieci quieti Misa Misano, bianchi nella fronte, freddissimi, severi molto, neri in tutto il resto, con metallici occhiali.

Reggevano nelle mani delicate un gran libro.

«Stimata Figuera» il primo disse. E subito, come non più riconoscendomi, si alzò, e guardando gli altri, fece con voce forte e straniera: «Mi sbagliai. Non è più Figuera, quest'ombra. Non ha più, Figuera, avvenire. Figuera morì».

Passò altro tempo e io piansi e piansi.

(Le lacrime, cadendo, divenivano pietre; in certo senso mi ricoprivano. Respiravo, perciò, alquanto male. Fu, a causa di questo respiro, un tempo lunghissimo).

Ecco, questo che ora giunge, in una improvvisa leggera aria, accompagnato da una piccola e bionda Robin, è il freddo, l'antico D'Orgaz. Era giù, nel giardino, lo sentivo passeggiare da un pezzo, mentre gli altri si avvicendavano a tormentarmi, ma mai avrei creduto potesse quassù risalire, dalla profondità degli anni, così vero e vivo riemergere.

È il Maestro d'Armi, e non è aureolato, intorno al capo nero, della luce due volte luce dei sogni. È vestito sontuosamente di ferro e d'oro. Ha immense ali, di acciaio e seta turchina. Là, su quelle oscure membrane, rigide e alte come colline, sono inserite placche di metallo, simili a quadri, e in quei quadri è miniata la vita degli Elisi. Che è di vascelli bruniti e pascoli liquidi.

Sotto queste ali grandi, spaventose, ne nasconde due sottili come spade, come lui eleganti e di mille colori rigate.

«D'Orgaz!» io grido teneramente fissandolo.

«Figuera!» dice (con bontà, eppure freddo). E subito dopo: «*Rivisse!*».

«Naturalmente, no?» con un sorriso, Robin.

«No, *non naturalmente!* Soffersi, prima, battei il capo nel muro. Solo dopo, spezzato il mondo, rivissi».

«Così è per tutti!» con grande quiete il signore.

Non più D'Orgaz, ora, ma un vero e proprio funzionario dell'Azzurro.

Funzionario nel senso che tutto, nel suo volto, è distacco, dimenticanza, culto dell'errore; è anche, per queste cose, arbitrio e condanna dell'uomo. Ha in mano un libro delle Leggi, e attento lo sfoglia. «Vediamo qui... e qui. Articolo... comma... legge...» pronuncia ora con fervore.

«Quale legge?» grido. «La legge non è».

«Eppure vi è legge, e occorrerà uniformarsi, *signorina*».

(Orrenda parola, non so come malata, nel cuore).

«Morire?» dico.

Sorridendo:

«Massì!».

«*Passare, svanire!*» con un sorriso Robin.

«Non voglio il morire» penso «né che il mare *tramonti*» seguito in una orribile confusione, ribaltamento di termini «né che il sole *si asciughi*. Tu, Dio, Altissimo Signore,» grido scambiando D'Orgaz per Dio medesimo «abbi compassione. Fa' che ritorni il futuro, che il passato si realizzi. Queste cose non sono. Dammi, Signore, l'eterno paradiso che promettesti».

«Ha febbre» Robin.

«Quale eterno? Paradiso quale?...» con bontà D'Orgaz. «Spiegati, che non ti intendo».

Turbato si alza, come Lemano, un giorno; alla finestra si accosta, guarda nel cortile.

«Vengono!» dice.

«Chi?».

«L'Avvenire» (come se fossero *tanti*).

Mi getto disperata sul cuscino.

«Guardi,» dice «non è poi male, il nulla, *signorina*».

Si sentiva, dabbasso, la carrozza a sedici ruote di Espartero!

Poco dopo, Espartero medesimo entrò.

«Oh, Damasa,» gridò «che fai? Alzati e seguimi. Ora è un momento, tutti se ne andarono, tutti, di un colpo, li uccisi, i tuoi angeli e gli amici. Ora vanno lontano. Vestiti e seguimi».

Sul braccio, ha una fascia di sole; nel sole, una croce di sangue. Una mano, la sinistra, è di sangue. Gli occhi gli splendono senza gioia, come pezzi di vetro nel sole. Intorno, non è più nessuno. Sulle scale, nei corridoi, nel cortile, più nessuno. Fa notte.

«E *questa* cos'è?» grida raccogliendo da terra una piuma grigia.

Io mi ricordo improvvisamente che cadde a Jorge.

«Di Jorge. *Prima di morire*».

«Lo amavi?».

«Be', sì».

«Comprendo,» dice «ma ora vieni; e della sua morte, intanto, scusami cuor mio».

Uscendo, vediamo nel prato una lunga ombra: stesa, appiattita, braccia aperte, nell'erba. Non è di albero, né di estatico uccello, ma di Jorge, che giace sul prato, col volto supino, e gli occhi aperti e fissi, tenero e ironico.

«Lo colpii... non volevo» Lemano fa.

«Ora, a questo non pensiamo più, cuor mio».

«No... non pensiamo. Del resto, sta per finire l'umano» con una voce non del sogno, voce a noi tutti estranea, energica, spaventosa, conclude.

Tornavamo verso casa, ora, verso il porto di Toledo. Il mare – eravamo in mare – appariva agitato. Onde come muri serravano dappresso la nostra minuscola barca. Quando si aprivano, vedevi l'antica Toledo, con le case, i marine, le finestre accese, i Rassa che intagliano frecce, le Apa infelici, gli studenti che vanno e che vengono. Dalle nubi, ora piove il sole, ora, in una verde tempesta, la luna.

«È ora» dice egli «di levarsi».

«Dove...» e «a cosa?» io in un sussurro.

«Levarsi» grida brutalmente, follemente. «Era Successiva, Damasa mia».

Era questo, avvertii di colpo, il morire.

«No, Lemano, là non portarmi» gridai. «Lasciami ai miei marine».

Per un attimo, a tale grido, si volse; poi ancora remava.

«Ti prego, no! Al porto! tornare!... indietro! presto!» gridai.

Ora, il mare era muto, e Reyn più non remava.

«Ti riporterò là,» disse dopo un poco «Figuera vile. Ti porterò a tutto ciò che non vale: la tua strada logora, l'umida stanza, Apa e la Chiesa Spagnola. Va', torna, e me, non mi rivedrai».

Eravamo a terra, di nuovo, per le vie del porto, era notte.
Poche luci brillavano nel cielo. Su Toledo viola, non un lume.

«Ecco la tua strada» disse. Eravamo ai cancelli, brillavano i cancelli. E di colpo era tornato tenero, umano.

Io provavo in me una gioia, una gioia! Meglio che con questa parola non saprei dire.

Ero morta, lo vedevo, ma tutto era come quando sentivo d'essere viva. Era il passato, ma pure assai più vivente dell'Era Successiva.

Egli – vidi – stava appoggiato alla casa dei marine, come stanco, guardava oltre le cancellate la sterminata piovosa distesa delle banchine.

Aveva gli occhi vacui, e mi stringeva a sé con barbara quiete, come dormendo. E diceva: «Sì... era bello... avevi ragione, Damasina, questo porto silenzioso. Sì, più bello dell'Era Successiva. Ah, perché partimmo?».

«Ma ora siamo qua» mestamente dissi.

«Sì, è vero. Riposa, figlia mia».

Fine del rendiconto intitolato
LA PLUME DI JORGE oppure: ALLE SETTE DEVO MORIRE

Seguivano alcune varianti che non riporto. Ormai la giovane Damasa non scrive più in onore dell'Espressivo, né si domanda questa o quella virgola dove cadrà. Da ragioni non più formali, del tutto orribili, è guidata e commossa.

*Considera la fugacità del suo tempo e come la luna,
al contrario, sembri immortale, per cui decide di iscriversi
alla scuola serale. Brevi ritorni di Jorge e Albe García.
Di una lettera dimenticata e rosse nubi nel cielo.
Conclude con una composizione ritmica
dedicata ad alcuni fanciulli di luce*

Non era un rendiconto ben costruito, anzi, non era un vero rendiconto, bensì quasi un sogno scritto, e perciò non lo mandai a Bento, sostituendolo invece con un altro (argomento pressoché uguale, ma più ingenuo e felice, che avevo scritto precedentemente). Però mi fu caro; e spesso, in quei giorni di sole velato, me lo riguardavo, e chiedevo (davanti a certe immagini): che vorrà dire? Perché così triste, e insieme lieto? Cos'è questo dormire dell'ultima apparizione di Lemano? Dorme, nella realtà, dorme egli, forse?

Un altro viso mi veniva continuamente alla memoria (aprile stava per finire) ed era, come si può immaginare sfogliando questi due rendicontini, il viso di Belman. Ed era strano come io non lo vedessi più quale lo vidi una notte nella Plaza Tre Agonico. Ella sembrava più grande, cresciuta d'improvviso nel volto e nel corpo, e, sebbene sempre sottile, come involgarita. Non era più quella infantilina bellezza colorata dal pulviscolo delle aurore, con gli occhi pietosi. Sempre di luce, ma, ripeto, cresciuta; con dentro una consapevolezza del limite che alcuno allora sospettava.

Mi chiedevo se fosse guarita, se mi pensasse (dopo quelle curiose tenerezze delle sue lettere e del mio biglietto); supponevo di no, quando ecco, d'un tratto, una sera, ho sue notizie.

«È tornata» mi dice Cyprisso, incontrandomi con Misa sulle Scale di Santo Ignacio (da quelle parti abitava ora Misa). «E tu che fai? Bene?».
«Sì, bene. E da quando...» (mi riferisco a Belman) «tu... veduta?».
«Guarda che... strano... ben strano cielo!» fa, per tutta risposta, Cyprisso.
Misa era muto.

Era, infatti, un cielo così scopertamente rosso da far male non dico al cuore, ma a semplici occhi ormai assuefatti alle primavere di lutto, alle grigie Toledo da supplizio, ai dimezzati soli. Tale un rosso! Cosparso di mille nuvolettine color arancio, definitivamente volgari eppure significative. E guardavo anch'io, non perché ciò mi piacesse, ma per sottrarmi allo sguardo dei due vecchi Uccelli, tanto da me sognati, e al ricordo di quanto, dopo che eravamo stati fanciulli, più non era. (Nella mente, vera lapide, Morgan).
«Ti scriverà» aspettavo dicesse Misa. Ma ciò Misa non disse. Solo:
«Ci vedremo, Figuera» allungandomi una smorta mano.
E insieme, come vecchi, si allontanarono.

Dopo questo incontro, non so come, mi venne una reale tristezza, non più sfumata di fantasticherie, di febbri, ma povera – di questo mondo –, dimessa. E come mi tornava una possibilità di parlare al modo già consueto, cioè avente al centro una qualche logica – il vero, il possibile, i fatti –, mi trovai la sera stessa, dopo cena, a parlare con la ginnasiale nella sua stanza.

«Li incontrai,» alludendo a Misa e Cyprisso dico turbata (qualche volta gliene avevo parlato) «ed ecco, sembrano non riconoscermi, sembrano imbarazzati. Mi dispiace». (Volevo dire: «Mi accora», ma le parole più reali si rivelavano, come sempre, le meno facili).

«A questo non badare» Cora dopo un po' dice. «Anch'io» poi fa «ebbi una volta amicizie di strada: molto care, forse le più buone, ma presto finite». E gli occhi le si riempiono di lacrime.

«Ti era dunque caro qualcuno, Cora?» questo volevo dire, ma solo ne accennarono gli occhi stanchi. «Ed era per ciò che Lee si arrabbiò, e ora è sempre lontano?».

«Da ginnasiali,» rispose «tutto è bello, importante, ideale. Ciò che dici stasera, o ricevi, mettiamo uno sguardo, sembra immortale, eterno. Ma il domani, svegliandoti, non ne vedi traccia. Amai un arabo, Jascia, non te l'ho mai detto. Perché scomparve, mi legai a Lee. Non altro. Ora ho quanto merito».

Le presi una mano, che si abbandonò come povero uccello.

«Senti, come scomparve questo Jascia?».

«Dasa, non so. Fino alla sera prima, c'era... Come il bel tempo, così. L'indomani era tutto grigio».

Parlammo poi di Albe.

«Amo, ora, il tuo Albe, come fosse il mio vero fratello. La notte lo sogno; viene come te, in silenzio, e mi prende la mano. Caro Albe. Una fantasia» bisbigliò.

«Presto tornerà» dissi.

«Vorrei, al bambino, dare il suo nome» disse. «Ora siete voi, Dasa, la mia sola famiglia».

Questo colloquio, durato del resto pochi minuti, perché poi andai a dormire, mi fece assai bene. D'un tratto, come si fa un silenzio nello scroscio dirotto della pioggia (e la pioggia dirada, e odi una goccia e non più), d'un tratto rivedevo e riepilogavo tutto questo mio vivere, con serenità, direi, come si trattasse di cosa riguardante altri. Ed ecco, mentre me ne sto in questo lettino, o branda durissima, nell'antiscala sotto la cieca finestra, lo sguardo mi va alle varie porte del localetto, e osservo quanto i telai e gli usci appaiono consumati e le pareti macchiate di umidità, sbilenche e spoglie. E vedo senza fretta, o panico, sempre come se ciò non mi appartenesse (eppure con un filo di tenerezza, come sangue), vedo come questi anni passarono, dacché venni qui. Ed ero bambina con calze nere al ginocchio e scarpe sempre sfasciate e una magliettina alla buona. E rivedo le mie ansie, la famiglia tumultuosa che si perde tra scuola e Chiesa Spagnola e vichi di pioggia; rivedo D'Orgaz, ripenso il tempo dell'Espressività. Come mi persi. Come questa mia vita che sembrava appassionata, come una pioggia furente, diminuì in poche gocce, e ora più non tuona, ma tutto è grigio.

Mi levo su, e fisso pensierosa una cassetta di bottiglie, su una sedia, dove stanno ora tutte le mie carte. E mi paiono un nulla. E mi ripeto, come attonita, l'antica domanda: che sarà di me? Cosa costrussi? Perché a scuola non andai?

Mentre così mi chiedo, vedo, nella finestra, brillare una lampada che non può essere, perché nelle scale, sotto il lucernaio, non esistono lampade. E poi noto che tale lampada cammina. E non è che la luna nel cielo scuro, da un vetro rotto visibile.

«Là!» penso con stupore. «Questa luna è immortale. Non noi. Qui il tempo passò, se ne andò. Perché delirare? Dasa mia, svegliati, pensa, abbi pietà degli uomini. La tua strada troverai».

Parole come dette da un altro. Mentre mi addormentavo, pensai che farò una cosa. Ho sentito parlare di una scuola serale. Mi iscriverò. Coi miei guadagni dell'ufficietto di Morgan, pagherò la retta. Il domani, se non sarà lieto, sarà almeno buono.

Mi vedo in questa casa, un domani. L'ho tutta riattata, pulita, i piccoli vetri sono nitidi, il vento di gerani l'attraversa. La ginnasiale se n'è andata, col figlio e con Lee. Albe è ingegnere nei porti, Juana maestra, Frisco in straniere marine naviga, Apa e Apo di nuovo sereni. Io sono fidanzata di uno, non ne vedo il volto. Somiglia a Morgan.

L'indomani, come del resto dopo tramonti molto rossi, enormi, il cielo era grigio, piatto. Pioveva e l'aria impensatamente fresca.

Stavo lucidandomi le scarpe, per presentarmi in ordine a quella tale scuola, cioè segreteria, quando mi portano una lettera. La apro; è di Belman.

Figlia,

qui per poche ore, mi struggo di rivederti e non oso. Guarii, dopo ricaduta, poi ancora ricaddi. Ora bene. Mi scriverai, Damasina?

La prima sensazione fu di un vento, fu gioia; poi cadde. Penso di scriverle, ma cosa! Demenza su demenza! Non più, voglio. Eppure sì, forse. La sua timidità mi distrugge, è ambigua. Forse ora sa, ricorda. No, non la vedrò.

Andai alla scuola, che era nella Plaza del Cristo Nuevo, e mi informai. E come mi parve strano rimettere piede in una scuola. Sì, potevo iscrivermi. Una commerciale durerà due anni. Quindi, bel diploma.

La retta pagai, in segreteria e, mentre attendevo la ricevuta, tremavo. È un risveglio, la vita! Come tutti diverrò, come Damasa che usciva con Frisco, la sera, ritornerò. Scuola cara!

Andai a prendere alcuni libri, in una cartoleria vicina, e feci, per tornare a casa, un gran giro. Era tardi quando arrivai, e qui due novità: Albe era tornato, due ore prima, e subito uscito. Jorge passeggiava nell'atrio.

Che Albe era tornato, me lo disse il minore dei Thornton, passando. Che Jorge era qui, lo vidi coi miei occhi stessi. Appariva molto scarno, incupito.

«Figuera!» fa. «Perdonerai... da ore passeggio. Seguimi, te ne supplico. Perdonerai... Urgente cosa».

Turbata lo fissavo; ché era stato nei miei sogni, con Lemano e Belman, e poi nel cortile, riverso. E qui ora vivo, bruciante, più strano che in qualsiasi sogno. Nello stesso tempo che sogno, era vita giovane, vera. Gli prendo una mano.

«Tu tremi».

«Fui malato, cara».

«Ora bene?».

«Sì, alquanto».

«Notasti» mi dice dopo un poco, con un sorriso straziante, mentre camminiamo lungo le banchine diretti alla Plaza Theotokópulos «quanto è interminabile, quest'anno, la Settimana Santa?».

«Sì, notai» dico.

«Forse tre, tre Settimane Sante,» fa «questa è l'ultima».

Ebbi non so che presentimento di orribile.

«E vai a scuola?» dice dopo un po', tutto smarrito. «Lascia» fa «che ti porti i libri».

«Serale... appena ora mi sono iscritta» dico.

«Quel tuo Morgan...» fa.

Cose senza senso. Da chi ha saputo non chiedo. Lascio cadere tutto.

«Tu, Damasa mia,» dice mentre il fresco vento gli porta sulla bocca i capelli «forse mi credesti freddo, distante. Non vero. Ti assicuro, non vero».

«Scompariste tutti» debolmente dico.

«Il vento ci portò... o non so cosa. Belman per prima... E, senti...» sempre con intenso volto, come un'ondata lo abbagli, con tremito di voce e mani «a Belman pensasti... con odio, no? O bene? Come io spero... Ah, quanto spero».

Qui non risposi.

«Devi perdonarla... di tutto... sempre!» mi dice.

Ora guardavo il porto, spento nella pioggia, duro, e mi ricordavo tutte le navi di ferro che Lemano toglieva con ira dalla mia gamba. Qui tutte. Interminabili, al cielo, come castelli. Mai prima vedute! Ciò mi distrasse ancora più orribilmente.

«Fra poco partirò,» egli mi dice, guardando le navi «ma prima...».

«Ma prima...» io senza intendere.

«Non su navi...» dice. «Con le milizie».

«E questo...» (stavo per dire «turba?», ma non concludo).

«Di Don Pedro» soggiunge.

Ride.

«Soldato, per Cristo!» e si asciugò il sudore malgrado il freddo vento.

Al caffè, dove ci sedemmo, non mi disse però nulla. Mi guardava, poi si guardava le lunghe mani fini e scure.

«Prima... che?» riprendendo il discorso dissi.

«Nulla, credimi».

Ordinò due caffè e sempre mi guardava, come supplicandomi. Il suo, toccò appena.

Passarono forse venti minuti, e non ci dicemmo nulla. Egli, infine:

«Tu, Damasa, figlia cara, come vivesti, in questo tempo?».

Dico:

«Bene».

«Ciò, permettimi, non credo».

Ribattere non potevo; era, in me, tutto deserto e nulla. Vedo, però, tra le ciglia, come abbassa tenero il capo, e i suoi occhi inquieti sorridono, quasi amante. Mi dice, timidamente, che ha dei denari, può darmene. A lui, ora, più non servono. Nella mano, seccamente, li fa ballare.

«Nemmeno a me,» (con debole spirito) «gracias».

«Ti prego».

Questo mi soffocò, come prova della sua tenerezza fedele, e quasi incupì. Rivedevo la mia vita grama. Nessuno se n'era occupato. In certo senso, non ho padre. Oh, dei giovani bontà infinita! Come vero padre sento questo Jorge. E mi vien voglia di dirgli, di dirgli... tutto, ma sento che dietro sbarre anche lui, dibattendosi, vive: non penuria, o malattia, o pena di Ape, e studenti sul mare, o orrori di case apasine, essendo solo; ma ugualmente pena: ché Belman è il suo vero cielo, a Belman egli pensa, e Belman come rossa nuvola va e va...

«Presto sarà buio» dice.

Infatti, il cielo andava più oscurandosi. Ora, a scudisci sul selciato, pioveva.

«Va', figlia mia,» dice, di colpo alzandosi, mettendosi in piedi in tutta la sua elegante e cara figura di studente «torna al tuo Albe. Ti aspetteranno. È tardi. A me non pensare».

«Invece» (commossa) «ti penserò».

«Ti scriverò... avrai mie notizie. Sta' calma, per amor mio» fa.

«Sì, Jorge» con affetto e indifferenza.

Passò una carrozza, mentre uscivamo, ed egli vi si gettò quasi contro, per guardarvi dentro, essendo il mantice abbassato. Il fango ci schizzò sul viso.

«Va', Damasina,» dice asciugandosi il volto «non prendere freddo, va'».

E, chissà perché, queste parole ancora mi ferirono, rombarono nella mia mente.

Tra le ultime, un'alba, davanti al portone, di Espartero:

Veston di nero i cocchieri
e la frusta ha un fiocco nero.

Albe, a vederlo, sta bene. Ciò che più mi sorprende è che, nel suo abito nero di capomarine, è altissimo, e sorride al modo quieto di chi torna dal profondo.

Egli si guarda intorno con vivo piacere, come tutto riconoscendo, abbracciando, e a tutto dando un tenero addio.

Mentre fuori piove a dirotto, siamo a tavola con questo sconosciuto marine, ed egli a tutti rivolge una parola di interessamento e di affetto. Siede a capotavola, al posto di Apo, che non è ancora rientrato (e da tempo, anzi, non rientra se non dopo che abbiamo mangiato, sedendo poi tutto solo, di malumore, in un angolo), e chiede a ciascuno notizie, ora di congiunti e amici comuni, ora di casa, ora di salute, ora di scuola.

«Lei, Apa, è molto trascurata, sa?» dice. «Però, suo viso sempre divinissimo».

«Grazie, figlio. Come i miei marine, però, nessuno tanto luminoso. E, senti, vedesti Rassa? Come sta... sii schietto, con me» fa poi abbassando le nere ciglia sul cavo della guancia avoriata.

«Bene... mammina... Come sempre la saluta».

«Digli, altra volta, se scrive».

«Certo, benissimo» Albe con un sorriso.

La luce, nella stanza Rossa, è accesa, e simula un livido bel tempo.

«Lee, poi, non scrisse più» la ginnasiale fa.

«Seppi che era a Ceuta... chi me lo disse?».

«Apo ti scrisse» Apa fa. «Andò prima (Lee) dalla Senora, sui Monti...».

«La nostra luttuosa Mammina?» con un sorriso Albe (Apa, quei giorni, non stava bene) «dei Monti Serradi?».

«Sì, ad implorare che rientri in sé Don Pedro».

«Seppi a questo proposito» dopo un silenzio Albe dice «che ora vuol muovere guerra ai Turchi. Già, Djotima,» (rivolto a Cora) «mandarono là molte milizie. E ora anche navi. Perciò, da rallegrarsi, se Lee a Ceuta. Lee, no?» dice umilmente «*necessario padre...*».

«Perché, tu no?» con affetto, triste, Djotima.

«Non andare... ti sconsiglio!» assai turbato, come svegliandosi da sogno, con ira, Frisco.

«Vedremo... ci penseremo. Siamo in mano all'Altissimo...» e Albe guarda un po' il rosso bicchiere.

«Di': Don Pedro! Con gli Alemanni si mise, e ora obbedisce!».

Questo ha gridato Frisco, come in collera, come allora che disse a Rassa: «ignorante!». Ora è un giovanottino tranquillo, e perciò la sua ira stupisce. «Di' pure: Don Pedro» ripete monotono.

Sentiamo, in una pausa, il fischio sottile del vento, là dalla chiusa stanza d'Angolo.

«Non accorarti, Frisco, né indignarti» Albe dopo un po', tutto in pace, dice. «Questo tempo, con un nome o con un altro, da bimbetti o da vecchi, *noi lo facemmo,* non altri; e ci porta. Come gocce noi siamo, fratello, in una nuvola nera. E così sta chiuso, in questo tempo, il grande Don Pedro, stanno i Re, stanno tutti. Venne da noi, e noi da lontano. Tutto viene da lontano, fratello».

«Mai opporsi, quindi?».

«Sì, certo, *governare.* Ma il mare è il mare, fratello».

E che voleva dire? La vita, forse? Questa storia degli esseri, porti dolorosi, oscuri vicereami?

Dopo mangiato, mentre la indifferente Juana, aiutata da Cora, sparecchia, egli viene da me nel despacho. E gira per la stanzetta come in una gabbia, con un viso stupito.

«Tu, Dasa, qui dentro soffochi» dopo un po' dice.

Poi, come dimentico, delirando:

«Dimmi un po', Dasa, di Roncisvalle ti ricordi?».

Accenno di sì.

«Be'... sparito... nelle nuvole, o Dio sa dove. Mi dolgo» fa con la bocca che trema «per quella, di luce, col fiocchetto rosso. Noi – ti ricordi? – ce la contendemmo, e quindi... Jorge. A proposito, dov'è?».

Accennai all'incontro di quel giorno.

«Io, per lui, ebbi stima sempre... Rancore no, solo, dopotutto, breve dolore (forse ingiusto). Dei tre» disse avvicinandosi alla buia finestra «credo il migliore. Di lui fidarti dovresti».

Dissi che così era.

«Ma com'è nuvolo, figlia, qui fuori» disse con una sorta di stupore, alzando al lucernaio quel volto di pace, come un cristo. «Ah, se è nuvolo. E sempre, poi, piove».

«Settimana di passione...» fiocamente dissi.

«Sì, Cristo. Seppi che tu, da Morgan, poi».

Nulla dissi.

«Senti,» soggiunge mutando viso, come se questo si fosse aperto, non fosse il vero, e mostrando là dentro un piccolo volto verde tristissimo «senti, una preghiera».

«Di che?» (atterrita).

«Di perdono».

E poiché io non parlo:

«Io» fa «in quell'autunno che sai, prima di partire, presi tra le mie carte, Dasa, una lettera. E l'apro – già in mare – e vidi che era tua. E ti giuro, Dasa, nulla lessi... ma che imbarazzo terribile provai... Era di uno... che sai... è qui... Tieni».

Dalla giacca leva una busta di pelle, dalla busta una lettera.

«Quando... precisamente» (guardando di sbieco la scrittura a me nota).

«Non saprei... Una sera... È tua... Se ciò fu male, perdona, in nome di Dio».

Prendo la lettera; benché morta ancora brucia. La poso su un libro.

«Non andare contro i Turchi» dico così per dire. «Resta ancora con noi, Albe... Guarda com'è spento il cielo, come l'universo è in pericolo, come tutto si allontana...».

«Ma poi tornerà, tornerà il cielo, sebbene nuovo cielo...» egli come in pianto dice. «Allora... anche tu... felice... mi ricorderai, spero» sorridendo dice.

«Sì, Albe caro».

In chiesa me ne andai (sempre pioveva a dirotto) a leggere la imprevista lettera.

Non tanto imprevista, poi.

La Statuina di tenebre, su nella nicchia, era sola. Il vento e la pioggia frusciavano sui vetri azzurri della sagrestia. Là, dietro l'altare maggiore, non più Thornton né i Biblici Padri, né la rosa in mano alla Regina.

Dice, poggiata sul banco nero dei miei giorni infantili, la vecchia lettera:

Come, ragazzina, cuore di Lemano, leggerà tale lettera?
Tutto avrà saputo: che fantasticai, mentii.
Di ciò, non esiste perdono.
Ma tutto, creda, mi sembrava naturale, quella sera. Da tanto io l'aspettavo. Sapevo che era, a mia rabbia, cosa impossibile, eppure aspettavo, volevo.

Come un figlio ero io, che vuole tornare in un buio tenero. Come marine, chiedevo il mio elemento naturale, dove di gioia perdermi. Fantasticai, mentii. Ma non negli abbracci, che ancora sento.

Lei, Damasa, mio vento, mi ha preso, con lei, anche se incatenato, cammino.

Dalla Città di luce, ancora le scriverò. Almeno lo spero. Prima di definitivamente sparire.

Abbia cura della sua gamba, prego, dove certo è il dolore.

Tuttavia, non guarisca, prego! Ah, come prego di non dimenticare cancelli, navi, calze scure, luna fredda.

Già se ne corre lontana la carrozza del suo Espartero, mentre lei legge. Se lei obbedisce, saranno, le ruote, leggere.

Ora, zitta, sogni.

Suo, sempre, vivo o morto, creda.

Firma, era scritta e cancellata. In suo luogo, il nome semplice di cui ho dato finora l'unica parte a me nota (l'altra è nel buio), cioè: *Reyn A.*

Ah, come questa lettera fu musica d'organo, antiche sere o mattine nel barrio di porto, nei perduti anni di Damasa. Per Albe, alcun rancore. Sentivo, in tali sviste, o smarrimenti di messaggi amati, non so che destino. Del resto, sapevo, l'avevo ancora più amato. Mai tradito. Morgan, solo mediocre apprendimento. Da lui, antico finlandese, già tutto saputo, gradito, approvato, imparato, immortale – nel mio essere – celeste apprendimento. Solo Lemano ha attraversato Damasa, e sostato in lei, e fatto a sua forma cavo del cuore. Solo batte, in Damasa, lo spaventoso e tenero cuore di Lemano.

Fu ciò che determinò in me non so quale tardiva eppure sontuosa precisazione: che ero ancora quella delle cancellate, delle soste, la sera, sotto il cielo opaco e mutevole di nubi ventose, nell'odore della pioggia.

Furono in me, quindi, anche se più nulla pensassi di lieto, o aspettassi, giorni di nuovo amati.

L'indomani mattina, sul porto brillava il sole.

Volevo scrivere non so cosa, ma tutto, in me, per la nuova pace, si disperdeva.

Alle due, Frisco mi consegna una lettera.

Damasina,

quanto vorrei parlarti, e non posso. Ho notizie di te dappertutto, ma te non ti vedo.

Oh, come timore e desiderio mi preoccupano.

In una sera di rosso amabile, che promette bel tempo, sulle Scale di Santo Ignacio, Cyprisso e il mio Misano (ora ottenebrato) t'incontrano, mi dicono tuo freddo e lontananza da cuore-tempo (cioè, Plaza Tre Agonico – autunno scorso – ricordi?).

Dicono di tuo parlare assai labile.

Così conferma il mio diletto studente, cioè Jorge.

Che ti amiamo, dirlo è forse impossibile. Ma ci ami tu, Damasa? Saresti tu capace di perdono?

In questa Settimana di tenebra, con tanti che partono e più non torneranno a noi, Damasina, sento in me una felicità di cui mi vergogno: dirti altro è impossibile. Vivendo capirai quale ebbrezza nel disonesto, nell'orribile. Dice Jorge che da ciò – fine dei princìpi e inizio della totale vergogna – dipende questo tempo, e il potere assoluto di Don Pedro, e le infinite migrazioni verso i Turchi.

Io, vedi, comprendo, ma pietà non considero (sua possibilità).

Perché, Damasa, già distrutta.

Tanto per dare ragione a Jorge.

Questa notte, ridi, sognai di nuovo la nostra città, e suoni cupi di passi per i vichi, ed elmi di angeli, cioè Alemanni tardivi. Tu eri con uno, mio uccello, di altra età. Egli ti diceva non so che di lieto. Poi cadde, o si spense, e di nuovo tu eri sola per i vichi, trascinando, uccello mio amabile, la tua ala (o destra gamba), non so.

Di me, ti raccomando sottile pietà. Anche un filo. Ora, io troppo ebbra, ma già so, intendo valore cose che disprezzo (come appunto pietà).

Non ti stringo la mano, Damasa. Bensì ti guardo, credimi. Tua

Belman

«Cos'è questo?» Apo dice, la sera, prendendo rannuvolato il biglietto.

A bella posta, per disprezzo, l'ho lasciato aperto su una cassetta in cucina.

Lo legge, e non comprende. Apo, queste cose dei sogni, non sa leggere, troppo immerso nel suo barbaro vivere.

«Conobbi un Belman» dice dopo un po'. «Principe o che altro? Viveva in Brasile, e al nostro paese (antica Hiberia) tornò, vedovo, con due figlie. Strana storia, che ora è qui».

Apprendo così, per caso, senza che nulla m'interessi, altre notizie dei Belman.

Molto grandi, illustri dovunque. Fino a ultimi anni.

La lettera, poi, meno irritata, riprendo e metto nella mia cassetta.

L'indomani, giorno di vento, il cielo è spazzato dalle sue più piovose nubi; il sole, sulle navi di ferro, va e viene; suonano campane. Forse è la Resurrezione.

Mi viene non so che tenerezza per tutti questi Belman, Misa, Cyprisso, Jorge, indifferenziata tenerezza, ché li sento presenti in Toledo, vulnerabili; ora nascosti, come uccelli nella imminente tempesta, ora liberi nel tramonto, sulle strade; e cercano rami, acqua, luce di sogno. E sono un non so che di prezioso, al cuore, e un giorno non saranno più, da altri sostituiti. Perciò, anche in segreto onore di

Lemano, prendo un foglio e scrivo: *Dedicato ad alcuni fanciulli di luce, tra cui Belman.*

Scrivo:

>S'io fossi per morire,
>in un giorno che allegro
>fosse nel mondo il sole,
>e carezzasse i fiori
>un po' smarrito il vento,
>e vago struggimento
>ferisse la Natura,
>io vi vorrei vicini,
>vaghi compagni, e mettere
>dentro le fide mani
>l'attonito mio cuore.
>
>Vorrei, mentre sui campi,
>nelle città degli uomini,
>splendesse mite il sole,
>e cogliessero viole
>gli Angeli, e d'armoniosa
>spuma fiorisse il mare,
>fidare, o giovanetti,
>dentro le pure mani,
>quanto ormai mi rimane.
>
>Non agli Angeli, a voi,
>col permesso di Dio,
>lasciare quanto resta
>della modesta vita,
>donare quanto ho caro,
>quanto non s'è perduto,
>come estremo saluto
>dell'affettuoso petto.
>
>Come all'uccello il canto,
>come all'albero il fiore,
>caro m'era il mio cuore,
>e dentro si sentiva,
>poggiandovi l'orecchio,
>teneri giovanetti,
>il mormorio del mare.

Come la sua conchiglia
lascia alla spiaggia il mare
dopo il gran fortunale:
dopo l'umana vita
che mi percosse e a poco
a poco mi distrusse
senza lamento, paga
di fissarvi, creature,
e sentire le fresche
mani tra le mie mani,
io vi vorrei lasciare
il pensieroso cuore.

Dono che a voi non pesi,
compagno che non prenda
posto alla mensa o al sole,
ombra che non v'attristi,
e parole non dica
che faccian sospirare
colei che sotto l'erba
passa oramai sua vita.

Come un'essenza il cuore
che vi vorrei lasciare,
come un liquore amaro
e dolcissimo. Quando
fiorissero i giardini
e, nel sangue, gentile
dolor gridasse forte,
e a voi fosse la morte
speranza unica e cara,
allora, lieve in petto,
sentiste, o giovanetti,
fiatare antico un cuore.

Che a voi velasse gli occhi
di lacrime incantate,
che rendesse beata
la sofferenza: Amore
lodaste, che affatica,
e io lodassi Morte
che ad amare ci invita.

Non agli Angeli in cielo
voglio lasciare il cuore.
Torni fra l'erba il peso
della figura; voli
inchinandosi a Dio
lo spirito ch'Ei fece:
ma il cuore, o giovanetti,
resti alla terra; voi
per pietà, nascondetelo
come un'umida viola
nel cavo delle mani.

Che l'erba e l'acqua e il sole
continui a riguardare,
che la dimessa umana
dolcezza di uno sguardo
che vi fa sospirare,
tutto lo adombri ancora.

Morto, respiri amore.

    Alle tre questa composizione era scritta. Alle quattro, prima di recarmi all'ufficietto di Morgan, Scale di Santo Ignacio, già copiata, un po' corretta (non troppo, essendo il tempo breve), e consegnata al custode del palazzo di Belman, in Plaza de Carlo.
    Era rozza, sempre, malgrado la Espressività, mia vita, nelle cose tra amici, e perciò non scrissi altro, sul foglio, che: «In ringraziamento, Figuera».

    Scendendo la scalinata, non potei non notare, piuttosto meravigliata, che era nell'aria il medesimo sole luminoso dell'altra volta, quando portai il rendiconto; e tutto brillava *due volte*, e ciò, confusamente, non mi piaceva.

Emozione della Natura per una breve comunicazione di Mr. Morgan. Strazi e addii multipli, perfino dal mare. «Prof. Lemano è giù». Beata Belman, e richiami prolungati delle tofe

«Venne, ora è pochi minuti, a cercarla qualcuno» mi disse Morgan quando arrivai, con la sua solita faccia che non ha un pensiero, una grinza, puro nulla.

«Albe» pensai.

«No... non di casa, aspetti... che ricordo» Morgan, come leggendo in un libro, sussurra.

Jorge, dunque.

«Ecco... penso non sbagliare... spero, almeno. Professor Lemano, direi».

Subito dopo, mentre io cominciavo un nuovo elenco di opere murarie, egli passeggiava come uno che vuole dire qualcosa, ma non ha fretta; rovistava, ogni tanto, fra carte e cassetti. Oppure, come fossi puro oggetto, elemento da tavolo, mi guardava.

Le mie pagine, alla fine del lavoro, che durò pochissimi minuti (benché vi corressero dentro alcuni anni in fiore, e praterie, ecc.), erano semistrappate, bucate dalla macchina, zeppe, poi, di errori – lettere saltate, febbre di ripetizioni, cancellature, spazi obliati, e così via. Ma non c'era, a questo proposito, nel mio cuore, timore alcuno. Addirittura sfrontata. Morgan, quando le prese, impassibile. Lesse qualcosa, guardò un po', indi infilò tutto in un cassetto, e richiuse.

Avevo caldo e luce, freddo e scintillii sotto la fronte. Non lo guardavo, non sapevo che esistesse un Mr. Morgan, era un tale – un muro qualunque – e perciò non badai al suo viso tranquillo, quando mi disse che per sei giorni, a causa di sua assenza, l'ufficio chiuderebbe. Anzi, successivamente, non aprirebbe più. Tornassi perciò (era giovedì) a metà settimana veniente, per le consegne. Senza più ascoltare, uscii.

Ho potuto notare che spesso la Natura – cioè i suoi elementi – assume, in talune circostanze della vita tua e mia, un volto incredibilmente partecipe delle vicende che lacerano o esaltano l'anima. Si potrà parlare addirittura di una commozione, o stravolgimento, che pone la detta Natura in condizioni di debolezza grandissima (come persona amante davanti all'amato), e perciò di perdimento, davanti alla passione del figlio? E arguirne che tale Natura ci ama, e sia l'Universo, con l'anima, un tutto unico? Chi sa dire?

Di solito, questo cielo toledano era grigio, o nero di nubi attraversate da veloce biancore di luna; oppure, assai più raramente, rosato, o rosso, o viola. Però, colore simile mai visto (mentre tornavo per le vie del porto), cioè di esaltazione e partecipazione assoluta. Faccia d'oro con capelli verdi, il cielo; con mani rosse, da sé staccava – in una specie di delirio, gettava sempre più indietro – il cielo già stato, scoprendo nuove e più intense facce d'oro. Un dio era tornato, a lungo assente. Io, dentro di me, il nome di Lemano non facevo, ma il porto, sopraffatto dal cielo, ne era consumato, e tutte le navi, come donne in piedi, gridavano: Lemano!

Durò, tale stato di brandello del cuore, pochi minuti, ma del tutto insostenibile agli occhi, per luce. Finché, nel fango e le luci, dove similmente, sebbene in modo povero, si specchiava tale cielo, non giunsi a casa, e qui ecco una tenebra improvvisa e un lamento assai umano delle mura apasine.

Albe, ricevuto messaggio urgente, ripartiva.

Non assolutamente vi badai.

So che egli mi guardò, un attimo, là, nel despacho, o antiscala, con facce di ragazzo bianco, o antico marine, una più celere e consapevole dell'altra. Quindi, mentre alla poca luce che lì arriva, dalle scale, chiude sua valigia, voci si levano. Le registro in progressione (o tumulto):

M. Apa:
«E salutami Rassa, quando arrivi».
Albe, velocemente:
«Dolce Apa, certo».
Apo (asciutto):
«Guardati alle spalle, figlio mio».
A questo, non risposta.
Frisco:
«Presto ti raggiungo, Albe».
Albe (allacciandosi in fretta alta cinghia):
«Veglia, Frisco, sulla casa. Questo ti dico».
Cora:
«Albe, torna per questo bimbo mio».
«Che chiamerai come me, spero» (Albe ridendo).
Cora:
«Al battesimo, qui sarai?».
«Sì, se il Signore vuole».
Mi vede nelle tenebre, mentre fugge, e al capo mi abbraccia:
«Tu, Damasa, scrivi di queste cose, se vivi. Ampio è il mondo degli uomini. In luce fuggimmo». E ride.
Un attimo dopo, la casa è vuota. Tutti, siamo, meno lui. Fa freddo.

Siamo sulle scale, prima, e poi al balcone di Apa, e vediamo che egli tarda a uscire. Poi, eccolo con Apo e Frisco immobili accanto a lui. Si fischia a una carrozza. La carrozza si ferma. La valigia viene caricata. Albe, ultimo a salire, si volta agitando il berretto nero-dorato:

«Addio, Apa, addio studentucci,» par che dica «addio anche voi, vecchie sere che rincasavo pensando al compito... e voi, anni quattordici; ah, era pur bello essere studentucci».

Sale sulla carrozza. Il sole, in quel punto, è tramontato sulla Collina, il cielo imbrunito.

«Per me pregate, bambini... E ricordatemi, ricordatemi» dice il ridente volto del nostro, ora, unico padre.

Quando fa buio, sulla casa, Apo e Frisco sono ritornati.
Di Albe, a me, leggo, infilato sulla mia cassetta, un biglietto:

Studia, sii calma, e il cuor tuo non tradire, Dasa. Verranno tempi che tutto sarà compreso, da chi fedele.

E in disparte, più timido, furtivo:
Accetta, te ne prego, questa terza Settimana Santa.
Tuo
         Albe García

Di questo biglietto non sono contenta, né della notte che si è fatta improvvisamente scura.

Avevo una gioia sì grande, ed ecco, di colpo, per un messaggio al marine, e la relativa carrozza, e gli addii, tale gioia non vedo.

Vi era scritto: «*Lemano*», nell'alto cielo toledano, e ora solo questo sommesso saluto.

Con Apa, dopo la rapida cena, prima di notte, vado in chiesa, l'accompagno ai suoi miseri altari di silenzio.

Solo allora mi accorgo che, illuminata da due ceri splendenti, la chiesa è in nero. Un grande Cristo di cera dorme sotto un cristallo, e il viso appare segnato dal trascorso dolore.

Su lui, viole e gelsomini si alternano.

Le mani forate sono congiunte sul ventre.

È un Giovedì Santo, terzo della seconda Era della Desolazione.

Guardo questo Cristo e mai mi sembra vissuto veramente, tutto questo tempo. Sempre mi pare essere stata qui, a guardare nel silenzio tali mani forate.

Che altro non sia, il mondo: che silenzio e mani forate. Sotto molti fiori dolcissimi.

Tutta notte fa un gran caldo, e come interminabile!

Tutti dormono, o appaiono dormienti, a una certa ora, e io, Dasa, apro la porta colorata, e silenziosa salgo sulla terrazza della casa dei marine. Qui, giovane ombra sembra fissare le stelle fuggenti nella oscurità della notte nuvolosa, piovigginosa; veloci lacrime solcano la sua faccia scendendo sulle mani scure. È Frisco. Io non mi accosto.

Lo guardo, semplicemente, e scorgo in lui la mia stessa fanciullezza e quella dei compagni, che si lacera nella contemplazione del trascorso tempo, dell'incombente avvenire.

Tutto mi torna in mente, mentre appoggiata alla porticina di legno lo guardo: come eravamo violenti e ricchi di speranza, disperati e insieme ardenti, e ora nostro mare si fa vuoto, partono gli ultimi marine, il porto è ostile.

Il pomeriggio di febbre mi torna in mente: stupisco di quanto sia svuotato – sbiadito in me – l'immenso rossore del cielo.

Penso Lemano, qui, suoi antichi passi, e non hanno suono.

Chiudo il viso in una mano; invisibile, senza lacrime, attendo.

«Ah,» sento una voce nell'aria umida e salatina che giunge dal porto, mista a corrotti odori di pesce, di cordame, di mare morto «ah, com'era, fanciulli di Apa, bello questo vivere: e ora lo vedete, che se ne va... se ne va».

L'indomani, assai presto, forse ore cinque, ero in piedi, e andai a prepararmi il caffè, pensando scrivere rendicontino o altro. Una perplessità mi attraversava: che questa casa è intimamente vuota, e questo scrivere non come dice Albe... a che sarà utile? Penso che egli ha dormito là, come scolaro ancora, dopo tanta assenza, e ora è sulla nave. Casa appare vuota. Mi ricordo di Lemano, e provo non so che noia.

Così è il cuore umano: che a momenti, come un cielo, completamente si chiude, e non odi più che i soli indifferenti mormorii del mare.

Alle otto – Apa è in chiesa con Apo, che stamane si è alzato prestissimo –, trovo, sotto la porta delle scale, elegante biglietto. Lo guardo, lo apro:

Dasa,

ebbi la composizione e la rilessi senza nulla capire, tanto sbigottita. Ah, te ne supplico: da me vieni. Devo parlarti.

Io, stamattina, ti aspetto, col tuo Lemano, cuor mio.

Egli ti cercò senza trovarti. Egli, con me, ora prega: assolutamente dobbiamo vederti, parlarti.

(Per te prego!).

Belman

Questo io non capivo, dapprincipio. E poi mi dissi:
«Essi piangono su me, sono dolenti per me: ma per che cosa?».

Ero incerta se andare o no, e nella nuova malinconia dello spirito mio, come cosa grande che era stata più non fosse, e tutto precipitato su me, anche per questa nebbiolina che ora giace sul porto, mi sedetti, già vestita, al mio tavolino, e scrissi la seguente breve composizione (che in poco o nulla corressi). Titolo: *La folla passava.*

> E sento che me ne vado,
>
> come una foglia, come un
> lucido raggio di sole
> dal muro di casa, dall'erba
> del bosco, dai rami.
> E sempre sarai
> così azzurro, o mare,
> e tu tornerai lievemente
> a riposare sui prati,
> o primavera, inclinata
> la bianca faccia su mano.
>
> Sento che vado via.
>
> Lontanamente fu
> un brillio di marine al sole
> la prima età: non vidi
> più bella cosa dopo
> quel giorno che me ne stavo
> soletta davanti al mare,
> e non giocavo, e guardavo
> tra nuvole lievi una cosa
> che adesso bene non so.
>
> Sento che è ora di andare,
> di staccarsi da questa riva
> dove così breve fu
> il giorno, e la folla passava
> tumultuando, brillando,
> e vidi mille visi,
> mille sorrisi. Ora
> il sole muore,
> fa freddo e il mare,
> da basso, ricomincia a mugghiare.
>
> Addio, paese!
> Come la foglia semplice
> cade per terra e muore

        ai piedi dell'albero;
        come il raggio di sole
        si ritira dal muro di casa
        lasciato dal suo signore:
        ora che tu sei partita,
        mia favola, favorita
        giovinezza, con poco dolore,
        soletto, s'addorme il mio cuore.

Senza ricopiare, questa volta, rileggo e soffoco a stento amare lacrime. Ho bisogno di aiuto: cerco Albe, e Albe non trovo. Morgan come morto. I cieli chiusi. A Frisco né Cora potrei esprimere nulla. Penso perciò mio giovane padre, vecchio Jorge; da lui andrò.

Non faccio in tempo a pensare questo pensiero (che pure tanta grazia oscura, e non so che speranza mai abbandonata, dilettissima, riconduce), che viene alla porta qualcuno, sottovoce, a chiamarmi.

Prof. Lemano è giù.

Dio, che provai, vedendolo, che buio e luce insieme. In carrozza attendeva, come antico Espartero, carrozza col mantice alzato – piovendo, seppure poco –, e vedendomi saltò giù. E non ho il tempo di vedere il suo volto trasformato, fervido, che due mani prendono le mie, timorose, come di altro Lemano, e supplicano, salutano, minacciano. Perché, perché non risposi mai suo biglietto triste? E anche invocazioni Belman? Perché così muta?

«Andiamo da Belman, ora» risentito dice.

Seduto a me accanto, sui miseri cuscini blu notte, mi guarda, e tante cose sono scritte sul suo viso, cose che non ricordo, ma soprattutto questo:

«Mi odi? Ah, non odiarmi! Non odiarmi, tu».

«Che c'è... questa Belman» dico (pensando, atterrita, cose impossibili: che io, cioè, sia di dolore, con mia ignota figura, a Belman, che io debba piegarmi a non so che).

«Dove... lei... fu... dove, questi anni» dico.
«Mesi... Ah, tu sei demente» con pena dice.
«Sì... vero... forse...» dico; e che darei perché poggi la mano sul mio ginocchio. Ma questo nuovo Lemano non è più turbine, è uomo duro, segreto, distante. Lontano vanno i suoi occhi, altri giorni, ch'io non vidi, vedono.
«Tu... tu...» egli dice ancora. «Di cose sbagliate hai ricordo...».
«Sì,» dico «probabile...» torcendo il viso alle navi, dico.

Ed ecco che varchiamo la cinta di Toledo antica, le mura d'oro che separano l'una città dall'altra, la povera popolazione marine da quella dei principi e preti e notabili borbonici, e siamo, per vicoli e strade in salita, fra pochi giardini, in Plaza de Carlo. E mi ricordo com'era stupenda questa plaza alcuni mesi fa, e come tenera fino a ieri; e ora lucente, nemica.

«Noi ci amiamo» egli dice.
«Espartero, chi ami tu... Non so...» io in confusione dico.
«Chi sai... tu lo sai bene, Figuera!» fa.
Io per un attimo penso sia questo grande e doloroso scherzo di finlandese alla sua ragazzina, di cuore che imbronciato torna a chi teme dimentico. Penso nel cielo, fra poco, esplosione di angeli e completa resurrezione del Dio. Penso che dormirò, stanotte, sotto la sua giacca. «*Riposa e sogna il tuo domani,*» disse «*cuor mio*».

«Ecco, scendi» egli fa.
Si è fermata, la carrozza, e gettatovi dentro il suo cappello, Lemano prega il cocchiere di aspettare. Ed è questi un uomo dal volto rosso, un uomo alto e ossuto, che sembra da poco aver perduto la vista, e come cieco in alto guarda.
«Aspetterò io, Espartero, per sempre» egli dice.

«Guardi, Espartero, come il cielo si divide!» soggiunge impietrito.

Era così, infatti; da una parte terribile cielo nero, anche grigio, senza speranza, dall'altra, invece, arcobalenante luce: errava sulla mia faccia un vapore di mille tinte diverse (dal giallo all'azzurro), e nascondeva il calore del nulla. Ché sentivo prendermi da questo nulla, soffocarmi.

Vidi anche una carta geografica – lo spessore era di pietra – della città detta Toledo, sorretta da un mendicante, ed era, per tutto, stinta, e vi erano nomi stinti: solo, in questo punto, vi era – dove scritto: «*Belman*» – un solare splendore.

«Ora» egli dice «sarà quasi pronta. Mi disse, giù, di aspettarla insieme. Non impazientirti, perciò, Figuera».

Sembrava, lui sì, impaziente. Sembrava, soprattutto, fra noi non vi fossero, soltanto, ora venti centimetri, ora cinquanta: ma paesi e secoli. E una sua completa sostituzione: Lemano mio più non era, né, questa povera Figuera, era più certo Damasa, per lui.

E mentre aspetta, giù in fondo alle scale, con me, mi prende una mano, segretamente, e per suo conto, senza che Lemano sappia, la mano di Reyn A. Lemano è intesa a distruggermi; e mi dice cose deliranti, che io non capisco: mi dice che ciò, in fondo, nulla muta: sta' attenta, cuor mio. *Nulla muta.*

Piangevo, nella mia confusione (anche essendo piuttosto partecipe di questo mio indiscreto aspettare), quando lassù, in alto, vedo una luce. Una luce rosa-celeste dell'antica infantilina, che scende le scale.

Si componeva di un alone piuttosto allungato, tale luce, e come d'oro, e dentro eravi la più alta visione di ingenuità e bontà che io abbia mai veduta. Lemano, a guardarla, era quasi in ginocchio, e così io. Ma poi, ecco, sul primo gradino sono seduta, ché non reggo a guardarla, a sopportare luce tale.

È in azzurro, o no, qualcosa di cielo. Sulla treccia bionda, piccolo rosato cappello con un che di bianco, forse nastro. Ombrato di rossore, l'acuto volto si sfoglia mostrando rossori sempre più puri, simili alle aperture e chiusure lampeggianti delle albe.
Gli occhi, come soli, al vedermi si chiudono.
Le mani – ora è vicina e vuole abbracciarmi – mandano non so che esaltante profumo non terrestre, da Plaza Tre Agonico, da primavera finita.

Siamo nella carrozza, ora, e la carrozza va.

« Damasa, dunque Jorge ti disse? » dice.
« No, venne » abbagliata dico. « Ma nulla mi disse. Ma per questo non piangere, Belman ».
« Piango perché ti uccido » con affanno dice.
« E perché mi uccidi? » io dico.
« Basta, Figuera! Lei sa! Lei sa tutto! » grida esasperato il cuor mio. « Lei sa che ci amiamo, Belman e io... pazzamente... Lei sa... intuiva. E ora finge di non credere. Ciò è vile ».
« No, io non sapevo » piangendo dico. « Creda, Espartero ».
« Tu, ragazzina dell'Asfalfa, » egli fa con una seconda voce che viene dal suo capo invisibile « non odiarmi. Tu, sempre aspettami, cuor mio ».
« Sì... » dico (o meglio balbetto come stupida) « sì ».

Da questo momento, tutto ciò che accade, a me, Damasa Figuera, cuore di un finlandese, creatura delle notti al porto silenzioso di Toledo, non ha senso, e solo a tratti lo rammento.

Non solo senso: voce, suono, essenzialità. Si tratta – queste a me accanto – di nuvole che vanno e che vengono in una immutata solitudine frequentata da poveri Morgan, e adulti che sanno. Non voglio ricordarla.

Egli, il Finlandese (o piuttosto colui che lo ha ucciso e si è vestito dei suoi abiti, che imita la sua voce, delitto davvero orrendo), egli mi rimprovera. Non ho cuore, pietà. Che poteva essere di un sentimento così vago come il mio, mai sentito realmente? («No, zitta, taci, io mento, ragazzina dell'Asfalfa»). «Questa Belman, invece, osservi pure, onestamente...» (o parole simili).

«Guardaci, Dasa, senza il tuo perdono vivere non si potrà» fa Aurora Belman. E mai ho visto viso di vergine toledana più sublime e distrutto nella sua nuova umiltà. «Senza il tuo perdono, cuor mio, vivere non sapremmo».

«Essere felici impossibile» il Finlandese fa.

E la carrozza va, va, lungo il mare.

«Perché... io... perdono, di che, Espartero?» dopo un po' dico.

E sento che egli mi chiama da lontano:

«Perché io ti presi, infantilina, dal tuo mare, e ti feci a mio modo, nei sogni, e ora mi allontano».

«Quante navi, Espartero» dico dopo un momento (Belman non posso guardare). «Vanno contro i Turchi, no?».

«Sì. E presto saremo distrutti tutti: ma io non ti dimenticherò, cuor mio!» l'antica voce alle sue spalle, voce amata ai cancelli, dice.

E penso questi crocifissi in Toledo, queste partenze, e navi di ferro, e in una nuvola (*ieri ero felice*) il biglietto di Albe: «Accetta, te ne prego, questa terza Settimana Santa».

Sì, farò così, tra me dico.

E al porto, dopo immenso giro, stavamo per arrivare e io ero estenuata.

«No, non accompagnatemi qui... qui non posso» io dissi.

«Cosa?» teneramente Belman.

«Si spieghi! È in collera?» Espartero.

«Non permesso... qui... estranei» dico.

«Bella ricompensa!» Espartero.

«Tu, insensato... dolcezza mia» Belman. E a me: «Perdona».

«Di nulla» dico.

«Noi partiremo... stasera... sempre ti ricorderemo» Belman fa.

Mi chiede poi (questo ricordo, sebbene assurdo) notizie del mio libro.

Non ascoltavo.

«Lasciala... È dura di cuore, triste...» Lemano fa.

E mi guarda, in piedi davanti alla carrozza, come a dire: «Ah, io so tutto; io di te non persi una voce, amor mio: sappi questo».

Così ci separiamo, assai prima delle cancellate del porto. E questo vedo ormai, camminando, in una gran confusione grigia. Che mi guardano, vedo poi, mentre io mi allontano, come pensando. (Forse sono pentiti?).

È giorno alto, ma ogni forma è perduta in una luce grigia. Il faro, i cancelli, le banchine, le alte navi, le povere case fra cui la mia. Tutto è grigio. Tutto io guardo, ora, con occhi ciechi.

A casa, tornando, ecco di nuovo la carrozza. Era nera, e le passai attraverso. E poi mi volto, e vedo che dentro vi è nessuno.

Otto carrozze (io, Damasa, mi ero adesso appoggiata al muro del portone, per riprendere forza nelle gambe) cominciarono a passare, ed erano sempre le medesime. E nella prima era Albe con Rassa e la piccola Mosera della Chiesa Spagnola, nella seconda anche, nella terza, e così via. Mentre nell'ultima, rutilante di sedici alte ruote rosse e nere (con raggi d'argento), era prima Lemano, poi Jorge, che scese e disse:

«Ah, lo vedo che non ti reggi. Ah, lascia che ti stia un po' vicino, Dasa, figlia mia».

E non avrei voluto che dicesse così, non essendovi più la radice di parole simili, ma sorrisi e gli chiesi come stesse (tanto per dire).

«Ah, bene, Damasina. Questo giorno è per passare... già intanto è per passare» disse. E senza freno, come un bambino, piangeva.

Erano infatti le due del pomeriggio, e molti treni ora si udivano, insieme alle tofe delle navi, tofe che ricorderò sempre.

DEI RIMEDI NELLA NOTTE. SUONA IL VENTO A ORTANA

Dei rimedi prospettati nella notte da Jorge, e sue profezie.
Chiuso l'ufficietto di Morgan, ritorna a scuola.
Nuove insensatezze di Belman, Jorge e la vita medesima.
Nascita del mutolino Figuera

Come passò il resto del giorno? Vorrei, ma non riesco a ricordarlo.

Vi è una gran confusione, in me, e poi, a tratti, immenso silenzio. Indi ricomincia la confusione, ch'è di gravi campane, e prosegue fino al domani, sabato santo, e poi la domenica. Vi è allarme, in quanto Cristo non è più risorto, come ci si aspettava: chi lo dice morto, chi immensamente lontano.

La domenica sera riapparve, senza alcun dubbio (lo so in quanto ricordo che ero raffreddata, e questo nei sogni non accade), Jorge Adano.

Sale, del tutto privo di timore, fino alla casa apasina, e la stessa Apa gli apre.

«Amico di Rassa, no?» sorridendo dice. E poi mi chiama. E con Jorge, inutilmente pregandolo di sedersi, mi fermo nel despacho.

«Tu qui vivi, Damasina!» dopo un po' dice. E poi: «Ah, come questa vita è irreale!», parole cui non risposi.

«Di me hai bisogno, Jorge?».

«Sì, figlia... Solitudine troppo atroce. Ieri e poi stamane

vidi Jacuino: un morto. Di lei... di chi sai... figlia di luce... non parlammo».

«Questo... bene» dopo un po' dico.

Un'altra in me parla, che ritiene silenzio soluzione unica, buonissima.

«Che ne sai tu, Dasa... di ciò che è bene?» dopo un po', accostandosi alla finestra, dice; soggiungendo: «Ma che buio, qui».

«Sì, il tempo non si vuole rimettere» come insensibile dico.

« 'scolta, Dasa,» fa voltandosi repentino, col suo terribile sorriso di uomo buono, che diventerà vecchio con tale viso buono, che mai muterà «qui, senti...».

«Parla pure» dico.

«No, meglio uscire».

Pioveva tiepidamente, campane non ce n'erano più.

«Dasa mia,» fa un'ora dopo, circa, che camminiamo per la spenta Toledo, in un silenzio totale, ora, di campane – essendo questa fatale, triplice Settimana Santa del mondo del tutto passata, superata, finita – «senti... un'idea».

Sediamo a un caffè quasi nulla illuminato, a ridosso della brulla Collina, e siamo noi soli, nel vento leggero di pioggia e umide nuvole.

«Jorge, di' pure».

«Le scriverò, ecco, come nulla fosse. Come nulla fosse, ogni sera, rientrando a casa, le scriverò. Il suo cuore è umano... troppo infantile, solo sfiorato da inclinazioni tremende... non toccato, credimi».

«Di lei, Jorge, non parliamo».

«Sì... scusa» con un sorriso rapido, lucido.

E piega il capo.

Allora mi ricordo raccomandazioni di Albe, più una: che Jorge egli stima, che in lui io abbia fede; più quel ridente: «Ampio è il mondo degli uomini». No; aprirò in me una seconda natura, una fonte secondaria alla compassione.

«Sì, anch'io le scriverò... se tu vuoi» dico.

Mi guarda; nella notte mi spia. E in compenso:

«Che ella sogna, Damasa, non sai... Che egli... il tuo... mai realmente la vide: comprendi?».
E nel mio silenzio, ora grida:
«Belman lo cercò... più volte, ah, mia infantilina, demente cuore!».

Che rombo, nella notte, sui tavolini!
«Tutto, da Jacuino, le fu concesso; la vita meno. Tarata, dentro, come marmo bellissimo, senza colpa, credi... Tramontano» disse ancora «astri, così... e più splendono... orribilmente, perché ciò dà dolore, Dasa...».

Ora, io mi copersi un po' il viso con una mano, sentendomi assai più debole e confusa, aspettando conforto che non viene. No, viene.
«Ella lo cercò» Jorge dice «già da quel giorno, che poi la sera fummo in Plaza Tre Agonico. Io sapevo, col mio cuore soltanto... Ma dopo mi disse. Tutto, l'infantilina, mi confida. Noi siamo» disse «una testa sola».
«Non parliamo più di ciò» debolmente dissi.
«No, ne parleremo. Perché questa notte passerà, io credo!» e come in sogno, dopo tali parole, gridò: «Verrà luce... credi. Muterà questo mondo... Non più solo demenza, nuvolo, il cuore dell'uomo».
E sì dicendo, come queste parole altri avesse gridato, non il suo profondo, ridivenne calmo.

A notte, mi riaccompagna a casa. Qui, davanti al portone, mi bacia la mano:
«Vidi la tua composizione, Damasa, sul tavolo di Sua Eccellenza» stranamente dice. E prende il foglio, dedicato ai fanciulli di luce, dalla giacca. «Senti... mi sembra buona!».
Parole, anche queste, senza senso.
«E... tuo tenente García, quando sarà di nuovo tra noi?» indifferente dice.
Sentiamo, nell'aria, il distinto cammino della pioggia.
«Per me salutalo».

« Sì ».
« Ancora ti cercherò... ».
« Sì... ».
Si allontanò, come sollevato (o così mi parve: mi ero addossata al portone, scrutando la banchina piovosa, quasi non lo vedevo). Eccomi qui ancora, contro il portone, a spiare la luna che corre in una oscurità senza nome.

Il giorno seguente passò inerte.
Ma ancora il giorno seguente, martedì, come nulla fosse, torno al mio ufficietto di Morgan.

Mi ricordavo come ne ero uscita, con quale estasi, nella apoteosi arancio-vermiglia delle nuvole su Toledo, e come per duemila anni, di poi, le campane a morto avevano suonato e i Cristi di cera si erano disfatti nell'ombra, sotto i gelsomini, mentre in tutte le strade erte e ventose a ridosso della toledana Collina tuonava la carrozza di Espartero.
Per queste memorie, guardandomi intorno, faticavo a vedere. Del resto, era un po' buio sul tavolo davanti alla finestra, qui (benché di un azzurro intenso, sulle Scale, il cielo).

Per un po' Morgan – senza nemmeno notarmi – sfoglia carte su carte; quindi, con la sua aria insensibile:
« Passò liete feste? » dice.
« Sì ».
« Questo... molto contento » dice. E continua a guardare le sue carte. « Presto chiuderemo, come le dissi » dopo un po' aggiunge.
« Sì ».
« Scuola... molto bene. Prepara vita onorevole. Io non ne ebbi... father povero... tempo impossibile » con calma dice.
E vedo che il suo sguardo ritorna a luoghi lontani, con interrogativo lacerato eppure tranquillo.
« Vide Lemano? » dopo un po' dice.

«Sì».

«Bene... ecco... persona che piace, a me» dopo un po', guardandomi appena, prosegue. «Parlammo» dice «di lei... Solo un momento... Allora io dissi... cioè, volevo, che... Disperato mi parve nella sonnolenza suo viso... Uomo piacevole» disse ancora.

Fu questo che ebbi da Morgan, di vero, mentre se ne andava, definitivamente, così sentii, senza gioia né onore dalla scena della mia vita. Come un fiammifero nella notte, acceso accanto al viso diletto di un morto, e da ciò viene che vi pare cogliere un respiro. O il vento della pioggia lo anima? Ma non sembra più morto.

Così ebbi per sempre rispetto di Morgan.

Chiudemmo l'ufficietto, ormai a metà maggio, e io sostituii ciò con la scuola serale, dove come un malato mi recavo. Là era la vita! L'aveva detto Morgan.

Uscì, intorno a quei giorni – che ormai il cielo si era messo a un sereno velato, già molto caldo –, il mio libretto dei rendiconti toledani; e mi ricordo, quando l'ebbi tra le mani, con le sue novellucce, come mi parve strano, remoto. Lo festeggiammo, con Jorge e Cyprisso (Misano era malato), in casa della zia di Cyprisso, Alma da Cadmo (non più nella Rua Ahorcados, ma in zona del porto ora più distante, e qui nessun mare). Questa Alma da Cadmo, appresi allora da Jorge (mentre ella, in cucina, preparava una tortiletta e denso caffè), era stata, a Cyprisso, vera madre, nel tempo che il padre di lui moriva in Fortezza. Perché contrario a Don Pedro.

E questo Don Pedro, cui finora io non avevo badato, anzi dai dodici anni mi era estraneo, cominciò ad apparirmi – in modo alquanto automatico, perché l'animo era lontano – la causa primaria di tutto il maltempo che funestava Toledo, e ora della guerra contro i Turchi; e io sempre avevo attribuito ora alla Chiesa del Papa, ora al Rey.

Molti uomini di valore, mi disse Cyprisso, giacevano e morivano come suo padre (« *mentre noi, qui, tu Dasa, tu Jorge,* parliamo ») nelle prigioni che circondano la città.

Vi erano, sembrava, intorno alla città e sotto, dove i vichi diradano e cominciano gli orti e i vicereali Giardini, dietro tutti quei muri solenni e ciechi che io vedevo, quelle scalette intagliate nella pietra, quelle finestre e torri fra nuvole, vi erano infinite gallerie e case sotterranee, un mondo senza lume. Vi era una città di patimento.

Là era assopito, in solitudine, il fiore della nobiltà toledana, che non voleva Don Pedro, voleva El Rey soltanto.

« Che differenza fa » mi dicevo lentamente, e poi chiesi « tra El Rey e Don Pedro? ».

Dice Da Cadmo:

« Perché, Dasa, falso porta Don Pedro avvenire ».

In quanto a me, pensavo che nessun avvenire è buono.

« Non sapevo » indifferente dico.

E capisco, o mi par di capire di un tratto, il perché di tanti mutamenti, non solo lontani nel tempo, ma immediati: perché Lemano passa rapidamente da questa notturna città alla Città di luce, come fuggendo; perché Albe ebbe il telegramma; perché Misano è malato (di malinconia, Jorge dice). Perché muta e furtiva, percorsa ogni tanto da visioni atroci, sta diventando tutta nostra vita. Vi è qualcosa che arde, bolle sotto l'erba della città, nel vicereame tutto; ostilità per un che di nuovo, per un che di vecchio; ma sempre, poi mi dico, rimarrà questa differenza tra la gente di luce e non, tra le regine e le figlie dei vichi, rimarrà questa vita – che non capiamo – ed è la vera causa di ogni strazio e tumulto. (Solo il mare, a quanto ne so, invitando al contemplare, concede sosta a strazio e tumulto).

« Tu, » Cyprisso mi fa, mentre si accosta al balcone nella gonfia luce albicocca del giorno che se ne va (e passava in quel momento, tremando nell'aria, una carrozza nera e rossa) «tu nasci ora, Damasa, alla comprensione del reale. In altra città fosti, o credesti, fin qui, di essere...».

«Sì» rispondo fredda (pensando ancora: di quale reale tu parli, Cyprisso?).

Si parla quindi dei Padri Biblici, nuovi Cheyenne e Irochesi, che verranno in nostro aiuto, ci salveranno.

«Non senza prezzo» Jorge dice.

Con tale mesto, di tramonto, sorriso.

«Ai tuoi Padri, permetti, non credo» a Dasa, Cyprisso.

«Di che parlate, bimbi?» la zia di Cyprisso entrando col caffè.

E, non so perché (come cosa sbagliata), la conversazione mutò subito.

Ora, ecco mia vita, in quel tempo. Di mattina, lettere: a Albe, Lee (informandolo della ginnasiale), poi Editor, se capita, e così ancora Stamperia. Pomeriggio, elenchi di opere murarie per Esther Ro (della fu agenzia-ufficietto di Morgan), e qui guadagno qualche scudo, e ciò mi permette di non gravare sul bilancio della casa. La sera, a scuola commerciale. E sempre, o quasi sempre, quando esco, vedo che Jorge mi aspetta.

Ora, una di queste sere, così calme, mi pare che il mio male sia fuggito definitivamente, e che io amo questo Jorge. È bello, buono. Andiamo a un caffè di Plaza de Carlo, ed egli, con un che di furtivo:

«Dasa, avrei per te una lettera».

Capii qualcosa di troppo, e alla tempia la mano portai.

«No... non temere, cara... di Belman semplicemente».

Me la diede. Dapprima non leggevo (causa leggero svanire di tutto), poi, ecco, in mezzo a tante storie di come è meravigliosa questa Città di luce, nel loro alberghetto (modesto, purtroppo) – tutto ciò con quei suoi toni favolosi di pace e di tenerezza –, giunge a queste parole:

Come, Damasa mia, in breve, devo ringraziarti di ciò che mettesti sul suo viso!

A volte, credimi, guardandolo, ritrovo uno dei nostri assai cupi, nel rosso, tramonti toledani. Ricordi, Dasa mia? Ebbi poi, da Jacuino, il tuo libro.

Più sotto:

Non ho rimorsi. Come ne avrei? Chi ha rimorsi col Dio, quando poi, pensi, tutt'altro che immortale?

«Vedi» egli, Jorge, disse, come cieco. «Vedi...» e di colpo: «Ma tu stai male!». E gettò la lettera, e si mise a baciarmi le mani.

«Lascia...» diceva. «Ora, sai... sarà un po', io ti desidero... Mi ricambierai? A lei più non penso, credimi... non so che accaduto».

Non vi era nesso, in tutto ciò.

Mi accompagnò a casa, e io ero in questa situazione: che Jorge, dopo averlo anch'io, confesso, pensato, vedevo in una luce pietosa, di uomo che si distrugge e a se stesso mente: come io a me, già più volte, avevo mentito, accostandomi al mio principale o a sogni vari. E seppi una cosa: che una volta si vive, una si è chiamati a comprendere, una si è abbagliati di luce, una si vede il fulmine, si sente odore di fiori; in una si squarcia il cielo e si ode la voce del Padre. E solo ciò è reale, solo questa comprensione ci rende viventi. Anche se per un attimo solo, mentre in quello che segue: già cancellati.

«Buon Jorge,» perciò dissi (al portone, prendendogli a mia volta la mano e baciandola) «sai che Damasa ti ama?... Ma proprio come tu intendi... cioè vedendoti, nella tua bontà, e augurandosi non cancelli... vita... tale bontà. E io... sai bene, di te ho bisogno... ma sincero molto».

Gli confessai francamente quanto avevo poco prima pensato, e levai la mano a carezzare appena la sua bruna tempia.

«Sì... credo... ragione... tu» disse; e sempre, come a un bimbo, gli occhi sottili taglienti nel volto chiuso, affinato, brillavano.

E mi venne un dolore di questa volontà; ma vedevo come era stato con Morgan: come mai esistito. Vi era, dico, tale demenza nella vita mia e di altri, che più urgente di tutto, ora, mi sembrava ordine, disciplina, rifiuto. Anche se di ciò si morrà.

La notte, però, non dormii, sempre pensando Jorge, con un rimorso sì cocente, come dopo colpito un bambino. E pensavo che non gli farò male, anche se dovrò farmene (cancellando cioè lentamente, come fa un dito sul vapore di un vetro, mia vecchia vita); sì, andrò a casa di lui.
Ma Jorge, la sera, all'uscita di scuola, non era.
Ero in pena, dirò, e lo aspettai impaziente anche la seconda sera.
Venne, la terza, ed era un uomo sconvolto: da gioia e pietà che in alcun viso io vidi mai insieme così.

Dopo quella tale lettera (di cui egli era disperato, perciò fu crudele, mostrandomela), e dopo quel tradimento verso la Persona di luce (di cui: «perdona, Damasa, se offesi tutta la terra e te insieme!»), era giunto a lui messaggio telegrafico di Jacuino, dalla Città di luce.
Belman gravemente malata, questione di ore.

«E... dove... ciò accade... dico... questione» dopo un poco, come sentendo la cosa solo in questo momento – come sia giunta a me, stentatamente, da remote costellazioni –, io confusa bisbiglio.
«Là, nella Città di luce. *Ebbero* una storia, per non so che sciocchezza. Belman, subito è caduta malata. Lui» dice Jorge «ha telegrafato. Ella non è più nello stesso albergo».

Piangendo, ridendo, si fermava a guardare il cielo.
«Mia Belman, mia luce!» esclamava.
Poi, a me:
«Io andrò, li raggiungerò. Perdona, Damasa, se senza amore ti chiamai. Io amo Belman, sempre. Ricorda, ricorda!».

E a me, in una confusione di nuvole piovose, tranquille sui palazzetti taciturni e case dolorose di Toledo, tornava in mente un altro grido, ora silenzioso, della seconda testa e grazia di Lemano, nel petto attraversato:
«Sì... stella. Sempre! Stella fissa! Stella di tutte le notti. Fino alla fine! Fino alla fine! Brillerà».

Come dominata da un sogno.
Come tra sogno – sento – e indifferenza mortale, di fondo.
Non rientrai a casa che a notte alta.
Qui, con la cena, era sul tavolo un biglietto di Frisco:

Siamo in compagnia di Cora, tutti. All'ospedale, stasera, un bel bimbo è nato.

L'indomani andai a trovarli. Cora stava bene, il bimbo era molto debole, e sembrava capire tutto.
Come era in pericolo, privo totalmente di energia, di voce, quasi inanimato, benché attento con dolcezza ai visi dei Figuera, subito in fretta lo battezzarono.
Nome: Jascia-García.

Brevissimo su una pace, o sosta al dolore, del tutto insperata quanto gradevole, dove sperimenta uno scrivere più inerte, e intanto fa giugno

Ora nulla di ciò che s'era temuto (e Dasa, forse, miseramente contemplato nel suo cuore, la fine della gioia di Belman) accadde; nel senso che Belman migliorò subito (non aveva avuto che una crisi) e tornò col preoccupato Lemano. Jacuino una settimana si trattenne nella Città di luce, vedendo giornalmente Lemano, che anche a Jorge, per volontà di Belman, fu presentato, indi ritornò, alquanto rasserenato, a Toledo.

Tutte queste notizie, messaggi di stile telegrafico, una o due volte al giorno, come venivano inviate dai Belman-Adano a Cyprisso e Misa, subito mi venivano comunicate.
Solo una volta, cioè dopo una settimana, in cui lo credevo felicissimo, Jorge mi scrisse una breve cartolina:

Qui piove eternamente, mia distinta Figuera, assai più che in Toledo. Non avere dubbi su me, amor mio: mai una volta pensai veramente di trascinarti per strade senza uscita.
Sì, che buio sulla terra, cuor mio.

Non chiamarmi cuore! avrei voluto gridare.

Gli scrissi, all'indirizzo che mi aveva dato, che era nato Jascia-García, e sembrava capire tutto, benché senza fiato. Che ero contenta di quanto aveva pensato, e guardasse in mio nome, senza guardarlo, chi sapeva.
Che alla Belman ricordavo nostro periodo di illuminazioni, seppure breve, e ancora la ringraziavo delle viole di zucchero, come di ogni sua gongoriana parola. Di non potere di più (cioè: attenderla) mi scusavo, ma speravo da vita venga a lei ottima luce, calma.

Come si era stabilizzato il tempo, e ora giorni assai sereni si succedevano, e la casa, salvo il momento della povera tavola, era quasi sempre vuota – essendo Cora ancora inferma all'ospedale, con Jascia sempre come assente –, mi tornò un periodo assai felice, quieto, di cui rendo ancora grazie al Cielo.

La mattina, aiutavo Juana nella casa; poi (alzandomi sempre assai presto) un po' scrivevo, un po' fantasticavo; poi scrivevo ancora: insomma, mi rivedevo nei perduti anni.
Alle tre, di solito, ero in ospedale, a salutare Cora e Jascia, che assai poco sorridevano, e la sera di nuovo alla commerciale.
Qui – vera crudele gioia – uscendo non trovavo alcuno.
E poi, l'indomani, tutto ricominciava; e soprattutto mi erano care quelle lunghe mattine senza una voce, con le finestre aperte nell'aria naturale dei vecchi tempi, silenziosa e debole.

Una di queste mattine, mi venne di scrivere due brevi composizioni ritmiche, ma in esse non era assolutamente alcun suono o vita, e le do come esempio di quel mio svagato occuparmi. Titolo (della prima): *Irreale.*

Il fiume si perde
in una pianura magica,
unica strada quella del fiume,
unica luce, nel giorno,
quella della luna.
Un bosco si profila pieno di festa
malinconica, e gli uccelli
nella gran luce si danno
ricevimenti d'amore.
Due amanti passano felici
e malinconici: hanno detto
quasi tutto, l'ultimo
argomento è ancora l'amore
che li fa inquieti e felici.
Ella dice: «Spero che mi vuoi bene».
Risponde con un sorriso.
La luna, uno spicchio, splende
in quella pace assai grande e irreale.

La seconda era questa (dove cercavo fissare una memoria da poco, e tuttavia inesprimibile, come tante cose che ora incominciavo a sperimentare). Titolo: *Signori salivano in carrozza*.

La trattoria di paese,
i fiaschi rossi, le grida
giulive,
le arcate tinte di rosa,
e dietro un orizzonte di rosa.
Signori salivano in carrozza,
cantando, fischiando, tirati
da poveri cavalli cui l'aria
insolitamente soave
porgeva non so che speranza.
Poveri animali. Io stavo
dove chissà col mio
cuore bambino,
pensando chissà.
Poi sorse la luna, e vidi

in quel miracoloso chiarore
un ragazzo che amavo.
Sopra un muretto sedeva,
giocando con una frusta:
senza un pensiero
nel viso nero
giocava con una frusta!
Oh, come
sofferse e godette il cuore
in quella sera, in quel chiaro
di luna, in quel lieto paese!

Ripeto: passarono in questa attività senza peso né suono, che però mi sollevava, varie giornate. E ormai era giugno.

*Lemano si rifà vivo con inopportune precisazioni e ricordi
di tofe. Decide di allontanarlo definitivamente da sé.
Nuvolette su Belman e la casa marine, anche a causa
di un messaggio segreto del Finlandese. Partenza in barca
per Ortana e ultima composizione ritmica dedicata
a « una ch'è in strada » (cioè spera sia per giungere)*

Una mattina, il postino, dabbasso, mi consegna una lettera. Non è di Jorge o di Belman o del puro Albe. È quella che il cuore non può e però sempre attende: Lemano.

Non andai a leggerla ai Giardinetti Reali, dove correvo per Papasa, né in chiesa, o al molo. La lessi qui, in un momento di solitudine, nella mia stanzetta, seduta, come per cosa di ufficio, al mio tavolo.

Figuera,

come buoni amici trattiamoci, e consideriamo mai nulla sia avvenuto tra noi di sgradevole.

Le scrivo questa sera non per darLe notizie di alcuno (né tanto meno mie), ma perché ne ebbi, da chi Lei meno pensa, cioè dal Suo libro.

Devo ripeterLe, Figuera, che non mi piace?

Eppure qualcosa c'è che promette. Dove Lei, Figuera, segue di questa vita i binari lucidi, spietati. Senza lusso né gioia direi.

Più di tutto mi attrasse il rendiconto di Albe. Dev'essere buono questo suo capitano o sergente, non so, e mi dispiace non averlo conosciuto. Ora dov'è?

Di tanto in tanto, prego, mi dia Sue notizie.

Io sempre qui, annoiato piuttosto, e con una moltitudine di lavoro.

Delle scene piuttosto dure, che però Lei volle, rammenti – evitando per tanto tempo mie notizie –, ora mi pento. Non in me, realmente, quel giorno. È che sono tempi sempre più meschini, confusi, e chissà mai dove si andrà.

Qui, malgrado maggio avanzato, fa ora un maledetto tempo, e chissà come mi torna in mente quel continuo piovere di Toledo. (E un'altra cosa: la tofa, quella mattina. Lei sentì? Io quasi sordo, attonito).

Sua Belman, benino, ora, in piena ripresa.

E un'altra cosa, Figuerina, prima di chiudere: quel giorno, dal Suo principale, provai una rabbia, una rabbia. È che io – capisce –, da solo, volevo dirLe. Non da altri,[1] Figuerina. E Lei non c'era.

Devo aggiungere – o ripeterLe? – che non vorrei Lei mi disubbidisse al punto di ignorare il consiglio già dato (ed evidentemente trascurato): di non frequentare *certe* compagnie. I Misano, o Jorge, ecc., abbastanza comprensibili; ma un Morgan no, veramente impossibile.

Da dove uscì un tale orrore?

Mi guardò in un modo! Il cuore mi si strinse. Anche per questo – vidi lì non so che Sua morte – infierii.

Addio Figuera. Suo

A. Lemano

Nulla, non vi era nulla di più. Eppure grondava, tale lettera, sangue di Belman da ogni parte, mentre antico Espartero chiama dabbasso piuttosto insolente, e perciò dopo averla riguardata e chiusa fui tentata di lacerarla. Cosa impossibile, tale il tremito e pietà, ora, di ciò che arde in queste righe, imperscrutabile vita, lecca il cuore.

Chiudo la lettera nella mia cassetta, accanto alla lettera di Belman, e vado, nella sua stanza, a trovare Jascia.

«Sì, passasti un brutto tempo, Dasa mia, lo capii da sola» fa Cora – da poco è tornata – avvolgendo in certe fasce immense il mutolino Figuera che ora lei guarda, ora me, assai attento. «E di ciò mi accoro... di non averti seguita».

---

1. Manca la parola; forse «doveva apprendere».

Ella, del mio Finlandese, ignorava perfino l'esistenza, e così di Espartero. Credeva (così ingenua era sua vita): Jorge. Mi dolsi di non poterla illuminare, ma erano, le mie notti, impossibili a dirsi. (Sapevo, dopo, di non avere altro).

«Ti guardo nel viso e vedo che ti ha scritto» poi dice.

Abbasso il capo.

«Senti, Dasa, tu vuoi da me un consiglio, è certo; vedo come ti trema il mento e come guardano di sbieco i tuoi occhi. Ma che dirti? Taci: forse è il meglio. Fa' che da solo capisca».

«Non è come credi» debolmente dico.

«Ah, no?» con umiltà triste dice.

Parliamo d'altro. Poi (lei sempre a questo pensava):

«Al bimbo detti anche il nome di Jascia, come vedi, non solo García. Sebbene figlio del mio amato Lee, lo sento lontano, venuto da lungi, capisci? Perché al mio arabo io resto – è strano – fedele. Lì era il mio vero, la mia verità... tutto».

«Lee tornerà, Cora...».

«Questo, a me più non importa... Te ne prego... è dolore, ma non dirlo... pel bimbo sì, ma a me non importa. Come a marito gli volli bene... non altro. Falsa è la vita quando cresciamo».

Queste parole mi turbinarono nell'animo. Che stessi anch'io per farmi adulta, con tristi menzogne involontarie, e tutto finito il fuoco tenebroso della vita, sua straziata sincerità? E dopo un poco vado di là, e come per gioco scrivo una o due missive a Belman, cui sempre, ora con pietà, ora con furore, pensavo; e poi lacero, e mi dico che alcun bene verrà mai da tale libero andare di sentimenti, come onde verso impersonale riva; che urge regola, riconsiderazione destino, ordine. E perciò, ripreso un foglietto, scrivo:

Buon Lemano, Professore,

della Sua cortese, oggi ricevuta, distintamente La ringrazio. Mi offese molto, da tempo, qualcosa, ma di ciò non vedo colpa che in un fatto: il sole, da tempo, è malato. Vi è un mezzo grigiore, su questo disco, sull'altro lato è notte completamente. Questa triste storia dei Turchi, forse.

Notai anch'io che nel mio libro vi è un che di falso, di debole. Mai più lo riscriverei, se potessi. Ma mi affanno per trovare esempi di una scrittura realistica. Qui, non ne vedo. È un tempo, credo, che bisogna accettare l'inconsulto. Poi scorrerà, fuggirà naturalmente. Altre cose vedremo.

Lasciai Morgan, giorni fa, e mi iscrissi alla scuola serale.

Con Morgan non vi fu nulla di cui io mi possa lagnare. Ebbi con lui ciò che si dice, credo, una personale relazione, e sempre gliene sarò grata.

Il mio dolore sulla destra gamba del tutto passato.

Verranno, spero, giorni migliori.

Ossequio Belman e Lei. Distintamente

D. Figuera

Esitai a spedire tale biglietto all'indirizzo che non lui, ma Jorge, mi aveva dato. Poi decisi che era la cosa più obbligatoria. Che egli, così, più non si dolesse per me, ma dal suo cuore per sempre mi allontanasse e in qualche pace vivesse con la sua nuova gioia.

Passarono, dopo questo atto che giudicai essenziale al mio crescere, doloroso anche questo, ma essenziale, forse tre giorni. Nei quali ebbi da Jorge, rientrato, tristi notizie di Jacuino, a cui il lavoro non andava più, né nulla, e liete dei nostri due amici perduti. Ella si era ripresa, e di tutto ancora sembrava incantata, di A. Lemano principalmente. Egli stava portando a termine un serio lavoro, sui vicereami come condizione enigmatica, notte politica ma talora buona (il che anche più sibillino). Non lontanamente, progettavano un furtivo rientro, anche di poco, a Toledo. Da Don Pedro, o i suoi accoliti, come sapevo, purtroppo egli rimaneva sempre vigilato.

Guardai Jorge, quando mi disse questo, con pena.

« Era ciò, dunque, che lo rendeva così rapido? Come nuvola sempre costretto a mutare luogo e animo? Non il privato, o l'*inviso* soltanto ».

« Questo, ma *anche* il suo animo » Jorge con lucidità mi disse. « Oscuro molto, Damasa. In lui l'uomo antico, scontento, vedo: che non ha leggi, nulla sopporta, sempre intento (sebbene creda il contrario) a demolire. Odia presente, questo vero, ma non al futuro, potendo, correrebbe. Al passato neppure ».

« Dove... dunque? ».

« Eterno... Dove non morte... Che non esiste... Tutto deve fluire, Damasa mia... ».

Mi viene in mente, a queste parole, il nostro furtivo lampeggiante passato, e si sovrappone a tutte una immagine tuonante: il mare che assale queste rive da anni ormai lividi, sempre circondato di pioggia, o con estenuati sorrisi di sole sulle alberature scolorate dei vascelli; mi viene in mente la luna che fugge sulle acque grigie, nella pioggia, o la pace di bianche nubi vertiginose: mi appare, Lemano, come la spaventosa natura, da cui pure, nell'eterna furia, trapela non so che dolce ragione, compassione di figlio di Dio. E incomprensibile, irraggiungibile, libero e perduto insieme, lo vedo. E che questo tempo non è suo. Nessun tempo è suo. E mi torna in mente quel disperato « *ère successive!* ». Al futuro egli si getta, sebbene inganno, all'umano accorre, come i marosi alla diga. Là desidera fluire, all'umano, al divenire dell'essere, a una storia – dell'umano – che salvi; e il mare sempre via lo strappa, lo riporta nel vacuo. Uomo destinato al nulla, vascello disperso, e che non vorrebbe il nulla o il disperso...

Che feci io per lui? penso. Involontariamente, operai in modo, coi miei scritti, che Sua Eccellenza lo vedesse, ed egli di nuovo perso, di nuovo nel vasto e accecante mare dell'essere.

« Ma forse, » mi dico, rivedendo bontà e beltà assoluta di Belman (che io pure stimai, segretamente) « forse non perso ».

Dopo questo colloquio, riflettendo molto, ero in pena, e a lui pensavo; e mi pareva, ripeto, che per lui non ho fatto nulla. E scrivere di nuovo non potevo. E pensai perciò di raccomandarlo segretamente a Belman, che sempre, come si vedrà, gradiva le mie lettere, e alla quale, in questo imperscrutabile cuore, ancora un piccolo caro luogo serbavo. Scrivo dunque a Belman, vincendo gli ostacoli della mente che ricorda, e che mi dà questa cosa come insensata. Affronterò – mi dico – l'insensato. Tale, del resto, è ora tutta nostra epoca. Con tali armi va trattata.

La lettera, peraltro molto breve – in cui raccomandavo che avesse cura della sua pace, e gli procurasse, se poteva, letture divine, e sempre poi ricordasse al suo cuore generoso (dissi) la triste condizione di Toledo e del vicereame insieme, affinché non l'accettasse, ma si adoperasse a raccogliere documenti della nostra sfortuna non dimenticando, è chiaro, la stessa pietà del Borbonico che ci opprimeva –, la lettera, infine, era quella di un amico, non altro. Non fui duplice. Seguii la strada della ragione che in me cresceva, per indicarmi nuovi sentieri, e la sperata, malgrado tutto, Era Successiva.

Quale la mia sorpresa, perciò, nel ricevere da Belman, otto giorni dopo, una lettera in cui di ciò, pur dando notizie della mia, non si parlava.
Ella pareva molto distratta e vaga, come se del nostro Finlandese già più non le importasse.
Mi parlava non dell'Era Successiva, ma di una ancor più lontana. E che a questa, mi disse, giorno e notte pensava.
Aveva riletto (mandata ora è poco da Jorge) la mia composizione lasciata sul tavolino, e mi ringraziava ancora, terminando con tali seguenti confuse parole:

Sempre, Damasa mia, poi ti raccomando di perdonarmi se qualche male ti feci. Io non so... non capisco... troppo grande questa vita. Sento chiamarmi, e in quella direzione accorro. Poi, più niente.

Tuo Lemano – disse – sempre a me molto caro, e ti difendo, credimi, quando ti giudica. Egli ha per te, mia Damasa, un sentimento irrazionale. Il tuo nome non si può fare, tra noi, tale disprezzo assume il suo viso.

Tale fu il mio dolore, però non agitato, dopo questo complesso di notizie, che la notte stetti sveglia continuamente, e solo verso l'alba potei chiudere gli occhi. E subito faccio un sogno che mi turba, altamente contraddittorio (dei miei orgogliosi pensieri), e che dico in breve.

Ho sentito fischiare, sono scesa, non per le scale, ma direttamente dalla mia vecchia finestra, come pietra australiana,[1] camminando disinvolta sul mio capo. Ed egli, mentre scendo, mi guarda giungere con un sorriso, finché leva le braccia, e tra queste mi accoglie, poi mi mette a terra.

«Devo dirti una cosa, cuore!» fa.

Il suo viso splende di gioia.

Ora, tenendomi al suo fianco, corre con me per le vie di Toledo. E ci sono grandi fuochi, bivacchi dovunque di miseri e insieme antichi uomini, davanti ai quali ci fermiamo.

«La città è libera» egli fa. «Non esiste più, Eccellenza, il vicereame».

Nella gioia mia, questa parola, o errore, «Eccellenza», mi dette dolore.

«Che importa» egli mi dice «questa confusione. Un volto nasconde l'altro: questa la verità, figlia mia».

«Sì... vero... sì» dico.

Poco dopo, siamo in Plaza Tre Agonico. Qui vediamo, nelle tenebre illuminate da un fuoco (al posto dei tavoli), uomini neri che scavano una fossa, mentre altri abbattono con violenza, con grandi scintille e fragore, cancelli della funicolare (Dom Olivares). Una forma d'oro, tutta imbavagliata, fasciata, precipita. È prima un Re Egizio! Quindi,

---

1. Allusione a un fenomeno magico di aborigeni: la notte, o anche di giorno, quando fanciulli del villaggio sognano intensamente, questi sogni si materializzano in pietre che solcano, libere e con lentezza, l'aria azzurra o nera del villaggio.

riconosciamo *ère successive*. Gli uomini neri depongono nella sua nuova tomba la povera *Ère*.

Le hanno coperto il volto, tanto dà male!

«Era dunque sì triste l'Era Successiva?».

«Be', sì, figlia mia... noi c'ingannammo, e io per primo. Perciò soffristi tanto. Non è bene» dice «l'avvenire dell'uomo. Ma ora, credi, la città è salva. Di nuovo» dice «siamo nel passato. Di nuovo è scomparso, l'avvenire dell'uomo».

E ci muoviamo, nella notte, e ora mi tiene stretta vicina a sé, ora mi lascia, e passano così ore di tormento. Infine, eccoci di nuovo al porto. Il cielo, sulle acque, è rosso. Splendide navi attendono. Là, su quelle navi, le spingarde puntate contro Toledo, sono i Padri Biblici.

«Eccoli, amor mio, eccoli lì, davanti a tutti, sulla *Capitana*, i tuoi salvatori, le tue nullità, i tuoi vecchi dèi» ridendo dice.

E tuona, tuona.

(I Padri non si muovevano, la *Capitana* fiammava e tuonava contro di noi).

Il sogno finì così.

Alle sette, giunge una lettera. Chi tuonava, poi, era proprio il postino, battendo sulla porta, con in mano la lettera.

È per Apo, di Albe; almeno dice. E alle dieci Apo, senza avercela fatta leggere (si richiedono documenti, *vera sciocchezza*, ripete), corre al porto, su una nave delle milizie s'imbarca. Tornerà, dice, assai presto.

Alle undici – io ancora in tale turbamento, preoccupata per Albe, che non gli sia capitato qualcosa (so bene che anche Apo è in pena per lui, il suo luogo è oscuro) – portano una seconda lettera. È un messaggio urgente, sigillato, questa volta per me.

Lo apro, vi è dentro un foglio piegato.

Apro il foglio: vi è dentro una sola parola, e poi la firma: «Lemano».

La parola, quell'unica, dato che non vi era altro, oltre la firma, io la portai, poi, a lungo nella mente, come uno strappo che per molto tempo m'impedì – causa nozioni e luci che insieme si era portate via – di capire quanto a me intorno accadeva. Indi passarono gli anni, e l'alone di fuoco che circondava la parola del biglietto svanì, impallidì, ma la parola rimase. Ed era come un disco ora di sangue ora verde, un'ostia ora fiammeggiante ora lucente di onde, e adesso vi era scritto I.N.R.I., adesso R.E.Y.N. A., adesso la parola medesima, che in questi nomi si bruciava, e che la mia mente contemplava.

Ebbene, tutto passerà, tutto, anzi, da un'eternità è già passato, col risultato che adesso le parole hanno altro suono, i mari altri sfondi, di Lemano più non è traccia; anche il foglio che conteneva il messaggio, poco dopo bruciò ma, ecco, la parola rimase, e ancora ronza e gira nel mio orecchio.

Per una giornata intera non parlai, e sempre pensavo, nel tumulto del mio sangue ora verde: la seppellirò (questa lettera), la lacererò. Poi, mi prendeva snervata dolcezza. Era turpe e soave molto. Comprendevo finalmente questa vita.

Ora, che egli mi odiasse, che mai più ci vedremmo, che per sempre fosse finita la mia fanciullezza, e ora donna, col passo nei trivi, me ne andassi lontano dal mare, era cosa nota perfettamente a me stessa e ad altre ombre del nostro livido vicereame. Però, questa fu conferma indimenticabile e, nel suo amaro, tenera e buona.

Ebbi successivamente una lettera di Samana, che da tempo, come appare, non vedevo, ma non andai.

Verso la fine del mese, che già eravamo avanti nel luglio e sembrava l'estate fosse per finire, tante le nuvolette d'argento su navi e Monte Acklyns, Apo, cui nessuno finora aveva più pensato, tornò, da zona remota, certa Praskaja, portandoci di Albe buone notizie, e che presto verrebbe in licenza. Ma i suoi capelli (di Apo) erano diventati completamente bianchi, parlava poco, lo vedevi sempre, con le mani incrociate dietro il dorso, passeggiare. Di notte, poi, si svegliava, lo incontravi in cucina, alla finestra: guardava l'alba e fumava.

Ci offersero – i Thornton –, sul finire di quella estate ormai così scheletrita, di andarcene un po' in una loro casa sui monti della sponda opposta a Toledo, dov'erano boschi. Cosa che facemmo.
Al piccolo Jascia, e ad Apa sempre molto pallida, questa sosta al calore e mestizia della città non può fare che bene. Ah, come essi, i Thornton, così dicendo, guardavano la povera Apa. Che non finiva di ringraziarli e parlare dei suoi marine assenti, ma che ora, forse, s'incontrerebbero.

Venne un'altra lettera di Albe, prima della partenza. Era assai retrodatata – la posta non funzionava bene, ora, tra Toledo e il confine turco, dove Praskaja –, diceva di stare bene, anzi allegro, chiedeva per carità un violino. Anche usato.[1] Le notti erano troppo silenziose laggiù.

Frisco, guardando la data, dice che forse, ora, già dimenticò sua richiesta. Le labbra, a Frisco, tremavano, e non ressi a guardarlo. Andai io, dunque, a procurarmi questo violino, al posto indicato; era – mi parve – di cartone pressato, ma le corde intere; feci il pacco, e lo consegnai io stessa all'impiegato. L'indomani, poi, alle tre del pomeriggio, con la barca di servizio Toledo-Ortana, partimmo. La città, la prima volta dopo anni, rivedevo dal mare; quanto mi parve spenta, muta.

1. Citava il nome, in via Dassia, di un rigattiere.

Sulla barca, Cora teneva stretto a sé il piccolo Jascia, che stupito girava gli occhietti sul mare – mare infreddolito, inerte –, Juana stava a prora, con Frisco e la dolce Apa. Solo era Apo, sulla poppa, guardando nostra Toledo, i balconi, e gli andai vicino. E i suoi occhi, pieni di lacrime, mi parvero più vacui del medesimo cielo.[1]

Sbarcammo nel porto della cittadina, il cui nome era Ortana, che era notte, e in una carretta raggiungemmo la casa sul Monte Calvo, o Calvario – un nome così –, a nord di Ortana, località che per questo motivo era protetta dai freddi venti.

Qui, il cielo, la mattina di poi, anzi l'alba, era di un azzurro-nero che mai avevo veduto, e vi era buona aria, e oscure boscaglie coprivano i più bassi monti (mentre il nostro era scabro) intorno alla casa. Era, questa, costruzione piuttosto ampia e solitaria e, guardando lontanamente, la sera, il tramonto nuvoloso, il rosso-grigio della nuvolosa raggiera intorno a Toledo, si aveva l'impressione che lì cominciasse, o finisse, tutto ciò che è stato.

Scura era la casa, e vuota, arredata cioè con pochissimi mobili, e così grande, come dissi, che le nostre voci quasi non si udivano più, e ci incontravamo raramente. Vi passammo un mese, durante il quale io non feci nulla, se non aiutare un po' in casa. Al termine di questo mese, una notte, levandomi, e sentendo intollerabile dolore di questa vita sì oscura, come di castigo, più oscura ancora che il mio tempo passato, andai in una stanza più segreta, dove era un tavolo e una finestra che dava su un orto, e là rimasi al-

1. Qui, guardando riunita la ormai poca gente apasina, mi accorgo che manca da tempo una figuretta. È la Ce' Montero, che viveva nell'ingresso. Di casa, un giorno, se ne uscì, incollerita con Apo per il fumo che le toglie l'aria. Apa la cercava... In altri giorni, poi (del Successivo), nottetempo riapparì. Molto ricca, lieta, ha ereditato terre... E non si sa quindi perché guardi in modo tanto supplichevole il cielo, o col pugno minacci Toledo chiedendo il suo vecchio ingressino e più aria.

cun tempo senza mente. Poi, aperta meglio la finestretta, guardai fuori, senza tuttavia, causa il buio e l'immobilità dell'aria, distinguere o avvertire nulla di vivente. Mi sedetti allora al tavolo, e scrissi la seguente ultima composizione.

Della sua ampiezza e monotonia mi scuso. Tali erano allora i miei taciturni, monologanti pensieri.

Titolo: *Ma ora sei per strada.*

> Liza,[1] compagna cara,
> non mi vieni a trovare?
>
> Io giorno e notte sto fuori la porta
> del mio vivere vano,
> pensando farti strada
> se nella via lontana
> compari e con la mano
> facendo schermo agli occhi
> cerchi la porta mia d'indovinare
> e quella ch'è in ginocchio.
>
> Io la notte non dormo, e il giorno chiaro
> vedo confusamente,
> perché gran febbre sento,
> non posso riposare
> pensando la mia cara
> compagna ch'è in strada,
> che presso una foresta
> forse tranquilla dorme
> inchinando la testa,
> e l'aurora al suo sonno
> rossa d'uccelli festa
> porta e un lieto cantare.
>
> Strette le mani al cuore,
> penso a te, Liza buona,
> Liza mia, Liza cara
> che mi vieni a trovare,

---

1. Questo *Liza*, nome di cortesia, copriva in realtà una figura fondamentale del mondo che, insieme a un'altra figura fondamentale che appare in questa storia, non si può nominare pubblicamente senza apparire indiscreti, o generare equivoci, causa la loro insopportabile grandezza. I nomi reali delle due figure, nel linguaggio umano, infatti non esistono, sono scritti altrove.

e stupore si desta
nella spossata mente,
e di gioia io lamento:
perché nessuno, mai,
Liza venne a trovare,
e molto l'erba è folta
davanti alla mia porta.

Ma ora sei per strada,
Liza mia, Liza cara.

Non vorrei che qualcuno
fosse con te villano,
sassi gettasse al piede
e parole gridasse
meno che delicate,
ravvisando in te quella
che alle creature invola
con la parola il buono
lume del sole, e in terra
conduce a riposare
gli uomini e gli animali.
Perché non sei una ladra,
Liza mia, Liza cara.

Più del mio amico tenera,
più del mio amico buona,
sei quella che perdona
la falsa vita umana,
che una corona timida
dona alle vinte teste,
e tutti su una strada
chiusa da un campo magro
conduce i viandanti,
li spoglia e fa appoggiare
molto cortesemente
tra le ortiche roventi:
e la pioggia li copre
e il vento li addormenta.

Quando ero una scolara,
io ti temevo, cara
Liza mia, scoloravo

pensando la tua mano
che un giorno la mia gola
avrebbe stretto forte
(o vaga, o mite Sorte)
e: Come? – domandavo –
non la legate a un palo,
non la battete forte?
Vi porta a riposare,
e la lasciate fare,
questa crudele Sorte?

Tu, certo, le ascoltavi
queste parole, io credo;
le ricevevi stancamente
appoggiata a un ramo,
con il tuo viso bianco
fiore tra i fiori, e un urto
nel tuo cuore provavi:
perché mi amavi, madre,
e quanto la mia liscia
fronte e gli occhi lucenti
di fiducia e la ingenua
mano desideravi
col tuo fiato toccare!
Eppure ti facevi
forza, ché il fiore deve
un frutto diventare!

E tu aspettavi, cara
Liza, pazientemente.

E io crebbi, e poi come
una pianta cercai
avidamente l'aria
e del Turchino volli
farmi una casa, e molto
ridevano i miei occhi
per la dolcezza, e Sorte,
Sorte mia, t'ignoravo.

Tutto il giorno cantavo.
E credo che una festa
tale armoniosa il mondo
reggesse, e la celeste

Aria esaltasse e i quadri
delle stelle movesse,
e che la primavera
con le sue notti calme
abbracciasse la terra
che d'alberi suonava,
e commovesse il mare
ferito dalla luna,
quando improvvisamente
di cantare io cessai.

Liza mia, Liza cara!

Come talora arcano
vento tacendo, s'ode
di marine irritate
l'orribile rumore,
e sbigottitamente
va l'anima cercando
e dove e come e quando
udiva i puri suoni,
e frattanto la gelida
spuma l'investe e copre,
sì che non sa in che luogo
erri la sua persona:
così, sparito il cielo,
difforme vidi un nero.
Era un sasso la luna
che i deserti abitava.

Liza, quanto gridai!

Quando vidi che foglie
non avevo né fiori,
che ero un ramo spezzato,
e che l'immaginata
luce per me non era;
quando solo il ricordo
di un attimo incantato,
la fanciullezza, e il sole
stridendo s'affogava
dentro mari di mota
fredda che dilagava,
su di me mi piegai.

Liza mia, Liza cara.

Io non so come mai,
Liza, mi ricordai
alla fine di questo
orribile e oscuro
tempo il tuo viso puro,
e gli occhi tuoi ridenti,
ma in ginocchio levai.

Liza mia, Liza cara.

Chi ti fece, mischiava
al sonno di un bambino
il grido della tortora;
dei boschi profittava
addormentati, e prese
anche lo spiritale
profilo della luna:
così tu sei una strana
voluttà, la più forte,
o lieve, o muta Sorte.

A lungo andare stanca
la forte vita umana:
noi tutti ti chiamiamo
come una gaia madre,
oppure ti vogliamo
bere come una fredda
acqua, perché bruciamo,
oppure, indeboliti
fanciulli ti preghiamo
lasciarci riposare
tra le tue braccia bianche.

Liza, non ci sdegnare!

Non volgere da noi
quegli occhi tanto amati,
non ci negare il fiato
delle tue labbra. Un cupo
odore di bagnata
terra e tranquillo un pianto
sulla smarrita fronte.

Un tuono fu? Riposano
ora perfino l'onde.

Liza, non ci lasciare!

Via il pensiero, l'affronto
del desiderio! In pace
sul tuo petto ridiamo,
senza più labbra e occhi,
senza più strazi umani,
o solitaria, o cara,
o generosa Sorte.

Scrivendo questa composizione assai freddamente come se in realtà qualcuno me la dettasse (e infatti era la Damasa punita e come stregata che sempre viveva nell'animo mio), mi prendeva uno stato d'animo tutto contrario ad essa, che ancora ne stupisco, un così confuso e intollerabile amore di vita, da credermi malata. E più che di vita, non di Lemano, mi pare, ma di Toledo! E mi sembrava tanto che ne ero via, e questa città con le sue notti nuvolose e le primavere calme mi mangiava il cuore, e dicevo: la rivedrò! Assai presto! Non dubito! Ah, Toledo mia! E sentivo, orribilmente, tanto ciò era insensato, che mi sarebbe bastato tornarvi, un momento, perché tutto riapparisse uguale: la casa, l'infanzia, l'Espressività, D'Orgaz, e infine l'atroce Lemano.

Venne giorno assai silenzioso su quei monti, ed ecco, io ho già deciso. Partirò con Frisco e Juana, che vanno stamane in città a chiedere notizie del marine Albe all'Ammiragliato General (da tempo, di nuovo, egli più non scrive).

Con una carretta, ancora, scendiamo a Ortana. E, invece della barca (sembra cosa pericolosa, malgrado il mare sia buono), qui prendiamo un treno.
Alle dieci, cominciamo a scorgere dai finestrini, nel cielo opaco, le alberature solenni del porto e, dietro, le tristi case del Pilar.

Decide di nascondere al porto il messaggio di Lemano. Breve colloquio con la Mammina Spagnola. Orrido a Ortana, e caduta in Toledo della Chiesa Spagnola

Ci dividemmo, giunti alle porte di Toledo, e io andai al porto, essi all'Ammiragliato General, promettendo che ci saremmo visti nella casa del Pilar, sul tramonto, per insieme ripartire.

Non ho detto che l'ultimo biglietto di Lemano io non l'avevo mai lasciato. Come scapolare rosso – in cui è cucito, in una tasca di giacca – sempre con me lo portavo, e la notte, che era fresca sui monti, tenevo la giacca sul letto.
 Esso, però, mi faceva male, ora, assai più della gamba, e sentivo che se non me ne sbarazzo starò male ancora.
 Ma come? È invulnerabile! Bruciare non si poteva! Rimandare alla Città di luce nemmeno, egli se ne irriterà. Seppellirlo! Ma in mare mi faceva pena: lì, è un luogo solitario, ostile. Dunque, il Pilar! Penso di seppellirlo nelle acque ferme davanti alla Roseda.
 Là, gli anni che verranno lo guarderanno ancora.

Mentre pensavo queste cose, ne vidi l'assurdità. Al Vascello, la mattina, è pieno di gente! Lo porterò in chiesa, dunque, presso l'altare della Roseda. Ma questa Roseda, a pensarci, è fredda, estranea; forse ne parlerà ridendo con gli ufficiali del mare. Non andava! Alla Chiesa Spagnola, dunque, dalla povera Mosera dei Monti Serradi.

E così faccio. Ancora prima di rimettere piede in casa, sono là.

Vuota è la chiesa di Apa, e quanto mi appare spoglia, disadorna, lontana nel tempo. Un sole marcio scende da una finestra a illuminare il piede della bambola infelice.

«Vedesti Apa?» ella mi chiede.

«Sì, Vergine, la vidi».

«Per me salutala. Qui, il tempo si è gelato. Ho freddo, credi, figlia mia».

«Anch'io, Mammina. Ma passerà, dicono».

«E in mano che hai, Figuerina?».

«Non ve lo dissi? Un biglietto».

«Egli ti scrisse, dunque?».

«Sì, Mammina».

«D'amore, credo?».

«Sì» e piangevo piangevo.

«Non così... Figuerina» ella mi disse.

«Ma che è, Madre, questa vita?» io dopo un po' dissi.

«Questo non sappiamo, Dasa» vaga e triste la Vergine risponde. «Che di sole abbiamo bisogno, è certo... ma quando... Chi sa... Senti,» disse «infila qui, nella mia scarpa, il tuo biglietto».

«Mammina, vi brucerà».

«No; già sono nel fuoco» dice. «È dolce, Damasa, il tuo biglietto. Non brucia. È il mare, il tuo biglietto».

E così delirava quietamente.

In qualche modo, ubbidii. Non infilai però nella scarpa il biglietto; lo misi invece sotto una pietruccia d'oro, che appariva scostata, a lato della nicchia. Qui era scritta, in latino, una data: e coincideva con quella dell'anno in cui eravamo giunti in questo porto, noi figli degli Apo.

Con un po' di sputo, rimisi la pietra al suo posto. La Mammina già dormiva. Poco dopo lasciai la chiesa al cui lato, nella Rua Compostela – dove la cassetta rossa col fregio monarchico –, avevo imbucato tutte le mie lettere e rendiconti a D'Orgaz.

Per un po', prima di salire a casa, me ne andai camminando per le vie confuse del porto, nella falsa luce solare. E come e quanto mi pareva mutato!

Una cenere silenziosa sembra aver coperto le sue case. La gente senza fretta, trasognata. Le rue sono ancora più sporche. Un odore putrido, talvolta salato, raggiunge dovunque la mia bocca.

Più volte ripasso davanti alla Chiesa Spagnola, tentata di riprendermi il biglietto. Mi pare di avere ora non so che vuoto. Ma penso che lo farò altra volta. Non voglio portarlo, no, nemmeno un attimo, nella sognante casa apasina.

Torno, già alle dodici, alla casa del Pilar, e anche qui che silenzio, quanta polvere!

Apro e richiudo le porte; non voglio guardare! Poi mi distendo sul letto in attesa di Juana e Frisco, e dopo un po' mi addormento. E faccio subito un sogno meraviglioso: che la casa è piena di vita, c'è un sole limpido, Albe e Lemano, tornati insieme, mi guardano, e mille volte mi sorridono, mi abbracciano. Ora sono una sola persona, ora l'altro, ora l'uno. Poi resta Lemano, e mi dice:

«Non capisti, Damasa, quanto ti amavo? Il mio biglietto non capisti?».

Scompare, e in suo luogo Albe:

«Non vedesti, Damasa, quanto ti amavo? Il mio biglietto non capisti?».

«Ti mandai il violino, Albe».

«Sì, la notte talvolta lo suono» mitemente dice.

E di nuovo Lemano:

«Cuor mio!».

Mi sveglio, ed è ancora pomeriggio calmo e privo di ogni cosa che conoscemmo e amammo.

Davanti a me, Juana e Frisco abbassano il viso:

«Su, andiamo, Dasa. All'Ammiragliato, di nuovo, non c'è niente. Prenderemo, alle quattro, il treno per Ortana».

«Di Albe non sanno?».

«No» dice, e mi sembra smarrito. «Là, purtroppo, non sanno».

Già sulla strada da Ortana al bosco vediamo, verso sera, brillare tutte le luci alla casuccia dei Thornton.

Sentiamo Apa gemere come un agnello:

«Albe, figlio mio!».

Agghiacciati, pieni di orrore, senza nulla comprendere, altro che il silenzio e il vento.

Giù, al portone, col bimbo in braccio, coprendogli la testina, sta Cora, e dirottamente piange:

«Bimbi, bimbi miei! State calmi».

«Perché? *Chi è* là?» Frisco con gran voce grida.

«Là, figlio, sono i tuoi genitori, e parlano di uno dei loro figli».

«Albe?» Juana pronta grida.

«Sì, Albe, creatura mia».

E vediamo che il piccolo Jascia, di appena tre mesi, a questo nome nasconde il capino nudo e scoppia in lacrime sconsolate, o che tali, nell'orribile stupore, appaiono.

«Ferito?» io dopo un po' dico.

«Sì, da tempo, figlia mia. Molto ferito. Tuo padre lo sapeva».

«Morto?» dopo un po' io dico.

«Sì, morto. Ed egli lo sapeva».

«Albe, figlio mio!» ritorna come una collera la voce di Apa.

«Che è questo vento?» fa Frisco.

«Tuona» Juana senza colore dice.

Luci passano nel cielo, con un palpito continuo.

Poco dopo, nello stanzone, Apo cammina come un tempo nella città del silenzio, accendendo il sigaro. Ha occhi rossi, stanchi. Il suo capo trema.

Seduta al tavolo, implacabile, Apa lo accusa:

«Dovevi dirmelo, dirmelo! Ah, sarei accorsa!».

Ci vede, senza rendersi conto della nostra presenza dopo una lunga giornata.

«Egli, bimbi, lo ha ucciso. Parlo di vostro fratello. Alle spalle, di notte, lo ha colpito».

«Che è questo tuono?» Juana con terrore ripete.

«Che è questo vento?» Frisco come un morto domanda.

Là, nella finestra aperta, le luci passano, passano volte a Toledo.

Sono Uccelli Turchi.

«Tu, Vergine, lo hai abbandonato. Tu, Mammina, mi tradisti. La seconda volta, bada. Tu, Mammina, lo hai abbandonato».

E le luci camminano, camminano.

Cora:

«Madre, non dica così alla Vergine purissima!».

«Io la maledico, capisci? La maledico!».

«Tacqui un mese intero» mi dice Apo ora, come in un bisbiglio, guardando la finestra, le spalle volte ad Apa. «Per un mese io sapevo, io con lui fui morto...».

«Babbo, ora dov'è?».

«Sotto un ulivo. Io stesso, con le mie mani, lo misi».

«Apo,» insensata dico «ebbe il mio violino?».

«Sì, cuor mio,» ugualmente insensato dice «e con lui nella fossa lo misi».[1]

Ora, lontanissimo, tuona, e sembra di sentire un gemito:

«Oh mia Apa, io muoio. Non ti tradii, Apa, solo, credi, la vita è più grande del Cielo. Oh, quanta paura, qui, mia Apa!».

È la giovane Mosera!

«Ho freddo, mia Apa».

«Tu... tu mi tradisti» ora assai calma, ma accesa in volto, Apa dice.

E così passa tutta una lunga notte, nello stanzone dai grandi muri, oscillanti per la luce nascosta di una lucerna, e le poche sedie rigide e altissime dove tutti ce ne stiamo muti. All'alba Apa, con la testa sul tavolo, dorme.

---

1. Questo violino, che Apo non ricordava, e rispose perciò così stranamente, ci fu poi rimandato indietro via militare, con altra sua roba, compresa la sciabola e una grande fascia celeste.

Da quel giorno, in chiesa non va più. A tutto è ormai indifferente, estranea, e quella sola parentesi di collera, in cui ha appreso ancora come i marine se ne vanno, è chiusa definitivamente.

Quando torna il giorno, giungono le prime notizie. Dai Turchi il porto di Toledo fu colpito per primo, e rapidamente. E per prima, e rapidamente, cadde in un nembo la Chiesa Spagnola.

Ora, laggiù, è tenebra, e anche sulla giovane Mosera, e sulla lettera di Lemano.

Se ne va il cielo, se ne vanno la tenerezza e la luce; se ne vanno il debito e l'infamia; la stessa memoria diviene leggera.

PORTO DESERTO E LUCI SU TOLEDO

« Madre, i vicereami sono pena » (lettere dal cielo bianco)

Dal marine maggiore Lee Figuera
alla sua preziosissima Apa Figuera
Tarifa, Città di Tutti i Tramonti (Espana Madre)

Apa preziosissima,

con una pena che non posso dirLe nel mio cuore di cattivo figlio, appresi ora è poco, dalla tremante e riverita Sua letterina, che siete tornati in Toledo.

Riconosco, mammina, che non son degno di parlare né di esprimere, dopo la mia fuga, preoccupazione alcuna per Lei, cara madre, né per i miei riveriti fratelli. Ciò parrebbe inoltre non sentito, strano (mentre non è).

Perché quanto, quanto, in questo mio tempo di lontananza non forzata (vile, dirò, senza tentare di spiegarmelo), io vi amai, vi amo.

Ora, che il nostro Albe sia passato al nemico, sia, in breve, con i Turchi, non credo, e rispettosamente La prego di voler perdonare la mia insistenza: Lei, mammina, fu male informata.

Dica ad Apo, per carità, volermi scrivere più dettagliatamente lui medesimo, o alla Damasa, che in queste letterine è versata.

In questo paese, mammina, io ebbi poi una rivelazione grandissima, che è la causa del Suo dolore di non vedermi: che è questo, madre, il mio vero paese, e un buon paese, soggiungo.

Viaggiai, vissi, e tutto era buio. Ma qui, in questi monti aspri, con intensa luce di neve inesistente, qui, madre, è l'Altissimo. Il cuore qui ha pace.

Non me la sento di tornare nella Nuova Toledo. Un orrore infinito mi tiene distante da quel morto mare. A volte vi sogno tutti, e vedo il vostro patire, e mi struggo: ma nel vicereame non posso tornare.

Si avvicina, là, l'Era Successiva.

Triste, mammina, è l'Era Successiva.

Qui, da essa, l'eterno ci salva.

Massimo che farò, dunque, mammina, è spingermi, forse, verso il Rif, o l'Alto Atlante (divisi qui da uno stretto mare), ma sento che anche da lì sorge l'Era (sia maledetta!) Successiva. Oh Madre di tutti i dolori, salvaci dall'Avvenire, grido.

Del figlio sono contento. Ma non è mio, nell'animo, bensì di Jascia maggiore sento. E il nome lo dice. Cora compiango, ma sappia che per me ora è estranea.

Suo devotissimo

Lee

Una nota è in calce:

Madre, i vicereami sono pena, di qua il nostro dolore: ché la linfa, in Nuova Toledo, finisce, mentre qui ancora alta, verde. Qui, e dovunque si possa pensare. Vedo l'avvenire vero, ora lo intendo, solo come un patire, un pensare, un essere solissimi. Tutto il resto, mammina, solo decomposizione, fine.

Dio La salvi, mammina, dal falso avvenire, e con Lei Apo, che rispetto, i fratelli, e Cora e Jascia che (sebbene non mio) vorrei qui sul mio cuore.

M'inchino.

Lee

Dopo tale lettera, da Lee non ne vennero mai altre. Ed era ingiusto: ma chi pensava più, ora, a questo folle marine, dimissionario del mare e della memoria, solo intento, ora, ai pascoli di Dio, la contemplazione dei deserti, una gioia fatta di nulla, svuotata di storia, insensibile?

Io, tuttavia, questa lettera serbai a lungo, e meditai. E forse apparirà avanti come le parole del più vacuo e pessimo dei marine non fossero estranee al ritorno – nella mente di Dasa – di qualche speranza sincera.

Da Samana Lemano a Figuera Damasa

Le scrissi, ora è già un mese, Damasa, e mai ebbi un rigo.

Siete ancora in Toledo? Riceveste danno dagli Uccelli Turchi?

Del mio derelitto La informerei. Ah, quanta pena (di tutto e tutti) me ne trattiene, certa che nella vita nostra è ormai di casa l'errore!

Samana, tuttavia, con speranza La saluta.

Cyprisso a Damasa Figuera
Toledo

Sono passato tre volte, in questi ultimi tempi, e una ier sera, in via del Pilar, davanti alla vostra casa, carissima Dasa, e quanto mi parve spenta, finita.

Ebbi terrore per voi, Dasa, la sera che giunsero i Turchi. Fortunatamente eravate in campagna.

Si dice che ora più non torneranno... furono sgominati. Speriamo. Guardando questo cielo così rosso, la sera, fra le nuvole nere, io sempre tremo. Dasa, vorrei vedervi, dirvi che vi compiango. Di Albe, da Misano seppi. Vide, sulla vostra porta, un nastro nero, s'informò... Era buono, il vostro Albe, e cadde, vedo, per una causa non giusta, purtroppo, quale l'obbedienza al vicereame, quale ogni causa di questo oscuro vicereame. No, questo non è bene, altri campi desidera il cuore... e vedo che non per questo moriamo, né per un decente Regno dell'uomo... Ma che importa pensare. Anche Jorge, fra giorni, partirà, e in quanto a Misa, ci ha salutati... affermando (con vero odio) che diserterà entro pochissime ore.

Ditemi, Dasa, che non siete tanto triste per Albe. Dicono (cioè dicevano i nostri antichi) che esiste una seconda realtà, *altra* terra e cielo non visibili da questa. Forse egli è là, nuovamente imbarcato, in partenza, oggi, verso una vera casa marine...

Ah, tempo triste!

Di Frisco, nell'occasione, che spero vicina, di una vostra missiva, datemi notizie. A lui auguro tutto ciò che Albe non ebbe.

Credimi, Dasa (e scusa questo tu tanto familiare, ma come sorellina ti ho cara), tuo, nella nostra fede del Successivo,

Cyprisso

p.s. Andai a trovare, giorni or sono, Samana. Mi parve illuminata di dentro da stanchezza che non dice. Anche la stanchezza, Dasa, può accendere!

Ancora tuo

Cyprisso

Jorge Adano a Figuera Damasa
Torresella, Settembre di rossa luce

Figlia carissima,

non ti dorrà questo nome, spero, ma tale, sempre, ti sento.

Calmo, finito. In divisa, qui, presso la Fortezza di Torresella (località peraltro amenissima, sebbene il cielo sia deserto, quasi nero), a nulla delle cose passate più penso, se non in febbre saltuaria, di cui stanchissimo.

Mi scrisse Belman; bene.

Da Jacuino, invece, notizie silenziosissime (cioè sul suo animo), da cui ancor meglio capisco che in realtà, per Belman, nulla veramente bene, sebbene apparente allegrissima.

Quella lì, tossisce.

Come la odio, figlia, per troppo amare. Come la sua tosse mi strugge, vero vizio, e la sua allegrezza anche.

Ti ricordi, anima cara, quanto patimmo?

Ora, con questa divisa informe, tutto abbagliato, stracciato, riverso, nulla capisco.

La notte – tanto mi pesa –, non dormo.

Figlia, se puoi fuggi dal silenzio del porto e da tutte le città silenziosissime. Come tradiscono, cara!

E poi, senti, si dice che i Turchi torneranno, e anche i tuoi Biblici Padri. Nel cielo, Turchi ed Eretici infieriranno, e per Toledo sarà di sconcio apoteosi grandissima.

Fuggi, figlia. Tuo

Jorge

AGGIUNTA: Seppi da Cyprisso, ora è poco, scomparsa di Albe. Dio, dentro il mio cuore mi torsi; per te, Dasa. E ora comprendo tu muta.

Non esserlo, figlia. Parla, parla.

Presto ti scriverò. Sai che non tradisco.

Queste lettere, più una breve di Misano, che mi raccomandava Cyprisso e diceva che tra giorni si vedrebbe (ormai anche lui feroce soldato) con Jorge, lasciai senza più riaprirle sul mio tavolo.

Era un autunno dolcissimo.

Io provavo in me – malgrado sempre, nel mio petto, alcune disordinate pulsazioni mi avvertissero a momenti di tremende assenze – una pace che da tempo, così vuota e liscia, non sapevo.

Passavo la mia vita in questo modo: al mattino, aiutare Cora (e più che altro ascoltare i sogni suoi della notte, che ora vide l'Africa, ora Albe, ora l'antico Jascia, e sempre la consolano, il che dicendo piange), o seguire Apa che se ne va tutta sola per antiche strade, senza in nessuna chiesa mai entrare. Quanta paura mi fa ora la dolce Apa. Nulla ricorda, né fede né amore né dolore, ma – qua e là per le strade – è in cerca di piccole erbe, che poi, a casa, innaffia e cura, benché morte.

Il pomeriggio, a casa, faccio il mio lavoro (che è alquanto dimezzato, perché l'amica di Morgan è fuori) di elenchi opere murarie. Ma sembra che opere murarie non saranno consentite più.

La sera ancora a scuola.

Viene Frisco, talvolta, a prendermi alla scuola. È, ora, alto e secco come un chiodo. Negli occhi lucenti ha visioni.

«Sognai Albe, stanotte» mi dice. «Che non è morto, solo prigioniero. Oh, così fosse».

Ma di pensare al nostro Albe e al suo destino, non dico che non sia tempo: non è cuore. Egli, per tutti noi, ancora vive. Pensarlo, come la logica impone, non si vuole.

Juana, mancando Albe, alle Poste della città si è impiegata. Non molto guadagna, ma quel poco sostituisce il guadagno di Albe: vivono così, ora, gli Apo, Frisco, Cora e il nipote. Poi, un giorno, ecco anche Apo indossa la giubba cenciosa del vicereame; sul tavolo getta un po' di soldi. Lampeggia, nel suo vacuo occhio di sole, non so che antica fierezza araba.

«Figli, il pane comprate».

«No, Apo,» col cuore rispondiamo «questo pane a noi è inutile. Di pan secco ora ci nutriamo e fonti notturne ci dissetano. Riempi la tua pipa, povero Apo, vecchio fanciullo, coi soldi del vicereame».

Frisco, un altro giorno, viene chiamato all'Ammiragliato General. Torna, poco dopo, a casa e ci comunica che partirà.

Nessuno, a questa notizia, fa commento.

Tutto ciò, queste partenze tenerissime, avvengono ormai senza che la mente si muova.

Ma Frisco, comprendiamo, tornerà.

Ricordo tuttavia il giorno che se ne va: piove, come ai nostri vecchi tempi, fa nuvolo e soffia, sotto le porte apasine, il vento.

Mi pare che il tempo non sia passato, e, con la sua mantellina di studente del primo corso marine, egli sulla porta mi attenda; ecco, sta per dirmi:

«Andiamo, Dasa, fino alla Plaza Guzmano... Vedi, sta per spiovere».

Invece tace, e mi osserva malinconicamente.

Malgrado buona parte del nostro barrio presenti ora mura pericolanti e porte verdi spalancate da cui non esce alcuno – mura circondate da collinette di rottami e pietrisco –, vi è non so che pace, ripeto, in quest'autunno, come nulla sia stato.

Conte Giovanni D'Orgaz
alla mai dimenticata Figuera Damasa
Ponte del Passo (Colline Metallifere)

Damasa,

il tempo passò... come strano. Chi riconoscerebbe in questi eventi l'antica pace?

Del mio silenzio perdoni: con Robin mi trasferii in campagna. Dal Ponte, una vista bellissima: eppure, come tutto è silenzioso.

Passò di qua, giorni or sono, suo vecchio amico... Lemano, ricorda?

Di lei con grande stima parlò. Direi invecchiatissimo. Lasciai, per educazione, cadere discorso spostandolo su argomenti che più ci angosciano, ma egli, come indifferente, lo riprese. Che non può scrivere, disse poi, avendo assai sofferente la destra mano, e sperare che altri lo faccia non osa. Ripeté suo giudizio sul libro da lei vergato, Damasa, balbettando poi non so che confuse espressioni su rendicontino della squaw, che ora rileggo.

più tardi

Davvero, Damasa, mi sembra buono. Così povero e scarno. Ora, sa che mi viene in mente? L'Espressività va verso lo scarno, il misero. È che il dolore ci soffoca, Damasa, e terrore anche. Come si potrà, in tale stato, belle frasi? Perciò rendicontino, su questa strada, piuttosto bene (per quanto avvenire, così penso, del tutto telegrafico).

Oh, Dasa, un tempo l'ebbi a cuore! Questa confessione non futile, creda! Mi venne nell'animo dopo che A. Lemano fu andato.

L'ebbi a cuore, Damasa, per un fatto non tenero (di ciò perdoni): che ella ricordava a tutti tremenda giovinezza già passata. Inganno, Damasa, non voglio per lei: quindi dico: giovinezza, allora, fu falsa; si costruirà tutta nuova. Dica che ascolta, Damasa.

Mare finito, Damasina: altro mare meno triste si rivelerà. Quando consunto tutto, estremamente (l'attuale), allora altro apparirà.

Solo in ciò, creda, Era Successiva. In uno scarnificato indietreggiare.

(Essendo del resto la vita e l'universo cosa circolare, ciò non troppo avventurosa ipotesi. Rifletti, Damasina).

Salutami Apa.

AGGIUNTA: Dimenticai avvertire che Lemano parlò con grande cuore di Albe. Forse conosciuto? Non sarà spento, io spero. Queste partenze ci esasperano, l'animo accoglie campane che non suonano, forse, in realtà.

Oh Damasa, di qualsiasi cosa accada, una cosa sola non credere, prego: che non passi!

Così del tuo Albe, e dei vari Lemano: il male passerà, ed essi faranno ritorno.

M'inchino alla tua Apa.

Con i migliori saluti, tuo

                                      Conra

Sì, a questa lettera – che mi riportava per un istante l'intero mare che era stato, con gioventù, d'ogni genere – mesta alata, io piansi nel cuore, ma senza pena, come liberando, anzi, la pena atroce; e dopo un po' stavo meglio e mi misi a scrivere varie lettere a D'Orgaz, delle quali la più fortunata – cioè non distrutta – fu questa:

Grazie, caro D'Orgaz.

Apa ora bene, senza più (del tutto) sua mente. Qui cresce ora erba nella polvere. Tutto è ancora visibile, sotto rovine della famosa sera, ma per quanto?

Trovai un piede della Mammina Spagnola, e la sua doratuccia scarpa. Non altro: né il capo, né il braccio, i capelli. Chi può dire dove, ora?

Oh Conra, alla Sua Robin m'inchino.

Un tempo non la amavo.

Ma quali sentimenti sono nostri, caro? Quali ci accompagnano? E dell'ultimo, che resta?

Sua saggezza e pietà ammiro.

Di Lemano, poi, ottimo ricordo, credo – mi duole per mano malata.

Quando l'Era Successiva accadrà, non più mani e menti malate.

Tutti salvi nel calmo, nel consapevole.

Così di Lei, mia Bontà, Onore: nel calmo, nel consapevole.

E svegli alla fine i morti, i vivi.

Sua eternamente allieva, creda,

Damasa

A questa mia lettera, l'unica a cui veramente non attendevo risposta, perché già di congedo da quel tempo di cui Conra fu al comando, risposta, infatti, non venne mai. Sebbene per me, sempre, D'Orgaz, nella mia mente, come il mio medesimo pensiero parlasse, nella realtà nulla più rispose. Ma cos'è, poi, questa realtà?

Avevo più volte pensato a quanto del rendicontino della *Squaw* mi andavano dicendo i miei cari. Io, in certo senso, non lo ricordavo. Con pena grande andai perciò a riaprire il libretto dei miei scritti toledani e lo trovai, e di rivedere così nuovamente il nostro Albe, e la vita umana che era passata, rimasi incantata.

Come era povero il mio scritto, come sgraziato e direi antico! Eppure, là dentro, alzando come stracciate tendine le pagine, il buon Albe tornava. Ciò era dovuto proprio alla modestia estrema, direi scolastica, del narrato. Perciò, come l'ultimo ritrattino di un marine del nostro porto che se ne andava, e ricordo di anni quieti (o di quieto sostare?), lo riporto. Chiedendo, più forte che in altri momenti, scusa all'eventuale Eterno di un Lettore.

Eccolo.

*« Capitano, non partire! » dedicato interamente all'ultimo
rendiconto e al penultimo dei marine*

Rendiconto del
CAPITANO SOMMERSO (LA SQUAW)

Con Albe García, penultimo dei marine, ero entrata in familiarità questa estate, allorché, essendosi egli diplomato capitano di mare, e non potendo io più starmene, per soavità delle sere e segreta angoscia, a un tavolo, cominciammo a incontrarci e dire: come stai.

Da moltissimi anni io lo aiutavo, come pure gli altri, piuttosto, però, mutamente.

« Dasa, serve tema ».

« Quando? ».

« Prestissimo, cara; tempo che arrivi a copiarlo ».

Non altro. E sempre lo vedevo fuggire, anche la mattina presto, per recarsi al Nautico. Una secchia d'acqua, quattro movimenti ginnici (egli, allora, esile assai), il bicchiere del latte e via. Ma se presto entravo nella di lui stanza (o da pranzo), attigua alla cucina, lo vedevo ancora nella sua branda, metà alzato, che legge in un quaderno dei calcoli nautici, oppure poesia. Ripeto: alcuna familiarità. Oltre lui, soccorrevo in quel tempo, col mio facile scrivere, i familiari Juana e Frisco (di me, né Lee né Rassa ebbero mai bisogno). A Frisco, il componimento sui Nuovi Mari; a Juana: Parlate di Góngora. Ad Albe erano, più frequentemente, rendicontini, o critici commentari sulla storia dei Mari Antichi (Oceani detti). Non so se avessi piacere in tali lavori; ma i maestri sembravano paghi, e mi bastava.

Inoltre, avevo la possibilità di completare così la mia istruzione, come già dissi: frammentaria. Dasa non andava a scuola, si sa, e come ammirava gli studenti!

Ecco, dunque, quest'ultima estate (o terz'ultima? o quale?) sopravvenire cosa mirabile: che García Figuera, cioè Albe, stabilisce amicizia con me. Io versavo, detti giorni, o innumeri anni, in condizione segretamente orrenda, e ciò non solo per stanchezza arcana di questa terra, ma anche perché Lee, primo marine, ha annunciato come imminenti prossime nozze con ginnasiale (e arrivo anche imminente di tale squaw). Cose di cui oggi non mi ombro. Ma tante sere, allora, io, Dasa, venendo in questa stanzetta dopo cena, e nessuno essendovi, guardavo e mi fermavo a considerare non esservi più tre brande, come un tempo: una, di chi si è perduto sui mari, l'altra di Lee: ma solo questa di García. Dicevo: va via! si sposa! (pensando Lee), con quella insistenza stupefatta di chi ha perduto cosa da nulla, ma, dopo, non ha più nulla. Per me, nulla, Lee; ma questo posto, dove stava, ora sento, è vacuo. Ed era posto (intanto) profondo! Benché fosse nulla: profondo!

Affacciandomi allora alla finestra sulla Collina, parlavo con alcuni astri limpidissimi che salivano, dalla parte opposta, intorno alle sette (si calcoli che era estate), e verso la Collina, o Occaso, se ne andavano. Uno ce n'era che a notte tarda vedevo ancora, grande e solo. Come usavasi anticamente, io mi gettavo verso di lui dicendo: «va via! si sposa!», ché il mio sentimento non si poteva dire che a ignoti, e poi perdersi, tanto era grave (e anche cosa misteriosa). E mi pareva che costui (l'Astro) ascolti dolorosamente turbato, dicendo (come non abbia bene ascoltato): «che è, cara?», bramando a me accostarsi, cosa impedita dall'ordine supremo. E con poche lacrime abbassavo la testa.

Ignoro se perché segretamente mi sorvegliasse, o volesse sdebitarsi del fedele servizio prestato in questi anni scolastici, ma Capitano García cominciò a tenermi d'occhio e spesso gettava là una frase sulla vita e il marine che se ne va (benché poi tornerà, ma allora cosa tutt'altra) e che non valeva la pena di piangere. Stava, Capitano García, o Albe, seduto al rozzo tavolo di detta stanza delle brande e appariva, pure in quella positura, alto e forte ormai, quale un vero capitano deve essere. E inoltre con quella placidità e prontezza all'ironia che distingue il vero hombre dalla masnada. I suoi capelli, corona d'ambra sulla fronte seria, gli occhi splendenti di verde acqua, mostrava verso le vicende di ciascuno una finezza che meraviglia. E comprensione buonissima, anche.

Prima, m'intratteneva assai lievemente, quasi non voglia darmi importanza; poi – appena il marine fu giunto e annunziò decisamente i programmi, e mia tristezza si alzava di nuovo (con accennati discorsi a quel tale Astro) per la presenza della squaw in casa –, egli si interessò di più, e propose di fare le Tende. Vera salvezza.

Con questa denominazione: Tende, si indicava da noi, però vagamente, certo campeggio in terrazza, in uso da antichi tempi. Terrazza è sulla casa dei marine, e vi si accede da scala sul pianerottolo. Buia, mesta. Ma, una volta su, è altra cosa, benché, tutto sommato, modesta. Ero in quella miseria d'animo in cui ci si afferra a tutto, e così, subito accogliendo tale proposta, mi metto a disposizione.

«Oggi?» dissi.

«En este dias» sorridente risposta.

Giorno che non dimentico.

In maniche di camicia, lui dava gli ordini, e il minore Frisco e io si cominciò quindi a salire continuamente, e per questa scaluccia grande traffico, ma segreto. Sempre restava aperta al sommo della scala la porticciuola di legno mangiata dalle intemperie. Si vedeva luce, ed ecco la terrazza, vero deserto di pietra bianca. Vastissima (copre infatti tre case), col lucernaio delle scale in centro. A nord c'era un muro, e nascondeva una montagnola bruna, scoscesa, e sotto questa era la porta della scala. Là inerpicandosi, come io subito feci, si vedevano a ovest colli scuri, e il sole al tramonto dietro nuvolette nocciola e rosse, e le case di Toledo vecchia. A sud, invece, era il porto, visione ampia e misteriosa, con le dipinte alberature, gli scafi, certe pallide isole grigioline, l'increspato verdino mare. E qui davanti bisognava piantare le tende. (In realtà, una sola).

Forse è la nuova aria, non so. Ma a vedere questo vasto campo, a sentire – libere dalle pareti – le voci dei miei compagni di avventura, a presentire la vera vita che vivremmo quassù, fra lotte con gli elementi e meravigliose asprezze (e anche incognite, si sa), io non avevo più sentimenti strani, o misteriosi dolori, o un che di umile nell'animo, o non me ne ricordavo.

«Quidado! Hombre!» ammoniva continuamente (per ridere) il Capitano, girando con le mani in tasca e sorvegliando i lavori. E alludeva a che le squaw, dabbasso, non s'avvedessero di nulla: perciò, camminare piano.

La Tenda fu presto piantata, a venti metri dai Piccoli Appalchi, rappresentati dal lungo parapetto Sud-Ovest, a sette dalle Colline Penose (dove la porta), mentre il Monte Stella, dal quale ci auguravamo vedere meglio gli astri, cioè la Montagnola o Copriscala, era a nord, e la Tenda, a esso appoggiata, ne era protetta così dai nemici – sempre possibili – come dai freddi venti.

Era, tale Tenda, formata da nostre coperte personali, prese, intendo, dalle brande, e piene di buchi – ma *militari*, e questo le nobilita –, di un vecchio verde. Una sola è rossa, e funge da tetto, per metà, e infine da porta.

García, il Capitano, ci butta un po' d'acqua, spruzzandola da una bottiglia, perché evapori il caldo, e là ci stendemmo in tre.

Sul primo momento, non era male: ma il Capitano era troppo grande, e Frisco non sopporta i piedi sulla testa; perciò mi adattai a starmene io, Dasa, un po' fuori; breve: sulla soglia.

Ma ero soddisfatta, fuor di me dalla trepidazione e l'incanto. Mi guardavo intorno, mi sentivo rinascere; ritrovavo tal quale come anni prima, quando bambinetti, senza quelle dolorose paure del tempo... E sopra ogni cosa, mi rallegrava ritrovarmi – io donna! – fra questi due, accolta senza differenza fra loro che erano fanciulli valorosi e domani prendevano il comando di una nave, sbarcavano lungi. Dunque, anch'io, Dasa... meritavo! E non tanto Frisco, ragazzetto ancora, mi imponeva tale gioia, quanto García. Sfioravo timidamente con gli occhi la sua grande fronte di comando, ridevo tra me.

Necessari solo pochissimi giorni (due o tre) perché io mi sentissi straordinariamente guarita dal male affettuoso, e stupivo anzi essermi appassionata tanto alla sorte, e conseguenti decisioni, del maggiore marine. Che andasse! Che disponesse! Infine, ora è uomo non più privilegiato, perduta la fanciullezza, e giusto lo si lasci partire (dal luogo invisibile, del cuore). Che importava!

«Dica, Capitano, che pensa Usted di lui?» (nominavo il marine). «Molto stupido, vero?» (sorridendo per vendetta).

«Altroché!».

Non una conferma appassionata, vero, ma il Capitano non se la prendeva mai; e quella sola parola, allegra-distratta, persuadendomi del nessun valore di Lee – che ci abbandonava –, mi dava pace. Io guardavo il Capitano con riconoscenza, mi proponevo in cuor mio di servirlo, rendermi, come boy, insostituibile. E a tale fine non avevo riposo, ero sempre agli ordini (anche di Frisco), che si sa un campeggio quanto comporta. Ogni momento: bada che serve questo, bada che serve quello! Alzatevi, boy! Svelto, ragazzo!

Ed ecco i fiaschi con l'acqua, ecco i piatti con la minestra, il pane, la frutta; e anche rattoppavo bandiere. Ne avevamo due: una rossa e verde (non della patria di origine) e una con sette stelle della patria dove io volevo andare. Tutte da me cucite!

Ero contenta, io, Figuera Damasa! Le giornate trascorrevano lente innanzi al porto ora quieto, ora animato, dipinto di vele, di fumaioli, di barche; ora azzurro, ora rosa cenere, ora puro acciaio sotto il disco solare che abbaglia – tra le fessure – e arroventa il soffitto. Dopo pranzo, Capitano e Luogotenente (titolo di Frisco) si buttavano a dormire: quello, col viso duro e placido dentro le braccia, e accanto un libro straniero – Heine, talvolta, oppure Mio Cid; questi, con la faccia appoggiata su una junca cinese (tanto ama quei luoghi) e un sorriso d'estasi sulle labbra.

In quanto a me, Dasa, io vegliavo. Eccomi con le magre gambe fuor della tenda, col viso scuro sulle mani, un cencio di fiamma intorno alla fronte, come usavasi là. Ma Dasa, in realtà, più non ero. Ero beata. Quella pace sì grande, quel sonno, quella beduina tenda, l'ardore selvaggio delle coperte, tante cose mi ricordavano, facendomi pensare: «Mai crebbi, mai in Toledo arrivai, con questi miei compagni, ancora laggiù, siamo, nella patria! Sì, senz'altro!». E miro le montagne bianche verso nord, il mare increspato o liscio nell'afa, e il nostro Capitano vicino, che dorme. Mi sentivo mozzo, mozzo di guardia, senz'altro; mi sperdevo a pensare la famiglia lontana, le passioni che mi avevano un giorno travagliata tanto (litteraria compresa).

Poi, altro giorno, non bello, ecco come di colpo tutto finisce, con certa gente Figuera che sale su, in cerca di coperte e pali e, con poche grida aspre, ci toglie tutto.

Erano le due del pomeriggio, e io, che vegliavo, sento venire dal lucernaio voci di pericolo:

«Sono sopra! Sono sopra! Eccoli!».

Erano, con le squaw di casa, anche la dolce Apa in sonno, e Apo, e a lui accanto (sento la beffarda voce) l'indegno Lee.

«García, svelto! Capitano,» con voce rotta grido «sale qualcuno!».

Altroché! Tutti, erano, e vedendoci, meno i buoni Apo, ridevano.

Frisco, come il vento, di colpo si leva e, correndo verso la Montagnola delle scale, con le unghie vi si arrampica e svelto, giacendo bocconi, alla vista straniera si sottrae, mentre García non fa in tempo.

Stava con le mani sulla bocca sbadigliando un «que hay?», quando coloro (meno, ripeto, la pura Apa) irrompono ferocemente con lance e mazze o rudi bastoni – forse per ridere –, accennando e gridando che subito si restituiscano le coperte e i pali.

Io stavo in piedi, pallidissima, suppongo, dicendo: «No... *vostre*! Lasciateci!», difendendo fino all'estremo il mio Capitano, contenta di morire per lui. Ma fu vano. In un lampo, García giace disteso senza più tenda (involata, strappata, sventola nel cielo) e su lui piove qualche incerta bastonata di Apo, che anche io prendo; e poco dopo si vede l'orribile cosa, che i nemici si allontanavano con pezzi di casa sotto il braccio, superficiali, e alcuni gridando irritati contro di noi.

Era finita la breve fuga, la pace! Io piangevo in un angolo di terrazza, sotto il sole, ché sentivo la terribile vita di giù riprendermi, e le passioni, la solitudine, il tempo e tutti gli altri tormenti. Ma mai come allora mi si rivelò il nostro Capitano, e io compresi essere – per sua sola presenza, sebbene il Campo annientato – ancora salva.

Siede stoicamente per terra, si pone un fazzoletto bagnato sul capo (per riaversi dal bastone di Apo) e dolce dolce ride:

«Ugh!» fa con allusione ironica.

Poi, più grave, vedendomi ancora piangere:

«'scolta, Dasa...» fa, e apre il suo straniero libro.

E vedo che non è poi straniero, sono canti di guerra della nostra vecchia Espana madre. «'scolta» dice. E legge graziosamente: «*El emperador andava catando per la mortaldade; vido en la plaza Oliveros o yace, en oscudo quebrantado por medio del brazale...*».

«Proprio così, no, Figuera?» dice.

«Proprio» piangendo dico.

«Su, Dasa, ché non è finita ancora» serio dice; e aggiunge riflettendo – un po' un'occhiata al libro, un po' a memoria:

A tan grand sabor – fabló Minaya Álbar Fáñez:
«¿Çid, do son vuestros esfuerços? – en buena
                    nasquiestes de madre;
pensemos de ir nuestra vía, – esto sea de vagar.
Aun todos estos duelos – en gozo se tornarán;
Dios que nos dió las almas, – consejo nos dará».

Non so se per straordinaria verità di queste affermazioni, perché nostri Padri, tanti secoli prima, così avevano parlato; oppure solo per vedere il nostro García così allegro e sereno malgrado il bastone e la perdita della patria, ma io mi sentii di nuovo in pace, con una straordinaria sicurezza alla visione del domani.

Luogotenente Frisco disertò da quel punto ciò che potevasi chiamare nostra sventurata barca, deridendoci anzi acerbamente; poco mi importava. Io ero così contenta, ora, per quella pace del Capitano, che di Frisco non m'interessavo. Quando ero sola, mi ritrovavo ormai serenissima; e spesso, a viso chino, nel mio stanzino o per le strade, mi fermavo a pensare ridendo questa mirabile cosa: che García mi predilige, Capitano García mi sorveglia, mi guarda, mi ama; mi condurrà, lui, lontano dalla infantilidad; crescerò con lui.

Sì, che poteva importarmi più, ora, degli altri (salvo Rassa, sempre assai caro)?

Ricordo, al proposito, come altro giorno, forse mese, conseguente la strage, essendo noi, come al solito – Luogotenente e García, più Dasa –, tornati in terrazza, marine Lee salisse di nuovo quassù, con la sposa e antichi parenti.

Io, Dasa, avevo veduto al mattino, arrampicandomi svelta sulla Montagnola dell'Ovest (cioè Copriscala), la nave di Lee fumare tra le isole, e ne ridevo con García: «Ora viene, bada!». Così, quando el traicionero fu sulla pianura, seduto con la squaw personale sopra piccolo rialzo di pietre, noi stavamo già sui parapetti corrispondenti alla via del Pilar, ché di cadere non ci interessava, e li guardavamo con espressivo sorriso.

(Apa, frattanto, col vecchio Apo, passeggiava mite).

«Traicionero!» con scherno García dice. E lo squadra, o finge, essendovi nei suoi occhi l'eterna bontà. «Come osa Usted abordar? Scherzi a parte,» prosegue «tu, figlio mio, Lee stimato, da tempo usciste dalla nostra squadra e, ora, accostarti è impensabile... Va'...». dice.

Lee, un po' rideva, un po' livido:

«Bambini...» fa.

«No, quiero, questo... no» Albe García dice. «Noi, invece, già vecchi, figlio...».

«Lasciamoli... andiamocene» la ginnasiale, o sua squaw, fa. Ma a García gettò uno sguardo debole, come a dire: «Io ti amo, García» e un altro a me, che vuol dire: «Fortunata Figuera, con sì caro Capitano. Io, invece, non ebbi affettuosi fratelli».

Impulsivamente, io, Dasa:

«Non amo, Djotima, l'estraneo, non amo il felice, senti...» sto per dire.

Poi mi fa pena. Ricordo ugualmente che ella tutta estranea non è, tutta felice nemmeno. Venne da Biserta; e ora – qui – altri fratelli non possiede.

Le gettai un'occhiatina, perciò; ma intanto, un po' delusi, già gli sposi se n'erano andati.

Sì, ero così, allora – con duri, tristi sentimenti spesso –, io, Damasa Figuera.

L'estate, frattanto, se n'era andata, e cominciavano quelle belle sere di settembre, che in casa non si resiste, il cielo è pieno di alette fulgenti e si vorrebbe andare per pianure immense lungo strade americane, ma di silenzio. Io ero turbatissima, guardavo la lampada sul tavolo, i lumi per la casa, la gente. Ed ecco sempre il mio salvatore serenissimo.

«Prendi una pesca, Dasa. Saliamo su, figlia» dice.

Pronto il pane; pronta la frutta. Già usciamo... Ed ecco ancora la scaluccia abbandonata, la misera porta, ecco il muro simile a montagna su cui scintillano gli astri. Anzi, su tutte le montagne e colline bianche della terrazza camminavano, tenendosi al cielo perlaceo o nero, fiumi bianchi di stelle. L'Universo altissimo.

Che pace!

García non aveva freddo, ma io sì, e mi avvolgevo in un pezzo dell'antica Tenda. García va avanti; ed eccoci sulla Montagnola, distesi a osservare, capovolte, le stelle, il mondo, le alberature dei barchi già perse nella notturna nebbiola; il faro, le arcane lontananze. Lontani sono ora la terra, i porti, il giorno; la nostra Montagna si alza nel cielo e va, va.

«Capitano» e gettavo una mano fuori dalla rossa coperta, a indicare rispettosamente una luce dal cuore verde. «Capitano, può dirmi cos'è?».

«Be', Arturo, naturalmente».

«Y... atrás?».

«Sirio, cara».

«Quella è l'Orsa, Capo?».
«La Maggiore, Dasa. Carro e cavalli... vanno verso il Passato».

(Rileggendo, nel silenzio, mi prendeva stordimento indicibile. Erano i tempi di Espartero).

«Capitano, buon García, ma Lei... dica... sa cos'è questo gran fluire?...».
«Cosa?» (mangiando pane e frutta).
«Andarsene... di luci... dove venute... vanno... sempre uguale».
«Be'... si ignora, figlia mia».
«Lei... non credo, García... tante cose ha letto...».
«Tutto ignoro, come te... ignorante mia» dopo un po', buttando via la pesca e prendendomi una mano, dice.
«Da dove... tutti veniamo?» dico.
«O *andiamo*, Damasina».
«Si ricordi di me, Capitano... se arriva prima» con impulsività orrenda dico.
«Si capisce... Damasina».
E si fa serio, non dico triste: guarda lassù, come scorgendo case, cime...

Io recitavo nuestro Cid, a volte, a me caro, dopo quella volta della «sorpresa». Egli, García, teneva ora per un alemanno non così antico, versificatore dolcissimo: Mr. Heine:
«Senti questo, Dasa. Ti ricordi, no, la *Città Sepolta*?».
«Sì... sì... dove si vedono le persone sotto l'acqua, e *quella* alla finestra?» dico.
Suo breve riso.
«Vede» pensai «quella di luce... dal fiocchetto rosso».
Attenta ascoltavo.
«'scolta, e medita, Damasina:

> *... Ma il capitano per tempo*
> *mi resse. Traendomi*
> *lontano dal bordo,*
> *sorrise stizzito e gridò:*
> *"Signore, che diavol vi prende!"* ».

«Quale bordo» dopo un po', pensando altro, dico.

«Te lo lascio indovinare...». E poiché io zitta: «Questa vita,» dopo un po' dice «questa gioventù... che appena intravedemmo, figlia».

A volte, ero proprio sicura che dormisse.

Ma no, se ne stava con gli occhi spalancati nel nulla, appeso con lo sguardo solitario a non so che remoto incurvarsi di ruote, scintillare e perdersi di celesti orologerie.

Era l'autunno, ormai, e già io, Damasa, su ignote – di pena – strade che dissi, dove va e viene un bianco marine. Ma a García, tra un rientro e l'altro, pensavo; non volevo che il discorso finisse.

Capitano, ora, sembrava infinitamente distratto. A casa sta poco, il tempo solo di dormire. Al Nautico non va più: ebbe il diploma; già alla scuola, da luglio, disse addio. Ora, il vivere. Venga il vivere sognato!

Lo sentivo che se ne poteva andare, che stava per partire definitivamente: ma soffermarmi su questo non amo. Meglio pensare tutto come prima.

Ed ecco l'inverno piovosissimo, con fango sulle scarpe, che entra in casa; e freddo dappertutto; e la sera – se tutti sono già addormiti, e Dasa sola qui, sveglia –, la sera che buona cosa aspettare che rincasi!

Veloci passi che salgono. Prima ancora del campanello, andavo ad aprire.

«Come va, García?... Cioè... Capitano...».

«Be', mica male, Figuerina. Un umido, però, noiosissimo».

Lo accompagnavo a tavola, la quale era piuttosto vergognosamente imbandita, con un solo piatto sbreccato dove sta al caldo la minestra, e castagne – ora fredde – in un altro. E un mandarino, e talvolta poco vino.

«E... imbarco?».

«Prossimo, cara».

«Non prima,» mi preoccupavo, indifferente, credo, a ciò che voglia dire veramente imbarco, partenza di García «non prima che abbiamo riletto nostro Cid, spero».

«No, non Cid, Dasa, per ora» con cortese tristezza diceva.

Ero un po' scarlatta.

«No? Non ricordi, caro, quanto egli fece per noi, della Hiberia Madre?...».

«Zitta, Dasa, zitta, cara, con queste allucinazioni. Lontano è il tempo dei liberatori. Ora, solo avidità, foga vana...».

Me ne stavo in silenzio, senza intendere.

Che García più non ricordi, comprenda?

Abbiamo progettato il vivere, lassù, nella casa dei marine, la scorsa estate.

García andrà nel mondo, prima, ma poi tornerà! Con denaro molto! Costruirà subito due case: una per la nostra mammina e Apo e la restante gente; l'altra per García e Damasa, quando Toledo sparirà (come dicono).

Ciò sarà in tempo lontanissimo, e anche gli Apo e studenti, allora, forse vecchissimi.

Sarà, tale casa, su questo mare medesimo, però a sud, dove iniziano le boscose colline, e sarà corredata di un Osservatorio, o Specola, e lì, con una lente vastissima, si osserveranno, la notte, i cieli.

Durante il giorno le acque, di notte i misteriosi cieli.

Noi spieremo, lassù, l'accostarsi di invisibili, agli umani, isole cosmiche.

Forse, una notte, noi tutti ci imbarcheremo per tali isole d'aria.

Là, non più barchi di dolore, né campane, né acque morte, né piovose strade dirette alle Case Rosa.

Là, tutto liberissimo dal male, che ebbe inizio nel crescere.

Là, di terrore e terrestre vergogna, più nulla.

Solo vaghi ricordi delle guerre del Cid.

Cora, vedevo, da tempo mi stava a osservare.

«Ah, Dasa,» mi dice un giorno «non vedi, non ti accorgi di come Albe patisce?».

«E di che?» dico...

(Di una col fiocchetto rosso, penso...).

«Di una... per qualcuna...» dice. «E le tue cure non comprende. Lascia... lascia che egli fugga da qui, dove troppo la ricorda...».

Ero abbagliata.

«Sì... forse... vero... vedo...». (E penso che forse la ginnasiale vide bene).

Ma quale arcano dolore.

Torna, una sera, Capitano García più presto del solito, col volto dell'uomo che ha pianto, e infinitamente se ne dispiace, e ciò notando, le parole della ginnasiale mi vengono a mente. Ma non fiato.

«Udisti, García, la tofa?» dice la squaw aggirandosi intorno alla tavola. «Come gridò oggi?... Come il cielo si fece denso? Ah, non vorrai partire, con questo tempo...».

«Se bisogna...».

«E perché bisogna?».

«Così... il vivere... Vivendo si parte, naturalmente».

«Capitano, non partire!» dentro di me invoco. «Non ora, non in questo momento!».

(Io sono così triste, ora, per Espartero!).

Penso a questa di luce... col fiocchetto rosso. Come Roncisvalle e poi Jorge allegri-dolenti l'amavano, e il Capitano lo ammise, ma vivere, ora, non gli piace più. E io non me ne accorsi! Io a me sola pensavo! Io a lui non detti alcuna forza. Ed ecco che ora solo questo fatto, che vita lo trasporta, mi affanna, e che passioni sconosciute lo vincano, mi addolora. Buon García! E per Dasa, non fu uguale? – una voce mi dice.

Sì, è così.

Egli, quest'oggi, l'ha salutata, è chiaro; ella, quest'oggi, in qualche luogo di Toledo, triste splendeva. Sanno che non si vedranno più.

Gli portai da bere, bevvi anch'io per incoraggiarlo. Ma ogni momento inchinava il grande viso come uno che è stanco, e sentivo che desiderava piangere. (Ah, disperatamente! a lunghi fiumi di lacrime! senza più presenza del mondo).

Ma ciò non possibile.

«A dormire si vada, García. Bene farà il sonno, io credo».

«Sì... sì...».

E si alza in piedi, ma poi torna giù.

«Tu... di me non preoccuparti, Dasa... Mangerò solo. Ecco, anzi, ho già finito». (Il piatto era intero). «Per favore... solitudine è necessaria, cara...».

«Sì, intendo... sì».

«Lascia che García... solo... pianga» egli senza dire dice.

Andai a rileggermi, di nascosto, la poesia di Heine, là dove:

> *... ancora m'inebrio*
> *del dolce tuo volto,*
> *degli occhi fedeli ed arguti.*

Egli, ora, quando ripasso nella stanza, grave dorme – sento il suo respiro dietro la tenda. E come la casa è muta!

L'indomani, la squaw dice, conversando:

«García, non sembra, ma è uno che andrà via presto, Dasa».

Lì per lì, la rabbia mi accecò, e gridai:

«Che ne sai tu... di Albe che sai?».

E, dal suo sguardo dolente, capii che ella gli è amica; García a lei si confida, come Dasa a Jorge. È dolce, all'essere, dire il male che gli viene dal suo contrario, dirlo al suo contrario.

«Tu, squaw, tu non sai quanto noi due fummo amici... come sulla terrazza, egli... caro...».

«Ma tutto ciò *passa*» con gli occhi suoi dolenti la squaw dice. «Lontano, Dasa, se ne va ciascuno col suo cuore».

Una pena mi prende, da questo momento, un senso sbalordito delle illusioni del cuore (di pace, di non tormento, di una eternità sorridente), della mia incapacità di comprendere, anche, e immobilità di fronte a queste fiorite isole che passano, passano, nel mio viaggiare, e si accostano, si avvicinano, sembrano ferme, e poi altre si accostano, e via... altre di nuovo compaiono, e così tutte senza rumore si susseguono, scompaiono, che ci si domanda perché.

Velate correnti, tra isola e isola, lo devono portare via, perdere... Dunque, anche García! In suo luogo sta Cora, starà, domani, il bimbo di Lee... E dove si va? Dove andranno, infine, questi uomini e donne tutti?

Là dove tutto imbianca, forse.

Da dove poi la primavera riparte, continua.

Era intanto l'inverno inoltrato e, uno di quei giorni, il mare grosso e sporco di verde nel suo grigio, le barche velate di spuma, ad affacciarsi; e grandi nuvole si dirigevano verso la Collina. Si gustava nuovamente tale vecchia pace, come se sempre dovesse durare. La sera, poi, la radio annunciò per domani *Schneefall*, o *Nevicata*, di non so quale opera, che al Capitano molto piaceva.

«Trovati presto» pregai. «'scolteremo».

Ed egli:

«Sì».

Stavo, la mattina, in questo despacho, o stanzino delle scale, quando sento passi per le scale, e poi bussano all'uscio di casa. E c'è un marine giallo, con biglietto. Viene dalla tale nave, e dice che Albe García corra subito allo scalo vecchio e salga immediatamente sulla nave (*Amerika*, credo) e chieda del Signor Hans (comandante). La nave, poi, salperà all'una.

Pensai, nel mio terrore, distruggere il biglietto, ma García, alle mie spalle, già lo aveva preso, leggeva.

Con quale radiante volto!

«Dunque, venne! Dunque, salperò!» grida.

Cominciò una giornata terribile. Egli s'infilò la giacca, il breve soprabito di tela nera, andò a presentarsi. Il vento urlava improvvisamente in tutte le stanze, e i congiunti parlavano della cosa. Tornò e disse:

«Si va nelle Caroline! La valigia, presto!».

Osservai la sua distrazione, l'espressione mesta del viso, e capii che era andato a salutare, tornando, qualcuno. Il vento gridava sempre, ora tutti gli preparavano la valigia. Egli uscì di nuovo (giù al Vico Azar), e io, corsa alla finestra, vidi sul mare cattivo un piroscafo allontanarsi. Credetti che era quello, partiva senza García; e la gioia mi vinse. Egli arrivò in quel momento.

«Sai, è partito, è partito! Stasera c'è la *Nevicata*! Non parti, non parti, non parti!».

Disse, fulgido:

«Sbagliasti, Dasa!» e mi urtò per correre alla valigia.

Da allora, tutto si svolse con rapidità e io mi sentivo prendere da un gelo e seduta vicino al tavolo fingevo leggere il giornale, ma in realtà non capivo nulla, e seguivo con sbalordimento le voci di là, la sua, l'affaccendarsi; e come un'ira terribile mi sfiorava per questa rottura di patti, smemorato abbandono. Apparve di qua, alto, gli occhi del prodigio (Immobilità era vinta!).

«Così, addio, dunque! Alle Caroline, Dasa!».

«Capitano, non partire!» volevo gridare. Ma tacqui.

Più tardi, io giravo di qua e di là e la ginnasiale mi cercava, misera squaw con gli occhi tristi, e diceva: «Su, Dasa... coraggio, Dasa» come se da lei mi piacesse.

Il piroscafo fumò tra le isole; venne la sera alta, e tutti andarono a dormire, come le altre sere, quasi nulla fosse avvenuto. E nulla, forse, era avvenuto, ma da un sogno ero passata – io – a un altro. C'era luce nella stanza Rossa, ma la sua branda non è stata aperta; chiusa, come un bagaglio, aspetta appoggiata al muro... che, che cosa?

Sedetti, e pensavo tante conversazioni, unità, strette di mano, affetto; pensavo la terrazza su cui ora piove, né è più traccia dell'estate, di tende rosse; pensavo gli astri e i versi famosi; e ogni momento, rialzandomi da quel breve sonno che sfiora chi è stanco, sorridevo credendo udire suoi passi.

Ma García non compariva più; e vuoto, vuoto era il posto nella luce antica del lume, e mai più lo avrebbe visto attento alle parole mie, né me, avrebbe visto, alle sue. Capitano scendeva rapido verso il mondo, com'è destino dei marine, guardando il mare *correre monotono* davanti a lui, il mare ondante, silenzioso, terribile.

Fine del rendiconto intitolato
CAPITANO SOMMERSO (LA SQUAW)

Quando avevo scritto questo rendiconto? E come mai tante cose che vi erano descritte mi sembravano nuove, mai avvenute? Cos'è questa luce strana che ora, da tale rendiconto, viene a cadere sul tavolo del mio stanzino?

E perché non è – o non mi sembra più – questo il mio stanzino, ma la vecchia stanza indiana, la stanza d'Angolo sul porto?

Mi alzo, tremante, e apro la porta della stanza contigua, la stanza Rossa, dove si mangia e, a notte, dormono i marine.

Chiamo forte:

«Albe! Albe!».

E poi – nel silenzio che si alza da tutte le cose – questo abbagliamento, o confusione dell'animo, svanisce. E mi riprende la cognizione di ogni cosa. Il tempo è passato. Albe partì, morì. Qui non vi è più attesa di arrivi, di lettere, di messaggi, di sogni.

Apo, oggi a casa, se ne sta bianco in cucina, preparando un po' di verdure.

Si ode, nella stanza accanto, il piagnucolio sempre più rassegnato di Jascia, e il monotono cigolio della culla, spinta dalla mano inerte di Cora.

Deserto a Toledo. Apa rinsavisce e vede come il tempo passò; prevede poi un lieto ritorno di tale tempo, e viole per Dasa. Breve apparizione del tramonto Belman e suo dono a Dasa

Ora nel mio libro non guardo più.

Lo chiudo in un pezzo di carta, lego con uno spago; così faccio di tutte le altre mie carte e fogli di diario e composizioni ritmiche. Il tutto, ripongo da parte.

Solo lascio fuori un sacchetto catramato, dove sono le lettere e i biglietti che io ricevei in questi anni da tutti: D'Orgaz, gli altri amici, compresi i miseri Uccelli. Ogni tanto lo apro, leggo un po', me ne sto tranquilla a pensare.

Il cuore, nel pensare, mi si divide.

Di uno soltanto non mi ricordo mai, di Morgan.

Egli, calmo e grave, se ne andò, sparì. Con lui ebbi un rapporto che mi pare sereno, nel ricordo, e tuttavia vacuo. Sì, penso, tale vita è vacua. Noi non viviamo veramente. Quando crediamo vivere col nostro corpo di poca luce, ecco, noi sogniamo. Solo nel sogno è qualche realtà.

E mi viene una inquietudine, uno scoramento, come se più non capissi, vedessi dove siamo, a che siamo, in quale senso ci moviamo; chi siamo realmente. Ah, perché?

Mi capita poi, a poco a poco, un fatto che non mi aspettavo: che l'amore della realtà, delle amare forti cose che là accadono, mi riprende; e questo svanire e dolorare e passare rifiuto. Rivoglio ancora la tanto adorata cosa reale, il vivere che si dice vero.

Ma ritornerà ancora? Esiste, in qualche luogo, questo vivere vero?

Mi accadeva una cosa: che ripensando a tutto questo grande morire, o svanire, di ciò che è noto, mentre avvicinasi nel buio ciò che lo è meno, sentivo necessità, come quando giunsi nella casa marine, di scoprire in esso un colpevole, un qualsiasi responsabile di tanti mutamenti. Oh, che avrei dato per riconoscere ancora, nel male mortale di questa vita, El Rey o Don Pedro, la storia, la politica, o il comando sugli uomini. Ma ciò non era. Ecco, El Rey stesso e Don Pedro venivano trasportati. L'uno fragile e piccolo, l'altro cupo, deciso. Ciò non li salvava dall'essere trasportati. E da che? Ancora il Tempo!
Tu, Tempo, Durata! Fanciulli, erano certo ignari, buoni. Poi crebbero, la Durata li perse. Ora, scorgo solo il secondo! Quella testa monumentale, quel forte naso, quel pallore, gli occhi grandi malati di potere. Responsabile. Dicono il responsabile. Egli, infatti, in questa vecchia arca europea, agli Alemanni si unì; insieme con gli Alemanni dichiarò guerra al mondo delle Americhe. Egli, contro le antiche regole del vicereame, ideò, volle, impose l'età dei violenti rifacimenti. Egli, tuttavia, non voleva il male; solo che questa società si rinnovasse, aprisse anche ai figli di nessuno. Ma non vide chiaro; operò, non vedendo chiaro, il male. Ed ecco che ora anche noi, figli di nessuno, moriamo. Per questo errore, moriamo.
Fossimo rimasti fanciulli, noi, figli della società, o figli di nessuno! Ma come sfuggire al Tempo, la Durata? Tu, Tempo, cresci dentro di noi, e muti. Chi è fanciullo, però, trema davanti al Tempo, chi non è fanciullo, dal Tempo è incoraggiato. Mentono, però, le Ere Successive, come le Passate. Esse stesse, che spaventano rapinano o umiliano,

sono nulla. Guarda il pugno come si apre, è vuoto. Non l'oro lieve del domani, né l'oro fondo del passato. Nulla, non vi è nulla nel pugno (presente nomato).

Dove, dunque, qualche cosa?

Sarà questo, dunque; non sarà. Che importa? Per questo addensarsi del Tempo oggi tutti partono, si allontanano, mandano, da lontano, ultimi rapidi saluti. Contro le Americhe oggi si combatte, da una parte, contro i Regni Turchi dall'altra. Americhe e Regni Turchi, poi, si confondono, sono una sola nube contro questo porto. Dunque circondati, finiti, mentre tutto sembra silenzio.

Timore e terrore mi dominavano: ma più forte di tutto, a poco a poco, sorge la voce che mi dice della mia triste assenza.

Perché io, Dasa, in tutto questo tempo ignorai?

Perché pensai solo cose di luce e la verità non vidi?

Non vedevo come andavano costruendo qua, sulle darsene, in onore delle epoche successive?

Come le navi del tuono hanno sostituito da tempo gli imbandierati vascelli, le umili carbonere?

Perché non raccolsi la goffa voce degli Uccelli? Non mi unii ai pochi toledani che sapevano?

Perché non combattei – penso confusamente – il falso Successivo? Il mortale Domani?

E ora tutti dispersi, già vinti paghiamo con il vuoto delle nostre case e nere fusciacche ai portoni.

Sì, sognai, mi dico, sognai fortemente, orribilmente. Con me sognarono anche Belman, Adano, Roncisvalle, Albe...

Per cieli e fatti di luce non era tempo; per gioventù, questo non era tempo. Era tempo, questo, di resistere al Tempo, alla morte dall'elmo e daga che per le strade notturne passa e bussa...

Ora è qui:

«Avanti, fanciulli! Alla morte, apasini! Apasini di tutte le Spagne: alla morte!».

Mi pareva, da qualche giorno, si levasse dal cuore di Toledo, portata dal fresco vento di mare, una voce che dice:

«Il terrore sta per finire, figli. Sì, sperate, bimbi cari!».

È l'antica voce dell'inverno toledano.

Come dolce, malgrado la cenere dei barrio e i vuoti nuovi tra casa e casa!

Ardono, nelle vie, falò splendenti e rossi, dalle mille lingue rosse, come un tempo.

Erra un odore di mandarino, di castagna.

C'è fango, e io ascolto sempre, come fulminata, tanto mi appaiono reali, concreti, i passi di Albe e i passi di uno che resta, nel mio cuore, immortale, cioè il fratello di Samana.

Oh, come vorrei vederli, come mi struggo di vederli! In questa terra, in un'altra. Dovunque essi siano!

Vado pei vicoli, cammino per ore, senza alcuno trovare che mi conosca, rientro in casa con occhi strani...

Da Francisco Figuera, Luogotenente del mare,
alla Damasa dei vecchi giorni
da bordo

Damasa,

a scrivere poco versato, della mia durezza di stile chiedo perdono; così di virgole inesatte e altre mancanze.

Ti scrivo da... verso destinazione sconosciuta (e tale deve restare: segreto), ma intanto la nave scorre sull'acqua, sotto una pioggerellina argentata, e Frisco, su tale traccia, torna a casa.

Vi raccomando, Dasa, Apa e il vecchio Apo, che solo ora (misero vagabondo, inquieto ragazzo – doganiere per illudere – chiuso in corpo adulto) intendo, e ne ho pena.

Parole, per lui, ti prego, quando fa sera: capisci?

Poco altro. A Cora scrissi; raccomando gattino Jascia.

Altra cosa, pensando. Mi dovevi, Damasina, ben tre scudi, ricordi? di giornaletti o literarie gazete. Il debito è annullato.

Ah, Damasa, come ti ho cara, anzi cari tutti! E mi accade

buona cosa, pensa: che non uno dei Figuera, e altri che notammo, io credo *definitivamente* scomparso; tutti ho qui, nella calda mente come in vichi di Toledo, al bagliore dei fuochi di Toledo.

Ricordi quando andavamo alla Messa Grande, nella Chiesa del Mare Interrado?

Ricordi Thornton e gli altri e i balconi rosa e tutta la nostra famiglia riunita?

Ah, Damasa. Per me, quei bei giorni torneranno.

Ho un presentimento nel cuore; vedi, tutto dice: torneranno, torneranno.

Pensa che tutto è circolare, Damasina. E sempre, anche dopo un'eternità, per la via del Pilar, un marine (di là staccatosi) dovrà dunque passare.

Ma basta, che dico!

Senti, piuttosto. Nel cassetto del tavolo,[1] sotto a sinistra (saprai bene: mio), vi sono certi pezzetti di carta che per un motivo (che ora non posso dire) mi sono carissimi.

Non toccarli e avverti Cora e Juana di non toccarli, Damasina.

Con stima, tuo

Frisco

AGGIUNTA: Sulla malata testa di Apa posa un bacio, figlia.

Andai a vedere nel cassetto; e veramente c'erano, raccolti qui, piccolissimi frammenti di carta, e sopra nulla vi era scritto, che ne rimasi meravigliata.

Frisco, poi, in epoche seguenti (ché tante ne passarono fino a che torna), mi disse, tranquillamente, che là davvero non era nulla di ricordevole. Li aveva *salvati*, essendo in quel tempo in uno stato d'animo che tutto, anche miseri pezzetti di carta, gli faceva pena e desiderava salvare. Non altra motivazione.

---

1. della stanza Rossa.

Da Samana Lemano
a Figuera Damasa di un tempo
Toledo, 1° Dicembre di Poca Luce

Damasa,

non senza motivo scrissi *di un tempo*: perché vedo, ormai calma, che Ella non mi ricorda più.

Tu, bambina, mi dimenticasti.

Mi coinvolgesti nella tristezza di questi tempi e nella precedente tristezza dei cieli cinquecenteschi che arrossano questo cielo. Forse non fu giusto.

Sempre, Damasa, a te penso – con amicizia di sguardo a sguardo non tanto muto, credi –, sempre ti stimo e, soprattutto in questi giorni, vorrei vederti.

Ho nubi, non so se rosse o di minaccioso temporale, nel cuore.

Vieni su, Damasa.

A te dico: vieni, vorrei parlare, ho gioia grande e grande timore insieme, mia Damasa.

Con stima, credi, tua

Samana

Questo biglietto lessi e rilessi. Infine, su un altro, scrissi:

Domani, Figuera verrà, Samana di luce.

Giunge in risposta, sul tardi – lo trovo sul tavolo, portato da Apo –, un altro biglietto di Samana. Commossa mi ringrazia, prega di spostare luogo e orario. Non più alla Collina mi attende, ma alla Mayer Sala (per un concerto), presso la Plaza Arenaria. Non ore dieci del mattino, ma cinque pomeridiane.

Ho nel cuore, Figuera, luce di presentimenti. Bene – o male? Chissà. Molto intensi, tua

Samana

Mi ricordava ciò come – in un tempo infinito – giungevano a questa casa, allegra di marine (sebbene allora sembrasse cupa), messaggi, biglietti e biglietti.

Mi torna in mente, chissà come, l'immorale dolcezza di Jorge, colei chiamata Belman, o Aurora di rosea luce.

Io, con tutto il mio cuore la spinsi via, mai più volli ricordarla, eppure oggi sento qui. Bussa alla porta del mio animo:

«Di me ti ricordi, Figuera? Oh, salvami, salvami!».

«Da che mai?» mi chiedo, come se tale grido fosse vero. E poi, di un tratto:

«Dove sarà? Dove mai sarà?».

«Figlia, tutto questo tempo... dove stata?» mi dice poco dopo, aprendo la porta, la mia vecchia Apa.

Stupisco e sorrido di piacere malinconico vedendo la sua cara faccina grigia, col naso sottile un po' spostato, guardarmi sorridendo, con pace.

I grigi-neri capelli le chiudono, come un guanto, il capo, gli occhi sono scuri come un tempo e così vividi, le labbra quasi rosa.

È stordita, pare, come se ella stessa giungesse da lontano.

«Apa (oh, Signore!),» dico «... tu... Lei, piuttosto... che dice?».

«Aprii questa porta,» fa «dolcezza, figlia mia – e di colpo ogni cosa mi ricordai. Che persi Rassa e Albe; che i due partirono, la loro storia finì. Eppure – strano – ciò non mi tocca, la ferita, nella mente, è sigillata. Sì, sono morti, vedo, sono scomparsi, eppure io ho pace. Io vedo tutto quello che accadde e lo trovo giusto. Così volle Iddio. Però...».

«Parli, mammina» tremante dico.

«Ecco...» fa «mi domando dove sono gli altri. Tutto, no? alquanto mutato... Anche la Vergine Spagnola se ne andò...».

«Tornerà, mammina...».

«No... non questo... non menzogne» fredda-dolce dice. «Ora io so... che quella parte del tempo è scomparsa ai nostri occhi, figlia, e così il nostro coraggio... ma tu, ecco cosa mi domando, non mi avevi chiesto qualcosa, un tempo, figlia?...».

«Che?...» dico.

«Sì,» fa teneramente, con un sorriso quasi equivoco, tanta consapevolezza vi abita, cupo e puro insieme «tu volevi essere felice, Dasa... e io te lo proibii... Non so in qual modo, ma te lo proibii».

«No... mammina, no... cosa dice...» balbetto.

Subito non risponde.

«Com'è piccola questa casa» dice «e mi pareva sì grande. I vetri, le porte, sono sporchi...» pensosa fa «bisognerà lavarli».

E subito esce.

Ma prima ancora, girandosi:

«La primavera ritornerà...» dice «sta per ritornare. Oh, non importa se ancora mille anni passeranno. Allora, Damasa, vestiti di violetto, come i fiori; e prima che io vada in chiesa, chiamami. Voglio darti, prima che tu esca a passeggio, un'ultima occhiata».

«Quale passeggio, mamma?».

Apa, qui non rispondeva; uscì silenziosamente, ma pareva persona non più fuori di sé: persona che vede, che ama, che sente.

Mi mise in tale stato, questo colloquio; così a lungo me ne rimasi chiusa nelle mie spalle sognando che ella guarita, la sua testa sanata, e insieme temendolo, che non feci caso, più tardi, a un leggero colpetto alla porta di vetro colorato.

Poi mi risovvengo, vado; e, stupita, scorgo un domestico di casa signorile. È alto, molto alto, severo, il suo viso allungato è verde e rosso insieme. Tra le braccia porta un fascio di stupendi fiorini colorati.

«Chi...» dico «... cosa?».

Il mio parlare è un atterrito sussurro. Anche il suo.

«Eccellenza... giù...» dice «aspetta sua amica Damasa – Sua Eccellenza... aspetta che arrivi. Scala non possibile...» dice.

Infilai un soprabito che era attaccato al muro, corsi giù.

Quale grande sera, che diffuso e aureolato rossore di nubi albicocca sulla cancellata!

Quale antica luce! Quale antica Toledo!

Ella è giù. Non in carrozza, sebbene una grande carrozza blu aspetti, ma umilmente seduta sul primo scalino dell'atrio, ella, Belman, figlia di Dom Jacuino.

Vedendomi, suo volto inchinato sembra accendersi di splendori di gioia; ella, come un tramonto, si consuma; come un'aurora, dopo essersi incamminata, indietreggia. Torbidi sono i grandi occhi nocciola, di luce dolcissima.

«Damasa mia» fa. Il servo l'aiuta a sollevarsi.

«Tu... benissimo» dico.

«Sì... eccessivamente, direi» con voce rauca fa.

«Molto debole, però... no?».

«Sì... per quanto veemente...».

«Cosa?».

«In me, amore per tutto, Damasa, sebbene di collera... Ah,» dice «sapessi quanto... in questo tempo ti rimprovorai... tua rassegnatezza... o indifferenza, figlia. Se tu uccisa... me... io benissimo... credimi».

E con deliziosa complicità mi sorride.

«Muta, figlia, come i poveri...» guardandomi fa. «Io già finii, vedi: non sprezzarmi».

Di colpo, così grandi sono i suoi occhi amati, e seri, tanta gioventù amata ella mi ricorda, così la vedo, in tutto, più grande, delicata, nobile di qualsiasi Damasa – malgrado i suoi delitti, tanti –, così, con questa frustata bellezza, il cuore mi tocca, che di colpo sono tra le sue braccia, chiedendo sia salva, siamo salvi tutti, salve nostre povere vite.

«Seppi di Albe» fa. «Oh, come, da allora, cominciò il mio lutto».

«Che lutto?».

«Ti dirò... io del cuore ti parlo, della grande speranza che avevo di andare oltre tutti limiti... vita... possibile. Ah, mia cara, ce ne racconteremo,» fa «vedrai... e ho presentimento che tu... molto allegra».

Cade, così dicendo, come spiga troncata alla base, cosa molto misteriosa, in quanto mai fu sì splendida. E il servo dal volto rosso e verde si affretta a guidarla verso la carrozza.

Vedo ora il suo abito di raso colore dei tramonti, cioè un pallidetto lilla a ricami più rosei, una trina verde da cui salgono capelli dorati e antico viso, però troppo roseo, orribilmente truccato, dell'infantilina.

«A casa, andiamo» al domestico fa.

Sale, questi, a cassetta, accanto all'auriga, e la carrozza si avvia.

Tra noi, sono i bei fiori.

Tutta Toledo, nel tramonto, è un giardino di fiori.

«Ti amai, malgrado tutto,» ella mi dice «come si ama se stessi, infantilina. Del male che ti feci, bevvi... ma era pure il mio male. Ora, dolcezza mia, sono guarita. Ora, benedetta, ritorno a vivere...».

Altamente, ciò sentendo, il mio cuore era confuso.

Arrivammo a casa; e qui, nonostante altrove il sole fosse tramontato, qui un giorno innaturale ancora resisteva, con bagliori gialli di alba tempestosa.

Tutto è splendido, nuovo, fiorito. Non sembra più l'inverno, ma una molle sera di aprile toledano, con aria già calda.

Jacuino è sulla porta.

Come consumato, spento. Ora mi par di capire.

Si affannò, per questa infantilina, sua Belman, si distrusse. Ora, lo vedo dagli occhi cupi, la crede salva. Ma dal dolore è come morto.

«Ti ricordi di Damasa Figuera, babbino?».

«Sì... certamente...» il Principe fa. E soggiunge: «Venne, poco fa, il dottore...».

«Che aspetti... bel tipo... *scocciantissimo*!» con l'incantato malizioso sorriso di una sera, Belman. E io mi ricordo a chi disse ciò, e mi oscuro: dietro parole del genere, stanno spesso, per una Belman, presenze alte come destini.

Nella sua stanza, tutto è pace, chiarezza, gioia, salvo una tavolina piena di flaconi che mandano un odore triste di creolina.

«Ora, cuor mio,» ella mi dice «ora siamo qui e senza soggezione di familiari intendiamo parlare. E sai di che cosa? Ma chiudiamo prima questo balcone. Non è freddo, ma umidità sì... e poi, a volte, non so che terrori».

«Io, con te, Belman, non ho più nulla... voglio dire dispiacere» dopo un po' dico. «Però, nemmeno altro. Poco alla volta, tutto mi uscì dal cuore...».

E, mentre dico questo, vedo davanti a me Apa che apre la porta e sorride. Mi sento partecipe di non so che infinita indulgenza e rassegnazione – o consapevolezza? Sì grande ammirazione per i fatti dell'infinito, le partenze, i ritorni, che non si leva più grido.

«Sì...» dice «sì,» fa con un che di spaventato, però, e infelice, improvvisamente, negli occhi di cristallo «ma tu, Damasa, non mi persuaderai che io feci tardi... che io tardi ti avvertii... che, per te, già tutto passò».

«E... di che, Belman, tu vuoi ora avvertirmi?» cortesemente dico.

«No... non che *ci lasciammo*, questo, ora, a te è ben chiaro, no? tu l'hai intuito, vedendomi,» quasi grida «*ma come* ci lasciammo. In modo che a te, Dasa, egli potesse ritornare, quasi risorto...».

Mentre sì diceva, si appoggiò con un sospiro al muro e da una boccetta prese qualche goccia di non so che roba.

Giù, sentivo di nuovo molte carrozze.

Ah, non un solo Espartero: mille, diecimila! Tutto il cielo ne è coperto! Ma non vengono per me. Belman mente. Mai torneranno per me.

«Ascolta, Damasa, per pietà» dice. «E non interrompere, o ti frusto. Ecco cosa.

«Eravamo, come sai, nella Città di luce, e io da un po' non ero affatto più contenta di me, ti pensavo molto, Damasa, ed egli lo capiva. Aggiungi che mi veniva dal cielo, nelle sere rosse, non so che avvertimento... o saluto? non saprei dire, di voci care – Jorge, chissà, o mia gioventù. Breve: ricordavo.

«Giunse, con forte ritardo, la tua lettera che parlava di Morgan – ricordi? – e io la vidi, e lessi, e il mio pensiero fu questo: non la vedrà, non gliela darò mai.

«Poi, Dasa mia, mi venne da ridere verso me stessa, che

così tendo le mani a chiamare vita purissima; e come mi sentivo un po' male, causa certo ricadimento della salute, e questo mi dava grande forza, mi corico, e là, bene in vista, metto la tua lettera sul suo tavolino.

«Passano così molte ore in quella misera stanza d'albergo che era presso un mulino (egli, da Jacuino, non volle mai aiuti, ed era in difficoltà, come tu saprai: quindi, vita deperitissima).

«Certa luce di fanali illuminava la finestra, e la camera altrimenti buia.

«A notte alta, sento che è giunto, e come nulla fosse (da tempo sembrava non vedermi minimamente, quasi io fossi un cane) si corica.

«Dopo un po' riaccende, vede la lettera, la apre e legge. Io, le dita sulla faccia, lo spio. Dopo un po' fa:

«"È sveglia, Belman?".

«Perché mai col lei? Che avrà di così indicibile da dirmi, penso. E mi viene, sebbene freddissima, un piccolo brivido.

«"Ah, volevo dire che era sveglia" fa quando io levo la mano a prendere la sua. E da sé la stacca, ma senza sdegno, come oggetto inutile.

«"Sì, ero sveglia, amor mio" tanto per mentire dico. (E in ciò non so che pigrizia consolatoria).

«"Insonnia?" fa.

«"Be'... sì".

«"Nessuno di noi due dorme più, da tempo" egli dice, assai calmo, quasi commentando il tempo, e orribilmente distante, direi. "Non pensa, Belman... anzi, scusa, non pensi tu, ragazza, che mai, anzi, veramente fosti, diciamo perciò..." e qui mi venne da ridere» (rise anche ora, Belman, ripetendo il nominativo) «"non pensi che sia ora di andarcene per i suoi casi ciascuno? Io, soldi non ho più, né voglia".

«"Bene," dico "bene".

«"Allora domattina" fa.

«"Sì... domattina".

«"D'accordo". E spegne la luce.

«Dopo un po', io comincio a tossire, ed egli fa:

«"Calmati dunque, calmati".

«"Sai che non posso" dico.

« "Allora, be'... allora si cambia stanza..." dice asciutto.

«E come nulla fosse – io allibita lo guardavo –, in fretta si veste, prende una sua valigetta, va di là, in corridoio. E sento che al maître telefona. "Sì, camera 14...". E così sparì».

«Come,» dico senza accento (tale storia mi sembra di spettri, e insieme meschina) «*sparì?*».

«Be', l'indomani ha cambiato albergo. C'è per me, me lo portano la mattina, un biglietto con poche lire. È tutto».

«Naturalmente,» aggiunge poco dopo, con altra voce, bassa e invecchiata, Belman «telegrafai a Jacuino. Il giorno dopo egli era su. Di ciò è malato, capisci, che io gli ho fatto... come malata tu...».

E mi prende una mano e stringe, stringe nella sua assurdamente bruciante.

Si fece luce, nella stanza: era entrato un servo.

Ella aveva suonato e io non mi ero accorta di ciò.

«Anima mia,» dice «questi indisponenti chiamarono per me dei dottori... bisognerà far vedere che la cosa è gradita. Dunque ci lasceremo. Ma spero, anima mia, rivederti. Ciò, se credi, sarà domani».

Fece un cenno al servo, che di nuovo uscì riaccostando la porta.

Io sentivo di là piangere, piangere, e mi pareva udire, tra questo, certe parole assai supplici, assai umili di Jacuino. Sentivo che qualcuno, nella casa, sta male, si raccomanda, ma non so chi.

«Di quanto mi dici,» dico dopo un po' «Belman, ti ringrazio. Però, certo dispiacere è di nuovo presente, assai più brutto dell'inferno».

«E cioè?».

«Che egli ti abbia distrutta!» grido dentro di me. «Che inumano sia il suo cuore!» grido ancora dentro di me, e tutto ella, Belman, avidamente segue e legge sul mio viso.

Ora, io dirottamente piango.

«No, Figuera, no» ella mi dice, con umiltà, con bontà, in modo e con accenti così puri che io mai dimenticherò. «Egli è buono, sappi. Più buono di lui non vidi che mio padre. Non ti dissi ciò per lamentarmi, ma solo per mostrarti come ti ama. Ché, infatti, alla tua lettera, non sopportò più nulla di me; e così com'ero, tanto infreddolita e bisognosa di calduccio, mi scacciò».

«Alcuno egli ama... non può» sempre desolata dico. «A me, con insulto, poco dopo scrisse».

«E dimmi... non sarà cosa imperdonabile?».

«Sì, certa parola...» dissi.

«E quale?».

Su un foglietto, quanto già udito, cerco di fermare, ma la mano non consente. «Poco fa l'hai detta».

«Ah» dice, guardando il foglietto. Non altro. Come parola molto bella.

Ciò, più di tutto – questo repentino cambiamento del volto alla parola disperata –, mi fece terrore: e perché mai questo insulto in un caso sarà atroce, nell'altro soave? mi dicevo. Perché, Dio, ti contraddici? Ah, cos'è... questa gioventù... cosa strana.

«Ti ama! molto ti ama! lo so! lo vedo!» con terrore ella disse.

E mi guardava come io fossi l'ultima luce che accende il cielo, e lei già la terra amara.

Così, freddamente, finì il nostro incontro. Le dissi che domani non potevo tornare, mi perdonasse. La ringraziai ancora delle viole di zucchero.

«Di nulla» rauca dolcemente mi disse.

Come tornai a casa, era sera di cenere con poche stelle e vento che spinge le alte nubi. E mi tornò un così disperato dolore di queste assenze, e soprattutto di me di fronte a un mistero che ho dianzi intravisto (breve: atroce dolore di Belman, su ciò non ho più dubbi), che di colpo sento devo fare qualcosa, a Belman devo dare qualcosa d'immortale. Nulla ho. Prego l'Altissimo mi aiuti.

Mi ricordo, in tali pensieri che tumultuavano in improvvisa foga e forza di onde nella mente stranita, della cosa veramente più cara alla memoria di Dasa, quel «ragazzina dell'Asfalfa».[1] Oh, potessi darla. Ma vi sono, là dentro, certe fusciacche nere... No, non va bene.

Vi era adesso, sul balcone di Apa, una speciale cassetta per fiori, ma non fiori vi erano; e qui, la madre dei marine da tempo raccoglie, ha in custodia, insieme ad abbandonati rametti, vecchie conchiglie non so dove trovate (staccate forse da altari o quadri votivi diruti nelle strade), dapprima terrose, opache. Tutte le netta accuratamente, riporta, con un cencetto, a luce marina, e allinea nella cassa da fiori. Una ve n'è, la vidi ier l'altro, grande, azzurrina. Ecco, vi metterò un biglietto...

Così feci. La metto sott'acqua di nuovo, l'asciugo, v'infilo un po' di carta... l'appoggio, in prova, all'orecchio. Che scrivervi? Apa, frattanto, seduta sul letto, mi guarda.
«Suggerisca, mammina, una parola...» dico «per anima abbandonata... molto abbandonata...».
Mi guardava Apa – ormai mi parve – lucidissima, con un che di ironico.
«Molto *malata*?» disse.
«Sì».
«Scrivi, allora, solo una parola...» dopo aver pensato disse. «Basterà».

Con mano tremante riprendo il foglietino, vi scrivo, in modo assai chiaro, che non sia possibile fraintendere, vi scrivo: «Reyn A.». Semplicemente questo nome. Chi ama, comprende, chi attende ne sarà consolato. Di sera, nella tristezza, non altro bisognerà.

Io non ho, con ciò, rinunciato all'animo mio. Ma in certi momenti si sente che tale anima è cosa comune, non vi

---

1. Intendo poesia completa.

sono più distinzioni, conteggi. Respira ancora, te ne prego, Belman, respira, cuor mio.

Subito sono fuori.

Chiuso l'oggetto in una busta piegata, col nome di Sua Eccellenza sul fronte, lo porto in Plaza de Carlo, e già dabbasso, alla porta dorata del Palacio, vedo che qualcosa è accaduto. Ci sono persone che salgono. Il servo di poco prima esce in fretta. Un altro della casa rientra con uno dalla cotta merlettata. Un sonaglino d'argento incanta tutti.

«Prego... per Belman... cosa urgente» dico a un portiere come fiamma in volto.

«Sarà fatto» risponde piangendo.

Qualcuno della casa è in pericolo, o si staccò dalla vita, tra me dico turbata. Venne a tempo il bigliettino d'amico, in tale contingenza. Ti rallegrerà, mia Belman. Avrai lume, infanta.

Altro, ora, non desideravo.

DORME COL MARE

Morte di Belman, e casuale incontro con l'ultimo Espartero, o incarnazione del mare. Gli Uccelli Turchi. Fine di Toledo

Sugli ultimi fatti di quel mese, tanto sono intensi, non oso parlare. Almeno per ora. Ma ecco, alla luce di una lampada sul mio tavolo attuale, alcuni secolari biglietti.

> Da Jorge Adano a Damasa Figuera
> (settimana veniente)
> Torresella

E così, mia Damasa, voi aveste il suo ultimo saluto... non io.

La vita, spesso, ha un che di misero, come un nano, pensa cose misere, dispettucci.

Non è che non vi stimi, credetemi, ma *io*, per Lei, *ero tutto*.

Subito dopo il mio arrivo morì, come per scherzo.

Nella sua mano, era una schifosa conchiglia vecchia, come un vecchio mare, e vi trovai all'interno (davvero gliela strappai, essendo la sua zampa di uccello divenuta acciaio) quell'infelice biglietto che il Principe giustamente vi ha rimandato.

Mi dispiace per voi, Damasa, che vi siete prestata, ma ecco, mi dissi – pensando l'autore del Gesto –, un vero imbecille.

E che criminale, poi.

Jacuino non mi risparmiò particolari.

Lo squarterò, se lo vedo – sapete chi –, e appenderò la sua testa a un cannone.

I funerali furono una lercia cosa, no? Domestici e lazzari che si accodavano! Causa questa sporca guerra coi Turchi, tutti noi, suoi diletti, mancavamo.

Non vi vidi, e mi meravigliai.

Gradite, per oggi, il mio saluto.

Adano

Da Jorge Adano a Damasa Figuera,
8 di questo immortale Dicembre
(stesso oscuro luogo)

Ah, Damasa cara, come il cuore si lamenta vedendo il vostro biglietto.

Figlia mia, diletta, ti offesi; e perché? Già tutto, da noi, tu avevi passato, sofferto. Ma così è questa vita: che chi capita, capita.

Per dolore, oppure noia, uccidiamo.

Non disperata, però, Damasina. È triste non poter più tornare alla nostra Toledo, nelle notti fosche, umide di pioggia – ricordi? –, ma chissà che poi un tempo non ci torneremo.

Di tutte le mie impetuose parole mi pento. Ero in notte piena, quando scrissi: ora, dentro, luce matura.

Vedo, Damasa, un che d'impenetrabile in questa giustizia, e di giusto in queste tenebre. Ah, la notte ci vuole, cara, perché altri abbiano la luce.

Domani, da qui ci muoveremo nuovamente... *Dove*, è proibito.

Ti prego, figlia, torna in Plaza de Carlo, qualche volta: la sua casa salutami.

Se la vedi, alla luce dell'alba, in Toledo tanto segreta, di me non parlarle.

Ella, da sola, deve capire!

Sto bene. Sento che Belman si avvicina.

Tuo fedele

Jorge

AGGIUNTA: Misano mi scrisse che *lo* vide... ne fu cercato...

ma era impassibile. Che uomo tristo, come certa erba completamente inutile.

Va' a trovare Cyprisso, se credi: egli ha, per te, una lettera della mia Belman. Da tempo te l'aveva scritta, dall'estero... inviarla non osava.

Qui, smetto. Sento che mi cercano. Ti dirò poi cosa, e chi.

Tale spiegazione non venne mai, se le parole: «Nessuno... non ho visto nessuno» che chiudevano la lettera potevano dirsi una spiegazione.[1]

Non andai a trovare Cyprisso, avevo troppo orrore di tutto; e quando avrei potuto – per le circostanze che sopravvennero – non fu più possibile.

Il giorno 9 di quel mese, come sempre da un po' di tempo, ero andata fino alla Casa Rosa dei Lemano, ma ne ero rimasta distante. Il giorno dopo, però, che stranamente mi sembrava ancora il 9, ma dell'ottobre precedente, vi tornai.

Motivo non ce n'era, tranne che nell'anima dimenticata.[2]

Mi accadeva da un po' di tempo, e precisamente dal repentino abbassamento della luce detta Belman, da quel suo – dopo essersi rappresentata in gioia di geranio – sparire, dormire nelle tenebre della città dei marine, di fare cose

1. Una supposizione più strana e insostenibile di un sogno si fece, col tempo, strada in me. Che la visita fosse di Lemano, che proprio Lemano si fosse fatto annunciare, spinto dalla tristezza della sua esperienza – per una parola di pace? –, e che Jorge non lo avesse ricevuto, o, cosa ancora più feroce, nemmeno mostrato di vederlo. Quelle parole: «Nessuno... non ho visto nessuno» non potevano avere un senso diverso. In seguito, fu trovata addosso a Jorge la lettera di Misano che annunciava quella visita, e non vi furono più dubbi. Restò il mistero di quel «nessuno» di Jorge: se fosse dovuto a disprezzo o a una improvvisa caduta dell'anima davanti all'orrore di vivere. E se aperse una ferita nell'orgoglioso visitatore.
2. Intendo: una ragione di tutte le cose che sento perdute, e l'anima, perciò, di sé non sa più nulla.

non logiche e, facendole, non darvi importanza, quasi non viverle, come se da me, per qualche ragione, io definitivamente separata. In me, insomma, per improvviso scioglimento della visione Belman (che altre visioni scioglieva), non era dolore, dirò, quanto senso di calma e, insieme, di oppressa ansietà.

Mi pare, in poche parole, che non di sparizioni si tratti, ma di *allontanamenti* per qualche motivo di gioia, così come accadde ai due fanciulli del Pilar, e ad altre cose e elementi della vita.

Morte, non comprendo più che voglia dire.

Penso: spoliazioni, fenomeni, mutamenti, trasfiguramenti, svanimenti: come nelle stagioni le luci, nel mare le spume, le isole, i vascelli.

Da una settimana, per questa Belman che più non allieta, con la sua dolcezza sfrontata e pura, la nostra Toledo, sento che io sogno, e da tale sogno devo uscire.

Lo cercherò qui, il segreto di tutti i fenomeni del nostro ultimo anno della Desolazione, in queste strade già di pace, dove Damasa saliva... in che mese, di che tempo?

Alle due del pomeriggio, non è altra ora (del giorno in cui la storia finisce), le strade sono vuote.

Nella mia mente percossa, attribuisco questa vuotezza e malinconia al fatto che è di nuovo caldo, malgrado il dicembre inoltrato. Ed è curioso come, malgrado il tepore davvero nuovo dell'aria e i colori giallini e rosa del cielo, non sia – relativamente alle strade – la primavera o la sera. No, riguardo a questo, è il normale primo pomeriggio di un giorno d'inverno. Le vie sono spopolate, la città è spopolata proprio come in una secca luce d'inverno.

«Torna presto, Dasa, ah, torna presto!» mi ha detto Apo poco prima, nel vedermi uscire.

«Perché mai? Gli angeli la proteggono» Apa, che sempre sorride da quel tale giorno, indifferente fa.

(Cora, in camera sua, scriveva affannosamente due lettere).
Così uscii.

Mi sento debole, da tempo, frastornata. Ora ho caldo, ora ho freddo. Nei vetri delle finestre, se mi guardo, non mi riconosco più. Non ho che occhi e labbra; e quelli non guardano e queste non dicono.

Cammino per la via un tempo rosata che conduce al Museo, cammino qui fra le strade rosate e vuote, e penso cose da poco (le altre sono più distanti, ammassate, silenti): che Apo andrà via, col suo cencioso reggimento, domani, e insiste per condurci con sé. Apa non vuole. Andrà oltre i monti, nel settentrione, Apo, là dove non arrivano ancora i Turchi.

Stanno, i Turchi, per ritornare.

Così, per questo, mi dico vagamente, la città è vuota?

Cosa – penso – proprio necessaria?

Dopo lo sgarbo di Jacuino – e anche il mutamento di Belman! –, di Turchi, Alemanni e Padri più non m'intendo, né quindi preoccupo.

Per me, sono una pioggia sola.

Ebbi un altro biglietto di Samana, portato a mano; viene da Ayana; si strugge di vedermi, domani ripartiranno insieme per la Città di luce. Mi domando chi.

Ciò mi ricorda che ne ebbi un altro, di biglietto: mi disse, Samana, che egli è qui. Raccontava anche di un incontro *sgradevole*, ma indispensabile e definitivo, con Jacuino. «Doveva difendersi, intendi?».

Jacuino – difendersi – e da che? Voci simili si alternano, apparentemente senza suono, nella mia mente.

Ed ecco, non più distante come ieri (o lo scorso anno), sono alla Casa Rosa del Ponte; il Ponte è deserto, il negozietto d'antiquariato è chiuso, la casa completamente abbandonata. E improvvisamente lo vedo (A. Lemano), con indifferenza grande, perché mi rendo conto che questo è un sogno, e anche se non fosse tale – essendo il tempo passato – è sogno ugualmente.

Stava infilandosi un guanto, stretta sotto il braccio una borsa sottile. Mi vide, come io lo vidi, con totale indifferenza. Era sogno, questa la giustificazione.

Appariva normale in tutto, salvo un certo accentuato pallore.
Sembra (sempre nel sogno) dapprima esitare a venirmi incontro (direi barcollare intimamente nel vedermi), poi, netto, ecco si decide: sempre infilandosi il guanto, mi viene incontro.

Sosta davanti a me, prima di stringermi la mano. E in un attimo mi squadra, ma come per abitudine; poi è di nuovo distante, raggelato, muto. Come se vedesse non so che scene di furore, penso tra me.

Dice, con voce che sembra reale:
«Come mai, qui?».
Nulla risposi (ovviamente), stavo per andare. E Lemano:
«Via... si renda conto... Se vi fu colpa, proprio sua» dice.
(Di che mai parla?).
«Sembra verranno i Turchi, stasera» dico.
«Magari» fa.
«Come, *magari*, caro signore!».
«Ah, fosse tutto distrutto!».
Riprendendosi:
«Cosa sarà mai, poi, questo signore? Non si riconoscono» (con ambiguo sorriso) «gli amici?».
Mi era venuto un gran tremito, ed egli fa:
«Via... andiamo a prendere qualcosa, Figuerina».

Non si trovava un solo locale aperto (benché non fossimo – e non molto tempo dopo – già più qui, ma presso, credo, la via Dassia). In quelli aperti, la macchina non andava. Il padrone, spesso, sta in fondo al negozio, livido piuttosto, con le braccia incrociate.

Finalmente, ecco un banco che funziona. Ma non caffè, vino chiaro.

«Be', sempre meglio di niente» Lemano fa.

E, prima di bere, spinge seccamente davanti a me un bicchiere mal lavato.

Ciò mi ricorda il suo sgarbo eterno, la sua violenza naturale, la disumanità continua, il sorriso che inganna e la crudeltà tanto tenera, e infine quel rumore eterno di nulla che sale dalle solitudini acquee. Sì, mi dico, è il nulla, Lemano: prende dimentica uccide riprende ancora, nulla vede, nulla sa. Passarono, per lui, Damasa e Belman, mille altre ombre! Egli sempre ride e ingiuria. Solo nel silenzio, nel nulla, quando inerte e dimentico, dal male è immune; quando muto e solo, forse non è male in lui.

(Ah, così è di tutti!).

Riascolto la sua voce, imbronciata e grave, ma già sfiorita, di un giorno:

«Perché non sarebbe morta sua Belman... se non incontrava Lemano! Questo – no – crede?» e mi guarda di sbieco, con occhio di cui non ho stima.

«Mia sorella, poi, la cercava...» indifferente (con linguaggio tutto quotidiano) continua.

Io bevo senza pensare. Sogno, e non dovrei rispondere a infamie di sogno, ma il cuore batte, batte:

«Perché, Lemano, la uccise?».

«Io?» fa ridendo, tirandosi indietro il cappello. «Ma che dice?».

Entrarono, in quel momento preciso, due figure a me care.

Prima di udire i noti passi, pensai con certezza i loro visi, benché la luce delle nuvole toledane, o i giochi di specchi del lurido locale, li abbagliasse. Lemano mi guardava tra incollerito e stupito.

«Sono là, guardi» dissi.

«Chi?... Cosa?» fa – ripeto – veramente stupito.

La dolce voce della Belman fa:

«Ti assicuro, Jorge... Guardali».

«Ah, padre mio,» penso nell'anima «Bel Figlio, Jorge dilettissimo».

«Non può essere» Jorge fa «e tu devi consolarti,» (a Belman) «figlia mia».

«Sì, sì, Jorge» piangendo disse.

E come senza vederci più, senza nulla bere uscirono di nuovo.

A. Lemano:

«Dasa, lei sta male. Lo vedo».

«Pensavo sempre Lemano, ecco cosa... E ora mi sembra vero».

«*Sono* vero! Sono qua, *io*! Perdio!» fa.

«Usciamo, forse andrà meglio» dico.

Aspettava, là fuori, la carrozza di Espartero.

Come ci vide, il cocchiere, con un gran colpo, diè il via, e i cavalli fuggono. Dentro (Belman e Jorge sono spariti) intravedo Dasa, Rassa, Albe, com'erano all'inizio di loro vita.

«Sì, c'è una strana aria» Lemano dopo un po' dice. «Sembra di pericolo. Lei, Damasa, si deve scuotere» dice.

Il cielo, sempre, in certi giorni di dicembre, era stato così, verso le quattro del pomeriggio (che era adesso ora tale), ma non così privo della certezza che siamo in Toledo, Era della Desolazione. Dopo un po' lo vedevi ridere, e apparire fulgori verdolini; e il tramonto incominciava, si oscurava il porto, si chiamavano le tofe. Ora, più nulla.

«Senta,» Lemano dopo un poco fa «tutto ciò che lei ha visto o creduto di vedere in questi tempi e, temo, nella sua vita, Damasa, è puro errore, forte errore. In lei, Damasa, parte della ragione è velata, e so io da che. Perciò, dopotutto, non mi offesi, quando mi disse che ebbe una storia con Morgan... per quanto losco individuo, e ciò mi duole...».

Rialzò il bavero della giacca, sebbene facesse caldo, e quasi, ripeto, piangeva.

«Come» dissi «errore?».

«Lei, figlia,» circondandomi col suo braccio mi dice e, per un momento, mi par di vedere che tale braccio, al polso e poi alla mano, è fasciato, e sento che questo è solo ricordo di risse che egli ebbe o sta per avere nella ormai accaduta Era Successiva «lei» continua «nulla seppe, nulla vide, benché molte cose vedesse, e su tante ragionasse. Anzitutto, senta: era, Belman, vera...».

«Che è ciò?» dico, cercando fuggire dalla cupa parola stessa. Ma il suo braccio più stringe.
«Ciò che è» dice (credo riferendosi al tempo). «Ma questo non tutto. Era il suo cuore di lusso, come quest'epoca tutta (tranne i porti), perciò già sommerso. E lei, Damasa, vide, e un'invidia mortale – per quanto, riconosco, comprensibile – la disfece. Non amò me, glielo assicura Lemano, ma Damasa Figuera. In quanto, vero marine, non conosceva la terra, ma il mare. Ché dal mare lei venne, Figuera, dalle onde monotone, buie».

Con la leggerezza dei sogni:

«Anche lei, Lemano» dico.

«Sì,» facendosi buio «e perciò, io con lei, Damasa, ero sempre in collera. Ché vedevo la sua buona barchetta accostarsi alla riva, e non avrei voluto. Che nel suo elemento se ne restasse, e poi di là, per l'infinito, partisse; questo desideravo.[1] Ma» concluse «lei, mi perdoni, era fatta di nulla».

«Come, di nulla» (piuttosto assente). «Cos'è questo?».

Mi sembrava, lontano, sentire tuonare.

«Eppure, nulla nuvola... di pioggia, ma anzi leggerine» guardando il cielo, per tutta risposta, fa.

E in viso era di nuovo lontano, ostile.

Ora, io pensavo:

«Che,» pensavo «dicendo *di nulla*, vorrà dire? Che la mia vita fu spesa in un sogno falso? Che il mio principio tradii?».

Ed ero afflitta, direi vicino alla disperazione, ma come tale disperazione a me fosse nascosta da un muro altissimo; sentendo ciò, vedevo altre cose, cioè D'Orgaz e i tempi dell'Espressivo.

«Vide D'Orgaz, poi?» dopo un po' dico.

«Sì» fa, subito ammutolito.

«E cos'era che avrei dovuto fare, sentiamo...» dopo un po', senza guardarlo (io so che a me stessa parlo, questo Lemano non è), dico.

«Ah?» fa, e mi guarda dall'alto, come ora solo mi rivedesse, con un affilato bianco viso dove la bocca trema e gli occhi mi pesano addosso senza affetto, aridi, terribili. «Questo: vivere! vivere!».

«Come si vivrà?» tra me dico.

«Glielo dissi! Più volte glielo dissi» egli quasi grida nella strada deserta. «Glielo dissi, Figuera, in modi mille, centomila... ciò che Morgan le disse».

---

1. Tutto ciò così bizzarro e contraddittorio, rispetto alle precedenti ammonizioni, da risultare inspiegabile; quindi, non opera della ragione.

«Morgan... cosa disse?» interrogo.
«Ma non finga! non finga!» fuori di sé, stringendomi.

Di nuovo tuonava.

«Verranno» dice calmo, ma come se ciò fosse del tutto inutile.
«Con Morgan, nulla parola, o senso,» dissi «se è questo che vuol dire. Solo stanchezza».
«Io lo vidi, quel giorno... subito mi fece orrore. Se questo non avvenuto, io forse... creda... Belman mi cercava... ma io, Damasa, mi creda...».
E guarda con occhi tristi, ostili, il cielo abbagliato.

Dopo un po', tuonava sul serio, mentre l'aria era asciutta.

«Senta,» dice «rifugiamoci in qualche luogo. *Questa è artiglieria, spero*» come insensato, come altre volte – «Apri, Samana, *tutte le finestre sull'Ovest*!» – dice.

Ci guardiamo attorno, siamo su una strada malfatta, che però sale adagio tra le case vuote, e riconduce al Ponte delle Cento Albe.
Ancora questa casa mi appare vuota, quanto, quanto tremendamente vuota! Ci rifugiamo sotto il portico (il portone è chiuso).

«Stia qui,» dice guardando il cielo «presto passerà».
«Non piove» tremando dico.
Infatti, cos'è il suo braccio intorno al mio capo, braccio nel quale mi rifugio, smemoro; cos'è di dolce! Il cielo, lentamente, ora diviene di cenere.
«Di quella parola perdonami, amor mio» dopo un poco dice.

«Quale, Espartero?».

«La collera suggerì. Sì,» dice guardando il cielo «io non la dimenticai, quella sera, la portai con me, crolli l'universo in quest'attimo, io dico il vero, figlia mia. E se avevo mentito, fu perché speravo presto ciò fosse realtà. Come non so... quando...».

«Che tu... fossi in me?» dico.

«Sì... là volevo dormire» come morto dice.

E abbassa i suoi occhi sulla mia figura, mi guarda in modo che io non ho più mente. E sento – questo mi fa male – che i Morgan, Jorge, Belman, illuminazioni, inganni, menzogne e strazi, tutto passò, fu inutile. Solo questo fatto è, realmente: che egli desidera in me dormire, e io su di lui, come il mare sulle sue tenebre, richiudermi.

«Io ti presi, Damasa mia,» dopo un poco, con voce che non conosco, tenera e roca, fa «questo senti? Senza prenderti ti presi. Morii già in te».

«Come cosa avvenuta, sento...» dico.

«E non è dolce?».

«Sì...» dico.

«Stasera» egli dopo un po' dice «forse morremo, figlia mia. I tuoi ti aspettano?».

«Be'... così» senza voce dico.

«Tu, se questi...» fa guardando il cielo «non arrivano, da me, dico, stasera ritorna. Sento non so che voglia di ucciderti».

E di nuovo mi guarda lentamente.

Ora, in me, è qualcosa che non fu mai, come una chiarezza disperata, improvvisa. So che nulla, oltre Lemano, esiste; fu sogno tutto; ogni altra figura fu impedimento. Solo questa promessa, o minaccia infelice, che egli desidera fare di me qualcosa d'ignoto (Era Successiva?), solo questo esiste.

«Guarda là» dice.

Ma come indifferente.

Le nuvole si sono aperte, appaiono lunghi uccelli.

«A terra» con calma egli dice.

E noi siamo sdraiati, adesso, l'uno accanto all'altra, senza esitazione, sotto il Ponte deserto; egli mi ha buttato addosso il suo soprabito chiaro: là, in quel buio, la sua faccia si stringe alla mia, ed è gelida: la mano porta al mio ginocchio, lo scopre.

«Duole?».

Subito dopo, guardando il cielo, come morto:

«Senti dolore?».

«No, amor mio».

«Se ne sono andati tutti, tutti» dice. «E ora, stai bene?».

«Sì, amor mio».

Gli uccelli avanzavano, avanzavano.

«Guardali, stormi. Mi senti, adesso, cuor mio?».

«Sì, Espartero» dissi.

«Ora, sta' giù, dormi, non pensare» con gli occhi nei miei occhi stranamente dice.

«Sì, amore».

Subito mi addormento.[1]

Cominciò, dopo un poco, il temporale a sovrastare Toledo.

O erano gli uccelli?

«Qui ci ammazzano tutti, gran Dio!» calmo dice.

«A te importa?».

«Non più» dice.

Ancora la sua mano afferra il mio ginocchio.

---

1. R.A. disse così, però io ricordo altre cose. Che mi addormentai di colpo, ricordo, ed ero sul fondo del mare. Il mare mi sbatteva sul viso la sua faccia fredda, mi abbracciava ed era intento a distruggermi, con una forza sì grande, che solo di questo morivi, e tuttavia eri beato. Distruggermi, perché? Eppure era gioia. La sua faccia fredda sulla mia faccia, e sempre questa forza dell'acqua che ti accoglie, ti stringe, non si divide più da te, ti colma di vita beata. Scendere ancora sembrava impossibile, eppure andai ancora giù, mi strinsi finalmente alla faccia tremenda del mare. Mi aspettava nel buio tale tremendo mare, era Reyn A., e mi accolse, coperse, abbracciò e riunì eternamente a me stessa. Finalmente riposavo.

«Dasa, oh, perdonami» piangendo dice. «Se io ti offesi, perdonami».

«Di che?» dico.

«Ti portai via da tutto... da tutto... e così scomparirò. E non lo rivedrai mai più, il tuo mare grigio».

«Che importa. Io capisco...».

«Senti, Dasa,» fa «se avesti un Dio, pregalo. Egli non volle il male».

«No» guardando il cielo dico.

«Non il lusso né l'ignavia. Solo che questo mondo fiorisse».

«Così non è» dissi.

«Ci ritroveremo, un giorno...» fa «vedrai... questi orrori... tu... dimenticati...».

E le lacrime, fortemente correndo, insieme al gran vento, sono asciugate sul suo viso.

«Non orrori» dico – so quel che dico.

«Sì, guarda, cuor mio».

Toledo, come un vecchio teatro,[1] come se le sue case e strade fossero quinte, senza rumore alcuno cadeva. Forse un incendio. Luci bianche, a croce, s'aprivano nell'alto, sulle sue torri e colline; una luce più accesa, forte arancio, serpeggiò dal suolo. Mi pareva adesso – non so se sia vento o tuono – sentire bollire il suolo sordamente, continuamente. Era strano molto. Era strano poi un dolore – vorrei dire tristezza, ma non era tristezza – che io sentivo dentro di me, come dovessi correre alla casa marine, al porto, come là mi chiamassero e ci fosse bisogno di me – e di ciò non m'importasse.

«Su, non guardare così!» con gran dolore gridò.

Poi, venne fino a noi altro vento; col vento, piccole pietre.

Allora, senza sorpresa, ebbi presente una cosa: che questo non è sogno, io vivo, benché stremata, e Lemano non in

---

1. Tale, nel mio sogno, pareva.

sogno incontrai; è con me, vero, vivo, benché forse spezzato. È nel fondo del mare e anche qui. E io stetti, in questo deserto, sotto un ponte, con lui. E fu cosa delicata, buonissima, come il pane alla fame, l'acqua alla sete del povero. E tutto, ora, con questa grazia – da me dall'eterno aspettata, per cui non vissi – mi lascia, ma non mi lascia la grande bontà del mare.

Tutto, perciò, che egli ora dice, io ascolto con misteriosa gioia, come lamento di fanciulli, come cosa della vita.

«Non toccare questo ginocchio mai più,» egli ardentemente dice (ma anche sulla mia guancia è un secco sangue) «là, quelle rose, sotto questo velo di cenere, o infantilina, possono di colpo appassire».

«Non lo toccherò» dico. «Nessuno, amor mio, questo ginocchio toccherà più».

E Toledo moriva, mentre io solo sgualcita, addormita.

«Pensai gran tempo» mi disse «che questa tua gamba era mia. E tutto, di te, era mio, e mi doleva. Lo sai, figlia, perché. Ora lo sai».

«Sì» dissi.

E mi viene in mente che forse, in quest'attimo, Apa e Apo e la ginnasiale e il piccino e la zia Juana, tutti, laggiù al porto, se ne morivano.

Ma non era in ciò – ripeto – vera tristezza.

Grande pace, era, grande quiete. Anche Lemano, di nuovo trasparente, calmo, come fu sempre. E sento di amarlo, da poco, come non si può oltre, come si amano le luci che non appariranno più – non al nostro sguardo –, che andranno, ma sempre ricorderemo, che torneranno per altri, e nel ricordo, tuttavia, non ci abbandoneranno, strane, eterne come la nostra identità medesima.

Stetti con lui, dopo tanto patire e aspettare e non comprendere – stetti con lui, nella polvere, un attimo solo, come il figlio di nessuno mangia finalmente il suo pane nella polvere, e riceve la sua razione di fiori, e fu cosa che rasserena la mente, sospende la sentenza e ti fa sentire a te unito; benché, presto, mai più, mai più...

Sentiamo un gran vento, di nuovo, e quando riapriamo gli occhi, il secondo pilone del Ponte non c'è più.

Dappertutto calma e un vasto grigiore.

Allora ci rialzammo e mettemmo in cammino verso Toledo.

Sparito sembrava, del tutto, il nostro incontro.

Vedevamo cose come in sogno: Toledo, la nostra Toledo di tanti anni, verde e nera, quieta, lunare, non era più.

Interi quartieri se ne sono andati, dove sa Dio. Dove erano prima le strade, biancastre colline.

Toledani in fila, come formiche, camminavano davanti a noi – estatici, assenti.

«Rivedrò Apa?» qui io penso, rasserenata, liberata dal mio sogno, e insieme oppressa (perché non più, ora, la medesima persona) «rivedrò la mia mammina, la mia casa? No, il Signore di tutti i terrori non lo permetterà. Io fui, in queste due ore, troppo in pace... felice».

Fui con Lemano e con lui resterò. Qui, e nel fondo beato del mare.

Verso sera, rivedemmo la casa. Solo sbrecciata, sembra; ma dietro, le scale e le stanze sono cadute.

Navi, nel porto, non si vedevano più, non, per lo meno, come le avevamo lasciate, ma spezzate e annerite; né altre case erano intorno alla casa del Pilar.

Anche la Rua Ahorcados, sparita.

Piangendo, una vecchia dai capelli d'oro (è la Ibarri) mi dice che non sono morti, si sono salvati tutti. Il capo lasciò qui, per me, un biglietto. Vada al più presto al seguente indirizzo.

«Jascia solo» dice «si fece male a un braccino».

Là, su quella porta cadente, venendo ormai la notte, Lemano come sfinito, tremante, di nuovo mi abbracciò.

«Ecco,» disse «venne a te il tuo Espartero, come tante volte promesso, il tuo amante,» (parola che mi annebbiò nuovamente) e sempre guardando il porto in lutto piangeva «e tu ancora lo aspetterai, in qualche altro porto, no?».

«In ogni porto,» dissi «dunque perché piangi?».

«Oh, lasciami, lasciami piangere» disse. «Vedo che i porti se ne sono andati, e così le praterie turchine. E tu stessa moristi con me, oggi, Damasa».

E sentivo che era vero, ma ugualmente ci demmo la mano, come nelle notti passate, e ci baciammo la prima volta, furtivi, sul collo, benché nessuno contrastasse, mortalmente.

La notte stessa io ero nella nuova casa, verso l'atroce, ma ora spenta e vuota Dom Olivares, in casa di gente dove i miei si sono rifugiati.

A. Lemano mi ha accompagnata fin qui, sempre valicando mostruose colline biancastre, dove affiorano piante fiorite, imposte divelte, mille oggetti che sembrano ancora in uso e che nessuno raccoglierà domani, e si levano gemiti di famiglie colpite.

La sua mano stringeva, come se di zampetta di uccello si trattasse, la mano di Dasa Figuera. E un solo lamento, in quella stretta:

«Ah, infantilina».[1]

Che cosa avrei dato per vederlo lieto. Ma ciò non sarà possibile in questo mondo, lo sento.

«Ti saluto, infantilina... fammi avere notizie, prego... sai dove...».

«Sì, amore».

«E questo giorno, ricorda! Ricorda! Non dimenticarci,» con angoscia gridò «cuor mio».

---

1. Parola il cui senso era oscuro e chiaro: di mente non aperta, velata; di luogo che è in noi, non aperto, velato; di destino velato – che forse è buono – da cui non tutti ci stacchiamo.

Parlò così, proprio, come se di due Lemano si trattasse, non uno; e che in ciò fosse una verità semplice, come in tutti, io solo quella notte capii.

Egli, inoltre, Lemano mio, alludeva certo alla nostra Toledo, che era morta col silenzio del porto e tutte le meraviglie che sono nei porti, allorquando si attendono le Ere Successive. Allorquando si è fanciulli e si aspettano, con fiducia grande, o ingenuo tormento, le Ere Successive.

Verranno, poi? Questa la domanda.

AGGIUNTA
AL RENDICONTO DEL « PORTO SILENZIOSO »:

Conclude sulla modesta verità dei fatti narrati e dà notizie intorno alle Ere Successive, finalmente arrivate

Io, Damasa Figuera, figlia di Apa e Apo, nella realtà anagrafica del tempo rispettivamente altri nomi, ambedue di umile nazionalità hispanica, trasferitisi poi nella città che dissi Nuova Toledo; io, Dasa, di cui scrissi, mente malata nella considerazione del veloce tempo, e insieme creatura da nulla, tanto da meritare il nome, più volte teneramente ricordato, di infantilina o mente velata; io, Dasa, che nulla fui, e nulla raccolsi nelle mie mani magre come il ginocchio e questo come la faccia e questa ancora come l'anima, da Toledo, dopo dieci anni, ero lontana. Dirò meglio: sono, per dare il senso della cosa che accadde, mentre ora accade; e vivevo, a mille miglia di distanza da quei cinerini tramonti, oltre le montagne che una volta vidi profilarsi nella bruma del Nord marino. Qui, anzi, ora sono, e vivo quieta con Juana. Ed entrambe lavoriamo in questa città detta delle Mille Torri, nel nostro scadente quartiere, e ci aiutiamo tacitamente (benché senza vera amicizia), quando mi giunge una lettera.

È un coperto giorno d'aprile, fa caldo già e da poco io sono tornata dal mio ufficio di spedizioni (a me assai caro) e ho tolto dalla busta la lettera.

È di Cyprisso, nella realtà anagrafica nome diverso, e cioè Cipriano Mercuri, avvocato. Con un sorrisino di piacere, in quanto fa proprio piacere aprire una lettera aspettata, la tolgo dalla busta e leggo. Dice:

Cara Figuera,[1]

con viva sorpresa e in certo senso piacere lessi – datami poco fa da mia moglie – la Sua lettera.

Quanto tempo se n'è andato! Ed ecco, Lei mi scrive con la stessa familiarità di quando ci si incontrava sotto i balconi delle nostre case.

Mah! così se ne fugge tutto. E quello che sembrò vero è sogno, quello che sognammo... vive almeno nella nostra mente... solo un po' di fumo, dunque, nostra orgogliosa realtà!

Ora – questa la verità – sono imbarazzato nello scriverLe.

È che la Sua lettera, vede, Figuera – non mi dice se sposata, La chiamerò quindi alla buona –, mi confonde.

Io vedo in Lei, nel fatto che scrive invece di muoversi, e venire qui a trovarci, una certa mancanza di coraggio.

Anche Misano, col quale mi incontrai poco fa, è del mio stesso parere.

Perché, dunque, cara Figuera, invece di chiedere superficialmente notizie dei nostri dolori, storia, speranze, tutto, insomma – care amicizie e cronaca tremenda –, non viene un po' qui?

Si dice per dire... Capisco bene. Non si offenda.

La nostra Toledo, a poco a poco, va risorgendo.

Dunque, sorgono nuovi rioni; anche dove noi abitammo, quartiere allora schifoso, derelitto, è un Eden!

Abbatterono (ci passai or non è molto) la Chiesa della Roseda, o Vascello, ricorda?

Anche il Piccolo Mare: fu prosciugato! Della casa marine, e relative rue e vichi circostanti – non solo la Ahorcados, ma immondi budelli come la Nieva, la Noche, la Azar, e la Dogana medesima –, nemmeno il ricordo: cancellati sotto spaziosi ridenti giardini.

---

1. Resto a questo nome, cui il Lettore è abituato.

In cambio, tutto ora arde, è bello, splende; è giovane e invitante.

Faccia dunque una corsa qui. Senza meno L'aspettiamo. Con stima, Le stringo la mano. Suo

Cipriano Mercuri

Tutto, era tutto. E rimasi con questa lettera in mano, e in volto un sorriso falso, una smorfia.

Venne, più tardi, Juana. Ha il sorriso buono di Apo, da qualche tempo, e tutti i capelli, sul volto ancor giovane e roseo, sparsi di una luce bianca.

Incanutì, per non so cosa – non ricordo in questo momento –, assai presto.

«Il riso è pronto, Dasa» mi fa.

«Sì, ora vengo» dico.

E per un po' me ne sto ancora là, tutta pensierosa.

A tavola, poi, mangio poco, e subito sto per alzarmi, con un pretesto (mi sembra, il tempo, divenuto scurissimo, e vado a chiudere le imposte perché direi che tuona), quando portano una seconda lettera.

«Scusa» dico a Juana «se la leggo in camera».

«Fa' pure, Dasa» mi fa.

È ancora Cyprisso, oggi Cipriano:

Dasa,

alla mia precedente, spedita ieri, aggiungo, espresso, questa seconda, e spero Le saranno consegnate lo stesso istante.

Vede, Dasa, fui duro, ieri, ma non è che non ricordi, consideri... e infine compianga.

Ma della persona che Lei non vuole che io nomini (perché, poi, non era un uomo, fra l'altro, come tanti?), davvero nulla.

Questo è quanto mi dice la Sua stessa congiunta, invecchiata molto: trasmetto per conoscenza.

No, davvero. Per la verità, solo Misa, che ancor ier sera incontrai, mi diede notizie non recenti e soprattutto non soddisfacenti, suppongo; così che esito a darle. Le prenda come ipotesi, fole. Era, dopotutto, un poco di buono, e

Lei, Damasa, benissimo sa... Dunque, si mise in affari... mancò. Fuggì... Gli erano – mi duole – familiari le risse. Tornando, era più meschino. Infine malato (ah, quanti incidenti, in questa vita!). Andò a curarsi, tornò... in queste strade passa (dicono, cioè dissero) come un cane, contando i balconi... Al porto va. Tutto gli dispiace. Insomma, finito... finito. Finché non dispare completamente.

Eccola accontentata. Ambasciatore non porta pena, dicono. Suo

Mercuri (Cyprisso)

AGGIUNTA: Ah, Damasa, perché non si contenta di quello che vide? Misano, poi, mi disse che a Toledo, dopo l'arrivo dei Padri Biblici, Lei tornò, e stette qualche tempo. Perché, dica, andò via? Siamo così soli, qui!

Ma eccoLe, cara, la lettera sempre promessa, di Sua Eccellenza, come ricorderà. Un po' ingiallita, invecchiata. Ma come vede, intatta.

Questa lettera, già avevo visto e posato sul tavolo, come non interessandomi. Ma il mio cuore batte e grida solo questa parola: Belman.

Chiamo Juana:

«Apri, te ne prego, Juana, questa lettera» faccio. «Io ho un po' di mal di capo».

Mi guarda, Juana, e silenziosamente ubbidisce. Da tempo, alla vita, ella non ha reazione alcuna.

«Che scherzo!» dice. «È uno scherzo» un po' pensierosa dice.

Nella lettera, infatti, non vi è nulla, assolutamente nulla. Questo foglio (da dieci anni) è vuoto. Sento però qualche cosa: è un umile dimenticato odore di viole toledane.

«Ascolta, Juana,» tremando dico «per favore, bruciala».[1] Dopo un po' vado in cucina e vedo che ella, curva vicino al focolare, la brucia.

---

[1] Non vi era più Góngora, in tutto questo, vi era il silenzio e la povertà del mondo.

«Dio sia con te, Belman! Dio sia sempre con te, e nelle sue lacrime ti conduca alla Gioia. Come questa luce di fuoco» dico.

Per un po' di tempo, oltre queste lettere, non giunge più nulla.

«Ti ricordi,» dico un giorno a Juana «ti ricordi, Juana quelle pallide estati dal cielo basso?».
«Sì» dice.
«E quanto odore di sale» ancora dice.
«E quel giorno» faccio ridendo «su in terrazza, che veniste a scacciarci e rovinare le tende, tu e Cora».
«Io» dopo un po' dice «ero come te, Dasa, o quasi, così piena di collera e speranze,» dice «ma tu non mi vedesti. Mai mi vedesti. E così nostro padre, Apo».
«E tu non vedesti Cora, né Jascia».
«Odiavo Cora... non Jascia».
«E perché,» con bontà dico «figlia mia?».
«Ah, io in lei vedevo l'Era Successiva».
«Che ne sapevi tu» nervosa dico «di Ere Successive?».
«Io sapevo! Tutti, Dasa, sapevamo. Perché uno, Dasa, è il cuore dell'uomo,» piangendo dice «uno il sospetto, il timore, la cosa che preme...».
Piange, desolata, e io penso quanto le fu rubato della sua vita. Quanti, poi, sacrifizi ella consumò, in quanto buio fu chiusa, quante gioie le mancarono, quanto sapere fu proibito, quanti incontri vietati... La vita, la vita stessa. Meno la Non-Vita. Quella, sì, fu presente. A Juana fu elargita. E mi sembra non so che errore in me, che cercai, in definitiva, la mia sola salvezza, l'eternità mia. Che errore, e castigo, nella mia felicità e nei miei incontri di luce.

Tre giorni dopo la caduta della casa dei marine (ecco quanto ora ricordo), con Apo e il suo esercito, di cui però egli è un umile subalterno, ci allontanammo da Toledo come i toledani, in molti – non più avendo né case né acqua, e temendosi epidemie o altre stragi –, facevano. Dopo tempo indefinito (settimane se non forse mesi), siamo nelle pianure a nord del Monte Acklyns, ma lungi, assai lungi dall'Acklyns. E qui è inverno di pace, è neve e desolazione; si vedono cascinali, e in uno di questi, presso un fiume gelato, viviamo.

Apa, riacquistata la sua tenue ragione (o una bontà che a quella equivale), è con tutti dolce, calma, persuasiva:
«Dio non temete, bimbi, né la Sua ira; ma la Sua Volontà sia sempre accettata».
Cora, Apo, Juana, Jascia sembrano, invece, vuoti di ogni pensiero. Essi stanno come gli alberi spogliati dall'inverno. Mi guardano con gli occhi vacui. Solo Jascia, ormai grandino, vuole uscire sulla porta: e, rapito, guarda il pallido mondo invernale.

Non sarò noiosa. Dopo vari anni di un simile peregrinare dietro l'esercito distrutto, e ridotto ormai di pochi uomini – noi con tende, carrozzoni, bambini –, in un fango eterno, suonano le campane dei Padri, e soldataglie fuggenti ci avvertono che possiamo tornare in Toledo.
Dove, infatti, torniamo.

Questo, Cyprisso, sembrava dunque sapere: che io avevo vissuto di nuovo qui, nelle campagne presso il mare, oltre i quartieri, gli antichi barrio eleganti, e ora semidistrutti, e qui erano morti, uno dopo l'altro, i due Apo.

Fu nell'ora stessa che il giovane Frisco ritorna, lieve, consumato, taciturno, come barca già perduta, dal largo.

Apa, da tempo era malata; chi può dire di che, ma perdeva eterno sangue, era bianca e muta.
Dice, una sera:
«Vorrei rivedere il bimbo mio».

E tutti pensiamo Rassa o Albe, e che ancora deliri; ma lucida ella aggiunge:

«Sento che Frisco viene. Oggi lo vedremo. Oh, di lui abbiate compassione, è ancora piccino» come in tempo lontano si raccomanda.

Infatti, quella sera egli giungeva alle porte di Toledo.

Andò in giro, chiese. Vedendo la via distrutta, pianse. Alla sua casa, o al posto dove essa sorgeva, guardò. Poi si recò in albergo. «Quella notte» disse «volevo morire».

Al mattino dopo, assai azzurro, Apa, guardando dal suo letto, in questa misera casa di villaggio (siamo al pianoterra), la campagna fiorita, dice:

«Ecco, la primavera ritorna. Non mi vedrà, però, questo mese.[1] Questo cielo non mi vedrà più. Non mi vedrà più, il bimbo mio».

Bussano, intanto, alla porta; è Frisco; la casa ha ritrovato. Grida:

«Sono io... aprite!» ed entrando come il vento dell'inverno: «Malata? Ma guarì, vero?... Dove?... Prego!».

Gli indicano il lettino.

«Tu,» dice Apa, posandogli sul capo la manina grigia, mentre egli si piega «tu, Frisco, sai di mare... Oh, com'è buono, quanti secoli risveglia questo tuo sale!».

«Non andartene, mammina».

«E che? tutto non se ne va?» dice.

E, senza nulla aggiungere, sorride, abbassa le nere ciglia di ragazza, e cede al suo sonno.

Misero Apo! Dopo un po', l'errare nella campagna lo distrugge. La notte non dorme. Beve cattivo vino, e si lamenta.

«Pietà» dice «di Don Pedro».

Questo nome, a lui, torna spesso. Quel grande, quel viceré, fu, subito dopo l'arrivo dei Padri, imprigionato, giustiziato, e quindi per i piedi appeso affinché i corvi lo beccassero.

---

1. Era il primo giorno di maggio.

Era, certo, un uomo terribile, e tutti ci uccise con le sue guerre, eppure, morto, fa non so che pietà.

Tutto rifiorisce, sulla terra. Solo tu, Male, non sorgerai mai più. Solo tu non le rivedrai, o Male, queste campagne opulente, fiorite.

Ma neppure voi, Dasa, Juana, Frisco, tu, ginnasiale, e tu, infelice Jascia, e voi Belman, Jorge, Albe, Lemano.

Per voi, mai primavera, mai più.

Jorge, seppi dalla cronaca di un giornale, morì come soldato valoroso, dicono, davanti a quattro Alemanni.

Lo prendono per i piedi, questi, dopo essere stati feriti, e lo gettano dalla torre del Forte di Torresella, dove s'apre su un precipizio.

Là, senza sangue, per vari giorni egli geme. Muore poi, raccolto, pronunciando semplicemente: «Mia Belman!».

Apo finì di maggio, stesso mese di Apa, non di ferite o mali mortali, che non ne ha, solo stanchezza. Piegando il capo ricciuto sul tavolo s'addormì eternamente. Solo rumore, cadendo, fece la pipa di canna.

Ora, i Padri Biblici imperano dovunque. Sono giallo vestiti, forti, belli; nelle loro macchine, erompono come fiumi.

Vengono nella nostra casa al villaggio e annunciano a Frisco che perse il suo grado di marine.

«Piacere» Frisco con un sorrisetto fa. E mi ricorda lo *scocciantissimi* di Belman, soavi sere di lutto.

Perduto che Frisco ha i gradi, come noi la casa, ripartiamo: io, Dasa, più Juana e Frisco.

Cora, a Biserta, raggiunge con Jascia il vecchio padre.

E ora mi ricordo cosa vedevo nel mio cuore, mentre definitivamente ci allontaniamo dalla Nuova Toledo e le sue rovine, passando davanti alla città dei marine dormienti, tra i vascelli di pietra. Pensavo: là sono tutti, Apa,

Apo, Rassa, là, un giorno, verrà Albe... Ma gli altri, dove riposeranno?

Su quale strame dell'Era Successiva?

E le nuvole, accendendosi con pace (molto lontana, oh, da quel terribile giorno al Ponte delle Cento Albe), rievocavano cortei nei quali nessuno riconosco, ma sento piangere, gente che se ne va, figure care che se ne vanno, se ne vanno nel tramonto hispanico, dopo che il vicereame finì e giunse l'Era Successiva: Rassa, D'Orgaz, Papasa, Thornton, Albe, Lee, Apo, Apa, gli Uccelli, Lemano mio, non verranno più, mai più: per l'eternità, su quei vascelli del Tempo s'imbarcano, emigrano... Dio solo sa dove e quando giungeranno.

Ma è un'ombra, o una luce, tale Dio?

Risponde (il cuore di Apa):

«Ciò che è, figli. Un viaggiare eterno, figli».

SECONDA AGGIUNTA AL RENDICONTO DEL « PORTO SILENZIOSO »:

Perché, ancor giovane, Juana porta i capelli del tutto bianchi

Qui, nel Nord del nuovo vicereame (succeduto al primo, ma molto rimodernato), la vita ha tuttora un che di notturno, di sotterraneo, benché riposo non sia mai. Si sogna spesso, e come ieri si scompare di continuo dal comune orizzonte.

Vediamo, un giorno, Frisco partire: vestito di tela nera, giovane e insieme vecchio portuale: di qui non passerà mai più.

Se ne va dalla parte opposta al sole che cade, in marce lagune, isole di veleni.

Pace al suo cuore senza più ritorno alla casa dei marine, Dio.

Passa, un altro giorno, condotto dalla vedova di Lee, Jascia. Congiunti lontani, dalla lontana Helvetia, lo chiesero. Non può parlare; poco male. Domani, in Helvetia, sarà operaio. Accolto, prima, speciale istituto.

Addio anche a te, Dio ti protegga, orfano Jascia.

Ci dà un bacio sulla guancia, con labbra fredde.

Cora, presto si risposerà.

Giunge, un altro giorno... Oh, quanti giungono, quanti ripartono. E che noia, come ciò è inutile!

Siamo anche noi anime inutili; dove passammo, dove siamo, da dove ci staccheremo, e quando, nessuno ci ricorderà!

Ecco, una notte, Juana tutta tremante si sveglia, mi chiama, mi abbraccia. Ha visto Albe García!

«Com'era?».

«Dasa, come ti vedo ora. Giovane, contento. Sempre in marina. In mano una valigia. Dasa, come vivo! Oh, è vivo!» grida.

Mi tocca agitarmi per calmarla. Piange, piange.

«Io... tornerà... credi... sento» non fa che ripetere.

Che cupa mattina.

Alle otto bussano; è la posta, una lettera.

Non Albe, no, ma il Ministero dei Defunti (gestito ora dai Padri Biblici). Decisero, d'accordo con lo Stato Turco, di restituire ai toledani (e altri cittadini del vicereame) tutti gli scarti, o residuati del conflitto; anche eventuali corpi di marine.

Individuarono Albe sotto l'ulivo, e ora con tanti altri l'hanno imbarcato: giungerà presto in Toledo. Si trovino, i Figuera, all'arrivo.

Che settimana passammo, Dio! Juana, come già Apa quell'alba di Natale, era, per letizia e sollievo, impazzita. Diceva: «Lo vedrò, pensa, Dasa, lo vedrò, lo vedremo!».

Invano io la guardo, stringo a me, supplico di capire:

«Albe García, Juana, non è più. E quello che riceverai, non importa».

«Io lo stringerò a me, lo stringerò a me... figlio» Juana, tutta accesa, ripete.

Si dà il caso che il giorno convenuto, pressi dicembre, io non possa partire. La febbre mi scalda: gli occhi sono lucidi. Ma da rimediare non c'è, e Juana andrà a ricevere lei il caro marine.

Parte, e per tre giorni non la vedo.

Infine, eccola, una sera; è diventata molto più piccola, e strepitosamente bianca.

Ah, quanta neve sulla tua testa, Juana dei marine!

Si getta nelle mie braccia.

«Lo vedesti? lo vedesti?» tutta smorta faccio.

«Me lo diedero... sulle braccia... quando fui al nuovo porto,» dice «che veramente hanno costruito, i Padri Biblici, come tu, Dasa, pensavi... ah, bellissimo».

«Ma Albe... ma García?» dico.

«Tante cassettine erano allineate, là sulla banchina, sotto una tenda,» dice «dal giorno prima, ed erano come bare di bamboline, Dasa, tanto il nostro Albe era diventato piccolo... Di plastica, tutte bianche... Mi dettero la mia, firmai... e così me ne vado».

«E dove... dove andasti,» dico «figlia mia?».

Mi guarda incantata:

«Vedi, sono bianca» scoppiando in lacrime dice. «Ma per la gioia... la gioia...».

«Tu, dove andasti, figlia mia?».

Questo non raccontò. Era la sera che finiva. Aveva girato. Tornare al Pilar voleva, da Apa, nella casa dei marine; ma tale casa non vide più. Dunque, errò, errò e piangeva.

La trovarono l'indomani dei buoni preti, e presero la scatola.

«E dove la portarono, figlia mia?».

«Là... dove già stavano Apo e Apa, e Rassa... e tutti gli altri marine di Toledo, sulla vecchia Collina» come insensata dice.

E da quel giorno, è sempre calma, sempre bianca.
Benché robusta e rosea, il suo volto non ha luce. La notte si sveglia, si agita...

Ora, bussano alla porta. È un uomo simile a Morgan. Io, con lui lavoro, con lui vivo, senza dare a ciò alcuna importanza, solo perché vivere si deve, dare sicurezza a Juana principalmente.

«Dasa» fa. «Ti vedo un viso, che c'è? Portarono qui la posta» indifferente dice. «La trovai giù» e siede.
È giorno, ma brilla non so come, al suo piede, certa antica dorata lanterna nautica. So bene che è effetto del sole.

ULTIMA:

Con notizie velate da ogni parte dello spazio e del tempo.
«Dasa, fu sogno» (D'Orgaz). Festa, nel sogno,
in via del Pilar. Solo Lemano non torna più.
Solo il mare, ai cancelli, non mormora più

Questa è di Misa Misano, il più saggio. Come uccelli, di questo tempo, tutti ritornano. Mi dice che parlò con Cyprisso e affettuosamente mi ricordarono.

«Tu, forse, Dasa, non sai che io, ripresomi, e unico tra voi, feci un po' di carriera. Samana mi aiutò, che, sai, mi proteggeva».

E quale carriera, tra me dico, indifferente.

Leggo ancora. È preside in una scuola superiore, e fra poco, però, verrà trasferito. Cosa che del resto non gli dispiace. Ha due figli, di anni otto e dieci.

Così, non tornerà più a Toledo. Oh, come la nostra città si fa deserta, dico, del secolo notturno.

La notte, forse perché in questa giornata vi furono tanti ritorni, faccio un sogno. Che la porta si apre, e D'Orgaz riappare.

«Damasa, fu sogno!» dice.
«Sì,» dico «fu sogno».
«Lasci, cara, che mi scusi. Fui malato... troppo triste...».
E mi chiede notizie dei miei familiari.
«Tutti bene... grazie... sentitissime».
«E la dolce Apa?» fa.

E mi prende la mano, e come è entrato si allontana, ma a ritroso, come in una lente, divenendo sempre più nitido e piccolo.

Sul tavolo, giace ora la «Literaria Gazeta».

Un'altra volta, stesso mese (dopo di che questa storia finisce), sogno un'altra volta, strano soave sogno, dico.

È l'estate; c'è, tra le porte aperte della misera casa, il mare celeste-grigio di Toledo. Tutti i gerani sono fioriti. Thornton, dal suo balcone, alza la testa bionda e guarda. Apa si volge, mi sorride.

«Ora, Dasa, tu sei felice... e ciò sarà sempre, sempre...» dice.

Passano, dabbasso, Rassa, Papasa, Albe, e su, sorridendo, tenendosi per mano con due dita, come usa la gioventù, assai sereni mi guardano.

Scoppio in singhiozzi di gioia. «È questa, questa, Apa,» grido «l'Era Successiva!».

Non in sogno, ma con la mente ferita, tornai di poi, più volte, in questo triste dolce maggio del Settentrione, alla mia Toledo perduta, e passai sotto i vecchi balconi, e in questa casa, in quell'altra incontravo tutti, soprattutto Jorge, e la ragazza di luce, Belman adorata.

E chiacchieravano, e si lanciavano sguardi maliziosi.

«Oh, siate felici, cari, in eterno, voi tanto feriti» diceva l'animo mio.

Solo Lemano non vidi mai. Egli non tornò mai, neppure nei sogni. Come quel mare del porto giovane disparve; e ora come lui – sempre muto e torvo, nella realtà – è quell'amato mare dei miei anni in Toledo, sotto le nubi che circondano, come vedette dell'eterno, la spenta Collina.

NOTA*

Quando scrissi questo libro, a Milano, quattordici anni fa, la città era già immersa nell'aria innaturale e infiammata della Contestazione. Non so se la cosa influì sulla scrittura di *Toledo*. In senso negativo, se questo avvenne. Il rumore, la violenza eterna della grande città, dalla quale non potevo mai fuggire, si accrescevano di questo riverbero «politico». Odiavo il «politico» di tutti i tempi e in ogni sua espressione. Pura nevrastenia, ovviamente. Il mondo si fa anche così. Credo che in realtà fosse il mondo a non piacermi più. Mi era piaciuto abbastanza fino a quando era incominciata la guerra. *Dopo* avevo visto una fiera, una tigre enorme, occupare stabilmente il campo azzurro del cielo.

Scrissi *Toledo* per tornare indietro, a prima della Tigre. E, tornando indietro, mi accorsi che, «prima della Tigre», e dell'azzurro attuale, era anche buio. Era pioggia e vento quasi continui, e non si vedeva un'uscita per arrivare a *questo* tempo; che allora si chiamava: avvenire. Ciò – s'intende questo buio e vento e pioggia continui – accadeva solo in certe parti del mondo, non dovunque; accadeva dov'era-

* Riproduciamo qui la Nota scritta da Anna Maria Ortese in occasione della pubblicazione del *Porto di Toledo* nella collana BUR della casa editrice Rizzoli (Milano, 1985).

no i poveri, gli irrealisti, coloro che non avevano preso contatto con la materia, col reale propriamente detto.

A me pareva che questo reale non esistesse neppure. Non vi erano corpi, ma ombre e violenza. O sconfinata apatia. Ciò che era vivo e bello (ed esisteva, lo avevo anche veduto) partecipava di un universo al quale io non appartenevo.

Di quel tempo tremendo avevo ritrovato per caso, in quei giorni del '69, per meglio dire ricordato, perché li avevo avuti sempre con me, molti scritti giovanili: racconti e poesie. Non raccomandabili, di sicuro, come testi letterari: cose casuali, imitazioni, in parte; minima, insomma, molto minima «letteratura», di derivazione chiaramente scolastica; e con risultati oggi del tutto fuori corso.

M'interessarono per questi due aspetti assai tristi: che erano lo scolastico, di ieri, e il fuori corso di oggi. Mi avvidi che ero stata tutta scolastica ieri; e fuori corso lo sarei stata sempre. C'era in me una grande negazione del reale (lo vedevo come inganno e fuga), e oggi questo reale era tutto. Inganno e fuga erano tutto. E pensai: dove sarà qualcosa di reale-reale? Un *continuo*, come dicono i filosofi? E vidi che era la memoria.

M'impegnai dunque a scrivere un libro di memoria. E come lo pensai, venne fuori questa Damasa, a me sconosciuta. Tutto il resto, di Toledo, lo conoscevo: ma questa Damasa non l'avevo mai veduta.

Prese il mio posto, nella casa del Pilar, e descrisse tutto come a me non sarebbe mai potuto accadere. La guardavo allibita. Parlava di me (scrittore) come un detenuto avrebbe parlato della Legge. Il mio essere, di oggi, nella convenzione dello scrivere non la riguardava. Era una mia proiezione perversa (in senso letterario): onorava lo scrivere un solo istante; nel successivo, lo deformava. Fino a piegarlo, sprezzarlo e cancellarlo del tutto.

Con questo spirito, con questa cattiva e desolata ombra alle spalle, sotto il dominio, o fascino malato di quest'ombra, insofferente di me e delle speranze del mio tempo, «ricordai» Toledo, ne descrissi il silenzio, l'angoscia, i passi giovani (oggi perduti) per le sue strade contorte, ventose, in mezzo a ignote colline. Tutto mi era estraneo. Perfino il giovane borghese che si accosta ai cancelli del porto, e così la Rua Azar (che significa: pericolo), la Nieva, e la piazza della Dogana, e la Rua Ahorcados dove viene il vento. Tutto mi era estraneo, eppure, ahimè, quanto misteriosamente conosciuto!

Se in questa vita, o in un'altra, non posso dire.

Comprendevo adesso – scrivendo *Toledo* – una cosa: che ogni cosa è intimamente inconoscibile. Non per tutti. Per alcuni – e dovevo riconoscermi fra questi – l'inconoscibile è il vero. Un tempo, un paese possono essere senza lapidi, come la luna. E uomini e donne possono non avere vero nome, essere unicamente forze ostinate, ignoti suoni. C'è la *storia*, fuori, c'è la Tigre nel cielo; e qui, nulla. Come in una cantina murata.

Mi ricordai allora che era stata questo la mia vita di dentro: silenzio, solitudine, deserto abbandonato. Il reale non lo avevo visto. Ne avevo sentito i passi, che non erano tuttavia quelli del tempo storico, e si era allontanato.

C'era castigo, alle radici del vivere. Non ero cattolica o di altra religione: ma dovevo ammettere, a mente fredda, che vi era castigo.

Si diventa consapevoli, e dove? In una bufera continua.

E vidi che la Rua Ahorcados era il luogo; nome tra i più giusti.

E cos'era, poi, quel giovane borghese che si accostava nell'ombra incerta della sera invernale alle case del porto? Era il vento! E che significa *vento*, in una rua come la Ahorcados, se non respiro, tregua, notizie dal mondo libero – sospensione, per un attimo, della sentenza, atto di clemenza, immortalità, per quanto già scaduta, di gioia?

Scrivere – distintamente, ordinatamente, ciò che si dice «scrivere» – con questo cappio alla gola, del tempo che hai a disposizione, e della sentenza e le forze dell'Ordine Invisibile che hai visto intorno all'uomo, anche se ancora fanciullo; scrivere così: *distintamente, ordinatamente*, quando hai visto queste cose, e una triste Damasa sta in piedi accanto al tuo tavolo, non puoi più. E nemmeno io lo potei.

Toledo, quando finito, risultò sigillato, cifrato, e insieme inconsulto e caotico; chiuso a me stessa. E diviso poi, irrimediabilmente, in due libri. Uno più disteso, ricco di particolari; l'altro, il secondo, tutto convulso e spezzato.

Il linguaggio, poi, dappertutto era deformato, deviato, spezzato.

Perché avevo scritto sempre *marine* – in luogo di *marinaio*, di *marina*, o *cosa della marina* – mi era difficile intendere; perché *mater* e *pater*, non apprezzando io il latino, uguale.

E *Padri Biblici*, che poteva significare? Non personaggi biblici, sicuramente. Anni dopo, mi apparve chiaro, e ne fui molto contenta. Voleva dire *Pilgrim Fathers*, cioè Padri Pellegrini: quei durissimi calvinisti che, perseguitati da Giacomo I, emigrarono alla fine nell'America Settentrionale, dando il via alla colonizzazione democratica del nuovo paese. Damasa li aveva attesi. *Biblici* e *Padri* stavano, nella sua mente velata, per Americani.

Ancora qualcosa riguardo al titolo, perché l'ho mutato.[1]
Nessuna ragione particolare. Ma « *Viene il vento nella Rua Ahorcados* » mi sembra proprio ciò che Damasa voleva dire: quel momento in cui la natura mostra il suo volto luminoso e benefico anche ai perduti, in luoghi senza più strade.

Questa bontà – per chi naturalmente perduto (non realizzabile) – resta cosa da ricordare, proprio perché altamente enigmatica.

3 maggio 1983

---

1. Mi riferisco a un altro titolo che avrei voluto dare al primo libro di *Toledo*, ma poi il proposito fu abbandonato.

GLI ADELPHI

ULTIMI VOLUMI PUBBLICATI:

560. Roberto Bazlen, *Scritti*
561. Lawrence Wright, *Le altissime torri*
562. Gaio Valerio Catullo, *Le poesie*
563. Sylvia Townsend Warner, *Lolly Willowes*
564. Gerald Durrell, *Il picnic e altri guai*
565. William Faulkner, *Santuario*
566. Georges Simenon, *Il castello dell'arsenico e altri racconti*
567. Michael Pollan, *In difesa del cibo*
568. Han Kang, *La vegetariana*
569. Thomas Bernhard, *Antichi Maestri*
570. Fernando Pessoa, *Una sola moltitudine, I*
571. James Hillman, *Re-visione della psicologia*
572. Edgar Allan Poe, *Marginalia*
573. Meyer Levin, *Compulsion*
574. Roberto Calasso, *Il Cacciatore Celeste*
575. Georges Simenon, *La cattiva stella*
576. I.B. Singer, *Keyla la Rossa*
577. E.M. Cioran, *La tentazione di esistere*
578. Carlo Emilio Gadda, *La cognizione del dolore*
579. Louis Ginzberg, *Le leggende degli ebrei*
580. Leonardo Sciascia, *La strega e il capitano*
581. Hugo von Hofmannsthal, *Andrea o I ricongiunti*
582. Roberto Bolaño, *Puttane assassine*
583. Jorge Luis Borges, *Storia universale dell'infamia*
584. Georges Simenon, *Il testamento Donadieu*
585. V.S. Naipaul, *Una casa per Mr Biswas*
586. Friedrich Dürrenmatt, *Il giudice e il suo boia*
587. Franz Kafka, *Il processo*
588. Rainer Maria Rilke, *I quaderni di Malte Laurids Brigge*
589. Michele Ciliberto, *Il sapiente furore*
590. David Quammen, *Alla ricerca del predatore alfa*
591. William Dalrymple, *Nove vite*
592. Georges Simenon, *La linea del deserto e altri racconti*
593. Thomas Bernhard, *Estinzione*
594. Emanuele Severino, *Legge e caso*
595. Georges Simenon, *Il treno*
596. Georges Simenon, *Il viaggiatore del giorno dei Morti*
597. Georges Simenon, *La morte di Belle*
598. Georges Simenon, *Annette e la signora bionda*
599. Oliver Sacks, *Allucinazioni*

600. René Girard, *Il capro espiatorio*
601. Peter Cameron, *Coral Glynn*
602. Jamaica Kincaid, *Autobiografia di mia madre*
603. Bert Hölldobler - Edward O. Wilson, *Formiche*
604. Roberto Calasso, *L'innominabile attuale*
605. Vladimir Nabokov, *Parla, ricordo*
606. Jorge Luis Borges, *Storia dell'eternità*
607. Vasilij Grossman, *Uno scrittore in guerra*
608. Richard P. Feynman, *Il piacere di scoprire*
609. Michael Pollan, *Cotto*
610. Matsumoto Seichō, *Tokyo Express*
611. Shirley Jackson, *Abbiamo sempre vissuto nel castello*
612. Vladimir Nabokov, *Intransigenze*
613. Paolo Zellini, *Breve storia dell'infinito*
614. David Szalay, *Tutto quello che è un uomo*
615. Wassily Kandinsky, *Punto, linea, superficie*
616. Thomas Bernhard, *Il nipote di Wittgenstein*
617. Lev Tolstoj, *La morte di Ivan Il'ič, Tre morti e altri racconti*
618. Emmanuel Carrère, *La settimana bianca*
619. *A pranzo con Orson. Conversazioni tra Henry Jaglom e Orson Welles*
620. Mark O'Connell, *Essere una macchina*
621. Oliver Sacks, *In movimento*
622. Fleur Jaeggy, *Sono il fratello di XX*
623. Georges Simenon, *Lo scialle di Marie Dudon*
624. Eugène N. Marais, *L'anima della formica bianca*
625. Ludwig Wittgenstein, *Pensieri diversi*
626. Georges Simenon, *Il fidanzamento del signor Hire*
627. Robert Walser, *I fratelli Tanner*
628. Vladimir Nabokov, *La difesa di Lužin*
629. Friedrich Dürrenmatt, *Giustizia*
630. Elias Canetti, *Appunti 1942-1993*
631. Christina Stead, *L'uomo che amava i bambini*
632. Fabio Bacà, *Benevolenza cosmica*
633. Benedetta Craveri, *Gli ultimi libertini*
634. Kenneth Anger, *Hollywood Babilonia*
635. Matsumoto Seichō, *La ragazza del Kyūshū*

STAMPATO DA L.E.G.O. S.P.A. STABILIMENTO DI LAVIS

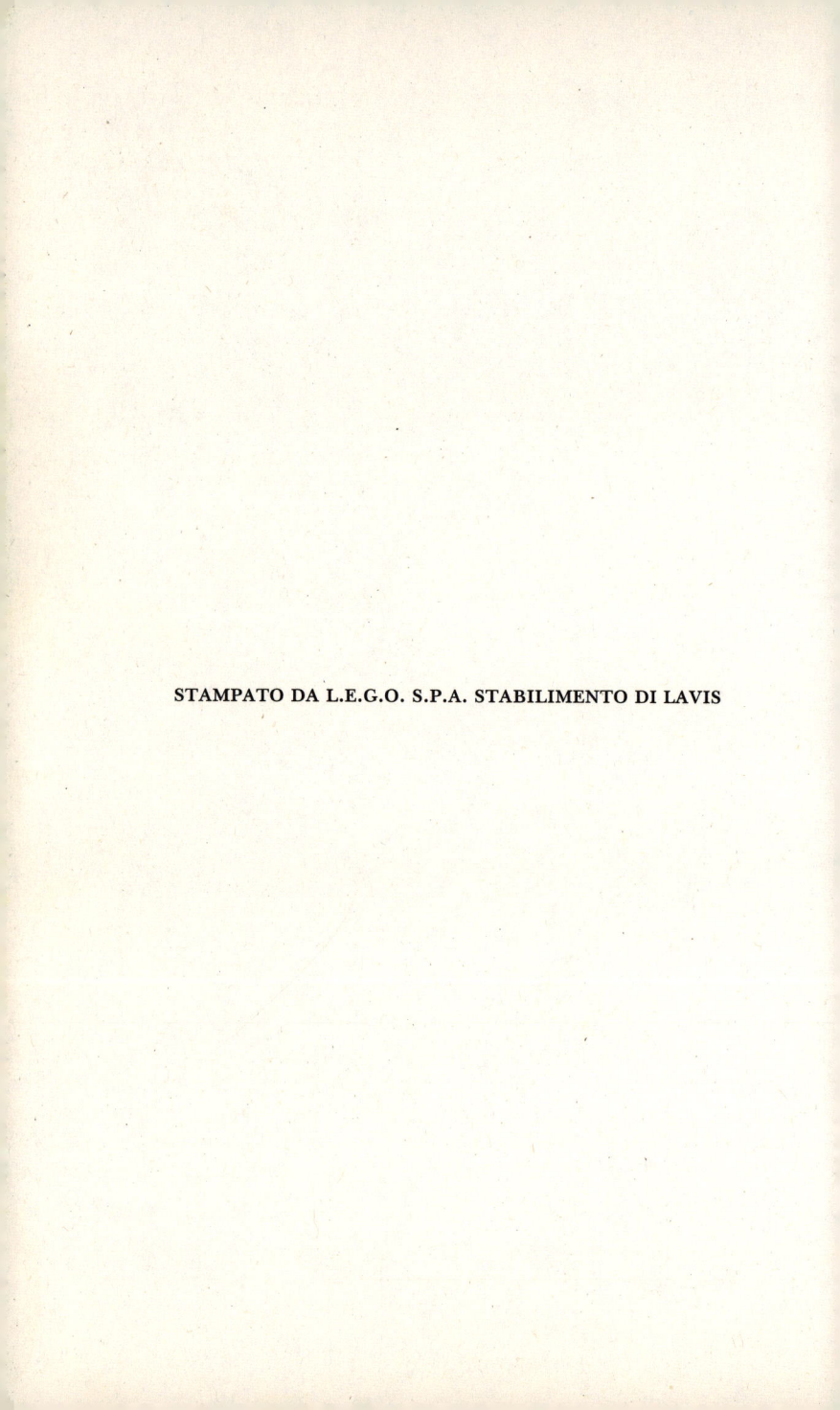